anagramma

1174

Della stessa serie:

Un milione di baci

Titolo originale: *Things I Wanted to Say (but Never Did)*

This edition is published by arrangement with The Seymour Agency
and Donzelli Fietta Agency srls

Traduzione dalla lingua inglese di Marta Mazzocchi
Prima edizione: febbraio 2024

ISBN 978-88-227- 7506-1

www.newtoncompton.com

Realizzazione a cura di The Bookmakers Studio editoriale s.r.l.s.
Stampato nel febbraio 2024 presso Puntoweb s.r.l., Ariccia (Roma)

Monica Murphy

Cose che avrei voluto dire ma non ho mai detto

Things I Wanted to Say (But Never Did)

Newton Compton editori

Playlist

Champagne Coast, Blood Orange
Rebel (if I lie), Eli Rose
affection, BETWEEN FRIENDS
Monster, Shawn Mendes, Justin Bieber
that way, Tate McRae
Bitter, FLETCHER, Kito
Streets, Doja Cat
Daddy Issues, The Neighbourhood
Miss Summer, ODIE
sex money feelings die, Lykke Li

Prologo

Tempo fa

Ricordo la prima volta che l'ho visto.

Non mi ha notata e ho preferito così. Ciò mi ha dato modo di fissarlo senza ritegno, affascinata dalla struttura ossea del suo volto, da come si muoveva, dal fatto che non sorridesse mai.

Perché non sorrideva?

All'epoca eravamo molto più giovani. Innocenti? Non credo di poter usare questa parola per descriverci. Avevamo visto e fatto troppe cose e, quando le nostre strade si sono incrociate di nuovo, avevamo già superato il limite e non potevamo tornare indietro. Non potevamo fermarci.

E l'oscurità.

Avevo accompagnato i miei genitori a una festa a Manhattan. Mia madre non voleva portarmi. Jonas, il mio patrigno, invece aveva insistito.

"Facciamole vedere come vive davvero quell'un per cento", aveva detto con una risatina.

Mia madre si era accigliata. Le piaceva pensare di far parte di quell'uno per cento, mentre Jonas sosteneva solo di lavorare per loro.

L'edificio in cui eravamo entrati si trovava nell'Upper East Side, circondato da portieri cortesi e severi addetti alla sicurezza sparsi ovunque. L'atrio era fatto di vetro e marmo. Elegante e scintillante. Dovevo avere l'aria di una campagnola, con la testa inclinata all'indietro e lo sguardo incollato sull'alto soffitto, abbagliata dalle luci che splendevano sopra di noi.

«Vieni», ha detto mia madre in tono irritato, serrando le dita sul mio braccio per darmi un pizzicotto sulla pelle.

Il viaggio in ascensore era stato tranquillo. Veloce. Siamo saliti fino all'attico e nel momento in cui le porte si sono aperte, è stato come essere catapultati in un altro mondo. Abbiamo messo piede fuori dall'ascensore, ma nessuno ci ha accolti. Questo perché, a dirla tutta, non c'era *nessuno* nell'appartamento.

Era tutto bianco. I mobili. Le pareti. C'erano solo dei grandi quadri appesi dappertutto a dare l'unica nota di colore. La maggior parte di questi erano astratti. Mi sono fermata davanti a uno di essi e ho inclinato la testa di lato, per cercare di capire cosa potesse rappresentare. Solo che mia madre mi ha trascinata subito via, borbottando sottovoce che non si dovrebbe esporre dell'arte così volgare davanti a dei bambini. Jonas si è limitato a ridere. Si chiedeva solo quale bambino avrebbe potuto davvero capire cosa raffiguravano.

È stato allora che ho realizzato: il dipinto era un primo piano di una vagina.

L'attimo dopo, ho sentito dei rumori provenire da qualche parte. Così ci siamo addentrati nell'appartamento, verso i suoni che si facevano sempre più forti, finché non ci siamo ritrovati davanti a una porta finestra oltre la quale apparivano delle belle persone raggruppate in capannelli. Parlavano, parlavano, parlavano. Bevevano, bevevano, bevevano.

Ne sono rimasta abbagliata. Folgorata. Era il genere di cose per cui vivevo. Il matrimonio tra mamma e Jonas Weatherstone mi aveva cambiato la vita. Lui faceva un sacco di soldi. Soldi veri. Lei lavorava nell'agenzia immobiliare di Jonas e si erano innamorati. Lui aveva lasciato la moglie per mia madre. Il divorzio non era stato semplice, ma alla fine Jonas e mamma si erano sposati. Mi piaceva vivere con Jonas. Era gentile con me. Il nostro appartamento era grande, anche se non aveva nulla a che vedere con quello in cui ci trovavamo per la festa.

Non ne avevo mai visto uno così prima.

Eravamo usciti sulla terrazza, dalla quale i grattacieli incombevano svettanti. Sembravano così vicini che quasi li potevi toccare. Le luci della città scintillavano, ma io non ci facevo caso. Ero troppo occupata a rubare sorsi dai bicchieri di champagne abbandonati, il liquido frizzante mi solleticava la gola e mi faceva sentire strana. Ho assaporato quella sensazione particolare. Mandandomi in confusione il cervello, mi aiutava a dimenticare tutti i miei problemi. Come i miei genitori. Il mio fratellastro.

Ogni cosa.

Lui mi ha notata mentre bevevo di nascosto e si è avvicinato silenziosamente. Ho posato il bicchiere, fingendo di guarare qualcos'altro. Eravamo gli unici ragazzi alla festa. Io avevo quattordici anni. Immagino lui avesse più o meno la stessa età.

Era l'estate che precedeva l'inizio del liceo e sentivo di essere più matura. Le mie tette erano cresciute molto di più, rispetto a quelle delle mie amiche. Avevo scoperto che se di notte mi toccavo in un punto particolare, mentre ero a letto, andavo in tilt, e inseguivo quella sensazione il più possibile. Yates cercava sempre di trovarmi da sola quando i nostri genitori erano a lavoro. Una volta mi aveva infilato la mano nei pantaloni per provare a toccarmi proprio lì, ma l'avevo allontanato con uno schiaffo.

È disgustoso. Lui è mio fratello.

O meglio, fratellastro.

Nonostante il fastidio, l'accanita ricerca di Yates nei miei confronti mi aveva fatta sentire desiderata. E sapere che qualcuno ti vuole ti infonde potere. Stare a quella festa, in un abito nero senza spalline, a sorseggiare champagne, mi faceva sentire più grande. Avere l'attenzione di quel ragazzo, che era un tipo attraente e dallo sguardo intenso, mi incuriosiva.

Chi è? Cosa vuole da me?

«Vuoi un bicchiere tuo?», chiede il ragazzo, indicando i calici abbandonati sul tavolo accanto a me. Li avevo svuotati tutti.

Sollevo lo sguardo e mi accorgo che mi sta osservando. Indossa dei pantaloni neri e una camicia bianca, le maniche arrotolate mettono in mostra gli avambracci. I capelli sono color castano dorato, quasi biondo sporco, e il suo volto è stupefacente. Arrogante.

Perfetto.

Raddrizzo la schiena e mi metto di fronte a lui, così posso godermi a pieno l'apprezzamento che leggo nei suoi occhi glaciali. «Sì, grazie».

Lo seguo fino al bar. Lui dice qualcosa al barista e gli allunga una banconota da cinquanta dollari, mentre io rimango lì, immobile, debitamente impressionata. Mi porge il bicchiere e poi prende una lattina di birra, che si infila nella tasca anteriore.

«Non ti piace lo champagne?», gli chiedo controllando in giro e serrando la presa sul manico del bicchiere. Nessuno ci sta guardando, quindi bevo un sorso.

Delizioso.

«No», risponde. «E poi la roba scadente mi fa venire il mal di testa».

Io non conosco la differenza, quindi prendo le sue parole come oro colato.

Eppure, sono contenta di ciò che ho, quindi non ho intenzione di rifiutare il calice di bollicine gratuito, pieno fino all'orlo, che ho in mano.

Lo seguo dentro, la quiete sommessa mi fa venire i brividi. O forse è l'aria condizionata a tutto spiano, non lo so. Ci addentriamo nella casa, finché non ci ritroviamo in un corridoio buio, lungo il quale tutte le porte delle camere da letto sono chiuse.

«Mio padre è in una di quelle stanze a scoparsi tua madre», dice disinvolto, proprio mentre prendo un sorso dal mio bicchiere.

Quasi glielo sputo in faccia. Lo guardo, sbattendo le palpebre. «Che cosa hai detto?».

La sua espressione non cambia di una virgola. «Mi hai sentito».

«Mia madre è *sposata*».

«Anche mio padre. Come se avesse importanza». Fa spallucce e tira fuori dalla tasca la lattina di birra. La apre e ne assapora la schiuma, prima di prenderne un bel sorso.

«Non lo farebbe mai». Giacché non dice nulla, sento il bisogno di chiarire: «Scoparsi tuo padre».

Pronunciare quella parola davanti a un ragazzo, mentre bevo champagne, mi fa sentire adulta. Prendo un altro sorso e lascio che le bollicine indugino sulla mia lingua.

«Be', lo fa. Tua madre è una troia». Si scola la lattina di birra, poi la schiaccia tra le dita, poi la lancia a terra. L'impatto scatena un fracasso.

Di colpo, sono su tutte le furie. Io e mia madre non andiamo sempre d'accordo, ma lui *nemmeno la conosce*. «Non puoi dire una cosa del genere».

«Ah, davvero? L'ho appena fatto». Inclina la testa e assottiglia lo sguardo. In quegli occhi c'è tanta rabbia. Ed è così giovane. Anche io mi arrabbio a volte, ma non così. «Anche tu sei una troia come tua madre?»

«Vaffanculo», ribatto, lanciandogli lo champagne in faccia.

Lui sussulta e si passa a rilento una mano sul volto per asciugarlo. Resto lì, col respiro affannoso, consapevole che dovrei andarmene, ma troppo affascinata da come potrebbero evolversi le cose.

Troppo affascinata da lui.

È come se non stesse accadendo a me. E non ho mai fatto niente del genere in vita mia. Chi sono? Quando sono diventata così coraggiosa? O così stupida?

«Sei una stronza», sibila. «Proprio come tua madre».

«Che coglione», ribatto. Faccio per alzare i tacchi, voglio allontanarmi, ma lui mi afferra.

Mi ferma.

Le sue dita affondano nella mia carne, la sua presa è serrata sul mio braccio e io lotto contro la sua morsa, cercando di liberarmi. «Lasciami andare».

«No». Ghigna e mi rendo conto che dietro quel volto angelico si nasconde il diavolo. Mi spinge contro il muro e io ci sbatto contro come una bambola di pezza, quasi scivolando verso il pavimento. Lui trattiene la mia caduta, tenendomi su, e preme il suo corpo contro il mio. Mi sovrasta, perché è alto quasi un metro e ottanta ed è anche slanciato. Magro. Yates è più massiccio. Più muscoloso. Ma ha sedici anni. È più grande.

Questo ragazzo è tutt'altro.

È ancora un ragazzo.

«Che cosa fai?», chiedo dimenandomi contro di lui. Il movimento mi fa percepire il suo corpo e mi incuriosisce. È duro ovunque. Solido. Più forte di quanto sembri.

«Credo che ti piaccia». Il ghigno è ancora lì quando preme la parte inferiore del suo corpo contro di me, facendomi sentire qualcos'altro.

Ha un'erezione.

Resto del tutto immobile, incapace di muovermi.

«Tua madre lo succhia a mio padre almeno due volte a settimana», sussurra. «Si incontrano nel suo appartamento. Lo chiamano "pranzo"».

Resto a bocca aperta. Non so di cosa stia parlando. Cioè, so a cosa si riferisce, ma è impossibile che lei lo faccia.

Nel modo più assoluto.

«Hai delle labbra da pompini», mi dice, e quasi mi compiaccio per quel complimento. Poi mi dico che sono pazza e confusa e che lui l'ha detto solo per insultarmi.

«Zitto», mormoro, e lui sorride.

«Vuoi succhiarmelo?»

«Assolutamente no». Sollevo il mento, dandomi l'aria di una principessa altezzosa.

Che effetto farebbe succhiare il cazzo a un ragazzo? Le ragazze lo fanno. Di continuo. Una volta ho trovato una rivista nella stanza di Yates e l'ho portata di nascosto nella mia. C'erano foto di ragazze nude. Coppie avvinghiate. Il pene nella vagina. Bocche sui capezzoli delle donne. Un pene dentro la bocca di lei, che fissa lui con gli occhi da cerbiatta e le dita tra le gambe.

A ripensarci, un calore inebriante si dirama nel mio profondo, indebolendomi.

O forse è lo champagne.

«Potrebbe piacerti», dice con un debole sorriso. I suoi denti sono perfetti e dritti. Scommetto che quando sorride per davvero è bellissimo. Non credo sorrida spesso, però.

«Non è vero», gli rispondo con tono rude.

«L'hai mai fatto prima?».

Scuoto la testa con foga.

«Permettimi di essere il primo».

«No». Lo spingo dalle spalle, ma non cede.

«Dai. Tua madre è la puttana di mio padre, tu potresti essere la mia». Con la testa fa un cenno in direzione delle porte chiuse lungo il corridoio buio. «Come ho detto, in questo momento loro sono in una di quelle stanze. Scommetto che tua madre è in ginocchio davanti a lui». Sogghigna. «Scommetto che ingoia ogni goccia dello sperma di mio padre. Potresti fare lo stesso per me».

«Vaffanculo». Le sue parole sono esasperanti, ma anche stuzzicanti. Non ho mai parlato di sperma, di ingoiare liquidi o di cazzi in bocca, con un ragazzo. Nessuno mi ha mai parlato così prima d'ora.

Nessuno.

Lui ride. «No, vaffanculo *te*. La tua famiglia è un disastro».

«Ehm, credo che sia la tua famiglia a essere un disastro», dico, spingendo i fianchi contro i suoi per togliermelo di dosso.

Non aiuta affatto. Mi ricorda solo che ce l'ha duro. E non posso fare a meno di pensare che ce l'ha duro per me.

Ho delle amiche che hanno già fatto sesso. Lana l'ha fatto con David in palestra, durante il ballo del diploma di terza media. In seguito, ci ha raccontato che il suo cazzo era così grande che poi per una settimana ha dovuto camminare in modo strano. Ho faticato a crederle, ma non le ho detto nulla.

Ora sono curiosa. Il cazzo di questo ragazzo sembra grande, anche se non ho molti termini di paragone. Voglio vederlo. Toccarlo.

«Lasciami andare», dico a denti stretti, un po' a fatica. Credo che gli piaccia. In un certo senso piace anche a me. La sua forza. Il fatto che io sia troppo debole per liberarmi. Cosa dice questo di me? Sono malata. Perversa. Strana.

Ho sempre avuto dentro di me questa cosa che chiamo "oscurità". Non ho mai incontrato qualcun altro che l'avesse.

Lui si avvicina, la sua bocca è a pochi centimetri dalla mia e posso sentire il suo respiro. È caldo e ha un leggero sentore di birra. «Costringimi».

Seguendo il puro istinto, schiudo le labbra, sono pronta a urlare, e lui lo sa.

Quindi mi bacia.

È un colpo, un tale shock da farmi rimanere completamente immobile. Le sue labbra si scontrano con le mie, più inesperte di quanto pensassi. Io so di non essere molto capace. Ma so che può essere più bello di così. Più morbido.

Attiro tra i denti il suo labbro inferiore e tiro. Lui rallenta. Si rilassa. Il bacio diventa languido. La sua lingua guizza fuori, sorprendendomi. Dischiudo le labbra e la sua lingua sfiora la mia.

Il mio primo bacio da adulta è con un ragazzo che considera mia madre una troia. Che mi ha chiesto di essere la sua puttana. Dovrei respingerlo. Mordergli la lingua fino a tagliarla a metà. Dargli un calcio nelle palle.

Non faccio niente di tutto questo. Al contrario, lascio che mi baci perché, che Dio mi aiuti, mi piace. Il calore si dirama lungo le mie vene, riscaldandomi dall'interno, e io mi stringo a lui. Posa le mani sulla mia vita. Serro le mie sulla sua camicia. La sua erezione freme contro di me e il punto segreto, quello che ho scoperto di recente, inizia a formicolare.

Questo è quello che Yates vuole da me. Quel disgustoso pervertito. Non glielo darò mai, perché facciamo parte della stessa famiglia ed è raccapricciante. Ma più questo ragazzo misterioso mi bacia, più sono disposta a prendere in considerazione di dargli tutto ciò che vuole.

Ci baciamo così a lungo che non so come facciamo ancora a respirare. Infine, lui si stacca per primo e io apro gli occhi, fissando le sue labbra dischiuse e gonfie. Lentamente sollevo lo sguardo per vedere se mi sta osservando.

Lui raggiunge l'orlo del mio vestito, le sue dita si insinuano sotto di esso, per toccare il mio interno coscia. Io mi mordo il labbro inferiore. «Sei bagnata?»

«Che intendi?». So cosa intende, ma è così maledettamente giovane. Come me. Sappiamo che il sesso esiste. Internet ci permette di vedere i porno, tuttavia…

Mi parla come un adulto. I ragazzi che conosco non mi toccano nemmeno le tette, mentre questo qui punta dritto in mezzo alle mie gambe.

«Come se non lo sapessi», ha un tono disgustato e io sto per aggiungere qualcosa, una protesta. Un insulto.

Ma lui torna a baciarmi e me lo fa dimenticare. Questo va meglio. Credo di avergli insegnato per bene. È lento e morbido, il trascinarsi della sua lingua contro la mia mi fa soffrire. Esplora la mia bocca, mettendomi alla prova, e io lo lascio fare. Esploro anch'io. Le nostre bocche sono aperte, le nostre lingue si stuzzicano, e tutto il mio corpo freme per il desiderio. Lo tocco, portando la mano sul cavallo dei suoi pantaloni, e lui si spinge contro il mio palmo, facendomi sentire quanto è duro.

Sento una pulsazione tra le cosce e voglio toccarmi.

No.

Voglio che *lui* mi tocchi.

«Nemmeno ti conosco», mormoro contro le sue labbra.

Lui si ritrae con un sorriso perfido. «Bugiarda».

«È vero», sono confusa. Perché crede che io stia mentendo?

«Sei a casa mia. Mio padre è uno degli uomini più ricchi su questo cazzo di pianeta. "Oh, nemmeno ti conosco"», mi fa il verso, con una voce stridula. È ridicolo.

Sono in preda alla furia. Dopo quello che è appena successo, mi prende in giro? Non mi interessa quanto sia diventato bravo con i baci, questo tizio rimane uno stronzo.

«Togliti di dosso». Lo spingo via e stavolta barcolla all'indietro, liberandomi. Mi allontano, per poco inciampo sul bicchiere di champagne abbandonato. Deve essermi caduto quando abbiamo discusso poco fa.

Non ricordo nemmeno come sia successo.

Lui mi chiama, ma lo ignoro, correndo più veloce che posso sulle mie gambe tremanti. Esco dalla casa e torno sul terrazzo, alla ricerca di mia madre. Del mio patrigno, che in fondo è come un padre per me. Ma non c'è traccia di nessuno dei due.

Sento il ragazzo. Sta chiamando il mio nome, anche se io non gliel'ho mai detto. In preda al panico, mi guardo intorno, timorosa che mi raggiunga, e mi irrigidisco quando sento una mano stringermi la spalla, ma...

Mi volto e vedo mia madre.

«Summer! Che fai? Sembri una statua».

Sono sollevata. Non è chiusa in una stanza a scopare con un altro: è qui fuori. Con me. Alla festa.

«Mamma». Mi lancio su di lei e l'abbraccio con forza dalla vita, facendola ridere, colta di sorpresa. Da quando è finita la terza media, abbiamo litigato ininterrottamente. Tutti i miei amici vanno al liceo Lancaster Prep, ed è lì che voglio andare anch'io. A tutti i costi.

Jonas non è d'accordo. Vuole che vada al St. Anthony come ha fatto lui. In città. È una buona scuola, ma so che lì mi sentirò sola. I miei amici si divertiranno alla scuola privata e io sarò bloccata qui.

Da sola. Con Yates, che sarà al terzo anno. E dato che i nostri genitori viaggiano di continuo insieme, lasciandoci soli, Yates sarà implacabile. Mi sfinirà fino a costringermi ad arrendermi.

«Tesoro, che c'è? Stai tremando». Fa scorrere la mano su e giù lungo la mia schiena, per tranquillizzarmi, e temo che questa sia l'ultima volta che lo farà. L'ultima occasione in cui mi crederà ancora dolce e innocente. È come se una parte di me stasera fosse stata rubata, come se quel ragazzo l'avesse reclamata con le sue labbra, la sua lingua e le sue mani indiscrete.

Provo a ridere e mi allontano da lei, cercando con tutte le forze di far finta di niente. «Sto bene, sul serio. Pensavo di averti persa».

«Le tue guance sono arrossate». Si acciglia e mi tocca il volto. «Non hai bevuto, vero?».

Faccio del mio meglio per sembrare innocente. «No, mamma. Dio. Certo che no».

«Bene». È stato fin troppo facile. Mi ha creduto sulla parola. «Non toccare lo champagne. So quanto ti piace berlo di nascosto».

Le mie guance si fanno ancora più paonazze.

Ora è il suo turno di guardarsi intorno, perciò io la osservo. La studio con attenzione.

Anche le sue guance sono chiazzate di rosso. I capelli sono in leggero disordine, solo sul retro, come se avesse bisogno di passarci la spazzola. Uno dei suoi orecchini è scomparso. Il vestito che indossa è storto e appena sgualcito. Pare abbia bisogno di rassettarlo.

Oh, no.

Abbiamo lo stesso aspetto. Anche se non ho fatto sesso con quel ragazzo, mi sono fatta baciare e per un attimo ho perso me stessa.

La mamma sembra essersi persa per almeno mezz'ora. Forse anche di più.

«Dove sei stata?», chiedo con tono accusatorio.

«Sono stata qui fuori per tutto il tempo». Il suo sguardo incontra di nuovo il mio, le sue labbra appena lucide si arricciano in un cipiglio. «E tu dov'eri?»

«Proprio qui. Per tutto il tempo». Lancio uno sguardo oltre le mie spalle e vedo quel ragazzo, ci guarda. Dietro di lui c'è un uomo, una sua versione più anziana. È molto bello e ha l'aria di uno che possiede di tutto. Il ragazzo mi sta ancora osservando.

L'uomo invece fissa mia madre.

Il ragazzo inarca un sopracciglio, muovendo di poco la testa nella mia direzione. Mi giro dall'altra parte perché non voglio scorgere la soddisfazione che sta per trapelare su quel bellissimo viso. Perché lui sa che ora ho capito tutto. Lui l'aveva già capito.

Dannazione, aveva ragione.

Capitolo 1

Summer

Ultimo anno

Percorro i corridoi del Lancaster Prep a testa bassa, osservando i miei piedi avanzare uno dopo l'altro. Ancora, ancora e ancora. Sento i mocassini nuovi e lucidi stringermi sulle dita e la lana della gonna a quadri verdi e blu che mi pizzica le cosce. Ricordo di aver desiderato tanto venire qui, l'estate che precedeva il mio primo anno, e quanto mi sono arrabbiata perché i miei genitori avevano preferito non pagare l'enorme somma di denaro per la retta di Lancaster.

Ora invece sono qui, ma solo per un anno. Il mio ultimo anno di liceo. È fine agosto e, sebbene per strada l'aria sia fresca grazie alla brezza dell'oceano, dentro questo vecchio edificio con dei bellissimi pannelli in legno e un sistema di raffreddamento terribilmente obsoleto, si soffoca. Ce l'avranno davvero il riscaldamento o l'aria condizionata, in questo posto? Non credo.

«Andiamo», dice mamma a denti stretti, serrando le dita sul mio fianco per farmi avanzare al suo passo.

Accelero l'andatura, adattandomi alla sua, e sollevo la testa. Vedo altri studenti passarci accanto con espressioni interessate sui volti, i loro occhi indugiano sulla familiare uniforme del Lancaster che sto indossando.

Una ragazza nuova. Un trasferimento. Di certo saranno curiosi. Sono sicura che cercheranno il mio nome su Google e scopriranno lo scandalo che ha coinvolto la mia famiglia.

Io ne sono uscita più o meno indenne. Mia madre se n'è assicurata. Non aveva intenzione di mandare in fumo il mio futuro. Ha usato le sue conoscenze per proteggermi.

Ecco perché sono finita qui al Lancaster Prep. Il liceo più elitario della costa orientale. È stato fondato da una delle famiglie più ricche e antiche del Paese. I Lancaster risalgono ai tempi dei Vanderbilt, degli Astor e dei Rockefeller. Il loro patrimonio è così antico che molti non sanno bene da dove abbia avuto origine.

Come me. Forse dalle conquiste? Dal petrolio? Probabilmente hanno comprato tutti i terreni un tempo disponibili sulla costa orientale e poi li hanno rivenduti nel corso degli anni. Non lo so. Non mi interessa. So solo che sono ricchi da far schifo.

E per anni, mia madre, la mia pudica e ligia madre, ha avuto una impetuosa storia con Augustus Lancaster Quinto.

«Eccoci», canticchia mamma, anche se io sento un leggero tremito nella sua voce. È nervosa per me. Allora io raddrizzo le spalle per dimostrare che non ho paura. «L'ufficio ammissioni».

Apre la porta ed entro per prima, sorridendo alla donna anziana seduta dietro un alto bancone di legno. La donna si alza in piedi con calma, indossa un tailleur blu, la cui giacca avvolge a malapena il suo ampio busto.

«Buongiorno!». La donna sorride a mia madre, per poi posare lo sguardo su di me. «Tu devi essere Summer Savage», dice con un sorriso fin troppo amichevole.

«Sono sua madre, Janine Weatherstone». Tende la mano nel suo solito modo, sembra una regina che saluta i suoi fedeli sudditi. Anche se non ne è affatto impressionata, la donna le prende comunque la mano, stringendo debolmente le punta delle dita.

«È un piacere conoscerla. Siamo molto lieti di accogliere Summer per il suo ultimo anno». L'espressione della signora si fa solenne. «Che tragedia, quel che è successo. Vi faccio le mie condoglianze per la vostra perdita».

Mia madre la fissa. È l'ultima cosa di cui vuole parlare, soprattutto con una persona estranea. «Grazie», dice con tono seccato. «C'è il signor Matthews?».

La donna si mette sull'attenti. «Certo! Pensavo volesse l'orario di Summer, per cominciare. Temo che la prima ora sia già iniziata». Mi lancia uno sguardo giudicante, incolpandomi del ritardo.

Non posso fare a meno di pensare che mamma ci ha messo una vita a fare le valigie e a lasciare la stanza d'albergo, mentre non faceva altro che lamentarsi per non aver dormito abbastanza. Io, invece, ero in piedi dalle sei, troppo in ansia per dormire.

«Sì, per cortesia, ci dia il suo orario», ordina mamma. «E dobbiamo parlare con il signor Matthews prima che mia figlia vada in classe. Sono sicura che le scriverà una giustificazione».

«Certo». La donna, suppongo la segretaria del preside, mi consegna un foglio rosa pallido. La mamma glielo strappa di mano e passa in rassegna le mie lezioni. Io resto lì, in trepidante attesa di poter guardare a mia volta.

«Non è nella classe di Inglese avanzato», dice la mamma, allungando l'orario verso di me con evidente irritazione.

Scruto l'elenco e la delusione mi assale. Inglese. Religioni del mondo. Matematica. Francese avanzato. C'è una pausa subito dopo pranzo, poi Diritto degli Stati Uniti è l'ultima lezione.

«Questo orario mi sta bene», dico a mia madre, ma lei assottiglia le labbra e scuote la testa.

«Sei una scrittrice eccellente, Summer. Stai sempre a scribacchiare in quei tuoi diari», dice la mamma. La sua voce è bassa, ma noto il modo in cui la segretaria drizza la testa.

Le mie guance si colorano e faccio spallucce. «Non fa niente. Per favore, non cambiare l'orario. Mi troverò bene».

«Andate pure nell'ufficio del preside Matthews. Potete aspettarlo lì», suggerisce la donna, facendo un cenno verso una porta semiaperta alle sue spalle. «In questo momento è al campus, ma gli farò sapere che lo state aspettando. Arriverà subito».

Seguo mia madre nell'ufficio angusto e ci sistemiamo entrambe sulle poltrone di fronte all'ampia scrivania ornata, mentre la segretaria chiude la porta con uno scatto silenzioso. Nel momento in cui mia madre si accorge che siamo sole, si volta verso di me con un evidente sguardo corrucciato.

«Come sarebbe a dire che non vuoi frequentare il corso di Inglese avanzato?», sibila.

«Non voglio creare problemi». Sono diventata l'ombra di me stessa da quando c'è stato l'incidente, non voglio attirare l'attenzione. «È già abbastanza, non credi? Che tu sia stata in grado di tirare le fila per farmi entrare qui».

«È il minimo che potessi fare, considerando da quanto conosco Augie», mugugna mia madre, riferendosi al suo vecchio amante.

Quello che ha divorziato da sua moglie, a causa della sua lunga tresca con mia madre. Un grande scandalo. Uno scoop che ha fatto il giro di internet e dei tabloid. Ha spezzato il cuore al mio patrigno. E poi lo ha fatto impazzire.

Non è stata un'esperienza piacevole.

La porta si apre di colpo ed entra un bell'uomo di una certa età. Il preside Matthews, presumo. Ci sorride, gli occhi scuri con delle pieghe agli angoli, un sorriso ampio che mostra dei denti bianchi, abbaglianti. Chiude la porta e si posiziona dietro la scrivania, usandola come una sorta di barriera, infine tende la mano a mia madre.

«Signora Weatherstone, è un vero piacere conoscerla», dice con voce soave e un'espressione piacevole.

Lei si alza in piedi e gli stringe brevemente la mano. «La ringrazio per averci ricevute, signor Matthews».

Entrambi si sistemano sulle rispettive poltrone, sorridendosi a vicenda, e io li osservo. È come se si fossero scordati di me.

«Lei è Summer», esordisce mia madre, indicandomi con un cenno della testa.

«Summer, siamo felici di averti qui, per studiare nella nostra prestigiosa scuola», dice il signor Matthews con voce calda e sincera. «Ho dato io stesso un'occhiata alle tue pagelle e sono molto colpito dal tuo percorso. E dai tuoi voti».

«La ringrazio». Sono una brava studentessa. Un po' fuori controllo i primi anni, forse un po' pazza, ma da sempre in grado di ottenere dei buoni voti.

«Però hai avuto qualche problema, all'inizio», continua, il suo sguardo incontra il mio. «Immagino che da allora tu abbia rigato dritto».

Aggiusto la postura, annuendo. «Sì, signore».

«Non è stata iscritta al corso di Inglese avanzato», dice mamma e io la fulmino con lo sguardo. Lei mi ignora. «Summer è una scrittrice eccellente. Faceva parte della redazione del giornale, nella sua vecchia scuola. Ha vinto dei premi per i suoi elaborati. È eccezionale».

«Capisco, ma temo che essere ammessi al corso di Inglese dell'ultimo anno a Lancaster sia un privilegio, non un diritto. Gli studenti della classe del signor Figueroa hanno lavorato sodo negli ultimi tre anni. È lui a selezionarli personalmente, alla fine del terzo anno, e solo venti studenti vengono ammessi al suo corso». Il signor Matthews appoggia gli avambracci sulla scrivania e unisce le mani. «Temo di non poter iscrivere Summer senza il suo consenso».

«Forse potrebbe parlargliene». La voce di mia madre è calma. Piacevole.

Il sorriso di lui non vacilla. «Temo di no».

«Lo veda come un favore nei miei confronti». Il suo tono si fa più severo.

«È il corso di Figueroa, non il mio».

Il sorriso svanisce. «Forse dovrei contattare il signor Lancaster e vedere cosa può fare per me».

Voglio morire. Che imbarazzo. Non mi interessa il corso di Inglese avanzato. Né di spiccare dalla massa. Non voglio mettere su una scenata. Entrare in una classe di venti studenti che hanno lavorato sodo negli ultimi tre anni sarebbe un incubo. Mi odierebbero subito.

Le labbra di Matthews fremono leggermente, poi abbassa lo sguardo. «Farò del mio meglio».

«Veda di farlo». Il sorriso di mia madre riappare, seguito da un respiro profondo. Mi guarda un attimo, prima di rivolgere un'altra domanda al preside. «Inserire il corso andrà a modificare drasticamente i suoi orari?»

«No, no, non dovrebbe». Lui aggrotta la fronte e si volta verso il computer sulla scrivania. Inizia a digitare sulla tastiera, lo schermo è inclinato verso di noi quanto basta per farmi scorgere le informazioni che mi riguardano sul suo computer.

Le mie pagelle. Gli appunti dei precedenti insegnanti e del mio consulente nel corso degli anni. Le note dell'amministrazione. Queste, in particolare, sono la maggior parte dei documenti.

Summer disturba la classe. Si agita senza motivo.

È stata sorpresa a svapare in bagno. Sospensione di due giorni.

Sorpresa a fare sesso in palestra. Sospensione di cinque giorni.

Trattenuta e perquisita. Trovata la prescrizione di Xanax della madre nello zaino. Sospensione di due giorni.

E tutto questo alla fine del secondo anno.

Il mio patrigno – che riposi in pace – ha optato per le maniere forti, dopo l'incidente dello Xanax. Ha minacciato di spedirmi in un'accademia militare e di farmi finire lì il liceo. Così ho pianto, implorato, supplicato in ginocchio di non obbligarmi davvero a partire. Eppure, mi ha iscritta. Stava per succedere.

Poi la storia di mia madre con Lancaster è diventata pubblica e lui si è scordato di me. Si è concentrato su di lei. Siamo dovute andare via di casa. Abbiamo trovato un appartamento più piccolo. I media si sono focalizzati sulla mia famiglia e io mi sono chiusa in me stessa. Ho smesso di creare problemi a scuola e mi sono concentrata solo sui compiti. Ho perso tutti i miei amici. Mia madre ci ha riprovato con Jonas. Ancora e ancora.

Finché non siamo tornati da lui in primavera. Quando Yates è tornato a casa dal college, presto rispetto agli altri anni, è stato felicissimo di vedermi. Ha acceso delle candele nella sua stanza e mi ha costretta a incontrarlo la sera stessa del suo arrivo. Mi ha messo una mano sulla bocca e l'altra nei pantaloni, prima di…

«Ah, dovremo spostare qualche corso», dice il signor Matthews, interrompendo i miei pensieri, «ma non dovrebbe costituire un problema».

Picchietta qualche altro tasto sulla tastiera, poi inclina lo schermo verso di sé, come se avesse appena realizzato che potevamo leggere tutto. Anche se la mamma continua con la sua sceneggiata, vedo le sue labbra serrarsi e delle nubi fare capolino nei suoi occhi.

Quei vecchi ricordi non sono piacevoli. Non ero felice, anzi. Nessuno mi ascoltava. Ho trovato la pace più assoluta solo quando mi sono allontanata da Yates e siamo rimaste solo io e mia madre. Vivere con lui, avere sempre a che fare con lui… alla fine la sua insistenza mi ha fatta cedere. Così tante volte che ho smesso di contarle.

Ed è stato… orribile.

Sapere di dover passare tutte le vacanze con lui, proprio durante l'estate che precedeva l'ultimo anno, mi ha spinta al limite. Ho fatto una cosa che fa quasi… paura.

Eppure, mi ha allontanata da lui.

Per sempre.

«Ho fatto stampare il tuo nuovo orario. Te lo darà Vivian. Buona fortuna per oggi, Summer», dice il preside Matthews, posando il suo sguardo attento su di me.

Ne avrai bisogno.

Riesco a sentire le parole non dette che aleggiano nella stanza. Ignara di tutto e soddisfatta di aver ottenuto ciò che voleva, la mamma si alza e io la imito, combattendo i nervi che vorticano nel mio stomaco.

«La ringrazio per aver compreso le nostre esigenze», dice mia madre. «Ne siamo grate».

«Non c'è di che. Qualsiasi cosa per… *un'amica* del signor Lancaster», risponde lui.

Colgo l'enfasi del preside. E anche la mamma. A testa alta, esce a passo di marcia dal piccolo ufficio e strappa l'orario fresco di stampa dalle dita di Vivian, senza nemmeno ringraziarla. La segretaria borbotta qualcosa sottovoce e io faccio finta di non averla sentita, anche se l'ho fatto.

«Puttana», ha sussurrato.

Quella parola segue mia madre ovunque vada, ma lei è abile, sa ignorare le persone. Non so come faccia. Ricordo il ragazzo che ho conosciuto a quella festa. Il figlio dell'uomo con cui lei ha avuto una tresca. Lui mi ha dato della puttana. Quei ricordi sono ancora in primo piano nella mia mente, soprattutto quando giaccio a letto a notte fonda. Ricordo come mi hanno fatta sentire le sue parole crudeli, il suo bacio brutale.

Da allora ho inseguito quella sensazione.

Capitolo 2

Summer

Entro nella classe d'Inglese in anticipo, visto che ho già perso quasi tutta la prima ora, e mi dirigo verso la cattedra, dove siede un uomo gigantesco dai capelli scuri, che chiacchiera con un paio di studentesse. Le ragazze sono belle, le loro uniformi immacolate, hanno entrambe i capelli di un biondo dorato, lunghi e con la riga in mezzo. Gettano la testa all'indietro in modo spensierato e ridono per qualcosa che ha detto l'insegnante, e invidio che siano a loro agio. Sono sicure di sé e capisco il perché. Frequentano questa scuola da tre anni, si sono date da fare e ora sono in cima. Sono senior, all'ultimo anno. Pronte a dominare la scuola.

Ed eccomi qui, che irrompo nella loro classe grazie alla prepotenza di mia madre, come se questo posto mi dovesse appartenere. Non è così.

E lo so.

Quando tutti si girano a guardarmi con delle espressioni colme di disprezzo, ritraggo lo sguardo da loro e consegno il mio orario al signor Figueroa con dita tremanti.

«Salve. Faccio parte di questa classe», dico.

Lui lancia uno sguardo all'orario e le sue sopracciglia scure si aggrottano. «Temo che ci sia un errore».

Non dico nulla. Mi limito a scandagliare con lo sguardo l'aula, fingendo di non sapere cosa sia appena successo nell'ufficio del preside.

Figueroa solleva il telefono dalla sua scrivania e compone un numero interno di tre cifre. «Ehi. Sì, qui ho una certa…». Guarda il mio orario. «Summer Savage. Sostiene di essere tra i senior avanzati, è possibile?».

Si zittisce, attento ad ascoltare ciò che gli sta dicendo il preside Matthews, e io vorrei sparire. Ovviamente, le ragazze lì accanto stanno ascoltando. I loro sguardi si sono posati su di me e una di loro si è appena chinata per sussurrare qualcosa all'altra, con la mano a coppa intorno all'orecchio della compagna, così che io non possa sentirle.

Non si scomodano a nascondere che stanno parlando di me. Immagino che non dovrei esserne sorpresa.

«Capisco». La voce del professore è bassa. Un po' fredda. «Bene, allora. Grazie». Riattacca il telefono e mi guarda con espressione impassibile, per poi riconsegnarmi l'orario. «Può prendere posto, signorina Savage. La lezione inizierà tra pochi minuti».

Faccio come dice, mi siedo in primissima fila, sul lato più lontano dell'aula. Tiro fuori un quaderno nuovo e una penna, tolgo il tappo con i denti e poi apro il quaderno, lisciando con la mano la pagina bianca. Ho tantissima voglia di scrivere sul mio diario, ma è sepolto nel mio zaino e non voglio tirarlo fuori solo per doverlo rimettere subito via.

Il mio diario contiene tutti i miei pensieri. I miei sentimenti. Appunti e scarabocchi. Ritagli di carta che voglio conservare. Uno scontrino di quando io e le mie amiche siamo andate in quel nuovo bar, poco prima che mi trasferissi. La matrice del biglietto del concerto di Harry Styles. Un messaggio in cui Yates mi minacciava. Un tovagliolo da cocktail stropicciato e macchiato di champagne, preso a quella festa, la sera in cui ho baciato quel terribile ragazzo. Era di un blu scuro, con una grande L bianca al centro.

L di Lancaster.

Di tanto in tanto mi piace sfogliare il mio diario, passare le dita sui pezzi di carta, rileggere i miei appunti. Alcuni sono difficili da ripercorrere, come quelli della notte dell'incendio. Gli scambi con il mio fratellastro. La discussione con il mio patrigno. Il litigio con le mie amiche.

Alcuni mi fanno sorridere. Altri ancora mi fanno rimpiangere i vecchi tempi, l'epoca in cui ero piccola, innocente e ancora credevo che ci fossero persone buone nel mondo.

Ora non sono nemmeno sicura che esistano.

Gli studenti entrano pian piano in classe, ognuno di loro mi lancia sguardi confusi. Quando entrano si aspettano di conoscere tutte le persone in aula, perciò capisco che li ho presi di sorpresa.

«Bene, ci siamo tutti? Pare di sì». Figueroa si alza e va alla lavagna, sulla quale scrive "Romeo e Giulietta" con un pennarello blu. «Benvenuti al corso di Inglese avanzato. È davvero un privilegio essere qui», spiega sorridendo. La classe ridacchia. Indica la lavagna con il suo pennarello. «Questa era la vostra lettura estiva. Spero che siate tutti preparati per i compiti che sto per assegnarvi».

Mi lancia uno sguardo dubbioso e io sorrido in risposta, scrivendo "Romeo e Giulietta" sulla prima riga della mia pagina vuota. Troppo facile. L'ho letto al secondo anno. Avrò bisogno di un ripasso, ma non sono preoccupata.

«Sicuramente avrete notato che c'è una nuova studentessa tra noi. Vi prego di salutare Summer». I suoi occhi non lasciano mai i miei mentre parla e io distolgo subito lo sguardo, a disagio sotto il suo esame.

Alcuni compagni mormorano un saluto, ma non sono tanti. Di certo la maggior parte odia che io sia qui. Ai loro occhi non appartengo a questo posto, ne sono certa.

La porta si apre di colpo e irrompe un ragazzo, la testa rivolta al corridoio, sta urlando a qualcuno. La porta sbatte alle sue spalle e tutto dentro di me prende vita. Mi raddrizzo. La mia pelle formicola. Il cuore batte all'impazzata. Il respiro mi si blocca in gola e il sudore mi imperla l'attaccatura dei capelli.

So chi è. Mi ero detta che non l'avrei incontrato, ma mi sbagliavo.

È lui.

Whit Lancaster. Il ragazzo che mi ha baciata. Che voleva scoparmi e che mi ha dato della puttana quando eravamo appena adolescenti. È più alto di quanto ricordassi. Supera di gran lunga il metro e ottanta e ha le spalle ampie, avvolte dalla giacca dell'uniforme scolastica. La sua arroganza è palpabile. Entra in classe come se fosse il padrone di casa, e tecnicamente è così.

Dopotutto, sull'insegna all'entrata c'è il nome della sua famiglia.

Lo fisso, catturata dal suo volto magnifico. È ancora meglio di un tempo. Di una bellezza straziante. Penetranti occhi azzurri, zigomi affilati, naso aquilino, mandibola squadrata. La sua bocca è rigogliosa, le sue labbra color rosa intenso. Mostra i denti per rivolgere un sorriso irrimediabilmente falso al nostro insegnante.

«Whit, sono contento che ce l'abbia fatta», dice seccamente Figueroa.

Le ragazze ridacchiano. Whit scrolla le spalle.

«Mi dispiace». Non sembra affatto rammaricato. La sua voce è più profonda, rispetto all'ultima volta in cui l'ho sentita. «C'è stato un imprevisto».

Non mi degna di uno sguardo e io resto seduta, rannicchiata su me stessa. Piego le spalle e abbasso la testa. Non voglio che mi veda. Che mi riconosca.

Sarebbe un disastro. Lui mi odia.

Con ogni fibra del suo corpo.

Perché mi ero convinta che fosse un anno avanti a me a scuola? Come ho potuto prendere un tale abbaglio? Non so come sono arrivata a crederlo, ma una volta che l'idea si è formata nella mia testa, ci è rimasta.

Uno sbaglio, e bello grosso.

Quella sera, dopo il nostro incontro alla festa, avevo chiesto a mia madre chi fosse l'uomo assieme a quel ragazzo. Quando avevo scoperto il suo nome, l'avevo cercato su Google. Una delle prime immagini apparse era quella della famiglia Lancaster, raffigurava tutti e cinque. Il padre: alto, fiero e affascinante. La madre: magra, arrogante e glaciale. Due bellissime ragazze dal sorriso simile erano in piedi sul davanti, indossavano vestiti coordinati. Whittaker Augustus Lancaster stava accanto al padre, più alto di lui. La sua espressione svelava una rabbia a stento contenuta, così intensa che potevo quasi percepirla. Più studiavo la foto, più mi incuriosiva.

Che tipo di famiglia era? Sembravano perfetti, ma ora so che le foto mentono. A quattordici anni non avevo creduto a Whit, quando mi aveva detto che mia madre aveva una relazione con suo padre. Non riuscivo proprio a capacitarmi dell'idea. Amavo il mio patrigno come fosse mio padre e credevo che mia madre provasse lo stesso.

Più avanti ho scoperto che mi sbagliavo.

Il segreto è stato presto rivelato ed è scoppiato lo scandalo. A metà del mio secondo anno di liceo, i Lancaster hanno annunciato al mondo il loro divorzio, dopo la diffusione di una sua foto sconveniente di Augustus Lancaster, che lo ritraeva in una situazione compromettente.

Con mia madre.

La mia elegante madre, mai fuori posto, sempre in ordine. Beccata all'uscita di uno squallido hotel di periferia con enormi occhiali da sole a coprire il suo bel viso, con addosso solo un trench Celine slacciato sul davanti, mano nella mano con Augustus. Il vento muoveva l'orlo del cappotto e rivelava le sue lunghe gambe nude.

Fino all'osso dell'anca. Niente mutande in vista.

I giornali sono impazziti. Sotto quel cappotto quella donna era nuda, hanno insinuato, e io ho pensato che avessero ragione.

Così come tutti gli altri.

Senza altri scoop interessanti a circolare nel mondo, in quel periodo, l'avvistamento di quei due è diventato uno scandalo nazionale. Da cui la famiglia Lancaster non si è mai ripresa del tutto. Anche la nostra famiglia non si è ancora rimessa in sesto.

Essendo il maggiore e l'unico figlio maschio, Whit è l'erede del patrimonio della famiglia. Be', uno degli eredi dei molti patrimoni dei Lancaster. Ma suo padre è il figlio maggiore del figlio maggiore del figlio maggiore…

Va avanti da generazioni. Sono soldi antichi, vecchi quasi quanto questo Paese. Il Lancaster Prep esiste da oltre centoventi anni e ogni singolo Lancaster ha frequentato questa scuola prima di andare all'università, puntando agli obiettivi più grandi.

La relazione di mia madre con Augustus ha cambiato per sempre le loro vite. La madre di Whit, Sylvia, dei Whittaker del Rhode Island, un'altra famiglia molto facoltosa, sebbene non affermata come i Lancaster, ha ricevuto una bella somma per l'accordo di separazione. A nessuno dei Lancaster è permesso parlare dei termini del loro divorzio o del motivo esatto per cui si sono lasciati. C'è l'obbligo di riservatezza. Eppure, sanno tutti perché il loro matrimonio è finito.

Per colpa di mia madre.

Pur avendo i soldi, siamo considerati dei veri poveri rispetto ai Lancaster, e il denaro rende una persona, o una famiglia, intoccabile in certi ambienti. In poche parole, mia madre è stata data in pasto ai lupi, ai paparazzi, ai giornali mondani, che l'hanno fatta a pezzi. La sua carcassa è stata fatta a brandelli e sparsa per tutta New York. La gente mormorava. I giornaletti e i blog sulle celebrità urlavano il suo nome con gioia, facevano circolare in continuazione la foto del suo bacino esposto. Il programma *20/20* su ABC ha realizzato uno speciale di due ore sulla relazione e sulle devastanti conseguenze che hanno seguito l'incendio.

Tendo sempre a cancellare dalla mia mente l'incendio. Lo scandalo della nostra famiglia è finito in tragedia, mentre i Lancaster ne sono usciti relativamente indenni. I soldi ti proteggono. Ti isolano. Chi vince al gioco della vita di solito ha i soldi.

Non è giusto, ma chi ha detto che la vita è giusta? L'ho imparato a mie spese.

Basta guardare i Lancaster. Nonostante la tresca e lo scandalo che ne è derivato, sono tornati a splendere come prima. Di tanto in tanto spuntano anche delle loro foto di famiglia al completo. La famiglia moderna, che va d'accordo anche dopo il divorzio. Lo fanno per i bambini, scrivono tutti gli articoli.

Mentre io e mia madre siamo rimaste macchiate e segnate. Spezzate ed escluse dalla stessa società che un tempo ci accoglieva a braccia aperte, soprattutto lei e Jonas.

Un pensiero mi assale all'improvviso: anche le sorelle Lancaster frequenteranno la scuola?

Di sicuro.

Sylvie e Carolina sono bellissime. Una è una ballerina, ma non ricordo quale. Tanto, a portare avanti il nome dei Lancaster sarà Whit.

Con la testa ancora abbassata, guardo Whit camminare davanti alle file di banchi e sedersi in una fila lontana dalla mia, dall'altra parte dell'aula. La sua espressione è di pietra, le sue labbra si sono curvate appena in una sorta di broncio, mentre osserva il professore in piedi davanti a noi.

Credevo che Whit fosse più grande di me. All'epoca del nostro primo e ultimo incontro si comportava come un adulto. Era disincantato, come se avesse già visto e fatto di tutto, e nulla lo impressionava.

Ora sfoggia quello stesso atteggiamento. Non è cambiato granché in tre anni. Sembra proprio annoiato dalla vita.

Sono felice che non si sia accorto di me.

Me ne sto impietrita sulla sedia ad ascoltare la lezione di Figueroa, sta parlando della relazione tra due adolescenti innamorati che hanno sacrificato tutto, comprese le loro vite, per quello che credevano fosse amore.

«Ma era amore?», chiede Figueroa a un certo punto. «Erano più piccoli di voi. Gli storici ritengono che Giulietta avesse appena quattordici anni. Possiamo supporre che Romeo fosse poco più grande, quindi sedici, diciassette anni al massimo. A diciotto anni avrebbe dovuto essere sposato e padre, addirittura».

«Col cazzo», borbotta uno dei ragazzi, facendo ridere tutti.

«Sante parole», dice Figueroa, guardando accigliato il ragazzo che di rimando si limita a sorridergli. «Ma all'epoca andava così. E così è stato per centinaia di anni. Solo negli ultimi tempi la società è cambiata e i matrimoni sono stati associati a una certa maturità. Sempre più persone diventano genitori anche in tarda età. Dovreste ringraziare i vostri genitori per questo».

«Non ringrazio i miei per un cazzo».

Ha parlato Whit.

«Signor Lancaster, apprezzo molto i suoi pittoreschi commenti alle mie lezioni. Arguto e coinvolgente, come sempre». Il tono sprezzante del signor Figueroa è eloquente. Mi sa che qualcuno non gradisce la sua presenza in classe.

Suppongo che non possa fare nulla a riguardo, però.

Si torna a discutere di *Romeo e Giulietta* e io prendo molti appunti, tenendo lo sguardo sul mio quaderno per quasi tutta la durata della lezione. Non voglio attirare l'attenzione di nessuno. Né quella dell'insegnante – risentito per essere stato costretto ad accettarmi quando non ha la minima idea di come sono io o i miei voti – né quella degli studenti, che hanno lavorato duramente e si sono guadagnati il loro posto, mentre io sono entrata in questa classe come se ne avessi il diritto quanto loro.

Mi chiedo se le cose stiano così anche per Whit. Ottiene tutto quello che vuole semplicemente grazie al suo cognome? O è davvero intelligente? Va bene a scuola? O si comporta come uno stronzo e non si impegna affatto? Di sicuro non è obbligato a rispettare le rigide regole scolastiche come noialtri.

La campanella suona e raccolgo di fretta le mie cose, mi carico lo zaino in spalla ed esco dall'aula senza guardarmi indietro. Ho l'orario in mano e lo studio, alla prossima ora ho Matematica.

La materia che gradisco meno.
L'ampio corridoio è popolato da studenti che si dirigono verso le proprie aule, tutti uguali nelle loro uniformi. Ho frequentato una scuola privata a Manhattan, ma lì non dovevamo indossare la divisa. Non sono abituata alla gonna di lana pruriginosa o alla camicetta soffocante. E la giacca?
La odio. Praticamente sto sudando.
Il mio sguardo si posa sulle gonne delle altre ragazze, quando passo davanti a loro. Alcune sono cortissime, suppongo le abbiano arrotolate in vita. Non posso fare a meno di notare che hanno tutte dei bellissimi capelli. Le labbra abbellite da colori accesi, gli occhi truccati in modo teatrale. Vivaci unghie laccate. Sono tutti modi per distinguersi dalla massa.
I miei lunghi capelli castani sono raccolti in una semplice coda di cavallo. Non ho niente su unghie e viso. Ho solo un po' di mascara sulle ciglia, che è l'unico sforzo che ho fatto per il mio look di stamattina, e mi sento decisamente banale rispetto a queste ragazze.
Forse è meglio così. Non devo distinguermi. Non voglio essere notata. Se avessi saputo che c'era Whit, non sarei mai voluta venire qui. Dopo tutte le ricerche sulla famiglia Lancaster che ho fatto su internet, non aver scoperto che lui era ancora iscritto al Lancaster Prep è stato un errore da principiante. Avrei dovuto immaginarlo.
Avrei dovuto saperlo, punto e basta.
Nonostante sul web si parlasse solo della relazione di mia madre con Augustus, e inoltre esistano molti libri e numerosi articoli online sulle vecchie generazioni dei Lancaster, non ci sono molte informazioni sugli attuali componenti della famiglia. Forse è per rispetto della privacy, vista l'età. E Whit, in particolare, non si espone. Ha un cugino, Brooks Lancaster, che fa l'influencer su Instagram. Ha un canale YouTube ed è molto famoso su TikTok. È lui quello sotto i riflettori.
Forse Whit preferisce starne lontano.
Entro nella classe di Matematica e mi metto in fondo all'aula, decretando che quello sarà il mio posto preferito per il resto della giornata. Non so perché mi sono seduta davanti a Inglese. Per provocazione? Figueroa mi ha irritata. E poi, considerando che siamo

all'ultimo anno di un corso di Inglese avanzato, *Romeo e Giulietta* mi è sembrato un compito di lettura banale.

Ma non ho intenzione di lamentarmi. Anzi, ne sono grata, visto che ho già letto il libro. Almeno non sono indietro.

Una donna anziana entra in classe e chiude la porta con fragore, girando la serratura. Si dirige rapida verso la cattedra e si volta verso di noi con un sorriso di circostanza.

«Benvenuti a Matematica III. Se non sapete il mio nome, io sono la signorina Falk. Ho occhi di *falco*, quindi attenti». Sorride.

Nessuno ride. Immagino abbiano preso sul serio le sue parole.

Mentre distribuisce un programma, ci spiega cosa si aspetta da noi. Ci assegna i libri di testo e un foglio con dei compiti, sostenendo di voler valutare le nostre capacità, e io lo osservo, accigliandomi per le domande.

«Qualche problema?», chiede la signorina Falk, fermandosi accanto al mio banco.

Alzo lo sguardo e vedo che mi contempla con sguardo curioso. «No, signora». Scuoto la testa.

«Bene. Benvenuta a Lancaster, signorina Savage». Si allontana.

Alcuni si spostano sulle loro sedie per studiarmi palesemente e io sorrido malvolentieri, prima di abbassare la testa sul banco. Odio l'attenzione. Non voglio che capiscano chi sono. Ho sempre odiato il fatto di essere legata al cognome di mio padre. Un uomo che a stento conosco. Un padre a cui non importa nulla di me, e mai gliene è importato. Volevo essere una Weatherstone come mia madre, come il mio patrigno Jonas. Addirittura come il mio fratellastro Yates.

Yates Weatherstone è impronunciabile. In senso letterale e metaforico.

Il mio stomaco si rivolta al pensiero.

L'ora dopo vado alla lezione di Francese, dove scopro un piccolo gruppo entusiasta. La professoressa è giovane e chiede a tutti di chiamarla Amelie, parla in un francese fluente. Infatti, viene dalla Francia e in classe siamo soprattutto ragazze, il che mi aiuta a rilassarmi. Mi presento a tutti in francese e loro annuiscono sorridendomi in risposta, con volti amichevoli.

Le prime facce amichevoli che vedo da stamattina.

All'ora di pranzo raggiungo la mensa e resto impressionata dalla varietà di scelta del cibo. Preparo un'insalata dal buffet di verdure, poi mi faccio strada tra i numerosi tavoli affollati, odiando il fatto di non conoscere nessuno. Un paio di ragazze del corso di Francese mi notano e mi fanno cenno di avvicinarmi; mi siedo con loro e mangio in silenzio la mia insalata, mentre le mie compagne chiacchierano.

«Oh, Dio, ecco Whit», dice una di loro, portandosi la mano al petto. «È *così* bello. Giuro su Dio che è diventato ancora più attraente, dopo l'estate. È *tanto* abbronzato».

Non posso assolutamente voltarmi a guardarlo. Se dovesse vedermi in faccia, sono sicura che mi riconoscerebbe. Ovvio che mi riconoscerebbe. I media hanno escluso il mio volto dai notiziari, ma lui sa esattamente chi sono. Così come io so chi è lui.

«È un sadico», risponde l'altra ragazza. Si chiama Jane ed è tutt'altro che una ragazza comune. Sembra una modella, con i suoi lineamenti perfetti e il corpo snello e allampanato. «Ho sentito dire che gli piace fare del male alle ragazze quando, ehm, le scopa».

«Di che cavolo stai parlando?», chiede l'altra. La fisso, cercando di ricordare il suo nome, ma non ci riesco.

Oggi ci sono state troppe novità per poterle ricordare tutte, fra queste anche i nomi.

Jane si china in avanti, abbassando la voce. «Farah ha avuto una storia con lui l'anno scorso. Niente di serio, si divertivano. Si frequentavano. Lui era molto esigente, ha detto. Ogni volta che la baciava, le metteva la mano sulla gola. Come se volesse tenerla ferma. Ha detto che a volte serrava la presa, sembrava volesse davvero... *strangolarla*».

L'altra ragazza boccheggia. Io non dico nulla, ma ovviamente ciò che ha detto ha acceso la mia immaginazione. Non mi spaventa. Né mi sconvolge.

Posso capire che gli piaccia. Era brutale quando aveva quattordici anni. Fin dove sarà arrivata la sua immaginazione, adesso?

«Disgustoso», dichiara con una smorfia la ragazza di cui non ricordo il nome.

Jane ghigna e si scosta i capelli biondi e ondulati dalle spalle. «Io la trovo una cosa eccitante».

La osservo. Schiocca la gomma da masticare rosa brillante – non mangia altro a pranzo – con il suo fare da principessina. Questa ragazza non riuscirebbe a gestire Whit Lancaster. Lui la distruggerebbe al primo tocco. Al primo sguardo.

«È talmente sexy che potrei ignorare le sue stravaganze». La ragazza ride – mi sono ricordata il suo nome, è Caitlyn – e rivolge la sua attenzione a me. «Hai già conosciuto Whit?».

Scuoto lentamente la testa, rimanendo in silenzio. Non confermo né nego nulla a voce alta.

«La sua famiglia possiede la scuola. Lui è intoccabile», dice.

«Ti sta piacendo il Lancaster finora?», chiede Jane, portandosi i capelli dietro l'orecchio e schioccando la gomma.

«Ho ancora molto da scoprire», rispondo con sincerità, prima di prendere una forchettata di insalata.

«Alloggi nei dormitori? O sei una studentessa esterna?», domanda Caitlyn.

«Dormitori», rispondo, abbassando lo sguardo. Grazie a mia madre e la sua conoscenza con Augustus Lancaster, sono riuscita a ottenere una stanza singola all'ultimo minuto, cosa che sono certa non abbia precedenti. Ciò significa che non dovrò condividere la stanza con nessun altro. Ho sentito dire che è un evento raro.

Ho ottenuto solo favori speciali, sfruttando il legame di mia madre con i Lancaster. Il che è un bel problema, ma non importa. Devo approfittarne finché posso.

«Prima dove andavi a scuola?», domanda Jane, sorseggiando dalla sua bottiglia d'acqua. I suoi occhi brillano mentre mi studia, sono certa che sta cercando di inquadrarmi.

Non mi fido di lei. Qualcosa mi dice che non me la racconta giusta. Ma, ovviamente, io non credo più a nessuno. Non più.

Dopo che si è rimasti scottati tantissime volte, è difficile abbassare la guardia.

«Billington a Manhattan», rispondo con un lieve sorriso. Sembrano entrambe colpite.

È una delle migliori scuole private di Manhattan. Jonas era nel consiglio scolastico quando Yates la frequentava. Ed è così che Yates è riuscito a farla franca; hanno guardato dall'altra parte grazie alle generose donazioni di Jonas e alla sua posizione nel consiglio.

Ho fatto un favore al mondo, quando mi sono occupata di Yates. Non che mi meriti un ringraziamento.

Non che qualcuno sappia esattamente cosa ho fatto.

Parliamo del più e del meno per il resto del pranzo, nel frattempo un punto tra le mie scapole diventa sempre più caldo man mano che scorre l'ora. Come se qualcuno mi stesse osservando. Non oso voltarmi.

Temo di ritrovarmi a fissare gli occhi gelidi e indagatori di Whit Lancaster.

Capitolo 3

Summer

Dopo pranzo ho una pausa fra le lezioni, che in realtà devo usare per studiare. Vado in biblioteca, trovo un posto in fondo alla cavernosa struttura e mi siedo a un tavolino libero. Tiro fuori il compito di matematica e lo svolgo frettolosamente, distratta dalla bellissima architettura che ho intorno. È antica, con soffitti svettanti e finestre gotiche decorate da splendidi vetri colorati. Mi ricorda un film con maghi e streghe.

Ricevo un messaggio e controllo per vedere se è di mia madre.

Ti stai ambientando?

Non mi scomodo a rispondere. Non credo le interessi. Starà già tornando a casa, nell'appartamento che ha ereditato dopo la morte di Jonas. Niente più scale fino al quinto piano per lei. È a posto per il resto della sua vita. Se avrò fortuna, potrà lasciarmi persino un po' di soldi in eredità.

Ma sapendo quanto ama sperperare denaro, non credo avrò fortuna.

In biblioteca ci sono altri studenti che parlano a bassa voce, a testa china. Spettegolano, sorridono e ridono. Vederli mi fa pensare alle mie amiche nella vecchia scuola. Mi mancano. Ma quando è scoppiato lo scandalo su me e Yates, poco prima dell'incendio, non ho più potuto farmi vedere. Tutti sapevano cosa mi aveva fatto.

E nessuno ha mosso un dito per impedirlo.

Scaccio la rabbia e torno a concentrarmi sui compiti di matematica, ignorando il rumore di passi che si avvicina, finché una delicata voce femminile non mi saluta.

Per poco non mi viene un infarto. Alzo di scatto la testa e vedo una ragazza in piedi accanto al tavolo.

Sorride timida, ha dei lunghi capelli biondo scuro che le arrivano fin sotto le spalle. Quasi fino alla vita. Ha il volto pallido, gli occhi di un azzurro inquietante e le labbra a bocciolo di rosa che sorridono, spiccando col loro rosso vivace in quel bianco candido della sua pelle. «Sei nuova».

Non posso fare a meno di ricambiare il sorriso. «Sì».

«Posso sedermi con te?».

Faccio un cenno con la mano alle tre sedie libere del mio tavolo. «Accomodati pure».

Si sistema sulla sedia più vicina alla mia, lanciando lo zaino sul tavolo con un forte tonfo. La guardo mentre fruga al suo interno ed estrae un libro di storia, con un altro rumore forte ed echeggiante. Da qualche parte, in lontananza, giunge un debole «Shh!» che sono sicura provenga dalla bibliotecaria.

«Odia i rumori», dice la ragazza con un sorriso tenue.

«Chi?»

«La bibliotecaria. La signorina Taylor. È vecchia come questo edificio». La ragazza ride e io non riesco a non unirmi a lei. È un suono contagioso e mi sento subito a mio agio. Molto più di quando ero con le altre due a pranzo. «Hai notato che ci sono un sacco di professoresse zitelle che lavorano qui? Credo che le insegnanti vergini vengano in questa scuola a morire».

Ride ancora più forte. Mi ricorda un angelo, ma sicuramente ha una mente diabolica.

Mi piace più di prima.

«Ti piace qui?», chiede.

«È bello», dico con un'alzata di spalle, tornando a guardare il mio compito di matematica. Devo risolvere ancora un problema e poi ho finito.

Lei si avvicina, la sua voce è un roco sussurro. «È facile».

Inarco un sopracciglio. «Tu dici?»

«Io dico». Lancia un'occhiata alle sue spalle, come per assicurarsi che non ci sia nessuno, prima di riportare la sua attenzione su di me. «Sono una junior, sto al terzo anno. Tu sei all'ultimo?».

Annuisco, chiedendomi come faccia a saperlo. «Sì».

«Andavi al Billington?». Fa un fischio sommesso quando alzo le sopracciglia. «Quello è un posto di lusso».

«E questo non lo è?». La mia voce è piatta, il cuore mi batte forte. Come fa a sapere dove sono andata a scuola?

Lei scrolla le spalle. «Niente di che».

Le sue parole sono sprezzanti. Ovviamente, non è colpita dal Lancaster Prep.

«Sei sempre stata qui?», chiedo. Sarebbe l'unica spiegazione sul perché non coglie la bellezza di questo posto. I vecchi edifici, la cappella gotica con la guglia che si innalza nel cielo. I giardini verdi e lussureggianti, la foresta dietro il campus e l'oceano appena oltre, le cui onde si infrangono sulla riva. È un sogno.

«Tutta la mia vita», alza gli occhi al cielo ed emette un sospiro esagerato. «Almeno così sembra».

«Come fai a sapere tutte queste cose su di me?», chiedo curiosa. Ma non sono intimorita. Non ha un atteggiamento minaccioso.

«Ho i miei mezzi», dice misteriosa. «So che ti chiami Summer Savage. Bel nome, comunque. Molto… primordiale. Sei di Manhattan. Ti sei iscritta all'ultimo momento, ben oltre il termine per le iscrizioni al Lancaster».

Il modo in cui dice "ben oltre" mi colpisce. È come se assaporasse le parole.

«Ti hanno assegnato una stanza singola. Piuttosto impossibile, considerando la situazione delle iscrizioni, quindi devi avere delle conoscenze ai piani alti. Il caro vecchio Augustus, forse? Inoltre, ho sentito che stamattina hai fatto la tua comparsa a Inglese avanzato, un'entrata in scena che sicuramente ha fatto infuriare un po' di persone. Quelle ragazze lavorano sodo per essere nella classe di Figueroa, cercano disperatamente di avvicinarsi a lui. Ha dei trascorsi con alcune, ma non l'hai saputo da me. Quindi sì, di sicuro conosci qualcuno». Sorride, i suoi occhi azzurri scintillano. «Avere amici nei piani alti può portarti lontano».

Si fa strada la consapevolezza e mi raddrizzo, odiando il brivido di terrore che mi serpeggia lungo la schiena. Questa ragazza dovrebbe odiarmi e probabilmente è così.

«A tal proposito, mi chiamo Sylvie. Sylvie Lancaster». Nel momento in cui mi guarda in faccia, getta la testa all'indietro e scoppia a ridere. Così forte che sento la signorina Taylor zittirla di nuovo. «Non ci siamo mai incontrate prima, eppure ho la sensazione di sapere tutto di te».

«Idem», ammetto con voce roca. Parlare con lei significa fraternizzare con il nemico.

È pericoloso.

«Oh, non esserne sconvolta. Non mi importa di cosa ha fatto tua madre con mio padre». Agita una mano, liquidando tutte le storie scabrose sui nostri genitori. «Nostra madre era fermamente ostinata a rendere la vita di nostro padre un inferno, durante il loro matrimonio. Quella era la sua unica via di fuga».

«Lo pensi davvero?», chiedo incredula. È come se a lei non importasse niente, mentre suo fratello mi ha trattata come una prostituta quando eravamo ancora davvero piccoli, appena adolescenti.

Ripenso a quanto hanno detto le ragazze su di lui, al fatto che gli piace soffocare le ragazze quando le bacia. Sono intrigata, nonostante la sua depravazione. Non mi dispiacerebbe scoprire come ci si sente ad avere la mano calda e virile di Whit stretta intorno alla gola, intanto che mi blocca contro il muro e mi tormenta con la bocca.

Dio, sono malata. Sul serio.

«Ho vissuto con loro per tutta la mia vita. Sono stata testimone di quel disastro che hanno chiamato matrimonio. Sì, lo penso davvero», dice in tono solenne. «Mio fratello maggiore pensa che tua madre sia l'incarnazione del demonio e dà a lei tutta la colpa. La nostra sorellina invece crede che sia nostro padre il responsabile dello sfacelo e ogni giorno litigava con lui per le fragili condizioni della nostra carissima madre, prima che lei se ne andasse».

«E *tu* cosa pensi?», domando.

«Ognuno è responsabile delle proprie azioni, no? Sono adulti. Qualcuno ha pensato ai bambini? No. Ma quando mai pensano ai bambini?». Non mi dà la possibilità di rispondere. «Sono tutti egoisti. Racchiusi nei loro piccoli mondi. Perché, secondo te, esiste una scuola privata con il nome della nostra famiglia? Così possono sbatterci tutti qui dentro e dimenticarsi della nostra esistenza».

Sylvie spiega tutto con logica e ha perfettamente senso. Sono convinta che abbia ragione. Quando pensano ai bambini?

Mai. I miei genitori hanno sempre trascurato me e Yates, anche se avevamo bisogno di attenzioni. Altrimenti perché lui mi avrebbe perseguitata in quel modo così sfacciato? Sapeva che l'avrebbe fatta franca.

Be', gli ho dato una lezione.

«Tuo fratello sa che sono qui?», le chiedo, sperando di avere un tono disinvolto.

«No. Sì? Non ne sono sicura. Non abbiamo mai parlato di te, il tuo nome non è mai uscito dalle sue labbra. Ma io e Whit non parliamo molto. Mi considera una seccatura», dice. Non sembra minimamente offesa.

«Come hai fatto a scoprire così tante informazioni su di me?»

«Ho hackerato il sistema informatico della scuola». Lei ridacchia e io resto a bocca aperta. «È un sistema arcaico. Sarebbe riuscita a entrarci anche mia nonna, ed è morta da due anni».

Non posso fare a meno di ridere. «Qualcuno sa che hai hackerato il sistema informatico della scuola?»

«Solo pochi eletti. Tu sei una di loro, adesso». Il suo sorriso è lieve, gli occhi scintillanti. «Se prendi un brutto voto, fammelo sapere. Posso risolvere il problema». Schiocca le dita.

«Prendo bei voti», la rassicuro.

«Per ora». Sorride, la sua espressione non vacilla mai, mentre il mio sorriso si spegne lentamente.

Sono certa che abbia aperto il mio fascicolo di Billington e letto con avidità ogni minimo dettaglio, curiosando tra tutte le mie note con gioia a stento repressa. Droghe, insolenza, sesso nel campus. Ero un incubo. I miei primi due anni di liceo sono stati difficili. Mi comportavo male. Era un grido d'aiuto. Cercavo attenzioni, buone o cattive che fossero.

Ma nessuno ascoltava. Anzi, erano tutti pronti a mandarmi lontano, molto lontano. All'accademia militare, come se avesse potuto guarirmi.

Immagino che allontanarsi da Yates avrebbe risolto tutto, ma io non volevo farlo in quel modo. Una delle ultime sere in cui eravamo ancora tutti insieme come una famiglia, molto tempo dopo che tutti erano andati a letto, lui mi ha stretta a sé e mi ha detto quanto gli sarei mancata, una volta andata via. Lì ho capito che era convinto che non volessi andarmene perché altrimenti ci saremmo separati.

E non era così. Neanche lontanamente.

O almeno, non era così per me.

«Sembri una persona con molti segreti», dice Sylvie, interrompendo i miei pensieri.

La metto a fuoco battendo le ciglia e lei mi guarda con occhi socchiusi. «Sono un libro aperto», mento.

Lei non dice nulla. Non ne ha bisogno.

Perché non mi crede. E non deve farlo. Ho un sacco di segreti.

E sono tutti terribili.

Mi precipito a Diritto degli Stati Uniti appena prima che suoni la campanella, lanciando uno sguardo di scuse all'insegnante già seduto dietro la sua cattedra. Mi sono trattenuta fino all'ultimo in biblioteca per continuare a parlare con Sylvie, sentendomi in colpa per il mio legame con suo fratello. Eppure, io non ne ho parlato e nemmeno lei.

Ho preferito così.

L'aula è piena, ogni banco è occupato tranne un paio in fondo alla classe. Mi ci fiondo, senza prestare attenzione a dove metto i piedi. Inciampo in uno zaino che è proprio sulla mia strada, finisco dritta per terra.

Resto lì per un momento, con la guancia premuta contro il pavimento freddo e le ginocchia che pulsano per il brusco atterraggio. L'aria fresca mi sfiora le cosce e così realizzo che la gonna si è sollevata, mettendo in mostra le culotte nere che all'improvviso sono grata di aver indossato, invece della solita biancheria intima.

Il professore si precipita verso di me. Sento i suoi passi stridenti sul pavimento. «Sta bene?», chiede.

Il pubblico si è calmato un po', ma delle risatine mi raggiungono ancora. Mormorii entusiasti, che parlano di me. Un ragazzo chiede: «Ma chi cazzo è?».

Ricomponendomi in fretta, mi metto in ginocchio e scosto i capelli dal viso. Sento qualcuno annaspare, come se fosse sotto shock, e quando guardo alla mia sinistra mi rendo conto di essere letteralmente faccia a faccia con l'angelo caduto dei miei sogni.

Il demone dei miei incubi.

Whit Lancaster. Mi sta fissando come se avesse appena avvistato un fantasma.

Afferro saldamente la spallina dello zaino e mi alzo, distogliendo lo sguardo e sedendomi sulla sedia più vicina.

Proprio dietro a Whit.

Che cazzo.

L'insegnante lancia uno sguardo di rimprovero alla classe, zittendo tutti, poi inizia a parlare, ma io non ho la minima idea di cosa stia dicendo. Non riesco a sentire nulla a causa del battito accelerato del mio cuore. Mi ruggisce nelle orecchie, nel sangue, e cerco di controllare il respiro. Finché non ce la faccio più e butto fuori uno sbuffo alla menta, per via della gomma che ho masticato in biblioteca.

Dio, spero non se ne accorga.

Con una smorfia, abbasso lo sguardo sul pavimento davanti a me. Sono inciampata nello stramaledetto zaino di Whit. Ti pareva. Sono come in uno stato di trance, il mio corpo trema, le ginocchia pungono per la caduta. Fisso il banco, ho paura di alzare la testa, temo che mi stia guardando. Quando finalmente oso sollevare lo sguardo...

Mi ritrovo davanti la sua nuca.

Sospirando, tiro fuori il mio raccoglitore e il quaderno per gli appunti, insieme al mio portamine preferito. Ho ancora le mani tremolanti. Sono pronta per prendere appunti, anche se l'insegnante è poggiato alla cattedra a braccia conserte, a parlare di sé e di ciò che si aspetta da noi quest'anno.

Distribuisce un programma e il mio cuore minaccia di uscire fuori dal petto. Whit dovrà girarsi per passarmelo. Aspetto, con le mani sudate e le gambe che tamburellano, e quando nella mia fila si iniziano a passare le copie del programma, seguo la piccola pila che raggiunge Whit.

Lui però non si gira per darmi la mia copia. Le tiene entrambe, spalle dritte e attenzione rivolta al professore. Vengo assalita dall'irritazione e ho l'impulso di punzecchiarlo alle spalle con la matita per reclamare la mia copia del programma.

Invece, alzo la mano.

«Sì?», dice il professore con sguardo gentile.

Sono certa che gli dispiaccia per la mia caduta di prima.

«Non ho il programma».

Si acciglia. «Be', che strano. Li avevo contati». Ne prende uno in più dalla cattedra e si avvicina per consegnarmelo.

«Grazie», dico.

Il professore continua a parlare per il resto dell'ora, ma io non l'ascolto. Non riesco a concentrarmi su nient'altro, tranne che su Whit seduto proprio di fronte a me che mi ignora di proposito, grazie a Dio. Riesco a sentire il suo odore. Caldo, speziato, tipicamente maschile. Studio i suoi capelli. Biondo scuro, quasi castani. Corti, ben tagliati e un po' lunghi in cima. Sembrano setosi. Sono certa che se ci passassi la mano sopra, le ciocche si avvinghierebbero alle mie dita.

Suona la campanella, dichiarando la fine della lezione. La fine della giornata. Me ne resto seduta, impietrita, mentre tutti intorno a me raccolgono le loro cose e quasi fuggono dall'aula. Ci sono gli allenamenti per gli sport autunnali. Lo hanno annunciato all'ora di pranzo. Cerco di aspettare che Whit si muova, così da andarmene dopo di lui, ma noto che è lento quanto me.

Ed ecco che si gira per affrontarmi.

«Che cazzo ci fai qui?». La sua voce è bassa, lo sguardo tagliente.

«Studio qui», dico tutto d'un fiato.

«Col cazzo», ribatte, scansandosi da me. Ha paura che gli passi la peste, se mi sta troppo vicino.

Lo odio. Davvero. Ma sono anche attratta da lui. L'attrazione è lì, che mi sospinge verso di lui. Mi chiedo se anche lui la senta.

«Mi sono iscritta», spiego, afferrando lo zaino e mettendo via le mie cose. «Che ti piaccia o no».

Mi guarda.

Ricambio.

Infine, parla lui.

«Bella caduta, prima. Finire in ginocchio in quel modo deve essere stato doloroso». Sorride. «Anche se sono sicuro che tu sia abituata a stare in ginocchio».

Il suo insulto è tagliente come un coltello, che mi squarcia. «Vaffanculo», dico, mettendomi in piedi.

Anche Whit si alza, bloccandomi la strada. È molto più imponente rispetto a tre anni fa. Più alto. Più massiccio. Più forte. Eppure, mi rifiuto di farmi spaventare da lui.

«Sono convinto che ti piacerebbe, se ti scopassi», dice con voce bassa e provocante. Non so come faccia il professore a non sentirlo, ma l'uomo sembra essere ignaro. «Sei una puttana da quattro soldi, proprio come tua madre».

Lo schivo con uno scatto e scappo, senza guardarmi indietro. Sento la sua risata inseguirmi per tutto il corridoio e solo quando esco dall'edificio mi rendo conto che è nella mia testa. Nei miei pensieri.

Ho la sua risata impressa in mente. Mi ricorda che sì, sono la figlia di mia madre.

Nient'altro che una puttana da quattro soldi.

Capitolo 4

Summer

Le prime due settimane di scuola si svolgono praticamente allo stesso modo. Studiamo il programma, cerchiamo di capire i nostri insegnanti e cosa vogliono da noi, facciamo i compiti tutte le sere, anche se non sono ancora molto difficili. Ci aiutano sempre, all'inizio del trimestre. Succede in ogni scuola. Non mi sono ancora fatta degli amici. Si dice che Whit mi abbia fatto lo sgambetto di proposito, il primo giorno di scuola, cosa che ha permesso agli studenti di farsi un mucchio di domande. Inoltre, le persone che hanno assistito alla nostra spiacevole discussione dopo la fine delle lezioni, quel lunedì, ne hanno parlato in giro per la scuola. E lentamente, ma in modo inesorabile, sono diventata una reietta.

Nessuno mi parla. Indossano tutti una museruola Lancaster. Non ho più visto Sylvie da quel giorno in biblioteca, quindi non posso nemmeno contare sulla sua amicizia. È come se fossi diventata uno spettro che nessuno vede.

Dovevo immaginarmelo. Nel momento in cui ho saputo della presenza di Whit al campus, ho capito che dovevo abbandonare la speranza di avere un ultimo anno quasi normale. Il secondo giorno di scuola si è accorto che frequentavo Inglese avanzato con lui, ma mi sono imposta di non guardarlo.

Mi ha fulminata con lo sguardo non appena è entrato in classe, di nuovo in ritardo, sempre con quell'atteggiamento disinvolto da "me ne frego" rivolto a Figueroa. Sono certa che tutto il personale scolastico lo odia a morte.

Le parole velenose che mi ha rivolto si sono mangiate quel poco di reputazione che avrei potuto avere, in modo inesorabile. Un po' alla volta. Al punto che ora le persone mi deridono quando mi passano accanto nei corridoi. Le stesse ragazze con cui ho pranzato il primo giorno, ora fanno finta di non vedermi. Oppure mi tengono d'occhio nel dormitorio, come ha fatto Caitlyn qualche giorno fa.

È come se volesse indurmi ad andare via, ma io non lo farò. A pranzo si siede ai tavoli della mensa o di fuori, sempre circondato da ragazze. E sempre accompagnato dai soliti tre ragazzi. Chad, Elliot e Spencer. Sono all'ultimo anno come noi e provengono da famiglie importanti, ma non quanto quella di Whit. Mi sorprende che il diavolo abbia degli amici, anche se suppongo sia un demonio dalla personalità affascinante e persuasiva.

Sembra una cosa che direbbe mia madre.

Non le sto parlando di cosa mi sta succedendo. E di sicuro non le dirò di Whit e di quello che sta facendo. Lei pensa che a scuola vada tutto bene e che me la stia cavando. Se le dicessi che ci sono problemi con Whit, contatterebbe il padre. E poi, si scaglierebbero le pene dell'inferno.

Su di me.

Perciò me ne sto zitta. A lezione di Diritto degli Stati Uniti mi sono spostata nella fila accanto, così da non sedermi direttamente dietro di lui. Trascorro l'ora di pranzo in biblioteca. Lì riesco a finire tutti i compiti, visto che subito dopo c'è l'ora di studio. La sera prendo un po' di cibo dalla mensa e lo porto in camera, dove me ne sto per conto mio. Faccio una doccia. Leggo, guardo qualcosa su Netflix o altrove. Le mie giornate sono tutte uguali. Noiose.

Solitarie.

Se faccio finta di non esistere, allora non esisto. Alla fine della seconda settimana di scuola, sembra che anche Whit si sia dimenticato di me, cosa che mi fa provare un tranquillo senso di sollievo.

Ma non eccessivo. Non mi fido del tutto di lui. Potrebbe star escogitando un piano in gran segreto.

Averlo così vicino, però, mi incuriosisce. A volte lo osservo a pranzo, quando entro in mensa per pochi minuti. Lo guardo parlare con le ragazze, che con lui fanno le gattemorte, quasi come se fosse una celebrità. Drizzo le orecchie durante le lezioni che abbiamo in comune e noto che quando un insegnante gli fa una domanda, lui dà sempre la risposta giusta. È intelligente.

Ed è anche pericoloso.

Tutti lo corteggiano. Quando il nome e lo stemma della tua famiglia coincidono con quelli della scuola, suppongo sia la normalità. Professori e personale. Ogni singolo studente. Gli unici che non sembrano impressionati dal suo status sono i suoi tre amici, sebbene lo trattino con una pacata riverenza, per fargli capire che al comando c'è lui. Le ragazze flirtano con lui – in particolare con lui, ma anche con i suoi tre amici stretti – in un modo così disperato da fare pena. Patetiche.

Io lo tratto come lui tratta da me: non gli rivolgo la parola. Mi ha dato della puttana. Non è cambiato nulla tra noi. Mi odia.

E io odio lui.

Adesso lo sto osservando. È l'ultima ora della giornata. È venerdì. Siede davanti a me, alla mia sinistra, rientra proprio nel mio campo visivo. Sta picchiettando la matita sul bordo del banco con un ritmo costante e fastidioso. Lo fulmino con lo sguardo, ma lui nemmeno guarda nella mia direzione.

I capelli gli ricadono sulla fronte, le labbra sono arricciate in un lievissimo sorriso. Non c'è una vera felicità su quel volto, però. Ci sono solo rughe e ombre scure. Ma è un viso bellissimo. Freddo e severo, come le statue nei giardini del campus.

Il professore avvia un video e spegne le luci, così l'unica fonte di luce rimane il grande schermo della televisione appesa alla parete. È un documentario che parla di attualità, dello stato del mondo e del nostro triste futuro, perciò smetto subito di ascoltare.

Sono già depressa di mio.

Nel momento in cui il signor Stein esce dalla classe, l'atmosfera cambia. I telefoni vengono tirati fuori. La gente inizia a parlare. Io mi metto a scarabocchiare su una pagina bianca del mio quaderno, inclinando la testa così che i capelli mi cadano davanti, coprendomi il viso. Non voglio farmi vedere da nessuno. Scrivo il mio nome a caratteri cicciotti. Ci disegno dei fiori intorno. Poi scrivo il nome di Whit.

E lo circondo di faccine diaboliche, con corna lunghe e affilate.

«È così che mi vedi?».

La sua voce familiare e profonda mi fa sfuggire un sussulto. Chiudo di scatto il quaderno, sollevo la testa e vedo Whit proprio accanto a me. In qualche modo si è seduto al banco dietro di lui e l'ha fatto scivolare silenziosamente verso il mio. Come ho fatto a non rendermene conto?

«Pensi che io sia il diavolo?», incalza, vedendo che non rispondo.

Mi scosto da lui, sperando che mi lasci in pace.

Desiderando che continui a parlarmi.

«Suppongo di aver reso la tua vita un inferno», dice con naturalezza, come se stessimo facendo una conversazione tranquilla.

Ancora niente, solo silenzio da parte mia.

«Pensavo che a quest'ora saresti stata in un mare di lacrime, visto che ti ho messo tutti contro», continua. «Sei più forte di quanto pensassi».

Alzo lentamente lo sguardo verso di lui, i nostri sguardi si incrociano, il suo mi risucchia. Anche nella penombra riesco a vedere il bagliore azzurro dei suoi occhi affamati, sembrano divorarmi. Socchiudo le labbra, ma non emetto alcun suono.

Cosa dovrei dire?

«Immagino che non ti interessi granché a chi piaci o no, vero?». Le sue labbra si incurvano in un sorriso appena accennato. «Finché ottieni quello che vuoi, in fondo, hai vinto».

Non so a cosa si riferisca.

«Non è un gioco», dico a bassa voce.

Inarca un sopracciglio. «Allora parli».

Lo fisso.

«Ti sbagli, Savage. La vita è un gioco e tutti quelli che si trovano in questa stanza sono dei perdenti». Fa una piccola pausa. «A parte me».

La sua arroganza è incredibile.

«Solo perché hai i soldi», gli faccio notare.

«E il potere. Cazzo, ho così tanto potere che praticamente lo trasudo». Si avvicina e io mi scanso, voglio allontanarmi da lui. «Hanno tutti paura di me. Quindi fanno quello che dico, senza fare domande».

«Tipo chiedere loro di ignorarmi?».

Lui sogghigna. «Sì. Sono tutti delle pecore».

«E tu sei il pastore?»

«Sono lo stronzo che possiede la terra dove le pecore pascolano. Un passo falso e le mando tutte al macello». Mi studia per un secondo e io resto in silenzio, voglio evitare di parlare. Non posso rivelare nulla. Né con le parole, né con le emozioni. «Come ha fatto tua madre a convincere mio padre a farti iscrivere così in ritardo?».

Non ne ho idea, vorrei dirgli.

Ma resto in silenzio.

«Ha qualcosa su di lui? O come al solito si è messa in ginocchio e gli ha succhiato il cazzo per farsi pagare la tua retta?».

Non mi lascio scalfire dalle sue parole, so che vuole solo ottenere una reazione. Lo capisco dal modo in cui posa lo sguardo su di me, guardandomi dall'alto in basso. Indugia sui miei occhi. Sulle mie labbra. In attesa di un segnale.

Mi rifiuto di dargliela vinta.

«Possiamo stringere un patto, per rendere la tua vita qui molto più facile», dice, con voce ancora più bassa e, oh, suadente.

«A che condizioni?». Mantengo un tono controllato. Calmo.

La sua bocca si curva verso l'alto. «Succhiami il cazzo e fammi venire sulle tue tette per una settimana, e libero tutti».

Dio, che maiale. Vuole venirmi sulle tette?

Nella mia mente compare un'immagine del tutto inaspettata. Io in ginocchio davanti a Whit. Le mie labbra intorno al suo possente cazzo. So che è grande. *Deve* esserlo. Dubito che un Lancaster abbia il pene piccolo, e ricordo la sua forma sotto la mia mano quella volta che l'ho toccato. Sono in topless, senza reggiseno, con le tette di fuori, proprio come piace a lui. Lo massaggio, lascio che mi scopi la bocca così a fondo che sento la punta sbattere contro la mia gola e proprio quando sta per arrivare al limite, un gemito gli sfugge dalle labbra e lo tira fuori, schizzando sperma sul mio petto, che cola sui miei capezzoli.

Mi ripulisce la pelle dal suo liquido muovendo le dita delicate e leggermente tremanti sui residui del suo orgasmo ancora presenti. Dopo le porta sulle mie labbra, me le fa succhiare e io ingoio il suo sperma senza protestare. Vedo tutto questo svolgersi chiaro come il sole, e mi rendo conto che le mie fantasie sono un po' deviate, soprattutto se si considera la mia precedente esperienza sessuale.

«Fammi venire sulla tua faccia e mi occuperò di ogni cosa in cinque sessioni», propone.

Per un brevissimo istante sono tentata, ma scaccio subito quell'immagine deliziosa dai miei pensieri. Che cavolo di problemi ho? «No».

«Tre giorni, e ti vengo sulle tette», controbatte.

Lo fisso, incapace di ritrovare la voce.

«Facciamo due, se mi concedi di farti un ditalino adesso, in classe». Il suo sorriso è così largo che i suoi denti bianchi quasi mi accecano nonostante l'oscurità.

«Non ci penso nemmeno». Cerco di non contorcermi all'idea delle dita affusolate di Whit sotto la mia gonna. Sotto le mie mutandine. Tra le mie gambe, che mi accarezzano la pelle umida e pulsante...

«Ci stai pensando». La sua voce sorniona interrompe i miei pensieri.

«No, direi proprio di no».

Ci fissiamo, il mio sguardo si posa sul suo collo. Vedo il suo battito, rapido, e sono curiosamente rassicurata dal fatto che sto provocando un effetto su di lui tanto quanto lui su di me.

«Fatti tuoi», dice infine con tono sprezzante. «Te li farò rivoltare tutti contro».

«Non l'hai già fatto?». Non so come faccio a mantenere un tono di voce pacato, quando dentro di me sto tremando per la sua vicinanza. Mi sta minacciando con un ricatto sessuale. Dovrei esserne offesa. Perché non lo sono?

Perché sei attratta da lui. Nonostante quello che ha fatto e detto, ti piace l'idea di stare con lui. Brami ciò che può darti.

«Hai ragione», dice. «L'ho fatto. Pensavo che avresti ceduto. Un paio di pompini e tutti ti avrebbero amata? Un affare, secondo me. So che non è facile essere quella nuova qui, soprattutto quando un Lancaster ti odia».

«Non mi odiano tutti i Lancaster», dico, riferendomi a Sylvie.

Le gote di Whit si tingono subito di rosso e lo vedo serrare subito la bocca per la rabbia a stento repressa. «Se ti stai riferendo a mio padre, allora sei più troia di quanto pensassi».

Pronuncia queste ultime parole a voce alta e delle teste si girano nella nostra direzione. Prende lo zaino e si alza in piedi, poi esce dall'aula senza aggiungere altro.

Lo guardo andare via, con il respiro corto. Avverto gli occhi di tutti su di me, la loro curiosità, i loro mormorii concitati. L'hanno sentito. Come potevano non sentirlo? Il loro re mi ha dato della troia e ora ne pagherò il prezzo. Un prezzo più alto di quello che sto già pagando.

Gli ho lasciato intendere che sto approfittando di suo padre, quando non l'ho mai conosciuto. È una sorta di mito. Un personaggio fittizio che ha avuto un ruolo nella mia vita senza avermi mai incontrata davvero.

Ora Whit sospetta che io sia andata a letto con suo padre per assicurarmi un posto al Lancaster Prep. Crede davvero che potrei andare a letto con l'uomo che per anni ha avuto una relazione con mia madre? Non riesco proprio a seguire questa linea di pensiero. Quando si parla di Whit, ci sono molte cose che non riesco a capire.

Capitolo 5

Summer

«Togliti dal cazzo», ringhia un ragazzo prima di darmi uno spintone. La mia spalla va a sbattere contro il muro, facendomi storcere la bocca, ma lui nemmeno si preoccupa di guardare nella mia direzione. Continua a camminare per poi dare il cinque a un ragazzo che gli si avvicina. Entrambi mi guardano da sopra le spalle e sghignazzano prima di allontanarsi.

Ecco la mia vita. Nelle ultime tre settimane sono stata completamente emarginata. Sono diventata il sacco da boxe di tutti, al Lancaster Prep, e anche se continuo a sopportare i commenti sgarbati, i mormorii mentre passo davanti a loro, gli sguardi, le occhiatacce, tutto questo sta diventando troppo, e sono a tanto così dall'esplodere.

All'inizio erano tutti uguali. Mi ignoravano. Fingevano che non esistessi. Anche i professori avevano iniziato a capire cosa stavano facendo gli studenti. Se c'era un lavoro di gruppo, non mi includevano. Quando un insegnante chiamava il mio nome, uno di loro mi parlava sopra, come se non esistessi.

Agli occhi di Whit non valevo la pena di esistere, quindi non valevo niente nemmeno agli occhi di tutti gli altri.

Dopo un po', i professori hanno smesso di interpellarmi del tutto.

Quest'ultima settimana, invece, ha preso una piega un po' violenta. E ogni volta che succede qualcosa, ogni volta che qualcuno stabilisce un contatto fisico con me, poco dopo lo vedo con Whit, come alla ricerca della sua approvazione per aver svolto un buon lavoro.

È nauseante. Quel ragazzo è il peggior bullo della scuola, eppure non alza un dito. Fa in modo che siano gli altri a eseguire i suoi ordini e mi tratta come una merda.

Il pranzo è appena iniziato e mi dirigo verso la mensa. Non ricevo sguardi di compassione o saluti a mezza bocca da parte di nessuna ragazza che è in questa stanza. Mi vedono tutte come il nemico. Le matricole sono pietrificate all'idea di essere associate a me, per paura di essere trattate male anche loro. Non ho alleati qui. Nemmeno Sylvie, che è scomparsa. Dopo il primo giorno di scuola, nelle ultime sei settimane non l'ho mai vista al campus.

Mi metto in fila, contemplando i panini già pronti nel frigorifero. Dovrei prenderne uno. Posso mangiarne metà adesso e conservare il resto per la cena più tardi. Così non dovrò lasciare la mia stanza per il resto della serata.

Faccio pena, ma è così. La mia stanza è la mia unica salvezza. È dove trascorro la maggior parte del tempo, tranne quando esco di nascosto la sera per fare jogging lungo i sentieri che portano all'oceano. La direzione ha già raccomandato alle donne di non uscire dopo le cinque. Il sole tramonta sempre più presto, i boschi che circondano la spiaggia sono bui e non vogliono che ci succeda qualcosa.

Io però trasgredisco questa regola. Vengo trattata in modo orribile durante le ore di scuola e quello è il mio unico rifugio, non permetterò che me lo portino via. È l'unico lasso di tempo in cui mi sento davvero in pace, ad ascoltare la musica con i miei AirPods, perdendomi nel ritmo dei miei piedi che battono a terra. Fino a poco tempo fa non riuscivo a concepire l'euforia del corridore. Ora mi sembra di inseguirla ogni volta che ne ho la possibilità.

Afferro un panino, un sacchetto di patatine e una bottiglietta d'acqua e mi metto in fila. Gli altri in fila intrattengono delle conversazioni, ma nessuno si rivolge direttamente a me.

«Ho sentito dire che si vede con dei ragazzi dopo che spengono le luci», sussurra una studentessa al suo gruppo di amiche, dietro di me.

«Che ragazzi?»

«Whit. Elliot. Spencer e Chad», dice lei. «Li fa entrare di nascosto nella sua stanza».

«Già, ha una stanza singola quindi nessuna coinquilina di cui preoccuparsi».

«Whit ha la suite. Ho sentito che si incontrano nella sua stanza», aggiunge qualcun'altra.

Stanno parlando di me.

«Vabbè, so solo che se la scopano a turno. Oppure si fa scopare da uno mentre fa un pompino all'altro. Come un'orgia gigantesca uscita direttamente da un porno. Che schifo». Tutte ridono a disagio. «Disgustoso».

La rabbia mi serpeggia nell'intestino, ma la freno. Possono dire quello che vogliono. Io so che non è vero.

«Ho sentito che se la fa anche col padre di Whit. È così che si paga la retta», dice una delle altre ragazze.

«Che schifo! È un vecchio».

«Tale madre, tale figlia».

Faccio un passo avanti, buttando giù le parole che ho in gola. La cassiera ci sta mettendo un'eternità perché scambia due chiacchiere con tutti, ha un sorriso smagliante stampato in faccia. Non può limitarsi a fare il suo lavoro e a sbrigarsi?

«Oooh, forse se la passano. Magari fanno una cosa a tre col padre di Whit», squittisce un'altra delle ragazze, poi scoppiano tutte a ridere.

Non ce la faccio più.

Mi volto e le fulmino con lo sguardo. Sapevano che ero lì, per questo hanno iniziato a parlarne, ma non si aspettavano che reagissi. Di solito non lo faccio. Questa è la prima volta che mi difendo davanti a tutti.

Le loro risate si spengono gradualmente e mi guardano a loro volta, in attesa.

«Siete disgustose», dico.

«Almeno io non mi scopo il papà di qualcuno per pagarmi la retta», mi schernisce una di loro. È giovane. Bella. Perfida come una serpe. Una di quelle che si accolla a Whit.

«Almeno io non sbavo dietro al cazzo di Whit Lancaster, a caccia di un assaggio», ribatto.

«Sei una stronza», sibila lei.

«E tu sei una cagna senza cuore che si trucca troppo», le rinfaccio.

Lei annaspa. Le sue amiche fanno lo stesso. Di colpo un'ombra incombe su di noi e io mando giù un groppone, abbassando la testa. Vedo delle scarpe lucide nere accanto ai miei mocassini rigati.

«Signorina Savage», dice il preside Matthews. «La prego, mi segua nel mio ufficio».

Lo guardo a bocca aperta, poi indico le ragazze. «E loro?»
«E loro?», ripete, aggrottando le sopracciglia.
«Hanno iniziato loro. Stavano parlando male di me, io ho solo cercato di difendermi…». La mia voce si spegne e serro di scatto le labbra. Spiegare è inutile.
Nessuno mi ascolta. A nessuno importa.
«In questa scuola non affrontiamo i problemi con gli insulti, specialmente se rozzi come quelli che le ho appena sentito pronunciare». Si avvicina e le sue dita si chiudono intorno al mio braccio. «E l'ho sentita. Quindi, mi segua, la prego».
«E il mio pranzo?», chiedo con voce flebile. In modo disordinato ripongo gli articoli su uno scaffale lì vicino.
«Immagino che oggi lo salterà», afferma lui allegramente, per poi farmi girare e condurmi fuori dalla mensa.
Sento le ragazze scoppiare a ridere mentre mi allontano. Usciamo dalla sala e guardo alla mia destra, scorgendo Whit con i suoi scagnozzi, lo sguardo concentrato su di me, che seguo via il preside verso il suo ufficio, come una criminale che viene condotta al patibolo.
Stronzate.
Una volta entrati nell'ufficio di Matthews, lui chiude la porta a chiave e poi si appoggia alla scrivania. Io mi siedo sulla poltrona di fronte a lui, ed è così vicino che sento i suoi pantaloni sfiorarmi le ginocchia. Provo a indietreggiare, ma è inutile.
È nel mio spazio personale e non c'è modo di evitarlo.
«Perché hai dato della "cagna" alla signorina Atherton?».
Quella parola fuoriesce dalle sue labbra con una tale semplicità che per un attimo vengo colta di sorpresa.
«Ha detto che sono una stronza».
«Quindi è giustificato». Il suo tono pacato è esasperante.
«Ha detto cose orribili su di me. Lo fanno tutti».
Inarca un sopracciglio. «Tipo?».
Mi rifiuto di ripetere certe dicerie. Quello che potrebbe aver sentito è già grave. «Mi ha accusato di fare… cose sconce con dei ragazzi del campus».
«E tu fai cose sconce con dei ragazzi del campus?», chiede, incrociando le braccia al petto.

Vengo colpita dal suo tono accusatorio. Non mi crede.

«Certo che no. Mi odiano tutti».

«Eppure, parlano tutti di te, quindi presumo che tu piaccia a qualcuno di loro. Probabilmente ai ragazzi». Quando alzo lo sguardo, mi accorgo che mi sta studiando, e i suoi occhi si posano sull'orlo della mia gonna, che copre la parte superiore delle mie cosce. Allungo una mano e lo strattono, cercando di coprire più pelle possibile. E io nemmeno arrotolo la gonna in vita. «Ho già assistito a cose del genere, signorina Savage. Una ragazza emarginata dai suoi coetanei. Cominciano a circolare delle voci. Esagerate, la maggior parte delle volte, ma sempre con un fondo di verità». Si china in avanti, avvicinandosi in un modo che mi fa sentire a disagio, e io indietreggio.

«Anche i ragazzi mi odiano», sussurro. «Tutti».

Mi studia, il suo sguardo vaga, catturando ogni dettaglio. Ricambio l'occhiata, non voglio sottomettermi al suo scrutinio. Non ho nulla da nascondere. Non sono nel torto. Il mio unico crimine è stato dare della cagna a una cagna.

Se l'è meritato.

«Se dovessimo trovare dei ragazzi nella tua stanza, sarai espulsa», dice con tono serio. «È vietato intrattenere il sesso opposto nella propria stanza dopo che le luci vengono spente».

Lo dice come se l'avessi già fatto.

«E se fossi lesbica? Allora andrebbe bene?», ribatto.

La sua bocca si trasforma in una linea ferma, le labbra scompaiono quasi del tutto. «Non sei lesbica».

«Non dovrebbe darlo per scontato», dico con voce pacata.

Lui si raddrizza e continua a fissarmi con le mani sui fianchi. «Sei in punizione».

«Per cosa?»

«Per aver insultato la signorina Atherton. Dare della cagna a qualcuno va contro le regole della nostra scuola», dice, aggirando la scrivania per sedersi sulla sua poltrona.

Tiro un sospiro di sollievo, sono rilassata, ora che non è più così vicino. «Quanti giorni di punizione?»

«Tre. Oggi. Più lunedì e martedì della prossima settimana. Oh, e non potrai partecipare alla partita di football di stasera», spiega mentre estrae un blocco rosa da un cassetto della scrivania e inizia a puntarci sopra la penna.

Bella roba. Odio il football. E poi con chi guarderei la partita? Non piaccio a nessuno. Non ho amici. Mi consegna la nota. «Puoi andare».

Recupero lo zaino dal pavimento e mi alzo in piedi, pronta a fuggire.

«Signorina Savage?».

Mi fermo, lancio uno sguardo al preside Matthews da sopra la mia spalla.

«Fossi in te terrei a freno quella bocca. O ti metterai di nuovo nei guai».

Esco dall'ufficio senza dire una parola, a testa alta e con lo stomaco che brontola. Mi affretto a raggiungere la mensa, entrando proprio quando suona la campanella, e afferro un altro panino – non il mio preferito, ma me lo faccio andar bene – un sacchetto di patatine, una bottiglietta d'acqua e una Coca-Cola, per poi andare in cassa a pagare.

«La cassa è chiusa», annuncia prontamente la cassiera.

«Non ti ci mettere anche tu», dico con voce tremante. Mi guardo intorno, la mensa è per lo più vuota, e prego che nessuno mi veda mentre cado a pezzi.

Sono a tanto così dal crollare in lacrime sul pavimento.

«Va bene», dice lei irritata, scansionando i miei articoli e recitandomi il totale. Pago in contanti e le dico di tenere il resto, mi volto ed esco di corsa, ma vado subito a sbattere contro un muro solido e caldo, comparso al posto dell'uscita.

«Dove vai, Summer Savage?». Delle mani ferme mi afferrano le braccia, poi sollevo lo sguardo e vedo Elliot McIntosh sogghignare. Uno degli amici di Whit.

Sono certa che ha sentito tutte quelle dicerie. Crede che siano vere. Pensa di poter fare i suoi porci comodi e che mi lascerò sottomettere docilmente a lui.

«Lasciami andare», mormoro, stringendo al petto cibo e bevande. Avrei dovuto metterli nello zaino prima di andarmene, ma avevo troppa fretta.

«Che cos'hai lì?», chiede, inclinando la testa per controllare quello che reggo in mano. «Pranzi tardi, eh? Vuoi condividere? Andiamo al dormitorio e stiamo un po' insieme?»

«Stammi lontano». Mi divincolo dalla sua presa e riprendo a camminare, diretta verso la biblioteca. Elliot mi segue, le sue lunghe gambe gli permettono di tenermi testa e io faccio del mio meglio per non guardarlo.

«Calmati, piccola. Che fretta c'è». Ride. Gli lancio uno sguardo furtivo. Ha i capelli e gli occhi scuri, la pelle olivastra e le labbra carnose. È bello quanto Whit, ma in un modo diverso.

E il mio corpo non trema per la sua sola presenza. Sta lì, la monumentale differenza.

«Non devi andare a lezione?», ribatto mentre viro a sinistra. La biblioteca si staglia in lontananza.

«La salterei, per te». Allunga la mano, afferrandomi il braccio e costringendomi a fermarmi. «Passiamo un po' di tempo insieme. Conosciamoci».

«Non posso, ho lezione». Come se fosse l'unico motivo per cui non voglio passare del tempo con lui.

Sorride disinvolto. «No, non è vero. Hai l'ora di studio. E anche io. Andiamo in biblioteca. C'è un posto tra gli scaffali dove nessuno ci darà fastidio».

Cerco di liberarmi dalla presa, ma le sue dita si serrano sul mio braccio. «No».

«Oh, ma dai». Si avvicina, il suo corpo sfiora il mio. «So che la dai a Whit. Dice che scoparti è un'esperienza indimenticabile. Dammi solo un assaggino».

Alle sue parole, la mia mente si incendia di rabbia e, senza pensarci, sollevo il ginocchio, puntando dritto alle palle di Elliot.

Lo colpisco in pieno.

«Puttana del cazzo!», ulula, lasciandomi andare per coprirsi il pacco mentre cade a terra.

Corro via, tenendo stretti cibo e bevande, e le doppie porte della biblioteca si fanno sempre più vicine. Sento le lacrime scorrere sulle mie guance bagnate, nemmeno mi ero accorta di aver pianto.

Non ce la faccio più. Basta. Le prese in giro. La cattiveria. La violenza. Il dolore. Le bugie. Whit va a dire in giro che facciamo sesso?

Dio, gli piacerebbe. Cazzone arrogante.

Lo odio. Odio tutti.

Odio che non mi diano una possibilità. Che gli insegnanti e il personale se ne stiano a guardare tutto questo e lascino che accada. Hanno capito cosa sta succedendo, ma hanno paura di andare contro il loro impavido leader.

Anche se lui non è un leader impavido. È un ragazzo di diciassette anni che si comporta come un vampiro. Un adolescente che ha visto e fatto di tutto in un milione di vite e ora si annoia a morte.

Non lo sopporto, cazzo.

Qual è la parte più difficile?

Quando mi ignorano. E fanno come se non esistessi. Ho avuto a che fare con atteggiamenti del genere per tutta la vita. Si potrebbe dire che ormai sono abituata, ma non è così.

Dubito che mi abituerò mai.

Una delle porte si apre e compare Whit, che sorride a labbra serrate. Ha lo sguardo fisso su di me e nessun altro. È come se stesse aspettando di salutarmi da tempo. Il suo sguardo cade sul suo amico, che ancora si contorce a terra alle mie spalle, piegato dal dolore, e io mi fermo con il respiro affannato e le lacrime ancora in vista.

«Hai colpito Elliot?», mi chiede incredulo.

«Gli ho dato un calcio nelle palle», dico con trasporto, sperando capisca che potrei fare la stessa cosa a lui. Sollevo le spalle per essere più alta, riesco a sentire le lacrime che si seccano sulle mie guance. È come se avessi chiesto loro di fermarsi e avessero ascoltato il mio appello.

«E ho sentito che hai chiamato Lacy Atherton "cagna"». Inarca le sopracciglia.

«Lo è», sollevo il mento, non sopporto di avere ancora pranzo e cena tra le braccia. Mi sento stupida.

Vulnerabile.

«Non hai torto», dice. «Ma nessuno glielo ha mai detto in faccia».

«Be', io sì». Lo fulmino.

Lui mi fissa.

«Smettila di dire in giro che scopiamo», sbotto.

Per un attimo un'espressione di sorpresa balena sul suo volto, subito dopo si distende. «Non parlo mai di te».

«Bugiardo», sibilo.

«Chi te l'ha detto?»

«Il tuo amico senza palle», indico Elliot con un cenno della testa.

L'angolo della bocca di Whit si solleva. «È lui il bugiardo».

«Come no». Non credo a Whit. È lui lo stronzo che ha convinto tutti a darmi contro. Detiene lui il potere in questo campus e chiunque ne fa parte si prostra a lui. Anche gli adulti. Soprattutto gli adulti. Probabilmente temono di perdere il lavoro, se dovessero sfidarlo.

«Non mi credi?», domanda Whit.

Scuoto la testa.

«Sei più intelligente di quel che pensavo», mormora, così piano che quasi non riesco a sentirlo.

Ma l'ho sentito. Mi ritiene una stupida che si beve qualsiasi cosa dica.

Ne ho abbastanza. Voglio solo un po' di tranquillità. Ho un'ora prima di Diritto degli Stati Uniti e quella lezione è una tortura assoluta, visto che c'è anche Whit. Non so perché sto sprecando ossigeno con uno stronzo fermamente deciso a distruggermi.

Ho chiuso.

«Fammi entrare», ordino scattando in avanti, facendo del mio meglio per superarlo.

Lui mi ferma poggiando una mano sul mio fianco, il suo tocco mi brucia fino alle ossa. Resto del tutto immobile, concentrandomi solo su quel piccolo punto dove le sue dita si sono posate su di me. Riesco a sentirlo anche attraverso la lana pesante della gonna e il cotone della camicia infilata sotto. Come se un marchio, bollente e indelebile, mi avesse appena segnata per l'eternità. Sento crescere la pelle d'oca, il mio respiro si altera. Qualcosa sta cambiando.

Quel dolore sordo e familiare che si deposita nel mio ventre.

E più in basso.

Siamo vicinissimi. Sembriamo una coppia pronta ad andare sulla pista da ballo per una canzone romantica. Non l'ho mai visto in biblioteca prima e imbattermi in lui a quest'ora del giorno mi ha sconvolta.

Il suo tocco mi ha sconvolta.

Con la testa china, fisso la fibbia della sua cintura. I pantaloni dell'uniforme blu scuro. Tutto a un tratto sono tentata di allungare la mano e posarla su di lui. Sentire il lento rigonfiamento della sua erezione che cresce per me, fino a diventare duro come la roccia. So che mi desidera. Riesco a sentirlo vibrare dentro di lui. La sua reazione si riversa su di me.

Ma non lo faccio. Non posso toccarlo. Io lo disprezzo.

È così.

Quindi resto ferma ad aspettare.

«Hai dei segreti, Savage. Li sento brulicare sulla tua pelle. Non vedono l'ora di venire fuori», mormora, il capo abbassato su di me, la bocca sulla mia tempia. «Quando vorrai condividerli con me?»

«Mai», rispondo con decisione. «Preferisco la morte».

Lui sogghigna e con l'altra mano mi accarezza il volto. Traccia l'indice lungo la mia guancia. Delinea la mia mandibola. Leggero come una piuma. Come se non stesse nemmeno succedendo. Vengo percorsa da un brivido a lui così palese, che mi odio. La vergogna mi assale per quanto sono incapace di controllare il mio corpo quando lui è nelle vicinanze. «Credo che ti piacerebbe se ti stringessi le mani attorno al collo e ti strangolassi, lasciandoti capire che sarò l'ultimo volto che vedrai prima di soffocare».

Le sue parole dovrebbero instillarmi una paura paralizzante. Ma non è così. Sono sopraffatta dal desiderio, nonostante la rabbia, e blatero la prima cosa che mi viene in mente. «So che ti piace farlo. Strangolare le ragazze».

Nell'esatto momento in cui pronuncio quelle parole, mi disprezzo. Non voglio che pensi di vivere nella mia testa, nei miei pensieri, o incubi. Anche se è così. Lui mi perseguita ovunque vada. Il nome Lancaster è dappertutto, in questo campus dimenticato da Dio, e lui è l'unico Lancaster di cui mi interessa qualcosa. I rimandi a questo ragazzo sono ovunque. Non riesco a sfuggirgli.

E non lo sopporto.

«Dove l'hai sentito?». Sembra divertito.

Chiudo gli occhi. Trattengo il fiato quando la sua mano si posa delicatamente sulla mia gola. Una minaccia.

Una promessa.

«P-primo giorno di scuola. Caitlyn e Jane me l'hanno detto a pranzo». Balbettare è da deboli e io devo ricordarmi di essere forte.

Gli sfugge una risatina e si avvicina ancora di più, trascinandomi con sé nella biblioteca, in una nicchia buia vicino all'ingresso. La porta che aveva tenuto aperta col suo corpo sbatte con fracasso e sento la signorina Taylor che ci zittisce dalla sua postazione.

«Quelle due sono delle cagne, vorrebbero che gli mettessi le mani addosso», commenta, ancora divertito. «Quindi, spettegolavate su di me?»

«Loro spettegolavano», lo correggo.

«E tu non avevi niente da dire».

«Non so nulla di te».

Le sue dita si stringono sul mio collo, esercitando una lieve pressione. «Piccola bugiarda, qualcosa la sai».

«Per esempio?»

«Il sapore delle mie labbra. La sensazione della mia lingua. La lunghezza del mio cazzo».

Sto tremando. Ha ragione. Conosco tutte queste cose. «È successo più di tre anni fa».

«Te lo ricordi».

«Certo che me lo ricordo». Esito solo per un attimo. «Mi hai dato della troia, come al solito».

«Quindi il soprannome è rimasto. Almeno sono coerente». La sua presa si ammorbidisce per far scorrere le dita lungo la mia pelle, fino al colletto della camicia. «Che bella troietta. Sei ancora più bella di quanto ricordassi».

Vorrei pavoneggiarmi per il suo complimento, però mi sforzo di trattenermi. È un insulto, mascherato da parole gentili. «Avevo solo quattordici anni».

«Così giovane e così innocente. A bere champagne e a baciare con la lingua un ragazzo che nemmeno conoscevi. Avevi le tette che ti uscivano dal vestito. Se allora eri innocente, sono sicuro che adesso sei del tutto deviata», si prende gioco di me.

Mi azzardo a sollevare lo sguardo e vedo che sta sorridendo. Se solo sapesse quanto sono azzeccate le sue parole… «Lasciami andare».

«Mi piace constatare che hai del fegato, Savage». Mi stringe di nuovo il collo, stavolta più forte, bloccandomi il respiro in gola. «Continua così».

Lascia la presa e si allontana senza degnarmi di uno sguardo, uscendo dalla biblioteca a passi veloci. Io resto nella nicchia, a deglutire a fatica, cercando di calmare il respiro e il cuore che batte all'impazzata. Odio constatare che mi sia piaciuta tanto questa nostra interazione. Le sue dita sulla mia pelle, la loro dolce minaccia. Volevo il dolore. Mi spingevo contro il suo palmo, implorando in silenzio.

Mi odio perché lo voglio.

Mi odio perché voglio *lui*.

Capitolo 6

Whit

Dopo essere uscito dalla biblioteca, vado da Elliot, ancora rannicchiato a terra a stringersi il pacco, come una vera femminuccia. Gli assesto un leggero calcio nella schiena. «Alzati, testa di cazzo».

Lui si mette in piedi barcollando, il volto stravolto dal dolore. Non pensavo che la piccola Summer Savage potesse esserne in grado, ma ha steso Elliot, e non è un'impresa facile. È mio amico. Un tipo leale fino alla fine, ma anche un cazzone dalla bocca larga.

Il che significa che è debole. E non posso avere persone deboli nella mia cerchia.

Quindi dovrà uscirne.

«Quella stronzetta mi ha dato un calcio nelle palle», biascica Elliot incredulo, scuotendo la testa per poi sputare per terra.

«Non chiamarla in quel modo», dico con voce volutamente pacata. Sono a tanto così dallo sfogarmi su di lui.

«Così come? Stronza? Lo è. Non ha esitato un secondo. Una ginocchiata dritta nelle palle. Fa un male cane».

«Te la sei meritata». Mi avvicino di un passo. Vedo che il sudore gli imperla la fronte. L'ha ridotto male. «Per quello che le hai detto».

Lui si acciglia, cercando di ricordare. «Cosa? Le ho detto un sacco di cose».

«Una cosa che non spettava a te dire».

Nel suo sguardo balena la paura, che subito sparisce, sostituita dal fastidio. «Cosa, che te la sei scopata? Sappiamo tutti che vuoi…».

Gli serro entrambe le mani sulla gola e stringo forte le dita. Sento le fragili ossa cedere sotto i miei palmi e mi rendo conto che sarebbe facilissimo ucciderlo. Mi graffia le mani con le unghie, lottando con tutte le sue forze e sprecando energia preziosa. Che idiota. «Hai detto che dico in giro che scopiamo. Ma noi non lo facciamo… ancora».

Mi fissa con occhi sgranati e capisco che non riesce a parlare. Mi dà così tanta soddisfazione che non posso fare a meno di sorridere. «Non rivolgere mai più la parola a Summer Savage, hai capito? Se ti vedo anche solo guardare nella sua direzione, ti taglio le palle e te le faccio mangiare».

Elliot cerca di annuire in qualche modo, il che è difficile, visto che gli sto spremendo via la vita a mani nude. Ha il viso paonazzo e il sudore gli sporca la pelle, perciò lo lascio andare prima che mi coli sulle dita.

Che schifo.

Prendendo un profondo respiro rantolante, si piega e poggia le mani sulle ginocchia, poi tossisce così forte da farsi vibrare i polmoni. Lo guardo con disprezzo, con le labbra curvate in un ghigno di cui non riuscirei a sbarazzarmi nemmeno sforzandomi.

Odio le persone deboli. Conosco Elliot da tempo, ma se una troietta che si è comprata l'entrata al campus riesce a metterlo a terra con una piccola ginocchiata, so che non rimarrà mio amico ancora a lungo. Lei è più forte di lui, questo è chiaro.

«Non è una stronza», gli dico mentre annaspa con il corpo piegato. Neanche mi guarda. Probabilmente non vuole farlo. Il codardo. «Sei tu una femminuccia che non sa tenerle testa».

Mi allontano senza voltarmi indietro, diretto verso la cappella. A quest'ora non c'è nessuno e ho bisogno di un po' di conforto.

Un po' di pace.

La mia mente è in tumulto. Travolta da Summer. E dov'è la novità? Odio il fatto che non riesco a pensare ad altro che a lei. Sono ossessionato. Dovrei averci fatto l'abitudine a questa sensazione, visto che ho questa fissa per lei da quando avevo quattordici anni. Eppure, l'intensità dei miei pensieri non si è affievolita nel corso degli anni. Lei è sempre stata lì, a indugiare in un angolo della mia mente, a perseguitarmi nei momenti più bizzarri o quando meno me l'aspetto.

Incontrarla a Diritto degli Stati Uniti il primo giorno di scuola, vederla inciampare e cadere proprio davanti al mio banco, per esempio, mi ha sconvolto. Nessuno mi aveva preparato al suo arrivo. Nemmeno Sylvie, la mia sorellina hacker, che sa tutto quello che succede nel campus. Sono andato da lei a parlargliene?

No.

Mi rifiuto di mostrare la mia debolezza.

Quando ho capito che Summer voleva fingere che non esistessi, le ho messo tutti contro. Eppure, nessuno l'ha spezzata. Lei cammina per il campus, i corridoi, la mensa, la biblioteca e i giardini come se fosse la proprietaria di questo posto. A testa alta, con il naso all'insù come una regina. Al di sopra di tutto.

Alla fine l'ho sconfitta.

Ho notato che sminuisce la sua bellezza, cosa che non concepisco. Le altre ragazze fanno di tutto per rendersi uniche. Capelli, trucco, unghie, gioielli… ma è tutto fumo. Capisco il perché. L'uniforme è limitante e loro vogliono distinguersi.

Summer invece non fa nulla per valorizzare ciò che ha, ma si distingue lo stesso, almeno secondo me. Non si trucca. I suoi lucidi capelli castani sono raccolti in una semplice coda di cavallo, le lunghe ciocche ondulate le scendono lungo la schiena. Quando la guardo mi viene voglia di afferrarla e strattonarla. La sua pelle è pallida, le guance rosa, la bocca…

La sua bocca è il frutto delle mie fantasie. Labbra piene, da mordere, soprattutto quello inferiore. Mi piacerebbe affondare i denti nelle sue labbra e tirarle. Vedere quella bocca avvolta saldamente intorno al mio cazzo.

Ecco cosa voglio più di ogni altra cosa. Vedere la piccola Summer Savage inginocchiata davanti a me, che gioca sul mio cazzo con le sue labbra perfette, che mi fa venire sulle sue tette rigogliose. Il suo viso. Ha quasi diciotto anni e sembra già una donna vissuta. Sono certo che ha fatto un sacco di pompini. Cosa vuoi che siano un altro paio con me? Avrei richiamato le pecore e il suo tormento sarebbe giunto alla fine.

Semplicissimo.

Eppure, mi ha respinto. Nessuno mi respinge. Ho visto come si sono dilatate le sue pupille, quando le ho proposto di farle un ditalino proprio in quel momento, ma ha rifiutato di nuovo. Mi sono incazzato quando ha detto che non tutti i Lancaster la odiavano. Mi ha mandato su tutte le furie.

Per questo l'ho chiamata "puttana" ad alta voce, così che tutti sentissero.

Se lo merita. In quale altro modo avrei potuto piegarla? Ho chiesto ai miei compagni di fare ancora più pressione. "Siate meschini", ho detto loro. "Giocate sporco. Datele la caccia".

"Fatele male".

Fanculo lei e il suo comportamento da santarellina. Crede di essere al di sopra di tutti, ma non è così. Tutti si prostrano dinanzi a me.

E prima o poi lo farà anche lei.

Capitolo 7

Summer

Ho saltato la lezione di Diritto.

Non sopportavo l'idea di affrontare Whit, dopo la nostra conversazione in biblioteca. Odio che abbia contaminato il mio rifugio. L'unico luogo in cui non lo incontravo. L'ha rovinato. Non mi resta altro spazio in cui nascondermi per sfuggirgli.

Facendosi vivo proprio lì, da oggi ha reso pericolosa anche la biblioteca.

Mi sono ritirata nella mia stanza, a mangiare il pranzo in ritardo. Invece di conservare metà panino per dopo, l'ho mangiato tutto. Ho fatto lo stesso con le patatine e la Coca-Cola. Era come se stessi morendo di fame, dopo l'interazione con Whit, con Elliot, con chiunque. La discussione con le ragazze in fila. Le chiacchiere di Matthews, e sentire la parola "cagna" uscirgli dalle labbra con fin troppa facilità – per ben due volte –. Tutto mi ha stancata. Al punto tale che anche la cassiera stronza della mensa mi ha quasi innescato una crisi di nervi.

Impressionare Whit con la mia mira non faceva parte del piano. Eppure, il suo complimento mi ha fatta sentire bene. Le sue parole mi hanno resa più forte, nonostante la crudeltà che serbavano. Vuole piegarmi. So che è così. Vuole che esegua i suoi ordini, e sono certa che giri tutto intorno al sesso.

Sarebbe un grande dramma diventare il giocattolo sessuale di Whit Lancaster? Sì, probabilmente. Immagino che sia un amante dell'umiliazione e di ogni genere di cose strane, decisamente mondane, che nessun adolescente dovrebbe conoscere. Ma cosa gli sarà successo? Cosa l'avrà fatto diventare così deviato?

Non ne ho idea.

Nascondermi nel dormitorio non è stata una mossa intelligente. Mi renderà ancora più difficile uscire e affrontare la punizione. Controllo la nota e scopro che devo andare in una delle aule al piano superiore dell'edificio principale, così mi dirigo in quella direzione, arrancando su per le scale con quelli che sembrano dei piedi di piombo. In nessuna scuola che ho frequentato si scontano le punizioni di venerdì pomeriggio. A Billington c'erano le lezioni il sabato, terribile. Avevo passato in punizione una bella fetta del mio tempo libero e ne avevo odiato ogni secondo.

Immagino che una punizione di sessanta minuti in un bel venerdì pomeriggio non sarà poi così male.

Varcando la porta aperta dell'aula, scorgo un gruppo di studenti già dentro. Uno di loro è rannicchiato sul banco, la testa appoggiata sullo zaino a mo' di cuscino, a sonnecchiare. Alcuni stanno facendo i compiti. Altri fissano con aria mesta l'uomo seduto dietro la cattedra, che ha un accenno di sorriso sul volto.

Il preside Matthews.

Perché perde tempo a sorvegliare gli studenti in punizione?

Una ragazza è seduta in ultima fila, vicino alla finestra aperta. I suoi lunghi capelli biondi si agitano dolcemente con la brezza che entra da fuori.

È Sylvie Lancaster.

«Summer Savage, ha rischiato di arrivare in ritardo. Le sarebbe costato altri tre giorni di punizione», annuncia Matthews con soddisfazione.

Non rispondo. Mi limito ad avvicinarmi al banco vuoto accanto a quello di Sylvie, ma Matthews mi avverte: «Non sedetevi vicine, per favore. E non parlate».

Allora scelgo il banco successivo e mi siedo, contenta di aver portato lo zaino con me, così sembra che io sia appena uscita da lezione. Prima o poi Matthews si accorgerà della mia assenza a Diritto e finirò nei guai. Il che significherà ricevere altre punizioni, e lo odio, ma ormai è troppo tardi.

Guardiamo tutti il preside che si alza e si accosta alla porta. Sta per chiuderla, quando qualcuno irrompe, spingendo la porta e la figura del nostro preside, per entrare.

È Elliot. Sorride nel momento in cui i nostri sguardi si incrociano.

«È in ritardo», rimarca Matthews.

«Chiedo scusa, signore. Ho dovuto attraversare il campus. E sto perdendo l'allenamento».

Elliot gioca a football. Ovviamente.

«Gioca stasera?»

«Sissignore».

Sylvie sospira sonoramente. La guardo e vedo che sbadiglia, portandosi una mano davanti alla bocca. Anche lo sbadiglio è sonoro.

«Sia puntuale», gli dice Matthews prima di tornare alla cattedra. «A titolo informativo, la punizione termina ufficialmente alle quattro in punto. Per ora, il vostro tempo mi appartiene. Non potete parlare, né usare il telefono. Se ne vedo uno lo confisco. E non si può dormire. Parlo con lei, Garza».

Matthews batte sul bordo della cattedra e Garza scatta su, svegliato dal suo sonnellino, e si guarda intorno confuso.

Qualcuno ridacchia. Credo Sylvie.

«Vi suggerisco di fare i compiti. Magari portatevi avanti con le letture. Se vi becco a fare altro, ho un bell'argomento per un saggio di oltre cento parole da consegnare entro la mezzanotte di stasera». Matthews sogghigna. Mi chiedo se si ecciti a torturare gli studenti. «Ci siamo intesi?».

Dio, che arrogante idiota.

Annuiamo. Qualcuno mormora di sì.

«Voglio sentirvelo dire. Ci siamo intesi?», ripete.

«Sì, signore», rispondiamo in coro.

«Bene». Lui annuisce.

Mi piego alla mia sinistra per aprire lo zaino e tirare fuori il libro di matematica, quando un pezzetto di carta piegato ci finisce sopra. Alzo appena lo sguardo, vedo Sylvie che mi lancia un fugace sorriso prima di riprendere a scarabocchiare sul suo quaderno.

Afferro libro e quaderno e li poggio sul banco, con il foglietto al sicuro sotto la copertina. Prendo una matita e apro il libro all'ultimo compito di matematica, per poi aprire il quaderno su un foglio bianco.

Con molta, molta attenzione, dispiego il bigliettino di Sylvie.

Come te la stai cavando nel nostro incantevole istituto?

La rabbia mi ribolle nel ventre. Di sicuro sa già quanto è stato terribile per me, soprattutto negli ultimi giorni. È ovvio. Il leader di tutto questo casino è quello stronzo di suo fratello. Non esito a condividere i miei sentimenti con lei. Non è un'amica, ma una nemica.

Malissimo. Tuo fratello è uno stronzo. Non c'è bisogno di essere gentile, so che anche tu mi odi.

Ripiego il foglio, osservando Matthews per tutto il tempo. È al telefono, l'indice che scorre, scorre e scorre. Presumo sia sui social.

Coglione.

Nel modo più discreto possibile, lascio cadere il bigliettino all'indietro. Questo si lascia trascinare dalla brezza, lo vedo quando giro di poco la testa verso sinistra, e procede a zig-zag nell'aria, finché cade a terra. Sylvie allunga il piede e lo calpesta, poi lo trascina verso il suo banco.

Non voglio scrivere quello stupido saggio di cui parlava Matthews. Se ci becca, mi incazzo. Soprattutto perché comunicare con Sylvie è una totale perdita di tempo.

Ti pareva che l'unica persona che mi sembrava interessante, e che era interessata a me, sia imparentata con il più grande stronzo del campus.

I minuti passano – si sente il ticchettio dell'orologio appeso alla parete, tanto l'aula è silenziosa – e inizia a venirmi sonno. Studiare matematica non aiuta. Picchietto la matita sul quaderno più volte, aumentando la velocità, finché Matthews non alza la testa e mi guarda.

«Basta», dice con tono spento.

Chino la testa e il mio sguardo si posa sul pezzetto di carta piegato che in qualche modo è finito sotto la mia scarpa. Facendo finta di niente, chiudo il libro e mi abbasso per infilarlo nello zaino. Tiro fuori *Romeo e Giulietta*, ma prima di posarlo sul banco ci infilo dentro il bigliettino. Matthews mi osserva per tutto il tempo con espressione infastidita, io apro il libro e faccio finta di leggere.

Il suo sguardo resta su di me più a lungo del necessario, tanto che arrivo a lanciargli un'occhiata infastidita e lui riporta la sua attenzione sul telefono. Con accortezza, apro il biglietto, infilandolo nel mio quaderno, e leggo la risposta di Sylvie.

Non ho idea di cosa stia succedendo. Sicuramente non mi crederai, ma sono stata male ed ero fuori dal campus nell'ultimo mese. Ecco perché non ti ho vista. Sono tornata oggi e mi sono messa nei guai per aver risposto all'insegnante di Storia universale. Per questo sono in punizione. È stato stupido. Non ho lo stesso potere di Whit, qui, ma un minimo ce l'ho anch'io. Forse posso aiutarti, ma prima devi dirmi cosa è successo.

Voglio crederle, ma è difficile. Che vuol dire che è stata male? Se dice che è stata via dal campus, ci credo, perché non l'ho più vista in giro dal primo giorno, quindi ora capisco perché. Ma in che senso, è stata male? Ha una malattia? Una patologia? Una dipendenza dalla droga?

Che cosa le dico, adesso? Che sono pazza di suo fratello, ma lui mi tratta di merda e mi ha estromessa dal campus? E che nonostante questo, per qualche motivo, ogni volta che parliamo sono tentata di avvicinarmi e baciare le sue labbra, solo per sentire se hanno ancora quel buon sapore che ricordo?

Serro la bocca e mi concentro sulle parole che ha appena scritto, rileggendole. Comincio a rispondere, non volendo entrare troppo nei dettagli, nel caso qualcuno – Matthews – ci becchi a passarci bigliettini e ci metta nei guai.

Parliamone dopo la punizione. Ti racconterò cosa è successo.

Piego il biglietto, poi distendo all'indietro il braccio sinistro, la carta stretta tra le dita. La lascio cadere nello stesso momento in cui una voce familiare urla: «Preside Matthews!».

Il terrore mi assale, lo stomaco si agita, il panino minaccia di risalire. È Elliot. Lo guardo e lui mi sta fissando con un ghigno sul volto, gli occhi che brillano. È pronto a vendicarsi per quello che gli ho fatto prima.

«Sì, Elliot?», chiede Matthews.

«Sylvie e Summer si stanno passando…».

Sylvie scoppia in un violento attacco di tosse. Forte. Da far scricchiolare le ossa. Mi volto verso di lei preoccupata e la vedo ingobbita sul banco, le mani che coprono la bocca e il corpo tremante. Mi alzo e vado da lei, posandole una mano sulla schiena. Sento che trema, perché tossisce violentemente e in continuazione. Matthews si alza dalla sedia e si avvicina a noi.

«Sta bene, Sylvie?», chiede con voce gentile.

«Non sembra una che sta bene», dico con il terrore che mi scorre nel sangue. Non mentiva. Ha un aspetto terribile, quindi deve aver passato qualcosa. È così minuta e magra che non so come faccia a non svenire per gli sforzi che la tosse le sta procurando.

«S-sì», annaspa. «Sto bene», boccheggia.

«Andiamo in infermeria», dice Matthews, lanciando uno sguardo all'aula. «Torno subito».

«Non può andarsene, signor Matthews», dice Sylvie. La sua voce è stridula, le parole sono sottili come l'aria. Non hanno sostanza. «Posso farcela da sola».

Ma riprende a tossire. Guardandomi intorno, noto le espressioni sui volti dei presenti. La maggior parte di loro sembra del tutto indifferente, come se avessero già assistito a episodi del genere e ne fossero annoiati.

«Assolutamente no. Qualcuno deve accompagnarla». Il suo sguardo si posa su di me. «Vuole andare lei, Summer?».

Non riesco a crederci. Elliot stava per fare la spia e ora Matthews ci lascia andare.

«Sì, signore».

«La lasci lì e torni subito qui. Non deve metterci più di quindici minuti. Intesi?». Mi lancia un'occhiata eloquente.

Io annuisco.

Sylvie raccoglie le sue cose e mentre io l'aspetto, la mia preoccupazione vorrebbe dirle di fermarsi. La aiuterò, anche se all'improvviso sembra essere tornata perfettamente in grado di farcela. Matthews, nel frattempo, raggiunge di nuovo la cattedra, si siede e il suo sguardo cade sul ragazzo che stava per fare la spia sui nostri bigliettini. «Stava dicendo qualcosa, Elliot?»

«No», borbotta imbronciato. «Non importa».

Usciamo dall'aula, mentre gli occhi di Elliot non si staccano da noi. Sul suo bel viso c'è un cipiglio. È arrabbiato. Lo capisco, ma non mi interessa.

E chiaramente non interessa nemmeno a Sylvie.

Nel momento in cui percorriamo la rampa di scale in discesa e ci dirigiamo all'uscita, Sylvie prende un respiro profondo e mi lancia un sorriso.

«Ha fatto un male cane, ma ne è valsa la pena. Siamo fuori da lì», dice.

Apro la porta e la varchiamo, salutate dalla brezza e dalla luce del sole che sta per tramontare. «La tosse era un diversivo?»

«Sono stata costretta. Elliot stava per dire a Matthews cosa stavamo facendo», ribatte lei, certa di aver optato per la scelta più logica.

«Mi è sembrato doloroso».

«Lo è stato, ma ripeto, ne è valsa la pena». Mi fa girare a destra, verso l'edificio dell'amministrazione. «Almeno mi ha fatta scappare dalla punizione. Mi dispiace che tu debba ritornarci».

«Mi va bene anche solo fare una pausa, invece di restare lì tutto il tempo. Stavo per addormentarmi».

«È la cosa più noiosa del mondo. Fa schifo che Matthews se ne stia lì a giocare al telefono per tutto il tempo. È come se lo facesse apposta», dice.

«Ne sono sicura». Esito. «Sorveglia sempre lui le punizioni?»

«Sì, credo che torturarci gli procuri piacere».

«Ho pensato lo stesso».

Sylvie si ferma appena fuori dall'edificio dell'amministrazione, poi allunga la mano per toccarmi il braccio e fermarmi. «Whit sta rendendo la tua vita al campus un inferno, vero?».

Annuisco. I suoi occhi gentili e la sua voce flebile mi fanno quasi venire da piangere.

Sbuffa, guardando verso la cappella. «Non c'è niente che ama di più che torturare una ragazza che gli interessa. L'ha già fatto in passato. È come quel ragazzo in prima elementare che ti insegue e ti picchia, ma al quale in realtà piaci davvero».

«Non è interessato a me, non in quel senso», dico con fermezza, la bugia lascia facilmente le mie labbra. Forse non gli piaccio, ma di certo è interessato a me. «Mi odia per quello che mia madre ha fatto con vostro padre».

«Sta riversando l'odio nella persona sbagliata. Dovrebbe essere arrabbiato con nostro padre».

«Ma ce l'ha anche con me».

«Whit è un tipo leale fino al midollo. Per questo è così fedele verso nostra madre, anche se è una serpe, sempre pronta a sferrare un attacco», spiega Sylvie con amarezza.

Resto spiazzata dal suo tono e dalle sue parole. Non ho mai sentito nessuno parlare male di Elise Lancaster prima d'ora. Tutti i commenti sul divorzio dei Lancaster dipingono Augustus come uno che non ha mai saputo tenerselo nei pantaloni, mentre sua moglie è stata la santa patrona della famiglia.

«Non capisco perché Elliot voleva fare la spia», riprende Sylvie intanto che ci avviciniamo all'edificio. «È amico di Whit, non dovrebbe mettermi nei guai così su due piedi».

Le spiego cosa è successo prima. Come Elliot mi ha afferrato e io gli ho dato una ginocchiata sulle palle per liberarmi. Non mi dilungo sui particolari del mio incontro con suo fratello subito dopo, né sulle cose che ci siamo detti.

Quell'episodio non ha importanza.

«Oh, mio Dio, fantastico», dice Sylvie entusiasta, alla fine del mio racconto. «È caduto per terra? Sul serio?».

Il vento si alza e ci sferza il viso, allora sollevo lo sguardo e scorgo delle nubi nere nel cielo, premonitrici. «Come un sacco di patate».

Entrambe iniziamo a ridere e ci sentiamo bene, leggere. Questo è il momento più spensierato che ho vissuto da quando sono arrivata al campus. Dura finché la risata di Sylvie non si tramuta in un colpo di tosse e lei si porta la mano alla bocca, con il petto ansante per lo sforzo.

«Non dobbiamo ridere», dico, accarezzandole il braccio. «Dai, inizia a far freddo. Andiamo in infermeria».

«Dirò a mio fratello di richiamare i cani», dice mentre entriamo nell'edificio. «Non sta giocando pulito. Anche se in verità non lo fa mai, quindi non dovrebbe sorprendermi».

Resto zitta. Potrà anche chiedergli di richiamare i sedicenti cani, ma non credo che lui lo farà. Non sarà contento finché non me ne andrò da questa scuola. E anche allora, nemmeno la mia partenza l'avrà soddisfatto.

Dopo essermi assicurata che Sylvie sia nelle mani dell'infermiera, mi dirigo frettolosa verso l'aula della punizione, praticamente correndo. Non ho intenzione di prendermi un'altra punizione perché ci ho messo più tempo del dovuto. Entro di corsa nell'aula, faccio un cenno in direzione di Matthews e lui solleva lo sguardo su di me. Non dice nulla.

E nemmeno io.

Immagino di aver superato la prova.

Riprendo a lavorare al saggio su *Romeo e Giulietta*, prendendo appunti. Scrivo e riscrivo la mia introduzione. Resto concentrata sul compito per il resto del tempo e sono sorpresa quando Matthews annuncia: «Potete andare. Buon fine settimana».

Tutti si affrettano a raccogliere le proprie cose. Matthews si avvicina alla finestra e la chiude, bloccando il vento freddo che soffia all'interno. «Non mi sorprende che le sia venuta la tosse», lo sento dire.

Ah. Forse il preside non è così male. Ma ancora non mi fido di lui.

Sto per uscire dall'aula, quando mi accorgo che Elliot mi sta fissando. Subito dopo si mette al mio fianco, tenendo il mio passo, mentre mi precipito nel corridoio e mi lancio giù per le scale.

Non dice una parola, il che è inquietante. Preferirei mi dicesse qualche cazzata. «Vattene», intimo quando siamo fuori. Non c'è nessun altro in giro. Il sole è ormai scomparso, mascherato dalle minacciose nubi nere nel cielo, e i tuoni rombano in lontananza.

«Non c'è nessuno a salvarti», dice con un ampio ghigno.

«Non ho bisogno di essere salvata, ti darò un altro calcio nelle palle», ribatto.

Lui fa un passo indietro. «Perché sei così?»

«Così come?»

«Così stronza».

Mi volto e riprendo a camminare, ma il vento che tira contro mi rallenta. Odio questo tizio. Non so perché tutto a un tratto io sia diventata un bersaglio, e sono a disagio. Anche perché lui ha ragione.

Non c'è nessuno che può salvarmi.

Mi dirigo verso il dormitorio, accelerando il passo. Riesco a sentire Elliot dietro di me che urla oscenità, le sue parole si perdono nel rumore del temporale in arrivo. Poi le gocce d'acqua mi colpiscono, una dopo l'altra, e mi rendo conto che sta piovendo.

Inizio a correre.

In pochi minuti sono nel dormitorio delle ragazze e sbarro la porta alle mie spalle. Mi volto verso la finestra e vedo Elliot che si avvicina. La mia nuova abitudine di andare a correre mi ha fatta diventare più veloce, ma ora ho il fiato corto e il cuore che batte al triplo della sua normale velocità.

Lui si accosta alla finestra e sbatte sulla porta, facendomi sobbalzare. Sogghigna, con il vento che gli scompiglia i capelli scuri sulla fronte e gli apre la giacca. Faccio un passo indietro, senza parole, mentre lui si passa un dito sulla gola e mi indica.

Poi si volta e si allontana.

Capitolo 8

Summer

Il temporale non dura a lungo. Piove per una trentina di minuti, quanto basta per smuovere il campo da football e renderlo bello fangoso per la partita di stasera. Mi siedo alla finestra del mio dormitorio e guardo la pioggia cadere, provando nostalgia di casa.

Sebbene io non abbia una casa dove tornare. Non proprio. Anche se implorassi mia madre di accogliermi, non mi sentirei a mio agio in quell'appartamento. Non con tutti i ricordi che contiene. Le foto di famiglia. Il piccolo altare che mamma ha fatto per Jonas e Yates. Mi ha mandato una foto per mostrarmelo la settimana scorsa, e ho trovato strano che abbia fatto una cosa simile. Riporre le loro foto su un tavolino. Con delle candele accese intorno, un santino con il Padre Nostro e delle mani giunte in preghiera. Sul tavolino giaceva anche una spessa Bibbia nera.

La mia famiglia non va in chiesa né prega. Non so perché abbia allestito un tributo religioso per loro, ma forse sta affrontando così il suo senso di colpa.

La capisco. Molto più di quanto lei stessa sospetti.

Guardo dalla finestra le frotte di studenti che si dirigono verso il campo da football per la partita di stasera. Capisco che sono tanti, perciò mi sento tranquilla al pensiero di lasciare il dormitorio per raggiungere la mensa e andare alla ricerca di cibo, una volta iniziata la partita. Infatti, lì non trovo nessuno, a parte un paio di studenti dall'aria giovane, presumo tutte matricole, raggruppati a un tavolo a bisbigliare animatamente. Mi riservano sguardi sospettosi quando passo accanto a loro.

È probabile che anche loro mi considerino il nemico. E sono delle maledette matricole.

Senza nessun altro in giro – senza Whit, i suoi scagnozzi e il suo gregge di pecore – posso concedermi un'insalata fresca e una zuppa. Posso mangiarle in pace, mentre guardo una serie su Netflix con gli AirPods.

Una volta finito, torno in camera e infilo dei leggings e una felpa con cappuccio, poi allaccio le mie scarpe da corsa preferite. Fuori è buio pesto, ma il temporale è finito e sono tutti alla partita.

Nessuno mi darà fastidio.

Ancora con gli AirPods alle orecchie, vado a correre per i giardini, con le luci sopra le numerose statue che proiettano un bagliore dorato. Sono bellissime. Una donna con l'espressione addolorata. Un giovane dall'aria adirata, il volto inclinato come se guardasse in lontananza, e la mascella serrata.

Mi ricorda Whit.

Tutte le statue me lo ricordano. Tutta quella bellezza struggente impressa nella pietra. Fredda e insensibile. Eppure, ogni volta che mi tocca, sento solo il calore. Il fuoco dei suoi polpastrelli che mi incenerisce.

Che mi fa bruciare.

Aumento il passo, il battito cardiaco accelera mentre mi dirigo verso la foresta. È più buio del solito a causa delle nubi che ancora oscurano il cielo, perciò strizzo gli occhi nella notte, cercando di vedere più che posso. I piedi calpestano il sentiero acciottolato sotto di me, capisco che finché resto al centro, non perderò la strada. Riesco a vedere i ciottoli bianchi anche nell'oscurità.

Il sentiero si snoda attraverso un boschetto di alberi che delimita il campus e lo separa dalla spiaggia. Anche con gli AirPods riesco a sentire lo scroscio martellante, le onde tumultuose, il mare inferocito dalla tempesta. Spengo la musica e mi fermo, inspirando profondamente, assorbendo quel suono ritmico.

Se ora avanzassi nell'acqua vorticante, nessuno rimpiangerebbe la mia scomparsa. La scuola probabilmente terrebbe una festa, capitanata da Whit. Mia madre sarebbe triste e aggiungerebbe la mia foto al suo altarino, ma poco dopo anche lei andrebbe avanti. Tutti le direbbero che è forte. E lo è. Ma forse quella forza è una maschera per ciò che è davvero.

Priva di emozioni. Esausta.

Non so quale delle due.

L'oceano mi tenta, soprattutto alla fine di una giornata così travagliata, ma dopo aver ascoltato per qualche minuto il rumore delle onde, avanzando qualche passo verso di esse, lascio il sentiero che porta alla spiaggia e torno verso il campus. Dico a me stessa che devo essere più forte di così. Se entrassi in acqua e lasciassi che mi inghiottisse, allora avrebbero vinto loro. E benché io abbia detto a Whit che non si trattava di un gioco, forse in fin dei conti aveva ragione.

La vita è un grande gioco e io sono troppo giovane per arrendermi. Non posso perdere.

Non ancora.

La consapevolezza che sono stata tentata, ma non ho ceduto, in qualche modo mi fa sentire più forte. Mi infonde energia. Mantengo un passo costante mentre torno verso il campus, optando per il sentiero che si snoda a destra ed evitando quello che attraversa i giardini. Corro sotto un tunnel fatto di imponenti alberi e arbusti che si intrecciano sopra la mia testa, creando una tettoia naturale che sono sicura sia stupenda durante l'estate.

Non credo che la vedrò mai.

L'estate a Newport. L'estate al campus. So che hanno un programma, ma non lo frequenterò e presto mi diplomerò. A inizio giugno non dovrò più venire in questo campus. Avrò il mio diploma in mano e me ne andrò a testa alta.

Spero. Sempre se prima non mi piegano.

Non lo faranno. Non glielo permetterò. Non lascerò che *lui* ci riesca.

Un tuono rimbomba sopra di me e mi spaventa, così mi sfugge un verso e accelero il passo. La pioggia inizia a cadere a dirotto, i lampi illuminano il cielo più e più volte, accompagnati da tuoni fragorosi, e mi rendo conto che sto correndo un grave pericolo qui fuori.

Potrei essere colpita da un fulmine, verrei folgorata all'istante. Inverosimile, ma conoscendo la mia fortuna di questi tempi tutto è possibile.

Esco dal sentiero coperto, aggirando un enorme muro d'edera, poi un altro boato fa tremare la terra e un fulmine squarcia il cielo nero, illuminando il terreno sottostante. Vedo qualcuno. Una figura alta. Vestita di nero. È lì.

E poi sparisce.

Mando giù un groppo, rallento e mi avvicino con cautela al punto in cui l'ho visto, il cuore che scalpita. Tocco gli AirPods per fermare la musica, mi guardo intorno e mi sfilo gli auricolari dalle orecchie, infilandoli nella tasca della felpa. Dovunque sia, non può essere andato lontano. Probabilmente è qualcun altro che è uscito per correre.

Giusto?

Un altro tuono rimbomba e mi fa sobbalzare, poi un braccio mi serra il collo da dietro, e sento un corpo massiccio e slanciato premermi contro. Una bocca si avvicina al mio orecchio e a bassa voce mormora: «Presa».

Mi gelo, perché riconosco subito la sua voce.

Elliot.

Serro gli occhi, resto perfettamente immobile e dico a me stessa di rimanere calma. Posso cavarmela. Vuole vendicarsi, suppongo, e posso stare al suo gioco per un po'. Devo radunare le forze e cogliere l'occasione al momento giusto.

«Sei proprio stupida», dice minaccioso. «Qua fuori tutta sola. Non c'è nessun altro in giro. Sono tutti alla partita».

«Perché non ci sei andato anche tu?», chiedo, orgogliosa del tono calmo della mia voce.

«Mi hanno sospeso per questa partita, visto quello che è successo prima», spiega. Serra la presa sulla mia gola, minacciando di togliermi il respiro. «Stronza del cazzo. Non ne vali la pena».

Di colpo compare davanti a noi un altro ragazzo, a me sconosciuto. Anche lui è vestito di nero e si avvicina lentamente, con un sorriso inquietante sul volto.

«È lei?», chiede a Elliot.

«Sì, che ne pensi?».

Mi scruta dalla testa alle Nike zuppe d'acqua. «Non sono uno che picchia le donne, ma questa mi sembra una stronza che merita un paio di schiaffi».

«È quello che cercavo di dirti», ringhia Elliot, poi ride. «La tieni ferma e le do io il primo colpo?»

«D'accordo», risponde l'altro ragazzo con un cenno del capo.

È il momento di agire.

Mi divincolo dalla presa di Elliot, sfuggendo dalle sue mani, ma l'altro ragazzo mi afferra subito per la vita, facendomi girare e allo stesso tempo sollevandomi. I miei piedi scalciano in aria. Mi fa cadere a terra e mi si mette sopra, bloccandomi in mezzo al sentiero acciottolato. I sassolini scavano contro la mia testa e lungo il mio corpo, facendomi trasalire, e il ragazzo spinge il suo viso verso il mio. La pioggia cade dalla sua pelle sulle mie guance.

«Continua pure, mi piace quando vi agitate», dice, come se avesse già fatto cose del genere prima d'ora.

«Levati dal cazzo, è mia», urla Elliot, strattonando l'altro ragazzo e spingendolo via da me. Mi metto a piangere quando Elliot si piazza cavalcioni su di me e incombe con un pugno serrato. Pensavo volessero violentarmi, non picchiarmi.

La rabbia mi invade e asciuga le mie lacrime, mentre cerco di respingerlo, ma è inutile. È in una posizione di vantaggio e lo sa.

«Puttana», sussurra, i denti bianchi che spiccano nell'oscurità. «Ti faccio a pezzi».

Ha un tono compiaciuto, come se si stesse eccitando, e questo mi fa infuriare ancora di più. Mi difendo con foga, sollevo i fianchi con tutte le mie forze e lo faccio cadere di lato, lontano da me. Gli sferro un calcio che lo centra allo stomaco, e lui cade all'indietro con un forte grugnito; il suo volto si contorce e torna a lanciarsi con ferocia verso di me.

E con la stessa rapidità, sparisce. L'altro ragazzo urla.

«Attento! Ma che ca...».

Un pugno si scontra con la mascella del ragazzo, che si accascia a terra. Osservo sotto shock l'evolversi della situazione, intanto che la pioggia continua a cadere a dirotto su di noi e i fulmini lampeggiano frenetici sulle nostre teste.

D'un tratto illuminano Whit, vestito con una camicia bianca e dei pantaloni blu, che si gira all'ultimo secondo verso Elliot e lo colpisce dritto in faccia.

«Whit!», urlo il suo nome, proprio mentre rovescia la testa all'indietro per la forza del pugno di Elliot che si è scontrato con il suo bel viso. Balzo in piedi e vado dritta verso Elliot, pronta a toglierlo di dosso da Whit.

Lui spinge via Elliot e i due rotolano a terra, le gambe e le braccia aggrovigliate mentre lottano per prendere il sopravvento l'uno sull'altro. Sono di fronte a loro, del tutto impotente e incapace di agire. Tiro fuori il telefono e compongo il numero d'emergenza, ma Whit mi urla contro.

«Molla subito quel cazzo di telefono!».

Stacco la chiamata e lo guardo. Sono preoccupata per lui. L'altro ragazzo si rimette in piedi vacillando, il volto già tumefatto per il pugno di Whit, e io urlo quando Elliot lo colpisce di nuovo.

Ma stavolta Whit è pronto. Arresta il braccio di Elliot e gli assesta un pugno nello stomaco, con tutta la sua forza. Continuano a colpirsi a vicenda, ascolto il nauseante tonfo delle loro mani che si scontrano con la carne che risuona ancora e ancora, nel tentativo di annientarsi a vicenda. E poi Whit sovrasta Elliot, che giace a terra e si stringe lo stomaco. Rimane rannicchiato in posizione fetale per proteggersi.

«Testa di cazzo», dice Whit col respiro pesante, scostandosi i capelli umidi dalla faccia. «Stavi per picchiarla a sangue».

«Quella stronza se lo merita…», inizia a dire Elliot, ma Whit gli assesta un calcio nello stomaco, facendolo gemere.

«Stronzo. Sei morto. Morto». Whit gli sputa dritto in faccia. «Marcisci all'inferno, Elliot. Sei finito».

«Dai, amico. È solo una stronzetta che ti vuoi scopare. Che ti frega di quello che le succede?», piagnucola Elliot.

«Direi che è una stronzetta che *tu* ti vuoi scopare». Whit lo prende di nuovo a calci, nel frattempo la pioggia aumenta d'intensità e diventa così forte che a stento riesco a sentirlo. Per sbaglio premo qualcosa sul mio telefono e, in qualche modo, riaccendo la musica. *Streets* di Doja Cat inizia a suonare a basso volume dai miei AirPod, che sono ancora in tasca. Sento Whit che urla a Elliot: «Hai ventiquattro ore, non voglio più vedere la tua faccia».

Whit si gira verso l'altro ragazzo, che osserva tutto con espressione spaurita. «Non voglio più vedere nemmeno la tua faccia di merda. Andatevene, cazzo. Tutti e due!».

Elliot si alza con una smorfia, posando una mano sulla mascella dolorante. «Stai commettendo un errore».

«L'unico errore che ho fatto è stato fidarmi di te», dice Whit con un sorriso di scherno. «Va' a fare in culo, coglione. Correrò il rischio».

Senza fiato, li guardo fulminarsi a vicenda. Ho paura che ricomincino a picchiarsi. Rimetto gli AirPods nelle orecchie per non perderli e osservo i ragazzi che si scambiano sguardi.

Ma alla fine Elliot si allontana lentamente e l'altro ragazzo lo segue, finché non scompaiono nell'oscurità. Una volta andati via, mi volto per studiare con attenzione Whit. Noto che si tiene l'addome, ha un braccio curvato intorno alle costole.

È ferito.

Il figliol prodigo. Il principe dell'alta società, ancora in piedi dopo aver combattuto contro non uno, ma ben due ragazzi al posto mio. Immagino che dovrei essergli grata. Dovrei ringraziarlo.

Mi dà le spalle, sta ancora guardando Elliot e il suo amico che scappano, intanto la pioggia battente gli inzuppa i vestiti, rendendo trasparente la sua camicia bianca. La stoffa aderisce al suo petto e mette in risalto la sua muscolatura asciutta, e io lo fisso, incapace di distogliere lo sguardo. Sollevo gli occhi sul suo profilo e trattengo il respiro quando vedo il livido che si sta formando sulla sua guancia, assieme al graffio sulla mandibola.

Inerte, penso alla prossima mossa. Dovrei scappare. Potrei far finta di non aver incontrato né lui né Elliot stasera, di non aver mai assistito a questa lotta. Potremmo far finta che non sia successo niente. Sono in procinto di darmela a gambe, quando lui solleva la testa, il naso all'insù come se mi fiutasse, alla stregua di un animale selvatico.

Mi pietrifico. Come le statue lì vicino. Immobilizzata, la paura dentro mi fa tremare. Oggi è stato troppo. Ho affrontato così tante cose e ora un altro orribile incontro con Whit Lancaster...

Non so se riuscirò a sopportarlo.

I suoi sconvolgenti occhi azzurri incontrano i miei. I nostri sguardi si incrociano e io rimango immobile a fissarlo. Anche lui. La canzone continua a riprodursi e le parole mi riempiono la testa, perché sono perfette in questo momento.

Like you, like you
Like you, oh
I found it hard to find someone like you

È difficile trovare uno come te.

Ha un taglio all'angolo della bocca. Vedo il sangue che gli cola sul mento. Volta la testa continuando a guardarmi dritto in faccia e io sussulto, portandomi una mano alla bocca.

Whit mi ha sempre ricordato le statue nei giardini del campus. Bellissimo. Perfetto. Freddo.

Senza cuore.

Lo guardo ora, un dio intoccabile tra noi comuni mortali, ma spezzato… che sanguina.

Umano.

Si avvicina a me con passo vacillante, eppure, è straordinario. Riesce a sembrare potente, nonostante i danni subiti. Il suo occhio destro si sta gonfiando. Su uno zigomo affilato è apparso un graffio rosso e livido. Vedo le sue labbra muoversi, come se stesse parlando, così mi tolgo uno degli AirPods per ascoltare la fine della frase.

«…Non devi stare qui da sola. Stai bene? Elliot del cazzo». Sputa, e la sua saliva è tinta di un rosso intenso.

Di colpo divento furiosa. Chi è lui per dirmi cosa devo fare? Per comportarsi come se gliene importasse qualcosa di me? È corso in mia difesa e si è fatto martoriare la faccia a causa mia. Sul serio?

Non gliene è mai fregato niente di me.

Whit ha ammesso di essere il principale responsabile del mio tormento a scuola. Anche se sono tutti dei bulli, lui è il peggiore.

«Non sono io quella che perde sangue», ribatto, agitando una mano verso di lui.

Risponde con un ghigno. Il sangue gli macchia i denti e mi fa pensare a un bel diavolo. Un angelo caduto. Come se mi avesse letto nel pensiero, spalanca le braccia e sembra voglia spiccare il volo. La sua postura non fa che enfatizzare quanto sia zuppa la sua camicia bianca, tanto che riesco a vedere la sua pelle trasparire al di sotto. L'ombra scura dei capezzoli. I muscoli e i tendini, l'alzarsi e abbassarsi del petto al ritmo del suo respiro affannato.

A quella vista, la mia pelle inizia a solleticare e mi ordino mentalmente di smetterla.

«Quella tua bocca ti metterà nei guai, un giorno, Savage», dice lui, il ghigno maniacale ancora stampato in faccia. «Non riesci nemmeno a dire grazie a chi ti ha salvato il culo. Quei due ti avrebbero ridotto in poltiglia, spero che tu te ne renda conto».

«Probabilmente li hai chiamati tu e poi sei corso a fermarli, sperando ti credessi il mio salvatore», gli rinfaccio. «Non mi fido di te».

«Avrei dovuto lasciare che ti prendessero», dice, mentre il suo sorriso si spegne a poco a poco.

«Stronzo», borbotto, poi gli passo accanto, ansiosa di scappare e dimenticare l'intera faccenda.

Ma sappiamo entrambi che non posso ignorarlo e che lui non può restare indifferente a me. Non posso lasciarlo qui da solo, anche nel caso sia stato lui a organizzare tutto. Abbiamo troppi trascorsi.

Whit mi afferra il braccio proprio quando lo sto per superare, fermandomi. «Dove pensi di andare?»

«Il più lontano possibile da te». Cerco di scrollarmelo di dosso, ma le sue dita si serrano intorno al mio braccio. «Lasciami andare».

«Dammi un minuto», dice con una smorfia, malconcio, e io allungo una mano per stringergli l'altro braccio e sostenerlo. Si tiene ancora lo stomaco con una mano e ha l'espressione cupa. «Cazzo, credo che quel coglione mi abbia rotto una costola».

Lo sgomento mi si riversa addosso, così come la pioggia. Le sue ferite sono più gravi di quanto pensassi. «Perché l'hai fatto?»

«Fatto cosa?», chiede lui con espressione incredula. «Salvarti da due stronzi che stavano per farti a pezzi sotto un temporale? Oh, non ne ho idea. Pensavo saresti stata grata di vedermi».

«Che ci facevi qui?»

«Potrei chiederti la stessa cosa», ribatte.

«Non hai risposto alla mia domanda», gli faccio notare con voce pacata, intanto i miei pensieri si fanno caotici.

Ci fissiamo l'un l'altro. La pioggia continua a cadere. Ancora. Scaccio le gocce dalle ciglia e lo osservo con attenzione mentre si sposta. Fa un'altra smorfia. Mi avvicino, sfioro con le dita la sua bocca e lui si ritrae al mio tocco.

«Non fa niente, starò bene». Non mi ha risposto e averlo così vicino, dolorante e bisognoso di me, mi getta nel panico. Lui non ha mai bisogno di nessuno. È al di sopra di tutto.

Soprattutto di me.

Ma persino il dio di questa scuola sanguina, adesso, e io ne sono testimone. Anche se la pioggia lava via il sangue, capisco che sta soffrendo. Quell'occhio nero sarà una bella gatta da pelare. Come lo spiegherà?

«Non stai bene», dico. «Forse dovresti andare in infermeria...».

«No», mi interrompe, la voce ferma, gli occhi gelidi. «E non ti azzardare a dire a qualcuno quello che hai visto. Hai capito? Deve rimanere qui. Tra noi».

Chi si crede di essere? Dio, è esasperante. «Sei proprio uno stronzo», gli urlo.

«Non dimenticarlo mai, Savage». Si allontana da me, inciampa all'indietro e cade sul sentiero con un forte tonfo. «Cazzo», geme, sdraiandosi sulla schiena in mezzo al sentiero, con le braccia spalancate.

Non si muove. Resta lì, sul sentiero acciottolato, tra le pozzanghere che si tramutano lentamente in fango, sotto la pioggia che si riversa su di lui. Chiude gli occhi. Lo studio per un attimo, mentre una guerra si scatena dentro di me. Potrei dargli una mano e aiutarlo a rialzarsi. Accompagnarlo alla sua lussuosa suite, che nemmeno fa parte del dormitorio, e dimenticare che questo incontro sia mai avvenuto.

Oppure potrei lasciarlo qui fuori e per tornare alla sua stanza se la vedrà da solo. Non direbbe a nessuno che l'ho lasciato qui. Non vuole nemmeno che si sappia cosa è successo.

Prendo la mia decisione: giro i tacchi e mi dirigo verso il mio dormitorio.

«Dove diavolo vai?», grida lui sotto la pioggia.

Mi guardo alle spalle e scopro che si è messo seduto, le ginocchia piegate a terra. I piedi nelle pozzanghere.

«Che ti frega?»

«Torna qui», intima.

«Va' al diavolo». Riprendo a camminare, ma il senso di colpa mi divora. Mi consuma lo stomaco. Il cuore.

L'anima.

È il peggiore essere vivente del mondo. Da quando ho iniziato a frequentare questa stupida scuola ha reso la mia vita un inferno. Ha convinto l'intero liceo a darmi il tormento ogni singolo giorno e non ha intenzione di fermarsi. Non lo farà finché non avrà ottenuto ciò che vuole.

E ciò che vuole…

Sono io.

In ginocchio, sottomessa. Che mi lascio umiliare da lui. A permettergli di farmi subire cose sconce, sessuali, che senza dubbio mi piaceranno. A consentirgli di farmi sommerger dai sensi di colpa quando tutto sarà finito. È uno stronzo, malato e perverso. Danneggiato. Spezzato.

Eppure, attrae qualcosa che giace nel mio profondo. Qualcosa che non capisco, ma *sento*. A quattordici anni abbiamo vissuto il nostro unico momento insieme, che probabilmente è durato al massimo quindici minuti, ed è rimasto impresso nella mia mente per anni. Voglio sapere cosa si prova a baciarlo oggi. A toccarlo adesso.

Cosa proverei se lui mi toccasse.

Dovrei odiarlo per ciò che ha fatto. Per gli insulti che mi ha affibbiato. Per le cose che mi ha fatto passare.

Ma non posso… lasciarlo qui. Mi ha *salvata*. Nonostante tutto quello che mi ha fatto subire, alla fine mi ha aiutata. E il tempo fa schifo. E se fosse gravemente ferito? Se stesse perdendo sangue internamente?

Da vera idiota, mi volto e torno da lui, che intanto mi osserva. Più cammino più scorgo lo sgomento sui suoi bei lineamenti.

«Dammi la mano». E gli tendo la mia.

La fissa con una smorfia, per poi sollevare lo sguardo su di me. «Sei tornata».

«Non dovrei. Sei un completo idiota».

Lui ride. «Il mio fascino ti ha conquistata».

«Quello, e il fatto che tu sia venuto a salvarmi». Agito le dita della mano. «Prendi la mia mano o me ne vado. E non torno più».

Whit non è stupido. Mi afferra il palmo e io punto i piedi nel fango, cercando di tirarlo su. Ma lui pesa più di me e il terreno è scivoloso. Ovviamente la mia mano slitta via dalla sua presa e finisco per cadere all'indietro, atterrando con il sedere nel fango con un sonoro *plop*.

Nonostante il dolore per le ferite, e la pioggia che si accanisce su di noi, lui scoppia a ridere. «Dovresti vedere la tua faccia», dice, scuotendo la testa.

Dio, è pessimo.

Sono certa di essere in condizioni poco dignitose mentre mi sollevo dal fango e mi rimetto in piedi. Lui fa lo stesso, sforzandosi e gemendo per quello che immagino sia un dolore tremendo, e alla fine riesce a mettersi dritto, barcollando.

Bene. Spero gli faccia così male da non farlo dormire stanotte. È il minimo, dopo quello che mi ha fatto. Non mi importa se mi ha salvata da quello stronzo di Elliot e dal suo amichetto.

«Ce la fai?», chiedo quando fa qualche passo prudente nella mia direzione.

«Puoi, ah…». La sua voce si smorza. Abbassa un attimo lo sguardo per poi rialzarlo, le gocce di pioggia che si impigliano sulle sue folte ciglia. Ovviamente noto tutti i dettagli. Nonostante i lividi e il fango che lo ricopre ovunque, è bellissimo. L'angelo caduto, deciso ad attirarmi nelle tenebre.

«Cosa?», ribatto, incrociando le braccia. Mi rendo conto che la pioggia sta diminuendo. Tuoni e lampi sono scomparsi del tutto.

«Puoi accompagnarmi in camera?». Fa un altro passo verso di me, il suo braccio sfiora il mio e allora io lo afferro, constatando che è piuttosto instabile. «So che peso più di te e non mi aspetto che tu mi porti in braccio, ma sarebbe d'aiuto se mi guidassi fin lì».

Non voglio sbirciare nel sancta sanctorum che è il dormitorio esclusivo di Whit. Immagino che anche Sylvie viva in uno di quegli appartamenti privati.

«Non dovrei aiutarti», dico con diffidenza, mantenendo le distanze. Lo osservo come se fosse un serpente pronto a sferrare un attacco. Non mi fido di lui. In qualche modo riuscirà a rigirare la frittata. Farà credere a tutti che mi sono intrufolata nella sua stanza e io diventerò la troia del campus.

Anche se credo di essere già in possesso di questo titolo.

«Non dovresti», concorda.

Ci osserviamo mentre la pioggia continua il suo scroscio. Lui si culla ancora il braccio contro lo stomaco e mi chiedo in che condizioni siano le sue costole. Contuse? Rotte? Se così fosse, sarebbe in pessime condizioni. Facendolo muovere non peggiorerei le cose?

Lancio uno sguardo oltre le mie spalle, vedo il mio dormitorio in lontananza. Formulo un'idea assolutamente ridicola, ma è il momento giusto per metterla in pratica. In giro non c'è nessuno. Sono tutti alla partita. Abbiamo tutto il tempo che ci serve.

«Riesci a camminare?», chiedo, avvicinandomi a lui. Gli passo un braccio intorno alla vita e lo sorreggo, cercando di ignorare il calore della sua pelle che riesce a bruciare anche attraverso la camicia madida.

Iniziamo a muoverci, ma i suoi passi si arrestano presto, ha il volto stravolto dal dolore. Si appoggia a me, con eccessiva pesantezza, e io puntello i piedi cercando di restare in equilibrio. «Mi sembra di non riuscire a respirare», mormora.

Deve essere per le costole.

Con determinazione, lo guido delicatamente verso il mio edificio. «Andiamo nella mia stanza», dico.

«Che? Nemmeno per sogno». Ride, per poi serrare di colpo le labbra. Sono certa che stia soffrendo. «Se mi beccano in camera tua, sei espulsa».

«No, non è vero. E ci penserai tu a non permetterlo». Camminiamo fianco a fianco, il suo braccio pesante sulle mie spalle, il mio ancora intorno alla sua vita.

«Che vuoi dire?». Fa una pausa tra una parola e l'altra, come se pronunciarle gli costasse un certo sforzo, e cerco di non lasciare che questo piccolo dettaglio mi preoccupi. Ma lo fa.

«Sei un Lancaster. Intoccabile. Diremo la verità e non mi succederà niente», spiego con semplicità, mentre ci avviciniamo alla doppia porta del mio edificio.

«Non avete un tutor in portineria?», chiede.

«Sono tutti alla partita». Quando sono uscita per fare jogging, la portineria era vuota.

Spero che lo sia ancora.

«Stai rischiando, Savage», dice con ammirazione. «Non so se sia coraggio o follia».

Probabilmente entrambe le cose, vorrei dirgli.

Ma tengo la bocca chiusa.

Capitolo 9

Summer

Non so come sono riuscita a portarlo nella mia stanza, non è stato facile. Abbiamo dovuto fare molte pause. Una volta ha tossito e ho temuto che stesse per svenire, ma forse sono io che mi preoccupo troppo. Ho dovuto spingerlo contro il muro e tenerlo lì, pregando che non perdesse conoscenza. È troppo pesante, non sarei riuscita a sollevarlo in nessun modo.

Quando finalmente entriamo nella mia stanza, lo guido verso la sedia alla mia scrivania e lo aiuto a sedersi. Mi rendo subito conto che sta tremando per il freddo, per colpa dei vestiti bagnati.

Ho i brividi anche io.

«Torno subito». Gli piazzo l'indice davanti al viso, cercando di fargli capire che faccio sul serio. «Non muoverti».

«Non potrei neanche volendo», gracchia, tenta di sorridere ma fallisce miseramente.

Lo lascio in camera e mi dirigo al bagno in comune, dal quale prendo un paio di asciugamani e un panno. Mi accosto al lavandino e apro l'acqua, la faccio scorrere finché non diventa bollente, poi imbevo il panno, lo strizzo velocemente e chiudo il rubinetto. Mi affretto a tornare nel corridoio, conscia che non abbiamo molto tempo prima che la partita finisca e tutti tornino nei dormitori.

Devo mettere i nostri vestiti nell'asciugatrice. Non posso rischiare che qualcuno si accorga che ci ho messo dei vestiti maschili, quindi devo confonderli con altra roba. Non sembrerà strano che sto facendo il bucato il venerdì sera. In questa scuola non piaccio a nessuno. Non ho amici.

Che altro dovrei fare?

Torno in stanza e vedo che lui è ancora seduto sulla sedia, ma ha i pantaloni appallottolati intorno ai piedi. Alza lo sguardo con una smorfia. «Toglimi 'sta roba di dosso», si lamenta.

In preda all'irritazione, mi avvicino e mi inginocchio sul pavimento di fronte a lui, gli tolgo prima le scarpe, poi gli sfilo i calzini. Afferro i pantaloni e mi accorgo che ci sono anche i boxer.

Alzo appena lo sguardo e vedo che sta sogghignando. Nonostante tutto. Il dolore, i vestiti bagnati e la situazione assurda in cui ci troviamo, non importa. Lui ha un'espressione arrogante in faccia e so esattamente il perché.

«Chi l'avrebbe mai detto che ti saresti inginocchiata per la prima volta in un'occasione del genere? Mi va bene lo stesso, però», commenta.

«Sei proprio un idiota». Gli strappo boxer e pantaloni dai piedi, lasciandoli atterrare sul pavimento con un *plop* umido. «Togliti la camicia».

Lui inarca un sopracciglio.

«Togliti. La. Camicia», ripeto, scandendo le parole.

«Mi vuoi nudo? Non so se sarò in grado di…».

Lo interrompo: «Voglio mettere i tuoi vestiti nell'asciugatrice».

«Oh». Sembra deluso. «Una ragazza ricca come te sa fare il bucato?»

«Sì, non ti sorprendere», dico con uno sbuffo, poi sgrano gli occhi quando le sue dita affusolate ed eleganti raggiungono il petto e iniziano a sbottonare con gesti misurati ogni bottone.

«Hai intenzione di guardarmi?», chiede con voce annoiata, liberando l'ultimo bottone. La camicia si apre del tutto e io abbasso lo sguardo, ma la stanza è piena di ombre, a causa dell'unica lampada accesa sul mio comodino. Non riesco a vedere nulla. E sono curiosa. Voglio vedere tutto.

«Immagino di sì», dico con indifferenza, come se averlo nudo nella mia stanza non mi facesse alcun effetto.

«Ti faccio guardare se anche tu mi fai guardare». Fa un cenno con la testa nella mia direzione. «Anche tu sei fradicia».

I miei vestiti sono così zuppi che delle spesse gocce d'acqua stanno cadendo sul tappeto.

Con aria di sfida, mi sfilo la felpa e la lascio cadere sulla pila di vestiti di Whit. Scalcio via le scarpe e i fantasmini che si sono sfilati con loro. Poso le mani sui fianchi dei leggings e li faccio scendere piano lungo le gambe, senza mai staccare gli occhi da Whit per tutto il tempo.

Anche lui sostiene il mio sguardo, come se stessimo facendo a gara a chi sbatte le palpebre per primo. Perde lui, perché con gli occhi scivola sulle mie gambe per un brevissimo istante, quando finalmente sfilo del tutto i leggings.

Sembravano attaccati con la colla.

«Ti stai davvero spogliando. Davanti a me». Sembra non crederci.

«Non ho nulla da nascondere», dico, godendomi la provocazione e il modo in cui il suo sguardo indugia su di me, come se non sapesse cosa guardare per primo. Sono piena di sorprese, penso. Lo tengo sulle spine. Mi crede una ragazza mite e stupida, che solo lui potrebbe manipolare.

Si sbaglia.

Anche io lo osservo con attenzione. Siede sulla mia sedia completamente nudo, salvo la camicia aperta, e mi rendo conto che è un po' strano. Tutta questa situazione è strana.

«Nemmeno io», dice.

«Vado io per prima?». Non so da dove provenga tutto questo coraggio, ma ne approfitto.

«Se insisti». Sorride. Fa una smorfia. L'occhio nero che sfoggia sta assumendo un colore sempre più intenso, che gli conferisce un aspetto burbero e rude.

Il principe è stato ferito in battaglia. E io dovrò far finta di non aver mai assistito allo scontro. Come se non avessi idea di cosa sia successo.

Dovrebbe essere facile. In fin dei conti io e lui non parliamo mai davanti ad altre persone.

Porto la mano dietro di me e sgancio il reggiseno. Libero il mio petto e lascio che le spalline mi scivolino lungo le braccia, poi lo butto nella pila di vestiti.

«Bella come immaginavo», mormora, lo sguardo fisso sul mio seno.

Pervertito.

Non mi vergogno del mio corpo. È stato usato e messo all'opera. Ora, è un'arma di distruzione di massa e Whit è il mio bersaglio. Sono pronta a neutralizzarlo.

Ma suppongo di essere in vantaggio, visto che è ferito e nascosto nella mia stanza. Tuttavia… in guerra bisogna saper cogliere le opportunità quando queste si presentano.

Mi porto le mani sui fianchi per afferrare l'orlo delle mutandine. Il mio cuore rallenta, poi riprende a battere forte e costante. Il suo sguardo è caldo. Esaminatore. Si appoggia alla sedia e so che dovrebbe sembrarmi ridicolo, così spogliato con addosso solo una camicia fradicia.

Ma non lo sembra. Proprio per niente. Sono io che dovrei avere il controllo in questo momento, ma è lui a essere in una posizione di vantaggio. Si aspetta che faccia io la prossima mossa.

«Te le vuoi togliere?»

«Vuoi guardare?», ribatto.

«Lo sai benissimo», dice con un ghigno.

Infastidita, spingo le mutandine bagnate verso il basso, irritata dal fatto che si impigliano presto alle ginocchia. Ci lotto contro, infine riesco a toglierle e le calcio via. Resto così e lascio che lui mi osservi a lungo.

E lo fa. Fissa spudoratamente tra le mie gambe, sollevando appena il sopracciglio. «Non ti fai la ceretta».

Perché avrei dovuto sistemarmi l'inguine se nessuno mi avrebbe vista? Be', l'unico che di solito lo faceva, non volevo che mi toccasse. Anzi, a un certo punto volevo rendermi il più ripugnante possibile ai suoi occhi.

Non ha funzionato. Non gli importava. Si è comunque preso quello che voleva.

«Sfoltisco solo», spiego, ed è la verità. «La sistemo un po'».

«Mi piace». Il suo sguardo ardente incontra il mio. «Sono sorpreso dalla tua autostima, mi piace anche questo».

Non dovrei trarre piacere dai suoi complimenti, ma succede. Qui dentro fa così freddo che i miei capezzoli sono turgidi e doloranti. Ci strofino un braccio contro, cercando di alleviare il dolore, ma non serve a nulla. «Tocca a te», dico.

«Non so se riesco a stare in piedi».

«Per caso ti stai tirando indietro?».

Con un grugnito, si regge allo schienale della sedia e si mette in piedi, sulle sue gambe malferme. Sono tentata di dargli una mano, ma quando faccio un passo avanti mi fulmina, perciò non mi muovo oltre. Si sfila la camicia, prima una spalla e un braccio, poi l'altro. Con gesti molto, molto misurati.

Finché anche lui non è del tutto nudo.

Spalle e petto sono larghi. Gli addominali… ha la tartaruga. Pancia piatta. Ha l'ombelico incavato. Cosce ricoperte di peli. Un pene lungo e massiccio, mezzo alzato. E quando il mio sguardo si ferma proprio lì, diventa ancora più duro.

«Soddisfatta?», chiede seccato.

«Si può fare», dico con un'alzata di spalle e uno sbadiglio.

Lui ride. Poi emette un gemito e cade all'indietro sulla sedia con un pesante tonfo.

«Credo che stasera non succederà niente», dico entusiasta, per poi voltarmi e dirigermi verso l'armadio. Indosso una felpa e dei pantaloni della tuta. Infilo i piedi nelle pantofole e torno a voltarmi verso di lui. Sta osservando con una certa invidia i miei vestiti puliti e caldi, e io faccio un gesto in direzione del letto. «Dovresti riposare».

«Nel tuo letto?»

«No, sulla sedia». Alzo gli occhi al cielo. «Nel mio letto, è ovvio. Oh! Quasi dimenticavo». Vado alla cassettiera e prendo uno degli asciugamani che ho portato con me, insieme al panno ormai freddo. «Hai bisogno di aiuto?», chiedo quando lui si alza e inizia a fare i pochi passi che lo separano dal letto.

«Sto bene», dice a denti stretti, avanzando come un vecchio. Il mio sguardo cade sul suo didietro, noto le fossette poco profonde che ha alla base della spina dorsale. Immagino di baciarle. Di mordere la carne soda prima di un gluteo, poi dell'altro.

Le mie guance si imporporano e vado da lui, abbasso il piumino e le lenzuola prima che collassi sul materasso. Copro il suo corpo nudo e bagnato con le coperte, rimboccandole. Gli offro un asciugamano e lui aggrotta la fronte. «Vuoi asciugarti i capelli?».

Mi liquida con un singolo movimento della testa. «No».

«Posso lavarti il viso, almeno?». Il suo cipiglio si fa più marcato. «Così posso pulirti le ferite».

«Prima metti i miei vestiti nell'asciugatrice», dice, la voce che si affievolisce. Ha le palpebre pesanti, come se fosse appena stato colpito da un'ondata di stanchezza. «Prima che tornino tutti».

Valida osservazione, quindi faccio come dice, vado nella lavanderia in comune e lancio i nostri vestiti nell'asciugatrice prima di metterla in funzione. Quaranta minuti dovrebbero essere sufficienti per asciugare tutto. Poi aspetteremo che le luci vengano spente e lo farò uscire di nascosto. Quando la tutor andrà a dormire, non ci sarà nessuno in portineria e potrà andarsene via.

Però ci sono le telecamere. Qualcuno potrebbe vederci. Saranno davvero sempre monitorate? Forse Sylvie potrebbe darci una mano con le sue abilità da hacker. Però magari Whit non vorrà l'aiuto di sua sorella, per non farle capire cosa sta succedendo tra noi.

Ma cos'è che sta succedendo tra noi? Non ne ho la minima idea.

Imbevo di nuovo il panno con l'acqua calda e torno in camera, da lui. Lo trovo ancora sdraiato, il telefono stretto tra le mani, le dita che digitano con foga sullo schermo. Alza lo sguardo quando arrivo al letto, mostrandomi un cipiglio familiare che è stranamente confortante.

Mi sono abituata alla sua crudeltà e non ad altre cose, e questo è un bel casino.

«Ho un panno caldo per lavarti la faccia». Lo sollevo.

«Faccio da solo», dice, lasciando cadere il telefono accanto a sé sul letto per sollevarsi e afferrarlo. Il movimento lo fa sussultare e io tengo il panno lontano dalla sua portata.

«No, fammi fare l'infermiera per un minuto».

«Solo se dopo io posso fare il dottore con te», mormora.

Lo ignoro e mi sistemo accanto a lui, che si scosta per lasciarmi più spazio. Studio il suo volto. Il graffio profondo sullo zigomo. Il livido violaceo che si sta formando intorno all'occhio. La pelle è gonfia e la palpebra si sta chiudendo, dovrei metterci del ghiaccio. Entro domattina sarà del tutto gonfio e chiuso. Inizierò con calma e poi mi occuperò dei danni più gravi.

«Sei messo male», commento, tamponando il panno sul taglio all'angolo del labbro.

«Dovresti vedere quell'altro», dice.

«L'ho visto. Vi ho visti tutti e due». Sfrego con delicatezza il graffio sulla sua guancia. È profondo, e lui stringe i denti mentre lo pulisco. «Perché eri lì?»

«Non importa».

L'irritazione mi pervade. «Non dirò a nessuno ciò che è successo».

«Non posso fidarmi di te, Savage. Non ti dico un cazzo», dice piccato. «Sappi solo… che mi occuperò del problema».

«Come?»

«Tu non preoccuparti», borbotta.

La rabbia mi spinge a sfregargli un po' troppo forte la delicata pelle sotto l'occhio e lui sibila per il dolore. «Non voglio che tu sia il mio paladino».

Lui ride. «Fidati di me, ero il primo a non volerti salvare il culetto stasera».

Mi allontano da lui. «Allora cerca qualcun altro che ti curi le ferite».

«Potrei convincere un centinaio di troiette a fare esattamente quello che stai facendo tu, proprio ora. Basterebbe questo». E schiocca le dita.

Che stronzo arrogante.

Lancio uno sguardo alla stanza, fingendo di cercare qualcuno. «Non vedo nessuno correre in tuo soccorso».

Lui mi fulmina in silenzio.

Io gongolo tra me e me.

«Elliot è un coglione», dice dopo qualche istante, quando sono tornata a pulirgli il sangue secco sul viso. Chissà, forse indossava un anello quando lo ha colpito. Sulle contusioni più grandi ci sono dei taglietti. «Avevo la sensazione che ti avrebbe fatto qualcosa».

La sua affermazione mi lascia perplessa. «Pensavi che mi avrebbe fatto qualcosa? In che senso?»

«Prima, davanti alla biblioteca, gli hai fatto fare la figura della femminuccia e non gli è piaciuto». Sorride, i suoi occhi si chiudono. «Stupido idiota, battuto da una ragazzina. È spacciato. Dico sul serio, nessuno mi affronta in questo campus e la fa franca».

Fermo la mano, il panno ancora premuto sotto l'occhio. «Che intendi quando dici che è "spacciato"?».

Apre gli occhi, un azzurro scintillante. «Elliot è un uomo morto».

«Pensavo fosse tuo amico», dico confusa.

«Gli hai dato un calcio nelle palle e l'hai messo al tappeto. E lui si vendica cercando di attaccarti. E guardati. Vale la pena rovinarsi la reputazione per te?». Mi indica con un cenno della mano, prima di lasciarla cadere floscia sul letto.

Allontano il panno dal suo viso e raddrizzo la schiena, offesa. «Sei proprio uno stronzo. Sto rischiando tantissimo per aiutarti, ti ho persino fatto entrare di nascosto nella mia stanza, ed è così che mi ripaghi?»

«Che ho fatto? Ho detto solo "guardati"». Chiude gli occhi e increspa le labbra, il brutto taglio frastagliato all'angolo è rosso e infiammato. Se non starà attento, resterà la cicatrice. «Sei solo una ragazza. Una debole, piccola puttana che l'ha messo al tappeto con una ginocchiata, come se fosse impotente. Ecco perché era incazzato. Non lo biasimo. Tu non sei nessuno, eppure ti pavoneggi per il campus come se fosse tuo. Anche se non è tuo, Savage. Questo è il *mio* campus. Dovresti tremare dalla paura ogni volta che ti guardo».

«Maiale», dico, assestandogli un forte spintone mentre mi alzo. Fa una smorfia di dolore e si gira su un fianco, così da darmi le spalle, ma poco mi importa. Spero soffra per l'eternità. Spero che la costola gli buchi un polmone e che si riempia di liquido. Così morirebbe.

Non proverei nemmeno un briciolo di rimorso se accadesse. Per niente.

Se lo merita. Per come mi parla. E per come mi tratta. Per le cose che dice su di me e quelle che fa fare alla gente. Non mi importa se prima mi ha aiutata. L'ha fatto solo per interessi personali, non aveva niente a che fare con me.

Perché dovrei aiutarlo? È disgustoso. La persona peggiore che abbia mai conosciuto. «Appena i tuoi vestiti sono usciti dall'asciugatrice, ti caccio dalla mia stanza», intimo.

«Qualcuno mi vedrà quando me ne andrò», dice al muro, con tono infastidito.

«Non me ne frega. Spiegalo tu perché sei nel dormitorio delle ragazze a quest'ora della notte. Ed è meglio che non tiri in ballo il mio nome».

«Oppure?». Mi lancia uno sguardo da sopra la spalla. «Mi stai *minacciando*, Savage?».

Inutile negarlo. «Sì, proprio così». Mi avvicino al letto e mi chino su di lui, accostando il mio viso al suo, le nostre bocche sono così vicine che riesco a sentire il suo respiro. Così vicine, che potrei baciarlo. Sono quasi tentata di farlo. «Ti sto minacciando. Se dici che ti ho fatto entrare di nascosto nella mia stanza, dirò che mi hai violentata. Mi hai tenuta ferma e mi hai messo in bocca quel tuo cazzo gigante per farmelo succhiare».

Lui serra gli occhi, ma non dice una parola.

«Tu non finirai nei guai, visto che il tuo maledetto nome è su tutta la scuola e sei intoccabile, cazzo, ma così non finirò nei guai nemmeno io. Non mi faccio scrupoli ad accusarti davanti a tutti di violenza sessuale, quindi non tentarmi», dico, dandogli una spallata prima di rimettermi in piedi.

Il suo sguardo segue ogni mio movimento mentre raggiungo la porta, con panno e asciugamani tra le braccia. «Penso che ti ecciterebbe», dice a bassa voce. «Io che ti tengo ferma, il mio cazzo gigante tra le tue labbra. Tu che me lo succhi. Scommetto che berresti fino all'ultima goccia».

Non rispondo alle sue parole. Se lo facessi, renderei chiaro che provocano una reazione in me. L'immagine di lui che mi tiene ferma sul letto, che me lo infila tra le labbra, con quel suo sorrisetto arrogante sul volto per tutto il tempo…

Al solo pensiero vengo attraversata da un brivido e cerco di scacciarlo, ma non ci riesco. È lì, come un film che si riproduce a ripetizione. Per lui non ci sarebbe soddisfazione più grande che dominarmi, e io…

Io adorerei ogni secondo.

Dio, che cavolo ho di sbagliato?

«Vado a prendere i vestiti», dico con la mano sulla maniglia. «Non muoverti».

La sua risatina sommessa mi segue mentre sguscio oltre la porta.

Percorro il corridoio e arrivo in lavanderia, per poi gettare gli asciugamani sporchi in un cesto gigante. L'asciugatrice è ancora in funzione e la apro, allungando una mano per tastare i vestiti.

Sono ancora piuttosto bagnati. Ci vorrà altro tempo.

Sbatto lo sportello dell'asciugatrice con frustrazione e schiaccio il pulsante per farla ripartire. Guardo i vestiti che girano e girano, mordicchiandomi l'unghia del pollice e desiderando che i capi si asciughino in fretta.

Lo odio da morire. È spregevole, cazzo. Ha dei seri problemi ed è chiaro che odia le donne. Non nutre alcun rispetto per loro, me in particolare. Si stupisce che ho messo al tappeto quell'idiota di Elliot con una ginocchiata? Un gioco da ragazzi. È andato giù come un sacco di patate, dritto per terra.

Se Whit non fosse arrivato prima, però, Elliot si sarebbe preso la sua rivincita. Al pensiero di ciò che avrebbe potuto fare, sento il terrore che si riversa nel mio stomaco.

Whit mi ha salvata, eppure mi tratta come se fossi spazzatura. Non capisco.

È un narcisista? O forse ha qualche problema mentale. Non metto in dubbio che la sua famiglia sia un totale disastro. Sylvie è un po' strana, ma almeno è gentile. Anche nella mia famiglia è un casino, ma... sono abbastanza sicura che tutte, prima o poi, lo diventino.

Sento delle voci in corridoio e sobbalzo, perché realizzo che le persone stanno per rientrare. Recupero i vestiti dall'asciugatrice, sono un po' più asciutti, ma non di molto, e li stringo al petto. Non posso assolutamente lasciarli lì e rischiare di farli trovare a qualcun altro.

Indugio sulla soglia, osservando le ragazze che passano. Nessuna di loro guarda nella mia direzione. Sono tutte bravissime a seguire gli ordini. Whit ha detto loro di ignorarmi e lo fanno.

Ha ragione. Sono un branco di pecore senza cervello.

Quando si crea un varco nel traffico del corridoio, sfreccio fuori e mi dirigo verso la mia stanza. Mi appoggio alla porta quando un gruppo di ragazze dell'ultimo anno mi passa davanti. Tra loro ci sono Caitlyn e Jane. Le mie sedicenti "nuove amiche" del primo giorno di scuola.

«Troia», mormora una di loro, e tutte scoppiano a ridere.

Non dico nulla, ma ho la faccia bollente. Se sapessero chi c'è nella mia stanza proprio in questo momento, morirebbero di gelosia.

E poi avrebbero la conferma che sono davvero una troia.

Almeno ai loro occhi.

Allungando una mano alle mie spalle, abbasso lentamente la maniglia, apro uno spicchio di porta e sguscio dentro, per poi girare la serratura. La stanza è buia. Silenziosa. La lampada è spenta. Le tende della finestra sono state tirate e lasciano filtrare la luce della luna. Osservo fuori, sorpresa dal cielo limpido che si estende sulle nostre teste.

La tempesta è passata del tutto, ora è come se non ci fosse mai stata.

Mi avvicino al rigonfiamento sotto il piumone per dargli una scrollata alla spalla, ma lui non risponde. Non si muove proprio. Gli afferro di nuovo la spalla.

Niente.

Aggiro il letto e mi avvicino dall'altro lato, fissando il suo volto martoriato. La luna proietta un bagliore argenteo sui suoi lineamenti e capisco che il coglione è profondamente addormentato. Nel mio letto.

Ovviamente, è bellissimo. Nonostante le ferite e l'occhio pesto, le sue labbra sono morbide. Così, con gli occhi chiusi, sembra… piccolo. Come un bambino.

Vulnerabile.

Lo odio.

Mi siedo sul bordo del letto e mi sfugge un sospiro profondo. Lui non lo nota nemmeno. Gli tocco il naso. Lo solletico. Gli sfioro il labbro inferiore.

Nessuna reazione.

Sento le palpebre pesanti e getto i vestiti umidi sul pavimento. Sono tentata di scivolare sotto le coperte e dormire un po' anche io. Tutta questa faccenda con Whit mi ha fisicamente e mentalmente consumata. Che cambia, se va via subito o se resta ancora un po'? Sarebbe più semplice farlo sgattaiolare via nel cuore della notte, così da non farsi vedere né sentire.

Meglio così.

Mi arrendo, scosto lenzuolo e piumino e mi ci infilo sotto. Li tiro su fino al mento e mi sdraio su un fianco. È un letto matrimoniale, ma è molto stretto, e lui sta dormendo sul mio lato preferito.

Ti pareva.

Lo studio con occhi assonnati, al chiaro di luna, meravigliandomi del fatto che Whit Lancaster sia nel mio letto. Nudo. Ferito. Addormentato. Lo disprezzo, ma apprezzo questo momento. Noi due da soli, senza nessun altro a rovinare tutto.

Già basta lui a rovinare ogni cosa.

Come sarebbe, avere il cuore di questo ragazzo? Continuo a domandarmelo, mentre mi addormento pian piano. Impossibile saperlo, mi rispondo.

Lui un cuore non ce l'ha.

Capitolo 10

Summer

Sentire il tocco delle sue dita sulla mia guancia mi sveglia.

Disegnano linee sul mio volto, una dopo l'altra. Così leggere che quasi non sembrano esistere.

Ma ci sono. Ricordo tutto quello che è successo prima di addormentarmi. Di aver visto Whit. Di averlo portato nella mia stanza. Mi sono spogliata davanti a lui – ancora non riesco a credere di averlo fatto – e poi mi ha fatta incazzare. Lui sa come prendere un momento bello e trasformarlo in qualcosa di orribile. Nella sua autodistruzione, trascina tutti con sé.

È un lato tremendo del suo carattere. D'altronde Whit è una persona tremenda, quindi non dovrebbe sorprendermi.

Ora però non sembra così male. Avverto il suo sguardo sul mio viso, è intenso. Affamato. Mi sfiora l'angolo della bocca. Rasenta il labbro inferiore. Un formicolio mi attraversa e sono tentata di schiudere le labbra, di prendere il suo dito e succhiarlo. Ne resterebbe sorpreso. E forse lo adorerebbe.

Per questo motivo non lo faccio. Sono ancora arrabbiata con lui.

Mi tocca il mento. Lo pizzica, come se volesse svegliarmi ma non ci riuscisse. Apro gli occhi e vedo che mi osserva, le labbra arricciate in un lieve sorriso, il suo occhio ridotto a una fessura e i lividi intorno peggiorati. «Sveglia, dormigliona», cantilena.

«Via dal mio letto», gli dico in tono pacato.

«Sei tu che mi hai chiesto di entrarci», mi ricorda.

«L'invito è scaduto, vattene». Faccio per girarmi e dargli le spalle, ma lui mi afferra e mi ferma.

«Ti sei addormentata». Mi strattona con delicatezza, ma la sua presa è forte, e non ho altra scelta che tornare a sdraiarmi supina. Lui si avvicina, si sofferma sopra di me e io lo guardo, sperando che non riesca a sentire il battito del mio cuore. In questo momento sta scalpitando. Spero anche che non veda come la sua vicinanza renda il mio respiro affannoso.

È nel mio letto. Nudo. Sento il calore del suo corpo. Io sono completamente vestita, ma non ho niente sotto la felpa e la tuta. Non ci metterebbe nulla a spogliarmi e a fare di me quello che vuole.

E lo lascerei fare. Nonostante ciò che è successo poco fa, quando Elliot mi ha attaccata. Nonostante la rabbia, l'amarezza e il disgusto che provo per questo ragazzo, che mi ha salvata, ucciderei per sapere cosa proverei ad avere Whit dentro di me.

A reclamarmi.

A rendermi sua.

«Perché ti sei presa cura di me?», chiede con voce risoluta. Fredda. Ora sembra più sé stesso. Prima ha mostrato segni di debolezza. Era giù. Chi non lo sarebbe, dopo essere stato coinvolto in una rissa sotto un temporale?

Scrollo le spalle, ma non dico nulla.

Lui si avvicina ancora di più e accosta il volto al mio. «Rispondimi».

«Non potevo lasciarti là fuori da solo». Sollevo il mento, sperando non si accorga che sto tremando. «Proprio come tu non potevi lasciare me».

«Avresti dovuto lasciarmi lì. Ti tratto da cani», afferma schietto. «Eppure mi hai portato nella tua stanza. Mi hai pulito. Hai asciugato i miei vestiti».

Lo osservo ammaliata, le parole che vorrei dire mi si bloccano in gola. Non ho una risposta da dargli.

«Il gatto ti ha mangiato la lingua?», chiede, inarcando un sopracciglio.

Lo guardo con diffidenza. Resto in silenzio.

«Sei stupenda, lo sai?». La sua voce si addolcisce e allunga la mano verso i miei capelli, provocandomi un sussulto. Lui lo ignora e mi scosta le ciocche dalla fronte, con un'espressione pensierosa sul volto. «Cerchi di nasconderlo, ma è inutile. Sei bellissima, cazzo. La cosa mi disturba da morire, Savage».

Ora è lo shock a lasciarmi senza parole. Mi trova *bellissima*?

«A prescindere da come mi comporto, tu non ti tiri indietro. Qualsiasi altra persona sarebbe già capitolata. Non riesco a piegarti, e anche questo mi provoca frustrazione». Le sue dita si fermano. «Cosa c'è nella tua mente, in questo momento? A che pensi? Alla stessa cosa che penso io?».

Penso che non vorrei che smettesse mai di toccarmi.

«Mi hai guardato dritto negli occhi, quando ti sei spogliata davanti a me, come se non te ne fregasse un cazzo». Si china, la sua guancia è accanto alla mia, e inspira. «Quella pelle liscia. Capezzoli rosa che invocavano la mia bocca. Gambe lunghe che immagino di avvolgere intorno ai miei fianchi. Non riesco a pensare ad altro che al tuo corpo».

Chiudo gli occhi e lui mi afferra per il mento, scuotendomi il viso. «Guardami», ordina.

Faccio come dice, tremando. Mi sfugge un respiro trepidante.

«Ti faccio paura?», sussurra.

Annuisco. Decido di essere sincera.

«Bene». Respira sulle mie labbra, la sua bocca è così vicina alla mia che percepisco i movimenti quando parla. «Perché anche tu mi fai paura».

Queste parole restano tra noi, sospese nell'aria, e posa la bocca sulla mia mentre i nostri sguardi si incrociano. Le sue labbra si muovono, catturano il mio labbro superiore e lo strattonano piano. Mi sfugge un respiro profondo e chiudo gli occhi. Questo è ciò che cercavo. Quello che volevo da quando l'ho visto. Questo.

Questo.

Questo.

Mi bacia con la sua bocca avida, intanto sposta la mano dal mio mento e mi abbraccia la guancia. Mi appoggio al suo palmo, bisognosa di sentirlo, di sentire qualcosa, qualsiasi cosa. Accetterò tutto quello che vorrà darmi.

Le sue labbra compiono la loro lenta magia, aderendo alle mie con baci morbidi e provocanti che mi lasciano sorpresa. Schiudo la bocca per accogliere la sua lingua, e mi sfugge un gemito quando mi lecca le labbra prima di farla scivolare nella mia bocca per incontrare la mia. Le nostre lingue si toccano, danzano. Lui si avvicina, sdraiandosi quasi su di me e facendomi preoccupare. Appoggio le mani alle sue spalle per allontanarlo.

«Le tue costole», gli mormoro contro la bocca, ma lui ingoia le mie parole, il rumore delle nostre labbra che si congiungono ancora e ancora è l'unica cosa che riesco a sentire. Mi perdo in quel suono, nel suo sapore, mi agito sotto di lui, desiderando di essergli più vicina. A livello fisico, vorrei avvicinarmi il più possibile a lui.

«Non preoccuparti per me», dice a un certo punto, la sua mano scende sull'orlo della mia felpa. «Toglila».

Si sposta di lato e mi aiuta a sfilarla. Sono senza reggiseno e il suo sguardo cade dritto sul mio petto non appena mi sono liberata della felpa. Mi bacia il collo. La clavicola. Il seno. I miei capezzoli sono così turgidi da farmi male e inarco la schiena, desiderosa di sentire la sua bocca proprio lì. Lui ride sommessamente contro la mia pelle, sono certa che percepisca la mia voglia e lecca un capezzolo, suscitandomi un gemito.

«Troppo chiasso, Savage», sussurra. «Se continui così dovrò metterti la museruola».

«Mettimi una mano sulla bocca per farmi stare zitta», dico, e lui si solleva, così da guardarmi in volto.

«Ti piacerebbe, vero?». Inarca un sopracciglio.

L'idea della mano di Whit a coprirmi la bocca mi piace, non so perché. Lui fa scattare qualcosa in me. Mi fa desiderare cose che normalmente nemmeno proporrei, soprattutto ad alta voce.

Torna a chinare la testa sul mio petto e fa piovere baci sulla mia pelle. La bocca è calda, la lingua è vellutata e umida mentre mi dipinge la pelle, facendomi ansimare. Mi tengo alla sua nuca, affondo le dita nei suoi capelli setosi e lo stringo a me. Quando attira un capezzolo nella bocca e comincia a succhiare, mi sfugge dalle labbra un lamento accorato.

Lui si solleva e mi copre le labbra con la mano mentre continua.

Gemo contro il suo palmo quando succhia il capezzolo con più foga. Serro gli occhi, il mio corpo è interamente concentrato su quell'unico punto che ci unisce. Lecca e succhia. Morde. Fa male. È una bella sensazione. Dopo un po' cerco di staccarmi da lui, ma Whit continua a succhiare, con le guance incavate. Poi rilascia il mio capezzolo con un sonoro schiocco, prima di passare all'altro e riservargli lo stesso trattamento.

Il tutto mentre mi contorco sotto di lui con la pelle in fiamme e il cuore che sembra palpitare tra le cosce, una pulsazione incessante che diventa sempre più intensa.

Il suo pene è duro e mi preme contro la coscia. Poi lui si stacca dal mio petto, allontana la mano dal mio volto e mi guarda con le labbra gonfie e quel terribile occhio nero. Il taglio sulla guancia e quello sulla bocca hanno ripreso a sanguinare. Sfioro con la mano quei punti e quando allontano le dita vedo delle piccole gocce di sangue.

Nonostante i segni, è ancora di una bellezza straziante. Non riesco a credere che lo stiamo facendo. Che è nel mio letto. Che vuole essere qui e non mi sta insultando.

Il solo fatto che io mi ritrovi a pensare una cosa del genere mi fa capire che quello che c'è tra noi non è normale, anzi.

Allora, cosa stiamo facendo?

«Non dovrei farlo», mormora. «Ti odio».

Le sue parole mi colpiscono. Mi tolgono il fiato. Vorrei girarmi dall'altra parte.

Ma non lo faccio.

«Perché sono così attratto da te?». Non credo che me lo stia chiedendo davvero, è più una domanda rivolta a sé stesso. E non credo di avere la risposta. «Fermami».

Torna a baciarmi, la sua bocca attacca con foga la mia. Accetto la sua brutalità. Ne traggo godimento. Rispondo e gli avvolgo le braccia intorno al collo. Le nostre gambe si intrecciano e premo il petto contro il suo, così da essere pelle a pelle. È eccitato. Rovente. Sfrega la lingua ritmicamente contro la mia e mi fa pensare al sesso, e lo voglio.

Voglio lui.

«Fermami», ripete contro la mia bocca e fa scivolare le mani verso l'orlo della mia tuta, spingendola giù per i fianchi. Mi sollevo, accompagno i suoi movimenti mentre mi spoglia, poi scalcio i pantaloni e li spingo via con i piedi.

Si sistema tra le mie cosce, il cazzo si incastra tra noi e io divarico le gambe, offrendogli un accesso migliore. Preme la fronte contro la mia, riporta la mano al mio mento e lo stringe, finché non apro gli occhi e vedo che mi guarda. Un occhio gonfio, l'altro che brilla, così colmo di rabbia e di fame, tanta da sopraffarmi. Provo a distogliere lo sguardo, ma non me lo permette, le sue dita mi afferrano con forza. «Dimmi di fermarmi».

Resto in silenzio e mi inarco sotto di lui, avvertendo un formicolio dappertutto. Lo voglio su di me. Dentro di me. Voglio sentirlo venire. Voglio vedere la sua faccia quando succede. Voglio scoprire che aspetto ha quando perde il controllo, e voglio la consapevolezza che sono io a spingerlo al limite.

«Summer». Sgrano gli occhi. Non mi chiama mai per nome, ma sempre Savage. O troia.

Dio, è tremendo. Terribile.

«Dimmi». Accosta la bocca alla mia. «Di fermarmi».

Scuoto piano la testa e lui mi bacia. Questa volta è più tenero, la sua bocca si muove languida contro la mia, le nostre lingue vagano. Si struscia contro di me e il suo cazzo è massiccio, premuto proprio contro la mia entrata e ci vorrebbe pochissimo per farlo scivolare dentro. Ma non lo fa, come se si stesse trattenendo di proposito, e io sollevo i fianchi, cerco di farlo cedere. Mi sfuggono dei mugolii di frustrazione e riesco a sentire il suo sorriso contro le mie labbra. So con assoluta certezza che gode nel torturarmi.

«Lo vuoi, vero?», dice dopo aver interrotto il bacio, spostandosi sul mio collo. Morde e lecca la mia pelle sensibile e struscia i fianchi contro di me. Faccio scorrere le mani lungo la sua schiena liscia, seguo le fossette alla base della colonna vertebrale, per poi lambire una natica soda. «Nonostante tutto quello che ho fatto e detto, dopo averti dato della puttana e averti fatta trattare dall'intero campus come una merda, come ho fatto io stesso, tu vuoi comunque il mio cazzo dentro di te».

Chiudo gli occhi, cercando di ignorare ciò che dice. Le sue parole fanno male. È umiliante che io lo desideri tanto, quando non fa altro che trattarmi come uno straccio sporco. Questo ragazzo mi rende malata e non so perché.

Si scosta da me e sento subito freddo. Mi sento persa. Apro gli occhi e vedo che si inginocchia davanti a me, la mano che stringe la base del pene e lo accarezza. Il mio sguardo si sofferma sulle sue dita, lo osservo mentre si masturba. Ha un cazzo enorme. Venoso. Bello. Lo stringe appena sotto la punta e una piccola perla di lattiginoso liquido bianco cola via. Sono affascinata da come lo maneggia in modo rude e quando il mio sguardo si solleva per incontrare il suo, scopro che mi sta osservando.

«Muori dalla voglia di assaggiarlo». Ha la voce ferma, ma i suoi occhi brillano. Si alza, si avvicina e si mette cavalcioni su di me, il cazzo davanti alla mia bocca. «Prendilo».

Schiudo le labbra e faccio proprio ciò che mi chiede. Me lo mette in bocca, centimetro dopo centimetro, e io gemo attorno a lui. La sua carne pesante pulsa, mi allarga le labbra e si insinua nella bocca. Sento il suo sapore, il liquido salato, accarezzo con la lingua la sua vellutata durezza, per poi avvertire un conato di vomito quando la punta sbatte contro il fondo della mia gola.

Lo tira fuori, con la saliva che lambisce la sua erezione, e ha l'aria talmente soddisfatta che la mia figa si contrae. «Cazzo, sei una fuoriclasse, lo sapevo».

Whit mi stuzzica. Si spinge dentro e fuori dalla mia bocca e io lo accolgo. Succhio con foga. Lo lecco come un ghiacciolo. Afferro la base, stringo e muovo la mano, proprio come ha fatto lui pochi minuti prima. Lui muove i fianchi, seguendo il mio ritmo, con gli occhi socchiusi e labbra dischiuse, lo sguardo che non si stacca mai da quello che stiamo facendo.

Non sono un'esperta, anzi. Ho fatto solo un paio di pompini in vita mia, quindi non ho tutta questa grande esperienza. Ma voglio farlo per lui. E farlo bene. Vedere il piacere che gli attraversa il volto e sentire i gemiti che risalgono dalle profondità del suo petto mi scatenano dei brividi di piacere lungo tutta la pelle.

Lui aumenta il ritmo, mi scopa la bocca e lo lascio fare. Una sensazione sconosciuta cresce dentro di me, minaccia di sopraffarmi, e capisco subito di cosa si tratta.

Il potere. Potrei sembrare sottomessa, come se fossi costretta a farlo, ma sono io a dargli piacere. Sono io che ho il suo cazzo in bocca. Lo farò venire.

E questo mi rende potente.

Il suo corpo si tende, un ringhio gli sfugge dalle labbra mentre praticamente mi strappa il cazzo dalle labbra, fa scorrere la mano con foga sulla sua lunghezza e uno schizzo bianco fuoriesce dalla punta. Viene, tremando e gemendo, e lo sperma mi schizza sul petto. Resto sdraiata a guardarlo affascinata, l'agonia impressa sul suo bel viso, gli occhi chiusi e le dita che ancora stringono la base dell'erezione.

Quanto è bello, penso. Sono stata io. Io l'ho fatto venire in modo così intenso.

Apre gli occhi a fatica e studia il casino che ha combinato, con espressione indifferente. Ecco il Whit a cui sono abituata.

Il Whit che non mi piace granché.

Intinge le dita nel suo stesso sperma e le porta alle mie labbra. Le schiudo con prontezza, ripulendo le sue dita da quel liquido aspro e muschiato, senza mai distogliere lo sguardo mentre le lecco.

«Che ragazzaccia», mormora, gli occhi ancora un po' appannati, un'espressione di pura soddisfazione. «Tocca a te?»

«Sì», rispondo candidamente quando sfila le dita dalla mia bocca. Tra le gambe sento una pulsazione così intensa che temo di venire non appena mi sfiori.

«Forse non dovrei concedertelo, forse stanotte è solo per me». Si china e preme la bocca contro la mia, in un bacio leggero come una piuma. «Sono un bastardo egoista. Non faccio altro che prendere. Noi Lancaster facciamo così. Potrei costringerti a farmi un altro pompino. Lo faresti, lo so».

La rabbia mi assale e cerco di scrollarmelo di dosso. Lui si limita a ridere, un suono dall'aria malvagia. «Oppure potrei scoparti finché non vengo, e impedire che tu abbia un orgasmo. Sarebbe facile», continua.

Non ne sarei così sicura. Sono talmente eccitata che il minimo tocco mi farebbe decollare come un razzo.

«Potrei leccartela, che ne dici?». Inarca un sopracciglio. Come se rifiutassi... «Leccarti dappertutto, farti un ditalino. Scommetto che ce l'hai bella stretta, anche se so di non essere il primo. Impossibile che io sia il primo. Non da come ti comporti»

Se sta cercando di farmi vergognare, ci sta riuscendo. Forse resterebbe disgustato nel conoscere il mio passato. Con chi sono stata. Ho cercato di cancellarlo dalla mia mente, soprattutto in questo momento, ma le sue parole non mi stanno aiutando affatto.

«Ti sei mai toccata pensando a me?», chiede con disinvoltura, e un sorriso si allarga sul suo volto quando cattura qualcosa nella mia espressione. Un guizzo nei miei occhi. Un tic alla mandibola.

Un qualche indizio. «L'hai fatto. Dimmi, la realtà è bella quanto la fantasia?»

«Non saprei, visto che sono l'unica che ha fatto qualcosa finora», ribatto, riferendomi all'epico pompino che gli ho appena concesso.

Ho il petto ancora coperto di sperma appiccicoso, per ora mi rifiuto di pulirlo.

«Facciamo un esperimento, allora», dice, spostandosi così da ritrovarsi sdraiato su di me. Si è mosso così rapidamente che non ho avuto tempo di dire o fare qualcosa, se non restare supina e accettarlo. Mi interrogo sulle sue ferite. Fino a poche ore fa riusciva a stento a muoversi, ora è così rapido. Stava fingendo? Era una sorta di stratagemma per riuscire a entrare nella mia stanza?

Forse.

Probabile.

Non mi importa. Ora mi sta baciando il ventre, con la mano salda sul mio fianco destro a tenermi ferma. Il mio respiro accelera e sono impaziente di avere la sua bocca su di me, ma ho paura di venire subito e perdermi tutto il divertimento.

Ho un disperato bisogno di raggiungere l'orgasmo. Ho il corpo in tensione, i miei muscoli sono rigidi. Mi sfiora i peli del pube, poi si sposta più in basso, posando le labbra abili ed eleganti proprio sulla mia fessura.

Mi sfugge un gemito strozzato e lui solleva la testa, guardandomi storto. «Sta' zitta», ordina.

Faccio del mio meglio per obbedire, ma Dio, è così difficile. La sua bocca è la più piacevole tortura che abbia mai provato. E la sua lingua… Mi allarga le cosce il più possibile, per poi aggredire la mia figa con la massima efficienza, senza tralasciare un punto. Lo sento ovunque, spinge la lingua dentro di me. Setaccia le mie labbra. Attira il clitoride tra le labbra e lo succhia.

Mi basta questo. Un piccolo orgasmo mi percuote, grido e porto una mano alla bocca, cavalcando l'onda e non sopportando che sia già successo.

È stato rapido. Fin troppo. Non avrò altri orgasmi stanotte, lo so.

«Cazzo, sei sensibile», mormora contro la mia carne prima di tuffarsi di nuovo dentro. Infila un dito, le labbra nuovamente sul mio clitoride. Un altro dito. Spinge dentro e fuori, dilatandomi. La sua lingua si muove contro il clitoride sempre più veloce e le dita tengono il passo, finché non le arriccia, spingendo contro qualcosa nella mia profondità che mi fa tremare tutto il corpo.

Oh. Continua così, vorrei dirgli.

Ma non parlo.

È come se già lo sapesse. Non si arrende. È implacabile. Forse se ne accorge dal modo in cui mi muovo, o dal fluido che lascia il mio corpo. Sono bagnatissima, sento la sua lingua che mi solca, le dita che spingono dentro di me. La sensazione continua e si intensifica. Mi sforzo di raggiungerla, gettando la testa all'indietro, una mano tra i capelli di Whit, a premerlo contro di me. Mi si blocca il fiato in gola, mi gira la testa e non riesco a respirare. Non riesco a re…

Un altro orgasmo si abbatte su di me all'improvviso, privandomi di ogni briciola di ossigeno e di tutti i pensieri. Sono come insensibile. Senza peso. Lui non mi lascia, la sua lingua continua a giocare con la mia carne, le sue dita continuano a spingere. Senza vergogna mi strofino contro il suo viso, l'orgasmo che mi attraversa e mi fa scaturire lacrime dagli occhi. È troppo. Troppo travolgente. Alla fine crollo, col fiato corto, la testa che ancora mi gira e il cuore che scalpita fuori di sé.

Ho pensato di svenire, giuro.

Mi bacia l'interno di una coscia, poi passa all'altra, con labbra delicate. Come se sapesse che sto ritornando con i piedi per terra e che il mio corpo è ancora troppo sensibile. Scivola verso l'alto e ci ritroviamo di nuovo faccia a faccia, e sento la sua massiccia erezione che mi sfiora.

«Sei venuta due volte», dice con evidente orgoglio, baciandomi. Riesco a sentire il mio sapore sulle sue labbra. Sulla sua lingua. Vuole che io lo senta, è un bacio possessivo. Prepotente.

Lo ricambio avida, gustando il mio sapore sulle sue labbra e gemendo nella sua bocca. Lui ingoia i miei versi, il bacio diventa selvaggio. Imprudente.

Ecco come mi fa sentire. Selvaggia.

Imprudente.

Ho perso il controllo con Whit e non me ne pento nemmeno un po'. Mi ha resa bisognosa e incontrollabile, e l'unico che può soddisfarmi è lui.

Interrompe il bacio per primo, mi scosta i capelli dal viso e mi studia attentamente, come se stesse cercando di inquadrarmi.

Lascia perdere, sono senza speranza, sto per dire, guardandolo con occhi appannati, sopraffatta. Esausta.

«Dormi», sussurra, e i miei occhi si chiudono come a voler seguire il suo ordine. Il mio corpo è sdraiato e sembra sciogliersi sul materasso.

E poi non ricordo altro. Solo lui. E me.

Capitolo 11

Whit

Che dire?

Non me l'aspettavo.

Non appena Summer si addormenta profondamente, scivolo fuori dal letto, senza sapere cosa guardare per prima. Mi confonde. È come se fosse indecifrabile, eppure in qualche modo riuscissi lo stesso a capirla. Quello che è appena successo tra di noi è stato diverso da qualsiasi esperienza sessuale abbia mai avuto in vita mia, e ne ho avute parecchie. Non sono un angelo. Nessuno mi ritiene tale. Sono uno stronzo egoista che prende tutto quello che vuole, quando vuole.

Non mi aspettavo di riuscire ad avere Summer Savage e di certo non stasera, anche se la tentazione c'è sempre stata.

Stare con lei, dirle tutte quelle cose terribili, mi è sembrato… naturale. È piaciuto anche a lei. Ho visto il suo sguardo, il modo in cui ha accettato prontamente di fare ogni cosa che le ho ordinato. Vuole essere controllata. E a me piace controllarla.

Sotto certi aspetti, anche se ci odiamo, è come se fossimo una coppia perfetta.

Forse nel mio cervello c'è ancora impressa quella prima notte, quando avevo quattordici anni, in cui l'ho baciata. Quando me l'ha insegnato. Ora so che non avevo la minima idea di quello che stavo facendo e che stavo solo imitando ciò che vedevo nei film. Nei porno, o che cazzo ne so. Avevo baciato altre ragazze in quel modo e nessuna mi aveva mai detto di fare in modo diverso. Forse non sapevano fare di meglio neppure loro. Io no di certo.

Eppure, lei mi ha ammorbidito. Mi ha insegnato che baciare non è una questione di forza bruta, ma di dolce persuasione. Le sono ancora debitore per quella lezione.

E ora lei è in debito con me, dopo che l'ho salvata da quello stupido stronzo di Elliot. Anche se subito dopo, lei ha salvato me. Avrei potuto fare il culo a Elliot e al suo stupido amico, ma mi hanno lasciato a leccarmi le ferite, in preda al dolore. Quando lei mi ha portato nella sua stanza per prendersi cura di me, mi ha sorpreso.

Odio essere in debito con le persone.

È una delle cose peggiori, un segno di debolezza. E non c'è niente che odi di più della debolezza.

Quindi ho bisogno di qualcosa, qualunque cosa, e devo trovarla in questa piccola stanza. Qualcosa che le appartiene.

Qualcosa che possa usare contro di lei.

Non mi farò problemi a ricattarla. Lo sappiamo entrambi. E ora che è addormentata, rilassata dopo l'epico orgasmo che le ho procurato, dovrebbe essere facile rovistare tra le sue cose e trovare qualcosa di personale. So che nasconde un segreto da qualche parte. Questa ragazza ne è piena.

Voglio scovarli a uno a uno.

Individuo il suo zaino per terra e ci rovisto dentro, ringraziando la luna che risplende nella stanza e mi permette di vedere bene al buio. È pieno di quaderni e libri di testo, niente di interessante, ma li controllo tutti, assicurandomi che non ci sia nascosto qualcosa. Trovo un bigliettino di una conversazione tra lei e, credo, mia sorella. Riconosco la scrittura di Sylvie e mi acciglio quando ne leggo il contenuto.

Sylvie sta provando a diventare sua amica. Non lo permetterò.

Non deve accadere.

Rimetto il biglietto dove l'ho trovato, chiudo la cerniera dello zaino e il mio sguardo si posa sulla sua scrivania. Fa un freddo cane qui dentro, ma non voglio indossare i miei vestiti. So che sono ancora umidi. La felpa nera oversize che Summer indossava prima è sul pavimento, perciò l'afferro e la indosso. È un po' corta, ma va bene.

Raggiungo la pila di vestiti ammucchiati accanto al letto, dalla quale prendo i boxer. Li indosso e faccio una smorfia quando sento il tessuto umido contro la pelle. Prima ho fatto incazzare Summer e suppongo che per quello non abbia finito di far asciugare i miei vestiti. Che schifo.

Ne è valsa comunque la pena, visti gli avvenimenti di poco dopo.

La ragazza è un'esperta pompinara. È una frase orribile? Sì. La considero ancora una puttana? Affermativo.

Ma ora è la *mia* puttana e non la condividerò con altri.

Vado alla sua scrivania e la ispeziono. Non ci sono molte cose sopra. Giusto un altro paio di quaderni impilati, a quanto pare ne è ossessionata. Allora rovisto nei cassetti, guardandomi di continuo alle spalle per assicurarmi che non si svegli. Trovo delle vecchie foto e le spulcio. Ci sono le immagini di una Summer più giovane, in compagnia delle sue amiche. Loro sorridono, hanno i capelli al vento, gli sguardi limpidi e spensierati, ma Summer è diversa. Qualcosa di oscuro indugia nei suoi occhi. Qualcosa di misterioso. Anche se il suo sorriso è ampio, nel suo sguardo riesco a scorgere del dolore.

La rabbia mi attanaglia. Chi le ha fatto del male?

Non lo so.

Forse non voglio saperlo.

Ripongo le foto e passo al cassetto successivo, dove trovo uno spesso taccuino in pelle nera, che implora di essere raccolto. Lo afferro senza esitare e lo metto alla luce della finestra. C'è un adesivo bianco sulla copertina e qualcuno ci ha scritto sopra, suppongo sia opera di Summer.

Cose che avrei voluto dire…

Tombola, cazzo.

Apro il taccuino e vedo solo parole. Tante parole. Sfoglio le pagine e mi rendo subito conto che si tratta di un diario, pieno dei suoi pensieri e dei suoi sogni. Elenchi. Piccoli pezzi di carta, delle fotografie qua e là. Diverse date. Ha iniziato a scriverlo… più di tre anni fa.

È il diario di Summer. La sua vita personale, tutta raccolta in un comodo libricino.

Lo chiudo di scatto e richiudo lentamente il cassetto della scrivania.

Con silenziosa efficienza, finisco di vestirmi. Non mi preoccupo di indossare la camicia dell'uniforme, visto che ho messo la sua felpa, per cui la lascio sul pavimento.

Ho il suo diario.

Ed è quello che mi serve. Sono certo che questo taccuino sia ricco di informazioni, tutte da usare contro di lei. Domani farà finta che non sia successo nulla tra di noi. Si comporterà come se non l'avessi mai toccata o fatta ardere. Fingerà di non aver mai preso il mio cazzo in bocca o di non aver mai sentito le mie dita dentro. Come se non fosse mai venuta contro le mie labbra, con il suo clitoride pulsante sotto la mia lingua.

Continuerà a comportarsi come se tra noi non fosse accaduto mai nulla, ma 'fanculo. Le dirò che ho qualcosa che le appartiene e che l'unico modo per tenere al sicuro i suoi segreti sarà continuare a incontrarmi, finché non mi sarò stufato di lei.

Perché accadrà, lo garantisco. Mi annoierò. La metterò da parte, passerò oltre e forse a quel punto le restituirò il diario. Forse.

O forse no.

Mi avvicino al letto e la guardo dormire, cercando di ignorare la strana sensazione che si agita nel mio petto. Come se il mio cuore venisse strangolato. Lei non significa nulla per me. Non è niente. Solo una bella scopata. E non l'ho ancora scopata per davvero.

I miei pensieri vagano, penso a Elliot e al suo amico che hanno cercato di pestarmi a sangue. Ho combattuto il più possibile e mi sono difeso egregiamente, considerando che era un due contro uno. Tutto per colpa di Summer. Subito dopo la scuola, Elliot mi aveva preso in giro, poi aveva annunciato che se la sarebbe scopata per primo. Stupido coglione.

Col cazzo. Se prova a metterle una mano addosso, quel pezzo di merda è un uomo morto.

Lei è mia.

Serro le dita intorno al diario e mi chino su di lei, le poso un bacio delicato sulla fronte e ispiro il suo profumo inebriante. Summer si agita nel sonno, mormora qualcosa senza senso e si sposta su un fianco, così il piumino scivola via, rivelando la sua schiena nuda.

La tentazione di tornare a letto e farle quello che voglio è forte, ma mi impongo di resistere. Devo andarmene da qui. Sono rimasto fin troppo a lungo.

In silenzio, esco dalla sua stanza. Ho già mandato un messaggio a Sylvie per farmi aiutare con le telecamere e ha risposto che se ne sarebbe occupata lei. Nessuno saprà che sono stato nella stanza di Summer.

A parte lei.

Capitolo 12

Summer

Mi sveglio con calma, ascoltando il suono del cinguettio dei volatili fuori dalla finestra, come se vivessi in un film Disney, cosa che so essere del tutto falsa.

La verità è che vivo in un incubo dal quale non riesco proprio a risvegliarmi, direi.

Con le tende aperte, il sole inonda la stanza, facendo entrare anche fin troppa luce. Apro le palpebre e le richiudo all'istante, poi mi allungo un braccio sul viso, nel disperato tentativo di schermare la luce troppo intensa.

È troppa. Mi fanno male gli occhi e sento la testa scoppiare. Mi fa male tutto. Come se avessi i postumi di una sbornia, anche se ieri sera non ho bevuto. Muovo il corpo sotto le coperte e realizzo di essere ancora nuda e di avere le cosce indolenzite.

Uno dopo l'altro, riaffiorano i ricordi. La notte scorsa. La tempesta. Elliot che mi ha minacciata. L'aggressione. Whit che inaspettatamente è arrivato in mio soccorso. Ed è stato picchiato. La sua immagine sanguinante, spezzata. L'ho portato nella mia stanza. Mi sono spogliata per lui e l'ho guardato fare lo stesso. L'ho odiato. L'ho desiderato. Mi sono svegliata al suo tocco. Siamo andati oltre. Ho sempre saputo che sarebbe successo. Era inevitabile. È stato incredibile.

Ovvio.

Ciò che è successo tra noi sembra un sogno, come se non fosse mai accaduto. Non è nella mia stanza. Non so quando se ne sia andato, ma non c'è più. Se fosse ancora qui, percepirei la sua presenza. Lo sentirei nel letto accanto a me.

Alzo piano il braccio dagli occhi e li apro, fissando il soffitto, e i miei pensieri corrono ancora a ieri sera. La sua testa tra le mie gambe, la sua bocca che leccava ed esplorava, senza tralasciare nessuna parte di me.

Mi si stringe il petto al solo pensiero.

Quello che c'è tra me e Whit non è normale. Difficile da definire. Non immaginavo che si potessero provare certe sensazioni con qualcuno che si odia. Eccitarsi per una persona che dice delle cose orribili. È come se avesse il controllo totale del mio corpo, e delle sue reazioni, e la cosa non mi fa arrabbiare.

Per niente.

Lo desidero, anzi.

Più la mia mente ripercorre ciò che ci siamo detti, più inizio a sentirmi a disagio. Forse dovrei vergognarmi di me stessa. Ho lasciato che mi usasse. In pratica si è scopato la mia bocca, come in una specie di film porno nella realtà, e anche se non mi è affatto dispiaciuto, ora provo soltanto un senso di imbarazzo.

Non avremmo dovuto farlo. Non avrei dovuto farmela leccare, anche se il mio orgasmo è stato incredibile. Per un attimo ho perso tutte le funzioni corporali. Volavo. In aria. In alto. Poi sono precipitata.

Allungo una mano tra le gambe e mi tocco. Sono appiccicosa. Bagnata. Strofino titubante il clitoride. È gonfio, ancora sensibile, dopo ieri sera.

Non smetto di toccarmi, di rivivere i momenti più scabrosi che io e Whit abbiamo condiviso. Non ci riesco. Ricordo che stanotte, a un certo punto, ho aperto gli occhi e c'era Whit che mi guardava, la sua bocca nel punto più intimo del mio corpo. Non riuscivo a distogliere lo sguardo e lui lo sapeva. Ha tirato fuori la lingua, in un gesto quasi osceno, continuando a leccarmi a dovere.

Un brivido mi attraversa e serro gli occhi, vedo il volto di Whit, mi perseguita. Sto venendo. Oddio, sto venendo. Non è così forte come ieri sera, ma i fremiti mi scuotono il corpo e sento un gemito sfuggirmi.

Mi basta pensare a lui per venire.

Che cosa ho fatto?

Dopo essermi ricomposta, scendo dal letto con passi incerti, sentendo il pavimento freddo sotto i piedi scalzi, nonostante il sole risplenda fuori. Vedo la camicia bianca appallottolata sul pavimento e la raccolgo, rendendomi conto che è di Whit.

La uso per coprire il mio corpo nudo, chiudendo un paio di bottoni. Ha ancora il suo odore, che inspiro profondamente, desiderando di averlo ancora qui.

Ma cosa farei se fosse qui? Come mi comporterei?

La domanda fondamentale è: come si comporterebbe lui?

Da una parte c'è quello che voglio accada, dall'altra ciò che molto probabilmente accadrà. Conoscendo Whit, si burlerà dell'intera serata. Per lui è stata solo una botta e via. Zero significato. Non sono niente, soprattutto ai suoi occhi. Mi farebbe sentire una vera merda, mi farebbe a pezzi solo con le parole. Userebbe i suoi sorrisi di scherno e gli sguardi carichi di rabbia, poi mi lascerebbe da sola a raccogliere i cocci.

Di colpo mi si accappona la pelle, quindi apro i bottoni più veloce che posso, sfilo la camicia dal mio corpo e la lancio per terra. Afferro l'accappatoio appeso al gancio dietro la porta e lo indosso, me lo stringo intorno alla vita e vado alla scrivania.

Ho bisogno del mio diario. Devo scrivere tutto quello che è successo ieri, per non dimenticare. La biblioteca. La punizione. L'incontro con Whit e il ritorno in camera...

Apro il cassetto della scrivania dove nascondo il diario, ma non lo trovo. Mi acciglio e frugo nel cassetto, tra la pila di quaderni e diari che amo accumulare, ma che non uso mai. Non lo trovo. Cerco negli altri cassetti. Sulla scrivania. Nello zaino.

Non c'è.

Il terrore mi consuma, mentre mi guardo intorno per la stanza. So cosa è successo, lo so.

L'ha preso quel bastardo.

Serro le mani in due pugni e concentro tutta me stessa per non mettermi a urlare più forte che posso, visto che attirerebbe solo l'attenzione della gente, ed è l'ultima cosa di cui ho bisogno al momento.

Whit mi ha rubato il diario. La cosa più privata che possiedo. Gli lascerei rubare il mio corpo, il mio cuore, tutto ciò che ho, prima di concedergli di curiosare nel mio diario.

E ora ce l'ha lui. È nelle sue mani.

Mi accascio sul letto e sprofondo la faccia nel cuscino, incerta se usarlo per soffocarmi. Forse lo sta leggendo proprio in questo momento. Ho tenuto quel diario per anni. C'è persino il nostro primo incontro, quando ancora non sapevo chi fosse. L'ho scoperto poco dopo aver scritto quella pagina, ma saperlo non ha cambiato il modo in cui mi ha fatta sentire.

Un modo terribile. Magnifico.

Il diario contiene anche altri dettagli della mia vita. Ciò che è successo con Yates, quello che abbiamo fatto. Quello che *lui* mi ha fatto. Eventi sepolti in fondo al mio diario, dove si suppone che siano, appena visibili. Whit li potrà leggere. Parlo del divorzio. Dei miei problemi a scuola. Di come le mie amiche mi hanno abbandonata quando avevo più bisogno del loro supporto. Di mia madre. Di Jonas. Del mio vero padre, che a stento riconosce la mia esistenza.

Tutti i miei problemi sono in quel diario, che non dovrebbe essere letto da nessuno. Persino io non lo rileggo con entusiasmo. Sono questioni del passato, ed è proprio lì che devono stare: alle mie spalle.

E ora sono nelle mani del ragazzo che ogni giorno rende la mia vita più infelice. Un ragazzo che farà di tutto per mandarmi in rovina. Compreso condividere il mio diario con altri. Riesco a immaginarlo con i suoi amici, a ridere di me mentre leggono pagine intere. Potrebbe persino fare delle copie da distribuire a tutti. Diventerei lo zimbello della scuola.

Nel peggiore dei casi? Le autorità potrebbero venire a conoscenza di quello che ho fatto. Potrebbero interrogarmi. Potrebbero…

Arrestarmi.

Mi premo il cuscino contro la faccia e urlo. Il suono che emetto viene attutito. Urlo finché non mi fa male la gola. Urlo ancora, sapendo che poi non riuscirò a parlare, ma non mi interessa. Che importanza ha?

Tanto nessuno mi rivolge la parola.

Dopo aver fatto una doccia, passo la maggior parte della giornata di sabato nella mia stanza, cercando di fare i compiti. Trovo a fatica la concentrazione e mi sento stanchissima, perciò mi addormento e passo così il resto del pomeriggio. Mi sveglia un improvviso e deciso bussare alla mia porta.

Con uno scatto, mi sveglio e scosto i capelli dal viso, guardandomi intorno. La stanza è buia, fuori non c'è più luce. Afferro il telefono e controllo l'ora. Sono passate da poco le sei. Dovrei andare alla mensa e prendere qualcosa per cena.

I colpi alla porta riprendono, quindi mi avvicino con passi silenziosi e vi poggio la testa contro, come a voler capire chi c'è dall'altra parte. Il sabato e la domenica i dormitori sono aperti e gli ospiti sono i benvenuti fino alle otto di sera, ma nessuno viene mai a trovarmi. Immagino che chi sta bussando voglia portare problemi.

«Summer! So che ci sei», dice una voce vagamente familiare.

Apro la porta e trovo Sylvie, che ha un accenno di sorriso sul volto. Il suo corpo esile è avvolto in una felpa oversize rosa pallido e ai piedi ha un paio di Nike bianche. Mi saluta con un cenno della mano. «I tuoi capelli sono un macello».

Porto una mano alla testa, per toccare delle ciocche ancora umide. «Ho fatto un pisolino».

«Immagino. Nottataccia ieri sera?». Agita le sopracciglia, come se sapesse già quello che è successo tra me e suo fratello. Io la prendo per mano, la trascino in camera mia e chiudo la porta.

«Che cosa ti ha detto?», chiedo senza fiato. Ha parlato di me con Sylvie, me lo sento. Deve significare qualcosa, no?

«Se ti riferisci a quella tomba di mio fratello, che non mi dice nemmeno "bu", allora niente», risponde, camminando per la mia stanza con la curiosità che le fa brillare gli occhi. Si volta a guardarmi. «Non hai appeso niente alle pareti».

Scrollo le spalle. Ho delle foto nascoste nei cassetti della scrivania. Di amici, della mia famiglia. Ma alle mie amiche non importa più di me e la mia famiglia è un casino. Perché le dovrei voler guardare ogni giorno? Sono solo ricordi della mia vecchia vita. Ero più felice in quel periodo?

Per certi versi sì, per altri no.

Fa scorrere le dita lungo il bordo della mia scrivania, osservando la pila di quaderni. Il suo evidente tentativo di indagare mi inquieta, ma non c'è nulla che possa scovare. La cosa più importante per me è andata perduta.

Nelle mani di suo fratello.

«Mi piacciono i tuoi quaderni», dice, e il suo sguardo torna su di me. Non c'è niente di subdolo, nella sua espressione. Non sta cercando di scovare i miei segreti. Rilasso le spalle, ma sono ancora nervosa.

«Grazie», dico sulla difensiva, come sempre.

«Anche io ne sono ossessionata, ne ho tantissimi». Riprende a indagare per la mia stanza. «C'è un negozio davvero carino in centro. Dovresti venire con me qualche volta. Ci spenderesti un sacco di soldi, come faccio io».

«Perché vuoi essere mia amica?», chiedo cauta, andando al nocciolo della questione.

Tace per un momento, osservandomi. Io faccio lo stesso, notando ancora una volta quanto sia esile. I vestiti le stanno larghi, i leggings non fanno altro che sottolineare quanto le sue gambe siano sottili.

«Mi incuriosisci. E credo che valga anche per Whit, anche se lui non lo ammetterà mai». Sylvie esita per un secondo. «Mi ha chiesto di spegnere le telecamere di sicurezza del tuo edificio, ieri sera».

Il mio cuore precipita. Avevo dimenticato le telecamere puntate su di noi. Io che accompagno Whit qui dentro. Lui che lascia il mio dormitorio nel cuore della notte.

«In che senso?». Io stessa sono sorpresa dal mio tono pacato. Dentro sto tremando.

«Mi ha mandato un messaggio ieri sera verso le nove, chiedendomi di hackerare il sistema di sicurezza e spegnere le telecamere di questo specifico edificio. Proprio quello in cui vivi tu. Gli ho fatto questo favore, senza fare domande. Chiunque abbia compiuto un misfatto ieri sera, non verrà beccato», spiega, sgranando gli occhi.

Sento il viso infuocato e distolgo lo sguardo.

«Stamattina ci ho riflettuto, però. Perché a Whit dovrebbe interessare questo dormitorio? E perché proprio ieri sera? Ho fatto un po' di indagini e ho scoperto che tu possiedi una delle stanze di questo stabile. Una singola». Sylvie sorride e mi ricorda un gatto. «Ha anche specificato di staccare le telecamere nell'ala ovest dell'edificio. E infatti eccoti qua, dentro la tua stanza nell'ala ovest».

Non dico nulla. Negare mi farebbe sembrare colpevole. Meglio tenere la bocca chiusa.

«Non voglio e non mi interessa avere i dettagli sconci, ma presumo che tu e mio fratello abbiate passato la notte insieme». Inarca un sottile sopracciglio. Io continuo a tacere. «Devo ammettere che sono colpita. Di solito Whit non inzuppa il biscotto nelle ragazze che frequentano la scuola, soprattutto le novelline».

«E dove inzuppa il biscotto, se non frequenta le ragazze della scuola?», domando incredula, ma poi vorrei rimangiarmi le parole appena mi sono uscite di bocca.

Non dovrebbe interessarmi. Non mi interessa.

Mi interessa.

«Ragazze di famiglie vicine alla nostra. Persone con cui socializziamo. Occasionalmente, ragazze che incontra in città». Ride, forse per l'espressione stupita sul mio volto. «È successo l'anno scorso. Si intratteneva spesso con le ragazze in città, sosteneva che non facessero troppe domande e quindi che erano perfette da rimorchiare».

«Te l'ha detto lui?»

«L'ha detto al suo migliore amico, Spence, che l'ha detto a me». La sua espressione si fa misteriosa. «Io e Spence... *eravamo* molto legati».

Interessante. «Ti piace».

«Gli piaccio. Io non so cosa provo per lui. Sto morendo, quindi non avrebbe senso capirlo». Quando la mandibola mi cade a terra, lei tende una mano e ride. «Dico sul serio. Ho una salute cagionevole, come dice la mamma. Sono già stata sul punto di morire un paio di volte in vita mia. E ho solo sedici anni».

«Tu e Whit avete pochi anni di differenza».

«Lina ha quattordici anni. La mamma ci ha avuti uno dopo l'altro, come dei pulcini. Ha deposto le nostre uova, *plop*, *plop*, *plop*. Lei e papà devono essere stati belli indaffarati in quel periodo della loro vita. Immagino che fossero felici. Non lo so. No, probabilmente». Sylvie sorride. «Lei sperava di avere soli maschi, quindi io e Carolina siamo state una delusione».

«Anche mio padre è rimasto deluso perché ero una femmina», dico. Non so se è vero, ma pensarlo mi fa sentire meglio.

«Gli uomini e il loro lignaggio. Non li capisco. Anche le ragazze possono portare avanti la famiglia, pur non mantenendo il cognome del padre. Eppure, è come se per loro ci renda inutili». Il suo sguardo esaminatore si sofferma ancora una volta sulla mia stanza, come se stesse cercando qualcosa di preciso. «Vuoi venire a cena con me?»

«Alla mensa?»

«Bleah, no. Come riesci a mangiare ogni giorno quel cibo schifoso? Andiamo da qualche parte». Danza con gli occhi e batte le mani. «Dai, c'è un ristorante italiano in centro che è il mio preferito in assoluto».

Non mi sono mai avventurata fuori dalla scuola, anche se gli studenti dell'ultimo anno hanno il permesso di uscire nei fine settimana, ovviamente rispettando il coprifuoco. Non sapevo dove andare e non avevo nessuno con cui uscire.

A dirla tutta, avevo anche paura di farlo. Temevo di ritrovarmi in un posto sconosciuto e di essere messa alle strette da persone che mi odiano. Questo campus è pieno di studenti e studentesse che mi disprezzano. Perché dare loro la possibilità di comportarsi anche peggio, fuori di qui?

«Dai, Summer. Ti prego», dice Sylvie quando non rispondo. Le sue mani sono giunte in preghiera e tese verso di me. Mi fissa con un'espressione supplichevole sul suo bel viso. «Ci divertiremo».

«D'accordo», dico con un sospiro. Lei inizia a saltellare, ma presto un violento attacco di tosse la travolge.

La guido verso il mio letto e la faccio sedere sul bordo del materasso, poi prendo dallo zaino una bottiglia d'acqua ancora sigillata e gliela porgo. Lei svita il tappo e beve un sorso tra un colpo di tosse e l'altro. Poi un altro. Infine, si ferma.

«Non posso sforzarmi troppo», dice annaspando. «Devo ancora farmene una ragione».

«Su cosa devi fartene una ragione?»

«Polmonite. E non è ancora arrivato l'inverno. Di solito la prendo un paio di volte l'anno». Fa un sorriso, ma è debole. «Devo pettinarti i capelli, prima di uscire. Sono un disastro».

Torno a toccarmi la testa e mi guardo nello specchio lì vicino, appeso alla parete. Hanno un aspetto terribile. Li ho lavati e subito dopo mi sono addormentata, quindi sono tutti in disordine e ancora umidi. «Mi faccio delle trecce», dico, voltandomi verso di lei. «Ora mi cambio».

«Non c'è bisogno di vestirsi bene, io rimarrò così». Agita una mano verso di sé. «Oh, ci divertiremo un sacco. Preparati. Ti farò un'infinità di domande».

Rispondo con un sorriso forzato.

Proprio quello che temevo.

Capitolo 13

Summer

Il ristorante in cui mi porta Sylvie è piccolo e caratteristico. Oh, e pieno di gente. È sabato sera e tutti sono usciti di casa. I marciapiedi del centro sono affollati, le persone aspettano di entrare in un ristorante o in un bar. Sylvie entra nel locale che ha scelto come se fosse di sua proprietà e saluta la titolare, della quale sembra essere una vecchia amica e che ci procura un tavolo in pochi minuti.

«Avere conoscenze torna utile», dice Sylvie con una strizzata d'occhio, appena prima che la proprietaria ci conduca al nostro tavolo. Le altre persone in attesa nell'atrio angusto ci fulminano con lo sguardo, quando ci dirigiamo verso la sala principale. Sono arrabbiate perché abbiamo saltato la fila.

Sylvie però è indifferente alla loro collera.

Una volta sedute, mi illustra i suoi piatti preferiti e mi consiglia in base ai miei gusti, dopo che glieli ho spiegati. Quando ordina delle limonate alla fragola e del formaggio fritto come antipasto, io apro a stento la bocca in segno di protesta. Lei mi mette a tacere con uno sguardo.

«Fidati, è delizioso».

Lo so. E prenderò tre chili solo con la cena di stasera.

Le parole di mia madre riguardo al cibo mi seguono ovunque vada, soprattutto nei ristoranti. In special modo in quelli che servono piatti abbondanti e calorici. Mia madre è così magra che fa sembrare in carne persino le top model. La sua dieta consiste in farmaci e alcol, e questo è tutto. Mangia raramente. Ha un passato da bulimica, me l'ha confessato quando avevo tredici anni e mangiavo tutto quello che mi capitava a tiro. L'eroina era chic, negli anni in cui lei era giovane, e me l'ha ricordato più di una volta.

Solo per dimostrare che era una tipa alla moda, nel bel mezzo degli anni Novanta.

Credeva che mostrassi anche io dei segnali di bulimia, ma presto abbiamo scoperto che mangiavo a dismisura a causa di una crescita improvvisa. Sono incline all'aumento di peso. Mi ha raccontato che nell'estate dei miei tredici anni ero pigra e trascorrevo tutte quelle lunghe, calde giornate nella mia stanza, uscendo di rado. Io devo stare attenta a ciò che mangio e fare esercizio fisico, e lei era una despota in fatto di cibo, controllava tutto quello che mettevo in bocca. Mi rimproverava quando mi sorprendeva a mangiare cibo spazzatura, cosa che all'epoca accadeva spesso.

Ora non riesco a mangiare della pasta o del pane senza sentire la sua voce nella testa. Ed è una cosa orribile. Non sono grassa, ma non sarò mai magra come mia madre. O come Sylvie. Lei è così esile che riesco a scorgere le vene bluastre sulle sue braccia pallide e sottili. I vestiti le pendono addosso, come se non avesse carne intorno alle ossa, e ha il viso molto spigoloso, con degli zigomi affilati come rasoi. Il suo piccolo mento è appuntito e la bocca colorata di un rosa sorprendentemente brillante, che risalta sulla sua pelle candida. È bellissima, come Whit.

«Mi stai fissando», dice quando la cameriera si allontana dal nostro tavolo.

La rimetto a fuoco con un battito di ciglia. «Scusa, è che sei così…».

«Magra?»

«No», nego, anche se è evidente. È magra come uno stecchino. Potrei spezzarla in due. «Sei bella».

«Oh». Sembra presa in contropiede, ma felice di ricevere il complimento. «Grazie. Non sentivo qualcuno usare questa parola per descrivermi da molto tempo. Tutti si preoccupano sempre del mio peso. So che sembro uno scheletro. Mia madre mi ha detto che sono pelle e ossa, prima che tornassi a scuola. Prendo degli integratori proteici, ma servono a poco. Non riesco a prendere peso». Sorride. Si guarda intorno, come a voler verificare se la gente le stia prestando attenzione, ma nessuno lo fa e a me va bene così. «Whit si preoccupa per me, ma gli ho spiegato che non ha senso farlo. Sto morendo».

Il mio cuore sussulta quando nomina casualmente il fratello, ma anche per il modo altrettanto disinvolto in cui parla della sua morte imminente. «Sono sicura che la tua famiglia si preoccupa molto per te».

«Non ce n'è bisogno. Come ho detto, sto per andarmene». Ride in risposta alla mia espressione inorridita. «Che c'è? È vero! Tutti dovremo affrontare la morte prima o poi, Summer. Io dovrò affrontarla un po' prima degli altri. E va bene così. Mi riterrò fortunata se arriverò a diciotto anni. Spero di aver fatto sesso per allora, o che un ragazzo me la lecchi, almeno. Sei vergine?».

La sua domanda mi lascia spiazzata per un secondo. Penso a chi mi ha rubato la verginità e mi acciglio. «No».

«Oh, è stato così brutto? Mi dispiace». Si sporge sul tavolo, abbassando la voce. «Io mi volevo preservare per la persona giusta, ma temo che non farà la sua apparizione prima della mia data di scadenza. Ora non vedo l'ora di andare col primo che capita, giusto per dichiarare chiusa la questione. Voglio davvero sapere cosa si prova quando qualcun altro ti provoca un orgasmo».

Mi piace la sua schiettezza. La sua onestà. Sylvie non è affatto come suo fratello.

«Non vuoi che succeda con qualcuno di speciale?». L'ho sempre pensata così, quando ero giovane e terribilmente ingenua. Finché non sono stata messa alle strette e alla fine ho ceduto. Una ragazza può proteggere la sua virtù solo fino a un certo punto.

«Credimi, non c'è nessuno di speciale nella mia vita, altrimenti me lo starei sbattendo senza sosta a quest'ora».

La cameriera si avvicina al nostro tavolo e ci serve i drink. Sono bellissimi, versati su quei bicchieri carichi di cubetti di ghiaccio dove la limonata alla fragola è un perfetto strato di liquido giallo e rosso. Il bordo dei bicchieri è ricoperto di zucchero rosa scintillante. Sylvie prende la bevanda con fare impaziente e tira un sorso dalla cannuccia, emettendo un verso di soddisfazione quando la cameriera si allontana. «Questo drink è speciale. I ragazzi che conosco? Nessuno di loro lo è. Be', forse uno, ma si scopa tutte le altre e mi mette su un piedistallo, come se fossi fragile e intoccabile. Non mi vede in quel modo». Esita solo un secondo. «Voglio dire, *scopabile*».

Mi coglie di sorpresa che una ragazzina a modo come lei usi con disinvoltura parole come "scopabile", ma suppongo che non dovrei sentirmi così. Ha solo un anno in meno di me. «Ti riferisci a Spencer?»

«È l'unico a cui potrei mostrarmi nuda. Whit dice che i suoi amici non vanno bene per me, e forse ha ragione, ma io non voglio qualcuno che vada bene per me. Voglio… qualcuno e basta. Capisci?». Tossisce e si porta il pugno davanti alla bocca per contenersi. «Quando sei una come me, la vita è fatta per essere vissuta. Qui e ora. Non posso aspettare troppo, domani potrebbe essere troppo tardi».

Vorrei chiederle quale sia il suo problema, ma ho paura di essere scortese e non voglio risultare invadente. La lascio parlare, aggrappandomi con avidità a ogni informazione che condivide sulla sua famiglia. Su suo fratello. Non mi bastano, ma per ora me le faccio andar bene. Non posso fare a meno di chiedermi dove si trovi e cosa stia facendo. Forse è seduto nella sua stanza ed è concentrato a leggere il mio diario.

Al solo pensiero mi infurio, quindi scaccio via quell'idea.

È sabato sera. Di certo non sarà da solo.

«Parlami di te», dice Sylvie dopo che abbiamo ordinato la cena e il formaggio fritto è arrivato sul nostro tavolo. Ne prende un pezzo, lo intinge nella densa salsa alla marinara e poi ne stacca un bel morso. Il formaggio caldo e filante resta sospeso per un attimo, prima di staccarsi. «So che Jonas Weatherstone è il tuo patrigno».

«Era», la correggo e bevo un sorso di limonata, deliziosa e dolce, ma aspra.

«Sì, era». La sua espressione si incupisce. «L'incendio è stato terribile, per fortuna tu non c'eri».

«C'ero», ammetto, e lei sgrana gli occhi. «Sono riuscita a scappare. Mi ha salvata mia madre». Abbasso la testa, fingendo di essere sopraffatta dall'emozione. In realtà è il senso di colpa a tormentarmi. L'ansia e la preoccupazione. Nessuno ha mai capito cosa è successo veramente, tranne la mamma. E lei non l'ha mai svelato.

Porteremo entrambe questo segreto nella tomba.

«Che cosa terribile. E hai perso anche il tuo fratellastro», riprende. «Quando Jonas era ancora sposato con la sua prima moglie, ogni tanto venivano a casa nostra. Whit e Yates giocavano insieme, quando erano piccoli».

A quella notizia, mi si rivolta lo stomaco. Loro si conoscevano. E loro mi conoscono. Intimamente.

«Col passare degli anni si è fatto una certa… fama», continua Sylvie. «Il tuo fratellastro. Ho sentito che è stato cacciato da diverse scuole per molestie sessuali».

Annuisco, pulendomi la bocca da del cibo immaginario. Non ho mangiato nulla, l'appetito mi ha abbandonata.

«Immagino abbia perso la testa, quando i suoi hanno divorziato. È successa la stessa cosa alla nostra famiglia», dice facendo spallucce. Molto *c'est la vie*. «Whit si è trasformato in un maniaco del controllo, dopo che nostro padre se n'è andato. Era furibondo con lui. È stato terribile. Io e Lina non facevamo altro che piangere, invece. Alla fine, siamo andati tutti in terapia».

«Immagino non sia stato facile», mormoro.

Prende un altro pezzo di formaggio fritto, lo tiene delicatamente tra le dita e lo riduce a pezzi, che lascia cadere nel piatto. Ne intinge uno nella salsa rossa. «È stato un sollievo. Quando papà se n'è andato, abbiamo ripreso a respirare. Anche Whit, sebbene faccia difficoltà ad ammetterlo. Il problema di Whit è che è fatto della stessa pasta di nostra madre. Vede tutto o bianco o nero. Per lui, il grigio non esiste. Giusto o sbagliato. Sì o no. Lo fai o non lo fai. È un tipo caparbio e difficile da capire».

Lo ha descritto alla perfezione. Posso solo fare un cenno di assenso con la testa.

Sylvie sorride con sguardo sornione. «Mi hai fregata, sto di nuovo parlando di me e tu non mi hai raccontato quasi niente».

«Va bene così, mi piace ascoltare», dico.

«Io però voglio saperne di più su di te». Si sporge sul tavolo, le sue dita danzano sul dorso della mia mano per poi ritirarsi. «Che emozione averti qui. Ogni anno, a Lancaster si vedono sempre le stesse facce. Mi annoiano subito. Gli studenti. Gli insegnanti. Il personale. Se mi ammalo è per metà colpa loro, lo giuro. Mi stufo di vedere sempre le stesse persone nel campus. Ho bisogno di più emozioni nella mia vita».

«Tipo la morte?», non posso fare a meno di chiedere.

Sylvie ride. «Sì, tipo la morte. È molto più interessante, credimi. Ora parlami di te. Non trattenerti. Voglio sapere tutto».

«Non c'è molto da dire. Non ho fratelli». A parte Yates, e lui non conta. Pensare a lui come a un fratello mi fa venire voglia di vomitare. «Mio padre non fa parte della mia vita. Io e mia madre abbiamo un rapporto travagliato».

Soprattutto dopo l'incendio, le morti e la consapevolezza che non ci resta nessun altro. Cosa non molto rassicurante per mia madre. Immagino che mi odi per quello che ho fatto. Ma siamo pari, perché anche io la odio per quello che ha fatto a me.

O meglio, per quello che *non* ha fatto. E che ha permesso accadesse.

«Anche tu hai avuto a che fare con la morte, come me», esordisce Sylvie con espressione curiosa. «Con l'incendio. Raccontami di quella notte».

Un senso di disagio mi attanaglia. Non parlo di questa cosa da quando sono stata interrogata dalla polizia. È un argomento tabù tra me e mia madre. Vorremmo entrambe dimenticare che sia accaduto. «Non ricordo molto», ammetto con tono di scusa. «Mi sono svegliata e c'era un sacco di fumo. Mia madre mi stava trascinando fuori dalla stanza».

Ricordo tutto quello che è successo quella notte, fino al minimo dettaglio. Ma non voglio raccontarlo.

«Tua madre è un'eroina», dice Sylvie, la voce colma di stupore. «Ti ha salvato la vita».

Faccio spallucce, accantonando il discorso. «Ha fatto quello che ogni madre farebbe in una situazione simile».

«Ah! Ho la sensazione che mia madre mi avrebbe lasciata morire», commenta amaramente Sylvie. «Avrebbe salvato Whit, forse Carolina».

«Avrebbe salvato tutti i suoi figli», aggiungo io con tono dolce, tendendo una mano per accarezzarla.

Sylvie sfila il palmo da sotto la mia mano, con un gesto sbrigativo. «La conversazione si sta facendo troppo seria. Parliamo di qualcos'altro. Oh, ecco! Dimmi dei tuoi problemi a Billington». I suoi occhi si illuminano, vedo delle piccole fiamme danzare nella profondità di quell'azzurro pallido. «Non ho intenzione di fingere e dirti che non ho letto il tuo fascicolo, quando ho hackerato il sistema, perché l'ho fatto. E sono verde dall'invidia per le tue esperienze. Adoro le torbide storie delle brave ragazze che diventano cattive. Sputa il rospo».

La verità è noiosa. Ero la tipica adolescente ricca e ribelle che si comportava male. Il classico grido d'aiuto. La tipica situazione da "ogni attenzione vale". Ero un casino. Cercavo di sfuggire alle pressioni di casa e ai doveri della scuola. Volevo crescere in fretta, fin troppo presto, ma al contempo avevo bisogno di mia madre perché avevo paura.

E poi c'era Yates. Instancabile. È cominciato tutto quando avevo tredici anni, nel periodo in cui mi è cresciuto il seno. Non smetteva di fissarlo. Mi guardava mentre facevo la doccia, mi spiava attraverso la porta di vetro. A volte, lasciavo che mi fissasse. Così era soddisfatto e poi mi lasciava in pace.

È stato così finché il desiderio non è diventato troppo forte, poi ha iniziato a perseguitarmi in continuazione. Cercava di trovarmi da sola. Di intrufolarsi nella mia stanza.

Mia madre era troppo presa dai suoi problemi e dalla sua relazione con Augustus Lancaster, uno degli uomini più ricchi del Paese, se non del mondo, per accorgersi di quello che stava accadendo sotto il suo naso. In casa sua. Non sono ancora sicura che si sia resa pienamente conto di ciò che è capitato tra me e Yates. Ho provato a parlarle solo una volta, ma ha iniziato a piangere appena ho pronunciato il nome di Yates.

Perciò ho evitato.

Mi schiarisco la voce e decido di raccontare dell'altro ragazzo della mia vita, che frequentavo sempre in quel periodo. «C'era un ragazzo».

Sylvie sembra elettrizzata. «Certo, inizia sempre così».

«Era più grande di un anno. Meraviglioso. Sicuro di sé. Arrogante». Penso a Whit. Lui è tutte queste cose e anche di più. «Con un tocco di perfidia».

«Sono i peggiori».

«Terribili», confermo. «Tra tutte le ragazze, ha scelto me. Mi sono sentita speciale. Desiderata. Necessaria. Eppure, lui era cattivo e i miei genitori odiavano ogni cosa che lo riguardasse. Si drogava. Beveva troppo. Io avevo solo quattordici anni e ne ho compiuti quindici quando stavamo insieme. Lui mi ha convinta a provare certo cose. Io ero consenziente».

È tutto vero. Quel ragazzo era all'ultimo anno e io ero una matricola, che scandalo. Yates lo odiava, cosa che me lo faceva amare ancora di più. Si chiamava Daniel. Mi ha insegnato a fare il *kiss* – cioè a passare il fumo da bocca a bocca – e ad andare ubriachi a scuola come se niente fosse, mantenendo la compostezza. Aveva mani seducenti e un modo di fare semplice.

In quel periodo, era la distrazione di cui avevo bisogno. Un ragazzo dolce, un po' scemo. E a tratti anche cattivo, come ho spiegato a Sylvie.

«Tipo?». Ha gli occhi grandi come due lune.

«Droga, alcol, sesso». Faccio spallucce, sperando che non mi chieda altri dettagli. Sicuramente lo farà.

«È quello con cui ti hanno beccata in palestra».

Annuisco. Non stavamo facendo sesso, ma c'eravamo quasi. «L'hanno espulso. Lui aveva diciotto anni, io quindici. Ero minorenne».

«Che scandalo!». Sylvie si porta le mani alla bocca. «Tu eri consenziente, però, vero?»

«Certo», sbotto, mettendomi sulla difensiva. Con Daniel ero sempre d'accordo, eppure era sempre lui a finire nei guai. Jonas e mia madre l'hanno minacciato di spedirlo in prigione.

Nel frattempo, quell'altro mi stava letteralmente violentando a ogni buona occasione e viveva sotto il loro stesso tetto. Il figlio di Jonas.

Non è stupro se ti piace, aveva detto Yates una volta, dopo un momento particolarmente acceso tra noi. *Lo vuoi. Mi vuoi.*

Il rimorso che ancora provo è così opprimente che balzo in piedi, le cosce sbattono contro il tavolo e fanno tremare tutto quello che c'è sopra.

«Devo andare al bagno», spiego poi per allontanarmi in fretta, senza voltarmi indietro. Non ne ho bisogno. So che Sylvie ha un'espressione scioccata in faccia e si sta chiedendo perché me la sia presa in quel modo.

Se non ci si è passati, è difficile descrivere cosa comporti essere tormentati da certi ricordi. Bisogna conviverci, anche se questi ti fanno sentire male. Si presentano dal nulla, quando meno te l'aspetti. Si arrampicano su per la gola. Strisciano sulla tua pelle e ti travolgono. Restano in agguato, ai margini della mente, pronti a rovinare il presente. Anche durante la cena con una nuova amica.

Come posso essere amica di Sylvie pur sapendo che Whit, suo fratello, mi ha rubato il diario? Se volesse, potrebbe leggerlo a fondo e scoprire esattamente cosa è successo tra me e Yates in quelle pagine. E cosa ho fatto per farlo smettere.

Trovo il minuscolo bagno del ristorante nel retro del locale e mi chiudo dentro. Appoggio la schiena alla porta e fisso il mio riflesso nello specchio alla parete opposta. Sembro così piccola stasera, con i capelli raccolti in due trecce alla francese, senza un filo di trucco e con addosso una felpa grigia della North Face, dei leggings neri e delle sneakers Dior bianche e nere, proprio come quelle che indossa Sylvie.

Sembriamo delle bambine. *Siamo* delle bambine. Eppure, ho visto e fatto così tante cose che dentro mi sento invecchiata. Logorata.

Disgustata.

Mi scosto dalla porta e vado al lavandino, apro l'acqua, mi lavo le mani e bagno con un po' di acqua gelida il viso. Così ottengo un po' di colore sulle guance e, dopo essermi asciugata, mi sistemo i capelli. Raddrizzo appena la schiena. Ripenso alla ragazza che ero due anni fa. Che inseguiva i sogni e scappava dagli incubi.

Sono ancora quella ragazza. Solo che i miei sogni sono svaniti e gli incubi mi stanno col fiato sul collo.

Con un sospiro risoluto, apro la porta e trovo due donne di mezza età nel corridoio, in attesa di usare la toilette. Mi guardano con disprezzo, gli occhi socchiusi e le labbra arricciate. Mi giudicano senza nemmeno conoscermi. È probabile che mi odino per la mia gioventù, mentre si aggrappano alla loro età con le unghie finte, simili ad artigli.

Ricambio l'occhiataccia, lanciando una delle mie trecce oltre la spalla, e le supero con passo spedito. Esco dal piccolo corridoio, diretta verso la sala principale, da Sylvie, quando noto qualcuno seduto a un tavolo posizionato al lato opposto del locale.

Whit Lancaster.

Che mi guarda.

Mi fermo di colpo al centro del ristorante, folgorata dalla sua presenza. I nostri sguardi si incrociano. Lui fa un sorriso storto. Io mi acciglio. È con i suoi amici, e ci sono anche delle ragazze. Tra cui Jane e Caitlyn. Sono sedute al suo fianco e ridono entrambe, toccandolo. Le loro mani sono come farfalle che si librano appena sopra di lui, incerte su dove posarsi. Jane si ferma per prima e gli posa la mano sull'avambraccio. Caitlyn atterra sulla sua spalla e piega la testa verso di lui, avvicina la bocca al suo orecchio. Muove le labbra per sussurrargli qualcosa, ma lui non la calcola. Entrambe cercano disperatamente di catturare la sua attenzione, anche se Whit sembra ignorare la loro esistenza.

Quel suo viso bellissimo, un po' martoriato, è rivolto a me. L'occhio nero spicca, come una medaglia al valore. Non c'è posto per la vergogna nel gioco di Whit Lancaster. Anche se in giro si spettegola sull'evidente rissa a cui ha preso parte, nessuno gli chiede nulla al riguardo.

Piego la testa. Lui fa lo stesso, scostandosi da Caitlyn, come se volesse evitare lei e la sua bocca mai chiusa. Sbatto le palpebre.

E anche lui.

Bene. Posso stare al gioco.

Dischiudo un poco la bocca e incurvo la punta della lingua verso l'angolo. Mi mordo il labbro inferiore, stacco gli occhi da lui per un secondo e infine torno a osservarlo.

Lui si lecca il labbro superiore, con gli occhi che brillano. Mi ricorda un lupo, pronto a balzare.

Su di me.

Avviene tutto in pochi secondi, sebbene sembrino minuti. Una provocazione straziante.

Lo odio.

Dico sul serio.

Incurante del fatto che cedo per prima, distolgo lo sguardo e vado da Sylvie, ritornando a sedere al mio posto. Le sorrido, notando il suo sguardo accigliato. «Scusa», dico. «Dovevo proprio».

«Colpa della limonata alla fragola, mi fa pisciare sotto». Accetta senza problemi la mia spiegazione banale, picchiettando il dito contro il suo bicchiere vuoto. Il mio è nelle stesse condizioni. «Ho ordinato un altro giro».

«Grazie».

«Peccato non ci sia la vodka dentro». Ride.
«Io non bevo più tanto», ammetto.
«Perché no?»
«Non mi piace perdere il controllo», rispondo.
«Mio fratello pensa la stessa cosa. Alcol, droghe. Ultimamente non gli interessano molto. Vuole mantenere la lucidità in ogni momento. Tipico di Whit. È il maniaco del controllo per eccellenza».
Parole più vere non sono mai state pronunciate.
Poggia il mento su un palmo, in contemplazione. «Ti piace mio fratello?»
«No», rispondo subito, lanciando uno sguardo alla mia destra. Lui mi vede benissimo. Chissà se se n'è accorto. Chissà se avrà notato la mia presenza in questo ristorante subito, appena è entrato, mentre io me ne stavo qui, del tutto ignara.
Forse. Sono certa che mi stesse osservando, come sono certa di avere un aspetto orribile. Mi guardava mentre me ne stavo qui a ridere. A bere una limonata alla fragola. Vestita come un senzatetto, a parte le scarpe griffate ai piedi. Sicuramente preferisce delle ragazze belle e sempre perfette, che bevono acqua e sgranocchiano verdure. Che indossano vestiti e non portano le mutandine, così da rendergli facile e veloce l'accesso.
Pervertito.
Sylvie ride. «Amo la tua sincerità, è confortante».
«Sei circondata da bugiardi?», domando.
«Diciamo. Per tutta la vita ho avuto a che fare con persone che dicono qualsiasi cosa pur di compiacermi. Ho sempre desiderato avere un'amica sincera, che avesse un'opinione e non fosse sempre d'accordo con me». Sylvie alza gli occhi al cielo. «Le ragazze così mi mandano fuori di testa».
«Idem», dico con sincerità, e ci ammutoliamo quando la cameriera arriva con la nostra cena.
Non appena se ne va, ci mettiamo a mangiare e il mio appetito torna a farsi sentire. Sono affamata, ho voglia di carboidrati, e divoro il piatto di pasta con una velocità imbarazzante. Mangio anche un sacco di pane, senza preoccuparmi che Whit mi veda ingozzarmi.
Vaffanculo alle foglie di lattuga. Datemi la pasta.

Sylvie mi batte morso dopo morso, superandomi con il suo appetito, visto che lei ha mandato giù anche tutto quel formaggio fritto. Continuiamo a deliziarci finché non siamo entrambe piene e poggiamo le mani sulle pance gonfie, gemendo lamentose.

«Mi sento malissimo», dico.

«Anche io, ma ne è valsa la pena», mugugna.

«È vero». Faccio del mio meglio per non voltarmi in direzione di Whit, cosa che quasi mi fa impazzire. Spero che il mio evitare di guardarlo gli stia dando fastidio. Merita di pensare che non mi importa se anche lui è in questo ristorante. Vorrei andare a parlargli. Chiedergli dov'è il mio diario e ordinargli di restituirmelo subito. Eppure, so che non devo giocarmela così con Whit. Lo scontro non porterà a niente. Dovrò essere furba. Subdola.

Furba e subdola come lui.

La cameriera ci lascia lo scontrino, Sylvie sfodera una spessa carta di credito nera e gliela dà.

«Lascia che paghi la mia parte», dico.

«No, offro io. Prossima volta fai tu», dice Sylvie con un lieve sorriso.

Apprezzo che abbia accennato al fatto che ci sarà una prossima volta. Finalmente sento di avere un'amica. Qualcuno che non si lascia intimidire da Whit e che non cadrà facilmente sotto la sua influenza.

In quanto sua sorella, lei può sfidarlo.

E posso anch'io.

Nell'attesa che la cameriera torni con la carta di Sylvie, sento che lui si avvicina. Lo capisco perché l'aria si fa elettrica e la testa mi ronza. Quando delle ombre calano sul nostro tavolo, alzo lo sguardo e scorgo Whit in piedi, con Spencer al suo fianco. Vicino a quest'ultimo c'è Chad. Le ragazze sono dietro di loro, ridacchiano e parlano nervose, probabilmente esaltate dalla possibilità di un confronto.

Morirebbero sul colpo se sapessero che ieri sera avevo l'uccello di Whit in bocca.

«Whit, Chad», saluta Sylvie. «Spence». Lo guarda accigliata, l'espressione sul suo volto mi ricorda quella di suo fratello. «Cosa vi porta in questo bel locale?».

Apprezzo che non abbia calcolato le ragazze.

«La fame», risponde Chad con un sorriso. Spencer ricambia il broncio e infila le mani nelle tasche dei jeans. Whit non dice alcuna parola. La sua espressione è fredda. Stoica. Non lancia nemmeno un'occhiata nella mia direzione, il coglione.

«Conoscete la mia amica?», dice Sylvie in tono scherzoso, indicandomi. Sanno tutti chi sono, e lei lo sa. Forse vuole essere carina, indurli a essere cortesi e a salutarmi. Qualcuno accenna un sì, ma nessuno di loro mi guarda per davvero.

«Non posso dire che non ci siamo mai incontrati prima», dice Whit, che si gira a fissarmi con espressione indifferente. Del tutto vuota. Come se ieri sera non avesse mai posato le labbra su di me. Come se non l'avessi lasciato venire sul mio petto, alla stregua di un animale che marca il territorio.

«Whit», sbotta Sylvie, ma lui la ignora.

«Com'è che ti chiami?», mi chiede facendo un cenno con il mento, lo sguardo che vaga su di me. La fame di ieri sera è svanita del tutto, sostituita da quel familiare sguardo gelido. «Belle trecce», dice sprezzante. «Sembri una bimba».

Non ci rifletto un attimo. Prendo la limonata, mi alzo in piedi e gliela verso addosso, dritto in faccia. Lui serra gli occhi all'ultimo secondo, poi la bevanda lo investe e arriva fino alle ragazze dietro di lui, che sobbalzano. E iniziano a strillare.

«Vaffanculo», gli dico a denti stretti. Lancio un'occhiata a Sylvie, che ci sta osservando con un'evidente espressione di gioia. La ragazza adora il dramma. «Me ne vado. Grazie per la cena, Sylvie».

Detto questo, mi volto e vado via.

Capitolo 14

Summer

In un attimo sono fuori dal ristorante, dove l'aria fresca del tardo autunno mi avvolge, scatenandomi brividi in tutto il corpo. Siamo venute qui con la Mercedes di Sylvie e ora potrei chiamare un Uber, ma non lo farò davanti al ristorante. Qui rischierei di imbattermi di nuovo in Whit, poco dopo avergli versato una bevanda addosso.

Non posso credere di averlo fatto. È stato stupido, ma anche... esilarante. Se l'è meritato. È insopportabile quando fa il freddo e l'insensibile, fingendo che non conti nulla. Come se non avesse posato la bocca sulla mia pelle. Come se non mi avesse baciata ripetutamente, non avendone mai abbastanza.

Non mi guardo indietro e cammino veloce, allontanandomi il più possibile dal ristorante e facendomi strada tra la folla di persone sul marciapiede. Giuro di aver sentito qualcuno gridare il mio nome – una voce maschile – e accelero il passo, perché non voglio farmi trovare.

All'incrocio giro a destra, corro alla cieca ritrovandomi presto in una tranquilla strada residenziale, finché non getto uno sguardo alle mie spalle e vedo che non mi sta seguendo nessuno. A questo punto rallento il passo, colta da respiri affannosi, e penso di essere al sicuro. Se non fosse che qualcuno sbuca da dietro una staccionata, proprio sul mio cammino.

Whit.

Mi fermo di colpo, bloccata dallo stupore di vederlo. Deve aver usato una scorciatoia. Che figlio di puttana.

«Non avvicinarti», lo avverto, facendo qualche passo indietro.

Lui sorride. «Nascondi dietro la schiena un altro drink?».

Non rispondo. Sono tesa, pronta a scappare. E lui riesce a percepirlo, tanto da far svanire il sorriso dal suo volto.

Si lancia su di me.

Provo a scappare, ma lui afferra i miei fianchi, mi tiene ferma e ci spinge entrambi contro la recinzione. Allora lascio perdere, perché l'impulso di lottare mi abbandona non appena le sue mani entrano in contatto col mio corpo. La pelle mi pizzica nel punto in cui lui mi tiene salda, come se il mio corpo avesse preso confidenza col suo e rispondesse di conseguenza. Il suo calore mi penetra le carni, il suo profumo fresco e pulito mi avvolge e ubriaca. Sono strafatta di lui.

«Perché mi hai versato da bere in faccia?», chiede, gli occhi sopraffatti da una furia incontenibile. Non ha apprezzato l'umiliazione pubblica che gli ho regalato. Sono sicura che Whit Lancaster non ne abbia sperimentate molte, e averlo preso alla sprovvista mi fa sentire bene. Gli ho fatto fare la figura del coglione in un ristorante, davanti agli amici e a quelle stupide ragazze. Persone che probabilmente sanno benissimo chi è.

Mi odiava già. Sono certa che questo sentimento ora si è amplificato di dieci volte.

«Perché hai detto che non mi conosci?», ribatto. Questa è stata la mia umiliazione e il motivo per cui dovevo vendicarmi. Prova a comportarsi come se fosse qualcuno di speciale, ma in realtà è come tutti gli altri. Vuole solo ottenere quello che vuole in privato. In pubblico, mi ignora.

Non lo tollero. Mi rifiuto di permettergli di giocare così con me. Ormai sono un'esperta.

«Perché non ti conosco affatto». Si china su di me, è così vicino che il suo alito alla menta mi inonda il viso. «So che imparerò tante cose su di te, quando continuerò a leggere il tuo diario, stasera».

Continuerò? Oh, Dio.

Cerco di divincolarmi, ma la stretta delle sue braccia si serra ancora di più, come se volesse spremere via la mia vita. «Me l'hai rubato, brutto stronzo».

Lui ignora gli insulti. Dalla gioia che vedo danzare nei suoi occhi, credo che lo divertano. «Ci hai nascosto tutti i tuoi segreti più oscuri e profondi, vero?». Il suo tono è provocatorio.

Ora tocca a me ignorarlo. «Ridammelo», dico con voce ferma.

Sorride, traendo piacere nel farmi imbestialire. «No».

«Ridammelo!».

Mi tappa la bocca con la mano, spingendo il suo viso contro il mio. «Non sei nella posizione di avanzare pretese. Ho io il controllo della situazione, Savage, e tu farai quello che dico. Chiaro?».

Non rispondo. Mi limito a fissarlo con occhi sgranati e il cuore che batte all'impazzata. Il quartiere dove ci troviamo è tranquillo. Non c'è nessun altro in giro. Potrebbe benissimo farmi quello che vuole e nessuno ci sentirebbe. O lo fermerebbe.

Mi arrenderei comunque, quindi che senso avrebbe?

«Rivuoi il diario?», chiede.

Annuisco, la testa che sbatte contro la staccionata di legno grezzo dietro di me e si impiglia fra le schegge.

«Dovrai guadagnartelo, allora». Allenta la presa sul mio viso, il pollice mi accarezza la guancia, poi la mandibola. Il suo tocco è delicato, nonostante mi tenga ferma con forza. «Vuoi sapere come?».

Ci guardiamo con diffidenza e vedo la sua espressione gradualmente trasformarsi. La mia rabbia sfuma, sostituita da quella familiare sensazione di fame, e il corpo mi tradisce, perché risponde in un modo tutto suo. Mi rilasso sotto la sua stretta, con le ossa languide, i pensieri concentrati solo su quello che potrebbe farmi dopo. Sento la trepidazione che mi scorre lungo la spina dorsale e si deposita tra le mie gambe.

Lui percepisce che sto per cedere, quindi allontana la mano dal mio viso e io sussurro: «Come?»

«Facendo quello che voglio io», risponde piano, poi con lo sguardo mi percorre il corpo, prima di tornare sul mio viso. «Sarai mia, anima e corpo. Quando ti vorrò nella mia stanza nel cuore della notte, tu verrai di corsa. Mi implorerai. Quando vorrò un pompino, tu me lo farai senza fare domande. Se vorrò leccare la tua bella figa, me la offrirai su un fottuto piatto d'argento e io mi sazierò per ore. Quando vorrò scoparti, non importa a che ora del giorno sarà o dove ti troverai, non potrai tirarti indietro. Hai capito?»

Il mio corpo si scalda a ogni parola che forma quella sua proposta, eppure, mi impongo di trattenermi. Ciò che mi sta proponendo è…

Degradante.

«Per quanto tempo?», chiedo, sorpresa dal tono calmo della mia voce. Dentro di me imperversava un'agitata, eccitante confusione.

Essere a disposizione di Whit ogni volta che mi vuole non sembra un'idea così brutta.

C'è qualcosa di irrimediabilmente sbagliato in me, lo so.

«Per tutto il tempo che voglio». Sorride e quella visione mi fa sussultare il cuore. Mi afferra il volto, lo inclina all'indietro e si avvicina per sussurrarmi contro le labbra: «La mia puttana personale, da usare come e quando voglio. Ci divertiremo, Savage. Scoperò ogni tuo buco. E tu lo apprezzerai, vogliosa».

Mi si stringe il cuore e sento le mutandine bagnarsi. «No», dico col fiato corto.

Lui ride. «Sai che lo vuoi, lo vedo».

Si spinge contro di me, mostrandomi la sua forza e il suo totale controllo su di me. Io chiudo gli occhi e serro le labbra per trattenere un gemito. È un casino, cazzo. Cosa ci è successo? Come siamo diventati così danneggiati? Vedo questo genere di cose nei porno, nei film e in alcuni casi anche nei libri, ma non le ho mai sperimentate nella vita vera. Non ho mai permesso a nessuno di controllarmi a tal punto, fino a permettergli di farmi fare tutto ciò che chiede. Lui mi sta guardando come se non fossi altro che il suo inutile giocattolino.

«Rispondimi, Savage. Abbiamo un accordo? O devo fare delle copie delle pagine del tuo diario, da distribuire in giro per la scuola?».

Oddio, no. Che umiliazione. Se tutti venissero a sapere cosa mi è successo, cosa ho fatto, potrei finire in guai seri.

«Puoi semplicemente dire di sì, sai. Le cose diventerebbero molto più facili per te. So che saresti una scopata da paura, hai così tanto potenziale». Quelle parole sembrano quasi un complimento e le prendo come tali, considerando che sono perversa oltre ogni limite. Soprattutto se c'è lui di mezzo. Posa la mano sulla mia gola, ricordandomi quel nostro momento in biblioteca, era solo ieri. Fa scivolare le dita, provocandomi la pelle d'oca, e io mugolo. «Non piace a nessun'altra quando lo faccio, ma a te sì, pare».

Se solo mi stringesse il collo un po' più forte…

Mi odio perché lo voglio. Perché voglio lui.

Chiudo gli occhi, lasciandomi andare a un verso sommesso quando lui si china e mi traccia il labbro inferiore con la lingua, per poi mordermi, affondando i denti e strattonandomi il labbro. Non tanto da rompere la pelle, ma facendo comunque male.

«Non sono una puttana», sussurro quando mi libera la bocca. Lui ridacchia.

«Per favore, tu sei uguale a tua madre, che ha distrutto la mia famiglia e non le è fregato un cazzo delle conseguenze. Come risarcimento per i suoi peccati, quindi, distruggerò te. L'unica persona a cui tiene che fa ancora parte della sua triste vita». Fa scivolare la mano lungo il mio fianco e la piega per afferrarmi il sedere e tirarmi a sé. «Presto sarai così dipendente da me che nessun altro potrà averti. Desidererai solo quello che posso darti io, e quando finirà te lo negherò...». Si spinge di nuovo contro di me e sento la sua erezione tendersi sotto il cavallo dei jeans. È enorme. Palpitante. «A quel punto saprò di averti spezzata del tutto e potrai riavere il tuo stupido diario. Avrò comunque scoperto tutti i tuoi segreti, quindi non mi servirà più».

Si allontana, fa qualche passo indietro e mi lascia lì, tremante, premuta contro la recinzione.

«Ti odio», gli dico con tutta me stessa. È la verità.

Lo odio più di qualsiasi altro essere umano su questo pianeta. È terribile.

Terribile.

«Lo so», sogghigna. «Ieri sera mi odiavi *un sacco*. Quando avevi il mio cazzo in bocca e gemevi. O quando ti sono venuto sulle tette».

«Fai schifo», sparo queste parole come proiettili.

«Sì, soprattutto quando ti ho scopato con la lingua. Che stronzo perverso e malato che sono, vero? E quando mi sei venuta in faccia?». Si accarezza il mento e inumidisce le labbra. Come se stesse assaporando quel ricordo. «Due volte, mi pare? La prossima volta puntiamo a tre».

Tre? Dio, non potrei chiedere di meglio.

«Abbiamo un accordo? O devo iniziare a fare delle copie?». Si sfrega le mani con soddisfazione, come se non vedesse l'ora di far circolare il mio diario, per farlo leggere a tutto il Lancaster Prep.

«Sì», sussurro, emettendo un suono rauco. Mi fa male la gola. Anzi, tutto il corpo. Non ho scelta, devo accettare.

Si avvicina di nuovo a me, compiaciuto, mi prende il mento come gli piace fare e mi posa un singolo bacio sulle labbra arricciate. «Sei proprio una brava ragazza», cantilena, mentre la sua bocca sfiora la mia. «Così amabile, quando ti impegni. Sempre un po' ribelle, però, quando ti senti alle strette».

Il mio cuore sfarfalla al suo complimento e allora chiudo gli occhi, imponendomi di non cadere nella trappola. Non posso permettere a un altro ragazzo di controllarmi. Questa situazione è diversa dalle altre, giusto? Ora sono più forte. Posso farcela.

Posso affrontarlo.

«Mi piace quando ti ribelli», riprende, poi la sua bocca torna a posarsi sulla mia, incapace di resistere. Mi schiudo per lui, per sentire la sua lingua che si insinua fra le mie labbra e lecca la mia. Mi afferra i capelli, tirando una delle trecce così forte che mi stacco da lui con un sommesso: «Ahi».

Si scosta da me, vedo quel suo sorriso perfido sul volto. «Ci sentiamo».

Non dico nulla, intanto che se ne va. Lo guardo allontanarsi, finché non svolta l'angolo e torna sulla strada principale. Solo allora crollo. Abbasso la testa, lo sguardo fisso sulle scarpe, e conto i battiti del mio cuore, con la paura che possa balzarmi fuori dal petto.

Che cosa ho fatto?

Capitolo 15

Whit

Non scrivo a Summer Savage da quattro giorni. Dalla notte in cui l'ho premuta contro la recinzione. Era una creatura piccola, vulnerabile e tremante. Mi fissava con quei grandi occhi marroni, mentre la mia mano stringeva sulla sua bocca e il suo corpo si abbandonava a me. Avrei potuto scoparla lì e me l'avrebbe lasciato fare. Forse avrebbe implorato per averne ancora. L'ho trascurata di proposito, perché la sto mettendo alla prova. E metto alla prova me stesso. L'irrefrenabile desiderio che mi attanaglia al solo guardarla è fuori controllo, e devo imparare a gestire i miei impulsi.

Lei fa emergere tutto: ogni singola parte oscura che aleggia dentro di me viene a galla, quando me la ritrovo attorno. Voglio farle del male. Voglio tranquillizzarla. Voglio assaggiarla. Voglio stare dentro di lei.

Voglio consumarla. Farla mia e di nessun altro. Vengo investito da pulsioni primordiali e sconosciute, che mi fanno bollire il sangue e ruggire il cuore.

È difficile da capire. Ancora più difficile da ignorare. Ma ho sopportato di peggio. Posso sopportare… qualsiasi cosa ci sia tra noi. Eppure, devo impedirle di capire l'effetto che mi fa.

Devo avere il coltello dalla parte del manico. Sempre.

Invece di scriverle subito, come vorrei, faccio del mio meglio per ignorarla durante le due lezioni che condividiamo, durante le quali il mio sguardo la oltrepassa come se non esistesse. Riesco a sentire i suoi occhi che mi fulminano ogni volta che metto piede nell'aula. Percepisco immediatamente la sua presenza. Inspiro il suo odore. Sono un animale che muore dalla voglia di accoppiarsi con l'unica femmina che lo eccita. Eppure, mi rifiuto di toccarla.

È una prova di controllo. Voglio restare indifferente, quando si tratta di lei. Devo dimostrare qualcosa a me stesso.

E a lei.

Ho richiamato subito le pecore, ho detto loro che l'ostracismo di Summer Savage è finito. Sono deluse, ma fanno ciò che dico. Anche se fanno ancora difficoltà ad accettarla nel campus, almeno ora non viene evitata da tutti come la peste. Mi aspettavo almeno un grazie da parte sua, per averle concesso dello spazio per respirare, ma ovviamente non mi rivolge la parola. Mi ignora a sua volta.

Mi fa impazzire. *Lei* mi fa impazzire.

Elliot, invece? Quel sabato pomeriggio ha provato in tutti i modi a parlarmi, ansioso di spiegarmi perché ha fatto quel che ha fatto. Incespicava con le parole, quell'idiota, e balbettava scuse e suppliche, con il volto martoriato quanto il mio.

Non c'era bisogno di spiegazioni. Ho capito perché mi ha teso quell'imboscata. L'ho messo in imbarazzo e, per certi versi, ho appoggiato la ragazza che l'ha umiliato prendendolo a calci nelle palle. Gli ho fatto capire da che parte stavo e questo l'ha fatto incazzare. Non posso biasimarlo.

Ma quello stupido coglione ha esagerato. Aggredire Summer e poi attaccare il sottoscritto lo hanno rovinato per sempre, ai miei occhi. Ho fatto un paio di telefonate e prima ancora di rendermene conto il preside Matthews ha organizzato un incontro eccezionale con Elliot, domenica mattina. Quella sera stessa l'hanno visto preparare le valigie e i genitori sono arrivati per l'ora di cena, sulla loro Range Rover vecchio modello, per caricare il figlio e portarlo a casa.

Entro lunedì, è stato espulso definitivamente.

Ecco quanto è facile sbarazzarmi di qualcuno che non mi piace, in questo campus. Mandare via Elliot è stato più un messaggio diretto alla piccola signorina Savage, che altro. Mio padre l'ha fatta entrare al campus, ma io non ci metterei niente a farla sloggiare.

Anzi, sarebbe fin troppo facile.

In questo momento sono a lezione di Diritto e il mio sguardo, come sempre, indugia su di lei. La sua nuca, i lucidi capelli scuri legati in una coda di cavallo, il suo fare controllato. Ha le spalle ricurve, come se volesse sparire dentro di sé.

Ti vedo, vorrei dirle. *Non puoi nasconderti da me.*

Cerco di prestare attenzione alla lezione, ma i miei pensieri tornano a soffermarsi su di lei, come sempre. Mi affascina, anche se non la capisco. Io stesso non mi riconosco, quando sono con lei. Vederla al ristorante sabato sera mi ha mandato su tutte le furie. Caitlyn e Jane mi hanno fatto un'offerta che non credevo di poter rifiutare, ho pensato che sarebbe stata l'occasione perfetta per bandire una volta per tutte il ricordo di Summer nuda che viene sotto la mia bocca.

Avrei avuto due ragazze, invece di una. Due paia di tette. Due passere bagnate. Due bocche sul mio cazzo. Come potevo rifiutare? Le ho portate a cena, ho invitato anche Spence e Chad e gli ho sbattuto in faccia che stavo per fare una cosa a tre.

I miei piani depravati sono stati rovinati appena l'ho avvistata. Savage, con i capelli intrecciati, rideva e parlava con mia sorella, ignara della mia presenza. Era gioiosa, nonostante il modo in cui tutti la stavano trattando al Lancaster. Come se non avesse importanza… Come se *io* non avessi importanza.

E mi ha fatto incazzare.

Caitlyn e Jane sono rimaste profondamente deluse. Non so se poi abbiano fatto la stessa proposta a Chad o Spence, ma a me non interessava più. Li ho piantati in asso al ristorante per inseguire Savage come un invasato. Ho creato un altro delizioso ricordo per noi. Io che la terrorizzo. Lei che si eccita.

È un mistero che so di non poter risolvere. Lei non può nascondersi da me. La metterò a nudo e la aprirò, finché ogni segreto che cela non verrà a galla. Esercito un potere su di lei, ormai, e lo sa bene.

Eppure, lei sa di avere un potere su di me a sua volta?

Capisco perché mia sorella ne sia affascinata. A Sylvie piacciono i randagi, li accoglie sempre. La fanno sentire meglio, come se non fosse malata. La salute di mia sorella è una preoccupazione costante per mia madre, visto che non sembra mai migliorare. Anzi, peggiora. E l'interesse che Sylvie nutre per la morte è morboso. Vederla con Summer, cosa che accade sempre più spesso negli ultimi tempi, mi infonde un po' di speranza. Sylvie sta mettendo su peso. Sorride di più. Posso solo supporre che dipenda dalla sua nuova amica.

Eppure, non mi piace. Legare troppo potrebbe diventare pericoloso. Se dovessi separarle, mia sorella ne soffrirebbe e questa è l'ultima cosa che voglio. La mia famiglia è al primo posto. Ucciderei per proteggere chi ne fa parte, soprattutto le mie sorelle. Sono il maggiore ed è compito mio vegliare su di loro.

Spero solo che Summer non cerchi di ottenere informazioni su di me da Sylvie, sebbene io sia certo che quest'ultima non parlerebbe. Si guarderebbe bene dal farlo.

Quattro giorni senza toccare qualcuno sono tanti, ma potrei resistere anche più a lungo. Gli esseri umani e il loro bisogno di conforto, contatto, consolazione, sesso, amore, *sentimenti*… non li capisco. Avere bisogno di qualcuno è un segnale di debolezza. Proteggere certe persone, come mia madre, mio padre o le mie sorelle, è diverso. Li amo, ma non ho bisogno di loro. I miei più cari amici? Sono affezionato, ho bisogno di averli al mio fianco come soldati. Io sono il loro generale. Siamo un esercito e il loro unico obiettivo è proteggermi.

Ed è compito mio ricambiare.

Summer, però, mi fa desiderare… di più. Da quel primo incontro con lei, nell'appartamento dei miei a Manhattan, mi sento diverso. Carico. Era una ragazzina agghindata con un vestito da donna, che beveva di nascosto sorsi di champagne come una ladra. Quando mi sono avvicinato, ho realizzato che aveva più o meno la mia età e delle tette spettacolari. Era tutta braccia e gambe, pelle nuda e seno grande. Occhi da cerbiatta, capelli scuri e un interesse vivace. Mi sembrava trasudare sesso e non sapevo nemmeno spiegare il perché. Eravamo ancora piccoli.

Dei ragazzini.

Quella notte non ho pensato ad altro che a consumarla. A come avrei potuto inalarla, conservarla, marchiarla in modo che nessun altro la toccasse. Non lo sapevo allora e non lo so nemmeno adesso.

Mi sento ancora così, a distanza di anni.

Dopo le lezioni, torno nella mia suite. Una volta dentro, lo sguardo mi cade sul diario poggiato sulla scrivania, come una bomba che ho paura di far esplodere. Ho davvero il coraggio di aprirlo per scoprire i suoi segreti? Oh, l'altro giorno, quando le ho detto che avrei *continuato* a leggerlo, l'ho presa in giro. Non sono andato oltre la prima pagina. Ogni sera osservo quell'anonimo diario sulla mia scrivania, ogni mattina è la prima cosa su cui ricadono i miei occhi, e mi ripeto sempre che non mi interessa. Chi è lei? Nessuno. Cosa significa per me?

Niente.

Tutte bugie che racconto a me stesso.

Mi fermo lì davanti, a fissare il diario che mi provoca. Il titolo, inciso sulla copertina, è come un segnale di sfida.

Cose che avrei voluto dire...

Il bisogno di leggerlo cresce, si fa strada dentro di me. Lo prendo, lo apro con un ringhio e trovo un sottotitolo dentro la copertina.

...Ma che non ho mai detto.

Mi sistemo sul letto e inizio a leggere. All'inizio mi muovo fra un pezzo qua e là, sfogliando le pagine con impazienza, ansioso di trovare qualcosa di piccante. Nella parte iniziale del diario le parole sono scritte in un corsivo femminile, con le lettere arrotondate e i cuoricini al posto dei puntini sulle i. Noto degli scarabocchi a margine, citazioni e spezzoni di canzoni preferite. Ci sono gli elenchi dei ragazzi che le piacevano. E delle caratteristiche che dovevano avere i suoi futuri fidanzati.

Nessuna di quelle doti mi appartiene. Li voleva gentili, premurosi e intelligenti, con un bel sorriso e i capelli setosi. Li sognava alti, con un bel fisico, educati e con senso dell'umorismo. Un ragazzo che sapesse baciare, che le desse dei forti abbracci e che provenisse da una famiglia amorevole.

Mh. Credo di aver azzeccato alcuni dei tratti fisici, ma di aver fallito in tutto il resto.

Conto a ritroso le prime pagine, confrontando le date con la nostra età, e mi rendo conto che ha iniziato questo diario a metà della terza media. Parla dei brutti voti, del futuro, degli amici e dei balli. Scrive di viaggi estivi in Europa e di dove andrà al liceo, di quanto desideri frequentare il Lancaster Prep, anche se non è riuscita a entrarci.

Interessante.

Non fa alcun accenno a sua madre o a Jonas, a parte il fatto che andranno tutti insieme in vacanza. Parla del fratellastro, un ragazzo che conoscevo, ma che non mi piaceva granché. Un ragazzo che ora non c'è più.

Morto. Come suo padre.

Nella tarda primavera della terza media si lamenta incessantemente di Yates. Di come non la lasci in pace. La guarda di nascosto in bagno, entrando quatto quatto mentre lei sta facendo la doccia. Una volta non gli ha urlato di andarsene. Anzi, è rimasta zitta e allora lui è rimasto lì. L'ha guardata attraverso il vetro satinato della porta della doccia, cercando di intravedere il suo corpo nudo, scrive.

Nel momento in cui ho chiuso il getto dell'acqua, se n'è andato sbattendo la porta. È stato un sollievo. Che pervertito! Non credo potesse vedermi da dietro il vetro, ma forse per una volta che l'ho lasciato guardare si è accontentato. Almeno per un po'. Y ha proprio bisogno di una ragazza, così mi lascerà in pace.

Interessante. Perché non mi sorprende che Yates Weatherstone desiderasse la sua sorellastra? Ha senso, visto che è sempre stato un tipo strano. Oltremodo smanioso di dimostrare il suo valore, la sua forza e la sua ricchezza. Chiassoso e impertinente, un millantatore che in verità non aveva nulla di cui vantarsi. Suo padre si occupava di proprietà immobiliari e aveva accumulato una piccola fortuna. Era un uomo intelligente e tranquillo, che anche mio padre rispettava, cosa da non sottovalutare. Lui ha conosciuto Jonas Weatherstone quando ha cercato il suo supporto per acquisire alcune proprietà in città. Da quel momento in poi, se i miei organizzavano delle feste o delle riunioni di lavoro, i Weatherstone erano quasi sempre nella lista degli invitati. Ricordo la madre di Yates, una donna strana che restava a bocca aperta ogni volta che entrava nella nostra casa, come se non avesse mai visto niente del genere.

Immagino fosse davvero così.

Mi costringo a smettere di leggere e lascio il campus, bisognoso di una fuga. Guido senza meta e finisco in centro, era chiaro che sarebbe stata questa la mia destinazione. L'anno scorso lo facevo spesso. Andavo in cerca di una ragazza. Qualcuna in cui perdermi. Si sta facendo sempre più buio e i lampioni sono già accesi. La maggior parte dei negozi sono chiusi. Solo alcuni bar e ristoranti sono ancora aperti. Rallento quando scorgo un gruppo di ragazze davanti a un ristorante di pesce, hanno la testa girata verso la mia macchina. Sono tutti volti familiari, ma una di loro spicca tra gli altri.

Capelli e occhi scuri. Labbra carnose, da pompinara. Mi ha sempre ricordato qualcuno, ma non avevo capito chi, fino a questo momento.

Mi ricorda Summer.

Accosto proprio accanto a quelle tipe e abbasso il finestrino sul lato del passeggero. Il mio sguardo si fissa su di lei e inclino la testa, per farle capire che voglio che si avvicini.

Conoscono la procedura. Come ho detto, l'ho già fatto in passato. Ben presto mi rendo conto che l'ho fatto anche con lei. È carina.

Ma non è la persona che desidero davvero.

«Rieccoti», dice la ragazza con voce annoiata, chinandosi sul finestrino. Sorride, il trucco è appariscente. Lo sguardo malizioso, sornione. «Vuoi un altro pompino?».

Ora ricordo. L'ultima volta sono uscito dalla sua bocca e le sono venuto in faccia. Si è arrabbiata, ma non me n'è fregato un cazzo.

Ci guardiamo con freddezza e io faccio del mio meglio per rimodellare i suoi lineamenti, ma non funziona. Non è un puzzle.

Non è Summer.

«Di più», dico.

«Per esempio?». Inarca un sopracciglio.

Voglio degradarla. «Il tuo culo».

Fa una smorfia, scostandosi dal finestrino. «Che schifo, no».

Che bacchettona.

«Allora togliti dalle palle», le dico con ferocia. Lei sgrana gli occhi, allontanandosi dalla macchina.

«Testa di cazzo!», urla mentre mi scosto dal marciapiede.

Ritorno al campus. Sono affamato. Infastidito. Eccitato. Mi faccio una doccia e mi masturbo pensando a Savage. Alla sua bocca lussuriosa e alla sua lingua soffice, che me lo succhia come un'aspirapolvere, e alla sua figa deliziosa. Ancora non so cosa si prova a starle dentro.

E devo scoprirlo. Muoio dalla voglia di farlo. La voglio violare in ogni modo possibile. E il bello?

È che lei me lo permetterà. Si godrà ogni maledetto minuto, perché non è una puritana. È malata.

Come me.

Dopo la doccia, mi infilo nel letto, recupero il diario e leggo finché non ce la faccio più. È difficile stare nella sua testa. Leggere le sue gioie. Le sue lamentele. I suoi sogni. Le sue speranze che in modo lento e inesorabile si erodono, finché non le restano né sogni né fiducia nel futuro. Si limita a sopravvivere.

La sogno. Sono io a guardarla nel bagno, non il suo fratellastro. Il vetro è trasparente e lascia il suo bellissimo corpo completamente esposto, tutto per me. I suoi occhi scuri non abbandonano mai i miei, mentre si passa le mani sul corpo bagnato, con la schiuma che si forma e le cola lungo le braccia. E le gambe. Porta la mano tra le cosce e si tocca, le labbra incurvate in un sorriso appena accennato. Modesto. Stuzzicante.

Mi avvicino, ma lei si allontana. Il bagno si espande all'infinito. Si trasforma in un lungo corridoio senza fine e io corro da lei, urlo il suo nome, ma quando si volta non è più Summer.

È la ragazza in città. Sorride, ha gli occhi sempre più rossi.

Mi sveglio in un bagno di sudore freddo, chiedendomi cosa cazzo fosse. Sono agitato. Completamente sveglio. Prendo il diario dal mio comodino e lo apro, riprendendo dal punto in cui l'avevo lasciato.

Con l'avvicinarsi della fine dell'anno scolastico, gli appunti si fanno meno frequenti. È impegnata con varie attività e ricordo di aver fatto anche io più o meno le stesse cose. C'è una pagina che, leggendola, mi turba molto più delle altre.

Non mi lascia mai in pace, non importa cosa gli dico. Non riesco a fare una doccia senza avere l'ansia che mi guardi. Chiudo la porta a chiave, ma lui riesce comunque a entrare. Sento i suoi respiri. Si fanno sempre più veloci e so cosa sta facendo. Mia dice che si masturba. Che si tocca mentre mi guarda, e fa schifo.

È mio fratello. Fratellastro, ma è lo stesso! Lo conosco da anni. Abbiamo vissuto sotto lo stesso tetto per tanto tempo. Non lo vedo in quel modo. È disgustoso e strano, ma credo che tutti i ragazzi siano così. Anche se lui è peggio degli altri ragazzi, perché se ne sta sempre zitto, a fissarmi, ovunque io sia. Mi tocca in modo palese.

Y esce dal bagno ogni volta che chiudo il getto dell'acqua e a volte mi chiedo se ho le allucinazioni. Se me lo sto immaginando. Vorrei dirlo alla mamma, ma probabilmente non mi crederebbe. O mi accuserebbe di fare un dramma per niente, come dice sempre.

Forse dovrei smettere di farmi la doccia. Così mi troverebbe disgustosa e non si avvicinerebbe più a me.

Rileggo l'ultimo passaggio e risuonano in me dei campanelli d'allarme. Non si tratta di un semplice fratellastro che desidera la sorellastra e si concede un po' di fantasie. Avevano tre anni di differenza. Lui ne era ben consapevole. In pratica, lei era una bambina quando lui ha iniziato a comportarsi così.

Riprendo la lettura, nonostante sia tardi e debba alzarmi presto per le lezioni di domani.

Forse le salterò.

C'è una pagina che mi è familiare, parla di una calda sera di giugno. Una notte che ho vissuto anche io.

Ho incontrato un ragazzo. Era sexy. Ma anche freddo. Cattivo. Mi ha dato della puttana. Perché? Sembrava essere serio. Ha detto che sono come mia madre e sostiene che lei abbia una relazione con suo padre. Non voglio crederci. Voglio bene a Jonas come se fosse mio padre, e se lei vuole rovinare il loro matrimonio per una stupida tresca...

Mi mancherebbe tanto Jonas e la nostra vita. Non ci manca nulla. Eppure, forse sarebbe meglio che lo scoprisse. Così potrei allontanarmi da Yates. Ma non voglio parlare di lui o dei miei problemi.

Voglio parlare di quel ragazzo.

Era alto. Aveva dei bellissimi occhi color ghiaccio. Ho sentito il suo uccello quando mi ha baciata. Era duro, premuto contro il mio stomaco, e l'ho toccato. L'ho toccato! Non sul serio, ma da sopra i vestiti. La sua lingua era morbida e mi piaceva sentirla in bocca. È stato il mio primo bacio e mi ha fatto sentire le farfalle nello stomaco. Quando ha strofinato la lingua contro la mia, il mio corpo è impazzito. Come se non appartenesse più a me, ma a qualcun altro. A lui?

Appartiene a me stessa, lo so, ma è stato bellissimo schiacciarmi contro un ragazzo in quel modo e lasciarmi baciare. La mia testa girava già a causa di tutto lo champagne che avevo bevuto, quindi forse non dipendeva solo dal bacio, ma dall'alcol. Non lo so. Mi è piaciuto e basta. È stata una bella festa.

Mi sfugge un sospiro profondo e chiudo il diario di scatto, lanciandolo accanto a me sul letto. È tutto quello che riesco a sopportare. Solo pochi paragrafi sul nostro bacio e su come ha sentito il mio cazzo. L'incontro di quella sera sembra aver cambiato il corso della mia vita. Ero giovane, arrabbiato e deciso a incolpare qualcun altro per l'infedeltà di mio padre. Riconoscere la sua responsabilità avrebbe significato ammettere che fosse imperfetto, e non volevo farlo. Non ancora.

Per questo ho additato sua madre… e lei. Ecco perché l'ho chiamata puttana. Volevo vedere cosa avrebbe fatto. Come avrebbe reagito. Volevo farla soffrire perché io stavo soffrendo e nessuno se ne stava accorgendo. Nessuno lo vedeva.

Invece, i suoi occhi si sono illuminati e il respiro si è fatto più veloce. L'ho premuta contro il muro e si è arresa con facilità. Ha ricambiato il bacio. Si è aggrappata a me. Mi ha insegnato a baciare, quando non avevo la minima idea di quello che stavo facendo.

Quella notte è cambiato tutto. Sono andato alla ricerca di una come lei, ma non l'ho mai trovata. Nel frattempo, sono cresciuto, e così anche la mia rabbia. Ho visto cose che non dovevo vedere. Fatto cose che non avrei dovuto fare. Ma dato che nessuno me l'ha impedito, ho continuato su quella strada.

E continuo ancora. Nessuno può fermarmi, ora. Di certo non Summer.

Penso a ciò che vorrei farle e sorrido. Sembra che abbia dei brutti ricordi legati al sesso. Forse potrei addirittura farle un favore, dunque. L'aiuterò a cancellare tutti i vecchi ricordi che condivide con quel coglione del fratellastro, sostituendoli con i miei. E con i suoi.

I nostri.

Capitolo 16

Summer

Quattro giorni. Mi ignora da quattro giorni ed è davvero esasperante. In ogni caso, non voglio che mi scriva.

Che bugiarda. Ovvio che voglio che mi scriva. Sabato sera mi ha lasciata in preda al bisogno, abbandonata a tremare contro la recinzione. Alla faccia delle minacce e dell'aggressività con cui mi ha toccata. Con cui mi ha parlato. È un essere orribile, ma per qualche ragione sento che è il *mio* essere orribile. Non capisco perché sia stato così insistente, se poi aveva intenzione di lasciarmi in pace.

Quel suo bacio mi ha distrutta. Le sue labbra sono delle armi e se toccano le mie, mi perdo. Mi indebolisco. Ripenso spesso alle sue dita sulla mia gola. Al suo corpo solido premuto contro il mio. E ogni fibra del mio corpo soffre di nostalgia per lui.

Lunedì mattina mi presento a Inglese un po' su di giri, preoccupata per la sua reazione.

Lui non c'è.

Lo incrocio nei corridoi, tra una lezione e l'altra. Lo intravedo quando entra in mensa. Lui nemmeno guarda nella mia direzione. E quando lo fa, il suo sguardo mi oltrepassa come se non esistessi. Va così per il resto della giornata. E per ogni giorno di questa settimana. Alla fine, decido di ricambiare allo stesso modo. Bado ai fatti miei. Cammino per i corridoi, nelle aule e per il campus a testa alta.

Vaffanculo a lui e al suo accordo. Vuole darmi una specie di lezione, ma io non la capisco. Ha preteso che fossi disposta a fare tutto quello che voleva quando lo voleva, e poi non mi ha più presa nemmeno in considerazione.

È strano. *Lui* è strano.

Lunedì ho visto Sylvie. Abbiamo pranzato e trascorso l'ora di studio in biblioteca insieme, mormorando e spettegolando. Avrei voluto chiederle di Whit, ma ho tenuto la bocca chiusa. Nei giorni seguenti, non l'ho più vista. Suppongo che stia di nuovo male e che ormai sia diventata una specie di fantasma che si aggira nel campus. Un attimo c'è, quello dopo è sparita.

Mi manca. È la mia unica amica.

Invece di preoccuparmi di Whit Lancaster e delle sue infinite cazzate, decido di concentrarmi sulla scuola. Devo scrivere un tema e ho un paio di progetti da finire. Incredibilmente, nessuno al campus mi tratta più in modo pessimo. È un sollievo, anche se non capisco perché. Whit ha richiamato i cani? È bastato questo? Schiocca le dita e mi lasciano tutti in pace, di colpo?

L'enorme potere che detiene in questo istituto è sconvolgente.

Terrificante.

Sto lavorando al tema sul mio computer portatile, quando ricevo un messaggio da un numero sconosciuto. Incuriosita, lo apro.

Vieni nella mia stanza. Alle 21. WAL

L'eccitazione si accende nel mio stomaco. E tra le mie gambe. Sono stata convocata.

Finalmente.

Non rispondo al messaggio. Che senso avrebbe? Nemmeno lui lo farebbe. Si aspetta che mi presenti direttamente, e così farò. Mi riprenderò il diario, costi quel che costi. Contiene troppe prove incriminanti. Cose che nessuno dovrebbe sapere. E se lui dovesse scoprirle e facesse trapelare certe informazioni? Sarei spacciata.

Rovinata.

Che è esattamente ciò che desidera.

Il coprifuoco è alle dieci di sera, perciò non ho problemi a uscire dalla mia stanza o più in generale dal dormitorio. Il difficile sarà rientrare nell'edificio. Per fortuna i sistemi di sicurezza non sono dei migliori, visto che i palazzi sono antichi e la scuola non vuole rovinare la loro struttura, il fascino del vecchio mondo, bla bla bla. Ci sono delle telecamere e avrei potuto chiedere a Sylvie di compiere qualche magia da hacker per me, ma non siamo ancora abbastanza legate e non me la sono sentita.

Inoltre, se dovessi farle una richiesta del genere lei inizierebbe a farmi delle domande. E io non voglio rispondere.

Quindi corro il rischio e prego di non essere scoperta.

Mi vesto come se dovessi andare a correre, più o meno come la sera in cui l'ho trovato sotto la pioggia. Leggings, Nike e una felpa. L'unica differenza è che non porto il reggiseno. Né le mutande. Avevo pensato di indossare qualcosa di sexy sotto i vestiti, ma non ho quel tipo di roba. E poi, sono sicura che lui preferisca avere un accesso facile.

Entro nell'edificio dove è situata la sua suite. Prima si trovava nei pressi degli alloggi del personale, ma ora nel campus non ci vive più nessuno che lavora qui, a parte i consulenti e la sicurezza, che comunque sono alloggiati in un altro complesso.

Gli unici a vivere in questo edificio, oggi, sono Whit e Sylvie. E lei per la maggior parte del tempo non c'è. Le stanze restanti sono usate come magazzini o lasciate vuote. Inutilizzate.

Che spreco.

Cammino lungo il corridoio buio, senza sapere dove sia di preciso la sua stanza. Proseguo con un passo leggero, non volendo attirare l'attenzione su di me nel caso Sylvie fosse nella sua camera. Lei è l'ultima persona che vorrei incontrare in questo momento.

Una porta si apre di colpo e getta un fascio di luce nel corridoio, così mi fermo, in attesa di vedere se compare qualcuno.

Nessuno appare. Non si sente una parola. E la porta resta aperta.

Cauta, riprendo a camminare. Con passi felpati. Serro le labbra così che nessuno possa sentirmi respirare e mi avvicino sempre di più a quel fascio di luce dorata proiettato sul pavimento. Faccio un altro passo verso la luce ed eccolo lì, stagliato davanti alla porta.

Che mi fulmina con lo sguardo.

«Sei in ritardo». La sua voce è ferma e lo sguardo è acceso.

Frugo nella tasca sul davanti della felpa, ma è vuota. Da vera idiota ho dimenticato il telefono. Non so che ore sono.

«Di quanto? Un minuto?», lo sfido agguerrita.

Le sue labbra disegnano una linea. «Tre minuti, se vogliamo essere precisi».

Roteo gli occhi, il mio atteggiamento serve a mascherare il nervosismo. «Deluso? Vuoi che me ne vada?».

Faccio per andarmene e lui esce dalla stanza, posandomi una mano sulla spalla. Il suo tocco brucia, tanto che mi immobilizza e mi costringe ad alzare lo sguardo su di lui. Mi sta osservando. «Non vai da nessuna parte. Abbiamo un accordo, ricordi?».

Mi serra le dita attorno al braccio e mi scorta nella stanza, poi chiude la porta dietro di noi, girando la chiave. Mi guardo intorno per assorbire tutto, rilasciando un respiro lento e tremante.

So che la mia stanza singola è più grande delle doppie che le studentesse di solito devono condividere, ma questa è enorme. Al centro della camera c'è un letto matrimoniale. Due comodini, due cassettiere. Uno specchio a figura intera appoggiato al muro, di fronte al letto. Una scrivania con un iMac gigante. C'è un lato che è come un salotto, con divano e televisore a schermo piatto. In un altro punto, una libreria che straripa di libri. Individuo il bagno privato e un armadio. Ha tutto quello che gli serve.

«È di tuo gradimento?», chiede in tono sprezzante.

Mi volto verso di lui. «È bellissima», dico con sincerità.

«È sufficiente».

Lo osservo mentre si avvicina al letto. Indossa una tuta grigio chiaro del Lancaster Prep e una maglietta nera che aderisce alle spalle e al petto, mettendo in risalto ogni suo muscolo. Si siede sul bordo del materasso di fronte a me, a gambe divaricate e con le mani appoggiate dietro di lui. L'osservo mentre mi contempla con un'espressione annoiata sul suo bellissimo viso.

«Spogliati», ordina.

Inarco un sopracciglio. «Dritti al sodo?»

«Niente commenti. Hai accettato di fare tutto quello che ti chiedo in qualsiasi momento». Fa una pausa. «Ora spogliati».

Senza mai lasciare il suo sguardo, mi sfilo le scarpe insieme ai calzini. «Magari voglio che sia tu a spogliarmi».

«Non hai possibilità di scelta, qui», sostiene, e il suo sguardo assente mi innervosisce. «Smettila di perdere tempo».

Il suo tono brusco mi fa irrigidire la spina dorsale dalla rabbia e, senza esitare oltre, mi tolgo la felpa, la lancio sul pavimento. Il suo sguardo si posa sul mio seno e vi indugia per un secondo prima di ritornare su di me.

«Continua».

Mi giro, fingendo di voler salvaguardare il mio pudore, ma in realtà voglio fargli vedere il mio didietro. Afferro i lati dei leggings e mi piego per tirarli giù lungo le gambe. Spero che si stia godendo il panorama. Dopo li calcio con un piede e li allontano, prima di rimettermi dritta.

«Voltati». Sembra esasperato. Trovo che sia divertente dargli fastidio. Forse un po' troppo.

Mi volto con lentezza e lo affronto, senza nascondere il mio corpo. Proprio come l'ultima volta, nel mio dormitorio. Ma ora è lui a essere in vantaggio. È completamente vestito, di fronte alla mia nudità. Porto le mani sui fianchi e lo studio a mia volta, proprio come lui contempla me. Restiamo entrambi in silenzio. Espressione seria. Sguardo spenti. Nessun sorriso.

Nessuna emozione.

«Vieni qui», dice infine, la sua voce profonda mi solletica le terminazioni nervose.

Mi avvicino al letto, mettendomi proprio di fronte a lui. Pronta al suo ordine di mettermi in ginocchio. Sono convinta che vorrà degradarmi scopandomi la bocca e venendomi in faccia.

È malato. E la cosa peggiore?

L'immagine che ho in mente mi eccita.

«Mettiti su di me». Chiude la gambe e si dà dei colpetti sulla coscia destra, indicando il punto preciso in cui mi vuole.

Accigliata e sorpresa dalla sua richiesta, faccio oscillare la gamba oltre le sue e poso le mani sulle sue spalle larghe, il mio punto centrale annidato proprio sopra di lui. Sento il suo pene sotto il tessuto spesso della tuta urtare contro il mio punto centrale e vengo attraversata da un brivido di desiderio. Gli lascerò una chiazza bagnata sui pantaloni, prima che tutto finisca.

Lui posa le sue forti mani sui miei fianchi, il tocco è lieve, ma le sue dita sembrano comunque bruciarmi la pelle nuda. Come al solito vengo assalita dai brividi in ogni fibra del mio corpo. Me ne sto seduta su di lui, faccia a faccia. Incerta su cosa succederà tra poco.

Senza dire una parola, strofina il naso sulla mia guancia. Quel tocco intimo mi fa inspirare a fondo. Poi la sua bocca si posa sul mio orecchio e sento il suo respiro. «Sento il tuo odore», mormora. «Qui».

Mi strofina il naso sul collo.

«E qui».

Allunga una mano tra noi e la posa sulla mia figa, abbracciandola. Mi tengo saldamente alle sue spalle e inclino la testa, osservando il mio petto che si alza e si abbassa. Su e giù a ogni mio singolo respiro affannoso. I capezzoli sono turgidi, con le punte doloranti, e ripenso a quando me li ha succhiati l'ultima volta.

«Cosa devo fare adesso?», chiedo quando lui torna a posare la mano sul mio fianco.

«Stai ferma», dice, la sua bocca si muove contro la mia pelle sensibile, appena sotto l'orecchio. Resta in silenzio per un attimo, mentre i nostri respiri collimano, accompagnandosi l'un l'altro. «Lo senti?»

«Cosa?», chiedo con voce fioca.

«Il tuo cuore che batte». Whit mi sfiora il petto, le sue dita si posano tra i miei seni. «Batte fortissimo, Savage. Ti faccio ancora paura?».

Sollevo piano la testa e i nostri sguardi si incrociano. Mi mordo il labbro inferiore e annuisco.

Whit sorride e mi sfiora i capezzoli col dorso della mano. «Se ti dicessi cosa voglio farti in questo momento, scapperesti dalla mia stanza urlando. Non torneresti mai più da me. Infesterei i tuoi incubi per il resto della tua vita».

Alle sue parole e alla promessa che contengono, il mio cuore salta un battito. «Dimmelo».

Sorride, un sorriso che mi toglie il respiro. Non mi stupisce che non lo faccia spesso. È decisamente devastante. «Voglio marchiare la tua pelle».

«Con cosa?»

«Con la bocca». Si china verso di me e mi sfiora il mento con le labbra. «Con i denti». Mi dà un morsetto in quel punto. «Con le mani». Le sento serrarsi sui miei fianchi, spingendo contro la pelle. «Vorrei legarti stretta, così non potrai scappare».

«Non lo farei mai», ammetto a bassa voce.

Torna a sollevare la testa e quei glaciali occhi azzurri mi osservano, sembra quasi possa vedere nella mia anima. È nera e oscura, proprio come la sua. Le sue parole non suonano come una minaccia, per me.

Sono una promessa. Una promessa che desidero ardentemente che mantenga.

«Ti legherei al letto. Mani. Caviglie. Voglio farti spalancare le gambe, quella bella figa deve essere ben visibile, tutta per me». Trascina le labbra lungo il mio collo e chiudo gli occhi, il mio corpo freme per la trepidazione, in attesa di quello che potrebbe dire ancora. «Ma non la toccherei. Non subito. Né per un bel po' di tempo. Vorrei che piangessi, che singhiozzassi, che mi implorassi di toccarti, di farti venire».

La sua bocca succhia la mia clavicola, con forza. Fa male. Serro la presa sulle sue spalle, assaporando quel dolore. «Ti toccherei ovunque», continua. «Ti farei impazzire per la voglia che hai di me. Bagneresti tutto il letto. Passerei la bocca sul tuo stomaco, lungo l'interno delle tue cosce. Sul tuo culo. Ti bacerei e ti morderei, lasciandoti dei lividi».

Mi muovo contro di lui, spingendomi il più vicino possibile, e le sue mani scivolano verso il basso, fino a cingermi il sedere. «Guardami», ordina. Faccio come dice, il mio sguardo si fissa sul suo, il mio intero corpo è in tensione per lui. «Vuoi che ti scopi stasera?».

Annuisco con foga, anche se non riesco a parlare.

«Allora vieni». Lascia la presa sul mio culo e si allunga dietro di sé, poggiando le mani sul materasso. La nuova posizione gli fa sollevare i fianchi, e il suo enorme cazzo si tende contro i pantaloni della tuta, premendo su di me. «Non ti tocco, non ti bacio. Voglio che sia tu a usarmi».

Resto a fissarlo, accigliata. «I-in che senso?»

«Usa l'immaginazione, Savage». Ghigna e il mio cuore si ferma. «Strofina quella figa bagnata sul mio cazzo. Fammi quello che vuoi, ma io non ti toccherò. Né ti bacerò. E non provare a togliermi i vestiti, intesi?».

Per me sarà una tortura senza precedenti, e lo sa.

Ma soffrirà anche lui.

Mi avvicino, accosto la bocca alla sua e sussurro. «Intesi».

Lui non fa una piega. Si limita a osservarmi con quello sguardo freddo e indagatore. Punto i piedi contro il pavimento, poggiando solo le dita a terra, con il busto piegato in avanti. Inclino i fianchi e mi struscio contro il pacco della sua tuta. Su e giù.

Su e giù.

Tremando.

Getto la testa all'indietro e chiudo gli occhi, strusciandomi senza vergogna contro di lui. Ho le tette all'insù, i capezzoli puntati verso il soffitto, le cosce che tremano, tese per questa posizione. E cazzo, è bellissimo. Il clitoride sfrega contro la cucitura della sua tuta, sento il suo cazzo enorme lì sotto. Mi aggrappo alle sue spalle e le sento sempre più contratte sotto la mia presa. Lo sto facendo impazzire?

Lo spero.

Mi scappa un gemito, seguito da un mugolio. Chino la testa per guardarlo e abbasso i piedi, mettendomi comoda sopra di lui mentre lo guardo. Lui mi studia con occhi tormentati. Travolti dalla fame che cerca di contrastare. Faccio ruotare i fianchi, mi muovo su di lui e aumento la velocità.

Lui non dice una parola. Non mi incita, niente di niente. Solo, mi guarda. Cerca di restare impassibile, ma come può riuscirci quando struscio il mio corpo nudo sul suo in modo così sfacciato? Sento la tensione dei suoi muscoli. Vedo la tempesta che imperversa dietro i suoi occhi.

«Oddio», sussurro, aprendo gli occhi. Li voglio tenere aperti per osservarlo, ma le sensazioni che mi investono sono travolgenti. Lascio la presa sulla sua spalla per stringermi un seno. Mi pizzico un capezzolo. Un sibilo sfugge dalle mie labbra, allora le lecco. Poi lascio la bocca aperta. «Cazzo».

Lui continua a non fare nulla. Mi guarda con la solita espressione. Una bella e fredda statua in giardino. Gelida. Immobile.

Ma so che è una facciata. I suoi occhi lo tradiscono.

Ho il respiro bloccato quando mi sollevo e il clitoride colpisce la punta del pene. Oh, sì. Proprio lì. Una serie di parole sconce lascia le mie labbra mentre mi struscio sul suo membro coperto dal cotone. Ogni fibra del mio corpo è in tensione, ho il respiro fermo in gola nel tentativo di lasciarmi andare. È vicino. Sono vicina. Il clitoride pulsa a ritmo del battito del mio cuore e urlo quando mi investe.

Sento di cadere, quando l'orgasmo mi avvolge e mi intorpidisce. Le mie urla perforano l'aria, ancora e ancora, e rilascio dei respiri affannosi mentre mi struscio su di lui come una gatta in calore, con i muscoli delle cosce tesi. Sto tremando. Il mio corpo trema e le mie dita si aggrappano al tessuto della sua maglietta, per stringermi a lui come fosse un'ancora. Se lo lasciassi andare, cadrei per terra.

Una volta finito, apro gli occhi, respirando ancora a fatica. I nostri sguardi si incontrano.

«Alzati», dice pacato.

Mi alzo sulle gambe tremanti e osservo la gigantesca macchia bagnata che chiazza il davanti della sua tuta. Non è tutta colpa mia. C'entra anche lui. Il suo cazzo sta sgocciolando, lo so.

Abbassa lo sguardo sull'alone con la fronte aggrottata, poi lo riporta su di me. «Hai fatto un casino».

«Sono una ragazza incasinata», dico con voce graffiante e il respiro irregolare.

«Toglili». Indica sé stesso. «Mettiti in ginocchio».

Ah, eccoci al dunque. Mi inginocchio e afferro la parte alta della sua tuta. Tiro giù e lui solleva i fianchi, aiutandomi nel movimento verso il basso, lungo le cosce. Emerge il suo pene, dritto e grosso, con la punta lucente e bagnata. Mi tiro un po' indietro quando lui calcia via i pantaloni della tuta. Dopo porta le mani dietro il collo e si sfila la maglietta, per rimanere nudo come me.

Che vista magnifica. Il suo corpo è bellissimo, un'opera d'arte. Muscoli eleganti e solidi. Addominali. Fianchi magri, cosce grosse e un cazzo gigante.

«Tocca a me», mormora. «Sdraiati sul letto».

Confusa, mi metto in piedi e raggiungo un lato del letto. Si alza anche lui, ma va al lato opposto. «Proprio in mezzo, Savage, e sbrigati».

Allora mi sdraio sul materasso, percependo una sensazione appiccicosa tra le gambe e i capezzoli turgidi e pulsanti. Gli basterebbe sfiorarmi il clitoride per farmi venire di nuovo, in pochi secondi.

«Apri le gambe», dice, e io obbedisco in modo automatico, schiudendomi per lui.

Si mette ai piedi del letto con le dita avvolte intorno alla base del pene e inizia ad accarezzarlo. «Toccati».

Mi acciglio. «Come?»

«Fa' come dico».

Porto la mano tra le mie gambe, il calore mi lambisce le dita. «Cosa devo fare?»

«Devo guidare ogni tua mossa?», chiede.

Non dico nulla e aspetto il suo prossimo ordine.

«Toccati il clitoride», dice a bassa voce.

Eseguo, usando l'indice. «Così?»

«Sì, non troppo piano». Io aumento subito il ritmo, incapace di fermarmi. «E nemmeno troppo veloce. Ferma».

Faccio una pausa, sento quel piccolo punto carnoso pulsare sotto la punta del mio dito.

«Togli la mano, non riesco a vederti».

Non sa cosa farmi fare. Allontano la mano, sposto le gambe puntellando i piedi sul materasso, in modo da avere le ginocchia piegate e le gambe ancora divaricate. Gli lancio un'occhiata, inizia a toccarsi, ha lo sguardo affamato puntato tra le mie cosce.

Senza preavviso si alza e striscia sul materasso. Si arrampica su di me. Mi si mette a cavalcioni all'altezza delle spalle, sul collo, con il cazzo proprio davanti alla mia bocca. «Fammi venire sulla tua faccia».

Sapevo che desiderava questo. Una scopata malata.

Ma la voglio anche io.

Si tocca con foga, mentre dei grugniti gli risuonano in fondo alla gola. È vicinissimo. Sento il suo odore. Sento *lui*. Il membro mi sfiora il viso e io mi lecco le labbra. Le tengo serrate. Gli sfugge un gemito gutturale quando mi stuzzica la bocca con la punta e io tiro fuori la lingua, leccandola. Lo assaggio.

«Summer, cazzo». Le parole vengono soffocate da un ansito e sento lo sperma schizzarmi sul viso. Sulle guance. Sulle labbra. A fiotti, ancora e ancora. Geme sonoramente e apro gli occhi, lo guardo mentre si perde in me.

Su di me.

Una volta finito, allunga la mano e intinge le dita nello sperma, poi lo sparge sulle mie labbra, tracciandone la forma. «Così perfetta, cazzo», sussurra quel complimento, che mi infiamma dentro.

Scende dal letto senza aggiungere altro, lasciandomi lì, con il corpo palpitante per il bisogno di venire e il suo seme a ricoprirmi il volto. Sto per pulirlo con le dita, quando lui torna con un panno bagnato in mano.

«Ti pulisco». La sua voce è fredda. Clinica, quasi. Come se fosse un dottore e io la sua paziente, non la ragazza su cui è appena venuto. Resto sdraiata e lo accetto, chiudo gli occhi e attendo che lui mi pulisca lo sperma dal volto. Ha un tocco impersonale e nel tempo in cui lo fa non dice una parola. Respira persino piano. Ha il completo controllo di sé.

Che cosa esasperante.

Quando ha finito, scende dal letto e torna in bagno. Mi giro su un fianco e poggio la testa sulla mano, osservando ciò che mi circonda. La stanza è avvolta nell'oscurità e vorrei sapere che ore sono.

«Dovresti andare».

La sua voce profonda mi fa scattare, così mi metto a sedere e lo cerco nella penombra. Lo vedo in piedi sulla porta semiaperta del bagno comunicante, nudo e con le braccia incrociate davanti al petto.

«Pensavo che...».

«Pensavi male», mi interrompe, si allontana dallo stipite della porta e si avvicina al letto. «Ho finito». Si china e afferra i miei vestiti, per poi lanciarmeli. «Vestiti e vattene».

Scivolo giù dal letto e faccio come dice, mi rivesto in fretta e furia, con l'intero corpo che trema, ma ora per un motivo ben diverso. Le sensazioni piacevoli che stavo provando mi hanno abbandonata. Ora sono solo arrabbiata.

Furiosa.

«Voglio il diario», gli dico infilando le scarpe, senza preoccuparmi dei calzini.

Quel bastardo si mette a ridere. «Pensi che basti una botta e via per riavere il tuo diario? Non credo proprio».

«Mi tratti di merda», gli sbraito contro, incapace di sopportare il dolore che mi attanaglia. «Come se non valessi nulla».

«Suona familiare, vero? È come tratti te stessa, no?». Inarca un sopracciglio.

Marcio verso di lui, le mani serrate in due pugni. «Ma tu che cazzo ne sai di me?»

«Più di quanto credi. Ti osservo. Cammini per il campus come se nessuno potesse toccarti, ma in fin dei conti la tua autostima è pari a zero». Fa un passo avanti e si china, così da avvicinare il viso al mio. «Scopri il tuo valore, Savage, e dimostrami che vali più di una inutile sega». Fa un cenno con la mano, sprezzante. «Ora vattene».

«Ti odio», dico con voce vibrante di rabbia.

«Detesti ancora di più te stessa perché ti sei goduta ogni secondo di tutto questo», dice con un sorriso perfido. «Ora vai».

Mi volto e me ne vado senza aprire bocca.

Capitolo 17

Summer

È venerdì pomeriggio e sono in biblioteca da sola, seduta al mio solito tavolo. Il libro di Diritto è aperto davanti a me e cerco di leggerlo, ma mi si incrociano gli occhi e il capitolo è di una noia assurda. E sono stanca per via della notte passata con Whit.

Ieri sera ho attraversato di corsa il campus per tornare nella mia stanza, con il terrore di farmi scoprire da qualcuno. Sono tornata al mio dormitorio che erano quasi le dieci in punto. La tutor di turno mi ha lanciato un'occhiata severa, nel vedermi rientrare, e ho pensato che sarei finita nei guai.

«Stavi per fare tardi», ha detto, poi ha indicato l'orologio sulla parete, proprio sopra la sua testa.

Erano le dieci spaccate.

«Scusa, stavo studiando con un'amica». Ho sorriso, sperando di risultare convincente.

Credo di esserlo stata, perché mi ha lasciata tornare in camera senza fare ulteriori commenti.

Per fortuna non sono rientrata come l'incredibile Hulk su tutte le furie. La discussione con Whit mi ha fatto arrabbiare parecchio. Il suo comportamento è una presa in giro. Che ne sa lui, di cosa provo per me stessa? Vuole solo minare la mia autostima? La maggior parte delle volte si complimenta per il mio carattere, poi sostiene che non mi amo abbastanza o altre stronzate del genere. Perché?

Dio, non lo sopporto. Non è il mio psicologo, questo è sicuro. È uno psicopatico che tratta le donne come oggetti e non come esseri umani. A proposito di gente malata…

Una cosa ancora più malata? Ho voglia di rivederlo. Se ritengo che lui abbia dei problemi, allora so per certo che ce li ho anche io.

Risentita con me stessa, anzi con tutto, chiudo il libro sbattendolo, facendo rumore e guadagnandomi una strigliata della signorina Taylor. La ignoro, mentre apro lo zaino e ci infilo il libro dentro.

Metto dentro anche il quaderno. Mancano ancora quaranta minuti all'inizio della lezione e non sono affatto pronta per il test di oggi. Al diavolo.

E poi, chi è che fa i test di venerdì pomeriggio? Degli stronzi sadici, ecco chi.

Afferro lo zaino, lo metto davanti a me e lo avvolgo con le braccia. Ci poggio la testa sopra e lo uso come cuscino, infine chiudo gli occhi. Farò un pisolino veloce. Nessuno mi disturberà.

Spero.

Ma le speranze appartengono ai sognatori e agli idioti, perché pochi minuti dopo essermi abbandonata al mio pisolino improvvisato, sento qualcuno sussurrare il mio cognome. Una voce maschile. Apro gli occhi e trovo Whit in piedi tra le scaffalature. Piega la testa verso destra, invitandomi a raggiungerlo.

Sollevo il capo e il mio sguardo non abbandona mai il suo mentre mimo con le labbra la parola "no".

Lui serra la bocca e avanza verso il mio tavolo, mi sovrasta come un signore che guarda il suo umile servitore dall'alto in basso. Eccomi. Sono la sua serva, destinata a intrattenerlo ogni qualvolta lo desideri.

«Non hai scelta», dice a denti stretti. «Seguimi subito o ne pagherai le conseguenze».

«Forse voglio pagarne le conseguenze», dico con calma.

«Savage», ringhia, la sua voce profonda mi inonda.

Come se non avessi più controllo su me stessa, mi alzo in piedi e lo raggiungo. Non ha senso opporsi. Combatterlo. Faremo ciò che dobbiamo fare, le mie rimostranze non hanno importanza. Succederebbe comunque.

Noi succederemmo comunque.

Mi prende per mano non appena lo raggiungo, le sue dita si intrecciano alle mie per trascinarmi in mezzo alle interminabili file di libri. Mi lascio guidare quando gira a sinistra, poi a destra. Poi ancora a sinistra. Finché non ci siamo addentrati nella biblioteca, tanto da non riuscire più a scorgere la luce delle enormi vetrate che costeggiano l'edificio. Non sento nemmeno il vociare dei nostri compagni. Solo il ronzio elettrico delle luci a sospensione appese sopra di noi e il rimbombo del mio sangue che mi ruggisce nelle orecchie.

Whit si volta verso di me e mi spinge contro i libri, il suo corpo è così vicino da sfiorare il mio. Sollevo il mento con aria di sfida e lo fisso. «Che vuoi?».

Le labbra si arricciano in un sorriso appena accennato. «Le tue mutande».

Alzo gli occhi al cielo. «Dici sul serio?».

Annuisce. Si china, mettendo il viso proprio davanti al mio, e avvicina le labbra prima di sussurrare: «Non ora, però».

«Perché no?»

«Le voglio belle bagnate», dice, subito dopo posa la bocca sulla mia.

Le sue labbra sono elettriche, per questo sprigionano energia tra noi. Questo è quello che desideravo ieri sera e che non mi ha dato. Era così freddo.

Distante. Esasperante. Niente baci, nessuna intimità. Anche se ho avuto un orgasmo, non è stato abbastanza per me.

Ecco cosa volevo. La sua bocca che divora la mia. Un bacio è una cosa intima. Avvicina le persone, anche gli sconosciuti. Whit è stato il primo ragazzo che ho baciato sul serio e da allora sono dipendente dal suo sapore.

Schiudo le labbra per accoglierlo e la sua lingua scivola contro la mia, avvolgendola. Spingendo. Gemo nella sua bocca, poso le mani su di lui, sul suo petto, mi aggrappo ai risvolti dell'uniforme della sua giacca. Lui infila le mani sotto la mia gonna e le porta sul mio sedere. Impasta la mia carne, attirandomi a sé.

Ce l'ha duro, sotto i pantaloni. Ovvio. Quando è che non è così, se stiamo insieme? Sapere che dipende da me mi fa sentire potente. Forte. Nonostante il pessimo trattamento che mi riserva, la crudeltà e l'indifferenza che lo contraddistinguono, riesco ancora a sortire un certo effetto su di lui.

La conoscenza è potere, diceva sempre Jonas. E aveva ragione. Solo che non avrei mai pensato che si potesse applicare a una situazione del genere.

Whit mi solleva facendo il minimo sforzo e io gli avvolgo le gambe intorno alla vita, tenendomi stretta a lui e lasciando che mi consumi.

E io lo consumo a mia volta.

Ci baciamo e baciamo per quelle che sembrano ore. Non smette mai di divorarmi la bocca, come se avesse dell'energia repressa dentro di lui che muore dalla voglia di uscire. E io la ricevo, bramosa di desiderio.

«Ieri non mi è bastato», mormora quando interrompe il bacio.

Non dico nulla, ma mi scappa un sospiro quando mi lecca il collo.

«Non riesco a smettere di pensare a te», continua, con voce severa. Piena di irritazione. «Mi fai impazzire».

Mi sfugge una piccolissima risata e lui mi tira la coda di cavallo, spingendo il viso verso il mio. «E non in senso buono».

Lo fulmino, il cuore che batte all'impazzata e le labbra gonfie per i suoi baci. Il suo sguardo si sofferma sulle mie labbra e vi indugia, allora si china e affonda i denti nel mio labbro inferiore. Forte. Sempre più forte. Solo quando mi sfugge un mugolio e temo che stia per strapparmi la pelle, rilascia finalmente la presa.

«Ti odio», sussurro, è l'unica cosa che mi viene in mente da dire.

«Ti odio anch'io, Savage», risponde impassibile, poi mi rimette giù e allontana le mani dal mio corpo, prima di fare un passo indietro. «Ora togliti le mutande».

Senza mai staccare lo sguardo da lui, porto le mani sotto la gonna e le sfilo con movimenti goffi. Per poco non cado a terra. Tendo una mano e mi aggrappo allo scaffale, alla fine gli lancio la biancheria intima sul petto. Lui afferra al volo il cotone nero e ci strofina le dita sopra.

«Bagnate». Le porta al naso e aspira. «Sanno di te».

«Sei disgustoso, cazzo», gli sbraito contro, anche se non credo in una parola di quello che dico. A dirla tutta, guardarlo mentre annusa le mie mutandine mi fa bagnare ancora di più. Dio, sono depravata quanto lui. Se continuo a osservarlo potrei ritrovarmi con delle colate lungo le cosce, e devo ancora andare a lezione.

Merda, devo fare il test.

«Ti piace», dice sornione. «Starò via questo fine settimana».

La delusione mi travolge, ma all'esterno resto indifferente. «Che peccato».

«Ti mancherò?», chiede.

«Nemmeno tra un milione di anni».

Sentendomi coraggiosa, faccio per superarlo, ma lui mi afferra con una mano e con l'altra si mette le mutandine in tasca. Sogghigna. «So che ti mancherò».

«Nei tuoi sogni», ribatto, e odio che ci abbia azzeccato.

«Sarà così». Mi stringe, i nostri corpi sono premuti. «Sarai sola in quel tuo lettino e ti toccherai pensando a noi due. Griderai il mio nome quando avrai un orgasmo, ma non ti basterà. Non senza di me». Mi sfiora la guancia col naso, con un tocco insolitamente dolce. Quasi confortante. «Senti il bisogno delle mie dita dentro di te. Della mia bocca e della mia lingua sulla tua figa bagnata».

Deglutisco a fatica, poi sento la sua bocca scorrere sul mio viso e chiudo gli occhi, finché non si ferma vicino al mio orecchio. «Sei fatta per me, lo sai. Sei malata e disturbata come me».

Sto tremando. Un respiro tremolante mi abbandona e lui mi morde l'orecchio, provocandomi un gemito. «Quando torno, ti scopo».

Le sue parole accendono l'eccitazione dentro di me. «Dove vai?»

«Non sono affari tuoi», risponde, poi si scosta da me con un sorriso sghembo. «Grazie per il regalo».

Si volta e mi lascia lì, senza degnarmi di uno sguardo. Lo osservo andare via, vibrando come una foglia, detestando il fatto che per lui sia così facile... abbandonarmi.

Tipico. Alla fine mi abbandonano tutti.

Lui è proprio come tutti gli altri.

Aspetto qualche minuto prima di tornare al tavolo che ho lasciato. Il mio zaino è ancora lì, illeso, e so che è grazie a Whit se nessuno mi disturba. Glielo riconosco, ma l'unico motivo per cui hanno iniziato a darmi fastidio è... Whit.

In un certo senso è diventato sia il mio protettore, sia il mio incubo.

Appropriato.

Prendo le mie cose e vado in bagno per ricompormi. Sono un disastro. I capelli sono sfuggiti dalla coda di cavallo e quindi, dopo essermi lavata le mani, li risistemo. Mi studio ancora allo specchio. Ho gli occhi che brillano, un po' selvaggi. Le guance sono imporporate e le labbra ancora gonfie, tutto per via del bacio. Perché lo desidero ancora, anche se mi tratta malissimo? Cosa ho di sbagliato? È un classico caso di "vogliamo quello che non possiamo avere"?

Non lo so, ma il punto è che posso averlo. L'ho avuto. Non in tutti modi che vorrei, certo, ma ci stiamo lavorando. Faremo sesso. Saprò cosa si prova ad avere Whit dentro. Sento una morsa tra le gambe al solo pensiero, il che mi ricorda che non indosso le mutande. Camminando per il campus, se dovesse alzarsi il vento potrei ritrovarmi con la gonna sollevata e tutti lo vedrebbero.

Per certi versi non mi importa, però.

Si apre la porta del bagno ed entra Caitlyn. I nostri sguardi si incontrano e lei alza gli occhi al cielo, poi si ferma al lavandino proprio accanto al mio per lavarsi le mani. La osservo in modo sfacciato, infastidita. L'attimo prima è mia amica, quello dopo è una nemica. Non capisco. Come non capisco nessuna delle persone in questa scuola. Sono tutti terribili, a dire il vero.

«Che ti guardi?», sbotta.

«Non ti ho fatto niente, eppure mi odi», dico con sincerità. Lei chiude il rubinetto e agita le mani sul lavandino, prima di andare al distributore di carta e strapparne un pezzo. Si asciuga le mani, dandomi le spalle, mentre io aspetto una risposta. Deve essere una specie di tattica per prendere tempo.

Non importa, posso aspettare.

Infine, Caitlyn si volta per affrontarmi, guardandomi con espressione vuota. Nessuno in questa scuola prova delle emozioni, lo giuro su Dio. «Non ti odio».

La semplicità di quell'affermazione mi prende alla sprovvista. «Non ti credo».

Lei fa spallucce. «È vero. Non provo nulla nei tuoi confronti. Il mio problema è che non capisco perché Whit sia così interessato a te».

«Non è interessato a...».

«Non scomodarti a dire che non è così, quando sai che è vero. Ho visto il modo in cui ti guardava al ristorante. Ha chiesto a tutto il campus di rendere la tua vita un inferno, per poi ripensarci e farci smettere», dice, ammettendo ciò che sospettavo. «Prova qualcosa per te, e lui non prova niente per nessuno, a parte i suoi amici e la sua famiglia. Di certo non per una ragazza. È uno che se ne approfitta, di solito».

La guardo, stupita dalle sue parole, anche se non mi giungono del tutto nuove. È solo che non ho mai sentito nessuno dirlo apertamente, prima d'ora.

Caitlyn sta descrivendo Whit alla perfezione.

«Perché tu?», chiede approfittando del mio silenzio. «Non capisco. Nessuno lo capisce. Non hai niente di speciale. Senza offesa. Comunque, non capisco perché sia così affascinato da te. Chi sei, poi?».

Ripenso alla prima volta che ho visto Whit, alla festa a casa dei suoi genitori. È iniziato tutto in quel momento? Quando avevamo appena quattordici anni?

«Non sono nessuno», dico infine, dirigendomi alla porta. «Non sono importante».

«Per lui sì», mi fa notare.

Tendo la mano verso la maniglia e le sorrido mentre apro la porta. «Pare di sì», dico, l'attimo prima di uscire.

Capitolo 18

Whit

Questo fine settimana dovrò essere in città, perché sono stato convocato dal mio padrone e signore al suo appartamento. E così mi presento da mio padre venerdì sera, dopo aver ritardato il mio arrivo il più possibile, e sono felice di trovarlo già a letto.

Preparo qualcosa da bere e vado in camera mia, getto il borsone sul bordo del letto, tiro fuori un po' di cose e le sistemo sul comodino insieme al drink. Mi spoglio meccanicamente e scosto le coperte del letto, infilandomi dentro. Prendo il bicchiere dal comodino per sorseggiare il whisky invecchiato, poi me lo scolo fino all'ultima goccia e mi lecco le labbra, assaporando il bruciore che mi avvolge la gola.

Da vero depravato, afferro le mutandine sgualcite che avevo lasciato sul comodino e le avvicino al naso, inspirando a fondo. Riesco ancora a sentire il suo odore. Un dolce muschiato. Come il sesso. Il ricordo del suo sapore mi fa venire l'acquolina in bocca, così serro gli occhi, faccio scivolare le mutande giù per il mio petto e le avvolgo intorno all'uccello già duro.

Sono ossessionato da lei, cazzo, e dal modo in cui mi parla, come se volesse farmi incazzare. Lo sguardo di sfida sul suo volto di qualche ora prima, in biblioteca, mi ha suscitato un bisogno di domarla. Di farla mia. Se ripenso a ieri sera, quando ha usato il mio corpo per masturbarsi, strofinando sfacciata la sua pelle bagnata sulla mia tuta... cazzo. Mi ci è voluta tutta la forza di volontà che avevo in corpo per non afferrarla. Toccarla.

Scoparla per bene.

Ieri non sapevo cosa volessi, e si è visto. A livello mentale ho perso il controllo della situazione e sono andato nel pallone. È stato molto frustrante. Mi sono arrabbiato con me stesso.

Ce l'avevo anche con lei, ma so che non lo meritava.

Ma quando mai la vita ti dà quello che meriti?

Ho la testa invasa dalle immagini della scorsa notte. Il piacere sul suo viso quando mi sono masturbato sopra di lei, il modo in cui ha socchiuso quelle labbra lussuriose, la lingua che si è affacciata per leccarmi. È sobbalzata al primo schizzo di sperma che le ha colpito il viso, ma poi è rimasta sdraiata e lo ha accettato. Come la perfetta e piccola sottomessa che deve essere.

Cazzo.

Ripenso anche alla prima volta che siamo stati insieme, quando mi ha fatto un pompino e il mio cazzo è andato a sbattere contro il fondo della sua gola, provocandole dei conati. Sono venuto sulle sue tette perfette.

Cristo.

L'orgasmo mi coglie di sorpresa e vengo nelle mutandine, emettendo un gemito sommesso. Resto sdraiato, furioso perché è già finito. Odio la rapidità con cui sto perdendo il controllo, quando si tratta di Summer.

Sta diventando una debolezza, che non voglio e di cui non ho bisogno. Forse questo fine settimana in città con mio padre mi resetterà. La distanza è la chiave. Il disgusto è il secondo passo.

Se sto lontano da Summer, smetterò di desiderarla tanto. Se penso a quanto mi rende bisognoso, ne sarò disgustato. Faccio un respiro profondo, mi pulisco e lascio cadere le mutandine sul comodino. Afferro il suo diario e lo apro, trovando il punto in cui l'avevo lasciato.

Mia madre si rifiuta di ascoltarmi, mi respinge o cambia argomento ogni volta che cerco di parlarle. Credo che sappia cosa sta succedendo, eppure non fa nulla per impedirlo. Non sia mai che faccia arrabbiare Jonas! Preferisce girargli intorno e cercare di mantenere la pace, ma anche lei sta nascondendo dei segreti.

Proprio come faccio io.

Va bene così. Non voglio che nessuno sappia di Daniel. Anche oggi ho saltato la scuola e siamo andati all'avventura. Poi mi ha portata nel suo appartamento e ha usato la lingua su di me. È stato bello. Mi è piaciuto, ma non sono venuta. Ci ha riprovato più volte, ma non era destino, credo. Alla fine l'ho interrotto e gli ho fatto una sega. È venuto in meno di cinque minuti.

Per i ragazzi è molto più facile rispetto alle ragazze, suppongo.

Chiudo di scatto il diario, seccato dal dover leggere delle sue esperienze con qualcun altro. Un imbecille che non riesce a farla venire.

Stupido stronzo.

È così reattiva che mi basterebbe respirare su di lei e verrebbe. *È soddisfatta solo quando ci sono di mezzo io*, penso.

Solo io.

Bussano alla porta e, senza aspettare risposta, mio padre irrompe nella stanza. Mi metto a sedere, spingo il diario sotto le lenzuola e lo sguardo accigliato camminare per la mia stanza.

«Già a letto?». Si ferma, guardandomi con la fronte aggrottata.

«Sono stanco». Faccio spallucce.

«Non vai in cerca di un'ereditiera da scopare?». Sorseggia dal bicchiere che tiene stretto in mano. Scotch, ne sono certo. «Di solito è questo il tuo programma, quando vieni in città».

Non mi è nemmeno passato per la testa di scrivere alle ereditiere che conosco per uscire. «Non mi interessa nessuna di loro».

«Tua madre non sarebbe d'accordo». Si scola il bicchiere e lo appoggia sul mobile vicino, dandomi le spalle. Sono una linea dritta, carica di tensione. «Sta facendo pressioni».

«Pressioni? Su di te?».

Torna a voltarsi verso di me. «Il tuo compleanno si avvicina, presto avrai diciotto anni. Diventerai autonomo».

Significa che avrò accesso al mio fondo fiduciario.

«Quindi?». So già che questo è il primo accesso che avrò alle molte eredità stratificate che mi hanno assegnato da quando sono un bambino. Avevo otto anni, forse? Per prima cosa, riceverò l'accesso al fondo fiduciario lasciato dalla famiglia dalla parte di mia madre. Poi, a ventuno anni, riceverò dei soldi dal mio nonno paterno. A venticinque, il resto della fortuna che mi spetta sarà accreditato sul mio conto in banca.

I miei genitori non potranno più controllarmi, dal punto di vista economico. La libertà è così vicina che quasi riesco ad assaporarla.

«Tua madre nutre delle aspettative nei tuoi confronti. Ci sono responsabilità che sono ricadute sulle sue spalle. E ricadranno anche su quelle delle tue sorelle», dice mio padre con espressione vuota.

Capisco a cosa si riferisce. Hanno fatto fidanzare mia madre con papà quando erano al college, tutti sapevano già che si sarebbero sposati presto. I Lancaster sono i reali d'America. Non possiamo affiancarci a una persona qualsiasi. La mia futura moglie dovrà provenire da una certa famiglia, avere una certa età, una certa ascendenza e aver frequentato una certa scuola. Dovrà essere interrogata, esaminata e istruita. Di tutto questo se ne occuperà mia madre.

Lei ha già scelto la ragazza perfetta.

Anche se quella ragazza non fa per niente per me.

«Leticia», scandisco il suo nome, anche se mente e corpo non rispondono. Lei è uno zero nella mia equazione.

«È una ragazza incantevole, Whit. Intelligente, bella, lignaggio impeccabile».

«È noiosa». Metto il broncio come un ragazzino, infastidito dal fatto che il mio futuro sia già stato pianificato al mio posto. «Non la voglio».

«Non si tratta di una bambola che puoi riportare al negozio quando hai finito di giocarci», spiega papà con un tono canzonatorio.

«È una bambola che non ho nessun interesse a toccare», ribatto, incrociando le braccia.

Si sistema sul bordo del materasso e mi studia. «So che non vuoi che le cose vadano così. Ti sto solo riferendo quanto mi dice tua madre. È ciò che vuole lei. Ciò che si aspetta. È determinata a preservare il nome dei Lancaster».

«Giusto, visto che voi due avete fatto un ottimo lavoro a mantenerlo immacolato», dico.

Lui sussulta. «Giusta osservazione. È colpa mia se abbiamo divorziato. Sono io che l'ho tradita».

Dio, che uomo esasperante. È come una bandiera al vento. Si assume la piena responsabilità della loro relazione, come dovrebbe, ma ora lo vedo. Capisco che mia madre lo ha allontanato. Lo ha spinto tra le braccia di un'altra donna. Non l'avevo intuito all'epoca dei fatti, ma inizio a capirlo adesso.

«Così mi incoraggi a fare lo stesso, non lo capisci? Non nutro alcun interesse per Leticia. È carina, ma non mi attrae. Non riesco a immaginarmi di sposarla e di scoparla di tanto in tanto, mentre ho delle relazioni extraconiugali». Gli punto un dito contro. «Non voglio la tua vita. Smetti di provare a impormela».

Ci contempliamo in silenzio e mio padre lancia uno sguardo alle sue spalle, fissando il bicchiere vuoto sulla cassettiera. Di sicuro vorrebbe solo tracannare il liquore per non sentire altro. «A volte non abbiamo scelta, figliolo».

«È una cazzata e lo sai», sbotto. «Tu e la mamma mi avete imposto i vostri progetti, e alla fine siete entrambi infelici e divorziati. Io non mi sposerò mai».

«Figliolo…».

«Mai». Sto facendo i capricci, ma chi se ne frega. «Il matrimonio è una trappola. Una facciata. Qualcosa che ha inventato la società e che difficilmente ha possibilità di sopravvivenza. Sai che non ho un solo ricordo di voi due insieme, felici? Neanche uno. La maggior parte dei miei ricordi sono di voi due che discutete. Che litigate».

Ribollivano di rabbia l'uno contro l'altro, a denti stretti. Gridavano sottovoce per non farsi sentire dalle persone intorno, ma noi li sentivamo sempre. Le loro discussioni impaurivano le mie sorelle. La servitù veniva licenziata, se beccata a origliare. Mia madre tirava sempre fuori i nomi delle altre donne e mio padre puntualmente negava di avere una relazione extraconiugale.

Ma non era vero. Le aveva. È stato con Janine Weatherstone per anni, era come dipendente da lei. E se la madre assomiglia anche solo vagamente alla figlia, lo comprendo.

Lo sguardo di mio padre, così simile al mio, si assottiglia. «Bene. Vuoi un consiglio di fantasia? Vuoi sapere cosa ti direi se non ci fossero di mezzo i soldi, la famiglia e fossimo delle persone normali?».

Annuisco. «Dimmi».

«Vaffanculo al giusto lignaggio e alle famiglie importanti. Trova una donna che ti faccia prendere fuoco ogni volta che la guardi. Qualcuna con cui parlare, con cui litigare e scopare altrettanto ardentemente. E una volta trovata quella donna, non fartela scappare», dice con veemenza.

Afferra il bicchiere e fa tintinnare il ghiaccio prima di bere l'ultima goccia di alcol. «Puoi fare quello che devi per compiacere la tua famiglia, oppure fare quello che vuoi tu e mandare al diavolo il mondo intero. A te la scelta, Whit».

Prima che possa dire qualcosa o fargli delle domande, mio padre esce dalla mia stanza, sbattendosi la porta alle spalle.

Capitolo 19

Summer

Sentire il mio nome sussurrato nell'oscurità mi risveglia. Forse l'ho sognato. La voce era profonda, familiare, e mi ha ricordato quella di Whit.

Sento di nuovo il mio nome e mi rigiro sotto le coperte, lottando per restare addormentata. Se c'è di mezzo Whit, il sogno sarà bello. Non voglio perdermelo.

Delle mani salde mi afferrano la spalla. «Savage».

Apro gli occhi e una sagoma scura incombe su di me. Faccio per schiudere le labbra e lanciare l'urlo che mi sale in gola, ma una mano guantata si posa sulla parte inferiore del mio viso, mettendomi a tacere. Il cuore mi batte forte, il grido viene soffocato dal guanto e mi dimeno sotto la sua presa. Lui spinge il viso verso il mio. Zigomi affilati. Mascella squadrata. Bocca carnosa e occhi glaciali. Whit Lancaster, in carne e ossa.

«Fa' silenzio», sussurra con tono minaccioso. Letale.

Mi dimeno, sorpresa dalla forza della sua mano che mi blocca la testa sul letto. L'odore del cuoio mi invade e sono tentata di mordere quelle dita rivestite dal guanto. Lui si allunga, usando l'altro braccio per tenermi giù, il suo corpo sdraiato sul mio per impedirmi di muovermi. «Savage, ma che cazzo?».

Il mio cuore scalpita a tal punto che sembra stia per balzarmi fuori dal petto. Deve sentirlo. Deve sapere quanto sono spaventata.

«Sono solo io», sussurra. «Calmati».

Il suo tono è più gentile del solito e faccio subito come dice, immobilizzo il mio corpo, così come i miei pensieri. Prendo un respiro tremante sotto la mano rivestita di pelle e, come se percepisse la mia improvvisa arrendevolezza, lui toglie la mano dalla mia bocca.

Espiro con foga, lo guardo rimettersi in piedi e cominciare a camminare per la stanza. È vestito di nero dalla testa ai piedi. Felpa con cappuccio e pantaloni da jogging. Nike nere ai piedi e un berretto a coprirgli i capelli.

«Perché sei vestito così?», chiedo, la voce impastata dal sonno.

«Non volevo che nessuno mi vedesse», spiega, dandomi le spalle, poi va alla finestra e scosta le tende per guardare fuori.

«Chiedi a tua sorella di hackerare il sistema di sicurezza», suggerisco.

Mi lancia uno sguardo da sopra le spalle. «Non è al campus. Mi sono letteralmente intrufolato nel tuo dormitorio, restando nell'ombra».

«Perché?», chiedo incredula. «È sabato. Pensavo fossi via per il fine settimana».

«Sono rientrato prima». Appoggia le mani guantate sul davanzale della finestra, un piede in avanti, lo sguardo rivolto al panorama. «Non riuscivo a smettere di pensarti».

Mi metto a sedere sul letto, la sua ammissione mi fa domandare l'unica cosa che mi viene in mente.

«*Perché?*».

Si allontana dalla finestra e torna sul letto, con le mani mi cinge il viso, costringendomi a guardarlo. «È come se consumassi i miei pensieri. Ieri mi sono masturbato pensando a te. E di nuovo stamattina. Non abbiamo ancora scopato e sono ossessionato da te».

Whit mi libera il volto e si allontana con un balzo, come se fossi infetta. Si mette in piedi e riprende a passeggiare per la stanza.

«Sei vestito come se volessi svaligiare questo posto», dico con voce tremante. «Stai rischiando grosso a intrufolarti nella mia stanza».

«Non rischio un cazzo, visto che la mia famiglia possiede questa scuola e non finirò mai nei guai. Potrebbero trovarmi nel tuo letto con te impalata sul mio cazzo e non farebbero un bel niente». Mi punta un dito contro. «Quello che sto rischiando è il mio intero futuro, cazzo. Non che te ne importi qualcosa».

Mi acciglio, non capendo a cosa si riferisca. «Cosa c'entro io col tuo futuro?»

«Mi fotti il cervello. Non dovrei pensare a te, Savage. Non sei niente per me».

Le sue parole sono crudeli, ma suonano senza un vero sentimento, quindi non mi offendo.

«Allora perché sei qui?», chiedo con dolcezza.

Whit si porta le mani tra i capelli, li scosta dalla fronte e mi studia. «Non lo so». Sembra davvero tormentato.

Il suo tormento è il mio potere. Sono io a fargli questo. Non sono del tutto sicura di cosa intenda con quel commento sul futuro, ma ora non importa. Importa solo che sia tornato. È tornato al campus a causa mia. Per me.

Scalcio via le coperte e mi metto sulle ginocchia, cercando l'orlo della maglietta oversize che indossavo a letto. La tolgo e la butto via con un movimento fluido. Indosso solo un paio di mutandine, nient'altro, e il suo sguardo si posa sul mio petto. Ha gli occhi infiammati. Mi metto a quattro zampe e gattono sul letto, arrivo al bordo e lui si mette proprio davanti a me, la mano guantata di pelle nera scivola sotto il mio mento e mi rovescia la testa all'indietro, così non ho altra scelta se non rimettermi in ginocchio.

«Ti stai offrendo?», domanda con voce ingannevolmente soave e gli occhi scintillanti.

L'aria fresca mi sferza il corpo, facendomi tremare. I capezzoli si induriscono, tanto da farmi quasi male. «Se sono ciò che vuoi, allora sì».

«Sei sempre ciò che voglio».

Lo guardo da sotto le ciglia, sconvolta dalla sua ammissione, dall'evidente desiderio che ha negli occhi che scivolano lungo il mio viso. Fa scorrere la mano lungo il collo, sulla clavicola. La liscia pelle nera è morbida e fresca contro la mia carne accaldata e chiudo gli occhi, mi manca il respiro quando lui fa scorrere le nocche sul mio petto. «Mi fai desiderare cose che non posso avere».

Mi pizzica il capezzolo tra il pollice e l'indice, poi lo tira. Sussulto. Fa lo stesso con l'altro capezzolo, lo torce fino a farmi gridare e poi lo rilascia, china la testa e prende in bocca quel pezzo di carne che pulsa, non così a lungo come vorrei che facesse.

Whit si allontana dal letto, lo sguardo ancora sul mio capezzolo lucente. «Perché cazzo voglio sempre farti del male?».

Ha un tono angosciato. Se sta cercando di minacciarmi, non funziona.

Mi copro i seni, accarezzandomi. «Non puoi».

«Perché no?», si acciglia.

«Perché mi piace troppo il modo in cui mi tocchi». Passo il pollice sul capezzolo umido, mentre in mezzo alle gambe mi riscaldo col calore del suo sguardo, che osserva ogni mio movimento. «Mi piace anche il dolore».

La passione oscura i suoi occhi. «Sei messa male quanto me».

Annuisco. «Siamo una cosa sola».

Lui deglutisce a fatica, muovendo il pomo d'Adamo, prima di pronunciare: «Metti la mano nelle mutande».

Faccio come dice e tuffo le dita sul davanti delle mie mutandine rosa pallido. Non sono niente di speciale, ma mi guarda come se indossassi della lingerie costosa solo per lui. È quello sguardo a farmi bagnare. Le mie dita affondano tra le pieghe, scivolando tra i miei fluidi. Sono così umida che sono sicura lui riesca a sentirlo.

«Dammi la mano», ordina, e io la estraggo dalla biancheria intima, le dita lubrificate e lucide. Lui inspira con decisione, il suo petto si alza prima di afferrarmi per il polso e portare la mano alla sua bocca.

Tira fuori la lingua e la trascina con lentezza lungo ciascuna delle mie dita. Il mio respiro diventa affannoso, poso lo sguardo sulla sua lingua, eccitata dal modo in cui lambisce le mie dita, come se ne stesse assaporando il gusto.

«Rifallo», mormora contro il mio palmo. Sposto lo sguardo su di lui, che mi bacia delicatamente la mano. «Fammi sentire quanto ti faccio bagnare».

Le dita tornano tra le mie cosce, la mano impegnata sotto il cotone rosa. Il clitoride pulsa quando lo strofino e così aumento la velocità, intanto che suoni umidi riempiono la stanza. Lui si china e circonda il mio polso con le dita guantate, fermandomi con il viso davanti al suo. Il suo respiro che mi sfiora le labbra.

«Stasera ti scopo», sussurra.

Annuisco con occhi sgranati e senza battere ciglio.

«Voglio farti venire per prima», continua, serrando la presa intorno al mio polso. «Lo vuoi?»

«Sì», respiro senza esitare.

«Non muoverti», dice.

Resto immobile mentre allontana la mano dal mio polso e sale sul letto dietro di me. Si sdraia e spinge la testa tra le mie gambe, la faccia proprio sotto la mia figa. «Togli la mano», ordina, e io la sfilo dalle mutande, senza fiato per la trepidazione.

Resta con i vestiti addosso, le mani guantate che premono sull'interno delle mie cosce, facendole divaricare. Con un gesto delicato mi scosta le mutandine, mettendomi a nudo, e lo guardo mentre mi studia. Dischiude le labbra e la lingua sfiora l'angolo della sua bocca. «Quanto sei bagnata, cazzo».

Le cosce mi tremano, come tutto il mio corpo, in attesa che lui faccia qualcosa. Solleva la testa, la sua bocca atterra proprio al centro della mia figa e mi accarezza. Colpi leggeri e stuzzicanti che mi fanno girare la testa e accelerare il cuore.

«Siediti sulla mia faccia», sussurra, ma io resto ferma. E se lo soffocassi? E se...

Mi afferra il culo e mi spinge verso il basso, non ho altra scelta se non fare come chiede. Tira fuori la lingua e lecca le mie labbra, il clitoride. Lo avvolge, perlustrando ogni mia parte. Le sue dita si avvicinano alla mia fessura, mi accarezzano, mi stuzzicano mentre io mi struscio sul suo viso. I nostri sguardi si incrociano e resto affascinata dal calore nei suoi occhi, l'intensità con cui mi osserva mentre mi divora.

Muove l'indice su e giù lungo la fessura del mio sedere, il suo tocco è leggero come una piuma. Mi attraversa un brivido, segno che il mio orgasmo si sta avvicinando, e allargo le gambe, getto la testa all'indietro e mi dimeno senza vergogna contro la sua bocca. Mi afferra il culo e mi spinge contro di lui, la sua lingua aumenta di velocità e io mi protendo verso la sua bocca magica, con la voglia di tanto altro.

L'orgasmo mi colpisce e il suo nome lascia le mie labbra, mentre scivolo avanti e indietro sul suo volto. Lui muove la lingua contro il mio clitoride e preme il dito contro il mio ano. Ho uno spasmo, mi si annebbia la vista e getto la testa all'indietro, rilasciando un gemito che proviene dal mio profondo. Lui non molla. La lingua continua a lavorare, il dito guantato mi accarezza dietro, l'altro braccio mi cinge la vita e mi stringe a sé mentre mi divora.

Un nuovo orgasmo segue il primo, di colpo, prendendomi di sorpresa. Non è altrettanto potente, ma mi fa rabbrividire lo stesso, lasciandomi ansimante e impotente. I muscoli delle cosce si tendono mentre cerco di disarcionarmi da lui, che allenta la presa e mi lascia crollare al suo fianco. Chiudo gli occhi, cercando di calmare i miei pensieri e il mio cuore.

Dio, è stato intenso. Il modo in cui mi guardava. Mi toccava. Nessuno mi ha mai toccata lì dietro prima, non pensavo potesse essere così... bello.

Rotola giù dal letto. Si sfila i guanti, la pelle fa uno schiocco e li lancia sulla scrivania. Con un fruscio si toglie i vestiti e io resto ferma, a occhi chiusi, in trepidante attesa del suo ritorno.

Il materasso affonda sotto il suo peso e sento le sue dita che mi sfiorano i fianchi mentre fa scendere le mutandine lungo le mie gambe, spogliandomi del tutto. Mi fa rotolare sulla schiena e mi sale sopra, il suo peso gravoso è quasi un conforto, e mi spinge sul letto. Mi scosta i capelli dalla fronte con un tocco stranamente gentile e apro pian piano gli occhi per accorgermi che mi sta osservando. La consueta freddezza nel suo sguardo si è sciolta, lasciando spazio a un inconfondibile calore.

«Sei viva?», chiede sardonico.

Mi stiracchio sotto di lui, il suo pene duro mi preme contro il ventre. «Non credo».

«Sei una sporcacciona, per come mi cavalchi la faccia con foga». Si china, le labbra sulle mie, la lingua che si insinua nella mia bocca. È impregnato del mio odore e riesco a sentire il mio stesso sapore. Una dolcezza salata.

«È stato bello», mormoro contro le sue labbra, facendogli scivolare le mani dietro la schiena.

Si solleva, le dita puntate contro il materasso ai lati della mia testa, in bilico sopra di me. «Non sarei dovuto venire stasera».

Ignoro le sue parole e scelgo invece di chiudere gli occhi e inarcare la schiena contro di lui.

Whit mi schiaccia le spalle sul materasso, tenendomi con forza. «Quello che c'è tra di noi non significa niente».

Ecco che ricomincia a convincere sé stesso.

«Ti sto solo usando perché ho il tuo diario», mi ricorda, la bocca di colpo vicino al mio orecchio. «Sto scoprendo tutti i tuoi sporchi segreti, Savage. Sei una puttana di prima categoria, da quando hai iniziato il liceo».

La rabbia mi assale all'improvviso. Perché deve dire delle cose così orrende? Ha rovinato tutto. Cerco di allontanarlo dal mio corpo, ma è troppo pesante. Troppo forte. «Levati».

«Alla matricola Summer Savage piaceva aggirarsi furtiva per il campus e farsi scopare dal suo ragazzo diciottenne», mi canticchia nell'orecchio, le sue dita mi scendono dolcemente lungo il braccio, trovano il mio polso e lo serrano in una morsa. «Il vecchio Daniel era uno stupido stronzo, vero?».

Tutti i sentimenti di tenerezza nei confronti di Whit evaporano a ogni parola crudele che pronuncia. «Zitto».

«La verità fa male? Le tue annotazioni diventano sempre più belle». Mi porta il braccio sopra la testa e lo tiene lì, scrutandomi. «Ma ho l'impressione che alcune cose non siano state... *dette*, in quel diario».

La paura avvolge i suoi tentacoli sulle mie viscere, serrando sempre più la presa. Dopo la fine della mia relazione con Daniel, Yates ha affondato una volta per tutte i suoi artigli su di me. E quando Whit leggerà quelle pagine?

Immagino che non vorrà avere più niente a che fare con me.

«Nascondi dei segreti persino a te stessa, vero?». Preme il busto contro di me e sento il suo cazzo che mi solletica tra le gambe. Afferra l'altro polso e lo trascina sopra la testa, ora li stringe entrambi e mi sento in trappola. Impotente.

Eccitata.

Non capisco perché la sua rabbia e le sue cattiverie mi eccitino a tal punto, ma sono inerme. Siamo malati. Ciò che facciamo è... da depravati.

Whit si sposta in basso, la bocca a ricoprire la pelle sensibile dei miei seni con dei baci dolcissimi. Attira un capezzolo tra le labbra e succhia, facendomi contorcere sotto di lui. Fa lo stesso con l'altro, mordendo la carne, vi affonda i denti mentre io mi oppongo alla sua presa, gridando.

Lascia il capezzolo e vi soffia piano sopra, ho la pelle pulsante per il suo morso. Riporta l'attenzione sull'altro capezzolo, lo lecca, succhia, lo morde. Mi fa male. Sento i suoi denti affondare nella pelle e la sensazione si trasforma in un dolore tra le mie gambe. Avvolgo le cosce intorno ai suoi fianchi, con la voglia di sentirlo scivolare dentro di me.

«Non uso il preservativo», mormora e lascia la presa, così da portare la mano tra di noi, stringendo la base del cazzo. «Voglio sentirti».

«Prendo la pillola», dico.

Whit ride. «Mi pare ovvio. Che bella troietta, pronta a scopare con chi vuole senza rischiare conseguenze».

Mi scaglio contro di lui decisa, pronta a dargli uno schiaffo, ma lui è più veloce e mi afferra il polso prima che riesca a colpire la sua faccia compiaciuta. La sua espressione si incupisce mentre mi stringe, i nostri sguardi sono incollati l'un l'altro, e io sto tacitamente fumando dalle orecchie. Mi fa arrabbiare quando dice cose così brutte.

Ma nel mio profondo, mi piace. A volte anche troppo.

«Non ti piace se ti chiamo puttana?», chiede con un ghigno. «Be', che peccato».

Si spinge dentro di me fino alla base, penetrandomi a fondo. Mi sfugge un sospiro e lui mi libera la mano per iniziare a spingere, uscire quasi del tutto e poi tornare a spingersi dentro. È implacabile, martella dentro di me a un ritmo costante, la forza delle sue spinte mi schiaccia sul materasso e io non mi oppongo.

Maledizione, *mi piace*. Whit che affonda nel mio corpo è una sensazione bellissima. I suoi movimenti non sono affatto esitanti. Non si agita, non mi chiede se sono sicura, se sto bene. Niente gesti attenti o carezze gentili. È brutale. Mi scopa come una macchina, i suoi fianchi lavorano, il membro massiccio si spinge dentro di me ancora e ancora. Sembra che tutto il mio essere prenda vita a ogni sua spinta, finché non mi aggrappo a lui, i nostri corpi sudati incollati insieme mentre ci muoviamo come un tutt'uno.

«Cazzo, quanto sei stretta», dice con un gemito e seppellisce il volto nell'incavo nella mia gola, spingendomi più a fondo nel materasso. Lascio scivolare giù le mani, le poso sul suo sedere e sento i muscoli flettersi a ogni spinta nel mio corpo. Lo spingo verso il basso, desiderando di avere di più, di averlo tutto, e lui mi lecca il collo. Succhia.

Le mie mani vagano dappertutto. Ha un corpo bellissimo. Liscio, muscoloso e senza difetti. Ha un cazzo perfetto, come se fossimo fatti l'uno per l'altra. Vedo le stelle a ogni sua spinta. Il mio ventre trema. Sto per venire di nuovo.

Lo afferro per la nuca, le dita affondano nei suoi capelli morbidi come seta e li strattonano. Lui grugnisce e si immobilizza sopra di me, il suo cazzo ha uno spasmo, palpita nel profondo del mio corpo, poi viene percorso da brividi.

«Oh, cazzo», mormora a denti stretti, i suoi fianchi si agitano selvaggi mentre perde il controllo. Uno spruzzo di liquido caldo mi inonda e mi rendo conto che sta venendo. Contraggo i muscoli della vagina intorno a lui, lo faccio di proposito, e una serie di imprecazioni lascia le sue labbra mentre affonda una volta. Due. Tre.

E poi crolla su di me.

Giaccio così per un attimo, cercando di ricompormi. Non sono venuta. Il mio corpo è al limite, pronto a lasciarsi andare, ma lui non si muove. La delusione mi assale e premo sulle sue spalle, cercando di togliermelo di dosso.

Si sfila dal mio corpo e fuoriesce uno zampillo di sperma che lascia una macchia umida. Rotolo via e mi fermo al suo fianco, poi entrambi cerchiamo di riprendere fiato.

«Non sei venuta», dice dopo qualche secondo, la sua voce è un soffio.

Scuoto la testa. «No».

Porta la mano tra le mie gambe e le sue dita abili trovano il mio clitoride. Lo strofina con movimenti circolari, sempre più veloci, per farmi venire. Non ci vuole niente. Pochi colpi sicuri delle sue dita ed esplodo come un razzo, cantilenando «Oddio, oddio», ancora e ancora, mentre l'orgasmo mi sconvolge.

Apro gli occhi quando allontana la mano dalla mia figa, giusto in tempo per vederlo assaggiare i nostri liquidi mescolati sul suo indice. «Te l'ho detto che sarebbero stati tre».

La mia mente confusa cerca di ricordare quando l'ha detto, ma lui è già sceso dal letto e si sta rivestendo con disinvoltura. Mi metto a sedere, abbraccio le cosce tremanti e lo guardo mentre si riveste, cercando di trovare qualcosa da dire.

«Mi odi?», chiede con fare semplice, mentre si infila i pantaloni della tuta sopra la biancheria intima.

Lo guardo, incerta su cosa voglia da me.

«Dovresti», continua, poi si porta la felpa sopra la testa e il suo bell'addome scompare alla mia vista. «Ti tratto di merda, eppure vieni. Più volte».

«Ti odio», concordo, e mi scosto da lui quando si siede sul bordo del materasso per infilarsi le scarpe, dandomi le spalle.

«Bene». Sembra soddisfatto. «Prima o poi ti manderò a fanculo, ti restituirò quella robaccia che definisci "pensieri profondi" e dimenticheremo che questo momento sia mai esistito».

Lo osservo alzarsi in piedi e stiracchiare le braccia verso il soffitto. La felpa si solleva e scopre un po' del suo ventre sensuale. Mi viene l'acquolina in bocca al solo pensiero di leccarlo lì. Leccarlo ovunque.

«Perché, fidati, sei facile da dimenticare». Lo metto a fuoco battendo le ciglia, ma è troppo tardi e lui è incredibilmente vicino. Mi blocca per il mento e mi costringe a guardarlo. «Grazie per la scopata». Mi dà un bacio punitivo sulle labbra, poi va verso la porta senza mai voltarsi, la apre e la chiude in totale silenzio.

Le sue parole mi frullano per la mente senza sosta e mi rendo conto che dice un sacco di cazzate. Se è tornato in anticipo al campus è solo per colpa mia. Non riusciva a smettere di pensarmi. Queste sono state le sue esatte parole.

Sono indimenticabile. Lui sta solo cercando di convincersi del contrario.

Le mie labbra si arricciano e vi appoggio le dita, cercando di trattenere il sorriso che sta diventando sempre più ampio, ma è inutile. Che stupido ragazzino.

Capitolo 20

Summer

Sono tre giorni che mi ignora.

Era prevedibile, perché l'ha già fatto prima. Prima mi scopa a sangue e poi fa finta che io non esista. Nel campus. A pranzo. Nei corridoi. È il suo modus operandi e non ne sono minimamente offesa. Almeno, nel frattempo tutti gli altri mi lasciano in pace.

Lo lascio fare. Sembra un bambino imbronciato che deve fare i capricci dopo aver ottenuto quello che vuole. Mi riserva il trattamento del silenzio, come se fossi diventata un'estranea. Può fingere quanto vuole. Siamo ben consapevoli l'una dell'altro, l'aria tra noi crepita e manda scintille di elettricità ogni volta che ci incrociamo. A lezione di Diritto è sempre seduto davanti a me, con gli occhi mi segue quando lo supero e tutto il mio corpo si accende al suo minimo sguardo.

Mi rende nervosa e credo di sortire lo stesso effetto su di lui. La consapevolezza tra noi cresce ogni giorno che passa e io divento più audace quando ci incrociamo in corridoio o in classe. Lo guardo fisso, senza curarmi di chi se ne accorge. Che avrebbero da ridire? Nemmeno lui riesce a fare a meno di guardarmi, i suoi occhi si posano sul mio petto. Sulle mie gambe. Adesso arrotolo la vita della gonna solo per lui, l'orlo mi danza intorno alle cosce e in silenzio spero di mandarlo fuori di testa.

Un giorno, dopo la lezione di Francese, l'atrio è pieno di gente e tutti sembrano andare da qualche parte. Lui si avvicina a testa alta, lo sguardo fisso su di me. Ci passiamo accanto, le nostre dita si sfiorano, così rapide che quasi potrei credere che non sia mai successo. Arriccia l'indice e lo stringe alla mia pelle. L'attimo prima ci stiamo toccando…

Quello dopo, è sparito.

Whit Lancaster è diventato un'ossessione pericolosa, perché non so più come togliermelo dalla testa. Dal mio sangue. Ha detto che mi avrebbe scaricata prima o poi, ma come potrebbe accadere? A ogni nostra interazione, la situazione non fa che peggiorare. Lui diventa ogni volta... di più.

Io sortisco lo stesso effetto su di lui, non posso fare a meno di pensarlo.

A metà settimana siamo colpiti da un'ondata di caldo. È l'ultimo accenno di bel tempo prima di essere bersagliati da mattinate gelide e venti sferzanti nel tardo pomeriggio. Seguiti da piogge interminabili e poi, alla fine, solo neve. Nel campus si sta all'aperto ogni volta che si può, per cogliere gli ultimi momenti di clima mite e sole splendente. A pranzo, durante le ore libere, dopo la scuola.

Giovedì, all'ora di pranzo, in fila alla mensa, quando pago alla cassa e faccio per uscire, mi imbatto in Chad. Per poco non mi cadono a terra il panino e il sacchetto di patatine che ho in mano.

Chad mi afferra per il gomito, tenendomi in equilibrio. «Tutto okay?».

Alzo lo sguardo su di lui. Chad è attraente. Non è bello come Whit, ma ci si avvicina. Ha caldi occhi nocciola e folti capelli castani. Proviene da una famiglia importante che ha dei legami con la famiglia reale britannica; sua zia ha sposato un duca. La sua famiglia compare spesso sulle riviste e sui siti di gossip per via di sua sorella, una influencer che frequenta Kylie Jenner e il resto della sua cricca.

Ma la sua mano poggiata sul mio gomito non scatena nulla. Neanche una scintilla. È un tocco insignificante.

«Sto bene, grazie». Gli rivolgo un lieve sorriso, ma lui non reagisce. Toglie la mano, mi fa un cenno e se ne va.

Lo guardo andare verso i suoi amici, tra cui ovviamente Whit. Lui posa lo sguardo su di me, un'espressione indecifrabile, e io ricambio l'occhiata con il bellissimo ragazzo che mi sta ricattando. Un ragazzo che mi insulta, che mi tocca come se fossi la cosa più bella che abbia mai visto e mi porta alla follia usando la bocca. E le dita.

Dio, se lo disprezzo. Se mi manda in confusione.

Per il resto della giornata sorprendo Whit a guardarmi con espressione quasi disgustata. O di rabbia. Non saprei dire. È davvero frustrante e ora sono io a ignorarlo, decisa a godermi la giornata e il bel tempo finché posso. È pomeriggio inoltrato e sono seduta sul prato vicino alla biblioteca, in compagnia di Sylvie. Il retro delle nostre cosce prude a contatto con l'erba.

«Dovevo portare un telo», mugugno, grattandomi.

Sylvie ride. «Mi piace il prurito, mi fa sentire viva».

Le lancio un'occhiata, ma lei sembra serissima. A volte è proprio strana. Mi chiedo se menta sulla storia della morte, ma quando parla è sempre sincera. «Come ti senti?»

«Oh, sto bene». Fa un gesto con la mano come a voler liquidare la domanda. «Mia madre ha trovato un nuovo medico».

Aggrotto le sopracciglia e gioccherello con l'erba. «Per cosa?»

«Nessuno riesce a capire quale sia il mio problema. Quando non le danno le risposte che vuole, lei tira dritto e ne trova un altro», Sylvie alza le spalle. «È il suo modo di fare. Vuole assicurarsi che io riceva le migliori cure mediche possibili, e di certo possiamo permettercele».

Posso solo immaginare quanto denaro sia stato speso per la salute di Sylvie. «Hai una malattia?»

«Oh, ne ho a bizzeffe, con nomi che non riesco a pronunciare. Sono quasi tutte incurabili». Unisce le mani come in preghiera e le sue dita danzano l'una contro l'altra. «Ho una copia della mia cartella clinica, se vuoi darci un'occhiata».

«Meglio di no», dico, facendola ridere. «È per questo che sei stata via, lo scorso fine settimana? Eri con tua madre?»

«Come fai a sapere che ero via? Non l'ho detto a nessuno. Mia madre si è presentata venerdì mattina e ha detto che dovevamo andare via. È venuta qui con la Rolls. Mamma viaggia sempre in grande stile». Assottiglia gli occhi mentre mi osserva. «Aspetta solo un attimo, hai parlato con Whit? Te l'ha detto lui che non c'ero?»

«No». Tendo sempre a negare quando Sylvie menziona suo fratello. «Non parliamo».

In effetti, non lo facciamo. Non molto, comunque. Litighiamo e basta. Ci diciamo cose cattive. Ci spogliamo. Ci concediamo orgasmi a vicenda. Ora che siamo arrivati al sesso vero e proprio, non riesco a pensare ad altro.

Non vedo l'ora di rifarlo.

«Sì, come no», dice Sylvie, la voce colma di dubbio. «Lui ti guarda come se ti volesse mangiare».

Le mie guance si infiammano e capisco che sono diventate rosse. «Non è vero».

«Sì, invece. Ti fissa ogni volta che gli passi accanto. Addirittura gira la testa per guardarti andare via, e non lo fa mai. Non c'è bisogno di confermare o negare, perché lo so. Voi due state insieme». Ride alla vista della mia espressione mortificata. «La mamma si arrabbierà un sacco, sono sicura che lo fa per farle un dispetto, quindi goditelo finché puoi».

Le sue parole mi tagliano nel profondo, anche se non l'ha detto con quell'intenzione. Whit mi sta solo usando per far innervosire sua madre? E dovrei godermelo finché posso?

Dio, è proprio uno stronzo.

Sylvie tiene la mano sollevata davanti agli occhi e si guarda intorno, poi il suo volto si illumina quando scorge qualcuno. «Ehi! Da questa parte!». Solleva il braccio e saluta.

Guardo in quella direzione e vedo Spencer e Whit camminare verso di noi. Il cuore mi sprofonda nello stomaco quando lo vedo avvicinarsi, come al solito con la sua espressione annoiata. Come se volesse essere ovunque tranne che qui. Vicino a me.

«Fratello carissimo. Spencer». Sylvie inclina la testa verso di loro, che fanno lo stesso. «Che cosa fate voi due signori in questo piacevole caldo pomeriggio?»

«Cerchiamo ragazze da scopare», dice Whit, lo sguardo fisso su di me e nessun altro.

Sylvie fa un verso di irritazione, mentre Spencer ride a disagio. «Ti ho detto che non voglio sentir parlare delle tue ultime conquiste, fratello carissimo». Lei mi guarda, arricciando le labbra. «Stai solo cercando di scandalizzare la mia amica col tuo linguaggio scurrile».

«Non ne sono sicuro, non mi pare che Savage ne sia scandalizzata», dice Whit con un ghigno.

Lo fulmino, con la voglia di colpirlo.

Ho anche voglia di farmi toccare.

Un'altra risata imbarazzata da parte di Spencer fa sì che Sylvie punti gli occhi su di lui. «Anche tu stai cercando una ragazza da scopare, Spence?».

«Ehm». Gli si imporporano le gote. È palesemente agitato, il che mi fa tenerezza. Non è sciolto e mai infastidito come Whit. Ovvio, lui è un ragazzo fatto di pietra quindi non mi sorprende.

La risata squillante di Sylvie si diffonde nell'aria, mentre si alza in piedi e si dirige verso Spence, fermandosi proprio di fronte a lui. È alto e sovrasta la sua piccola, dolce figura. «Andiamo a prendere un gelato».

«Non possiamo uscire dal campus», ribatte lui.

Lei gli dà dei colpetti sul petto, con un *tsk tsk* di scherno. «Sono una Lancaster, Spence. Posso andare dove voglio. Dai, guidi tu?».

Spence gonfia il petto, gli occhi castani rivolti solo a lei. «Certo, Syl».

Whit spinge l'amico per la spalla, per poi puntargli un dito in faccia. «Se le torci anche un solo capello, ti spezzo tutte le ossa».

Spence alza gli occhi al cielo. «Rilassati, testa di cazzo. Non sono interessato a tua sorella in quel modo».

«Sei proprio uno stronzo, Whit. Lascialo in pace», sbotta Sylvie, lo sguardo su di me. «Mi dispiace abbandonarti, ma il gelato chiama. Ciao!».

Guardo Spence e Sylvie che si allontanano, ben consapevole degli occhi di Whit su di me. Solo quando scompaiono all'orizzonte, mi azzardo a guardarlo. «Mi sorprende che tu voglia farti vedere in pubblico in mia compagnia».

Lui infila le mani in tasca, un'espressione impassibile. «Sylvie ci ha chiamati, che dovevo fare?»

«Ignorarla?». Inarco un sopracciglio.

Lo sguardo gli cade sulle mie gambe e vi indugia. «È tutta la settimana che cerco di ignorarti».

La sua onestà è sorprendente. «Credimi, lo so».

«Ti arrotoli la gonna». I suoi occhi scintillanti incontrano i miei. «Stai cercando di attirare la mia attenzione?»

«Funziona?»

«Divarica le gambe e te lo dico subito», afferma, lo sguardo che torna sulla gonna.

Serro le cosce, sollevando le ginocchia. «Sei disgustoso».

Ride e lo fa sul serio. È un suono gioioso che si sedimenta nelle profondità del mio ventre e stuzzica qualcosa di sconosciuto. «Ti piace, cazzo, visto che sei disgustosa come me».

Quelle parole colpiscono nel segno perché sono vere. «Perché mi ignori?»

«Cercavo di convincermi di aver chiuso con te». Fa spallucce. «Suppongo non sia così».

Vengo assalita da un senso di trepidazione e mi metto a sedere dritta.

«Facciamo una passeggiata, Savage», propone con tono indifferente, ma la luce dei suoi occhi dice il contrario.

Mi sento a disagio, allo stesso tempo sono eccitata. «Meglio di no».

«Ti faccio vedere una cosa che non hai mai visto prima», canticchia, cercando di adescarmi.

Rido. «L'ho già visto il tuo uccello, Whit. Non c'è bisogno di tentarmi».

Lui aggrotta la fronte, gli angoli delle labbra si arricciano.

Come se volesse... sorridere? Ridere?

Be', è di buon umore.

«Dai». Mi tende la mano. «Andiamo».

La voce è ferma. È un ordine, non una richiesta. Metto la mano nella sua e mi aiuta ad alzarmi, spingendomi verso di lui. «Vuoi che la gente veda che mi porti in giro per il campus?»

«Non mi interessa cosa pensa la gente. O tu». Mi lascia la mano e inizia a camminare.

Cerco di tenere il suo passo. «È per questo che mi hai ignorata negli ultimi giorni?»

«Sono stato... occupato». Evita di guardarmi.

«Occupato a ignorarmi».

«Forse non sei degna della mia attenzione».

«Allora perché adesso stai con me?».

Mi punta contro un ghigno malvagio. «Sei tu che stai correndo un pericolo. Non dovresti venire in un posto da sola con me. Chissà cosa potrei farti».

«Non mi fai paura», ribatto con voce chiara e allegra, come se non avessi nessuna preoccupazione al mondo.

È una bugia, però. Mi fa paura. Sono a disagio. E nervosa, perché mi fa desiderare cose che non dovrei. Mi fa sentire viva.

«Dovrei», dice con nonchalance, per poi girare a sinistra quando arriviamo in fondo alla biblioteca. «Vieni».

Lo seguo e imbocchiamo un sentiero che non ho mai percorso prima, che porta a un boschetto di fitti alberi. Resta in silenzio, la sua andatura è risoluta, così come il suo sguardo. Cammino veloce dietro di lui, non voglio restare indietro e sono curiosa di sapere dove mi sta portando.

«Ci sono dei vecchi edifici qui dietro», spiega. «Un tempo facevano parte del campus».

«Davvero?». Ha stuzzicato la mia curiosità e mi chiedo se posso fare altre domande. O se mi dirà di chiudere la bocca. «Dove?»

«Ci siamo quasi».

Gli uccelli cinguettano sopra di noi e si posano sugli alberi che ci circondano. La luce del sole è calda, il cielo è di un azzurro intenso. Mi guardo intorno e capisco che la vegetazione si infittisce e gli edifici si allontanano, finché non sento le onde dell'oceano in lontananza.

Un edificio diroccato si profila di colpo davanti a noi, ha il tetto completamente distrutto, così come la maggior parte delle pareti. Mi fermo a osservarlo. Sono un po' spaventata.

«Andiamo», dice, inclinando la testa verso l'edificio.

Mi conduce vicino alla struttura in rovina e aggira le pareti fatiscenti. I mattoni sono scoloriti, quasi bianchi, e alcune parti sono ricoperte di muschio verde. Osservo la distruzione e seguo Whit su per una serie di traballanti scale di legno che sento scricchiolare sotto i miei piedi, finché non siamo effettivamente all'interno dell'edificio, anche se è come essere all'aperto. Non c'è un tetto, non ci sono dei muri veri e propri, dentro è semi vuoto.

È un guscio. Un fantasma di altri tempi.

«Che cosa è successo qui?». Mi appoggio al davanzale di una vecchia finestra, il vetro è andato ormai da tempo. Siedo sul bordo della finestra e lo guardo.

L'aria tra noi cambia, diventa elettrica. Whit si avvicina, con movimenti lenti e metodici, come una tigre che vuole tendere un agguato alla sua preda. Si sfila il nodo della cravatta già allentato e la toglie dal collo con una sferzata. Tiene la seta tesa tra le mani e si ferma di fronte a me. «Un incendio. È successo più di cento anni fa. Era il Lancaster Prep originale, la prima struttura costruita. All'epoca, la mia famiglia e il personale non hanno avuto il coraggio di demolirne le fondamenta, quindi l'hanno lasciata in piedi e hanno riedificato da un'altra parte, comprando i terreni adiacenti alla scuola».

Mi guardo intorno e scorgo in lontananza l'imponente guglia della cappella. «È lontano dal resto del campus».

«Tutto il personale viveva nel campus. Una volta, qui dove siamo ora, c'era parte dei loro alloggi. L'edificio era abbastanza vicino all'istituto, ma abbastanza lontano da far credere che avessero un po' di privacy», spiega.

Un volatile cinguetta e un altro gli risponde. O le risponde. Saranno amanti segreti, come noi? Che si cercano nella foresta?

La mia mente ama inventare delle storie di fantasia ispirate alla mia situazione con questo ragazzo. Io e Whit non siamo amanti. Tra noi non ci sono emozioni. Siamo solo dei tossicodipendenti, alla disperata ricerca l'una dell'altro per aiutarci a tenere a bada l'oscurità che si annida dentro di noi.

«Non sapevo esistesse». Faccio scorrere le dita lungo il bordo di legno, stando attenta a non ferirmi con una scheggia.

«Certo che non lo sapevi, matricola». Il suo sorriso è infido e mi fa scalpitare il cuore per la trepidazione.

«Ci hai portato altre ragazze?». Cerco di mantenere un tono disinvolto, come se la domanda non significasse nulla, ma lui lo sa. Il voler scoprire qualcosa che lo riguarda, qualsiasi cosa, mi ha tradita.

«No, perché dovrei portarci una ragazza qualunque?». Mi lancia uno sguardo indagatore.

«Perché ci hai portato me, allora?». Perché vuole scoparmi. Quando mai non vuole? Fuori, in segreto. Lo immagino sdraiato su di me nel prato lì vicino, io a gambe divaricate, la sua testa in mezzo, la sua bocca che lecca avida la mia carne. Adoro quando usa la lingua su di me. Quasi quanto mi piace quando mi scopa.

«Per privacy. Hai fatto un sacco di storie, prima, per il fatto che ci hanno visti insieme. Ho capito che avevi ragione. Noi dobbiamo restare un segreto». In sostanza mi sta rinfacciando la mia preoccupazione di prima, e immagino di meritarmelo.

«Ti vergogni di me». Sollevo il mento e lo fulmino con lo sguardo.

«Tu non ti vergogni di me? Di quello che c'è tra noi? Ci odiamo a vicenda, eppure eccoci qua». Fa un cenno nella mia direzione.

«Non abbiamo senso», dico d'accordo.

«Eppure, sei l'unica cosa a cui riesco a pensare». Sembra disgustato da sé stesso. Da me. Strattona le due estremità della cravatta, attirando la mia attenzione su di essa. «A volte preferirei che tu non esistessi affatto, così non avrei questa ossessione».

Quelle parole mi accendono dentro. Dimostrano che, nonostante tutto, è attratto da me. «Che vuoi dire di preciso?». La mia domanda è una provocazione. Come se volessi fargli dire qualcosa di orribile e crudele.

Nel mio profondo, lo voglio. Voglio sentire che razza di cose subdole e terribili potrebbe inventarsi e scoprire come mi fanno sentire. «Potrei strangolarti con questa, proprio adesso, e nessuno sentirebbe la tua mancanza». Arrotola la cravatta intorno alle dita, facendo scorrere la seta tra le sue mani.

«Hai ragione». La mia voce è fredda, ma dentro di me sto tremando. Non posso fare a meno di chiedermi ancora una volta cosa possa aver reso un ragazzo così giovane così diabolico.

Era tenebroso già anni fa, quando l'ho conosciuto. Quando mi ha chiamato puttana e mi ha baciata per zittirmi. Era brutale, ma ancora insicuro. Ora sa esattamente ciò che vuole e come ottenerlo. È terrificante.

Ed esaltante.

Whit si avvicina con il suo corpo che emana calore. Ogni suo dettaglio mi invade e mi metto dritta, ho i muscoli tesi mentre lui preme il tessuto caldo contro la pelle delicata della mia gola. «Non ti faccio paura?».

Ci metto tutta me stessa per non tremare. «No».

«Sei stupida?». Inarca un sopracciglio. «O ti fidi di me fino a questo punto? Fidarsi di qualcuno non porta da nessuna parte, e lo sai».

Non parliamo. Fisso il suo sguardo gelido e mi sfugge un respiro quando mi avvolge la cravatta intorno alla gola. Le sue dita sfiorano la mia nuca, passando tra i capelli, e chiudo gli occhi al suo tocco gentile, ricordandomi che non significa nulla.

Mi odia e questa è una tortura. Il mio dolore lo eccita. Ha quasi diciotto anni ed è già fuori di testa. Ma d'altra parte, lo sono anche io.

«Quaggiù nessuno ti sentirà urlare». Tira i due capi della cravatta per stringere il tessuto. Quanto basta per farmi capire che c'è, non abbastanza da farmi male.

Per adesso.

«Non mi farai del male», dico con molta più sicurezza di quella che possiedo in realtà.

«Cosa ti rende così sicura?». Lui china la testa, la bocca si libra appena sopra la mia. «Soffocherò le tue urla con le mie labbra, le inghiottirò tutte».

Tende a essere poetico quando parla di farmi del male. «Non urlerò».

«Ti ho già fatta urlare in passato». Lascia andare un'estremità della cravatta e scivola con le dita sotto l'orlo della mia gonna.

Il suo tocco mi scatena la pelle d'oca e provoca un dolore sordo tra le mie gambe, lo stesso che prende sempre vita quando sono con Whit. «Questo è un urlo diverso».

«Piacere, dolore. Sono intercambiabili. Tu, tra tutti, dovresti saperlo ormai». Porta la mano sul davanti delle mie mutandine. «Sei bagnata».

Mi avvicino e gli poso la mano sull'erezione. «Ce l'hai duro».

«Mi è diventato duro quando ho pensato di strangolarti a morte». Arriccia le labbra in un sorriso appena accennato.

Non gli credo. Forse questo mi rende una sciocca, ma lo penso sul serio. Lo eccita la sola fantasia, non desidera farmi davvero del male. «Non mi ucciderai».

Inarca un sopracciglio. «Ne sei sicura?»

«Non vuoi infangare il nome della tua famiglia. Whittaker Augustus Lancaster, un assassino? I tuoi genitori non ne sarebbero contenti».

La rabbia divampa nei suoi bellissimi occhi e la sua bocca lambisce la mia in un bacio brutale. Usa la lingua e i denti, mentre le sue dita scivolano dentro le mutandine e mi accarezzano la pelle nuda, giocando con il clitoride. Mi morde il labbro inferiore così forte da farmi gridare.

E, come una cascata, vengo sulle sue dita.

Lui ride, si scosta e sfila le dita dalle mutandine. Le guance mi bruciano di vergogna per la facilità con cui è successo. Il mio corpo è un pasticcio tremante e quando mi infila le dita in bocca, le succhio, assaggiando me stessa e odiando il mio clitoride, che pulsa in attesa delle altre punizioni che mi infliggerà.

«Mi odi tanto, eppure basta un tocco per farti venire sulle mie dita». Mi posa un bacio sul naso e sorride. Un sorriso che non raggiunge gli occhi. «Troietta, scommetto che ti piace quando dico che voglio farti male».

Ho la gola bloccata da troppe proteste, che mando giù. Non avrebbe senso dirle ad alta voce. Lui si limiterebbe a ridere. Mi darebbe della bugiarda.

Nel profondo, so che ha ragione.

«Vuoi che ti scopi adesso?». Inclina la testa, contemplandomi. «O forse vuoi metterti in ginocchio e soffocare sul mio cazzo».

Scuoto con foga la testa, come se le immagini evocate dalle sue parole mi terrorizzassero.

Non è così. Voglio che mi scopi, qui, alla luce del sole e nella quiete silenziosa della foresta. Sento l'odore dell'oceano vicino, lo sento lambire la riva. Avanti e indietro. In modo ritmico.

Come il sesso.

Non resto sorpresa quando lui porta le mani sotto la mia gonna e afferra il sottile orlo delle mie mutandine, tirandole giù lungo le cosce. Guardo il delicato tessuto cadere a terra, la mente in fermento. Mi manca il fiato. Il cuore batte così forte che temo mi scoppierà nel petto. Ho la testa inclinata quando Whit si slaccia la cintura, il tintinnio del metallo mi fa trasalire.

Parla per tutto il tempo. Di quanto mi odi. Di quanto voglia scoparmi e farmi male. Aprirmi in due col suo cazzo. È disturbato, fa paura. È più intenso del solito. I suoi pensieri sono incomprensibili, come i suoi desideri. Sono sbagliati. Deliranti. Malati.

Ma soddisfano qualcosa, dentro di me, che non ho mai sperimentato prima. Qualcosa che per anni mi ha fatto soffrire. Qualcosa contro cui ho lottato. L'ho sempre chiamata "oscurità" e quando ha letto il mio diario deve averla riconosciuta.

Io e Whit siamo uguali.

Abbassa i pantaloni, formando una pila ai suoi piedi. Quando mi azzardo a guardarlo, vedo il suo pene grosso e lungo, la punta che luccica e una goccia di liquido seminale che vi splende sopra. Tira i boxer blu pallido appena sotto, poi si avvicina.

Divarico le gambe per accoglierlo. Lui sogghigna, le mani ruvide sui miei fianchi mentre inclina il mio corpo per ricevere il suo. Affonda, con una spinta decisa dei fianchi, e mi penetra in profondità. Urlo così forte che uno stormo di uccelli spicca il volo, dandosi alla fuga battendo le ali frenetiche.

«Sei fradicia», dice a denti stretti, poi affonda e affonda, e il mio corpo e la mia voglia glielo rendono facile. Non ci sono complicazioni quando mi scopa. Non sono mai asciutta, lo so perché l'ho già sperimentata in passato, la secchezza e la resistenza.

Non credo che succederà mai con Whit.

«Perché voglio sempre scoparti? Perché?». Aumenta la velocità.

A poco a poco prendo vita. Quando è dentro di me, è come un carburante. Mi nutre. Alzo la testa, i nostri sguardi si incontrano e mi chiedo cosa veda. La sua espressione si addolcisce e rallenta i movimenti. Mi tendo verso di lui, faccio scorrere le dita lungo il lato del suo viso e lui socchiude gli occhi. Dischiude le labbra. Il suo cazzo pulsa dentro di me e mi sposto, trascino il sedere contro i mattoni ruvidi sotto di me, graffiandomi la pelle.

«Dimmi che mi odi», chiede appena prima di baciarmi. Le sue labbra calde sono un regalo e io non rispondo. Mi limito a prendere ciò che mi dà, gli avvolgo le braccia intorno al collo, affondando le dita nei suoi capelli setosi.

È duro ovunque, a eccezione dei capelli. E la sua bocca… dice delle cose tanto crudeli e fa un sacco di danni, ma quando mi bacia mi ricorda una nuvola. Fugace.

Eterea.

Penso ai punti deboli che cerca di tenermi nascosti. Soffre il solletico all'interno delle braccia, quando lo tocco. Allo stesso modo, il punto oscuro e celato dietro i testicoli, lo fa gemere. Il suo interno cosce.

Il cuore.

La consapevolezza mi investe. Non mi interessa se afferma di essere tenebroso o se mi tratta in modo crudele. Il suo muro sta cadendo a pezzi. Proprio come i resti di questo edificio che ci circonda. Sono paziente. Abbatterò del tutto quei muri e scoprirò il morbido nucleo del suo cuore palpitante.

«Cazzo», ansima contro le mie labbra, come se fosse una bestemmia. O una preghiera. «Quanto mi piaci».

Sorrido e apro gli occhi per vedere che mi sta guardando. Le sue spinte sono ritmiche, mi schiaccia contro i mattoni, e so che il mio sedere sarà tutto graffiato e contuso quando avremo finito.

«Dimmi che lo odi», chiede con voce disperata.

«Lo odio». Non sembro per niente una che lo odia. La mia voce accarezza ogni sillaba, come se provassi piacere a pronunciarle.

«Di' che mi odi».

«No».

«Dillo, Summer. Mi detesti, cazzo».

Prima, poco tempo fa, era vero. A volte disprezzo ancora le cose che mi fa, ma non lo odio. Non desidero altro che questo: lui che mi prende con crudeltà e poi con il tocco gentile che cela.

«Non sto usando il preservativo», sibila. «Potrei metterti incinta».

«Prendo la pillola», gli ricordo. So che gli piace scoparmi senza protezioni, e piace anche a me. È una cosa che non ho mai fatto prima. Yates è sempre stato attento nell'usare il preservativo.

«Potrei trasmetterti una malattia venerea», aggiunge.

A quelle parole mi immobilizzo e sgrano gli occhi, il panico mi fa saltare un battito al cuore. Quando incrocio di nuovo il suo sguardo, vedo una profonda soddisfazione annidata nei suoi occhi glaciali.

«Pensavi che nel frattempo non mi sarei scopato qualcun'altra, vero? Che avrei tenuto tutto questo per te?». Si ritrae dal mio corpo, avvolge le dita alla base del cazzo e lo trascina contro la mia figa. «Troietta egoista, questo non è roba tua».

Non dico nulla, perché voglio evitare che la mia mente si lasci di colpo trasportare dal pensiero di Whit con qualcun'altra. Che rivendica un'altra donna. Che se la scopa. Che la fa sua.

Sono una stupida, un'idiota.

Carico la mano e cerco di colpirlo, ma lui mi afferra per il polso e mi blocca. Mi tiene ferma e si fa di nuovo strada dentro di me, le sue spinte diventano più violente. Serro le labbra per non urlare. Non per colpa della sua brutalità, che bramo, ma per le pietre e i frammenti di mattone che scorticano la mia pelle sensibile.

«Non puoi farmi del male, qualsiasi cosa tu faccia. Ancora non l'hai capito?». Ride e poi sospira. Non so come faccia a mantenere così il controllo. Di certo qualsiasi altro ragazzo della sua età sarebbe venuto come un geyser, a questo punto.

Ma non Whit.

Lui è diverso da qualsiasi altro ragazzo.

Accelera il movimento e seppellisce il volto contro la mia gola, i suoi capelli morbidi mi solleticano la guancia. Continua a scoparmi, si avventa come un animale, il suo fiato caldo mi investe la pelle. Stringo le cosce intorno a lui, il mio orgasmo inizia a farsi sentire, sale sempre più in alto, come gli uccelli che ho spaventato prima e che si sono sparpagliati nel cielo per la paura. Questa sensazione mi terrorizza, ma la inseguo comunque. Ne ho bisogno, la desidero. Gemo a ogni suo colpo, non mi trattengo, assaporo il fatto che mi sto lasciando andare e l'orgasmo che avanza, cresce e mi travolge.

Sarà forte, il più forte che abbia mai avuto.

Sono sull'orlo del baratro, col fiato corto e la testa che gira, quando lui esce, stringe le dita alla base e schizza lo sperma sul mio stomaco e sui miei peli pubici. Combina un casino, gemendo. Il piacere stampato su quel suo bel viso e io che lo guardo affascinata.

Dolorante. Vuota.

Chiude con un ultimo brivido, poi apre gli occhi per rivelare il familiare, pigro luccichio che ha dopo un orgasmo. Si lecca le labbra mentre lo osservo, e mi prudono le mani perché vorrei artigliare il suo volto. Rovinare la sua bellezza.

C'ero quasi e lui me l'ha portato via.

«Che casino», dice con disgusto, lo sguardo sulla mia figa. «Hai sperma ovunque».

Intinge le dita nel liquido e le porta alla mia bocca. Le lecco con delicatezza, assaporando il gusto aspro, in preda all'agonia per non essere riuscita a trovare sollievo. È la prima volta che mi impedisce di avere un orgasmo e sono sicura che si sta godendo questo suo nuovo potere.

«Devi imparare a stare al tuo posto». Sembra annoiato. Pare voglia addormentarsi mentre mi guarda leccare via lo sperma dalle sue lunghe ed eleganti dita. «Mi odi. Odi quello che ti faccio. Tu mi appartieni, ma io non sono tuo».

Non afferro le sue parole e si protende verso di me, le dita umide si stringono sul mio mento tanto saldamente da farmi quasi urlare. «Dillo», sussurra. «Tu mi appartieni».

Non esito. «Io ti appartengo».

«Se ti becco di nuovo a parlare con Chad, ti costringo a guardare mentre mi scopo la sua sorellina». Mi scuote il viso. «Hai capito?».

Sbatto le palpebre, confusa dall'accenno a Chad. Nemmeno sapevo che avesse una sorellina al campus. Di cosa sta parlando Whit?

Intuisce la mia confusione, cosa che in qualche modo lo fa infuriare ancora di più. «Dimmi che hai capito».

«H-ho capito». Balbettare è una debolezza e chiudo gli occhi per la vergogna.

«Ti ha toccata», dice Whit a bassa voce. Allenta la presa e mi accarezza. Tocca l'angolo del labbro e sussurra con dolcezza: «L'ho visto, ti ha toccata e nessuno tocca ciò che è mio».

Mi ritorna in mente. Alla mensa, prima. Quando ho fatto quasi cadere a terra il mio pranzo. Non significava nulla. Chad non mi interessa e Whit lo sa.

Ma poi ricordo come ci ha osservati da lontano, con la rabbia che divampava negli occhi. In quel momento non me ne sono accorta.

Non gli è piaciuto vedere Chad toccarmi, perché ritiene che io appartenga solo a lui. «Non era niente», mormoro, notando il luccichio compiaciuto nel suo sguardo. «Appartengo a te, solo tu puoi toccarmi».

«Non dimenticarlo mai». Mi bacia, come se fosse una punizione, ma io bevo dalle sue labbra, assaporo la sua lingua e ne sono grata.

Il bacio e le parole possessive sono come un balsamo. Mi rimettono insieme mentre lui cerca di farmi a pezzi.

Lo guardo ricomporsi, nel frattempo il mio ventre pulsa ancora per il disperato bisogno di trovare sollievo. Quel piccolo orgasmo non è stato nulla. Mi fa male tutto il corpo per la trepidazione e per non essere riuscita a scaricarmi del tutto. Eppure, lui è tranquillo, come se nulla lo turbasse. Né me né nient'altro.

La verità, però, è nelle sue parole. Chad mi ha toccata. E anche se non significava nulla, quel tocco innocente lo ha fatto infuriare.

È geloso.

Un sorriso mi incurva le labbra e scanso la testa quando lui mi strappa la cravatta dal collo e la avvolge intorno al suo.

La sua gelosia è il mio potere, penso. Salto giù dal davanzale della finestra, allungando una mano per massaggiarmi il sedere ferito. Non dimenticherò questo momento.

Mai.

Capitolo 21

Whit

Torniamo al campus in silenzio e io mi sento in preda alla rabbia per tutto il tragitto. Summer sembra indifferente. Sono stato cattivo con lei, poco fa. Più crudele del solito, e lei ha preso tutto quello che le ho dato. Sembrava le piacesse.

A me è piaciuto di certo. Ogni parola contorta e ogni tocco brutale. Come l'ho sbattuta senza finezze, senza preliminari, nulla. Il mio cazzo avvolto da quel calore stretto e umido. Lei era pronta. Lo voleva.

Moriva dalla voglia, proprio come me.

Tutto perché ero geloso. No, c'è dell'altro. La possessività che mi è cresciuta dentro quando ho visto Chad toccarla mi ha fatto venire voglia di farlo a pezzi. E quello che è successo tra loro non è niente. Le sue dita sul gomito di lei non significavano nulla.

Eppure, vedere le sue mani su di lei mi ha fatto impazzire. Ero pronto a caricare come un toro. A correre da lui e colpirlo dritto su quella faccia compiaciuta. Chad può avere chi vuole, ma non deve nemmeno provare a guardarla, *lei*.

Quando mi sono calmato, gliel'ho detto. Eravamo ancora fuori e lui mi ha riso in faccia, quel figlio di puttana. Ha detto che non gliene frega un cazzo di Savage. Anche questo mi ha fatto infuriare. I miei sentimenti per lei mi mandano in confusione.

Arriviamo alla biblioteca e Summer vira a destra, diretta al dormitorio, ma io la afferro per il gomito, bloccandola.

«Stai bene?», chiedo con voce sommessa.

Cristo, perché glielo sto chiedendo? Che cazzo me ne frega?

Non mi importa davvero.

Il suo sorriso è debole. «Sto bene».

L'avvicino a me, incapace di resistere. «Non dire a nessuno che ti ho portata lì».

Si acciglia. «A chi dovrei dirlo?»

«A Sylvie». Mi dà ancora fastidio che siano amiche. Ché cosa sta facendo? Si avvicina a lei per conquistare me? Non funzionerà. Meglio per lei che non approfitti di Sylvie. Mia sorella è fragile, malata. Non so che cazzo di problema abbia, ma nostra madre l'ha portata da una lista infinita di specialisti negli ultimi anni, per capirlo. Sylvie ne parla con grande divertimento, come se potesse morire da un momento all'altro e le andasse benissimo.

Ma io so la verità.

È terrorizzata.

«Non parlo di noi a Sylvie», dice Summer. «Ma lei si è fatta un'idea».

«Che significa?»

«Tua sorella non è cieca», sibila Summer, avanzando di un passo verso di me. È così vicina che riesco a sentire il suo profumo. La sua fragranza leggera mescolata all'odore della sua figa. Inalo a fondo, lo assaporo, e mi indurisco.

Cristo. La mia voglia di lei è incontenibile e non lo sopporto, cazzo.

«Cieca riguardo a quello che c'è tra noi?»

«Al ristorante era abbastanza ovvio, mi puntavi col tuo sguardo da "scopami"», afferma Summer in tono ostile.

Non posso fare a meno di ridacchiare. «Sguardo da "scopami"? Sul serio?»

«È così, mi scopi con lo sguardo non appena ne hai l'occasione». Restiamo in silenzio per un momento, ci osserviamo. «Tipo adesso».

Assottiglio gli occhi, lascio andare la presa e la spingo via. Lei sta per cadere, ma si rimette in equilibrio all'ultimo secondo e mi fulmina con uno sguardo diabolico. Voglio che mi odi. Dovrebbe dirmi di togliermi dal cazzo e lasciarla in pace.

Ma questo mi farebbe insistere ancora di più. Stiamo giocando.

Un gioco che entrambi siamo destinati a perdere.

«Non dire a Sylvie di noi», ordino. «Non nominarmi nemmeno».

«È lei che ti nomina sempre per prima», esordisce Summer, ma io scuoto la testa e la metto a tacere con uno sguardo.

«Cambia argomento. Dico sul serio, Savage. Ciò che succede tra noi resta tra noi. Non coinvolgere nessun altro».

Non aspetto la sua risposta. Mi volto e faccio dei passi frettolosi, come se volessi fuggire da lei. Mi sento così. Averla vicina mi trasforma in un tossicodipendente che cerca di smettere, anche se davanti a lui c'è un mucchio di cocaina. Voglio inalare ogni suo granello, quando le sono accanto.

È esasperante.

Torno alla mia suite quasi sfondando la porta, poi la sbatto alle mie spalle così forte che, giuro su Dio, l'intero edificio sembra tremare. Vado alla scrivania e prendo il diario, lo apro in un punto a caso, verso la fine. Sono stufo di leggere delle sue esperienze con Daniel. O del fratellastro. Di quanto sua madre la faccia arrabbiare. Sono scemenze da adolescenti e mi annoiano a morte.

Voglio la vera storia. I suoi segreti, i più oscuri che ha. Verso la fine ci sono un mucchio di pagine piegate, come nascoste. Sul lato visibile sono scritte delle parole in grandi caratteri.

NON LEGGERE!!!!

Fisso quell'avvertimento con un cipiglio. Come ho fatto a non accorgermene prima? È proprio scontata. Ha sempre desiderato che qualcuno scoprisse i suoi segreti.

Apro le pagine e sono piene della sua grafia femminile, per lo più scritte con una penna rosa. È leggera, difficile da decifrare, e strizzo gli occhi, sedendomi sulla sedia. Accendo persino la lampada per vedere meglio.

Yates è venuto in camera mia, l'altra sera. Si è intrufolato dopo che mamma e Jonas sono andati a dormire. Avevo chiuso la porta per tenerlo fuori, ma lui è riuscito comunque a entrare. Non stavo dormendo. Facevo finta. L'ho sentito in piedi accanto al mio letto, il respiro pesante mentre mi osservava. All'inizio non ha fatto niente, ed è stato difficile restare immobile. Non riuscivo a respirare. Ho capito che si stava toccando, che schifo. Si è masturbato mentre incombeva su di me e io sono stata costretta a restare sdraiata e a sentirlo per tutto il tempo. È stato orribile, ma è durato pochi minuti. È venuto nella sua mano, poi si è pulito le dita sulla mia coperta.

Non appena è uscito l'ho lanciata sul pavimento, calciandola con i piedi. Sono rimasta così, umiliata, l'odore del suo sperma riempiva la stanza e… in un certo senso mi ha eccitata. So che è disgustoso.

Sono malata, davvero. Mi fa sentire di avere un potere, sapere che Yates mi desidera tanto da intrufolarsi nella mia stanza e masturbarsi solo guardandomi. Deve trovarmi bella. Speciale. Daniel ha detto che lo sono, ma ora non c'è più, e credo l'abbia detto solo per entrarmi nelle mutande. Anche se non abbiamo mai fatto sesso vero e proprio. Ci siamo divertiti. Mi ha detto che sono bella. Speciale.

Ora non ho nessuno. Mamma dice che devo lavorare su tante cose. Sui miei voti, sul mio comportamento, sui vestiti, sul trucco e sui capelli. Su tutto. Non sono abbastanza. Jonas è troppo impegnato a lavoro o a dare retta alla mia impegnativa madre.

E poi c'è Yates. Il povero, smarrito e strano Yates.

Mi vuole.

E potrei concedermi.

Chiudo di scatto il diario e sollevo la testa, respirando a fatica, vagamente turbato. E di solito niente mi turba. Ma sapere che Yates era alla continua caccia di Summer mi riempie di disgusto.

Verso me stesso.

La tratto malissimo.

Come hanno fatto tutti gli altri.

Capitolo 22

Summer

Mi convoca quella sera, più tardi, come un re che richiama la sua corte. Quando ho aperto la porta della mia stanza, dopo essere tornata dalla mensa, un biglietto è volato a terra, sottile e ben ripiegato. L'ho aperto con dita tremanti, intuendo esattamente chi fosse il mittente.

Vieni nella mia stanza.

Né per favore. Né grazie. Nessuna firma. La sua grafia è distinta, quindi so che l'ha scritto lui. Entrare nel dormitorio e infilare un piccolo foglio sotto la mia porta è stata una mossa audace. Nessuno sa di noi. Proviamo a essere discreti, ma sta diventando sempre più difficile far finta di niente.

Arrivo di fronte alla sua porta e alzo il braccio, la mano chiusa a pugno per bussare, ma questa si apre l'attimo prima che riesca a farlo. Whit mi afferra per il braccio e mi trascina dentro la stanza. Entro barcollando, quasi gli cado addosso, ma lui mi attira a sé e chiude la porta a chiave.

«Sei in ritardo». Sembra irritato quando lascia la presa, allontanandomi da lui.

«Dovevo aspettare che spegnessero le luci», gli rammento, e mi strofino il braccio dove mi ha toccata. «Non sono una privilegiata come te, che vai in giro per il campus come se fosse tuo».

Fa un sorriso sghembo e il mio cuore salta un battito per poi riprendere lentamente. Sembra un bambino, è quasi spensierato. Non so il perché di questo cambiamento, ma è come se gli potesse spuntare un sorriso in faccia da un momento all'altro. Proprio come rideva prima, quando eravamo insieme.

Che problema ha?

«Sembri un po' gelosa, Savage», mi prende in giro.

«E tu sembri un coglione, Lancaster», ribatto.

Assottiglia lo sguardo. «Hai la lingua lunga».

«Anche tu». Ho la voce fredda e incrocio le braccia al petto per non fargli vedere che mi tremano le mani.

Emette un sospiro, intanto passeggia per la stanza. Ripenso alla nostra prima notte insieme. Alla presa di coscienza che ho avuto.

Siamo simili, e nel modo più spaventoso possibile.

Lui ancora non dice nulla, quindi prendo la parola.

«Perché mi hai convocata?».

Whit si ferma e si volta a guardarmi. «Convocata? È così che lo chiami?»

«Non mi hai dato scelta».

«Hai sempre una scelta». Si avvicina con passi lenti, fermandosi proprio davanti a me. Indossa una tuta nera e una maglietta bianca. I capelli sono ancora umidi e ha un profumo fresco, di pulito, come se fosse appena uscito dalla doccia. Vorrei affondare il viso nel suo collo e respirarlo, ma mi trattengo. «Non sei costretta a venire».

Alzo il mento, i nostri sguardi si incontrano. «Non è vero».

«Lo è. Come ho detto, puoi sempre scegliere, ma tu vuoi stare qui con me».

Io non dico una parola.

«Ti ho scopato prima, non ti è bastato?». Inarca un sopracciglio.

«Sei tu che hai preteso venissi da te», gli ricordo. «Dovresti rispondere tu a questa domanda».

Il petto gli si alza e abbassa, ha il respiro corto. La sua frustrazione è un'entità viva, che respira e vortica intorno a noi, e mi chiedo cosa lo abbia turbato.

Cosa gli ho fatto? Ciò che è successo poco fa, nell'edificio abbandonato, non è stato tanto diverso da tutte le altre nostre esperienze. Chissà quante altre volte dovrò farlo, prima che mi restituisca il diario.

Eppure, forse ora non c'entra più il diario. Si tratta di qualcos'altro. Qualcosa di più.

«Abbassati i pantaloni e piegati sulla sedia», ordina. Io trasalisco, scioccata dalla sua richiesta.

«Perché?», chiedo in tono sommesso, senza riuscire a contenere il tremito della mia voce. Il culo mi fa un male cane. Prima, sotto la doccia, ho rimosso dei sassolini che si erano conficcati nella pelle e ho notato un livido sulla chiappa destra che mi renderà molto difficile sedermi sulle sedie rigide in classe, i prossimi giorni.

Tutto per colpa di quel modo brutale in cui mi ha scopata su quel davanzale. E anche se potrei accusarlo di avermi ferita e di avermi presa contro la mia volontà, sappiamo entrambi che non è vero.

Io lo volevo.

«Fallo e basta», afferma.

«Perché?», chiedo ancora. Se minaccia di sculacciarmi o fare qualsiasi altra cosa deviata che ha in mente, dovrò rifiutarmi. Per quanto lo desideri, non posso sopportarlo.

«Voglio vedere…». Affievolisce la voce e getta la testa all'indietro, fissando il soffitto. «Voglio vedere cosa ti ho fatto prima».

«Oh». Sono confusa, ma assecondo la sua richiesta e vado alla sedia vicino alla scrivania. Spingo giù leggings e perizoma in un unico colpo, lasciandoli cadere ai miei piedi, e gli mostro il risultato.

Trattiene il fiato e sento che avvicina la mano. Trasalisco, preparandomi, ma il suo tocco è di una delicatezza sorprendente. Segue un graffio, poi un altro. Ne tocca uno più profondo e sibilo. Traccia il perimetro di un livido. Non esercita alcuna pressione, le sue dita sono una morbida carezza sulla mia pelle e chiudo gli occhi per assaporarla.

Non significa nulla, mi dico. Vuole solo vedere gli effetti della sua distruzione. Gioire di essa. E va bene così. Non si sente in colpa per ciò che mi ha fatto e non credo dovrebbe. Ho dato il mio consenso. Vuole solo guardare. Forse vuole anche scattare una foto in ricordo della mia carne graffiata e scorticata.

«Ti ho fatto male», dice con voce roca.

«Mi hai già fatto del male», gli rammento, abbassando la testa quando le sue dita si avvicinano al punto tra le mie gambe.

«Non ti ho mai lasciato segni». Passa una mano sul sedere, con un tocco più intimo del solito. «Stai bene?».

Impongo ai miei pensieri in tumulto di darsi una calmata. Non gliene importa.

Non. Gli. Importa.

«Sto bene». Apro gli occhi e li punto sulla sua scrivania. Sopra c'è una pila di fogli, una catasta disordinata di libri. In fondo, c'è un diario nero e malconcio dall'aria familiare.

Il mio diario.

Mi raddrizzo e mi giro verso di lui, incurante del fatto di essere mezza nuda. «Voglio il mio diario».

Lui sbatte le palpebre, poi il suo volto si trasforma in una maschera impenetrabile. «No».

«Ridammelo». La rabbia cresce e la mia voce diventa acuta. «Non ho fatto abbastanza?»

«No», dice, avvicinandosi. «Non l'hai fatto. Pare che quando sei con me dimentichi sempre quale sia il tuo posto».

«Fidati, non l'ho dimenticato», gli sputo contro, odiando il disprezzo che trasuda dalle sue parole. «È da un po' che questa cosa va avanti, qualunque cosa sia. Credo di aver ripagato il mio debito».

Non so nemmeno perché dovrei essere in debito con lui. Quello tra noi è un gioco. Io sono solo un giocattolo con cui si diverte, che presto riporrà sullo scaffale e dimenticherà.

«Sei lontanissima dall'aver ripagato ciò che mi devi». Mi afferra il mento, ricordandomi il modo in cui mi ha toccata prima. Al solo contatto, ogni mia fibra si anima. Tremo. I capezzoli si inturgidiscono sotto la maglietta. Non porto il reggiseno.

Speravo succedesse qualcosa tra noi. Perché sono davvero malata. Bisognosa.

Lui mi spinge la testa all'indietro e posa lo sguardo indagatore su di me. «Ho fatto delle ricerche, prima. Su tua madre».

Serro le labbra.

«Le assomigli molto, da far venire i brividi. Capisco perché mio padre se l'è scopata per tanto tempo». Si china per soffiare le parole successive sulle mie labbra. «E perché io mi scopo te».

Lo guardo allibita. E questo che c'entra? È da un po' che non parliamo dei nostri genitori. Agli occhi di Whit sono ancora la figlia puttana di una madre puttana che ha distrutto la sua famiglia.

«Stai con me solo per vendicarti di tuo *padre*?».

Non gli credo.

«Tua madre ha rovinato il matrimonio dei miei», mi ricorda.

«Quel matrimonio era rovinato da ben prima che arrivasse mia madre», puntualizzo.

La sua espressione si irrigidisce. «Non sai di cosa parli».

«Nemmeno tu». Faccio una pausa. «Rivoglio il diario».
«No».
«Ho fatto abbastanza».
«Hai a stento scalfito la superficie».
«D'accordo». Libero il volto dalla sua presa e mi sfilo la maglietta. Calcio via leggings e perizoma dalle caviglie, finché non sono completamente nuda davanti a lui. «È questo che vuoi?».
Whit non dice nulla, ma vedo la fame che fermenta nei suoi occhi. Scendo a osservare il cavallo della sua tuta. Vedo il profilo del pene. Mi vuole.
Niente di nuovo.
Sollevo il mento, raggiungo il suo letto e mi ci sdraio sopra. Divarico le gambe così che possa vedermi bene. Sono bagnata, ma non mi importa. Qui siamo oltre l'umiliazione. Giaccio così, a gambe divaricate e vulnerabile per lui. Mi brucia il sedere, ma lo ignoro. Voglio che mi scopi.
Scopami per l'ultima volta e facciamola finita.
Bugie. Non vuoi farla finita. Vuoi che continui, ancora e ancora…
«Che cavolo fai?», sbotta.
«Scopami», dico. «Sai che lo vuoi».
Si avvicina al letto con espressione impassibile, le mani nelle tasche della tuta come se non avesse alcuna preoccupazione al mondo. Vorrei dargli un pugno in faccia.
«Bello», dice, lo sguardo fisso tra le mie gambe. «Pensi che questo basti a restituirti il diario?»
«Non lo so», piagnucolo. Poi serro le labbra, irritata con me stessa. Non posso mostrare debolezza, eppure eccomi qui a piangere per lui. A sacrificarmi per lui. «Facciamola finita».
«Cosa? Adesso vuoi fare la martire?», chiede severo. «Vuoi startene sdraiata a subire? Non è da te».
«Non è quello che vuoi?», lo schernisco.
«No», risponde con decisione. «Quando mai l'avrei detto?».
Penso alle nostre interazioni. La maggior parte delle volte finiamo insieme per qualcosa che dico o faccio. Stasera cosa c'è di diverso?
«Mi vuoi». Torno a sedere, poi mi protendo verso di lui e prendo in mano la sua erezione. Il cazzo sussulta al mio tocco. «Lo sento».
«Non così, non come un sacrificio».

«Non mi vuoi consenziente? Dio, sei proprio un malato…».

Mi afferra in modo brusco, quasi da farmi gridare. Le sue mani mi serrano le braccia e lui spinge il viso verso il mio. «Non osare dire che sono malato, quando tu sei ridotta male quanto me. Siamo entrambi così. Ti piace quando ti dico cosa fare. E a me piace se mi tieni testa».

«Prima non l'ho fatto», sussurro. «Quando mi hai detto di dire che ti odio».

«Dovresti odiarmi», afferma lui in tono severo. «Riesco solo a pensare a quanto desidero che tu mi resista».

Mi divincolo dalla sua presa e gli stringo il cazzo. «Così?»

«Lascialo stare», mormora.

«No», sorrido. Infilo la mano nella tuta e non trovo altro che pelle nuda. Lo accarezzo, adorando il modo in cui gli tremano le ciglia. Passo il dito sulla punta e spalmo il liquido preseminale ovunque, desiderando di metterlo in bocca.

Ha ragione. Sono malata, disturbata come lui. Potrei accusarlo di avermi resa così, ma sarebbe una bugia. Lo sono sempre stata, ma non capivo come. O perché.

«Summer». La sua voce è un avvertimento.

«Whit», lo provoco.

Mi lascia il braccio e afferra la mia nuca, spingendomi in avanti. «Lo vuoi? Succhialo, allora».

Faccio come chiede, sistemandomi sul bordo del letto. Lui è in piedi di fronte a me, con un'espressione di pietra. Come le belle statue angeliche nei giardini del campus.

Tiro giù la tuta, lo metto a nudo e allungo la mano per accarezzare la sua erezione. Pelle calda, dura. Vellutata.

È umano, mi dico. Non importa quanto cerchi di convincermi che non lo sia.

Chino la testa e lascio che i capelli mi cadano in avanti mentre avvolgo le labbra sulla punta del pene. Sgocciola sulla mia lingua e un'ondata di trionfo mi attraversa. Lui lo vuole.

Lo lecco e lo afferro con forza. Lo succhio. Alzo lo sguardo con il membro in bocca e vedo che mi sta osservando, l'espressione è ancora vuota, ma scorgo un luccichio nei suoi occhi. Calore.

Desiderio.

Mi vuole.

Faccio un respiro profondo e lo prendo ancora più giù nella gola, finché la punta non urta il fondo. E pensare che ho fatto solo due pompini, prima di conoscere Whit... Ora mi sento un'esperta.

«Cazzo», gli sfugge la sua parola preferita, e io ho un conato quando spinge i fianchi in avanti. «Cristo».

Entra ed esce dalla mia bocca, ancora e ancora, finché non mi scanso, emettendo un respiro tremante. «Fermo».

Lui se ne sta lì, il pene che luccica per la mia saliva, e un'espressione di puro shock in volto. Non l'ho mai respinto. Non gli ho mai detto di fermarsi. Probabilmente pensa che ci sia qualche problema. «Summer, ma che cazzo?».

Mi sdraio sul letto e porto la mano sulla figa, testandola. Sono bagnatissima. Il clitoride pulsa. Chiudo gli occhi e inizio a toccarmi, i miei pensieri pieni di immagini di Whit. Mi è piaciuto quello che mi ha fatto prima, oggi. Mi piace tutto quello che mi fa. Troppo. Vede la mia oscurità e la eguaglia. La supera.

«Che cazzo fai?», chiede rabbioso.

Le sue parole mi alimentano e mi accarezzo con più foga, pizzicando il clitoride gonfio tra le dita. «Devo venire», dico, e lui ride.

«Sei incredibile», sostiene.

Sento un fruscio e poi lui è proprio lì, tra le mie gambe, il suo alito caldo mi accarezza la pelle sensibile. Spinge via la mia mano e mi aggredisce con la bocca, mi divora, mi lecca ovunque. Io strillo dal piacere. Dal dolore. Le sue labbra e la sua lingua sono bellissime. Mi infila un dito dentro e mi stuzzica. Solletica la pelle tra la figa e l'ano, facendomi sussultare.

Mi inarco contro il suo tocco.

«Voglio scoparti qui», dice, avvicinando sempre di più il dito al mio ano. «Assaggiarti qui».

«Fallo», ribatto, poi chiudo gli occhi per la vergogna quando mi spinge le gambe all'indietro, portandole sopra la testa ed esponendo il sedere al suo sguardo. Alla sua bocca.

Mi contempla in un silenzio tombale, e io vorrei contorcermi. Ama umiliarmi e lo sta facendo proprio ora, mentre studia il mio corpo senza dirmi una parola. Attendo trepidante, il cuore che batte all'impazzata e la gola secca mentre provo a deglutire. E infine, *infine*, sento la sua bocca. Il suo respiro. La sua lingua.

Lecca, mi lambisce delicatamente e mi fa quasi sussultare. Lecca di nuovo, stavolta in modo più audace, ed esplora con la lingua, che mi stuzzica la pelle e mi fa sfuggire un gemito. Oddio, è una sensazione sbagliatissima. Maledettamente sbagliata.

Ma giusta.

Continua il suo dolce assalto alla mia carne, ridotta a una massa ansimante che si contorce, finché all'improvviso la sua bocca sparisce e mi fa premere la schiena contro il materasso, a gambe distese.

Se non si fosse fermato, sarei venuta. Sto morendo dalla voglia.

«Ti fa male il culo?», domanda, sfiorando i graffi e i lividi.

Mi ero dimenticata delle ferite. «No».

Si passa il dorso della mano sulla bocca, il petto ansante e il membro che si erge dritto. Leccarmi lì deve averglielo fatto diventare davvero duro. «Prima ti ho scopata in modo violento, lo vuoi di nuovo?».

Annuisco, sopraffatta. Non riesco a parlare. Lo voglio da morire.

Scivola dentro il mio corpo, di nuovo senza preservativo. Non li abbiamo mai usati. Mi scopa con fermezza, senza mai distogliere lo sguardo dal mio, i capelli che ricadono sul suo bel viso. Mi inarco sotto di lui, i nostri fianchi si incontrano, il mio corpo freme, anticipando l'orgasmo che sta per concedermi. Non credo sarà forte come quello promesso oggi pomeriggio. C'era qualcosa di selvaggio nel farlo all'aperto, tra le rovine. Esporsi e aprirsi alla natura, alla brezza che mi accarezzava la pelle, facendomi sentire viva. Voglio rifarlo lì, un giorno.

Domani, forse, se avrò fortuna.

«Cazzo», sussurra, lo sguardo scorre su di me, come se non sapesse dove posarlo. «Ti odio da morire, Summer».

Faccio finta che mi abbia detto che mi ama. Che mi ama da morire. Mi manda fuori di testa. Il mio corpo si ferma quando l'orgasmo mi travolge senza preavviso e tremo, gridando di piacere. Lui continua a muoversi, sempre fissandomi, e porta le dita tra i miei capelli, serrando la presa. Tira con forza. Mi fa male.

Protrae il mio orgasmo più a lungo.

«Ti piace quando fa male?», sussurra mentre continua a scoparmi.

«Mi piace».
«Ti è piaciuto quanto ti ho leccato il buco del culo?».
Annuisco. «Voglio leccare il tuo».
Lui sogghigna, mostrando un vero sorriso. «Sporcacciona, dici sul serio?»
«Voglio fare di tutto con te», ammetto.
Whit solleva la parte superiore del corpo e mi afferra per i fianchi mentre pompa dentro di me. Prendo i seni in mano, li strizzo. Mi pizzico i capezzoli. Lui mi guarda affascinato e io sorrido. Non faccio altro. Un singolo sorriso.
Viene. Si accascia pesantemente su di me, mentre il suo corpo massiccio trema sopra al mio. Intanto schizza e schizza. Una quantità infinita di sperma mi riempie. Gli accarezzo la schiena e gli mormoro delle cose sconce all'orecchio.
Quanto mi piace il suo cazzo. Quanto è bello averlo dentro. Come vorrei leccargli l'ano e masturbarlo allo stesso tempo. È fattibile? Potrei riuscirci, e a lui piacerebbe, perché il suo corpo sussulta. E un lieve «aah» gli abbandona le labbra in quell'unica, debole spinta.
L'ho fatto venire così. Io. Mentre mi guardava ed era dentro di me.
E non lo dimenticherà mai.

Capitolo 23

Summer

Manca poco a Halloween. Il mio periodo preferito dell'anno. La scuola non celebra la festività con appariscenti decorazioni di fantasmi, gatti neri e lanterne, ma decora il campus con enormi vasi di crisantemi e balle di fieno accatastate ai lati delle porte. Ci sono anche una serie di zucche sparse qua e là e degli spaventapasseri che una delle signore della mensa prepara ogni anno, a detta di Sylvie. Sono carini, hanno delle facce simpatiche, i capelli di paglia e dei cappellini spennacchiati in testa. Alcuni degli insegnanti accendono candele con delle fragranze autunnali nelle loro aule, e sentirne il profumo mi fa venire nostalgia.

Mia madre faceva lo stesso quando ero più piccola. Accendeva le candele autunnali per tutta la stagione, poi passava alle fragranze natalizie. Decorava la casa con oggetti carini a tema Halloween che aveva collezionato nel corso degli anni, e io ogni ottobre mi emozionavo quando tirava fuori le scatole nere e arancioni. Mi piaceva tantissimo vestirmi a tema, trasformarmi in qualcuno di diverso a ogni Halloween, anche se solo per una notte. Ancora oggi desidero travestirmi, fingere di essere qualcun altro e non me.

Alla veneranda età di diciassette anni e mezzo, credo di avere una crisi di identità.

Con l'avvicinarsi del trentuno, gli studenti del campus hanno iniziato a parlottare di una festa organizzata tra le rovine, quelle in cui mi ha portato Whit, e suppongo che sia lui l'organizzatore. Non mi ha mai parlato della festa, però.

Ci incontriamo di notte, una, due, tre volte a settimana. Ci divertiamo. Scopiamo. Non parliamo granché. Lui mantiene le distanze di proposito, come se quella notte mi avesse mostrato fin troppa vulnerabilità, quando era visibilmente sconvolto per avermi ferita, per avermi marchiata, nonostante avesse minacciato di volerlo fare.

Nemmeno in classe parliamo. Siamo impacciati. Ci salutiamo in modo superficiale, lui con sguardo vuoto ed espressione impassibile. Sembra che lo stia perdendo e non capisco perché. Non so nemmeno perché me ne importi. Dovrei esserne contenta, sebbene non mi abbia ancora restituito il diario. Non ne facciamo parola.

Ormai il diario c'entra poco, non mi interessa. Potrebbe leggerlo fino all'ultima sillaba e non avrebbe importanza, non più. Vorrei che mi parlasse. Che si comportasse come prima, come se gli importasse. Non voglio che si dimentichi di me.

Eppure, credo che l'abbia già fatto. Per lui sono diventata una routine, niente di più. Una da scopare. Nemmeno mi minaccia più. Preferisco quando è cattivo con me, invece di subire la sua indifferenza. Si comporta come se io non contassi nulla. L'ambiguità è il peggior sentimento che si possa provare per qualcuno, e credo che sia quello che Whit prova per me.

È terribile.

Il fine settimana prima di Halloween, Sylvie mi raggiunge in biblioteca il venerdì pomeriggio, ha gli occhi lucidi e il viso acceso di vitalità. È di buon umore e non credo di averla mai trovata così bella. Così viva. «Andiamo a fare shopping».

«Dove?», chiedo, odiando l'apprensione che sento. Che cosa vuole da me? Perché penso che tutti vogliano incastrarmi?

«Mercatini dell'usato. Uno di quei negozi temporanei che vendono costumi di Halloween ogni anno in città». Saltella su e giù con aria soddisfatta. «Ci servono dei costumi per la notte di Halloween».

«E che succede quella notte?». Voglio la conferma di questa festa una volta per tutte. Whit di certo non ha intenzione di parlarmene.

«Non hai sentito? Whit ha avuto un'idea bellissima e io l'ho aiutato. Daremo una festa al campus, tra le rovine dell'incendio di tanto tempo fa». Inclina la testa, entusiasta. «Ci sei mai stata?»

«No», affermo in tono solenne, cercando di non tradirmi.

«Oh, vedrai. Sono bellissime. Inquietanti. Lo scenario perfetto per Halloween. Whit ha già chiesto il permesso a papà, che ci ha dato la sua approvazione. Ci divertiremo tantissimo», in pratica strilla Sylvie.

Faccio un sorriso debole. Tornare lì non farà altro che ricordarmi cosa è successo tra noi l'ultima volta che ci sono stata, e mi renderà triste. Sentirò la sua mancanza, cosa davvero stupida. Perché dovrebbe mancarmi un ragazzo a cui chiaramente non importa nulla di me?

Forse Whit ha ragione. Ho l'autostima sotto ai piedi. Se non mi importa nemmeno di me stessa, non c'è da stupirsi che importi agli altri. Mio padre. Mia madre. Daniel, il mio presunto primo amore. Yates… Che schifo. Nemmeno mi dispiace che sia morto.

Era una persona orrenda, terribile. Un ragazzo egoista, esigente e strambo.

L'unico a mancarmi davvero è Jonas. Lui ci teneva. Aveva fiducia in me quando sembrava che nessun altro l'avesse. E ora non c'è più.

Anche per colpa mia.

Tiro su col naso perché sono sull'orlo delle lacrime, quando sento la mano di Sylvie che si posa delicata sul mio braccio.

«Stai bene?», mormora.

Alzo la testa e scuoto i capelli all'indietro, incapace di nascondere le lacrime che mi brillano negli occhi. «Sto bene». Mi sfrego gli angoli degli occhi, trattenendo le lacrime. Non ricordo l'ultima volta in cui ho pianto davvero. «Nostalgia di casa, credo».

Un mucchio di stronzate, ma avevo bisogno di una scusa.

«Oh». Sylvie mi stringe il braccio, il suo tocco è leggero. «Va bene, ci sentiamo tutti così a volte. Be', io no, visto che torno sempre a casa grazie a mia madre, ma sai cosa intendo».

«Giusto». Annuisco e tiro di nuovo su col naso. «Certo».

Sylvie cambia argomento e inizia a parlare dei costumi per Halloween, ma non la sto ascoltando. Anche se dovrei. Farmi coinvolgere dalla sua trepidazione sarebbe la distrazione perfetta di cui ho bisogno. Deglutisco con forza e mi volto a guardarla, costringendomi ad ascoltare.

«…Quindi pensavo di essere un angelo sexy, che ne pensi? Tipo un angelo demonico, perché quando morirò, dubito che andrò in paradiso», afferma con una risata.

«Perché dici così?». Io so per certo che non andrò in paradiso, ma ho le mie ragioni. Nessuna che possa condividere con lei.

Si china, premendo la fronte contro la mia. «Non sono una brava persona, Summer. Devi ancora capirlo. Sono esigente e cattiva. Fin troppo viziata e stupida. Non diventerò mai qualcuno, in questo mondo. Tanto le aspettative erano basse, quindi perché sorprenderci?».

La guardo attonita, riflettendo sulle sue parole. Non sembrano idee che si è costruita da sola. «Chi te l'ha detto?», sussurro.

Sylvie si scosta, gli occhi che brillano soddisfatti, come se volesse scandalizzarmi. «La donna che mi ha partorito, ovviamente. Mi odia. Soffro di una grave sindrome da figlio di mezzo, non si nota?»

«Se ti odia tanto, allora perché ti porta sempre dal medico, alla ricerca di una cura per i tuoi misteriosi malanni?», chiedo, sinceramente curiosa.

«Non sta cercando una *cura*, Summer», dice Sylvie con voce strascicata, lanciando uno sguardo verso la finestra. «Sta cercando di uccidermi, così da non avere più niente a che fare con me».

Emetto un rantolo e lei volta la testa, ha gli occhi ridotti a due fessure. «Non fingere di esserne sorpresa. È ovvio! Whit è il bambino prodigio. L'unico maschio. L'apparente erede dell'enorme fortuna dei Lancaster. E poi c'è Carolina, la piccola ballerina. Diventerà famosa in tutto il mondo, sarà una regina del balletto. È già sulla buona strada, tutti la adorano».

«Sylvie». La mia voce è un roco sussurro e mi avvicino a lei, così che nessuno ci senta. «Non crederai davvero che tua madre stia...».

«Hai ragione, non lo credo», mi interrompe, mettendosi a ridere così fragorosamente da farci zittire dalla signorina Taylor. «Volevo solo vedere la tua reazione quando l'ho detto. Ma soffro davvero della sindrome del figlio di mezzo. A nessuno frega un cazzo di me, non glien'è mai fregato niente».

Sbatto le palpebre e cerco di elaborare il significato delle sue parole. Se sia seria o meno. «Tuo fratello si preoccupa per te».

«Perché è costretto», ribatte, osservandomi con attenzione. «Hai raggiunto un traguardo importante, lo sai, vero?».

Mi ritraggo da lei, accigliata. «Che intendi?»

«Ti sei guadagnata l'approvazione non di uno, ma di due Lancaster».

Davanti alla mia fronte aggrottata chiarisce: «Me e Whit».

«Whit non mi approva», dico in un fiato.

«Ti approva abbastanza da farti entrare di nascosto nella sua stanza». Il suo sorriso è sornione. Sono certa che mi abbia visto.

«Non è niente», le dico. «È una cosa insignificante».

«Ti sta solo usando?», chiede, inarcando le sopracciglia.

«Ci usiamo a vicenda», la correggo.

«Whit non si *lega* alla stessa ragazza per più di una volta. Due volte, al massimo, ma di solito si tratta di un errore. È un tipo da botta e via», dice Sylvie. «Non che io presti attenzione alla vita sessuale di mio fratello. Che schifo. Ma so cosa sta succedendo, perché è impossibile non vederlo. Cosa c'è tra voi? Non è normale per lui».

«Per la maggior parte delle volte, quando siamo insieme, mi tratta come un rifiuto umano», borbotto, sentendomi stupida anche solo per averlo ammesso.

Whit non apprezzerà che sto parlando di lui a sua sorella.

«Tratta tutti così, me compresa», afferma Sylvie. «Non prenderla troppo sul personale».

Facile dirlo, per lei. Prendo sul personale tutto quello che dice Whit, soprattutto negli ultimi tempi.

«Sono solo un'abitudine. Gli faccio togliere uno sfizio, mettiamola così». Le guance si scaldano e serro le labbra. Dovrei smettere finché sono in tempo.

Sylvie ridacchia. «Gliene hai tolti molti, di sfizi, vista la situazione».

Appallottolo un pezzo di carta e glielo lancio. Lei ride e lo spinge via al volo. La signorina Taylor ci zittisce ancora, richiamando proprio il nome di Sylvie, ma noi la ignoriamo.

Se sei con un Lancaster, puoi ignorare tutti.

È venerdì sera e sono tutti al campo da football per la nostra ultima partita in casa della stagione. Io non ci vado, però, perché non ho nessuno con cui sedermi. Non mi sono fatta altri amici, oltre a Sylvie, e preferisco così. Lei odia il football, quindi non va alle partite. Credo lo faccia di proposito. Spencer gioca nella squadra e lei resta lontana, per farlo impazzire.

Il loro rapporto per me non ha senso, ma non ho diritto di parola, considerando la mia presunta "relazione" incasinata con Whit. Quindi non dico nulla, tanto non sono affari miei.

Verso le otto e mezzo bussano alla porta della mia camera, allora scendo giù dal letto, pronta a rispondere, ma questa si apre. Whit è in piedi sulla soglia, mi osserva. Si regge con le mani allo stipite, rimanendo nel corridoio.

Così che tutti lo vedano.

«Entra dentro», sibilo a bassa voce.

«Mi hai dato tu il permesso», dice, come se avesse il bisogno di ricordarmelo. Disinvolto, entra nella mia camera e sbatte la porta alle sue spalle.

Resto ancorata al mio posto, senza muovermi, e lui si avvicina così tanto che le sue scarpe mi sfiorano la punta dei piedi. «Che ci fai qui?»

«Che ci faccio sempre qui?». Si tende verso di me, mi cinge la vita e scivola sul mio sedere con la mano, stringendomi a sé. Io resisto ostinata, cercando di tenere a distanza i nostri corpi. «Ma che cazzo, Savage?»

«Non ho voglia». Mi libero dalla sua presa e torno a letto, dove sollevo le coperte per coprirmi il corpo.

«Non hai voglia?». Sbuffa. «Ma per favore, non mettere il broncio. Non ti si addice».

«Ho il ciclo», dico, ma è una bugia. L'ho avuto la settimana scorsa. E l'unica notte che siamo stati insieme, quando le mestruazioni erano più abbondanti, gli ho solo fatto un pompino. Lui non ha protestato. Ama avere le mie labbra avvolte intorno all'uccello.

Mi studia con espressione feroce e si avvicina al letto con passi lenti. «Quindi se ti infilassi le mani nelle mutandine, troverei del sangue?».

Alzo gli occhi al cielo. «Uso l'assorbente interno, stronzo».

«Vero, quindi troverei il cordoncino?». Inarca le sopracciglia.

Conosce fin troppo bene il corpo femminile. La cosa non dovrebbe darmi fastidio, perché non posso giudicarlo per le sue passate conquiste sessuali, così come lui non può giudicare me per quello che ho fatto.

«È il primo giorno», dico con l'intenzione di schifarlo. «Flusso abbondante e tutto il resto. Non vorrai rischiare».

«Rischiare cosa?». Sembra sinceramente interessato.

Faccio una smorfia. «È *davvero* abbondante».

Se proverà a infilarsi nelle mie mutandine lo stesso, non troverà nulla. E potrebbe arrabbiarsi perché ho mentito.

«Sono curioso, però», continua.

«Sei anche schifoso».

«È una normale funzione corporea». Fa spallucce. «Ti disturba la vista del sangue?»

«Certo che no. Perdo sangue dalla vagina ogni mese», lo contraddico.

«Non ho paura».

«Sei un pervertito», ribatto.

«Lo sei anche tu». Il suo tono di voce pacato mi irrita.

Lo fulmino e lui ricambia con la sua classica espressione impassibile. «Dai, Savage. Fammi vedere».

«Non ci penso nemmeno».

«Ovvio, perché stai mentendo». Salta letteralmente su di me, sul letto, e mi sfugge un grido dalle labbra. Quindi porta la mano sulla mia bocca per farmi tacere, poi accosta il viso al mio. «Avevi le mestruazioni la settimana scorsa, per questo mi hai fatto un pompino e non hai lasciato che ti toccassi».

Assottiglio lo sguardo, non sopporto la sua capacità di osservazione, il fatto che si ricordi di ogni cosa. «Ed eri una stronzetta scontrosa. Esiste la sindrome premestruale e tu ne soffri», continua. Cerco di disarcionarlo dal mio corpo, ma lo stronzo si mette a ridere. Non mi toglie la mano dalla bocca.

«Sei scontrosa anche stasera, che problema hai?». Lascia la presa sul mio volto.

«Non voglio più farlo», dico con voce debole. È difficile negare a sé stessi qualcosa che in realtà ci piace molto. Sì, per qualche strana ragione mi piace la crudeltà di Whit. I suoi giochi mentali. Le sue parole orribili e il suo tocco gentile.

Ma quello che stiamo facendo è sbagliato. Sono stufa di sentirmi sempre un casino. Voglio solo essere normale.

«Davvero?». Il suo tono mi fa intendere che non mi crede.

«Sì, davvero», ribatto. «E rivoglio il diario».

Assottiglia lo sguardo. «Non ho ancora finito di leggerlo».

«Che… che senso ha, ormai? Ridammelo. Hai già scoperto tutti i miei segreti. Che altro c'è? Non mi hai ricattata abbastanza?», chiedo, distogliendo lo sguardo dal suo, con lo stomaco annodato per il nervosismo. Non sopporto l'idea che possa scoprire quello che ho fatto a Jonas e Yates, ma è inevitabile che accadrà. Ha il mio diario da quasi due mesi. A stento gli credo, quando dice che ancora non l'ha finito.

Sta aspettando il momento giusto per farmi sapere che conosce il mio più grande segreto. Lancerà la bomba, che esploderà, e non potremo mai metterci una pietra sopra. Whit scivola via dal mio corpo, giù dal letto. Si mette in piedi, mi fissa con sguardo contemplativo e porta le mani sui fianchi.

«Vuoi che tutto questo finisca?».

Annuisco e mi tiro le coperte fino al mento. «Sì, è così».

«Mio padre ha detto che devo smettere di scoparti».

Lascio la presa sulle coperte e mi rimetto a sedere, lo shock che mi scorre nelle vene e mi gela il sangue. «Ma che diavolo, Whit? Hai detto a *tuo padre* che stiamo insieme?»

«Ho detto a mio padre che mi sto scopando una, non che stiamo insieme. C'è differenza», mi corregge, le sue parole sono un'arma. Mi ricordano qual è il mio posto. «E non ho mai fatto il tuo nome».

«Grazie a Dio», dico senza fiato, provando a ignorare il dolore che mi infliggono le sue parole.

Non gli importa di me. Scopiamo e basta. Lo so.

Fa comunque male.

«Sto per sposarmi», annuncia, e mi cade la mandibola a terra. «Non ora, ma è tutto organizzato».

«Non hai nemmeno diciotto anni», sottolineo.

«Li avrò a breve».

«E quindi, ti sposerai allora?», chiedo incredula.

Lui fa una smorfia. «Certo che no, siamo troppo giovani. Ma si aspettano che ci mettiamo insieme, io e la mia futura sposa. Dobbiamo dare una dimostrazione della nostra… relazione. Andremo al college come una coppia. Le chiederò di sposarmi. Daremo una grande cerimonia nella casa a Newport. Proprio come vuole mia madre».

Spiega il tutto con un tono monotono e capisco che non crede alle sue parole. Non lo vuole.

Allora perché lo fa?

«È questo che vuoi?», gli chiedo.

Infila le mani nelle tasche dei jeans e allontana lo sguardo. Non riesce ad affrontarmi. «Non ho voce in capitolo».

«Sei l'erede di una delle fortune più grandi al mondo e non hai voce in capitolo su chi sposare?». Scendo dal letto e inizio a camminare, sopraffatta da ciò che ho scoperto. «È ridicolo, cazzo».

«Sei tu che ti stai comportando in modo ridicolo adesso», dice in tono cupo, osservandomi con occhi glaciali. «Non puoi giudicarmi. La mia situazione può sembrarti folle, ma è normale nel nostro ambiente sociale, di cui tu non fai parte. Si combinano matrimoni, perché alcune unioni sono necessarie. Il lignaggio deve essere preservato».

Ignoro l'insulto. Grazie a Whit la mia pelle è sempre più spessa. «Quindi se tu sposassi un'umile ragazza, che ne so, dal New Mexico, faresti rivoltare tutti i Lancaster nella tomba?», sbotto. Non so perché mi sia venuto in mente il New Mexico. Non so cosa sto dicendo, ma la nostra conversazione sembra uscita direttamente da un romanzo storico. Roba da famiglia reale britannica.

Lui si mette a ridere, il solito bastardo compiaciuto. «Probabile. La vita non è facile come pensi, Savage. Da quando sono nato hanno creato delle aspettative nei miei confronti, essendo il primogenito maschio. Devo preservare una certa immagine e mantenere delle promesse fatte alla mia famiglia».

«Più che comprensibile». Non capisco, ma non importa. È più semplice accettare la cosa e andare avanti, una volta per tutte. «Puoi andartene ora». Indico la porta.

Mi osserva con attenzione, poi dice: «Ti ridarò il diario».

«Davvero?». Ho la voce stridula e deglutisco per contrastare le emozioni improvvise che mi assalgono da dentro. Se mi restituirà il diario significherà che non ci vedremo più. Sono io la prima ad aver fatto questa richiesta, ma che Dio mi aiuti...

Mi mancherà.

«Dammi tempo fino a Halloween». Faccio per lamentarmi, ma lui solleva la mano e mi mette a tacere. «Stiamo organizzando la festa in questo momento e ho molte cose da fare. Dopo potrò restituirtelo. Sono solo pochi giorni, Savage. Puoi aspettare».

«Va bene», sussurro, guardandolo dirigersi alla porta. Lui si ferma lì, di spalle, con la mano sulla maniglia.

«È finita?», dice interrogativo, come se volesse che io facessi qualcosa, che dicessi qualcosa, come per esempio supplicarlo di restare.

Non ci saranno richieste da parte mia. Non mi abbasserò a tanto. Se però lui si guarderà indietro, gli dirò di no. Se mi farà sapere che gli manco, lo inviterò nel mio letto.

Eppure, lui non fa niente di tutto questo.

Resta al suo posto, la mano ancora sulla maniglia, la schiena e le spalle contratte.

«Addio, Whit», dico con fermezza.

Non risponde. Si limita ad aprire e richiudere la porta senza guardarsi indietro.

Capitolo 24

Whit

Distaccarmi da Summer è stata la scelta giusta. Nelle ultime due settimane ho cercato con tutte le mie forze di innalzare dei muri, ho fatto del mio meglio per evitarla. Nel caso non avesse funzionato, l'avrei scopata senza sentimenti. L'avrei usata come se non valesse nulla per me. Non l'avrei guardata negli occhi e non le avrei detto le cose che dico di solito. Le parole di cui si nutre.

Anche io mi nutro di loro. Mi nutro di lei. I suoi versi bramosi e il modo in cui mi bacia. Come mi divora l'uccello e come sia sempre bagnatissima per me. Ogni volta che affondo nel suo corpo accogliente, penso a quanto sia perfetta, come se fosse stata creata su misura per me.

Ma non è così, lei non mi appartiene davvero. Nonostante il desiderio per la piccola Summer Savage mi pompi nelle vene e si raccolga tra le mie gambe, non siamo destinati a durare. È come una terribile dipendenza. Mi porta alla disperazione, rendendomi sempre pronto – impaziente, anzi – per la prossima botta.

È stato difficile andare da lei e mantenere le distanze. Scoparla come se non significasse nulla per me. Usarla senza alcuna emozione, né buona né cattiva. Lei si è accorta che c'era qualcosa che non andava. L'ho visto nei suoi occhi, dal modo in cui mi guardava. Anche lei si è chiusa in sé stessa. È brava a farlo.

Lo sono anche io. Lo siamo entrambi.

L'idea che quello che c'era tra noi stesse per giungere alla fine aleggiava nella mia mente da un po', ma non ero pronto. Chi è pronto a rinunciare al miglior sesso della sua vita? Ho un legame con quella ragazza. Non so come descriverlo, ma c'è. C'è sempre stato, fin dall'inizio, da quando ci siamo incontrati per la prima volta a quattordici anni.

Sapevo che non avrei potuto continuare a scoparmela per sempre. Né passare del tempo con lei. Avrei voluto di più.

Di più, ogni volta di più.

Ma è un qualcosa che non posso avere. Eppure è stata lei a dire che non voleva più continuare così. L'ho allontanata e lo sapeva. La mia Savage è più sveglia di quanto pensassi. Mi ha battuto sul tempo. Sono io quello che è stato scaricato, alla fine.

Abbiamo chiuso.

Torno nella mia stanza e mi tolgo i vestiti, mi siedo sul letto e cerco il diario dove l'avevo lasciato l'ultima volta, sul comodino. Non lo apro da settimane. Leggere i suoi pensieri la riporta nella mia mente, che ultimamente era l'ultimo posto in cui la volevo. Ha scavato in profondità e voglio che se ne vada.

Per sempre.

Eppure eccomi qui, con in mano il suo diario, pronto a sfogliare le pagine segrete celate alla fine. Ora so che Yates l'ha scopata e l'ha lasciata in un disastroso stato emotivo. Non voglio più leggere niente di tutto ciò. Non voglio sapere esattamente cosa le ha fatto o quanto l'ha rovinata. Summer è una merce danneggiata, lo so.

Ma cazzo, lo sono anche io.

Forse è per questo che siamo attratti l'uno dall'altra. Abbiamo visto e fatto tante cose, nonostante la nostra età. Da diventare insensibili. Se pensassi di stare *sul serio* con lei…

Mia madre andrebbe su tutte le furie e mio padre mi prenderebbe per pazzo. Cosa che sono.

Lo so.

Perché diavolo sono tanto attratto dall'unica ragazza che non dovrei desiderare? Perché?

Lancio il diario dall'altra parte della stanza. Questo colpisce il muro con un forte tonfo e cade a terra. Leggere le sue parole le permette di infestare i miei pensieri, ma è già fin troppo presente nella mia mente.

Devo trovarmi un'altra persona. Mio padre ha detto che dovrei scopare il più possibile, prima di fare le cose come si deve con Leticia. Una volta con lei, quando la faccenda diventerà pubblica e ci fidanzeremo, dovrò comportarmi da uomo fedele. Da perfetto futuro marito. Devo tenere la maschera finché posso. Dopo aver fatto un paio di bambini, o forse anche prima, le scommesse saranno chiuse. Finché sarò discreto, potrò avere tutte le relazioni extraconiugali che vorrò. Se Leticia lo scoprirà, lo capirà. È così che funziona. Leticia sa in che situazione si sta cacciando, proprio come me.

La mia vita è tracciata. Nessuna sorpresa. Niente di insolito. Mio padre ha da poco ricevuto un rapporto dal ginecologo di Leticia, che lo ha informato che è ancora vergine e che sembra in ottima forma. Sono state queste le esatte parole di mio padre. La ragazza mi darà un sacco di figli, ha detto ridendo.

L'ha fatta controllare come si fa con un animale. Da non crederci, cazzo.

La frustrazione mi travolge e allora chiudo gli occhi, cercando di concentrarmi su qualcos'altro. Una cosa qualsiasi. Sono stato consumato dall'organizzazione di questa stupida festa. L'unica ragione per cui lo sto facendo è per Sylvie. Lei vuole festeggiare Halloween a dovere, come se fosse la sua ultima occasione per farlo.

A me interessa solo sballarmi, soprattutto stasera. La festa sarà tra pochi giorni e, anche se mi delude non poter avere la ragazza che voglio, la notte di Halloween troverò qualcun'altra da scopare. A quel punto, se tutto andrà bene, Summer Savage diventerà un ricordo lontano.

Una volta per tutte.

Capitolo 25

Summer

Dopo le lezioni, raggiungo Sylvie nella sua stanza. Dobbiamo prepararci per la festa di Halloween. Questa settimana l'intero campus è stato invaso da un senso di trepidazione che ha raggiunto un livello febbrile nell'ultima ora, durante la quale nessuno riusciva a concentrarsi. Gli insegnanti hanno finto di non sapere nulla riguardo la festa, ma di sicuro ne sono a conoscenza. Non si parla d'altro. Vorrei essere più emozionata, ma visto che tra me e Whit è finita non ho grandi aspettative.

Faccio finta di esserlo solo per Sylvie.

Prima ci trucchiamo, dividendo la poltroncina al suo tavolo da toeletta, e applichiamo entrambe un ombretto pesante e un rossetto rosso. La sua eccitazione è palpabile. L'intera stanza si riempie di energia nervosa e lancio uno sguardo al mio borsone sul pavimento, quasi timorosa di indossare il costume che sono sicura causerà uno scandalo al Lancaster Prep.

Se finora non mi hanno notata, stasera lo faranno di certo.

«È l'occasione perfetta per uno scandalo», annuncia Sylvie quando ha finito di applicare il rossetto. Mi studia, sfregando le labbra rosso rubino con occhi scintillanti. «Sarà una festa che ti cambierà la vita».

«Se lo dici tu», dico restia. Non ho bisogno di eventi cambia-vita in questo momento. Ne ho già avuto uno, visto che io e Whit abbiamo deciso di non trascorrere più tempo insieme.

Mi secca ammetterlo, persino a me stessa, ma lui mi manca. È una cosa stupida, poiché sono stata io a insistere di chiudere. Come al solito, le emozioni che provo per lui mi fanno sentire una stupida.

«Stasera succederà qualcosa di bello, Summer, lo so e basta», continua lei. «Se Spence farà il primo passo, lo lascerò fare».

«Fare cosa?», chiedo cauta.

«Toccarmi. Baciarmi. Scoparmi. Quello che vuole. Sono pronta.

Sono stanca di preservarmi». Inizia a riporre tutti i cosmetici, ricacciandoli nel cassetto con un movimento del braccio. «Ho conservato la mia verginità per tutta la vita e ora sono stufa. Forse non mi resta molto tempo. Voglio sapere cosa si prova a venire grazie a un ragazzo».

«La prima volta è difficile venire, quando lui è dentro», affermo con aria assente.

Lei ride. «Disse la ragazza *suuuuper* esperta».

Ahi. Touché.

Non dico nulla, lascio cadere il rossetto nella pochette dei trucchi e chiudo la zip con un gesto un po' troppo feroce.

«Scusa, non volevo ferire i tuoi sentimenti», dice Sylvie a voce bassa e con espressione contrita. «Ti stavo solo prendendo in giro».

«Lo so». Le rivolgo un sorriso cupo. «Non fa niente».

Non voleva essere cattiva, lo so. Non vado orgogliosa delle mie esperienze passate, ma lei come fa a saperlo se non le ho raccontato niente?

Congiunge le mani e il suo sorriso si fa ampio. È ovvio, vuole cercare di risollevare l'atmosfera. Io sono una guastafeste totale, mentre lei è così emozionata per questa stupida festa. «Indossiamo i costumi!».

Mi alzo dalla poltroncina di velluto e vado a prendere il borsone per poi dirigermi in bagno, ma la sua voce mi ferma. «Dove vai?»

«Mi cambio in bagno». Agito il borsone. «Voglio che il mio costume sia una sorpresa».

«Oh, buona idea». Batte le mani e salta in piedi. «Non vedo l'ora di vederlo».

«È un po' sexy», aggiungo con una smorfia. «Forse troppo».

«Oh, ora *sì* che non vedo l'ora di vederlo», dice Sylvie, ammiccando nella mia direzione. «Vuoi far impazzire mio fratello?»

«Neanche per sogno», rispondo con uno sbuffo, anche se in verità era la mia intenzione iniziale.

Ho ordinato il costume online prima che io e Whit rompessimo. Immaginavo che, con un solo sguardo, non avrebbe saputo resistere. Ora, è probabile che stasera sarà impegnato con un'altra e che le dedicherà tutte le sue attenzioni, mentre io me ne starò lì con l'aria triste e troppa pelle in vista.

Uffa.

Sylvie mi lancia un sorriso complice che ignoro, così mi infilo in bagno e chiudo la porta con uno scatto silenzioso. Mi tolgo in fretta tutti i vestiti, anche il reggiseno e le mutande. Il costume non prevede l'utilizzo di indumenti intimi. Mi prendo il tempo che serve per non strappare le calze a rete mentre le infilo e indosso frettolosamente tutto il resto, per poi guardarmi allo specchio una volta finito.

Troppa pelle scoperta. Davvero troppa. Questo costume non è adatto a una festa di liceali, ne sono certa. Ma non ci saranno né accompagnatori né personale scolastico a lanciare sguardi di disapprovazione. Whit e Sylvie sono dei Lancaster. Possono fare quello che vogliono e quando vogliono, nel campus.

Faccio un respiro profondo per prendere coraggio, infine esco dal bagno e compio una piccola piroetta. «*Ta-da*, che ne pensi?».

Finisco il giro e mi trovo di fronte a Sylvie, che resta a bocca aperta a studiarmi. «Oh, mio Dio, Summer».

Ho lo stomaco chiuso per il nervosismo. «È troppo?».

Scuote piano la testa e chiude di scatto la bocca. «Se stai cercando di attirare l'attenzione di qualcuno, funzionerà. Questo costume è una garanzia. E io che pensavo che il mio fosse appariscente...», borbotta Sylvie sottovoce.

Mi metto di fronte allo specchio a figura intera appoggiato alla parete e noto che è simile a quello che Whit ha nella sua stanza. Inclino la testa e mi studio, consapevole che sì, sto assolutamente superando il limite con questo costume.

Ma maledizione, se sto bene. Mettendomi più dritta, traballo sui tacchi sottili degli stivali. Di solito resto sempre nell'ombra perché non voglio che qualcuno mi noti, ma Sylvie ha ragione. Attirerò l'attenzione di qualcuno, stasera.

Forse qualcuno di diverso. Di nuovo. Non ho bisogno di Whit. Non più. Lui non ha alcun diritto su di me.

Certo, nel profondo so che è lui, la persona che voglio attirare. Forse questo mi rende patetica, ma non mi interessa.

Vaffanculo. Voglio che tutti mi vedano stasera. Ogni ragazzo dell'ultimo anno. E magari anche quelli del terzo.

«Avrai freddo», dice Sylvie, fermandosi al mio fianco e fissando il suo riflesso.

«Anche tu», rispondo. È vestita da angelo oscuro, con dei pantaloncini attillati corti e un corsetto nero che le esalta il seno. La pelle è pallida, quasi traslucida, e riesco a vedere le sue vene blu sulle braccia e sul petto. Ha gambe lunghe e sottili e ai piedi porta dei vertiginosi tacchi a spillo neri. «Adoro il tuo costume».

«Sei stupenda», dice con un tono quasi di venerazione.

Indosso un toppino a fascia, rosso e fatto di paillettes, e ho la pancia in bella mostra. Avevo pensato di indossare dei pantaloncini rossi, ma ho alzato la posta in gioco e ho solo gli slip di un bikini rosso. È striminzito, praticamente al limite della decenza. Calze a rete e stivali sopra al ginocchio a completare il look. Poi, il tocco finale è dato da un forcone dorato e dalle corna di paillettes rosse che ho in testa.

«Sei completamente esposta». Mi dà una pacca sul sedere, facendomi sobbalzare. «Whit sa già di come sei vestita stasera?»

«Non siamo più... impegnati», dico, incerta su come spiegarmi. «Ci siamo lasciati pochi giorni fa».

«Ah. Vedremo quanto durerà, allora. Uno sguardo e perderà la testa», dice con una risata malvagia. «Ti ha lasciata per via di Leticia?».

Mi acciglio, decisa a far finta di niente. «Chi è Leticia?».

Il nome mi frulla nella mente. Leticia. È bello. Sono sicura che lei sia bella. Elegante e raffinata. Indossa delle perle ed è modesta. Non si farebbe vedere neanche morta con un succinto costume di Halloween che urla "fatemi delle avance".

«La sua futura moglie. Folle, vero? Sono stati scelti l'uno per l'altra quando eravamo bambini. Lei è simpatica. Carina. Insipida». Sylvie alza gli occhi al cielo, sbattendo il fianco contro il mio. «Niente a che vedere con te».

«In che senso?»

«Non ha una personalità. È d'accordo con tutti. Con i miei, me e ovviamente mio fratello. Lo fissa con uno sguardo da pesce lesso, mentre lui a stento le presta attenzione. Patetico. Lei non ha niente di sbagliato, è solo noiosa», spiega Sylvie. «Oddio, non riesco a tenere la bocca chiusa e continuo a ferire i tuoi sentimenti. Forse nemmeno sapevi che Whit avesse un'altra».

«È tutto a posto», dico con un'alzata di spalle, rassicurata dalla descrizione che Sylvie ha fatto di Leticia. Preferisco di gran lunga essere quella eccitante. Leticia ha la stoffa da moglie, io più da amante.

Come mia madre.

«Una cosa è certa, Leticia non indosserebbe mai un costume come il tuo. Lei è molto modesta», aggiunge Sylvie.

Proprio come sospettavo.

«E io cosa sono?» Inarco un sopracciglio e mi giro di lato. Ho le chiappe completamente di fuori, coperte solo dalle calze a rete. Diciamo che non me ne frega niente.

«Di solito lo sei anche tu. Non metti in risalto i tuoi lineamenti, mentre tutte le altre ragazze della scuola fanno di tutto per farsi notare. Me compresa». Sorride, i nostri sguardi si incontrano nello specchio. «Tu, invece, cerchi sempre di mimetizzarti».

«Non stasera», affermo.

«Di certo non stasera», concorda Sylvie con una risatina. «Sei pronta? Prima ho sgraffignato allo staff le chiavi di una golf cart. Whit ha caricato dell'alcol nel portabagagli, quindi dobbiamo portarlo lì. Almeno non dovremo camminare tanto sui tacchi». Solleva un piede, indirizzando uno spillo affilato puntato dritto verso di me.

«Ottima idea», dico, poi mi guardo intorno. «Pronta?»

«Prontissima». Si sfrega le mani. «Hai preso il telefono?»

«E dove lo metto?». Sollevo le braccia. Sul mio corpo non c'è un posto dove poter nascondere il telefono. «L'ho lasciato in camera».

«Buona idea. Oh!». Corre verso il mini-frigo della sua stanza, lo apre e tira fuori una bottiglia di vodka. «Scaldiamoci un po', prima».

Ci attacchiamo alla bottiglia, la vodka ghiacciata mi scorre nelle vene e mi fa rilassare. Sylvie non riesce a smettere di ridacchiare mentre prende dei piccoli sorsi dalla bottiglia.

«Scattiamo un paio di foto. Dobbiamo documentare questo momento», suggerisce Sylvie.

Ci mettiamo in posa davanti allo specchio. Dolci e innocenti all'inizio, con sorrisi sgargianti e occhi luminosi, audaci e maligne subito dopo. Mani sui fianchi, petto in avanti e lingua di fuori. Aiuto Sylvie a indossare le ali e le scatto una foto intera, con le gambe rigide e le braccia incrociate al petto. Le ali spiccano alle sue spalle. È meravigliosa.

Passare il tempo con Sylvie è divertente. Mi aiuta a dimenticare tutti i miei problemi, forse stasera è anche merito della vodka. Lei non riesce a smettere di ridere e io mi lascio coinvolgere dalla sua felicità. Sono stata giù di morale da quando io e Whit ci siamo lasciati, ma stasera sono al settimo cielo. Andrò alla festa e lui si mangerà le mani non appena mi vedrà.

Lo so e basta.

Una volta finito di fotografarci, lei pubblica alcuni scatti sui social, poi usciamo e saliamo sulla golf cart. Sylvie guida come una pazza, uscendo di continuo dal sentiero e ridendo sguaiata. La giornata è iniziata in modo cupo, con un cielo grigio e una pioggerellina costante, ma il maltempo è passato subito dopo pranzo. L'aria ora è fresca e il terreno è ancora umido, ma almeno non piove.

Arriviamo alle rovine e la festa è già in pieno svolgimento. C'è gente ovunque. All'esterno e intorno al vecchio edificio. In piedi o seduta sui gradini. Quasi tutti stringono una lattina di birra o un bicchierone rosso in mano. Dall'interno proviene musica ad alto volume e ci sono così tante persone che vedo solo corpi che si muovono l'uno contro l'altro ballando. Si raggruppano in gruppi ristretti per parlare. Sono quasi tutti travestiti, molti indossano delle maschere, quindi a stento riconosco i volti.

«È arrivata la festa, stronzi!», urla Sylvie davanti ai gradini, sollevando le braccia dopo aver premuto il piede sul freno della vettura.

Un ragazzo vestito di nero, con tanto di mantello, si allontana dalla folla vicino all'entrata e mi rendo conto che si tratta di Spencer. Il suo volto è di un bianco spettrale e delle piccole strisce di sangue finto gli colano dagli angoli della bocca. Quando vede Sylvie, sorride rivelando dei denti da vampiro.

«Sei bella da paura stasera, Sylvie».

«La ringrazio, principe delle tenebre», risponde lei, che scende dalla golf cart e corre verso di lui. Gli accarezza il petto e sorride, poi mi lancia uno sguardo da sopra la spalla. «Guarda Summer».

Lui sposta lo sguardo su di me e sgrana gli occhi mentre scendo con cautela dalla piccola macchina. «Oh, porca miseria».

«È troppo?», chiedo avvicinandomi a loro, poi mi porto le mani sui fianchi e mi metto in posa.

Lui muove gli occhi lungo tutto il mio corpo, come se non sapesse dove guardare. «Whit lo sa?».

Una sensazione di fastidio mi ribolle nelle vene e supero Spencer, lanciandogli uno sguardo da sopra le spalle. «'Fanculo Whit Lancaster, non mi interessa quello che pensa».

Lascio Sylvie e Spencer e salgo i gradini malandati per entrare nell'edificio a testa alta. La gente mi guarda mentre passo, bisbigliando con foga quando la supero, e per un attimo mi pento di aver scelto questo costume.

Un gruppo di ragazze mi guarda con un ghigno quando le supero. Una di loro tossisce nella mano un: «Puttana».

Le lancio uno sguardo mortale, ma lei si limita a ridere.

Nell'angolo più vicino della stanza è stato allestito un bar di fortuna e mi ci avvicino, afferro un bicchiere già pieno e lo butto giù. L'alcol brucia nella mia gola, provocandomi una smorfia. Ne prendo subito un altro e mando giù anche quello in un colpo. Ecco. Un po' di coraggio liquido farà la differenza. Il mio cervello sta già fluttuando, complice il fatto che non mangio niente da colazione.

«Ehi, bella».

Con uno scatto, mi scosto dalla mano che cerca di posarsi sul mio fianco e mi volto verso un ragazzo sorridente che frequenta la mia classe di Inglese. Provo a ricordarmi il suo nome mentre lo osservo, ma non lo ricordo. Lui è vestito di nero, fine della storia. Praticamente non indossa un costume. Mi guarda con occhi scuri e ardenti. Ha i capelli folti che gli ricadono sulla fronte. Non è brutto, e mi sta già mangiando con gli occhi come se fossi nuda.

Plausibile, visto quanto è succinto il mio costume.

«Sono Bryan», suggerisce quando ancora non ho pronunciato il suo nome, poi lancia un'occhiata al bar lì vicino. «Quanto hai bevuto?»

«Sono appena arrivata», rispondo con un sorriso.

«Allora è la mia serata fortunata», dice, lasciando cadere gli occhi sul mio petto. «Perché non ti ho mai notata prima? Sei nuova, vero?».

Ovviamente si aspetta che io sappia chi è, ma lui non sa chi sono io. Vabbè. I ragazzi sono tutti uguali. «Sì», dico con sincerità. «Nuova di zecca».

«Mi piace, mi piace». Porta di nuovo la mano sul mio fianco e stavolta non mi allontano. Apprezzo le sue attenzioni. Almeno non mi evita e non mi insulta. «Dimmi, signorina nuova di zecca, hai un nome?»

«Summer». Allungo un braccio dietro di lui e afferro un altro bicchiere, ma questa volta lo sorseggio. Il drink è forte, l'alcol non è diluito e mi arriva dritto alla testa. Sono sempre stata un peso piuma. «Come l'estate».

«La stagione in cui siamo sempre mezzi nudi perché fa caldissimo?». Il suo sguardo mi percorre il corpo. «Ora capisco».

Mi sfugge una risata, che soffoco prendendo un altro bicchiere. «Sai chi sono, sicuramente Whit te l'ha detto».

«Whit Lancaster?». Inarca un sopracciglio. «Odio quello stronzo. Crede di essere il padrone del mondo».

«Vero?». Rido, apprezzando il fatto che odi Whit. Potremmo formare un club. «Be', è il padrone della scuola».

«Lo sono i suoi genitori», replica Bryan con un sorriso malizioso. «Una bella differenza».

«Non ha cercato di convincerti a snobbarmi?», chiedo a bruciapelo.

La sua espressione non cambia di una virgola. «Giusto, sei quella ragazza. Perché dovrei snobbarti? Guardati».

Il suo sguardo di apprezzamento mi scalda dentro.

A questo punto la musica cambia, parte una canzone ritmata che andava di moda qualche mese fa, allora sorrido a Bryan. «Balliamo».

Senza aspettare la sua risposta, mollo il bicchiere sul tavolo e gli prendo la mano. Lui mi segue nella calca di gente finché non arriviamo al centro della pista. Comincio a muovermi, l'alcol mi scioglie i muscoli e mi fa sentire libera. Lui si muove appena. Se ne sta lì a guardarmi mentre ondeggio da una parte all'altra e alzo le braccia sopra la testa, seguendo il ritmo che mi consuma.

«Cazzo», lo sento sospirare, cosa che mi fa ridere. Le ragazze del Lancaster sono tutte delle puritane presuntuose. Abbiamo quasi diciotto anni. Non dovremmo essere libere di fare quello che vogliamo? Di vestirci in modo sensuale e divertirci senza ripercussioni?

Bramo l'approvazione maschile, me ne rendo conto dal modo in cui Bryan mi fissa. Mio padre non mi ha mai dato attenzioni. Jonas era fugace. Yates era fastidioso e a volte spaventoso, anche se lo volevo lo stesso.

E poi c'è Whit. La sua disapprovazione mi eccitava. La sua approvazione era necessaria. Dio, sono proprio messa male. Perché qualcuno dovrebbe voler stare con me? O anche solo essermi amico?

Ballo e ballo, perdendomi nella musica. Altri corpi sfiorano il mio e io sorrido loro. Ricambiano se sono maschi, mi guardano male se sono femmine. I loro sguardi sono pieni di odio.

Dio, non ne posso più delle persone che mi giudicano.

Bryan si è a malapena mosso dal suo posto e io gli vado incontro, posiziono le braccia sulle sue spalle e accosto il viso al suo. Inclino la testa sul suo orecchio. «Non balli?»

«Sono troppo impegnato a guardarti». Mi mette le mani sui fianchi e le sue dita affondano nella mia pelle nuda.

Il suo tocco non mi dice nulla, ma lo cerco comunque. Inseguo la sua attenzione, il sorriso sul suo volto. Il modo in cui mi guarda. Mi desidera. In questo momento sta immaginando di scoparmi e io sorrido, inclino la testa e lui si abbassa sul mio viso, con la bocca sfiora appena la mia.

«Sei una maledetta provocatrice», afferma.

«Sono una facile», rispondo con fare ammiccante.

Lui serra la presa e io mi allontano dalle sue mani, così mi volto in modo da dargli le spalle. Canto il ritornello, mentre senza vergogna strofino il sedere contro il suo inguine e lo sento, sotto i jeans neri. Ce l'ha duro.

Bene.

Continuo così, lo sguardo che cerca l'unica persona che voglio assista a tutto questo, ma che ovviamente non si vede da nessuna parte. Sarà già in compagnia di qualche idiota disposta a succhiargli l'uccello davanti a tutti.

Poverina. So cosa si prova a desiderarlo. Fa male.

Ma è bellissimo.

Chiudo gli occhi e provo a scacciarlo dai miei pensieri. In pratica struscio il culo sul pacco di Bryan, intanto lui mi posa le mani sui fianchi, le sue dita scivolano in modo sfacciato sotto l'orlo del mio bikini. Mi scosto e lui ritrae le mani, poi mi giro verso di lui, piego le ginocchia e vado giù, portando il mio viso proprio davanti al suo pacco.

«Ma che cazzo?», urla con una risata. Si sta divertendo. «Facevi la spogliarellista in una vita precedente o cosa?»

«Ti piacerebbe», dico, tornando su lentamente, mentre i nostri corpi si accarezzano per tutto il tragitto. «Sono il diavolo, non lo sai?». Indico le corna di paillettes che ho in testa con un sorriso malvagio.

«Sei una tentatrice, questo è certo». Con una presa salda, attira il mio corpo contro il suo e modula la voce in un basso ringhio. «Vieni con me».

Metto su un finto broncio. «Voglio ancora ballare».

«Usciamo per qualche minuto. Ho bisogno di aria fresca. Poi potrai ballare quanto vorrai, Satana», sogghigna.

Ricambio.

Guardo l'ingresso e individuo Whit. È vestito di nero e ha delle corna da diavolo, anch'esse nere, sulla testa. La rabbia mi fa serrare le mani in due pugni. Ovvio, siamo abbinati.

Ovvio!

I nostri sguardi si incrociano, lui assottiglia il suo quando mi vede, arricciando il labbro superiore in apparente segno di disgusto. Afferro Bryan dietro di me e lascio che mi posi le mani sui fianchi, poi inizio a strusciarmi, offrendo a Whit lo spettacolo.

Voglio che sappia che ho voltato pagina.

Perché è così.

Whit mi fulmina e io continuo a ballare, mentre le mani di Bryan giocherellano con l'orlo del mio bikini. Lo lascio fare, godo delle fiamme che vedo negli occhi di Whit e vorrei fosse lui a toccarmi. Schiudo le labbra e alzo le braccia, sollevandomi i capelli, e ondeggio avanti e indietro al ritmo della canzone. Gli occhi mi si chiudono per un secondo e mi perdo, desiderando le mani di Whit e non quelle di Bryan. La bocca di Whit sul mio collo, e non quella di Bryan.

Quando riapro gli occhi alla fine della canzone, Whit non c'è più.

Bryan mi prende per mano e mi guida fuori dalla calca. Vedo Sylvie con Spencer e li saluto, ma lei mi fissa con occhi sgranati e urla: «Summer, che cavolo fai?»

«Torno subito», le dico, indicando la nuca di Bryan. Mimo con la bocca un: «È carino». Le faccio il pollice in su e la sua espressione è orripilata.

«Non andare con lui!», grida.

Ignoro il suo avvertimento e rido quando qualcuno mi assesta una pacca sul sedere mentre passo. È stato un tizio con un sorriso libidinoso in faccia, non ho idea di chi sia. Visto che il primo l'ha fatta franca, ci prova anche un altro. Poi un altro ancora mi tocca il bacino. Tutti cercano di afferrarmi e li lascio fare, incurante, troppo impegnata a ridere e a crogiolarmi di quelle attenzioni. Niente mi dà fastidio. Voglio che Bryan mi tocchi. Potrei anche farmi scopare. Voglio dimenticare Whit una volta per tutte e lasciare che sia qualcun altro a darmi ciò di cui ho bisogno, tanto per cambiare.

Bryan si ferma bruscamente in cima ai gradini e io gli vado a sbattere contro. «Togliti di mezzo», intima.

«Che cazzo fai, McAllister?».

Mi nascondo dietro Bryan, dopo aver riconosciuto quella voce letale. Whit.

Sembra furioso.

«Voglio andare via con la mia nuova amica, levati». Bryan non sembra affatto spaventato da lui, il che mi stupisce.

Tutti si inchinano ai Lancaster.

«Non vai da nessuna parte con lei», dice Whit a bassa voce.

Fuori cade un silenzio tombale, sono tutti ansiosi di assistere, sempre pronti al dramma. Mi rannicchio dietro Bryan, non voglio che Whit mi veda. E io non voglio vedere lui.

«E tu chi cazzo sei per dirmi chi posso scoparmi o meno? Anche se sei un Lancaster, non significa un cazzo per me». Bryan si guarda alle spalle, mi prende per mano e mi strattona. «Dai, Satana, andiamocene da qui».

Lo seguo, Whit si fa da parte per lasciarci il passo e posa lo sguardo su di me. «Hai davvero intenzione di andare con lui?», dice rivolto a me.

«Non hai più alcun diritto su di me», rispondo altezzosa, poi faccio una pausa così da mostrargli l'effetto del mio costume.

Mi guarda di striscio e questo mi fa soffrire. Non se ne accorge? Non lo vede?

Bryan mi strattona la mano. «Andiamo», mormora, ma io non mi muovo. Sono piantata al mio posto.

Si avvicina una ragazza e si mette proprio al fianco di Whit, io strizzo gli occhi. Ho la vista un po' annebbiata dall'alcol, ma lo osservo con attenzione. Le corna nere sono abbinate a un forcone rosso che stringe in mano. Il diavolo in persona non ha bisogno di un travestimento, ma mi dà un fastidio incredibile sapere che abbiamo scelto lo stesso costume.

Il volto della ragazza è coperto da un trucco pesante ed è mascherata da strega sexy, con tanto di cappello a punta in testa. Riconosco all'istante Caitlyn, che sorride e prende Whit sottobraccio.

«Bel costume». Mi guarda con un sorriso di scherno. «Facevi prima a venire nuda».

«Wow, grazie», la prendo in giro. «Il tuo è spaventosamente... azzeccato, si adatta alla tua personalità».

Lei mette su un'espressione assassina. Whit non dice nulla, sembra divertito da entrambe.

«Giusto, anche il tuo è azzeccato, visto che sembri una vera e propria puttana», dice, ma l'insulto è debole.

Rido e le mostro il dito medio, lei ricambia con un cipiglio. Bryan avvolge il braccio intorno al mio collo, stringendomi a sé e posando un bacio sulla mia fronte.

Lo sguardo assetato di sangue di Whit si posa su di noi e io sorrido, incapace di trattenermi.

«Andiamo, Satana», dice Bryan, le labbra contro la mia guancia. «È solo gelosa».

«Goditi i miei avanzi», le dico mentre Bryan si stacca da me.

Mi prende per mano e mi lascio condurre giù per le scale, avvertendo lo sguardo furioso di Whit su di me per tutto il tempo.

Camminiamo sopra l'erba fradicia, Bryan affretta il passo e praticamente mi trascina dietro di sé. Ripenso alla faccia di Whit quando mi ha vista sulla pista da ballo e non riesco a smettere di gongolare. Sembrava arrabbiato. Ora ha Caitlyn, che di certo non ha la minima idea della persona con cui ha che fare. Lui è oscuro e perverso.

Una sensazione di disagio mi attraversa quando penso a tutte le cose che io e Whit abbiamo fatto. Adoro il suo lato oscuro. Non so come sia Bryan, ma di certo non si avvicinerà nemmeno un po' a ciò di cui è capace Whit.

Ci inoltriamo nel boschetto, con l'aria umida e il rumore dell'oceano in lontananza. Inalo il profumo dei pini, l'aria fredda mi fa venire la pelle d'oca. Sussulto quando Bryan mi spinge contro l'imponente tronco di un pino, perché la corteccia mi graffia la schiena, mentre lui mi blocca col suo corpo. «Ahi», mi lamento, massaggiandomi la nuca e guardandolo male.

«Shh», dice, la bocca sulla mia prima che possa proferire un'altra parola.

Il bacio è violento. Punitivo. Gli batto delicatamente sulle spalle, cercando di farlo smettere, ma lui non mi lascia andare. Serra la presa sulla mia vita, con le dita mi pizzica la pelle. Spinge la lingua in bocca, alla ricerca della mia, e io la tocco timida. Faccio finta che sia Whit, sperando di essere più reattiva, ma è tutto inutile.

Non è Whit, neanche lontanamente. La sua lingua è troppo grande ed è troppo insistente. Non sopporto la sensazione delle sue mani su di me, il modo in cui palpeggia ogni punto. Gli do una spinta sulle spalle, cercando di allontanare i nostri volti e porre fine a quel bacio, ma Bryan non demorde.

«Avevi detto che eri una facile», mormora contro la mia guancia, poi si china e mi trascina la bocca troppo umida sul collo.

Le sue parole mi mettono in allarme. E non mi piace. Non mi piace affatto. Con le mani faccio pressione sul suo petto e cerco in tutti i modi di allontanarlo, ma lui è troppo forte. «Basta».

«Ah, ma dai», dice con una risatina sommessa. Un suono che mi riempie di terrore. «Non provocarmi, fammi uno spettacolo. Balla per me come hai fatto prima».

«Lasciami andare», esigo.

Lui si immobilizza di colpo e si scosta un po' per fissarmi. Lo sguardo è vacuo e mi rendo conto troppo tardi che è sbronzo. Stasera ha bevuto tanto. E si è preso anche qualcos'altro. Coca? Ho notato un po' di gente che si toglieva della roba bianca dal naso, prima, sulla pista da ballo.

«Hai detto che lo volevi». La sua voce ora è pacata, incredula.

«H-ho cambiato idea». Arriccio le dita sulle sue spalle e sorrido, ma lo sguardo cupo nei suoi occhi mi fa venire un brivido. «Torniamo dentro. Balliamo un altro po', okay?»

«No», dice lui, poi afferra il mio top e lo tira giù. I miei seni si liberano nell'aria fredda, che mi fa indurire i capezzoli. Grido, cercando di coprirmi, ma lui non me lo permette. Mi afferra le mani e le tiene ferme sui miei fianchi. «Cazzo», afferma, lo sguardo sul mio petto. «Guarda che tette».

Le contempla, come se non ne avesse mai visto un paio prima. Fa per toccarle.

«Fermo». Mi libero dalla sua presa e afferro il top, sono pronta a tirarlo su, ma lui mi blocca. Con la mano mi serra il polso e con la bocca si tuffa di nuovo sulla mia, premendomi con forza contro l'albero.

«Non opporti», mormora sulle mie labbra, mentre una mano è alla ricerca del mio bikini. Fa scivolare le dita appena sotto il tessuto e io sollevo il ginocchio, con l'intento di respingerlo. «Non opporti. Calmati, Satana. Ti piacerà, te lo prometto».

Mi tiene ferma, sovrastandomi con la sua forza.

I miei pensieri sono in tumulto, poi lui esercita una pressione sui miei polsi e mi porta le braccia sopra la testa, esponendomi completamente. Comincio a tremare quando mi tiene i polsi con una mano, mentre con l'altra scivola verso il basso. Lungo il viso, sulla spalla. Sul petto, fino a contornare un capezzolo turgido con l'indice.

«Lo vuoi», mormora, e mi sfugge un mugolio quando mi pizzica il capezzolo. Mi fissa. «Ti piace violento».

Lo guardo a bocca aperta, consumata dall'orrore. Come fa a saperlo? Whit l'ha detto ai suoi amici? E si è sparsa la voce?

«A tutte quelle che hanno scopato con Lancaster piace farlo violento». Con le dita tira un capezzolo, facendomi gridare. Sorride. «Ti piace quando fa male».

«Ti prego», sussurro, poi mi prende il seno, impastando la carne in modo rude. «Non farlo».

«Lo vuoi», dice, e si china così tanto che la sua bocca è appena sopra la mia. «Ricordi? Hai detto di essere una facile. Una promessa che mi aspetto tu mantenga».

Mi bacia e non posso fare altro che sottomettermi, singhiozzando nella sua bocca, ma lui nemmeno se ne accorge. La sua mano è troppo occupata, la sua bocca troppo avida. Non avrei mai dovuto indossare questo stupido costume. Me la sono cercata nel momento in cui ho messo piede alla festa vestita così. Pensavo che Whit avrebbe impedito a Bryan di portarmi via.

Non l'ha fatto. Mi ha lasciata andare. *Non gli importa niente di me e probabilmente non gliene è mai importato*, penso. Bryan fa scivolare le labbra sul mio collo e sulla clavicola. La bocca si avvicina sempre di più al mio seno. Oddio, sto per sentirmi male.

Bryan strizza il seno destro con una presa brutale, la testa chinata e la bocca aperta, pronta a succhiare il capezzolo, ma all'improvviso sparisce via da me.

«Figlio di puttana...», esclama Bryan l'attimo prima che un pugno lo colpisca sulla bocca. Il suono nauseante della carne contro la carne si diffonde nell'aria e lui cade a terra.

Grido, più per il sollievo che per altro, e mi rendo conto che ad aver tirato quel pugno è stato Whit. Lo colpisce di nuovo. E di nuovo, ora ha le nocche arrossate, gli occhi che fiammeggiano infuriati mentre sovrasta Bryan, raggomitolato a terra che cerca di proteggersi.

«Ha detto di no, stronzo», afferma Whit, che gli sputa addosso, ricordandomi di quella volta in cui mi ha salvata da Elliot. Gli assesta un calcio direttamente nelle costole e lui si gira con un grugnito, allontanandosi da noi. «Malato di merda».

«Lei lo voleva», dice Bryan con un gemito. «Mi ha detto che è una facile, si è strusciata sul mio uccello».

«Non significa un cazzo, se poi ti ha detto di no, faccia da culo». Con lo stivale, Whit dà una botta sul didietro di Bryan, poi volta la testa per guardarmi dritto negli occhi. Ricambio lo sguardo con il respiro corto, il top arrotolato in vita e i seni scoperti. Le lacrime mi scorrono sul viso e so che devo avere un aspetto tremendo.

Rimanendo in silenzio, scuote piano la testa, come se fosse deluso da me. Poi, come per andare sul sicuro, dà un ultimo calcio a Bryan e si volta.

Se ne va.

Ma che cazzo?

Rimetto a posto il top e lo inseguo, chiamando il suo nome. Lui continua a camminare, schiena rigida e spalle dritte. La tensione si sprigiona come se fosse una cosa viva, che respira. Accelero il passo, morendo dalla voglia di raggiungerlo, e gli afferro la mano, intrecciando le dita alle sue.

Lui si gira di scatto, strappando la mano dalla mia con un'espressione di pura rabbia. Non l'avevo mai visto così. «Che diavolo vuoi, Summer?».

Mi immobilizzo, scioccata dal fatto che abbia usato il mio nome. Non lo fa mai. Di sicuro non in pubblico. Non che ora ci sia qualcuno in giro…

«Grazie», sussurro, con tutto il corpo che trema. «Stava per… stava per…».

Soffoco un singhiozzo.

Whit mi attira tra le sue braccia e io crollo su di lui, il suo odore familiare mi avvolge e mi fa sentire al sicuro. Mi tengo stretta a lui e piango nella sua camicia nera, le mie lacrime sgorgano senza controllo. Lui mi lascia piangere, tenendomi stretta. Le sue braccia mi cingono la vita e ha il mento appoggiato sulla mia testa. Sento le sue dita intrecciarsi ai miei capelli e questo mi fa piangere ancora di più, ho lo stomaco in subbuglio al pensiero di quello che mi è appena successo.

Whit ha ragione. Bryan stava per violentarmi contro quell'albero. Non avrei mai dovuto lasciare la festa con lui. Ero appena arrivata e avevo già bevuto troppo. Mi sono rovinata la serata e sono sicura di aver rovinato anche quella di Whit.

Non so per quanto tempo continuo a piangere, ma sembra un'eternità. Po i respiri agitati si acquietano e i singhiozzi rallentano, allora mi scosto da lui per poterlo guardare in faccia.

A fissarmi è il Whit freddo e insensibile di sempre. «Hai finito?», chiede.

Annuisco con un singhiozzo.

Mi afferra il mento, costringendo i nostri sguardi a incrociarsi. «Non metterti nei guai con gli sconosciuti, non ci sarò sempre io a salvarti».

Un odio travolgente mi scorre nelle vene e mi fa ribollire il sangue. «Non sei il mio eroe», ribatto.

«Stasera sì. E lo sono stato anche l'altra volta. Non potrò salvarti per sempre, Savage. Prima o poi ti ritroverai di nuovo in una situazione del genere e io non sarò nei paraggi. Che farai in quel caso? Eh?». Le sue dita serrano la presa sul mento, ma io resto immobile, non ho intenzione di mostrare nessuna debolezza di fronte a lui. «Quello stronzo ti ha quasi stuprata, ti ha messo le mani addosso e te la sei cercata, vestita così. Cosa ti aspettavi?».

Le lacrime riprendono a scorrermi sul viso, ma non dico nulla.

«Sei messa male, Savage. Cerca di risolvere i tuoi problemi, prima di ritrovarti morta e sepolta».

Mi spinge via da lui e torna verso l'edificio.

Stavolta lo lascio andare, mi rifiuto di seguirlo.

Vaffanculo Whit Lancaster.

Vaffanculo.

Capitolo 26

Summer

Dicono che a fine novembre di solito arrivi la prima neve al campus, ma quest'anno cade un po' prima. Il diciotto, per l'esattezza, nel bel mezzo della giornata. Sono in classe annoiata e quando getto lo sguardo fuori dalla finestra, noto che c'è un po' di nevischio. Questo si trasforma presto in fiocchi più grandi. La neve cade senza sosta dal cielo scuro per tutto il pomeriggio e, al calar della sera, l'intero campus è ricoperto da una candida coltre invernale.

Gli insegnanti non riescono a smettere di parlare dell'insolito freddo, mentre si lamentano della temperatura dei termosifoni nelle nostre aule. Il Lancaster Prep sorge in splendidi edifici storici e i sistemi di riscaldamento sono arcaici. Ciò suscita un dibattito a Diritto degli Stati Uniti, l'ultima lezione della giornata. Gli studenti vogliono modernizzare la struttura, sostenendo che ormai siamo nel ventunesimo secolo. Non ci meritiamo forse il riscaldamento e l'aria condizionata? Gli insegnanti si dicono d'accordo, ma dicono che la modernizzazione distruggerebbe l'integrità dell'edificio.

Il dibattito in classe mi annoia a morte. Come al solito. Riesco a pensare solo al fatto che voglio andarmene da qui.

Ma non ho altro posto dove andare.

È una giornata particolare. Siamo tutti distratti, me compresa. Mancano due giorni a venerdì, che sarà l'ultimo prima della pausa per il Ringraziamento. Sono quindi tutti impazienti di lasciare il neo paese delle meraviglie invernali che è diventato il nostro campus. Durante le lezioni, le conversazioni sui piani per le vacanze sono diventate più accese del normale. Fughe tropicali, giornate di shopping, visite alla famiglia, anche se queste sono considerate le opzioni più noiose. Sembriamo dei detenuti, pronti a uscire di prigione.

Vorrei poter andare da qualche parte. Qualsiasi luogo. Ma non me ne andrò. La mamma e io abbiamo parlato spesso di questa settimana. Sono state delle conversazioni tese al telefono che avrei voluto sostituire con messaggi sporadici, visto l'imbarazzo. Non ho menzionato la rottura, e nemmeno lei, ma aleggia nell'aria.

Lo sappiamo entrambe.

Man mano che il giorno si avvicina, la questione rimane in bilico tra noi, finché lei alla fine non accenna a un breve viaggio ai Caraibi con un gruppo di amiche. Starò bene da sola? Ha bisogno di evadere, si affretta a spiegare, e non mi lascia spazio per controbattere. Dopo tutto quello che ha passato, dopo tutte le sofferenze dell'ultimo anno. L'incendio, l'assicurazione, la gestione dell'eredità, la battaglia legale che sta affrontando con la prima signora Weatherstone.

Che dire? Come protestare? Le dico di andare, ovvio. Le ricordo persino di prendere la crema solare, come se fossi io la mamma e lei la figlia. Sono io la figura responsabile nel nostro rapporto in continua evoluzione. Farebbe quasi ridere, se non fosse così triste.

I dormitori restano aperti per tutta la durata delle vacanze, per gli studenti e le studentesse che non hanno un posto dove andare, e io comunico alla mia tutor che resterò nella struttura. L'espressione di compassione della signorina Thompson mi infastidisce da morire e quando apre la bocca, pronta a pronunciare un «Mi dispiace», la interrompo per dirle che devo andare o farò tardi a lezione.

Non è vero e lo sappiamo entrambe. Sono andata da lei negli ultimi minuti dell'ora di pranzo, visto che Sylvie non si trovava da nessuna parte come al solito. Il pensiero di passare un'altra ora a pranzo da sola, nella monotonia che è diventata la mia vita dall'inizio di novembre, era troppo.

Il fatto che io viva su un perenne filo del rasoio, in attesa che Whit mi dica qualcosa, qualsiasi cosa, non aiuta. Ma naturalmente lui tace. È elusivo.

È come un puzzle che, per quanto mi sforzi, non riesco a risolvere.

La notte di Halloween mi ha salvata e il giorno dopo Bryan non si è presentato in classe. Non l'ho più visto né sentito, senza ombra di dubbio Whit si è sbarazzato di lui. Proprio come ha fatto con il povero, stupido Elliot. In questo campus, nessun uomo può sfidare Whit o mettere in discussione la sua autorità. Farlo significherebbe la fine.

Pare che Bryan abbia incontrato la sua. Non ci mancherà. A volte sento ancora le sue mani su di me e la sua lingua insistente nella mia bocca. Lo sento ripetere che ero una facile. Ricordo come mi sono comportata con lui, alla festa. Ho ballato, mi ci sono strusciata contro. Ho strofinato il sedere contro il suo pacco, con addosso praticamente nulla. Forse Whit aveva ragione. Forse sono stata io a provocare l'aggressione di Bryan. Cercavo in tutti i modi di attirare l'attenzione di Whit, ma ho ottenuto quella di un altro. Qualcuno di indesiderato.

Whit è corso in mio aiuto, eppure mi ha anche fatta sentire una merda. Mi sono continuata a sentire una merda, in queste settimane, visto che non mi ha più rivolto la parola. Ha voltato pagina, comunque. Ora sta con Caitlyn. Li vedo insieme ovunque, per tutto il campus. Lei gli volteggia intorno, bramosa delle sue attenzioni, anche se lui gliele concede raramente. Sta sempre con quell'espressione impassibile, come se preferisse essere ovunque piuttosto che lì con lei.

Conosco la sensazione. Io e lei abbiamo una cosa in comune e lo odio.

Almeno con lei si fa vedere in pubblico. Quando noi stavamo insieme voleva tenerlo nascosto, e questo mi ha fatta soffrire. Più di quanto voglia ammettere. Quello stronzo ha sempre pensato di essere migliore di me, fino all'ultimo giorno.

Sylvie continua a sparire dal campus con una certa frequenza. Prima stava meglio, ma ora sembra peggiorata. Il suo stato di salute sta colando rapidamente a picco, dice un giorno che riappare al campus. A volte lo fa solo per un'ora, prima di ripartire. È sempre stanca e pallida. Le sue occhiaie si fanno sempre più scure e io sono preoccupata. Sta anche evitando Spencer. Non so cosa sia successo tra loro la notte di Halloween, visto che non ne parla. Non con me.

Né con nessun altro.

Se non sta via perché malata, è impegnata per innumerevoli visite mediche. Specialisti. Centri specializzati in questa, quella e quell'altra patologia. Punture, analisi, radiografie. Le controllano i parametri vitali e le propongono nuovi farmaci. Ma continuano a non capire cosa c'è che non va in lei.

«Oh, potrei dirglielo, ma nessuno mi ascolta», mi ha detto qualche giorno fa, dopo aver pranzato ed esserci sedute fuori insieme, il vento pungente che ci scompigliava i capelli. Quel giorno il sole era spuntato per circa un quarto d'ora, poi era sparito di nuovo. Qui le giornate buie e nuvolose sono la norma. «Il giorno in cui morirò forse qualcuno capirà tutto».

Le sue parole mi spaventano, ma non capisco a cosa si riferisca di preciso. Ogni volta che provo a chiederle dettagli in più, lei cambia argomento.

Perciò me ne sto zitta e prego in silenzio che la mia unica amica, in questa scuola dimenticata da Dio, non muoia prima della fine dell'anno. Non so nemmeno se lei e Spencer abbiano fatto sesso. Non ne parla.

Inoltre, Whit non mi ha ancora restituito il diario.

Il nostro patto è giunto al termine. Non è più interessato a me, questo è chiaro, eppure non me lo restituisce. Ovviamente, io non gliel'ho chiesto. Lui fa i suoi porci comodi, passa il tempo con il suo nuovo giocattolo e con gli amici, e noi non parliamo. Niente più sguardi furtivi e fiammeggianti nei corridoi o in classe. L'abbiamo superata.

L'ho superata.

Questo è quello che cerco di dire a me stessa.

A lezione di Diritto, però, soffro in special modo. A volte si siede proprio davanti a me, come se mi volesse provocare, e mi ricorda che lui esiste ancora. Imponente, pronto a perseguitarmi. Ogni giorno mi metto allo stesso banco e arrivo in classe prima, sperando che lui mi eviti. Il suo sguardo incontra il mio per un brevissimo istante, appena prima di posare un bacio sulla guancia pronta di Caitlyn, e poi ognuno per la sua strada. Lei si siede al lato opposto dell'aula, in prima fila, da brava studentessa.

Whit invece si sistema in fondo alla stanza, sul lato sinistro, sempre di fronte a me.

Così vicino da farmi sentire il suo profumo. Fisso i capelli vellutati sulla sua nuca. Conosco la sensazione setosa di quelle ciocche intorno alle dita. Conosco i gemiti che emette quando viene. Il sapore della sua bocca quando mi bacia. Il sapore del suo cazzo quando lo fa scivolare tra le mie labbra.

A volte mi chiedo se l'ho solo immaginato. Forse quello che è successo tra noi è stato solo un sogno. O un incubo.

La sera della festa di Halloween, dopo che mi ha lasciata in mezzo alla foresta, sono tornata barcollando nella stanza del mio dormitorio, distrutta e in lacrime. Nessuno è venuto a cercarmi. Nemmeno Sylvie. Era troppo presa dalle sue stronzate con Spencer, quindi non posso prendermela con lei.

E poi, prendermela con Sylvie significherebbe non avere più amici e io non posso rischiare di perderla.

Non…

Non posso.

Il diario perduto scava un buco nella mia mente. Lo rivoglio. Ogni volta che apro il cassetto della mia scrivania e non lo vedo, mi imbestialisco. Mi chiedo cosa abbia letto e se davvero conosce tutti i miei segreti.

Mi ha presa in giro per tutto il tempo e non l'ha mai aperto? Avrebbe più senso. Se davvero non gli importa di me, perché dovrebbe interessargli il mio passato?

Non gli interessa, infatti. È una gigantesca testa di cazzo che si merita una vita miserabile con una donna che gli è stata imposta, invece che con una di cui è innamorato. Spero che la odi, cazzo. Spero che lei non possa mai dargli dei figli. Voglio che un giorno lui mi pensi e venga afflitto da un bruciante, folle rimpianto.

Lo spero.

Lo spero.

Lo spero.

Dopo aver parlato con la signorina Thompson e averle fatto sapere che la prossima settimana non andrò da nessuna parte, vado in biblioteca e fingo di fare i compiti. In realtà sto leggendo un libro sulla mia app Kindle, dalla trama oscura e inquietante, ma decisamente romantica. Riesco a immedesimarmi. La donna è forte. Spavalda. Lui è un perfetto alfa, un uomo d'affari miliardario che abbaia ordini a chiunque, invece di comunicare come un normale essere umano.

Ma non con lei. Tratta la donna come una regina. Come una cosa fragile e preziosa che solo lui può proteggere. E nonostante sia perfettamente in grado di prendersi cura di sé stessa, lei lascia comunque che lui la tratti così. Le piace. La fa sentire speciale. Importante.

Amata.

Penso a Whit e a quando mi aveva detto che ero stupenda. Mi ha fatta sentire come la ragazza più bella che avesse mai visto. Come se pur sforzandomi, non riuscissi a nascondere la mia bellezza. Non mi sono soffermata molto su quelle parole, all'epoca, ma adesso lo faccio e le rigiro più e più volte nella mente. Le pensava davvero? O cercava solo di incantarmi per farmi cedere a ogni sua richiesta?

«Eccoti qui».

Alzo lo sguardo e vedo Sylvie accanto al tavolo, un sorriso malinconico che le incurva le labbra pallide. Metto via il cellulare, non voglio farmi beccare a leggere un dark romance quando dovrei fare i compiti, anche se si tratta solo della mia amica.

«Ehi», dico, ma da quel saluto trapela la mia preoccupazione. Vedo un lampo di fastidio nel suo sguardo. Non sopporta quando le chiedono novità sulle sue condizioni di salute. «Dove sei stata? Tutto bene?»

«Sto bene». Scosta la sedia e si accomoda, lasciando cadere lo zaino sul tavolo con un forte tonfo. Sento l'inconfondibile «shh» della signorina Taylor, e Sylvie alza gli occhi al cielo. «Un'altra visita medica. Ho detto a mamma di riportarmi qui. Volevo venire a lezione», continua.

«Ci manca solo un giorno», le ricordo con delicatezza. «Non succede niente da queste parti, comunque. Avresti potuto saltarlo».

«Avevo bisogno di allontanarmi da lei». Sylvie guarda il telefono, la punta della lingua tra le labbra, mentre digita una risposta a qualcuno e la invia. Dopo lo appoggia sul tavolo, accanto allo zaino. «Sono stanca di stare con lei, passare il tempo con mia madre è estenuante».

Conosco la sensazione.

«Mi sei mancata», dice con tono dolce. «So che non abbiamo avuto modo di parlare ultimamente, ma so che hai passato… un momento difficile, la notte di Halloween. Mi dispiace sia successo».

Vorrei chiederle cosa sa esattamente, ma al contempo non voglio scoprire cosa è stato detto su di me.

Mi limito a fare un sorriso stentato e ad annuire. «Grazie».

«Stai bene?». Si guarda alle spalle per poi accostare di più la sedia alla mia. «Whit si è occupato del problema».

«Intendi Bryan?», chiedo, inarcando le sopracciglia. «L'avevo capito».

«Non lo fa per tutti, sai. Riserva queste misure drastiche alle persone che terrorizzano me, di solito». Fa una pausa. «Ma ora l'ha fatto due volte, per te».

«Non capisco perché», dico con aria di sufficienza, cercando di fare finta di niente. «Sta con Caitlyn, dovrebbe proteggere lei adesso».

Sylvie si scompone in una risatina, scuotendo la testa. «Sai quanto gliene frega di Caitlyn. Gli piace averla intorno perché gli accarezza l'ego».

«Non essere tanto ingenua, Sylvie. L'ego non è l'unica cosa che Caitlyn sta *accarezzando*», sbotto come una bisbetica gelosa.

La sua risatina si interrompe e mi contempla. «Le piacerebbe, ma lui la tiene sempre a distanza. Di recente gli ho chiesto perché. Ha detto che non riesce a fare sesso con lei, è troppo appiccicosa».

Non dico nulla, vorrei davvero credere a Sylvie e dico a me stessa che non mi importa più niente di quello che fa Whit.

Non sono affari miei.

Il suo viso si illumina mentre mi studia. «Oddio, ho appena avuto un'idea geniale. Verrai a casa mia per il Ringraziamento!».

La guardo con stupore, restando in silenzio, e il suo invito riverbera nella mia mente. Lei non mi presta attenzione, ha tirato fuori un foglio di carta bianca e vi ha appoggiato sopra la mano. Con una matita, inizia a tracciarne lentamente la sagoma. Capisco cosa sta facendo e non posso fare a meno di sorridere.

Sta disegnando un tacchino.

«Non voglio essere di troppo», esordisco, ma lei alza di scatto la testa con sguardo implorante.

«Per favore, sii di troppo. Muoio dalla voglia. Casa mia a Newport è noiosissima. Prima ci passavamo sempre l'estate, ma dal divorzio ci andiamo solo per il giorno del Ringraziamento. Mamma e papà trascorrono sempre le feste insieme a tutti noi».

Spalanco la bocca. «Pensavo fossero divorziati».

Sylvie è concentrata sul suo tacchino. «La mamma dice sempre che mio padre deve pensare ai bambini. Come se fossimo ancora una famiglia perfetta, se i miei sono sotto lo stesso tetto. Ma dai, pare vogliano far finta di stare ancora insieme. Il loro divorzio è una grande macchia sul suo status sociale».

La sua voce è intrisa di amarezza.

«Cosa fate per Natale?».

Lei solleva la testa. «Papà ha messo dei paletti, per Natale. Non lo trascorre più con noi. Fa sempre una vacanza in qualche località esotica con la sua ragazza di turno. Da quando hanno divorziato se la sta spassando, e non posso biasimarlo».

«E il resto della famiglia?», chiedo.

«Oh, di solito stiamo a Manhattan. La città prende vita sotto Natale. È il periodo dell'anno che preferisco».

«È bellissima durante le feste», concordo con aria assente. La mia mente riflette sulla situazione. È assurdo pensare di accettare l'invito di Sylvie per poter stare vicino a Whit? Ma perché dovrei volermi torturare in questo modo? Se mi presentassi nel bel mezzo delle sue vacanze in famiglia, lui si arrabbierebbe o sarebbe felice di vedermi?

Direi la prima opzione. Dopo il nostro ultimo incontro, si sarà stancato delle mie stronzate. Così come ne ho abbastanza delle sue.

«Allora? Che ne dici?». Alzo lo sguardo e vedo che Sylvie mi osserva. «Sarà la distrazione perfetta».

«Per cosa?»

«Per me. Ho bisogno di qualcuno con cui passare il tempo. Lina è troppo presa dal ballo. È a Londra e non può allontanarsi. Anche se venisse a Newport, non sarebbe più la stessa. Non è più in vena di bravate». Che parola strana e antiquata, ma suppongo non sia così strana se esce dalle labbra di Sylvie. «Potresti conoscere mio padre. Oh, quello sì che sarebbe uno spettacolo».

Ride, scuotendo la testa, mentre io me ne sto seduta e so bene a cosa sta pensando. Portare alla cena di Ringraziamento la figlia della donna che ha distrutto il matrimonio dei Lancaster. Wow, che bello.

«Sylvie, mi stai usando per fare un dispetto ai tuoi genitori?», chiedo calma.

Lei sgrana gli occhi e si porta una mano sul petto. «Non lo farei mai. Mi piace davvero la tua compagnia, Summer. Lo sai».

«Portarmi lì per le vacanze del Ringraziamento, quando ci sono entrambi i tuoi genitori, mi sembra piuttosto conveniente», affermo, sentendomi un po' presa in giro. «Non voglio essere una pedina per la tua vendetta nei loro confronti».

«Oh, ma dai, perché no? Che male c'è? Mamma andrà su tutte le furie». Getta la testa all'indietro e ride, il suono più gioioso che io le abbia mai sentito emettere. La guardo, percepisco i soliti avvertimenti della signorina Taylor come musica di sottofondo, finché alla fine la sua risata si spegne, affievolendosi. Ma i suoi occhi brillano ancora. «Mio padre cercherà di portarti a letto».

La mandibola mi cade a terra. «Disgustoso».

«Hai diciotto anni?». Sylvie inarca un sopracciglio sottile.

Mi muovo a disagio sulla sedia, non voglio ammetterlo, ma lei non mi lascia altra scelta. «Ehm, li devo ancora compiere».

«Ovvio», dice, come se fossi una bambina stupida. «Ma quando? A breve?»

«Domani, in realtà». L'ho tenuto nascosto finora. A questa scuola non interessa il mio compleanno. A *nessuno* interessa del mio compleanno, nemmeno a mia madre. Lei non mi ha mai detto niente, neanche una volta. E sono la sua unica figlia. Come può dimenticarselo?

«No», dice Sylvie senza fiato. «Domani? Oddio, *dobbiamo* festeggiare! Che figata! Sai di chi altro è il compleanno domani?». Io scrollo le spalle, confusa. «Oh, non ci crederai mai».

La sua voce è così alta che la signorina Taylor si infuria. «Sylvie Lancaster, faccia silenzio!».

«Oh, sta' zitta, vecchia strega», borbotta Sylvie sottovoce, facendoci ridere entrambe.

La mia risata si spegne presto, però. Non capisco a chi si sta riferendo, ma qualcosa mi dice che dovrei saperlo.

«Chi è nato il mio stesso giorno?», chiedo, la curiosità che mi mangia viva. Forse è Spencer, la cotta non tanto segreta di Sylvie, anche se lei non ha più pronunciato il suo nome da Halloween.

Oppure si tratta della sua sorellina? Carolina, la misteriosa ballerina? Oddio, spero non sia suo padre. Questo peggiorerebbe le cose, visto che pensa che ci proverebbe con me, se fossi maggiorenne.

«Come ho detto, non ci crederai mai». Sylvie fa una pausa, ha ancora un sorriso ampio sul volto. Il mio cuore batte forte, martella senza controllo, mentre sono in attesa che lei parli. «Whit, anche lui farà diciotto anni domani».

Capitolo 27

Summer

Il venerdì prima delle vacanze, il Lancaster Prep abbandona ogni pretesa di essere un luogo di istruzione. Metà del corpo studentesco è già partito, gran parte in aereo per un viaggio straordinario. Erano tutti desiderosi di "partire presto". Io mi sono svegliata alle sette e ho guardato dalla finestra le macchine nel parcheggio vicino che andavano e venivano. Alcuni genitori sono venuti a prendere i figli col sorriso sulle labbra, altri con un cipiglio. In alcuni casi hanno mandato dei domestici al posto loro, a scortare ragazze imbronciate e ragazzi annoiati in Mercedes nere e scintillanti.

Premo le mani contro il vetro, chiedendomi dove stiano andando tutti. Vorrei poter fuggire altrove anche io.

Poi mi ricordo che *sto per andarmene* e una sensazione di gioia e beatitudine, mista a un turbinante timore, mi avvolge. Scappare da questo campus per una settimana suona come una vacanza vera e propria.

Ma trascorrere la suddetta settimana con Whit e la sua famiglia?

Terrificante.

È la cosa più stupida che abbia mai scelto di fare in vita mia, e di cose stupide ne ho fatte parecchie. Ho provato a dire più volte a Sylvie che era una pessima idea, ma lei ha insistito. Non voleva tornare a casa da sola e mi ha assicurato che Whit non sarebbe stato molto presente. Non appena si accorgerà di me, crederà che abbia accompagnato Sylvie solo per stare con lui, ma non è così.

Preferisco affrontare la furia di Whit, piuttosto che trascorrere la settimana di vacanza da sola al Lancaster Prep, depressa e abbandonata.

Andrà tutto bene. Riuscirò a sopportare una settimana con i Lancaster. Avrò Sylvie. In più, la mia amica dice che casa loro è così grande che avrò scarse probabilità di imbattermi in Whit.

Perfetto.

Sento bussare fuori dalla camera e mi acciglio, controllando l'ora sul telefono. Non sono ancora le sette e mezza. Vado alla porta e la apro con un gesto lento.

È Sylvie. Indossa la sua uniforme, non ha nemmeno un capello fuori posto e mi regala un sorriso smagliante. «Buon compleanno!», esclama, tenendo un sacchetto bianco davanti a sé.

«Grazie», dico con un lieve sorriso, poi spalanco la porta per farla accomodare. «Cosa hai portato?»

«Aprilo e scoprilo», dice eccitata, porgendomi il sacchetto, prima di entrare nella mia stanza. Si ferma poco dopo, guardandosi attorno. «Non c'è niente qui».

Apro il sacchetto e trovo una ciambella con della glassa rosa e degli zuccherini sopra. «Grazie. Che intendi dire con "non c'è niente qui"?»

«Sulle pareti, sulla scrivania». Gesticola. «Niente foto. Niente candele, piante o soprammobili. È come se tu non vivessi qui, invece sei in questa stanza da mesi, Summer. Sembra la cella di una prigione».

«Resterò per poco tempo». Faccio spallucce e infilo la mano nel sacchetto, tiro fuori la ciambella e le do un bel morso. È dolce. Gli zuccherini croccanti mi fanno venire voglia di mangiarne ancora. La divoro in quattro morsi, desiderando poi qualcosa da bere.

Se mi vedesse mia madre le verrebbe un infarto.

Sylvie non mi presta attenzione e si aggira per la stanza, toccando tutto. Il cavo del caricabatteria dell'iPhone buttato sul comodino. Lo zaino appoggiato sulla sedia, davanti alla scrivania. Il piumone azzurro, il letto ancora sfatto. Cerco di vedere la mia stanza attraverso i suoi occhi e mi rendo conto che ha ragione. È noiosa, banale. Senza personalità.

«Sembra che tu stia in un istituto», afferma, girando in tondo per la camera. «Non c'è nemmeno un calendario sul muro con i giorni cancellati da una X gigante».

So che sta scherzando, però mi metto subito sulla difensiva. «Mi restano, quanti, sei mesi di permanenza qui? Che senso ha rendere tutto più carino?»

«Per farti sentire a casa», dice lei, sottolineando l'ultima parola.

Prima di venire al campus, mi sembrava di non averla più una casa. Non avevo niente da portare con me e mia madre non ha suggerito nulla. Mi ha comprato delle nuove lenzuola e, osservandole ora, capisco che Sylvie ha ragione.

«Ti è piaciuta la ciambella?», chiede cambiando argomento.

«L'ho mangiata tutta», ammetto, sentendomi ingorda.

Sylvie ride. «Non c'è di che. Stasera andremo a cena fuori per festeggiare il compleanno di Whit. Aspetta di vedere il menu! Adoro mangiare lì».

Oddio, ha l'aria di una situazione molto imbarazzante. «Sei sicura che non sarà un problema se verrò anch'io?».

Lei fa una smorfia e agita la mano, come se stessi facendo tante storie per niente. «Fidati, è tutto a posto. Ho già parlato con i miei. Papà adora quando invito le amiche. Si preoccupa sempre per il mio status sociale. Teme che mi isoli per colpa dei miei disturbi».

Suo padre ha ragione. Come me, lei non ha molti amici, anche se per delle ragioni diverse dalle mie. Un po' tristi e cupe.

«E Whit?», chiedo, in appena un sussurro. Di rado pronuncio il suo nome ad alta voce davanti a Sylvie. Sembra quasi un'invocazione. Come se pronunciandolo, gli spiriti si potrebbero svegliare e il diavolo potesse comparire dal nulla per avventarsi su di me.

Drammatico, ma ho i brividi ogni volta che penso alla notte di Halloween.

«E lui cosa?». Il suo tono è un po' troppo innocente.

«Gli hai detto che verrò a casa con te?»

«No». Ride alla mia espressione inorridita. «Non preoccuparti! Gli andrà bene. Potrete avere degli incontri clandestini mentre sarete lì entrambi, non si sa mai. Sarà uno spasso! So che è ancora interessato a te».

Non dovrebbe alimentare le mie speranze con storie di incontri segreti. «Non è vero, ha una nuova ragazza».

E per favore, "spasso" è l'ultima parola che assocerei a Whit.

«Ti segue con gli occhi ovunque tu vada, se siete nella stessa stanza», afferma.

Inclino la testa, con la fronte aggrottata. «Che vuoi dire?»

«Quello che ho detto. Ti osserva, Summer. Sempre. A Whit non importa di nessuna, almeno nessuna delle ragazze della nostra scuola. Caitlyn è una messinscena. Non so perché se la tenga stretta, avrà le sue ragioni. Lui si preoccupa solo per i suoi amici, loro sono l'unica cosa che conta».

«Che mi guardi non significa nulla», dico sprezzante, rifiutandomi di alimentare certe speranze. «Ormai mi odia. Non dimenticare che a un certo punto mi ha messo contro l'intero campus».

«Già, e ora ti lasciano in pace. In pratica hai ammesso che c'era qualcosa tra voi. Ora non più. Cosa c'è sotto?», chiede, inarcando le sopracciglia. «È per colpa di quello che è successo con Bryan?».

Il mio volto si infiamma. Ormai tutti sanno che Bryan ha tentato di stuprarmi, prima che Whit lo pestasse a sangue. «Non voglio parlarne».

«Ah-ah». Lo sguardo sornione sul suo volto mi imbarazza ancora di più. «Be', qualunque cosa sia successa, dubito che Whit ti odi».

«Mi odia, è sicuro», dico con troppa foga.

Dall'espressione sul suo viso capisco che non mi crede. «Certo. Ma capisco cosa stai facendo. E probabilmente fai bene. Non dovresti riporre le tue speranze in Whit. Che peccato…». Lo sguardo di Sylvie è triste.

«Che peccato, cosa?», chiedo, odiando il fatto che mi interessi ogni singola informazione che riguarda Whit. Le basta fare il suo nome e io mi avvicino, con la voglia di saperne di più.

«Che non abbia un cuore».

Alla prima ora di lezione, il signor Figueroa è seduto dietro la cattedra e chiacchiera con le ragazze, come al solito. Lo accerchiano sempre, prima dell'inizio della lezione. Provano a flirtare con lui, sbattono le ciglia, ridono sguaiate alle sue battute, anche se non sono così divertenti. Gliene ho sentita pronunciare qualcuna e le trovo banali.

Come ogni volta, le supero e mi dirigo al mio posto, ma stavolta sento il professore chiamare il mio nome.

Mi volto, confusa. Lui fa un gesto, indicando di avvicinarmi, così vado alla cattedra, mentre le due ragazze – che nemmeno fanno parte della classe – mi osservano con inequivocabile disgusto. Non le guardo nemmeno di striscio e mi concentro su Figueroa, che mi rivolge un sorriso debole. Ha un'espressione tranquilla, però. Amichevole.

Non è più ostile come il primo giorno di scuola, quando è stato costretto ad accettarmi nella sua classe.

«Summer», pronuncia il mio nome in modo pacato. «Ha un momento?».

Annuisco, senza rispondere. Lui guarda le ragazze e con un'occhiata le fa uscire dall'aula, senza dire una parola. Una volta rimasti soli, si schiarisce la gola e un accenno di sorriso gli incurva le labbra.

«Mi è piaciuto molto l'ultimo saggio che ha consegnato», esordisce, e io resto sorpresa da quel complimento. «Ha un modo particolare di esprimersi, che fa prendere vita a tutto».

«Oh». Non so che dire. «Grazie».

«In tutta onestà? Quando è arrivata qui, ho pensato che non sarebbe stata in grado di tenere il passo di questa classe, ma ha dimostrato che mi sbagliavo». Sorride ancora. «Ho notato che ha un'ora libera, dopo pranzo».

«Sì», dico, aggrottando la fronte. Mi sta controllando? Come fa a conoscere i miei orari?

«Mi chiedevo se fosse interessata a farmi da assistente, in quel lasso di tempo. Ho bisogno di una mano in più per organizzare i compiti e cose simili. Niente di troppo impegnativo», promette con una risata cordiale. «Che ne pensa?».

Vorrei dirgli subito di no, che non sono interessata. Lui non mi piace e ho sempre pensato che nemmeno io piacessi a lui. Eppure, forse questa è un'offerta che non dovrei rifiutare.

«Posso pensarci su?», domando, aggrottando la fronte come se fossi confusa.

«Certo», risponde subito. «Ci pensi durante le vacanze. Se ha delle domande, resto a disposizione. Ha la mia e-mail, vero?»

«Sì», dico con un cenno. «Grazie per l'opportunità».

«Non offro questa posizione a chiunque», aggiunge, abbassando la voce. «Vedo qualcosa in lei, Summer, qualcosa di speciale».

Le sue parole scatenano una sensazione di disagio lungo la mia schiena. Qualcosa di speciale. Sono vagamente inquietanti, soprattutto se pronunciate dal mio insegnante. Avrà una trentina o una quarantina d'anni, mentre io ne ho appena compiuti diciotto.

«Grazie», dico, e faccio per allontanarmi da lui, ma vado a sbattere contro qualcuno che è appena entrato in classe.

Whit.

Lui posa in automatico le mani sulle mie spalle, spostandomi appena. «Attenta», dice di getto, ma la sua espressione si addolcisce quando mi guarda bene. Non so che faccia abbia impostato, ma serra la presa, invece di lasciarmi andare, e inclina la testa per studiarmi. «Tutto okay?».

Resto a bocca aperta, sconcertata dalla sua domanda. Dalla dolce preoccupazione nel suo sguardo. Mi sta ancora toccando, dopo avermi ignorata nelle ultime… quante, tre settimane? Sembra passata un'eternità dall'ultima volta che ci siamo trovati faccia a faccia.

Non lo capisco. Ci riuscirò mai?

«Tutto bene». Gli rivolgo un accenno di sorriso e lui mi lascia andare. Decido di testare le acque. «Buon compleanno».

Lui si acciglia. «Come fai a saperlo?»

«Me l'ha detto Sylvie. È anche il mio com…».

«Whit, Summer. Per favore, andate ai vostri posti», interviene il signor Figueroa con la voce colma di fastidio.

Whit gli riserva un'occhiata sprezzante, poi si gira e si dirige verso il suo banco.

Non mi resta altra scelta che fare lo stesso. Per tutto il tragitto, però, mi sembra di fluttuare, come se i miei piedi non toccassero mai il suolo. Per una volta Whit non mi ha trattata male. Sembrava davvero preoccupato per me e…

Forse sto ingigantendo la cosa.

Mi viene difficile fare finta che non sia in classe, cosa che di solito faccio. Quando il signor Figueroa inizia la lezione, camminando davanti alla cattedra, parla a dieci di noi e non ai venti di sempre. Riesco a sentire gli occhi di Whit su di me, che mi perforano la testa e la schiena. Che mi osservano.

Figueroa parla e parla e, ogni volta che alzo lo sguardo, sento il peso dei suoi occhi su di me. Ha le sopracciglia scure aggrottate, come se stesse cercando di inquadrarmi. Forse l'ho spiazzato, quando gli ho chiesto se potevo riflettere sulla sua proposta di fargli da assistente. Bene. Tutte le altre cadono ai suoi piedi, vogliono un suo pezzo a tutti i costi, un momento del suo tempo, una risata o uno sguardo indugiante. Hanno fame della sua attenzione e capisco come si sentono, anche se non è lui quello di cui io sono affamata.

Nel modo più discreto possibile, inclino la testa verso sinistra. Per un momento appoggio la guancia alla spalla e aspetto. Mi sento una sciocca. Poi alzo lo sguardo, in cerca di Whit, e lo individuo subito.

Mi sta guardando, ha una matita in bocca. Lo fisso affascinata, mentre si passa la matita sulle labbra, come se la stesse baciando. Quando apre la bocca, intravedo anche la lingua rosa.

Distolgo lo sguardo, sentendo il respiro corto. Mi gira la testa. Sono confusa. Perché ora si accorge della mia presenza? Non sa che sto per andare a casa sua. Che starò lì per *una settimana.*

Con lui.

Finalmente suona la campanella. La lezione è finita. Prendo tempo per raccogliere le mie cose, odiando il fatto che Figueroa si sia messo davanti alla porta, per augurare a tutti un felice Ringraziamento nel momento in cui si esce. Vorrei solo poter fuggire senza alcun contatto con lui.

Whit si alza dal suo banco nello stesso momento in cui io mi alzo dal mio, così ci incontriamo sulla soglia della porta. Figueroa non lo degna di uno sguardo. I suoi occhi sono solo per me.

«Ci pensi», dice in tono misterioso. «Buon Ringraziamento, Summer».

«Anche a lei», rispondo, poi schizzo fuori dalla porta il più velocemente possibile.

Whit è proprio alle mie spalle, le sue dita mi serrano il braccio e mi impediscono di allontanarmi. «Di che cavolo parlava?».

Nel corridoio non c'è quasi nessuno, ma comunque mi sta toccando in un luogo pubblico, il che è stupefacente. «Non sono affari tuoi».

«Non fare la furba con me, Savage». Le sue dita si chiudono intorno al mio polso. Mi trascina via, girando a destra, finché non ci troviamo in un piccolo corridoio silenzioso, senza nessun altro intorno. «Di che parlava Figueroa?».

Il mio polso palpita sotto al suo tocco. Riesce a sentirlo? Sa che effetto mi fa, ancora? Dio, sono proprio debole. Dovrei essere arrabbiata con lui. Invece sono elettrizzata e spero non smetta di parlarmi. «Non è niente».

Whit si avvicina, con il petto sfiora il mio e mi fa mancare il fiato. «Dimmelo», ringhia.

«Vuole che diventi la sua assistente», ammetto, chiedendomi perché si stia comportando così. «Niente di che».

«È un pervertito che cerca di portarsi a letto le studentesse. Iniziano spesso come sue assistenti», afferma, la voce colma di disgusto. «Non è "niente di che"».

Rimango a bocca aperta. «Stai scherzando».

«Mentirei su una cosa del genere?»

«Perché nessuno lo ferma?». Tipo te, vorrei aggiungere, ma sto zitta.

«Non è mai stato colto sul fatto. E nessuna delle ragazze con cui è stato lo ha mai denunciato», spiega. «Ogni volta che qualcuno ne parla, lui ha sempre una storia pronta. Una scusa. Vale lo stesso per le ragazze. Non le frequenta, se sono minorenni. Si tratta sempre di studentesse dell'ultimo anno. È un segreto che tutti sanno, ma di cui nessuno parla».

«Tu potresti fare qualcosa, no? Il tuo nome è sull'insegna all'entrata. Riesci a far sparire le persone», gli ricordo, pensando a Bryan e a Elliot.

«Per quanto ne sappiamo, non ha ancora commesso un reato. È solo un viscido». Whit lascia la presa e indietreggia di un passo, come se cercasse di creare una distanza fra noi. Si passa la mano tra i capelli, la sua frustrazione è palpabile. Dipende da me? Da sé stesso? Da Figueroa? Non lo saprò mai, perché non me lo dirà. «Perché mi disturbo a spiegartelo? Stai attenta e basta, okay? Non ha buone intenzioni».

Disse il ragazzo con le intenzioni più cattive del mondo.

«Mi stai avvertendo?»

«Per la tua sicurezza», dice lui. «Come lo farei per le mie sorelle».

«Quindi ora mi vedi come una sorella».

Si acciglia e io sorrido.

«Certo che no», dice irritato. «Non voglio scoparmi mia sorella, grazie a Dio».

La mia pelle si scalda a quella sua ammissione, quindi decido di cambiare argomento. «Sai che il nostro compleanno è lo stesso giorno?»

«Che...? Oggi è il tuo compleanno?». Sembra confuso.

Annuisco. Tendo una mano e la poso sul suo petto, tirando piano la sua cravatta. «Diciotto anni, finalmente legale».

«Idem», dice lui con un accenno di sorriso.

Non allento la presa sulla cravatta. Questa mia audacia è una novità, ma la assecondo. Rifletto se dirgli che andrò da lui per le vacanze del Ringraziamento, ma decido di non sfidare la sorte. Lo scoprirà presto, e quando succederà sono certa che si arrabbierà a prescindere. «Non parliamo da una vita».

Sbuffa e mette le mani nelle tasche dei pantaloni. «Dopo quello che è successo la notte di Halloween, ho pensato che fosse meglio evitarti. Credevo avresti preferito così».

Mi limito a fissarlo, in un tumulto di emozioni. L'una in conflitto con l'altra. «Mi hai salvata da Bryan, Whit. Stava per violentarmi. E poi l'hai mandato via dal campus. L'hai bandito come se tu fossi il re e riuscissi a far scomparire le persone».

«Posso farlo», dice con un sorriso minaccioso. «Continua a metterti nei guai, Savage, e farò sparire anche te».

«Non lo faresti mai», affermo, e noto un guizzo nel suo sguardo. Un segno di debolezza. «Sentiresti troppo la mia mancanza».

«C'è Caitlyn che mi tiene al caldo», mi schernisce. «Non è depravata come te, ma me la faccio andar bene».

Sono accigliata, incapace di fermarmi. «Quando la baci fai finta che sia io?»

«Certo. Fingo che sia tu quando la bacio, quando divoro la sua figa e quando la scopo», dice, facendomi trasalire. Lui ride. «Credi pure a quello che vuoi, Savage. Mi sto divertendo».

Le sue parole mi confondono. Sbatto le palpebre, incerta su cosa dire.

«Non flirti più? O sei davvero preoccupata che ogni sera mi scopi Caitlyn, ora che tu non fai più parte della mia vita?». Ridacchia. «Lei mi segue dappertutto. Mi implora di farle toccare il cazzo, ma non glielo concedo».

«Perché no?», sbotto.

«È troppo smaniosa di compiacermi».

«Pensavo ti piacessero le sottomesse».

Mi afferra il braccio per attirarmi verso di sé. «Le preferisco dispettose, così le posso rimettere al loro posto. Come te».

Le sue parole e il modo in cui mi guarda mi scaldano la pelle. «Sai», inizio, e afferro di nuovo la sua cravatta, facendo scorrere le dita sulla lunghezza, fino a dove riesco ad arrivare. «Non mi hai mai restituito il diario».

Il suo sguardo si incupisce, diviene tempestoso. «È per questo, quindi? Ti strusci su di me nella speranza che io ti restituisca il diario?».

Mi cade la mandibola. «Non mi sto *strusciando* su di te».

Lui abbassa lo sguardo e io faccio lo stesso, così noto quanto i nostri corpi siano vicini. Sono quasi sopra le sue scarpe. «Mi permetto di dissentire», mormora, riportando gli occhi blu ghiaccio su di me.

Strattono con forza la cravatta e faccio un rapido passo indietro, intanto la rabbia mi pervade. «Non capisco cosa vuoi da me».

«Niente di niente», ribatte. «Come ho detto, sto cercando di evitarti».

Le sue parole mi feriscono e non capisco perché. «Hai qualcosa che voglio».

«Non ho intenzione di restituirlo», ammette lui con micidiale fermezza. «Non chiedermelo più».

Non si tratta del diario, e lo sappiamo entrambi. «Perché lo vuoi, eh? Che importanza ha? Ridammelo e basta, per favore». In pratica lo sto implorando. Mi sento una stupida. «Consideralo come un regalo di compleanno».

«Preferirei regalarti qualcos'altro», dice con voce profonda.

Languida.

Frustrata, giro i tacchi e comincio a camminare.

Lui si lancia al mio inseguimento, mi afferra l'incavo del gomito e mi fa voltare per fronteggiarlo. Fisso i suoi bellissimi e freddi lineamenti, dischiudo le labbra, pronta a dargli dello stronzo, ma lui si fionda su di me, con le mani mi cinge le guance e preme la bocca sulla mia.

Le braccia mi ricadono lungo i fianchi, inermi dinanzi al potere narcotizzante del suo bacio. Vuole divorarmi, facendo scivolare la lingua nella mia bocca, mentre le sue dita mi stringono il volto con forza. Geme quando la mia lingua incontra la sua e restiamo così, senza toccarci, se non con le sue mani e le nostre labbra.

Whit si stacca per primo, ha il respiro affannato, e si allontana dalle mie guance per indietreggiare appena. «Tanti auguri a me, cazzo», dice.

Io resto ferma, tremolante e incapace di parlare. Cosa dovrei dire?

Dopo avermi fissata per un altro secondo, lui si volta e va via.

Capitolo 28

Whit

Non avrei dovuto baciarla, penso mentre sono seduto con i miei amici a pranzo. Come regalo di compleanno, Spencer mi ha dato una bella busta con dell'ottima erba californiana dentro, procurata dal suo spacciatore. Dean invece mi ha regalato una scatola di ciambelle e una bottiglia di tequila Clase Azul. Considerando che quella roba costa quasi duemila dollari, è un regalo generoso.

«Ne avrai bisogno, visto che passerai la settimana con la tua famiglia», dice serio, poi mi assesta una pacca sulla spalla.

«Già, grazie», rispondo, i miei pensieri tornano subito a Summer. E a quel cazzo di bacio.

Labbra morbide. Lingua vellutata. Aveva un sapore dolce, sapeva di sottomissione. Le vecchie pulsioni tornano a ruggire, mi chiedono tacitamente perché cazzo ho smesso di cercarla. Se mi avvicino a lei, perdo il controllo. A un certo punto mi sono messo le mani in tasca, perché pensavo fosse l'unico modo per impedirmi di toccarla. Alla fine non ha funzionato nemmeno quello.

Odio dovermi preoccupare per lei e la faccenda di Figueroa, ma qualcuno doveva avvertirla. Quel tipo è un pervertito. Raggira le ragazze ogni volta che ne ha l'occasione, è sempre alla disperata ricerca di carne fresca. È assurdo quante ragazze cadano nella sua trappola.

Se dovesse toccare Summer anche solo con un dito, glielo spezzerò. Gli romperò anche le ossa della mano. Che vada a quel paese.

Il mio sguardo individua subito Summer, quando appare alla mensa. È seduta accanto a Sylvie, hanno le teste vicine, cospirano qualcosa. Mia sorella dice qualcosa che fa ridere Summer e io vorrei sedermi vicino al loro tavolo solo per sentirne il suono.

Faccio una smorfia e torno a concentrarmi sui miei amici. Cosa cazzo è successo poco fa? *Detesto* il modo in cui mi fa sentire.

«Quando vai a casa?», chiede Spencer, aggrottando la fronte. I suoi sono nel bel mezzo di un brutto divorzio. Non è entusiasta all'idea di passare le vacanze in famiglia. «Stasera torno in città», dice. «Mia madre non ci sarà. È dai miei nonni in Kansas. Papà porterà la sua ragazza a Ibiza per le vacanze, quindi non ci sarà nemmeno lui. Avrò la casa tutta per me».

«Magari passo a trovarti», dico, pensando all'enorme appartamento che i suoi possiedono in centro. Abbiamo dato qualche festa lì, in passato. Alcol, droghe e ragazze ovunque. Musica che rimbombava mentre mi facevo una ragazza senza nome e senza volto, a ritmo dei bassi.

Immagino di scoparmi Summer nel letto della camera degli ospiti, a casa di Spence. Le gambe sulle mie spalle mentre la penetro.

Stavo andando bene. Riuscivo a evitarla. Ero saldo. Non avrei dovuto baciarla, ora non riuscirò più a smettere di pensare a lei.

«Sì, dovresti venire a trovarmi. Anche tu, Dean. Possiamo organizzare una festa». Spencer ci sorride e posa lo sguardo su di me. «Porta la tequila».

«Voglio conservarla per la cena del Ringraziamento con i miei, grazie», dico con un ghigno, facendo scorrere la mano sulla bottiglia di fronte a me. Già, la tengo sul tavolo davanti agli occhi di tutti. Sai quanto me ne frega. Come se qualcuno potesse permettersi di dire qualcosa… Se ci provano, gli faccio il culo. «Non la condivido con nessuno».

«Nemmeno con tua sorella?», chiede Spence.

So che ha un debole per Sylvie, anche se non l'ha mai ammesso. E io non lo incoraggio. Lui non la merita. Nessuno dei miei amici la merita. È un bastardo maleducato, proprio come me, e ha dei seri problemi a impegnarsi. Perché mia sorella dovrebbe finire con uno come lui?

Anche se c'è quel detto per cui chi lascia la strada vecchia per quella nuova…

«Mia sorella non beve. Non può, viste tutte le medicine che prende», affermo, guardandolo di traverso. «Dovresti saperlo».

«Era ubriaca alla festa di Halloween», sottolinea Spencer, e io mi acciglio.

«Lo so, è stato uno sbaglio», dico in tono sommesso. Colpa della pre-festa con Summer. Mi ha fatto incazzare. Ho sgridato Sylvie per un quarto d'ora abbondante, dopo quella cazzata. Ha pianto e ha giurato che Spencer la stava proteggendo. Non le ho detto cosa è successo con Summer, quella notte. Sta a loro parlarne.

Mi domando se l'abbiano fatto. Se Summer abbia ammesso ciò che Bryan stava per farle. Se non fossi arrivato io, quel piccolo stronzo le avrebbe infilato quel pisello grande quanto una matita dentro e l'avrebbe scopata contro quell'albero.

Se l'avesse fatto, l'avrei ammazzato. Non sto scherzando. Nessuno tocca ciò che è mio.

Scuoto la testa, notando che ho stretto i pugni in una morsa. Rilascio lentamente le dita e cerco di rilassarmi.

Lo sguardo di Spence vola al tavolo dove sono sedute Sylvie e Summer. Le guarda con desiderio e spero di non avere anche io il suo stesso sguardo pazzo d'amore. «Sta bene?», chiede, riferendosi a mia sorella.

«Pare di sì». In tutta sincerità, però, non lo so. Mamma controlla tutto quello che fa Sylvie. Non sopporta che sia qui e non a casa, dove può vegliare ogni secondo sulla sua preziosa figlia malata. Carolina, invece, è del tutto indipendente dai nostri genitori. Vive lontano, in una prestigiosa scuola di danza. E ha solo quattordici anni. Una volta mi ha detto che odia essere una Lancaster, perché le ha procurato solo problemi.

Lo capisco.

«Sono preoccupato per lei». Spence volge lo sguardo su di me. «Tu no?»

«Mia madre ha tutto sotto controllo», rispondo con voce legnosa, mentre controllo ancora una volta Summer. Lei solleva gli occhi proprio in quel momento e le nostre traiettorie si incrociano. Non distoglie lo sguardo.

Nemmeno io.

«A Sylvie piace molto Summer», continua Spence. «Mi ha detto che Summer è la sua migliore amica. La sua unica amica, a parte me».

«Che cazzata», mormoro, scuotendo la testa. So esattamente cosa sta facendo Savage. Vuole legare con mia sorella per entrare nelle mie grazie.

Non funzionerà.

«Vero? È assurdo. Sylvie la conosce appena», brontola Spencer in tono irritato.

Studio Summer. La curva elegante del suo collo. La delicata linea della mascella. Il mento ostinato. I lunghi capelli scuri tirati indietro, nella solita austera coda di cavallo, che mettono in mostra il suo bel viso. Gli occhi scuri e scintillanti. La bocca rigogliosa. Una bocca che ho baciato appena un paio d'ore fa. Si è dischiusa per me come un maledetto fiore, maturo, pronto per essere colto. Dei mugolii di impazienza le risuonavano in gola, mentre la sua lingua cercava la mia come se volesse inghiottirmi in un sol boccone.

Mi ha ricordato tutte le cose che abbiamo fatto insieme. Il suo arrendersi con tanta facilità. Il sapore tra le sue gambe. I gemiti soffocati che emetteva quando colpivo un punto particolarmente profondo con il mio cazzo.

Mi muovo con discrezione sulla sedia, porto la mano in basso per aggiustarmi, distogliendo lo sguardo da lei. È una distrazione di cui non ho bisogno, cazzo. Non ne posso più di averla nella mia testa. Si è insinuata lì dentro e ormai è come se fosse casa sua. È una seccatura.

Una bella seccatura, sì, a cui non sono interessato.

«Che programmi hai per il tuo compleanno?», chiede Dean. Capisco che sta cercando di cambiare argomento.

«Cena in famiglia, alcol, sesso. Spero in quest'ordine», dichiaro, pensando all'imminente serata che mi aspetta.

Non ne sono particolarmente entusiasta. Peccato che il mio compleanno sia così vicino al Ringraziamento. Dal divorzio, i nostri genitori continuano a trascorrere questa festa insieme e io non lo sopporto. I commenti sprezzanti. I sensi di colpa che mia madre proietta su mio padre. Il "facciamo finta di essere una grande famiglia felice" che non funziona mai.

Finiamo sempre per litigare. A volte urlano, anche se con il passare degli anni la situazione si è calmata. Eppure, le lacrime fanno capolino. Le lacrime ci sono sempre.

E tante.

Carolina non ci sarà. Ha detto che non poteva allontanarsi dalla scuola in questi giorni, che la produzione de *Lo schiaccianoci* le sta occupando la maggior parte del tempo, essendo lei la protagonista.

La piccola Clara, che danza su un palco. Mia madre ne è rimasta terribilmente delusa. Si affanna nel controllarci tutti e, per quanto si sforzi, comunque due figli su tre si ribellano ai suoi modi stucchevoli. Sylvie è quella che subisce di più, e comincio a chiedermi se mia madre non abbia una malsana ossessione nei confronti di mia sorella.

Non mi sorprenderebbe se fosse così.

«Hai intenzione di cercarti una ragazza? O ne hai già una in mente?», chiede Dean, insinuandosi nei miei pensieri con le sue domande.

Rifletto sulle sue parole, i miei pensieri sono pieni di Summer. Ecco chi vorrei per il mio compleanno. Eppure, ho già preso un impegno e sono sicuro che Summer avrà già dei progetti per le vacanze. «Ho qualcuno in mente».

«La porti a cena come ospite?», chiede Spencer.

Conosce il mio modo di agire. Accenno un sorriso. «Forse».

«Qualcuno che i tuoi genitori non approverebbero, ne sono certo», commenta Spencer con una risatina.

«È qui che ti sbagli». Il mio sorriso a labbra serrate è compiaciuto. «Mia madre morirà dalla gioia, quando vedrà chi sarà al mio fianco. Ho già un piano».

Dean geme. «Non dirmi che è Leticia».

La mia espressione è chiara. Ovvio che è Leticia Everett. La mia futura moglie. La futura madre dei miei figli, cosa totalmente folle da pensare. Mia madre si è assicurata che accadesse quando avevamo appena smesso di portare il pannolino.

Gli antenati di Leticia erano dei latifondisti che hanno acquistato la maggior parte della costa orientale, per poi rivenderla pezzo per pezzo nel corso degli anni, guadagnandoci milioni di dollari. Ha diciassette anni, è bella e vergine. Se dovessi anche solo suggerire di venirle sulle tette, andrebbe fuori di testa. Mi sono opposto a questa relazione, ma di recente ho capito che dovrei fare un tentativo con questa ragazza. Perché forse è pazza come me.

Come Summer.

Non sarò mai così fortunato, ma vale la pena provare.

Capitolo 29

Summer

Finisco di preparare la borsa proprio nel momento in cui bussano alla porta. Prima che possa rispondere, Sylvie irrompe con un'espressione impaziente sul suo viso da folletto.

«Perché ci stai mettendo tanto?»

«Ho finito», annuncio, mettendo a tracolla il borsone. Avrei potuto portare la valigia, ma sarebbe stata troppo grande. Si tratta solo di una settimana. Di quanti vestiti avrò bisogno per una rilassante vacanza durante il Ringraziamento?

Sylvie strabuzza gli occhi. «È tutto quello che ti porti?»

«Che altro mi serve?».

Lei ride. «Non hai mai trascorso una settimana con la mia famiglia a Newport, in effetti. Aspetta e vedrai. Forse dovremo andare a fare shopping. Oppure ti farò saccheggiare il mio armadio».

La guardo dalla testa ai piedi. «Dubito di riuscire a entrare nei tuoi vestiti».

«Ce la farai, credimi. Ho tante taglie, il mio peso è sempre altalenante». Sospira con fare drammatico. «Il mio corpo non ha mai accettato di morire, a prescindere dalla mia età».

«Sylvie», la rimprovero, seguendola fuori dal dormitorio. «Non sopporto quando parli così».

«Oh, quando dico la verità? Non piace neanche a Spencer», ribatte lei con nonchalance.

Usciamo dalla struttura, dove l'aria fredda è come uno schiaffo in faccia. Sto tremando nonostante indossi il cappotto. Ci avviciniamo a un'elegante Lincoln nera che ci aspetta nel parcheggio, ha il cofano del bagagliaio alzato e l'autista lì accanto, in piedi.

Questo si precipita verso di me, tendendo un braccio. «Signorina, faccio io».

Gli porgo il borsone, lanciando un'occhiata eloquente a Sylvie non appena lui si allontana. Lei mi salta accanto, ridendo. «Essere ricchi ha i suoi vantaggi», afferma. «Tipo i domestici ai tuoi ordini e un autista privato che ti porta dove vuoi».

All'improvviso sento che la gola potrebbe chiudersi. «Whit viaggerà con noi?»

«Oh, no. Non ci pensa nemmeno. Da quando ha preso la patente, viene sempre con la sua macchina alle nostre riunioni di famiglia».

Grazie a Dio. Non credo che sarei riuscita a stare in macchina con lui in presenza di Sylvie. O gli sarei saltata addosso o gli avrei cavato gli occhi.

«Perché non vai con lui?», chiedo, seguendola sul sedile posteriore della macchina. L'autista chiude la portiera e prende il posto di guida, inserisce la marcia ed esce dal parcheggio.

«Mamma non me lo permette. Dice che è troppo spericolato. Teme che schianti una delle sue macchine contro un albero con me dentro, e che io muoia all'istante». Altre risate, ma velate di tristezza. «Sa essere davvero ironica».

Non capisco a cosa si riferisca e ho quasi paura di chiederlo.

Quindi non lo faccio.

Chiacchieriamo per il resto del tragitto. È un viaggio che prosegue a rilento, perché le strade sono intasate di persone che, come noi, cercano di fuggire. Non riesco a smettere di guardare fuori dal finestrino, stupita da tutto quel traffico.

«Se avessimo aspettato oltre, il traffico sarebbe peggiorato. La prossima settimana sarà un vero incubo», spiega Sylvie.

«Qual è il programma di stasera?». Ora ho paura di non aver portato niente di elegante e adatto per la cena, soprattutto dopo la reazione di Sylvie alla mia carenza di bagagli.

«Il ristorante in cui andremo è molto costoso», commenta Sylvie. «Ma non preoccuparti, è informale. Posti all'aperto. Focolari dove sedersi e riscaldarsi. Alcol in abbondanza e stuzzichini da urlo».

«Alcol?», chiedo con voce flebile.

«Papà riesce sempre a farmi bere qualche sorso di nascosto». Ride. «Una volta non bevevo mai, sai? Whit crede ancora che io sia una brava ragazza, ma ultimamente mi concedo… delle cose. Cose che non mi fanno bene, a dire il vero».

Penso alla me di quattordici anni che beveva di nascosto dai bicchieri di champagne dimenticati dagli altri, come una piccola mendicante. Cosa avrà pensato di me il ricco e snob Whit Lancaster? Dio, facevo pena. Pensavo di essere un'adulta nel mio pacchiano abito senza spalline, l'avevo già indossato per fare da damigella d'onore al matrimonio di mia cugina l'anno prima. Le tette mi erano cresciute da allora e per questo motivo strabordavano dal vestito.

Ricordare è doloroso. Ero una ragazza che gli faceva pena, ne sono sicura. Una di cui avrebbe potuto subito approfittarsi, cosa che ha fatto.

«I miei non vedono l'ora di conoscerti», continua Sylvie. «Ho raccontato loro tutto di te».

«Tutto di me?». Mi sembra di cadere in una trappola. Del resto sono l'idiota la cui madre è andata a letto col padre di Sylvie e, in sostanza, ha distrutto il loro matrimonio.

E se sua madre mi desse la colpa, come ha fatto Whit? Sono spacciata.

«Sanno chi sei, soprattutto mio padre», dice Sylvie. «La mamma ha avuto da ridire, ma non ti preoccupare. Davanti a tutti non potrà fare a meno di comportarsi in modo civile. "Essere maleducati è indecoroso", citazione testuale».

Premo la fronte contro il vetro del finestrino e chiudo gli occhi. Sono una tale stupida. Perché mi sto sottoponendo a tutto questo? Entrare nella tana dei leoni affamati. Saranno impazienti di mordermi. Sylvie è una protezione blanda. La adoro, ma non sarà abbastanza forte da tenere testa ai suoi genitori.

E soprattutto a Whit.

Ma nemmeno io riuscirei a respingerlo. È il mio punto debole.

Dopo poco più di un'ora di strada, finalmente svoltiamo per fronteggiare due cancelli di ferro nero. Questi si aprono in pochi secondi, permettendoci di entrare, e un'interminabile striscia di asfalto nero si snoda a perdita d'occhio nel verde. Guardo fuori dal finestrino come una bimba, il volto premuto contro il vetro per osservare lo splendido paesaggio. Rigogliosa erba verde e giganteschi alberi spogli, a causa del recente cambio di stagione. Procediamo e delle imponenti siepi verdi costeggiano il vialetto su entrambi i lati, capisco che ci stiamo avvicinando.

La strada si allarga e poi eccola: la villa dei Lancaster si staglia in lontananza. Non due, ma ben tre piani in pietra e marmo, quattro massicci pilastri all'ingresso e un'infinita schiera di finestre su entrambi i lati. È impressionante, mi ricorda uno di quei grandi castelli che abbiamo visto quando siamo stati in Inghilterra qualche anno fa, per una vacanza di famiglia. Prima che Jonas e Yates morissero.

A dirla tutta mi ricorda Buckingham Palace, il che significa che è davvero spettacolare.

«Come ti dicevo, di solito veniamo qui solo d'estate», spiega Sylvie, mentre l'auto oltrepassa una rotatoria e la villa si avvicina. «Ma mamma e papà vogliono passare qui il Ringraziamento in famiglia, visto che siamo al Lancaster Prep. Così il nostro viaggio è più breve».

«Trascorri qui l'estate?», chiedo con voce debole, lo sguardo si posa sulla facciata decorata della villa. Statue di angeli ci fissano, volti meravigliosi, guance paffute e labbra che ricordano il bocciolo di una rosa.

«Sì, be', quando ero più piccola. C'eravamo tutti. Anche Carolina, sebbene soffra la stagione calda, visto che non può ballare tutti i giorni. La mamma ha trasformato una delle sale più piccole in una sala da ballo per lei, dove in pratica ci passa tutta l'estate. Si sveglia la mattina presto, balla, salta e si sfianca finché non muore dalla stanchezza», continua Sylvie. «La sua dedizione è sconcertante. Io riesco a starle dietro a stento per mezz'ora, e anche io ballavo, prima di iniziare ad ammalarmi di continuo. So che un giorno diventerà una ballerina famosa».

La sua famiglia è davvero interessante, mentre la mia è piena di segreti orribili e profonda vergogna. Terrò tutto ben protetto.

Be', non tutto, visto che Whit ha messo le zampe sul mio diario.

La famiglia Lancaster sembra perfetta. Bellissima. Sì, Augustus ha avuto una relazione extraconiugale con mia madre e alla fine ha divorziato dalla moglie, ma questa non è una cosa tanto fuori dalla norma. Sono sicura che anche la loro famiglia abbia un bel po' di sporchi segreti, come la mia.

Nel momento in cui l'auto si ferma davanti alla villa, Sylvie salta fuori e inizia a camminare, sgranchendosi le gambe. La seguo, senza riuscire a smettere di fissare la casa. La massiccia porta d'ingresso si apre piano piano e due donne vestite di nero ci vengono incontro per accoglierci. Prendono i nostri bagagli e si precipitano in casa.

«Avrai una stanza per gli ospiti tutta per te». Sylvie ride, mentre guardo le domestiche che si sbrigano a entrare. «Niente divano letto o cose del genere».

«Quante stanze ci sono?», chiedo intanto che saliamo i gradini di pietra.

«Cinquanta? Sessanta? Non lo so», afferma Sylvie con una scrollata di spalle. Attraversiamo la doppia porta aperta. L'atrio è su due piani e le sue parole riecheggiano contro le pareti e il soffitto. Un uomo in abito nero chiude la porta alle nostre spalle, il suono rimbomba nella stanza vuota e mi fa quasi sobbalzare.

«Signorina Lancaster, posso accompagnare lei e la sua ospite nelle vostre stanze?», chiede l'uomo con accento inglese.

«Certo, Alfred». Sylvie mi indica: «Lei è la mia amica, Summer Savage».

«Lieto di conoscerla, signorina Savage», dice Alfred con un rapido inchino.

Lo guardo attonita. L'intera situazione è surreale. Hanno un vero e proprio maggiordomo inglese ai loro ordini. Domestici ovunque. La casa più grande in cui credo di essere mai entrata in vita mia. Non c'è da stupirsi che i Lancaster prediligano questa festività da trascorrere insieme, e in questa villa. Augustus può avere un'intera ala e la madre un'altra, a stento si incrocerebbero.

«Piacere mio», dico ad Alfred prima che lui si volti e ci conduca sulle scale.

«La sua stanza è di sopra», mi comunica. «La famiglia alloggia nell'ala ovest, gli ospiti nell'ala est».

Annuisco e conto a mente i gradini che saliamo. Sono larghi, di marmo, rivestiti di un morbido tessuto nero che ricorda il velluto. Il nero si abbina al passamano in ferro ornato, della stessa fattura dei cancelli che impediscono l'ingresso ai plebei. Una volta arrivati in cima alle scale, veniamo accolti dall'enorme dipinto di un uomo dall'aria austera che ci guarda dall'alto in basso.

«L'Augustus Lancaster numero uno», mi sussurra Sylvie all'orecchio, facendomi virare verso destra. «Andiamo».

Saliamo un'altra scala e arriviamo al terzo piano, seguendo Alfred che marcia davanti a noi. Non riesco a non fissare gli imponenti dipinti dei loro antenati. I pannelli decorati alle pareti, i candelabri sopra di noi, grondanti di cristalli. Sembra di essere in un'altra epoca.

«Ecco le camere degli ospiti», annuncia Alfred. «Mi sono premurato di prepararle una camera con vista sull'oceano, signorina Savage, come richiesto dalla signorina Sylvie».

«Grazie, Al», dice Sylvie saltando proprio al suo fianco. Lui si ferma scioccato, lei si alza sulle punte e gli dà un pizzicotto sulla guancia. «Sei proprio un tesoro».

L'uomo arrossisce, giuro su Dio.

Percorriamo l'interminabile corridoio, finché lui non si ferma di fronte a una porta imponente. Con un colpo di polso la apre e poi tende il braccio. «Prima le signore».

Sylvie mi precede nella stanza e io mi fermo al centro, a bocca aperta, e giro lentamente su me stessa, cercando di assimilare ogni dettaglio. Ma non ci riesco. I miei occhi non sanno dove posarsi.

Il tappeto sotto i miei piedi è soffice, con un motivo floreale sbiadito, ma comunque non malandato. Anzi, ti sembra di star calpestando qualcosa di pregiato. Costoso. Che appartiene alla famiglia da generazioni. Le pareti sono coperte da sottile carta da parati con stampe di ortensie, fiori blu, rosa e bianchi ovunque, che lasciano appena intravedere lo sfondo verde chiaro. Il letto è un enorme baldacchino. I mobili sono delicati, ma decorati. Sono dipinti di bianco e ci sono delle sedute capitonné. Un altro lampadario è appeso al centro e lo osservo, la luce del sole riverbera sui cristalli che lo compongono.

«Mi sembra di essere in una favola», dico tra me e me.

Sylvie ride e mi prende per mano. «Vieni a vedere il panorama».

La seguo verso le sottili doppie porte di vetro che danno su un balcone. Afferra una maniglia in ferro nero, l'apre e mi conduce all'esterno, dove il vento freddo e pungente ci scompiglia i capelli. Di fronte a noi un giardino lussureggiante che mi ricorda quello della scuola, ma più grande. E oltre, l'oceano. Di un blu invernale, tempestoso, con l'acqua che si agita irrequieta.

«È bellissimo», dico senza fiato, voltandomi verso di lei e vedendo che sorride, su di giri.

«Mi piace vederlo per la prima volta attraverso i tuoi occhi. Quelli che conosco sono distaccati, *niente* li colpisce. Cioè, anche tu per certi versi sei distaccata, ma non totalmente», spiega.

Cerco di reprimere la gioia e lo stupore, sentendomi una stupida. La loro ricchezza non dovrebbe impressionarmi. Anche mia madre è ricca ora, grazie alla scomparsa di Jonas e Yates. Mia madre si è presa tutto. Tutto. L'ex moglie di Jonas ha intentato una causa, ma secondo l'avvocato di mia madre non ha i motivi per farlo, o almeno così dice. Anche l'unico figlio della prima moglie è morto. Non le spetta nulla, oltre quello che Jonas le ha accordato per il divorzio.

«Non preoccuparti, non devi fingere». Sylvie allunga una mano e mi sfiora delicatamente il braccio. «Mi piace la tua trasparenza, il fatto che tu sia reale. Tutti mi girano intorno in punta di piedi, mi trattano come se fossi una fragile bambolina che sta per rompersi. Tu no».

«Sei la persona più forte che conosco», ammetto con voce flebile, inghiottita dall'ululato del vento.

È vero. Ha sofferto tanto, eppure se ne va in giro saltellando e comportandosi come se nulla la preoccupasse. Io cadrei in un baratro di disperazione, se sapessi di star per morire.

Lei quasi si rallegra del fatto che la sua ora sia vicina.

Sylvie trema e mi tira per il braccio. «Vieni, andiamo dentro, qui fuori si gela».

Nel momento in cui le porte si chiudono, la stanza cade in un completo silenzio. Alfred se n'è andato da tempo. Il mio borsone è poggiato su una panca di fronte al letto gigante in cui dormirò stanotte. Sembra piccolo e trasandato, in confronto all'eccessiva maestosità della stanza.

«Questo fine settimana andremo sicuramente a fare shopping», declama Sylvie, lo sguardo fisso sul mio borsone. «Hai una carta di credito?».

Annuisco. Forse dovrei mandare un messaggio a mia madre per assicurarmi che sia d'accordo nel farmi spendere dei soldi, ma dubito le interessi. È troppo impegnata a trascorrere le vacanze con le sue amiche, a prendere il sole. Non le ho nemmeno detto che sarei andata a casa di Sylvie per il Ringraziamento. Dubito che le possa interessare.

O forse sì, visto che questa settimana interagirò con Augustus Lancaster. Non lo so.

Sylvie sorride. «Perfetto. Ci sono un sacco di bei negozi da vedere. Ti troveremo un nuovo look per ogni giorno della settimana. E una nuova valigia per portarti tutto a casa».

«Ma io ho già dei vestiti», esordisco, ma lei scuote la testa con espressione severa.

«I pasti sono come degli eventi. Ci saranno feste nel quartiere. Dovrai vestirti bene per tutta la settimana, soprattutto la sera». Il suo sguardo mi percorre dalla testa ai piedi. «Sei così bella, eppure ti metti di rado in risalto. Ti prego, fatti truccare per la cena di stasera. Che dici?»

«V-va bene», affermo. «Come mi vesto?»

«Oh, puoi vestirti in modo informale. Jeans, una felpa. E sciogliti i capelli, li porti sempre in una coda». Si tende dietro di me e mi strappa l'elastico dai capelli, che mi ricadono intorno al viso, un po' deformati dall'acconciatura. «Hai dei capelli bellissimi. Forse posso farti i boccoli. Ti prego, posso prepararti io? Lo facevo sempre per Lina, prima che si trasferisse. Era la mia Barbie personale da rendere bella».

«Va bene, okay», dico con una risata, sopraffatta. «A che ora si cena?»

«Chiedo a mamma a che ora ha prenotato. Vado a cercarla». Sylvie mi guarda con occhi sgranati. «Vuoi conoscerla adesso?».

Dio, no. «Preferirei fare un pisolino, se non è un problema. Sono esausta».

«Ma certo! Sei la festeggiata, puoi fare quello che vuoi. Mi informo sull'ora di cena e ti mando un messaggio. Vieni in camera mia almeno un'ora prima della partenza, così posso farti trucco e capelli. Vieni vestita. Compirò la mia magia su di te». Mi stringe in un saldo abbraccio, il viso premuto contro i miei capelli. «Sono tanto felice che tu sia qui. Sarai la distrazione di cui ho bisogno».

Mi stacco da lei con un cipiglio. «Distrazione da cosa?».

Il sorriso di Sylvie è misterioso. «Dalla mia vita».

Capitolo 30

Summer

Quando Sylvie lascia la stanza, mi addormento pochi minuti dopo aver posato la testa sul soffice cuscino, avvolta nel sontuoso piumone che ricopre il letto. Dormo per più di un'ora e mi sveglio disorientata, quando ormai la stanza è avvolta nel buio più totale. Per un attimo non ricordo dove mi trovo.

Poi tutto mi torna in mente. Sono nella tenuta dei Lancaster a Newport e stasera andremo a cena fuori. Tutti insieme. Me compresa.

E ci sarà Whit.

Ancora non sa che sono qui, ne sono certa. Sylvie non vuole dirglielo. Preferisce che faccia la mia apparizione al ristorante come una piccola bomba, innescata e pronta a esplodergli in faccia. Lei ne gioirà. Adoro la mia nuova amica, ma a volte mi chiedo se non mi stia usando come una pedina nei suoi giochi, per scatenare drammi familiari alla giusta occasione.

Afferro il telefono per controllare l'ora. Sono le sei e qualcosa. Vedo un messaggio di Sylvie.

La cena è alle otto. Partiamo un quarto d'ora prima. Vieni nella mia stanza non più tardi delle sei e mezza.

Giusto... Ma non credo di farcela, anche perché devo ancora lavarmi e asciugarmi i capelli.

Trovo anche un messaggio da parte di mia madre.

Buon compleanno, tesoro. Spero tu stia facendo qualcosa di bello per festeggiare.

E questo è tutto. Niente "mi ricordo quando sei nata", niente "ti voglio bene", né "mi manchi" o "vorrei essere con te".

Le risponderò più tardi. Ora mando un messaggio veloce a Sylvie.

Io: Ho dormito e mi sono appena svegliata. Vado a fare la doccia.
Sylvie: OMG sbrigati!

Raccolgo i miei articoli da toeletta ed entro nel bagno lussuoso, la bocca aperta mentre osservo ogni dettaglio. Questa non è una mera ostentazione di ricchezza; il patrimonio della famiglia Lancaster va ben oltre. Un'eredità generazionale che arriva così in profondità da sembrare infinita.

La casa sarà anche vecchia, ma per fortuna l'impianto idraulico è moderno e si vede che il bagno è stato ristrutturato di recente. Marmo e vetro ovunque. La doccia è enorme, con due pareti di vetro trasparente. Gli armadietti sono color Tiffany e gli specchi appesi sopra i due lavandini sono ornati d'oro. Sul ripiano vi è una composizione di fiori freschi, con esplosioni di colori autunnali, tra cui giganteschi girasoli.

Spalanco la porta della doccia e apro il rubinetto, trattenendo il fiato quando l'acqua inizia a scendere con un getto regolare che mi ricorda la pioggia. Mi svesto di fretta e mi metto sotto, inclino la testa all'indietro e lascio che l'acqua mi scivoli addosso. Il calore mi rilassa i muscoli tesi, fa lo stesso effetto il bagnoschiuma al profumo di lavanda. Quando ho finito e mi asciugo, mi sento languida. Rilassata.

Poi ricordo cosa sta per succedere stasera – chi vedrò – e la tensione torna a farsi sentire, forma all'istante dei nodi sulle mie spalle. Squilla il telefono e lo controllo. Un altro messaggio di Sylvie.

Sylvie: Te li asciugo io i capelli. Vieni nella mia stanza!
Io: Non so dove sia!
Sylvie: Ci vediamo sulle scale. Sto uscendo!

Per fortuna mi sono già messa il deodorante e la crema su corpo e viso. Indosso l'outfit che avevo pensato: i miei jeans preferiti a vita alta chiari e una maglietta nera aderente a collo alto. È un po' corta. Mi osservo allo specchio, girandomi di qua e di là, sperando di non essere vestita in un modo troppo sconveniente.

Che male fa un po' di pelle? Almeno le tette non usciranno fuori.

Come se Whit non le avesse già viste…

Con fare goffo infilo i miei vecchi stivali Dr. Martens, afferro il telefono e mi precipito fuori dalla camera da letto. Corro lungo l'interminabile corridoio e rallento quando vedo Sylvie che mi aspetta in cima alle scale, proprio come aveva detto. Sorride, tutto il suo corpo sembra vibrare mentre mi fa cenno di sbrigarmi.

«Andiamo», dice, poi mi prende per mano, guidandomi verso la sua stanza.

È ancora più opulenta della mia, il che ovviamente non mi sorprende. Le pareti sono di un rosa pallido, così come le lenzuola dello splendido e principesco letto bianco. Tutta la stanza è delicata, femminile ed eterea, proprio come Sylvie.

«Adoro la tua camera», le dico mentre mi lascio incantare da ogni dettaglio. I miei anfibi fanno rumore sul pavimento, quando muovo i piedi sullo spesso tappeto. Se mia madre fosse qui, mi rimprovererebbe per aver camminato dappertutto. Odia i miei stivali. Credo sia questo il motivo per cui li indosso spesso.

«Grazie. Andiamo in bagno, lì c'è una luce migliore», afferma.

La seguo nel bagno gigantesco e lei mi fa accomodare alla toeletta incassata nel muro, sotto il ripiano tappezzato da una vasta gamma di accessori per la cura dei capelli. Asciugacapelli, un paio di piastre e almeno tre arricciacapelli, tutti di diversa grandezza. Non perde tempo e si mette subito al lavoro per asciugarmi le ciocche, che in pochi minuti sono lucide e lisce, brillanti sotto le luci accese.

«Perché non porti mai i capelli sciolti?», chiede dopo aver spento l'asciugacapelli e averlo appoggiato sul ripiano.

«Non lo so», rispondo, odiando il mio tono difensivo. «Mi danno fastidio».

Sylvie ci passa le dita in mezzo, il suo sguardo incontra il mio nello specchio. «Sono bellissimi, dovresti metterli in mostra. Siamo costretti a indossare quelle stupidi uniformi, metti almeno in risalto le tue qualità migliori!».

Non dico nulla e rimugino sulle sue parole, mentre inizia ad arricciarmi i capelli. La mamma mi punzecchia sempre per il mio aspetto. Dice che sono banale senza trucco, e poi afferma la stessa cosa che ha detto Sylvie: dovrei mettere in risalto le mie qualità. Quanto sono scialbi i miei capelli, legati in una semplice coda di cavallo... Perché non voglio andare con lei a farmi la piega? Mia madre mi vorrebbe femminile e bella, proprio come lei. E lei è una donna bellissima. Alla quale assomiglio molto.

Sfidarla, rifiutare le sue continue richieste, per me è una specie di problema di controllo. Non voglio che le persone siano attratte da me solo per il mio viso. Voglio che vedano altro. Qualcosa di più. Non sono solo un bel visetto, delle tette grosse o delle gambe lunghe.

Penso a Whit. È semplicemente abbagliato dal mio aspetto? Eppure, a scuola sono semplice. Non mi trucco, porto i capelli tirati all'indietro. Non arrotolo la gonna in vita per mostrare le gambe, tranne quella volta in cui ho cercato di attirare la sua attenzione. Per il resto, sono una persona scialba.

Mi ha vista nuda tante volte. Sa cosa nascondo sotto l'uniforme. Mi ha vista con quell'orribile costume di Halloween, anche se quella sera non mi ha degnata di uno sguardo. Per qualche motivo, la mia presenza l'ha solo fatto arrabbiare. Travestirmi da diavolessa sexy ha sortito l'effetto opposto a quello che avevo pianificato. Lui mi confonde. Non so cosa vuole. Anzi, non è così. So cosa *non* vuole.

Me.

Sylvie mi acconcia i capelli in morbide curve, poi si mette di fronte al mio viso e mi trucca. Vorrei quasi contorcermi sotto la sua attenta valutazione, ma quando lo faccio, lei mi rimprovera e ricomincia da capo con l'eyeliner.

Perciò resto perfettamente immobile, anche se il mio corpo è una massa ansiosa. Finirò per dare l'impressione di una che si è impegnata troppo. Lo so e basta. Quando finalmente mi consente di girarmi verso lo specchio, trattengo il fiato con fare brusco.

Sono sempre io, ma in una versione migliore. Gli occhi più luminosi. Le guance più accentuate. Le labbra più rosse. Ma non è troppo. È come se Riccioli d'Oro avesse compiuto la sua magia su di me e io fossi diventata perfetta.

«Non ti piace?», chiede Sylvie, visto che sono rimasta in silenzio un po' troppo a lungo. Incrocio il suo sguardo preoccupato nello specchio. «Ho cercato di tenerti il più naturale possibile».

«È… fantastico», dico con voce flebile. «Lo adoro».

«Sicura?».

Mi giro sulla sedia per sorriderle. «Certo. Grazie, Sylvie. Mi sento una principessa».

«Non c'è di che. Buon compleanno». Mi avvolge in uno stretto abbraccio, quasi schiacciandomi contro di sé.

«Lo apprezzo molto, ma... puoi evitare di dire che è il mio compleanno, alla cena di stasera?», chiedo liberandomi dalla sua presa.

Sylvie aggrotta la fronte. «Non vuoi che si sappia?»

«Non voglio farne un affare di stato». Stasera non riguarda me. Voglio solo essere un'osservatrice silenziosa. E vorrei evitare di far arrabbiare Whit.

«Va bene», dice con entusiasmo, poi mi stringe a sé per un altro abbraccio. «Grazie per essere qui questa settimana. Non credo che sarei riuscita a sopportare tutto questo da sola».

Mi stacco da lei, accigliata. «Che intendi?»

«Oh, niente. Sto facendo la stupida». Fa un verso di scherno. «Starò bene. Soprattutto se ci sei tu. Solo... non abbandonarmi per qualcun altro, okay? Potrei aver bisogno di te».

«Non vado da nessuna parte», mormoro, credendo fermamente a ogni parola. Resterò al fianco di Sylvie per tutta la settimana. Nessuno riuscirà a separarci. Me ne assicurerò io.

Lo stesso autista di prima ci aspetta davanti a casa e saliamo sulla berlina che ci ha portate alla villa per andare al ristorante vicino al molo, proprio sull'acqua. Fuori si gela e io indosso la giacca imbottita che ho comprato online il mese scorso. Sylvie è vestita in modo simile al mio, con dei jeans e un maglione blu scuro oversize. I capelli biondi sono legati in una treccia larga, raccolta sulla spalla. Ai lobi pendono delle gigantesche punte di diamante che mettono in risalto la luminosità dei suoi occhi azzurri.

«Dov'è il resto della famiglia?», chiedo nervosa, osservando l'interno dell'auto. Pensavo saremmo andati tutti insieme al ristorante.

Sylvie sbadiglia. «Mamma è già lì. Abbiamo litigato di brutto, mentre tu dormivi. Voleva che andassimo con lei, ma le ho detto che ti eri appisolata».

«Oh, non volevo creare problemi», esordisco.

«Non preoccuparti», dice per interrompermi. «Papà ci raggiungerà lì. È appena arrivato da Londra e si farà portare direttamente al ristorante».

«E Whit?»

«Verrà con la sua macchina, di nuovo. Nel caso volesse darsela a gambe». Alza gli occhi al cielo. «Forse porterà un paio di amici, non ne ho idea».

Questo mi innervosisce. Il solo pensiero di vedere Whit mi rende trepidante. La mia presenza lo farà arrabbiare? O non gliene importerà nulla?

Non so cosa potrebbe essere peggio.

Arriviamo al ristorante in pochi minuti ed entrambe scivoliamo fuori dalla portiera posteriore dell'auto, tremando quando l'aria fredda ci investe. Ci precipitiamo all'ingresso, attirate dal calore del ristorante. L'entrata è affollata da persone in attesa di un posto a sedere e mi ricorda l'ultima volta che io e Sylvie siamo andate a mangiare fuori. La mia amica parla con uno del personale e gli dice il suo nome, lui fa un sorriso ampio e ci conduce in una sala privata sul retro dell'edificio.

Ho i nervi tesi al massimo. Mi tremano le gambe e il respiro è affannato. Provo a mantenere la calma, se non starò attenta andrò in iperventilazione.

Entriamo nella stanza e per prima cosa vedo la madre. Una donna elegante, spaventosamente magra, che indossa un maglione lungo nero. Ha le braccia sottili adornate da braccialetti d'oro che le arrivano quasi fino ai gomiti. I capelli sono acconciati in un caschetto severo color platino e i suoi lineamenti delicati mi ricordano quelli di Sylvie, anche se sono appena più spigolosi.

Un lampo di disappunto le attraversa il volto quando ci vede. «Eccovi. Non potevi almeno metterti un vestito?».

Ignoro la frecciata perché non è rivolta a me, ma il suo saluto mi ricorda molto mia madre.

«Mamma». La voce di Sylvie è salda. «Voglio presentarti la mia amica, Summer Savage. Summer, lei è mia madre, Sylvia Lancaster».

Nome simile. Mi avvicino al tavolo e tendo la mano verso di lei, che la prende e mi offre una stretta debole. «È un piacere conoscerla», dico in tono serio. L'educazione in persona. «La ringrazio per avermi ospitata a casa sua, è bellissima».

«Le amiche di Sylvie sono nostre amiche, cara», risponde Sylvia con freddezza, i suoi occhi glaciali fissi sui miei. Mi ricordano quelli del figlio. Anche il suo comportamento. Freddo. Distaccato.

Giudicante.

«Accomodatevi», dice Sylvia a entrambe, e noi ci sediamo l'una accanto all'altra, di fronte alla madre. «Ditemi, com'è andato il viaggio?»

«Oh, tutto liscio», faccio per dire, ma Sylvie mi interrompe.

«Il traffico è stato terribile, già te l'ho detto», afferma, poi lancia un'occhiata alla piccola sala in cui ci troviamo. «Dove sono papà e Whit?»

«Tuo padre dovrebbe arrivare a breve. Mi ha appena mandato un messaggio. Dice che l'aereo è atterrato in ritardo». Le labbra della signora Lancaster si tirano in una linea sottile. «Tuo fratello è al bar, sta ordinando da bere».

«Oh, voglio anche io da bere», dice Sylvie con un broncio, incrociando le braccia.

«Sono sicura che tuo padre ti verserà un bicchiere di vino», risponde Sylvia, l'irritazione che le serpeggia sul viso. «Fai parte della famiglia tessile Savage?».

Mi acciglio. «No».

«I Savage di quel negozio, allora. Oh, hanno un abbigliamento sportivo da urlo».

«Non sono imparentata nemmeno con loro». Immagino lo sappia benissimo. Vuole solo… cosa? Farmi sentire inferiore?

«Oh». Sylvia storce il naso. «Chi è tuo padre, allora? Come si chiama?»

«Lionel Savage, ma non siamo in contatto», ammetto.

«Mh», Sylvia batte il dito sulle labbra serrate. «Non mi è familiare».

L'ultima volta che ho avuto sue notizie, Lionel Savage era un fanatico della palestra e faceva il personal trainer da qualche parte nel Jersey. Ovvio che il suo nome non le è familiare.

«Che cosa fa la tua famiglia per le vacanze?», chiede con una certa enfasi.

«Mia madre è ai Caraibi», ammetto.

Il suo sguardo lampeggia alla menzione di mia madre. Non mi sorprende.

«E Jonas? Oh, adoravo quell'uomo, soprattutto quando lavorava con mio marito. Era sempre tanto dolce», dice, le labbra si incurvano verso l'alto in quello che sembra vagamente un sorriso.

Ma le sue parole sono taglienti. Scalfiscono le mie emozioni. Mi ricordano quello che ho fatto e il fatto che non potremo mai riportarli indietro.

«Mamma», la rimprovera Sylvie, lanciando uno sguardo eloquente.

L'espressione di Sylvia Lancaster è di totale e assoluta innocenza. «Che c'è? Adoravo Jonas. So che lui e la prima moglie hanno sofferto molto per l'orribile divorzio, dopo quella tresca», mi lancia un'occhiata veloce, piena d'ira. «Suppongo che la nuova moglie lo renda molto felice».

«È morto», dico senza mezzi termini.

Sylvia si ritrae, sbattendo le palpebre. «Cosa?»

«Non lo sa? Dell'incendio? Lui e Y-Yates...», incespico sul nome del mio fratellastro. Non lo pronunciavo ad alta voce da tempo. Suona strano sulle mie labbra.

«Oh, vero. Come ho potuto dimenticare? Che tragedia», si acciglia, ma l'attimo dopo l'espressione sparisce, come se non ci fosse mai stata. Il suo volto ora è disteso. Fa un sorriso piacevole e poggia le braccia sul tavolo, unendo le mani. «Mi dispiace per la tua perdita».

Non sembra affatto dispiaciuta. Immagino che abbia nominato Jonas di proposito, solo per punzecchiarmi. Una cosa crudele, considerando quanto amassi Jonas, anche se lei non può saperlo. Lui non era in grado di proteggermi da determinate cose, ma mi ha sempre trattata come una figlia.

«Hanno preso chi ha appiccato il fuoco?», chiede Sylvia, alzando le sopracciglia.

Il mio stomaco si contorce. È vuoto, ma sento che potrei vomitare sul tavolo da un momento all'altro.

«Non è stato un incendio doloso», risponde Sylvie al posto mio, ma sembra confusa. Così mi guarda. «O no?»

«Un incidente», gracchio, abbassando la testa.

All'inizio, subito dopo il fatto, se ne parlava molto. Più avanti, il sospetto è stato accantonato. Non c'erano abbastanza prove, mi ha rassicurato mia madre, ed è stato un sollievo.

Per fortuna Sylvie cambia argomento e inizia a parlare della scuola, aggiornando la madre sugli ultimi pettegolezzi. Racconta di persone che non ho mai sentito nominare, ma penso frequentino il Lancaster Prep e siano figli degli amici dei genitori. Non presto molta attenzione, sono troppo impegnata a guardare la porta, in attesa, temendo l'ingresso di Whit. Ma viene preceduto da un altro uomo. Suo padre.

Nel caso avessi voluto sapere come sarà Whit da grande, ora l'ho scoperto.

«Aug, eccoti qui», dice Sylvia in tono esasperato. «Finalmente sei arrivato».

Augustus la ignora e va dritto verso Sylvie. Lei si alza e lo abbraccia, la stretta è prolungata. Non posso fare a meno di essere invidiosa, desiderando anche io un rapporto così saldo con mio padre. Mi basterebbe che Jonas fosse ancora qui. Sento la nostalgia di una figura paterna da cui andare per chiedere consiglio. Per trovare conforto.

Mi sa che ho un complesso paterno, non ho intenzione di negarlo.

«Stai bene», dice Augustus a Sylvie, stringendole le guance mentre la fissa negli occhi. Lei lo guarda raggiante. «Hai messo su peso».

«Mi sento meglio», risponde lei con voce lieve. La più lieve che le abbia mai sentito. «Sono felice di vederti».

Ieri aveva un aspetto orribile. Ora sprizza salute.

Non capisco.

«Il volo è stato terribile. È decollato in ritardo. Un tempo pessimo. Sono felice di essere arrivato tutto intero». Lascia la presa su Sylvie e sposta lo sguardo su di me. «Chi abbiamo qui?»

«Oh, papà, lei è Summer, la mia amica», dice Sylvie, sorridendomi.

Mi alzo e stringo la mano dell'uomo. «Piacere di conoscerla».

Lui inclina la testa e mi contempla, poi lascia lentamente andare la mia mano. «Hai un'aria davvero familiare».

«La madre è Janine Weatherstone», afferma Sylvie, un sorriso sornione che le arriccia le labbra.

«Ah». Lui aggrotta le sopracciglia con apparente sorpresa. «Be'». Fa una pausa e lascia vagare lo sguardo sul mio volto. «Le assomigli molto».

Fantastico. Assomiglio alla donna con cui ha avuto una relazione così selvaggia da avergli distrutto il matrimonio e quasi rovinato quello della mamma. Non mi disturbo a rispondergli. Che potrei dirgli? *Dio, grazie, sono felice che io ti ricordi la tua amante?*

Che imbarazzo.

Ci sediamo tutti ai nostri posti, Augustus a capotavola, il più lontano possibile da Sylvia. Osservo come lei cerchi di parlargli e come lui la ignori. O dice qualcosa di sprezzante, con lo sguardo spento, ostile.

Ecco da chi ha imparato Whit.

Quando arriva il cameriere per prendere le ordinazioni, Whit non è ancora arrivato. Augustus ordina delle bottiglie di vino e un sacco di antipasti. Sylvie batte le mani in segno di gioia, mentre la madre rimprovera l'ex marito per aver ordinato piatti ricchi di carboidrati.

Non dico nulla. Sono un'osservatrice silenziosa delle dinamiche della famiglia Lancaster e cerco di mettere insieme i pezzi che riguardano Whit e il suo comportamento. È caldo e freddo. Mi vuole ancora. Ne sono certa, dopo il bacio passionale che ci siamo scambiati oggi.

Ma l'attrazione per me è sempre accompagnata da rabbia e ostilità. Per la maggior parte del tempo è un vero stronzo nei miei confronti. Non riesco ancora a capirlo.

«Oh, è tornato il festeggiato!», esclama all'improvviso Sylvia. Alzo la testa e vedo Whit in piedi sulla soglia, con una ragazza di una bellezza mozzafiato sottobraccio che lo guarda adorante.

Lo stomaco mi si chiude e chino la testa. Ha portato una ragazza, ma non Caitlyn. Certo che l'ha portata.

«Papà», dice Whit in tono sorpreso, guardandolo. «Ce l'hai fatta».

Augustus si alza con un ghigno e si avvicina al figlio. «Pensavi che mi sarei perso il diciottesimo compleanno del mio figlio maggiore?»

«Non ne ero sicuro», afferma Whit con sincerità, andando incontro al padre. Lascia la ragazza per abbracciarlo, e i due si assestano delle pacche sulla schiena in quel modo tipicamente maschile. «Sono felice di vederti».

«Buon compleanno, figliolo», dice Augustus con affetto. «Vedo che hai portato Leticia».

Il terrore mi consuma. È con Leticia. La ragazza che è stata scelta come sua futura moglie, come se vivessimo nel Medioevo.

«Salve, signor Lancaster», saluta Leticia in tono soave, stringendo la mano di Augustus. «È un piacere rivederla».

«Il piacere è tutto mio. Diamoci del tu, non chiamarmi signore. Ho sempre l'impressione che ci sia mio padre vicino», dice in tono scherzoso, poi si guarda in giro come se lo stesse cercando.

La risata tintinnante di Leticia è delicata e graziosa, ovvio. Proprio come lei.

«Venite, sedetevi pure», dice Augustus assumendo il ruolo del padrone di casa.

Dall'espressione gelida sul volto di Sylvia, capisco che non approva.

«Tua sorella ha portato un'amica», dice a Whit quando lui si avvicina al tavolo, poi mi indica. «Credo tu la conosca, visto che frequenta il Lancaster Prep. Summer…». Le sue labbra si arricciano, «Savage».

Whit mi guarda con occhi sgranati, la bocca trasformata in una linea dura. «A malapena», dice a denti stretti, senza degnarmi di un ulteriore sguardo, come se non esistessi nemmeno. Tipico. «Ciao».

Gli faccio un cenno con la testa e non dico una parola.

La conversazione intorno a me continua, ma io non la sento. Non ci riesco. Riesco solo a guardare Whit con la coda dell'occhio. Sorseggia di continuo un liquido ambrato dal bicchiere che ha portato con sé dal bar, ha lo sguardo perso nel nulla, ma la rabbia che emana fuoriesce da lui in ondate palpabili. Eppure, nessun altro sembra percepirlo. Quando le portate vengono servite, Leticia gli prepara un piatto di antipasti da brava fidanzatina, ma lui nemmeno lo tocca. Lei gli si avvicina, gli sussurra all'orecchio e lo sguardo di lui cade sul davanti della sua camicetta, che mostra una notevole scollatura. Ha le tette enormi. Più grandi delle mie.

La tocca lì, con una carezza casuale. Vedere le sue dita che sfiorano la pelle di un'altra mi sconvolge nel profondo. Afferro il mio bicchiere pieno di vino e ne prendo un sorso, poi spingo la sedia all'indietro e mi alzo in piedi, con un gesto così rapido che la sedia cade a terra, mettendo a tacere la conversazione di tutta la tavolata.

«Scusate». Le guance mi bruciano per l'umiliazione e cerco di sorridere, anche se non ci riesco. «Torno subito».

Scappo dalla saletta prima che qualcuno possa aggiungere qualcosa per umiliarmi ulteriormente, e mi aspetto che Sylvie mi segua, ma per fortuna non lo fa. Trovo la mia via di fuga nel bagno delle donne, arredato in modo elegante.

Mi metto davanti al lavabo, le mani tremanti poggiate sul ripiano di marmo bianco, e fisso me stessa nello specchio.

Che ci faccio qui? Perché sono venuta? Credevo davvero che Whit sarebbe stato felice di vedermi? Sono un'illusa, è ovvio. Dovrò fingere di stare male non appena torneremo a casa, così potrò andarmene domattina. Non mi vorranno far rimanere, se mi crederanno contagiosa.

Tranquillizzata dal mio nuovo piano, mi insapono le mani e le lavo, poi mi allontano dal lavabo e vado all'asciugamani automatico. Qui sento la porta aprirsi e chiudersi subito.

Il lieve scatto di una serratura.

Guardo da sopra le mie spalle e vedo Whit appoggiato alla porta. Mi sta guardando. Con un gesto lento, mi volto verso di lui. Ho il cuore che batte frenetico, il petto che si agita per il respiro affannoso.

«Che stai facendo?», chiede con voce pacata, micidiale.

«Mi lavo le mani», rispondo tranquilla.

Un lampo di fastidio gli attraversa il bel viso. Si è rasato e ha un profumo intenso. Come l'aria autunnale. Se potessi, mi metterei in ginocchio davanti a lui e lo implorerei di toccarmi ancora, ma mi rifiuto di essere quel tipo di ragazza.

«Non mi avevi detto che saresti venuta», continua a bassa voce.

«Sylvie mi ha invitata per la settimana. Voleva che passassi le vacanze con lei», spiego, ma lui alza la mano e mi mette a tacere.

«Non dovresti essere qui».

Le sue parole sono come un coltello che affonda nel mio stupido e speranzoso cuore. Dovrei averlo imparato, a questo punto. «Lo so», dico con voce tremante. «Domani mattina vado via».

Ci guardiamo in silenzio, la tensione cresce tra noi e mi rende difficile respirare.

Lui si allontana dalla porta e io mi sento come un coniglio catturato dal predatore. Mi perseguita, bloccandomi sul posto.

Le sue mani virili si posano sui miei fianchi per circondarmi, il calore penetra dentro di me. Il mio corpo si accende, risponde a quel tocco familiare e devastante, e inclino la testa all'indietro, così che i nostri sguardi si incontrino.

«Se avessi saputo che ci saresti stata, io non avrei mai...».

Whit serra le labbra, interrompendo qualsiasi cosa stesse per dirmi. Sento il bisogno di sentire il resto della frase. Voglio la conferma che non gli dispiace avermi qui. Ma è probabile che si tratti di un'illusione. Non è felice della mia presenza. Ho rovinato tutto.

«Cosa vuoi da me?», chiedo con aria sperduta. Vicino a lui, alla sua famiglia, mi rendo conto di non essere all'altezza. Non sono Leticia. La sua famiglia è prestigiosa, la mia è piena di scandali. Di vergogna.

Mia madre ha avuto una relazione con suo padre, per l'amore di Dio. Siamo lo scandalo in persona.

Mi sfugge un sussulto quando mi afferra i fianchi e mi attira a sé. «Sii il mio regalo di compleanno», afferma.

Prima che possa chiedergli cosa intenda, posa la bocca sulla mia, dandomi un bacio fin da subito passionale. Gemo quando le nostre lingue si incontrano. Le sue mani vanno al mio sedere e lo sollevano, facendomi sedere sul lavandino. Si mette tra le mie gambe divaricate e interrompe il bacio per guardare la distanza che c'è tra noi.

«Potrei scoparti proprio qui», dice, toccando il davanti dei miei jeans, il pollice che preme contro la cucitura. Fa male. Ma è una sensazione incredibile. «Sei all'altezza giusta».

Ho le mutandine bagnate. Voglio che mi scopi mentre i suoi genitori e la ragazza che si è portato dietro sono nella stanza accanto. Ad aspettarci. «Ti prego», sussurro e lui sorride.

Pochi secondi dopo tira fuori il cazzo e i miei jeans e le mutandine sono giù, intorno alle caviglie. Sento il marmo freddo contro il sedere. Scivola dentro di me con facilità, chiude gli occhi e spinge a fondo, facendo aderire appieno i nostri corpi. Contraggo le pareti interne e sorrido quando lui geme.

Preme la fronte contro la mia e resta del tutto immobile, il suo pene che pulsa dentro il mio corpo. Aspetto, sospesa nel tempo, incerta su cosa fare. Lui prende un respiro profondo, si inumidisce le labbra e inizia a muoversi.

Mi scopa sul serio. Lo afferro per le spalle e lo guardo per tutto il tempo, affascinata dalla miriade di emozioni che vedo scorrere sul suo bel volto. Tra noi due va sempre meglio, penso, mentre passo la mano sul suo petto, vogliosa di toccare la sua pelle nuda. I movimenti aumentano di intensità, la stanza si riempie del profumo del sesso e gemo in tono sommesso a ogni sua spinta. Il cazzo che entra ed esce mi fa contrarre il ventre e, quando non ce la faccio più, chiudo gli occhi.

«Bellissima», mormora sottovoce. «Sono dipendente dalla tua figa, lo giuro su Dio».

Mi bacia con labbra frenetiche e la lingua insistente. Io ricambio il bacio, gli cingo il collo con un braccio e mi tengo stretta a lui. I suoi respiri si fanno più veloci, perciò interrompe il bacio e siamo faccia a faccia, mentre dei bassi grugniti gli sfuggono dalle labbra e seguono il ritmo dei suoi fianchi.

«Maledizione», dice, poi geme, venendo dentro di me. Sento lo sperma inondarmi il corpo e i nostri respiri affannosi risuonano nella stanza silenziosa. Il suo corpo sussulta a ogni ondata di piacere.

Nel giro di pochi secondi si stacca da me, si tira su i pantaloni e chiude la cerniera. Io resto lì, stordita, a guardarlo. La mia figa pulsa. Ho una voglia matta di venire, sono al limite. Come se lui lo percepisse, allunga una mano e trascina le dita contro la mia entrata bagnata, accarezzandomi una volta. «Vuoi venire?».

Annuisco e sussulto, perché le sue dita si fermano sul clitoride gonfio. «Sì».

Lui allontana la mano dal mio corpo. «Dopo», dice con un ghigno malefico.

Poi si volta ed esce dal bagno senza degnarmi di uno sguardo.

Capitolo 31

Summer

Dopo essermi ricomposta e aver lavato un'altra volta le mani, torno nella saletta privata dove si trovano i Lancaster. Mi sistemo sulla sedia accanto a Sylvie con gambe tremanti e spero che nessuno riesca a capire cosa è appena successo.

Whit mi ha scopato a sangue nel bagno delle donne e mi ha lasciata lì, desiderosa di averne di più.

«Ti ho tenuto da parte un po' di pane», dice Sylvie, spingendo il cestino verso di me. «Papà se lo stava per mangiare tutto».

Lui sorride e ne mastica un pezzo, ci ha spalmato sopra del burro giallo e appetitoso. «Sai che tua madre non la tocca questa roba, qualcuno dovrà pur mangiarla».

Sylvie ridacchia. Io sorrido, lo sguardo che si sposta su Whit e Leticia.

Gli sorride mentre lui le accarezza la guancia.

Con la stessa mano che un attimo fa era sulla mia figa.

Raddrizzo la schiena, chiedendomi come sia possibile che non senta il mio odore sulle sue dita. Come fa? È davvero così ignara?

Dio, lui è proprio uno stronzo.

Prendo il bicchiere di vino e scolo il liquido dorato in tre grandi sorsi. Augustus mi rabbocca subito il bicchiere, ha lo sguardo caldo su di me, la bocca incurvata in un sorriso appena accennato.

Percepisco la sua attenzione e questa cosa mi mette a disagio. Così a disagio che lancio un'occhiata in direzione di Whit.

E vedo che ci sta già squadrando.

Distolgo lo sguardo e bevo altro vino, ne ho bisogno per infondermi forza. Capisco che Sylvie è già brilla, ma sono sicura che a lei non ci voglia molto. Non pesa nulla.

Vorrei essere anch'io sulla via dell'ubriachezza. Per dimenticare. Dimenticare tutto quello che è successo tra me e Whit. Lui di certo se lo scorderà presto. Si comporta come se io non contassi nulla e questo mi fa soffrire, perché sa esattamente cosa sta facendo. Mi distrugge con poche parole taglienti o gesti rudi.

Per esempio, privandomi dell'orgasmo e poi toccando la sua ragazza con i miei umori ancora sulle dita. Eppur, sono io quella che si è appena scopata in bagno. Suppongo di aver vinto questo round, no?

Mi sporgo in avanti sulla sedia, come se non avessi il controllo del mio corpo, con il bicchiere che pende dalle mie dita e che porto di nuovo alle labbra per sorseggiare con calma. Quando poso il calice, noto Sylvia che mi guarda, il labbro superiore arricciato in un disprezzo a stento celato.

«Sylvie, dovresti smetterla di bere», la rimprovera la madre, lo sguardo rivolto alla figlia. «Stai prendendo dei farmaci che potrebbero essere pericolosi, se mischiati con l'alcol».

«Non ho paura di morire», proclama Sylvie, per poi buttare giù il resto del vino e posare il bicchiere sul tavolo con una risatina.

«Anche tu devi fare attenzione, signorina», mi dice con tono dolce, ma sento l'acciaio che nasconde. «Non bere troppo».

«Sono a posto», le rispondo, sembrando già un'idiota ubriaca.

«Lasciala stare», sbotta Whit, facendo inarcare le sopracciglia della madre. «Pensa a tua figlia».

«Sto bene», dice Sylvie, rivolgendogli il dito medio. «Pensa a te stesso, fratello carissimo».

Lui le mostra i denti in un sorriso sarcastico e poi scivola con lo sguardo su di me.

Il mio corpo è bollente, ho il cuore scalpitante. Farei qualsiasi cosa per trascinarlo fuori da qui e fargli posare la bocca su di me. Tra le mie gambe, in particolare.

La sua lingua magica mi manca.

Guardo di sottecchi la madre e noto il suo sorriso forzato, sta fulminando con lo sguardo Whit dall'altra parte del tavolo. Di certo non le è piaciuto che lui le abbia detto di lasciarmi in pace, ma non sembra preoccuparsi di quel commento. «Ti prego, dimmi che tu e Leticia fate *finalmente* sul serio».

Sono immobile. Pietrificata. Le parole di Sylvia fanno piombare il silenzio al tavolo e Sylvie ridacchia a disagio, prima di mormorare: «Bel modo di metterlo con le spalle al muro, mamma».

Leticia lancia uno sguardo a Whit e posa la mano sulla sua. La stessa che solo pochi minuti prima ha toccato il mio punto più intimo. «Non è facile da catturare», dice con una risata soave, senza mai distogliere lo sguardo dal suo viso. Lui non ricambia il sorriso. La solita espressione stoica, priva di emozioni. Tratta tutte le ragazze allo stesso modo, almeno. «Ma un giorno lo conquisterò».

Oh, la ragazza sa come giocare. Potrei imparare un paio di cosette da lei.

Whit fa un sorriso tirato, poi sofferma lo sguardo su tutte le persone al tavolo, indugiando a lungo su di me. «Non sono pronto a fare sul serio, mamma. Lo sai bene. Smettila di mettere in difficoltà me e Leticia. Lascia che mi goda la mia cena di compleanno».

«A una madre è concesso sognare. Dopotutto, è grazie a me se hai un compleanno», commenta Sylvia con voce tagliente.

«Me lo ricordi ogni giorno», ribatte Whit con lo stesso tono.

Abbasso la testa, desiderando di essere ovunque tranne che qui. Queste situazioni mi mettono a disagio. Le frecciate. Gli insulti. Le allusioni. Mia madre le adora. Si sarebbe trovata benissimo stasera.

Be', forse Sylvia l'avrebbe pugnalata col coltello per la bistecca non appena mia madre avesse osato avvicinarsi, però.

Alla madre di Whit sfugge un sospiro malinconico, mentre osserva i piccioncini seduti accanto a lei. «Siete una coppia bellissima. Non vedo l'ora di conoscere i bambini che un giorno concepirete».

Le sue parole mi fanno scorrere la gelosia nelle vene, ma nonostante tutto non ha torto. Whit e Leticia sono bellissimi. E avrebbero dei bambini stupendi.

«Cristo, Syl», mormora Augustus in tono sommesso.

Lei si volta a guardare l'ex. «Che c'è?». Lui resta in silenzio, quindi torna alla carica: «Se hai qualcosa da dire, dilla e basta».

«Il ragazzo ha appena compiuto diciotto anni. Non sta ancora pensando al matrimonio e ai bambini. Dagli tregua, cazzo», afferma lui.

Gli occhi di Sylvia ardono di irritazione. Ridacchia di nuovo, coprendosi la bocca con le dita. Il sorriso sul volto di Leticia è congelato. Farebbe di tutto per garantirsi un posto in questa famiglia, me ne rendo conto. Compreso tenere la bocca chiusa.

Azzardo uno sguardo a Whit.

Mi sta ancora fissando con occhi affamati. Si lecca le labbra e la mia figa si contrae, come se la sua lingua mi avesse appena centrata in pieno.

Sarà una cena lunga.

Io e Sylvie saliamo di nuovo nella berlina per tornare alla residenza Lancaster, dopo che la cena di compleanno è finalmente giunta al termine. Lei è accasciata sul sedile posteriore e ridacchia tra sé e sé, mentre digita veloce qualcosa sul telefono. Controllo anche io il mio e penso se mandare o meno un messaggio a Whit. Ma se Leticia lo vedesse? Si arrabbierebbe?

E lui?

E poi, cosa gli dico? Ci vediamo in camera mia più tardi? Non credo. Non voglio sembrare disperata, anche se è esattamente così che mi sento.

Disperata.

Bisognosa.

Stupida.

Non sarei dovuta venire qui con Sylvie. Stare con la sua famiglia è troppo. Assistere alle loro dinamiche, dover accettare che lui si porti un'altra ragazza dietro. La ragazza che un giorno dovrà sposare. Me lo ha detto lui stesso.

Anche lei resterà qui per tutta la settimana? Si intrufolerà nella sua stanza e se la scoperà, così come fa con me? Un pensiero che non riesco a sopportare.

«Che è successo quando sei andata in bagno?», chiede Sylvie dal nulla.

Resto immobile, pensando alla cosa giusta da dire.

«Hai scopato con Whit?», aggiunge.

Giro di scatto la testa nella sua direzione e vedo che mi osserva, le labbra arricciate in un sorriso sospettoso. «No», mento.

Lei getta la testa all'indietro e scoppia a ridere. «Bugiarda. Voi due scopate di nascosto e tutti lo sanno».

Le sue parole mi mettono in allarme. «In che senso "tutti"?».

Sylvie solleva una mano e inizia a contare. «Mio padre, mia madre, Leticia, io, il cameriere, il barista…». Ride con aria soddisfatta. «È super ovvio, Summer. Sei corsa fuori dalla stanza quando

Whit ha toccato Leticia. Nel giro di un minuto, è uscito anche Whit. Siete stati via entrambi per un po'. Lui è tornato per primo, con le guance rosse e i capelli scompigliati».

Non ricordo di avergli toccato i capelli.

«Poi sei tornata tu strisciando, con l'aria da peccatrice. Non hai guardato in faccia nessuno». Sylvie allunga una mano e mi dà delle pacche sulla gamba. «Stai giocando col fuoco, amica mia. Ti brucerai. Mio fratello fa soffrire le persone. Non ha un cuore, te l'ho detto».

«Che intendi?», chiedo cauta.

«Whit è un disastro. Tutti i Lancaster sono un disastro. Siamo maledetti. Ognuno di noi prima o poi fa del male a qualcuno, anche a chi tiene». Fa un singhiozzo e ridacchia. Mi stringe il ginocchio. «Mio padre ti guardava con interesse, l'hai notato? Dio, è proprio un pervertito».

Sapevo che non mi stavo immaginando le cose. «Sicuramente gli ricordo mia madre».

«È questo il problema. Gli ricordi la sua vecchia amante… senza offesa».

«Non preoccuparti», dico.

«E vale lo stesso per mia madre. Non avrei dovuto portarti», afferma, poi lancia uno sguardo nella mia direzione, con gli occhi azzurri sgranati. «Verranno tutti a cercarti, prima o poi. Sembra che Whit già l'abbia fatto».

«Pensi davvero che Leticia se ne sia accorta?», mormoro, odiando la vergogna che mi assale.

«Ah! Lo sapevo che te l'eri scopato». Sylvie mi punta il dito contro. Lo respingo. «Ha tollerato le cazzate di mio fratello per anni. Mia madre li ha accoppiati quando sono nati, in pratica. Li vuole insieme affinché, cito testualmente, "generino un retaggio"».

Sembra una vera e propria stronzata, ma non commento.

«A papà piacciono sempre più giovani. Tu saresti perfetta per lui. Ci godrebbe a sbattere in faccia a mia madre che ha avuto sia la madre sia la figlia».

Sussulto. Che schifo.

«Ti consiglio di stargli alla larga», mi ammonisce. «Non rimanere da sola con lui in nessun caso».

Il suo avvertimento è criptico.

«Non lo farò», la rassicuro, facendo un respiro profondo. «Cosa mi dici di Whit?»

«L'hai frequentato abbastanza da sapere con chi hai a che fare», dice ironica. «Se continui sei spacciata».

Restiamo in silenzio per il resto del viaggio. Io fisso distrattamente il telefono e Sylvie sonnecchia. Se con Whit continuiamo così, sarò spacciata. Mi tratta malissimo per tutto il tempo, ma poi ci sono quei momenti di tenerezza. Quasi dolci. Sono attimi rari, piccoli scorci di un Whit senza la sua solita sfacciataggine. Quando i muri cadono, mi offrono la versione vulnerabile e cruda di un uomo incredibilmente oscuro.

La sua parte nascosta combacia con la mia. Siamo anime affini. Ci vediamo per quello che siamo davvero. Guidati dai nostri bisogni. Vagamente sinistri. Eppure, lui mi disturba nel modo migliore possibile.

E spero che io faccia lo stesso per lui.

Quando la macchina si ferma davanti a casa, la pioggia cade battente. Ci precipitiamo dentro la villa, facendo del nostro meglio per non bagnarci.

Sylvie si tiene a me mentre saliamo l'imponente scalinata, lottando per restare in equilibrio. Stasera ha bevuto troppo, quindi ripenso a ciò che ha detto la madre sul mischiare alcol e medicine.

«Mi aiuti a camminare?», chiede.

«Certo».

La guido su per le scale, che sembrano infinite, e lungo il corridoio che porta alla sua stanza. Per percorrerlo ci mettiamo un'eternità. Dopo l'aiuto a spogliarsi e a mettersi a letto, così noto quanto sia magra nonostante tutti dicano che ha messo su peso. È leggera come l'aria, ha le braccia che sono stuzzicadenti. Le rimbocco le coperte e di colpo lei mi afferra la mano e la porta al petto, tenendomela lì.

«Grazie, sei una vera amica», mormora, poi chiude gli occhi. Mi chiedo quanti veri amici abbia. «Mi dispiace averti costretta a venire».

«Forse dovrei andarmene prima», esordisco, ma lei serra la presa sulla mano, sgrana gli occhi e si mette a sedere.

«No, ti prego, non lasciarmi. So che è stata una pessima idea e che forse mi odi per averti torturata, ma non sarà così male, te lo prometto. Finché resteremo unite, io potrò proteggerti. E tu proteggerai me». Picchietta la mano sul lato vuoto del letto gigante. «Dormi qui con me».

Non voglio. Voglio stare da sola nella mia stanza, con i miei pensieri. Deve aver visto l'esitazione nella mia espressione, perché mette il broncio. Ha il labbro inferiore che trema, come se stesse per scoppiare a piangere.

«Ti prego», sussurra Sylvie.

Con un sospiro, salgo sul letto. Chiacchieriamo per un po', ma lei si addormenta subito e pochi minuti dopo russa lievemente. La guardo, ha il viso angelico e le folte ciglia nere. I capelli biondi aggrovigliati e le labbra rosa.

Sylvie è bella. Fragile. Delicata. Come una bambola. Vorrei tanto proteggerla, ma da cosa?

Scendo dal letto in silenzio, per non disturbarla mi sfilo gli stivali e li tengo in mano mentre esco in punta di piedi dalla sua stanza. Chiudo la porta dietro di me, do un'occhiata a destra e sinistra e mi fermo quando avvisto un movimento nell'ombra.

Un leggero suono di passi riecheggia sul pavimento di marmo. Whit emerge dall'oscurità, le mani in tasca e lo sguardo assorto. Si ferma, ad almeno sei metri da me, ma avverto la sua presenza come se mi stesse toccando.

Lo fisso senza dire nulla e lui fa lo stesso. Mi volto e lascio a testa alta l'ala della famiglia, diretta verso la mia camera da letto. Supero le scale e l'enorme ritratto del primo Augustus Lancaster. L'immagine mi fissa con occhi azzurri quasi identici a quelli di Whit e vengo attraversata da un brivido che mi fa accelerare il passo.

Il ritratto mi intimidisce. Non mi piace. La casa è piena di ritratti di ogni tipo, tutti così inquietanti da mettere i brividi.

Più mi avvicino alla mia camera da letto e più accelero il passo, consapevole della presenza di Whit. Mi sta seguendo come un felino nella giungla. Silenzioso. Paziente. Sicuro di sé.

È snervante.

Sguscio nella mia stanza e chiudo la porta, ma non a chiave. Nel profondo, voglio che entri. Voglio che mi faccia ciò che vuole e quando vuole. È ancora il suo compleanno, dopotutto. Gli darò quello che desidera, a patto che smetta di essere arrabbiato con me. Gli permetterò di usarmi in ogni modo possibile per tutta la settimana. Non lo rifiuterò.

Come se potessi riuscirci…

Mi scosto dalla porta e mi avvicino al borsone, lo getto sul letto e apro la cerniera. Frugo tra i vestiti e trovo l'unico paio di mutandine e reggiseno coordinati che possiedo. Decido di fare una doccia veloce e indossarli, quando sento la porta che si apre e sollevo la testa.

Whit entra nella mia stanza come se ne fosse il padrone, e in un certo senso lo è davvero. Chiude la porta con delicatezza, facendo scattare la serratura. Il battito del mio cuore accelera e mi si secca la bocca mentre lo guardo. Lui si appoggia alla porta, proprio come ha fatto prima nel bagno del ristorante, e mi contempla in silenzio, con una postura disinvolta. Come se avesse tutto il tempo del mondo.

Ricambio lo sguardo, la biancheria intima ancora stretta in mano, le gambe che tremano per la sua vicinanza.

«È anche il tuo compleanno, oggi», dice infine, e io lo guardo attonita.

Me l'ero scordato.

«Sì», dico. «È vero».

«È andato come desideravi?», domanda in tono appena beffardo. Sa che è la cosa più lontana dalla verità.

«Nient'affatto».

Si avvicina, raggiunge l'altro lato del letto e si mette proprio di fronte a me. «Speravi di ricevere un mio regalo?»

«No». Quasi rido. Non gli importa di me, non abbastanza da farmi un regalo.

Lo sguardo gli cade sul pizzo color crema che stringo in mano. «Che fai?»

«Stavo per farmi una doccia».

«Falla, allora», dice, inclinando la testa verso il bagno.

«E tu che fai? Mi aspetti?», chiedo incredula.

«È questo che vuoi?».

Scrollo le spalle.

«Ho bisogno di un sì o un no, Savage». Fa una pausa. «Vuoi che ti aspetti?»

«Sì», sussurro.

«Va' a farti la doccia, allora». Fa scorrere la mano sulle lenzuola sontuose. «Chiudi a chiave la porta, però. Chissà cosa potrei fare nel saperti nuda, a strofinarti il sapone su tutto il corpo, mentre ti aspetto».

La sua affermazione mi suscita dei brividi su tutta la pelle. Faccio per andare in bagno, ma le sue parole mi fermano.

«E non preoccuparti di quello».

Mi guardo alle spalle. «Cosa?»

«Di quello che hai in mano. Ti voglio tutta nuda quando vieni a letto».

«Pensavo fosse il *mio* compleanno».

«È anche il mio», dice con un sorriso egoista. «Non preoccuparti, trarrai beneficio dai miei desideri, fidati di me».

Se potessi fidarmi... vorrei dirgli. Ma non è così.

Capitolo 32

Whit

Vedere Summer seduta al tavolo della mia famiglia, quando ho varcato la soglia con Leticia al mio fianco, mi ha sconvolto. Era l'ultima persona che mi aspettavo di trovare lì. Non l'avrei mai detto. Voglio bene a mia sorella, ma è una stratega occulta. Sapeva che portare Summer Savage per la festa del Ringraziamento avrebbe messo in crisi l'intera famiglia.

Mia madre è fuori di sé, perché è costretta a ospitare per una settimana la figlia dell'amante dell'ex marito. Mio padre è probabilmente tentato di entrare nelle mutande di Summer. Ha già conquistato la madre, perché non provare con la figlia? So come ragiona. Siamo simili, noi due.

Non permetterò che accada.

E poi ci sono io.

Le interazioni con Summer a scuola mi hanno messo in agitazione. Mi hanno fatto arrabbiare. Avevo programmato di chiedere a Leticia di farmi un pompino stasera, volevo che mi dimostrasse di voler stare con me. Lei è accomodante, ma non abbiamo fatto molto al di là di un bacio occasionale, un po' di tempo fa.

Non l'avrei scopata, non ancora. Probabilmente avrei immaginato le labbra di Summer strette intorno al mio cazzo per tutto il tempo in cui sarei stato con Leticia.

Cristo, ho dei problemi. Derivano tutti dal mio bisogno di Summer.

Stasera, però, non ho dovuto pretendere un pompino da Leticia. Vedere Summer mi ha fatto un certo effetto. E lo ha fatto anche a lei. Quando è uscita dalla sala per andare in bagno, non ho aspettato nemmeno un minuto prima di inseguirla, come se non potessi resistere.

Credo di non riuscirci.

Scoparla in bagno era necessario. Solo dopo essere venuto dentro di lei, mi sono calmato. E ho potuto superare quella tortura di cena. Affrontare le adulazioni e le parole di incoraggiamento di Leticia. Quella ragazza non aspetta altro che io renda tutto ufficiale. I suoi genitori vogliono che ci sposiamo il prima possibile, così come mia madre. Mio padre ha detto di rallentare e di divertirmi, prima di vincolarmi. Poco prima che lasciassimo il ristorante, mi ha detto che se fossi stato davvero intelligente, avrei dovuto provare a sposarmi per amore.

Mi fa morire dal ridere, cazzo.

Passeggio per la stanza degli ospiti e mi avvicino alla finestra gigante, scostando le spesse tende di seta. Fuori sta piovendo, il rumore della pioggia incessante colpisce la casa e rimbomba nella quiete. Un lampo squarcia il cielo, seguito da un tuono che mi ricorda della notte in cui ho protetto Summer nei giardini, quasi picchiata a sangue da Elliot e dal suo amico idiota.

Sembra passata un'eternità. Da allora sono accadute molte cose.

Senza pensarci, mi tolgo i vestiti e li lascio cadere per terra, finché non sono del tutto nudo. Vado a letto e mi infilo sotto le coperte, mi accomodo sulla pila di cuscini, avvolto dal lenzuolo e dal piumone drappeggiato sulle ginocchia. Aspetto paziente e osservo la tempesta, sintonizzato su ogni rumore che viene da dietro la porta del bagno.

L'acqua si chiude, la porta della doccia si apre. Non aspetto le ragazze. Non l'ho mai fatto prima. Loro vengono da me, scopiamo e ciao. Per una volta sono attraversato da un senso di trepidazione che si deposita nei miei genitali. Stasera metterò da parte i miei bisogni e farò in modo che lei si goda tutto. Non mentiva, quando ha detto di aver dimenticato che fosse il suo compleanno. La mia famiglia è opprimente. Io lo sono. Savage invece è forte, ma non sempre.

Deve imparare a esserlo.

Finalmente la porta del bagno si apre e lei entra nella stanza, avvolta in un bianco accappatoio di spugna che mia madre lascia a disposizione di tutti gli ospiti, come se fossimo in un maledetto albergo. Ha i capelli bagnati, il viso pulito e la pelle arrossata dall'acqua calda.

Mi chiedo se sia così accaldata ovunque.

«Ho detto che ti volevo nuda», esclamo, facendo scorrere lo sguardo su di lei.

«Lo sono». Le sue dita giocano con la cintura. «Ma non volevo uscire dal bagno nuda».

Inarco un sopracciglio. «Perché no?».

Un lampo illumina la stanza, seguito da un tuono roboante. «Fa freddo».

Sollevo le coperte sul lato vuoto del letto. «Unisciti a me». Lei sta per strisciare sul letto, ma la fermo. «Togliti l'accappatoio, prima».

Slaccia piano la cintura, la stoffa si apre e mi lascia intravedere le sue forme nude. Le guardo incantato, mentre lei si scrolla di dosso il pesante accappatoio, che cade sul pavimento. Si rivela a me.

«Ho superato l'ispezione?», chiede con fare sfrontato.

«Vieni qui», ringhio. Lei si infila sotto le coperte, io intreccio le dita sui suoi capelli umidi e la attiro a me per darle subito un bacio rovente. «Cosa vuoi?», mormoro contro le sue labbra.

Lei apre gli occhi e si scosta. «In che senso?»

«Per il tuo compleanno. Cosa vuoi? Ti darò tutto quello che desideri».

Penso a tutte le cose che io vorrei da lei. Vorrei che si inginocchiasse ed eseguisse ogni mio ordine. Vorrei il suo culo. Non l'abbiamo mai fatto così e voglio rivendicare l'unico punto che nessun altro ha toccato. Se volesse sedersi sulla mia faccia per ore, la accontenterei, le farei avere così tanti orgasmi che non riuscirebbe più a camminare una volta finito.

«Voglio le coccole», risponde infine lei con voce flebile.

«Cosa?». Mi acciglio, confuso.

Si scosta da me e scrolla una spalla liscia e nuda. Mi cade lo sguardo sulle sue tette. I capezzoli sono turgidi e implorano la mia bocca. «Voglio che mi tieni stretta».

Visto che si blocca, le chiedo: «E cos'altro?»

«Tutto qui».

«Davvero?». Sembro scettico.

«Non gira tutto intorno al sesso», dice timida.

«Per me sì», ribatto.

«Sul serio?».

Chiudo la bocca di scatto e la contemplo. Mi chiedo cosa stia succedendo in quella testa misteriosa. Ogni volta che penso di aver capito tutto, lei mi spiazza.

Mi fa impazzire.

«Vuoi le coccole?», domando come intonando una parolaccia.

Annuisce. «Per favore».

Apro le braccia e lei si avvicina, accoccolandosi a me. Appoggia la testa sulla mia spalla e la mano sul petto. La cingo tra le braccia e la tengo stretta, odiando il mio cuore che batte forte per la sua vicinanza. Odio ancora di più che lei possa sentirlo, perché ha la guancia premuta sul mio petto.

«Sei come una bambina, bisognosa di coccole», commento con un sorriso sghembo.

Lei ride, con le unghie mi sfiora il petto. «Abbiamo la stessa età».

«A che ora sei nata?»

«Poco dopo mezzogiorno».

«Io alle quattro del mattino, sono più vecchio», dico con fare compiaciuto.

«Non di molto».

«Quanto basta».

«Mh». Corregge la sua posizione e torna a mettersi comoda. I suoi capelli mi solleticano il viso, mentre nasconde il naso nell'incavo del mio collo. «Sei così caldo».

Le parole che pronuncia contro la mia pelle mi fanno contorcere. «Davvero vuoi solo le coccole?»

«Non è bello?», chiede, la bocca che si muove vicino al mio collo. «Non lo facciamo mai».

«Non mi piace». Fisso il soffitto, cercando di restare impassibile al suo tocco. Al fatto che sia praticamente distesa su di me. Il mio cazzo reagisce, però. È duro come la roccia e mi fa male.

«Davvero?». Si scosta leggermente per potermi guardare negli occhi. Un lampo di luce argentata le illumina il volto. La sua espressione è dubbiosa. «Odi tutto questo».

«Non faccio le coccole, le moine, o come cazzo le vuoi chiamare, a nessuna ragazza», ringhio.

Si china su di me, avvicina la bocca alla mia e sussurra: «Invece adesso mi stai facendo le coccole».

«Con riluttanza».

«Ma lo stai facendo lo stesso». Mi posa un leggerissimo bacio sulle labbra e io desidero subito di più. «Per quanto tu possa sentirti riluttante».

«Preferirei fare qualcos'altro».

«Sempre esigente».

«È anche il mio compleanno».

«Hai fatto un'offerta e ora devi mantenerla». Sembra molto soddisfatta di sé.

Non riesco ad ammettere quanto sia bello averla sdraiata accanto a me, con i nostri corpi nudi vicini. Intreccia le gambe alle mie e poi me ne mette una sopra. Il calore della sua figa mi preme contro la coscia e il cazzo diventa ancora più duro. Voglio entrarle dentro. Non desidero altro che scoparla per tutta la notte.

Eppure, lei sembra soddisfatta di stare così con me e di conservare questa castità tra noi.

«Stai ufficialmente con Leticia?», chiede di getto.

Le cingo le spalle con un braccio e resto volutamente in silenzio. Voglio torturarla, così come lei tortura me. «Non stiamo insieme, no».

«Vuoi stare con lei?», domanda con un filo di voce.

Sospiro, riflettendo sulla situazione con Leticia. «Ci conosciamo da una vita. Lo sai, è stata scelta per me. Succederà, ma non ora. Stasera l'ho invitata perché sapevo che avrebbe reso felice mia madre».

«Era contenta?»

«No, perché c'eri tu».

«So perché mi odia, lo capisco». Summer traccia delle linee con le unghie sulla mia pelle. Piccoli cerchi. Linee dritte. Mi sta facendo impazzire. «Ti vuole con Leticia per il suo pedigree».

«Leticia è molto carina», dico, poi mi chiedo perché diavolo sto difendendo la mia futura moglie con la mia attuale scopamica.

No. Summer è più di questo. Ciò che condividiamo… è difficile da spiegare.

«Non ne ho dubbi». Summer non sembra gelosa, il che è sorprendente.

Io odio vederla parlare con qualcun altro. Vorrei distruggere tutto, compresi i ragazzi con cui parla e che non significano nulla per lei.

«Non so se voglio stare con lei per il resto della mia vita», ammetto, facendo scorrere le dita su e giù per il suo braccio.

Lei si accoccola a me, soffocandomi col suo calore. Con il suo profumo. Inspiro a fondo, come un drogato, inseguendo lo sballo che solo lei riesce a darmi. «Sei stato con lei, da quando... stai con me?».

Potrei mentire. La potrei annientare con poche parole e me la porterei comunque a letto, stasera. Ma opto per la verità.

«No». Potrei dirle che non sono *mai* stato con lei, ma decido di no.

Lei fa un respiro tremante. «Sei stato con qualcun'altra?».

Penso alle cose che le ho detto, solo per ferirla. Solo per guardare l'orrore e il dolore lampeggiare nei suoi occhi. Volevo distruggerla per sentirmi meglio, ma ha funzionato davvero?

«No», ripeto.

Il suo corpo sembra fondersi col mio, mentre fa scivolare la mano verso il basso e con le dita danza sul mio stomaco. «Non mi piace l'idea di saperti con qualcun'altra».

«Cazzo, odio il solo pensiero che tu possa stare con qualcuno che non sia io», dico con ferocia e serro il braccio intorno alle sue spalle.

Summer insinua le dita tra i miei peli pubici, sfiorando la base del pene. «Lo so».

Restiamo in silenzio mentre lei gioca con me, e io resto immobile. La lascio libera di fare come vuole. Afferra saldamente il cazzo e fa scorrere la mano su e giù per la sua lunghezza, mi masturba con gesti lenti e io chiudo gli occhi, inalando il suo delizioso odore. Lo fa per qualche minuto, poi allenta la presa. Torna a stringere. Le dita accarezzano la punta del cazzo, bagnandolo di liquido preseminale.

Ancora non faccio nulla. Non insisto. Non pretendo.

Lascio che faccia quello che vuole.

Poi tira via le coperte, l'aria fresca colpisce i nostri corpi accaldati. Lascia la presa su di me e il cazzo torna a sbattere sul mio stomaco. La guardo mentre fa scorrere le dita umide sulla pelle piatta intorno al mio ombelico, il suo tocco mi fa sussultare il pene.

Voglio la sua bocca su di me. Voglio entrarle dentro. La desidero così tanto che sono al limite della disperazione.

Summer mi tocca il viso, sorprendendomi, così mi volto verso di lei. Riesco a sentire il mio odore sulle sue dita, che avvolge intorno alla mia nuca, spingendola verso il basso così da far incontrare le nostre labbra. Lascio che sia lei a prendere l'iniziativa, il bacio è delicato. Giocoso. Languido. Insinua la lingua nella mia bocca, mi cerca, scivola contro la mia. Ci baciamo così per minuti, senza fretta. Senza insistenza.

Stare con lei, stasera, è diverso. Mi investe una lenta ondata di piacere quando lei si mette a cavalcioni su una mia coscia. Ci strofina la figa contro, cavalcando la mia gamba, intanto che le nostre bocche si fondono e le nostre lingue danzano insieme. Mi avvicino, le prendo un seno e le tocco col pollice il capezzolo. Lei mugola nella mia bocca e inghiotto quel suono, faccio scorrere l'altra mano lungo la sua schiena, sul suo sedere, stringendola a me.

«Vedi?», mormora contro le mie labbra. «Le coccole non sono male, possono portare ad altre cose».

«Volevi dimostrare questo?», chiedo, poi le mordicchio il labbro inferiore.

Lei sorride. «Volevo solo dimostrarti che il sesso non si limita agli ordini».

Mi sento come se fossi stato rimesso al mio posto. Allontano le mani da lei e le porto dietro la testa. Lei si solleva, le cosce ancora avvinghiate alle mie, le mani sul petto. «Fammi quello che vuoi», dico.

Questo momento mi ricorda la notte in cui le ho detto di usarmi. Quando si è strusciata sul mio cazzo e mi è venuta addosso. Dio, era proprio sexy quella notte. Quando fa cose del genere, mi manda fuori di testa.

Anche in questo momento mi sta facendo impazzire per la voglia di lei, ma in un modo diverso. È più lento. Intenzionale.

«Voglio che mi tocchi», mormora, gli occhi che brillano quando incontrano i miei.

«Voglio entrarti dentro», sussurro io.

Summer si china su di me, i capelli umidi sono una tenda intorno al mio viso, mentre le nostre labbra si uniscono. Si mette a cavalcioni su di me, la figa sullo stomaco e il cazzo che le sfiora il culo. Non ci vorrebbe nulla per scivolare dentro il suo corpo.

Sollevo i fianchi, cercandola. Lei si sposta verso il basso, sistema il busto così da scivolare sulla mia lunghezza, finché non sono tutto dentro di lei. Si mette dritta, il culo sulle mie palle, il cazzo che pulsa nel suo corpo, e mi guarda. Con le mani si solleva i capelli, inarca la schiena e spinge le tette verso di me.

Cavolo, è stupenda. Meravigliosa. Le metto le mani sui fianchi mentre lei inizia a muoversi. All'inizio con fare esitante. Cerca il suo ritmo. Lascio che lo trovi e sussulto quando si sposta, perché le pareti interne si contraggono intorno al mio membro. Non riesco a staccarle gli occhi di dosso mentre mi cavalca, con le ginocchia premute contro il materasso e i fianchi che fanno su e giù. Lo sguardo mi cade sul punto in cui siamo connessi e osservo affascinato come il mio uccello scompaia nel suo corpo per poi riapparire, luccicante per i suoi umori.

«Whit», geme, inclinando la testa all'indietro e aumentando il ritmo. Le sue mani cadono sul mio stomaco. Il letto ondeggia sotto i suoi movimenti, le molle cigolano piano e io la guardo, inerme. Sopraffatto da lei.

Prendo sempre il comando della situazione e lei mi lascia fare. Ogni volta partecipa volentieri.

Ma questo… è diverso. È *lei* al timone. Ha preso il sopravvento. Ed è più tenero, più dolce.

Come lei.

Serro la presa, premo le dita sulla sua pelle così forte che probabilmente le lascerò dei segni. Lei non se ne accorge, è persa in sé stessa, in me, e vedo la trasformazione avvenire davanti ai miei occhi. Il rossore che le ricopre la pelle. I piccoli gemiti e mugolii che le sfuggono dalle labbra mentre si avvicina. È persa nelle sensazioni che sta provando nel cavalcare il mio cazzo con foga. Ancora più veloce. Chiude gli occhi in segno di concentrazione e si sforza di raggiungere l'orgasmo, allora io mi allungo verso la sua figa, per aiutarla.

Le sfioro il clitoride con un colpo secco, e le sue pareti interne si contraggono, iniziano a pulsare. Grida, il corpo trema sul mio e la sua figa mi strangola l'uccello. Mi si stringe il petto, l'aria lascia i miei polmoni finché mi sembra di non riuscire più a respirare, e solo quando lei crolla su di me esanime, l'orgasmo mi investe e mi sconvolge il corpo.

Restiamo sdraiati, i nostri corpi ancora tremanti, avvinghiati l'un l'altro. Ho i suoi capelli in faccia e nella bocca. Il mio cazzo ancora mezzo duro, dentro di lei. Sono madido di sudore. Anche lei.

Cazzo.

Finalmente solleva la testa, scorgo un sorriso soddisfatto che le distende il volto. Protraggo la mano e le scosto i capelli dalla fronte, confuso dall'improvvisa tenerezza che mi pervade nel vederla così. Il suo corpo rigoglioso si lascia cadere sul mio, i nostri respiri combaciano mentre mi guarda.

«Buon compleanno», sussurra, poi si china per baciarmi.

Capitolo 33

Summer

Credo che sia rimasto spiazzato.

È sconvolto, di sicuro. E ancora eccitato, nonostante l'orgasmo che entrambi abbiamo appena avuto. Dio, è stato bellissimo prendere le redini della situazione e fare a modo mio. Che lui l'abbia permesso è un grande passo avanti. Non sembra mai a suo agio nel lasciarmi il controllo, a letto.

È lui che comanda.

Sempre.

Le coccole non sono state un espediente. Volevo davvero stare sdraiata con lui ad accarezzarlo per qualche minuto. Sciocco, lo so, ma a chi altro dovrei voler fare le coccole? Nessuno. Era tanto tempo che qualcuno non mi stringeva come ha fatto Whit. È stata una bella sensazione. Stare tra le sue braccia, avvinghiata a lui, mi ha fatta sentire…

Come se quello fosse il mio posto.

Con lui.

Ora aggrotta la fronte, confuso, e allora lo bacio di nuovo. Le mie labbra aderiscono alle sue, inalo i suoi respiri, come se volessi tenerlo per sempre dentro di me.

«Mi confondi», mormora contro la mia bocca. Intanto le sue mani vagano, mi accendono nonostante quello che è appena successo tra noi.

«Anche tu mi confondi», ribatto e dischiudo le labbra per far entrare la sua lingua.

Mi cinge la nuca con la mano, le dita si attorcigliano ai miei capelli in quel suo modo familiare. È tornato al comando. Al potere. Il bacio è feroce, la bocca è esigente, spinge la lingua dentro di me, proprio come fa con l'uccello.

Si impadronisce del mio corpo e prende il sopravvento, mi fa voltare finché non sono supina, e preme il corpo sul mio. «Ti è piaciuto?», chiedo tutto d'un fiato.

«Mi fai impazzire». Avvicina la bocca al mio collo. Sul petto. Sui seni. Prende un capezzolo tra le labbra, con le mani vaga lungo i miei fianchi e un'ondata di euforia mi investe al suo tocco, per le sue labbra umide e la sua lingua bagnata. Solleva la testa e i nostri sguardi si incrociano. «Guardarti mentre mi scopi così…».

Sorrido. È vero. L'ho scopato, e di solito è lui a farsi me. Questo passaggio di potere è stato intenzionale. «Ti è piaciuto».

«Cazzo se mi è piaciuto». Mi afferra le mani e le porta sopra la mia testa, per tenermi prigioniera mentre mi fissa negli occhi. «Non voglio che tu te ne vada domani».

Accigliata, chiudo gli occhi quando mi preme il membro contro. È di nuovo duro. Basterebbe un movimento dei nostri fianchi per ricominciare. «Hai detto che dovevo».

«Me lo rimangio». Mi bacia, la sua bocca è sulla mia quando dice: «Voglio che resti».

Mi penetra nello stesso momento in cui apro gli occhi. Lascio che un gemito sfugga quando lui spinge, in modo profondo e lento, tirandolo quasi del tutto fuori per poi scivolare di nuovo dentro. Mantiene un ritmo pigro, fa a me quello che io ho appena fatto a lui e, mio Dio, è bellissimo.

Con una mano, Whit mi tiene le braccia bloccate sopra la testa e lavora di fianchi, stringendomi la vita con la mano libera. Gli avvolgo le gambe intorno e mi aggrappo a lui, spingendolo più a fondo. Lui cambia posizione, piega il corpo per colpire un punto particolare che mi fa vedere le stelle e i suoi affondi languidi sono presto un ricordo. Mi scopa con colpi rapidi e profondi, sbattendomi contro il letto. Le molle del materasso emettono un cigolio ritmico, il suono della nostra pelle che si scontra riempie la stanza e poi lui si immobilizza e si riversa in me con un gemito profondo e tremante.

Io non vengo. Non c'ero nemmeno vicina, ma non importa. Riesco a pensare solo a quello che mi ha detto.

Non voglio che tu te ne vada domani.

Voglio che resti.

E a quanto mi hanno fatta sentire bene quelle parole.

«Sveglia, dormigliona!».

Qualcosa di soffice mi colpisce in testa e mi fa sobbalzare, così sollevo automaticamente il piumone per assicurarmi di essere coperta. Metto a fuoco la figura in piedi accanto al letto.

Sylvie. Ha gli occhi luminosi e un sorriso malizioso sulle labbra, mentre mi studia.

Lancio un'occhiata alla mia destra, il panico che mi assale al pensiero di essermi fatta trovare nuda a letto col fratello, ma lui non c'è più. Allungo la mano e tocco le lenzuola ormai fredde.

Se n'è andato da un po'.

«Cerchi il tuo amante segreto?», chiede sorniona.

Ignoro la sua domanda, mi accascio sui cuscini e mi scosto i capelli dal viso. «Che ore sono?»

«Quasi le dieci. Dovevi essere esausta se hai dormito fino a tardi, visto che sei andata a letto presto».

Non abbocco alle sue provocazioni. «Suppongo di sì».

«Credevo che avresti dormito con me». Fa un finto broncio.

«Sì, ma me ne sono andata perché russavi».

Spalanca la bocca. «Non russo».

Rido. «Invece sì».

«Oh». Si acciglia. «Non si addice a una signora».

Decido di ripagarla con la stessa moneta. «Spence non te l'ha mai detto?»

Sylvie tira su col naso, sollevando il mento. «Non ho trascorso abbastanza tempo con Spence da permettergli di avere un'idea sulle mie abitudini notturne».

«Che modo pretenzioso per dire che non sei ancora andata a letto con lui», la stuzzico. Lei mi colpisce la spalla con il cuscino, non mi ero accorta che lo teneva ancora in mano. «Dai, confessa. Cosa avete fatto tu e Spencer?»

«Niente, è questo il problema. Vorrei fare qualcosa, ma lui si rifiuta», dice con aria sconsolata. «Credo sia terrorizzato all'idea che mio fratello gli vada contro».

Whit è decisamente terrificante. Ieri sera non lo era, però. A letto era quasi…

Dolce.

«Vedo che stai sognando a occhi aperti. Smettila di pensare a lui».

Un altro colpo di cuscino, stavolta in testa. «Ti sei persa la colazione in famiglia».

Lo stomaco mi brontola in risposta. «Sto morendo di fame».

«Possiamo prendere qualcosa prima di andare a fare shopping». Esita per un istante. «Mentre mangiavamo, la mamma ha suggerito a Whit di invitare Leticia alla cena del Ringraziamento».

L'appetito mi abbandona. «Cosa ha detto Whit?»

«Ha detto di no, che non la vuole qui».

Sylvie si appoggia al bordo del letto e lo fa rimbalzare. «Allora la mamma ha suggerito di mandarti a casa. Sostiene, cito testualmente, che la metti a disagio».

Lo stomaco mi si contrae in un nodo doloroso. Dio, che donna terribile. Ma suppongo che non dovrei biasimarla, se non desidera avere la figlia dell'amante dell'ex marito a casa sua per una divertente vacanza in famiglia.

Che situazione contorta…

«Whit le ha detto di no. Hanno litigato, ma tu resti». Un accenno di sorriso le danza sul volto. «Tutto a causa tua».

Resto in silenzio, assimilando le sue parole. Sono sicura che ieri avrebbe insistito affinché io me ne andassi e Leticia restasse. Cosa è cambiato? Una notte di coccole? È davvero bastato questo?

Mi riesce difficile crederlo.

«Io e Whit…».

«State insieme», conclude Sylvie. «Ha detto anche questo a mamma».

«*Cosa?*», esclamo e sgrano gli occhi. «Non è vero».

«L'ha fatto, in un certo senso». Sylvie fa spallucce. «Ha detto che sei sua ospite e si rifiuta di rimandarti a scuola e farti passare le vacanze da sola. Tu rimani. L'ha zittita ogni volta che ha cercato di far valere il suo punto di vista. È stato piuttosto divertente».

«Mi fa piacere che tu ti sia divertita», dico, con i miei pensieri in tumulto. «Dov'è adesso?»

«Con nostro padre. Whit è appena andato nel suo studio. Ha detto che dovevano parlare d'affari». Lo sguardo di Sylvie è scaltro. «Penso che c'entri tu».

«Ne dubito». Alzo gli occhi al cielo e mi rifiuto di entusiasmarmi per tutto questo. Sylvie potrebbe star esagerando. Whit potrebbe trattarmi malissimo, la prossima volta che ci vediamo. È il suo normale modus operandi. Il minuto prima è passionale, quello dopo è terribile.

Perché dovrebbe cambiare?

«Vuoi venire a fare shopping con me, allora?», domanda Sylvie. «O vuoi appostarti fuori dallo studio di papà e sperare che Whit ne esca presto?»

Sembra un po' gelosa, ed è un lato di Sylvie che non ho mai visto prima. «Sono tua ospite», sottolineo. «E mi piacerebbe fare shopping».

Il suo sorriso è genuino. «Evviva! Be', preparati, dormigliona».

Mi rendo conto che lei è vestita, e io no. «Ehm…».

«Che c'è?»

«Mi serve qualche minuto, sono…». Gesticolo con la mano. «Indecente».

Sylvie ride. «Che c'è, sei nuda sotto le coperte, Summer?».

Le mie guance si imporporano. «Forse».

«Quindi si è intrufolato nella tua stanza, stanotte». Sylvie si alza in piedi e va verso la porta. «Gli ho chiesto se l'avesse fatto, ma ha negato».

«Davvero?», chiedo a bassa voce.

«Sì, ma è diventato rosso come te ora, quindi ho capito che diceva un mucchio di stronzate». Lancia uno sguardo da sopra le spalle. «Non farò la spia, il vostro segreto è al sicuro con me».

Lo spero proprio, penso quando Sylvie se ne va.

Eppure, mi preoccupa che sappia così tante cose di noi. Potrebbe dirlo ai suoi genitori. A tutta la scuola. Sa cosa stiamo facendo io e Whit. Potrebbe rovinarmi la vita con uno schiocco delle dita. Ovviamente anche Whit potrebbe farlo, dopo aver letto quello stupido diario che si ostina a non volermi restituire.

Faccio una doccia lampo, lascio i capelli sciolti al naturale, con delle onde spettinate che non mi piacciono granché, ma per qualche ragione oggi mi stanno bene. So che a mia madre non sono mai piaciuti i miei capelli così. Li ha sempre preferiti perfettamente lisci o arricciati. Applico una mano di mascara sulle ciglia.

Non sono perfetta. Ho fatto cose di cui non vado fiera e va bene così. Commettiamo degli errori, ma ci è permesso perché siamo esseri umani, giusto?

Mi guardo attonita allo specchio e penso a un errore in particolare. L'incendio di quella notte.

È stata tutta colpa mia. È il motivo per cui Yates e Jonas sono morti. E anche se non piango la perdita del mio fratellastro – cosa che mi fa sentire ancora peggio – Jonas mi manca. Lui era un brav'uomo. Bravo con me. E con mia madre, nonostante tutto quello che gli ha fatto.

Raddrizzo la schiena, lascio cadere il mascara nella pochette dei cosmetici e chiudo la zip, dicendomi che devo smettere di pensare a tutto questo. Non posso fare nulla per cambiare il passato. Devo conviverci e basta.

Per quanto difficile sia.

Afferro il cappotto e mi lancio fuori dalla stanza. Chiudo la porta, fermandomi quando vedo Sylvia Lancaster nel corridoio, quasi come se mi stesse aspettando. I nostri sguardi si incontrano, i suoi occhi azzurri, di una tonalità profonda, si assottigliano proprio mentre mi avvicino a lei.

«Buongiorno», la saluto, sforzandomi di essere cordiale.

«Vedo che hai dormito fino a tardi», dice in tono glaciale.

Mi fermo proprio davanti a lei e la osservo. È fasciata da un tessuto di seta rosa pallido e mi chiedo se stia andando da qualche parte. Raddrizzo la schiena. Non posso permetterle di intimidirmi. «Ero stanca».

«Immagino, considerando che sei stata con mio figlio per tutta la notte». Apro la bocca per negare, ma lei mi interrompe con un breve cenno della testa. «Mio figlio fa quel che vuole, con *chi* vuole. Non mi sorprende che voi due siate… legati». La sua voce gronda di disgusto.

Non so come ribattere. Mi ha ammutolita e dall'espressione compiaciuta sul suo volto, eternamente tirato, capisco che ne è felicissima. «Non sei la prima e non sarai l'ultima, lo sai. Eppure, sei riuscita a convincere due dei miei figli a spartirsi il tempo con te, ma noi sappiamo la verità», dice.

Resto spiazzata dal fatto che mi stia vagamente additando come una persona cattiva. «E quale sarebbe?»

«Che sei una puttana, proprio come tua madre». Inarca un sopracciglio sottile e aspetta che io lo neghi.

Non lo faccio. Che senso avrebbe? Resterà comunque della sua opinione.

«Di norma, questioni del genere non mi preoccupano. Mia figlia porta a casa il suo più recente animaletto, che guarda caso si scopa mio figlio. Tutti che si mischiano nelle vite di tutti, ma suppongo sia normale. Andate nella stessa scuola. Tu sei una ragazza attraente. Perché mio figlio non dovrebbe essere interessato a te? E Sylvie è in cerca di attenzioni. Tutti gli altri si sono stufati dei suoi giochetti mentali, ma tu sei fresca, nuova di zecca. Facilmente manipolabile. Ti si legge in faccia, sai. Loro lo vedono». Lo sguardo di Sylvia mi trapassa ed è come se tutto dentro di me si avvizzisse.

«Le cose non stanno così», dico in tono sommesso, mandando giù l'improvviso groppo in gola. «Lei non capisce».

«Capisco benissimo», risponde Sylvia con voce dura. «Anche tua madre era una vacca ingenua. Abbagliata dall'aspetto, dal fascino e dalla ricchezza di mio marito. I miei figli sono uguali. Affascinanti. Bellissimi. Proprio come mio marito ha sedotto lei, Whit e Sylvie hanno sedotto te. Sei solo troppo cieca per accorgertene».

«Accorgermi di cosa?»

«La famiglia Lancaster usa le persone per il proprio tornaconto personale. Per il loro piacere. E divertimento. Sei solo un giocattolino di cui presto si stuferanno. Ti mangeranno e ti sputeranno non appena avranno finito con te, e quel momento si sta avvicinando. Prima o poi Whit dovrà rigare dritto e fare il suo dovere con Leticia. Un giorno si sposeranno, ne sei consapevole, vero?».

Sollevo il mento. «Sì, Whit me l'ha già detto».

I suoi occhi lampeggiano per la sorpresa, ma per il resto non vi è altra reazione. «Allora comprendi quale sia il tuo posto».

«Il mio posto?»

«Sì, sei *momentanea*, mia cara. Una divertente storiella. La ragazzina perversa che gli permette di fare tutto quello che vuole e quando vuole, perché non sia mai che lui chieda alla futura madre dei suoi figli di fare… quello che voi due fate a porte chiuse». Il suo tono è sprezzante. Consapevole.

Il sangue mi defluisce dal viso e sento le ginocchia deboli. Mi gira la testa e cerco di essere forte, prego di non svenire. Come fa a sapere cosa facciamo io e Whit? È impossibile che lui le dica quanto siano depravati i nostri incontri. Ma è sua madre.

Forse lo sa e basta.

«Quindi, divertiti a fare la sua lurida amante. Non appena ti avrà accantonata, Sylvie farà lo stesso. È fedele al fratello fino al midollo». Sorride crudele e inizia a camminare, guardandomi dall'alto in basso al suo passaggio. «Goditi la giornata di shopping con mia figlia».

Mi volto e la guardo andare via, ho i polmoni ostruiti. Mi sembra di non riuscire a respirare. Il telefono vibra nella tasca posteriore dei jeans e mi affretto a prenderlo, sperando sia Whit.

Ma è Sylvie.

Dove sei? Vediamoci di sotto, la macchina ci aspetta!

Digito una risposta con dita tremanti.

Scendo tra un minuto.

Dovrà aspettare. Prima devo fare qualche ricerca.

Capitolo 34

Whit

«Annulla l'accordo con Leticia».

Saluto così mio padre, quando metto piede nel suo studio. Niente "ehi, papà, mi fai un favore?", né il solito "aiutami".

Esigo, proprio come fa lui.

Augustus Lancaster è seduto dietro la sua gigantesca scrivania nel suo imponente ufficio dall'imponente vista. Le finestre a tutta altezza installate da poco sono aperte e lasciano entrare tanta luce, grazie al cielo limpido che c'è fuori. È una frizzante giornata autunnale che precede la minaccia dell'inverno. La neve della scorsa settimana si è sciolta come se non ci fosse mai stata, ma sta per tornare.

«Non dovresti parlarne con tua madre?», dice disinvolto, appoggiando la schiena alla sedia.

Mi fermo davanti alla scrivania in ciliegio e puntello le mani sul bordo. «Dirà di no».

«E se anche io ti dicessi di no?»

«Sei più propenso ad aiutarmi, visto che sei stato incastrato nello stesso maledetto accordo in cui sto per cacciarmi io», sottolineo.

Tra tutte le ragazze della scuola privata di mio padre, mia nonna ha scelto Sylvia Whittaker quando lui aveva solo otto anni. *Otto.* Mia madre ne aveva sette, frequentava la classe prima di lui e si pensava sarebbe diventata bella come il sole, visti i geni di sua madre. Era ricca sfondata per via della famiglia del padre. Già all'epoca aveva una mente astuta e la lingua di una vipera. Però, ha ben nascosto tutti i suoi tratti sconvenienti e solo con il passare del tempo mio padre ha capito con chi avesse davvero a che fare.

E nonostante ciò è andato avanti. Si sono sposati proprio in questa tenuta, in una splendida giornata d'estate. Mio padre sembra stordito in tutte le foto, si sarà ubriacato per riuscire ad andare fino in fondo. Mia madre era radiosa, il suo sorriso si estendeva da un orecchio all'altro. Era una Lancaster, finalmente. Aveva raggiunto il suo obiettivo alla tenera età di vent'anni.

Il matrimonio è stato infelice sin dall'inizio. Pare che lei fosse asociale. Nei primi cinque anni di matrimonio di rado si sono visti insieme, con grande disappunto di lei. Nonno lo ha costretto a tornare nella casa che condividevano e gli ha chiesto di fingere che fossero una famiglia felice, altrimenti gli avrebbe negato l'eredità.

Ci sono voluti un paio d'anni, ma alla fine sono nato io, quando mio padre aveva trent'anni. Se l'è scopata solo perché doveva farlo. Aveva bisogno di eredi e lei poteva darglieli.

Sua madre aveva consegnato il referto ginecologico, prima del matrimonio, proprio come Leticia.

Siamo compatibili, ma solo sulla carta. Come animali da allevare insieme.

Il solo pensiero di sposare qualcuno che non desidero veramente e di trascorrerci il resto della mia vita, mi mette un'ansia terribile.

E mi fa arrabbiare. Tantissimo.

«I Lancaster hanno il dovere di generare eredi», dice mio padre come se fosse la battuta di un copione che per anni è stato costretto a recitare.

«Non siamo la fottuta famiglia reale britannica», sbotto. «La presunta monarchia dei Lancaster non morirà, se sposo qualcuno che amo davvero e con cui voglio stare».

«Amore?». Sbuffa. «Hai solo diciotto anni, cosa ne sai dell'amore?».

Non ha torto. Non so un cazzo dell'amore, a causa della mia famiglia disastrata e della mia morale di merda.

Ieri sera, stare con Summer mi ha sconvolto. Per la prima volta ho accettato i sentimenti che provo per lei. Non l'ho detto ad alta voce, né direttamente a lei, ma dentro di me lo so. Sono cresciuti, nonostante la mia resistenza. Era inevitabile che accadesse, visto il tempo che abbiamo passato insieme. Sono stato crudele e terribile quanto volevo e lei l'ha accettato. Sembrava le piacesse. Le piace stare con me. Tutte le altre ragazze mi avrebbero mandato a quel paese se avessi parlato loro in quel modo, se le avessi trattate così.

E non perché Summer sia una sempliciotta, anzi è il contrario.

La notte scorsa è stata una presa di coscienza. Questa ragazza mi è entrata dentro, siamo connessi profondamente. Siamo nati lo stesso giorno, porca miseria. Non la voglio allontanare per un obbligo che mi è stato imposto.

'Fanculo il dovere. Voglio vivere la mia vita.

«So che non voglio sposare una che non mi interessa», dico infine.

«Hai qualcuna in mente, per caso?». Inarca un sopracciglio. So esattamente a chi si riferisce, il coglione.

Assottiglio le labbra e mi rifiuto di pronunciare il suo nome. Non lo sto facendo per Summer.

Lo sto facendo per me stesso.

«Di certo è una ragazza adorabile, disposta a fare tutto quello che vuoi». L'occhiata tagliente che mi rivolge mi irrita a morte. Sta parlando di Summer, ovvio. «Ma non vale la pena buttare via il tuo futuro per lei».

«Non sto buttando via il mio futuro. Voglio solo assicurarmi di non restare intrappolato in un matrimonio combinato che mi renderà infelice per il resto della vita, cazzo», spiego con sincerità.

Vedere Summer interagire con la mia famiglia, ieri sera a cena, mi ha aperto gli occhi. È davvero legata a mia sorella. Ha sopportato gli insulsi flirt di mio padre e la gelida freddezza di mia madre. Ha assistito a tutto questo con un sorriso appena accennato sul volto e ne sono rimasto impressionato.

Anche Leticia tiene testa alla mia famiglia, ma mia madre la riempie di complimenti solo perché l'ha scelta lei. Papà finge che non esista e Sylvie la evita a tutti i costi.

La vita e il futuro che sono stati scelti per me non hanno alcun senso. Non mi serve sposare Leticia per conservare la linea di sangue della famiglia. Che mucchio di stronzate. Mamma cura la nostra stirpe come se fossimo nel Medioevo, ma è davvero necessario?

È davvero… folle.

«Siediti», dice a un tratto mio padre.

Io mi acciglio. «Posso restare in piedi».

«No». La sua voce è fredda, proprio come i suoi occhi. «Ho detto, siediti».

Faccio come dice, la rabbia che mi scorre libera nelle vene. Non mi piace quando mi dicono cosa fare e il mio vecchio lo sa.

«Non manderai all'aria un piano elaborato con cura solo perché di recente hai trovato una bella figa. Non lo permetterò». La voce è ferma, inflessibile. «Fidati di me. Nemmeno sua madre ne valeva la pena. Ho distrutto il mio matrimonio, a causa di Janine. Non perdere la testa e non pensare che questa ragazza sia ciò che vuoi, perché non lo è».

«Non si tratta solo di una ragazza», affermo. «Lei mi ha aperto gli occhi e mi ha fatto capire che non sono costretto a seguire il percorso tracciato dai Lancaster che mi hanno preceduto. Scommetto che il vecchio e primo Augustus non ha permesso che la madre scegliesse al posto suo la sua futura moglie quando era appena un bambino. Scommetto che ha vissuto la sua vita e ha fatto quello che voleva. Si è innamorato e si è sposato come fanno le persone normali».

«Non siamo più persone normali», dice in tono distaccato.

«Giusto, siamo persone con un sacco di soldi, da cui derivano un sacco di drammi. Queste sono le uniche cose che mi vengono in mente e che non ci rendono delle persone normali». Mi accascio sulla sedia con uno sbuffo di irritazione. «Non voglio sposare Leticia».

«Non ti stiamo chiedendo di sposarla *ora*, figliolo».

«Non voglio sposarla né ora, né tra cinque anni e nemmeno tra venti. Non la amo», sottolineo.

«La conosci appena».

«So che non voglio stare con lei e sono sicuro che nemmeno lei lo voglia. E se lo vuole, è solo perché le è stato inculcato in testa che è la cosa giusta da fare. Non mi conosce. Probabilmente non è nemmeno attratta da me».

«Sei un Lancaster. Fidati, è attratta da te». Ridacchia.

«Solo per i nostri soldi». Balzo in piedi e lascio trapelare la mia irritazione. «Tu ci scherzi, ma stiamo parlando della mia vita».

«E che vita brutta che hai, eh? Oh, aspetta, hai tutto quello che si possa desiderare. Tutti i soldi del mondo. Non dovrai alzare un dito per il resto della tua maledetta vita e sei preoccupato per la tua futura moglie? Che, puntualizzo, è una giovane donna molto attraente che tollererà tutte le tue cazzate con un sorriso sulle labbra. Il tuo unico dovere è scoparla e far nascere dei bei bambini

Lancaster. Fine della storia». Mi fulmina. «È un affare, figliolo. Un affarone».

«Ma se ieri sera hai detto che avrei dovuto aspettare e sposarmi per amore», dico con voce flebile, intanto vedo il mio futuro scorrermi davanti agli occhi. Noioso. Freddo. Proprio come i miei genitori.

Lui si acciglia, come se cercasse di ricordare le sue parole. «Non ricordo di averlo detto, e anche se l'avessi fatto, non lo pensavo davvero. Ero ubriaco».

«Non è quello il momento in cui siamo davvero sinceri?», chiedo, cercando di aggrapparmi a qualcosa. Qualunque cosa non sia la mia dura realtà.

Sospira. «Mi hai colto in un momento di debolezza. L'amore è per gli sciocchi. Considera il matrimonio come un affare e sarà tutto più facile».

Mi gira la testa. Non se ne parla, cazzo. Non lo farò. «Non. Voglio. Sposarla», dico a denti stretti.

Mio padre assottiglia lo sguardo e mi osserva. «Solo perché hai compiuto diciotto anni non significa che tutto a un tratto puoi decidere ogni tua mossa. Hai ancora degli obblighi».

«Tipo? Sposare una perfetta estranea dopo la laurea? Che grandissima cazzata». Picchietto l'indice sul petto. «Ora ho dei soldi, soldi che non controlli e che non puoi toccare. E questo ti fa incazzare, vero? Quando hai compiuto diciotto anni, tutto il denaro era ancora sotto il controllo di tuo padre. Per mia fortuna, anche mia madre viene da una famiglia ricca».

«Non ricca come i Lancaster».

«Chi se ne frega. Questo ritornello mi ha stancato. Io voglio tirarmene fuori». Mi volto e vado verso la porta, ma le parole di mio padre mi fermano.

«Alla fine sposerai Leticia», dice. «Che ti piaccia o no. Non hai scelta».

Lo guardo da sopra le spalle. «È questa la differenza tra me e te, papà. Abbiamo sempre una scelta, sei tu che hai fatto quella sbagliata».

Capitolo 35

Summer

«Secondo te è troppo?». Osservo il mio riflesso nello specchio, girandomi di qua e di là. Siamo in camera di Sylvie e ci stiamo preparando per una festa che ci sarà stasera da uno dei vicini.

E con "da uno dai vicini" intendo in una gigantesca tenuta come questa, dove ci saranno centinaia di persone, la maggior parte delle quali della nostra età. Avremo alcol e droghe e indubbiamente le cose andranno fuori controllo. Sylvie è fuori di sé dalla gioia, visto il potenziale di questa festa.

Potenziale dramma, ovvio.

E questo vestito provocherà di certo un dramma.

«Sei coperta», mi rassicura Sylvie, che si mette accanto a me, così da osservare entrambe nello specchio.

«È cortissimo».

«Hai le gambe lunghe. Con questo vestito lo sembrano ancora di più». Sorride. «Almeno non hai le tette di fuori».

«Vero, ma tutta la schiena è scoperta». Mi giro di lato, affondando i denti nel labbro inferiore mentre contemplo il vestito. Una mossa sbagliata e una tetta mi sguscerà di lato. Il mio sguardo incontra quello di Sylvie nello specchio. «È troppo, non credi? Voglio fare una buona impressione».

«Tutte le ragazze indosseranno vestiti cortissimi o avranno le tette quasi fuori dai top», dice Sylvie, alzando gli occhi al cielo. «Non preoccuparti. E poi, su chi devi fare buona impressione?».

Facile per lei parlare. È cresciuta in questo ambiente, con queste persone. La sua posizione nella società e tra i suoi amici è solida. Io? Sono una ragazza che nessuno conosce. Quando capiranno chi sono, resteranno di stucco nel vedermi uscire con i Lancaster.

Eppure, ho comprato io questo abito in velluto nero damascato, pensando fosse la scelta giusta. Mi sembrava un buon acquisto quando eravamo in negozio, ma ora sono preoccupata.

Troppo tardi, direi.

Finiamo di prepararci. Il vestito di Sylvie è di un velluto bordeaux scuro, aderente come il mio, ma con spalline e scollatura. Le mie tette sarebbero scoppiate fuori da quel vestito, ma Sylvie è più minuta di me e lo indossa con eleganza. Le arriccio i capelli e lei liscia i miei, entrambe mettiamo un trucco pesante sugli occhi, un sacco di eyeliner e un ombretto scuro.

«Voglio un effetto smokey e sexy», afferma Sylvie mentre chiude la palette di ombretti Chanel e prende una matita per labbra color *nude*. «Labbra leggere, per non esagerare».

Seguo il suo esempio e applico un lucidalabbra rosa chiaro sulle labbra arricciate, poi controllo il risultato finale.

Non male, penso, osservandomi.

«Sei bellissima», mi dice Sylvie sincera.

«Anche tu», rispondo.

«I ragazzi alla festa impazziranno, quando ti vedranno. Adorano la carne fresca», continua, facendomi ridere per il nervosismo.

«Non lo so». Giocherello con l'orlo del vestito, a disagio per essere definita "carne fresca". C'è solo un ragazzo che mi interessa. «Whit verrà con noi stasera?»

«Ha detto di sì», risponde Sylvie con aria annoiata. Non mi guarda nemmeno. «Gli ho scritto prima».

Non ho visto Whit per tutto il giorno. Nemmeno di striscio. Dopo quello che è successo ieri sera, sembra ci sia stato un grande cambiamento tra noi. Come se potessimo riconoscere il fatto che stiamo…

Insieme.

Però, dato che non l'ho visto per tutto il giorno, ora mi sento insicura e infastidita dalle mie stesse insicurezze. Oppure sto ingigantendo troppo la nostra cosiddetta relazione. In realtà non abbiamo una relazione. Mi sta usando per qualche ragione. So che non ha nulla a che fare con il mio diario o con la vendetta sulla mia famiglia, per la relazione di mia madre con suo padre.

Si tratta di noi. Di quanto siamo attratti l'uno dell'altro, nonostante tutto.

«Dobbiamo andare», dice Sylvie mettendo un freno ai miei pensieri. «Sono quasi le nove».

«Quando è iniziata la festa?». Abbiamo pranzato tardi e dovrei avere fame, ma il nervosismo me l'ha fatta passare.

«Alle otto, ma nessuno arriva in orario». Sylvie prende il telefono e manda un messaggio a qualcuno, ricevendo quasi subito una risposta. «Whit dice che anche lui è pronto. Ci incontriamo di sotto».

I nervi minacciano di sopraffarmi.

«Posso lasciare qui la mia roba?». Faccio un cenno alla mia pochette di cosmetici e al telefono lì vicino.

Sylvie aggrotta la fronte. «Non ti porti il telefono?»

«Dove lo metto?». Gesticolo. Ricordo che abbiamo avuto la stessa conversazione a Halloween, non una bella serata per me. Ricaccio quei ricordi spiacevoli nell'angolo più remoto del mio cervello.

«È vero, anche io lo lascio».

Usciamo dalla sua stanza e Sylvie mi prende per mano mentre camminiamo lungo il corridoio, fermandomi. «Potrebbe venire Spence stasera».

Alzo un sopracciglio. «Il tuo Spence?».

Sylvie si acciglia. «Non è mio».

«Vero, è solo cotto e muore dalla voglia di stare con te», la stuzzico.

Il suo cipiglio scompare e viene sostituito da un sorriso sornione. «Pensi che gli piacerà il vestito?»

«Lo adorerà», dico con convinzione, intanto che ci avviciniamo alle scale.

Ci fermiamo in cima alla scalinata e avvisto Whit nell'atrio, ci aspetta con un'espressione impaziente sul suo bel viso.

Non appena lo vedo il respiro mi si blocca in gola. Indossa un completo nero che gli calza a pennello, una camicia grigio chiaro sbottonata sul collo, senza cravatta. Sovrappensiero, digita qualcosa sul telefono e alza lo sguardo quando sente il rumore dei nostri tacchi sul pavimento di marmo.

«Fratello carissimo, siamo pronte», annuncia Sylvie, dandomi una spintarella, e non ho altra scelta se non scendere i gradini per prima, da sola.

Lo sguardo di Whit mi segue. I tacchi a spillo che indosso sono vertiginosi, ma in qualche modo riesco a mantenere l'equilibrio nella discesa, finché non mi avvicino a lui con un lieve sorriso sul volto, contrastando il nervosismo che mi fa torcere lo stomaco.

«Ciao», mormoro.

Lui aggrotta la fronte e chiede a bassa voce: «Come cazzo ti sei vestita?».

Il suo tono mi fa fermare di botto. Ci fissiamo mentre Sylvie scende le scale.

«Non ti piace?», sussurro, lei si avvicina.

«Ne parliamo dopo», sbotta, poi va da sua sorella e le offre il braccio. «Andiamo, Syl».

Li seguo e cerco di ignorare l'ondata di delusione che minaccia di travolgermi. Perché mi fa sentire così? Come se non facessi altro che rovinare tutto ogni volta che sono in sua presenza? È da pazzi. *Lui* è pazzo.

Saliamo sul sedile posteriore della berlina, occupiamo tutto il sedile e io sono seduta in mezzo a loro. Schiacciata accanto a Whit, assorbo il suo calore e vorrei potermi appoggiare a lui. Implorarlo di dirmi cosa ho sbagliato nella scelta del vestito.

Ho dato per scontato che gli sarebbe piaciuto.

Per tutto il viaggio preme la coscia contro la mia, il suo calore mi penetra e mi scalda il sangue. Sylvie ciancia senza sosta, ignara delle silenziose attenzioni tra me e Whit. La tensione tra noi cresce. Di più. Sempre di più. Finché quasi non riesco a respirare.

Pochi minuti dopo arriviamo davanti a una splendida tenuta e Sylvie si allunga verso la maniglia della portiera per scendere dall'auto.

«Arriviamo subito», dice Whit, afferrandomi il braccio per impedirmi di uscire dalla macchina.

Sylvie invece esce, si volta e si china per scrutare l'interno del veicolo, osservandoci accigliata. «Se lo dici tu».

Chiude la portiera, l'abitacolo è silenzioso tranne che per i miei respiri agitati. Tra noi e l'autista c'è un séparé per la privacy, quindi lui non ha idea di cosa stiamo facendo e quando guardo di sbieco Whit, mi accorgo che mi sta già osservando con l'immancabile espressione cupa sul suo viso bellissimo.

«Stai mostrando troppa pelle», afferma, andando dritto al sodo.

Mi sento sollevata. Pensavo fosse arrabbiato con me. E non credo di poterlo sopportare. Non dopo quello che abbiamo vissuto insieme la scorsa notte.

«Sono coperta», protesto, ma lui mi zittisce con uno sguardo.

«Qui no». Fa scivolare la mano dietro di me, premendo il palmo sulla mia schiena nuda. «E nemmeno qui». Mi accarezza una coscia, le sue dita si insinuano sotto l'orlo del vestito. Ansimo quando fa scivolare la mano verso l'interno coscia. «E nemmeno indossi le mutande».

«N-non potevo. Si sarebbe visto il segno». Chiudo gli occhi quando le sue dita sfiorano delicate il punto tra le mie gambe. «Non lo saprà nessuno».

«Io sì». Mi accarezza, immerge le dita tra le mie pieghe e non trova altro che calore liquido. «Cazzo, Savage, sei fradicia».

Divarico le gambe, grata per il materiale elastico del vestito. «Non fermarti», mormoro e getto la testa all'indietro, mentre lui continua ad accarezzarmi. Mi giungono alle orecchie i suoni umidi e non ne sono imbarazzata. Per niente.

Sono eccitata. In un modo doloroso. Mi è mancato. Il suo solo sguardo mi incendia la pelle. Il modo in cui mi ha guardata quando scendevo le scale è stato quasi la mia rovina.

E ora eccolo, che mi tocca come se mi possedesse e mi comandasse.

Ed è così.

«Hai messo questo vestito per me?», chiede con la voce profonda che rimbomba nel suo petto. Spinge un dito dentro e apro la bocca quando mi tocca in profondità. «Eh? L'hai comprato per me?».

Annuisco, un gemito mi abbandona nel momento in cui affianca un altro dito al primo. «Ti piace?»

«Lo odio, cazzo. Non voglio che qualcun altro ti veda con questo vestito». Mi scopa con le dita e preme il pollice contro il clitoride, facendomi impazzire con i suoi colpi. Cavalco la mano come la svergognata che sono, cercando la liberazione che mi darà.

«Stanotte non mi toccherà nessuno», dico. Afferro il suo polso, lo stringo per tenerlo ancorato a me. «Non glielo permetterò».

«Ci puoi scommettere che non lo faranno. Ma ti guarderanno. Tutti vedranno quanto cazzo sei bella». Si china, la bocca contro la mia. «Vuoi che ti guardino, vero?».

Apro gli occhi e vedo il suo sguardo gelido, il calore che si sprigiona in quelle profondità azzurre. «Non mi interessa di chi mi guarda».

«Davvero?». La sua voce è piena di dubbio, e lo odio.

«Solo tu». Gli accarezzo il volto. Faccio scorrere le dita sulla sua guancia, con un tocco delicato.

Lui scosta il volto dalle mie carezze e allontana la mano dalla mia figa. Mi sfugge un grido per la perdita, sono sofferente per il bisogno. Con movimenti rapidi, lui si slaccia la cintura, abbassa la cerniera dei pantaloni e li fa scivolare insieme ai boxer lungo le gambe, finché non si fermano alle caviglie. Lo osservo avvolgere le dita intorno alla sua lunghezza e iniziare ad accarezzarla.

«Vieni qui», ordina. Io eseguo e mi metto in ginocchio sul tappetino dell'auto, di colpo avida di lui. Assatanata. Avvolgo le labbra sulla punta del cazzo e ne ingoio il più possibile, prima di liberarlo. Tiro fuori la lingua e lecco la sua lunghezza venosa. Lui non distoglie mai lo sguardo, mentre succhio, lecco e traccio con la lingua la cappella, lambendo il liquido preseminale che fuoriesce dalla punta.

«Cazzo». Mi afferra con forza i capelli, senza mai distogliere lo sguardo dalla mia bocca e da quello che sto facendo. «Succhia».

Lo succhio a fondo, più che posso. Lui solleva i fianchi, la punta urta il fondo della mia gola e lo accetto. Spingo via la sua mano e avvolgo la mia alla base, lo guido e seguo il suo ritmo, mentre faccio su e giù sul suo uccello. All'improvviso, il suo corpo si tende e so che non manca molto all'orgasmo.

Ma lui si sfila dalla mia bocca, i nostri respiri affannati riempiono l'abitacolo mentre ci fissiamo l'un l'altro.

Senza dire una parola, gli monto sopra, mi sistemo sui suoi fianchi e affondo sul suo membro massiccio.

I nostri gemiti si mescolano e inizio a cavalcarlo. Lui fa scivolare le mani dietro di me e le posa sul mio sedere nudo, mi guida e mi sostiene. Appoggiata a lui, premo la bocca contro la sua e mi perdo nel nostro bacio delizioso. Le nostre lingue danzano e si leccano, un mugolio risuona nel profondo della mia gola. Avevo sentito la mancanza di questo per tutto il giorno. Stare con lui. Averlo dentro.

Lo voglio sempre.
Ogni singolo minuto.
Non duriamo a lungo. Siamo entrambi troppo eccitati. Io crollo per prima, cado a capofitto nel mio orgasmo, mentre i brividi mi percuotono e le mie pareti interne lo guidano verso il suo culmine. Lui crolla l'attimo dopo, con la bocca sul mio collo e le mani ancora sul culo, che mi impastano la carne e mi stringono a sé, mentre si riversa dentro di me con un brivido.
Lo tengo stretto ancora, mentre riprendiamo il fiato, e premo il viso nell'incavo del suo collo. Ha il cazzo ancora dentro di me. Alla fine ci stacchiamo e io mi sposto di lato, sedendomi sul sedile accanto a lui.
«Tienimi dentro di te», dice. Afferra la mia mano e la preme contro la mia entrata per poi lasciarmi andare.
Sento il suo sperma che mi cola sulla dita e sollevo i fianchi, cercando di tenerlo dentro, ma è inutile. «È… impossibile», osservo, e lo guardo mentre si risistema e chiude la cerniera. Si passa le dita tra i capelli e mi guarda storto.
«Niente è impossibile, se davvero lo vuoi», sussurra e china la testa, così che le nostre bocche si sfiorino. «Stasera alla festa voglio guardarti e sapere che il mio sperma ti sta colando lungo l'interno coscia. Voglio che la gente ne senta l'odore, quando ti fermi a parlare con loro. Voglio che sappiano che sei appena stata scopata e che appartieni a qualcun altro. A me. Ci siamo capiti?».
Ed ecco che lo desidero di nuovo. Come fa? Solo con le parole?
Solleva la mano e mi afferra il mento con le dita, costringendomi a guardarlo. «Hai capito?».
Annuisco, con il cuore pesante nel petto sussurro: «Sì».
«Bene». Mi dà un bacio, dolce e tenue, completamente diverso dai nostri soliti baci. Voglio che mi baci così per sempre. «Scendi dalla macchina».
Faccio come dice, sono sempre una brava ragazza quando si tratta di Whit. Esco dall'auto e sento l'inconfondibile sensazione del suo sperma che cola dal mio corpo e mi bagna l'interno coscia. Non faccio nulla per evitarlo. Anzi, salgo i gradini con un'esagerata oscillazione dei fianchi, consapevole che Whit è proprio dietro di me e mi fisserà per tutto il tempo.

Spero si stia godendo lo spettacolo. E spero addirittura che senta il suo odore su di me.

Mi ha marchiata, come se fossi un suo territorio.

E non mi dispiace neanche un po'.

Capitolo 36

Whit

Sono fottuto. Non so quando sia successo, e nemmeno come, ma sono pazzo di questa ragazza. E ora non so cosa fare con me stesso. Né con lei.

La festa è un vero e proprio delirio, la casa è piena di gente e ne conosco la maggior parte, anche se solo di vista. Tutti i presenti stasera hanno più o meno la mia età o sono un po' più grandi. Non credo ci sia qualcuno che abbia più di trent'anni.

Che tradotto significa che ci sono adolescenti ubriachi ovunque, che si drogano senza remore. Si passano le canne, si chinano su uno specchio per sniffare cocaina – come negli anni Ottanta – e giuro di aver visto un gruppetto nell'ombra che si bucava.

Gli stereotipi esistono per un motivo. Siamo ragazzi ricchi e con troppi amici falsi, come dice Frank Ocean in una sua canzone epica.

«Whit».

Mi volto e vedo Spencer che si avvicina, un sorriso gigantesco sul viso, gli occhi già vitrei. È ubriaco o fatto, o forse una combinazione delle due cose.

«Come va?», chiedo. «Credevo fossi rimasto in città questa settimana».

«Ho saputo della festa di Leighton e non potevo mancare». Spencer scrolla le spalle.

Leighton Michaels. La ragazza più sexy di Newport. Si è diplomata al Lancaster l'anno scorso. Sì, l'ho scopata. Solo una volta però. Tiene la figa sotto chiave per la maggior parte del tempo, e in tutta onestà? Non è poi tanto speciale.

«Sei così cotto di Leighton che hai corso fino a qui?», chiedo, alzando le sopracciglia. Chi non l'ha fatto almeno una volta nella vita?

«No, mi annoiavo. Sapevo sareste stati tutti qui stasera», dice

Spencer, lanciando uno sguardo al gigantesco salotto in cui ci troviamo. «Hai visto Dean?»

«No, sono appena arrivato». Dopo aver scopato Summer sul sedile posteriore dell'auto.

Riesco ancora a sentire il suo odore. Il suo sapore. La sensazione della sua figa che si contrae attorno al mio cazzo, Cristo. Non riesco a fare a meno di lei.

È preoccupante.

«Tua sorella c'è?». Fa del suo meglio per mantenere un tono disinvolto, ma io so la verità.

Spencer ha un debole per Sylvie e credo che lei lo ricambi. E anche se non approvo al cento per cento questa relazione, non posso impedirle di andare dietro a chi vuole. Però, posso minacciare Spencer di trattarla bene, cosa che ho già fatto. Mi manda a quel paese ogni volta che gliene parlo, ma è l'unico che riesce a farla franca.

Perciò lascio perdere l'argomento. Sylvie è abbastanza grande. Ho accettato l'idea di lei insieme a Spencer. E se quello stronzo le spezzasse il cuore?

Lo distruggerei. E lui lo sa.

«C'è», dico in tono vago mentre mi guardo intorno, cercando di individuare la sua testa bionda. «Non so dove, però. Forse è con Summer».

«Savage?». Mi lancia uno sguardo interrogativo e annuisco. «Che cazzo ci fa qui?»

«Sylvie ha invitato Savage per il Ringraziamento. È la sua compagna di giochi», rispondo.

«Direi che è più la *tua* compagna di giochi, o giocattolo», commenta Spencer con una risatina. La risata si affievolisce alla mia occhiataccia. «Che c'è? È così, lo sappiamo tutti che te la scopi».

«È vero», ammetto, scioccato di averlo detto ad alta voce. «Ma non sono affari di nessuno, se non nostri».

«Non mi importa cosa fai con lei. Fate come volete», afferma Spence.

«Meglio per te se non ti interessa», dico, la mia minaccia è lieve. «Hai visto cosa è successo a Bryan».

«Giusto. Anche a Elliot. Faceva parte del nostro gruppo di amici», dice Spence. «Era quello più legato a te».

«Era un coglione che mi ha voltato le spalle», ricordo a Spence, che è abbastanza intelligente da chiudere il becco, a questo punto. «Non difenderlo».

«Spero che quella topa ne valga la pena». Spence scuote la testa. «Devo bere. Ci vediamo dopo?»

«Certo», lo guardo allontanarsi e non mi importa che se ne sia andato. La mia testa è piena di Summer e di quello che ho fatto per lei. Quello che lei ha fatto per me. E quello che ancora possiedo di lei.

Cioè quello stupido diario di cui non mi frega più un cazzo. Dovrei restituirglielo. E se finisse nelle mani sbagliate? Da quello che ho visto, il suo più grande segreto è la relazione tra lei e Yates.

Una brutta storia, ma non posso giudicarla per questo. Ho fatto anche io delle cose assurde nella mia vita, proprio come lei.

Forse è per questo che siamo… perfetti insieme. Lo siamo. Devo ammetterlo. Sono un po' un casino e lo è anche lei. La tratto male, ma a lei piace. Si eccita. Le do della puttana e lei lo prende come un complimento.

Ma è la mia puttana. Di nessun altro.

Mi faccio strada nell'enorme stanza, fermandomi a parlare con le persone che conosco di vista o meno. Le ragazze mi sorridono e mi salutano, ma io continuo a camminare. Non sono interessato, i miei pensieri sono concentrati su una sola donna che è qui stasera.

Ma dove si è cacciata?

Perlustro il piano inferiore della casa, dove la festa è in corso. Persone vanno e vengono da ogni singola stanza. Indugiano nel corridoio che conduce all'ala privata. Risate, cibo, bevande. Sento un senso di solitudine, in mezzo a quella gente. Un osservatore che non può partecipare. La mia mente è assente. Penso alla conversazione tra me e mio padre. Non è che voglia stare con Summer per sempre – cavolo, non so cosa voglio – ma stare con lei mi ha fatto capire che non devo finire come i miei genitori. Annoiato e infelice, in cerca di altro con qualcun altro. 'Fanculo.

Non mi sposerò mai.

«Whittaker!», esclama la padrona di casa quando mi vede, portandomi via da un gruppo di donne con un grande sorriso sul volto. «Non credevo venissi».

«Dai la festa più bella delle vacanze», dico mentre lei mi stringe in un rapido abbraccio. «Come potevo mancare?»

«Dovevo immaginarlo». Leighton fa un passo indietro per studiarmi. «Ho visto tua sorella qualche minuto fa. Sembrava... magra».

«Ha avuto qualche problema di salute». Resto sul vago perché non sono affari di Leighton. E poi, gli stessi problemi di Sylvie sono vaghi. Non capisco cosa stia succedendo e lei non ne parla molto, a parte dirmi che sta per morire.

«Mi ha detto, cito, che le resta poco da vivere». Leighton sembra divertita. Di sicuro non prende Sylvie sul serio.

Nemmeno io, anche se dovrei. Ma lei è sempre stata affascinata dalla morte, fin da quando era piccola. Negli ultimi tempi non fa altro che dire che vivrà intensamente e morirà giovane.

Un motto che potremmo rivendicare tutti. Ogni singola persona in questa cazzo di casa sta vivendo intensamente e probabilmente morirà giovane.

«Non darle ascolto», dico con noncuranza, perché non voglio parlare di mia sorella. «Come stai?»

«Alla grande. Harvard è... fantastica». Sorride. Suo padre ha donato un quarto di milione di dollari alla rinomata università e quindi, ovviamente, lei è stata ammessa. «Tu dove hai fatto domanda?»

«Un paio di college», dico, lasciando correre. Non voglio parlare delle mie scelte per evitare di portarmi sfiga. E se non venissi ammesso?

Ma che diavolo sto dicendo? Entrerò da tutte le parti. Sono un Lancaster, cazzo. E se i miei voti non saranno abbastanza, allora mi comprerò l'ammissione.

«Un paio di college», mi fa il verso. «Vabbè, Whit, di sicuro finirai a Harvard. Con me».

«Chi ha detto che voglio andare a Harvard?». Preferirei un college sulla costa occidentale. Stanford è la mia prima scelta, la University of Southern California la seconda.

«Potremmo essere la coppia d'oro del campus». Si avvicina di un passo, accostando il corpo al mio. «Siamo sempre stati bene insieme».

Ma di che diavolo sta parlando? Abbiamo flirtato per un anno e abbiamo scopato solo una volta. Fin troppo impegno per un risultato minimo. No, grazie.

Mi guardo intorno e mi assicuro che nessuno ci veda, poi le poso la mano sulla schiena e mi avvicino per sussurrarle: «Ho già qualcuno».

Leighton ride, un suono leggero e tintinnante, come se fossi un gran burlone. «Ti riferisci a Leticia? Per favore. Quella ragazza ti aspetterà dietro le quinte per anni. I suoi genitori non vedono l'ora che tu la sposi. Farà di tutto per renderli felici».

«Conosci Leticia?», chiedo e inarco un sopracciglio.

Fa un sorriso sornione. «Tesoro, Leticia è qui. Strafatta di cocaina nel bagno di sopra».

Resto spiazzato. «Leticia si fa di coca?».

Leighton ride. «Non solo di coca, se devo essere onesta. Ma dovresti saperlo, visto che è la tua futura moglie».

«Non più», ammetto, e mi odio per essermelo fatto scappare. Leighton ha la lingua lunga, lo dirà a tutti.

«Oh, davvero? E Leticia lo sa?»

«No, e ti sarei grato se non glielo dicessi». Le accarezzo la schiena per poi allontanare la mano. «Siamo amici, no?»

«Amici? Non ci definirei così, Whit. Amanti? Sì, per poco. Ma amici no». Si avvicina di un passo. «Però posso mantenere un segreto… se ce la svigniamo e passiamo un po' di tempo insieme».

Non sono per niente tentato. L'ultima cosa che voglio è cadere nella rete di Leighton. Questa ragazza è bellissima, ma tossica.

«Devo rifiutare», affermo.

«Ops, allora non so se riuscirò a mantenere il segreto». Mi guarda con occhi da cerbiatta, le labbra lucide che si contraggono in un broncio. «Forse devo andare a controllare come sta Leticia, adesso. Sono sicura che avrà bisogno di una spalla su cui piangere, visto che il suo futuro le è appena stato strappato via».

Fa per allontanarsi, ma io l'afferro per il braccio e la fermo. «Dai una mano a un amico».

«Dai una mano a un'amica», ribatte lei, strappando il braccio alla mia presa. «Dai, in nome dei vecchi tempi».

«Come ho detto, Leighton, sono impegnato», le ricordo, e perlustro ancora una volta l'area.

Summer non c'è.

«Questo non ti ha mai fermato prima, no?». Si preme contro di me e posa le mani sulla mia camicia, le dita accarezzano il petto. «Andiamo in camera mia. Ricordo che sei molto abile con la lingua».

«Non ho intenzione di leccartela», le dico senza mezzi termini, ma lei si limita a ridere.

«Dio, Whit. Abbi un po' di classe». Raddrizza la schiena, si allunga verso di me e mi sfiora la mascella con le dita.

«Bene, forse non voglio che me la lecchi. Forse voglio che mi scopi contro un muro. Mi ricordo che ti piaceva un po' violento».

Nonostante la sua offerta, tra le mie gambe non succede nulla. Potrei portarla nella stanza vuota più vicina, chiudere a chiave e scoparla a sangue. Un anno fa l'avrei fatto, senza troppe domande. Cavolo, sei mesi fa l'avrei fatto.

Ma ora non posso. Non tradirò Summer.

Cristo, ma sentimi. Neanche stiamo insieme, ma non riesco a sopportare il pensiero di stare con qualcun altro. E il peggio ancora?

Non posso minimamente tollerare che Summer stia con qualcuno. Il solo immaginarla con un altro mi fa venire voglia di fare a pezzi qualcosa.

Ergo, il ragazzo senza volto con cui potrebbe andare.

È chiaro che ho dei problemi e tutti dipendono dalla bellissima, irresistibile Summer.

«Che ne dici, Whit?». Leighton fa le fusa e si accoccola a me. «Ci stai? Sarà il nostro piccolo segreto».

Porto una mano sulla sua vita e sto per allontanarla, quando qualcosa cattura la mia attenzione. Qualcuno, anzi.

Summer. In piedi a pochi metri da me. Mi guarda con espressione triste.

Poi si volta e scappa via.

Capitolo 37

Summer

Non so nemmeno dove andare, in questa casa gigante e pacchiana, ma so che devo allontanarmi, fuggire lontano da Whit, dopo quello a cui ho appena assistito.

Whit avvinghiato a una ragazza. Leighton Michaels, che guarda caso è la proprietaria della suddetta casa pacchiana. Lei è splendida. Va a Harvard. Ha un sacco di follower sui social e va a tutte le più importanti sfilate di moda. Veste in un modo impeccabile e la sua immagine è curata nei minimi dettagli. Io, al confronto, sono niente.

Insomma... non c'è proprio competizione.

Mi affretto a salire le scale sul retro, i tacchi che ticchettano contro i gradini di marmo, ma non mi importa. Di certo ha rinunciato a inseguirmi già da tempo. Che importanza ha? Che importanza ho io? Non ce l'ho, so di non averne.

Trovo una porta chiusa e abbasso la maniglia, entrando dentro con facilità. Procedo a tentoni sul muro finché non trovo l'interruttore della luce e l'accendo per scoprire che mi trovo in una camera da letto anonima. C'è solo un letto, un cassettiera e un singolo comodino con una lampada. Tutto qui. Sembra la cella di una prigione, se penso all'opulenza che ho visto nel resto della casa.

Forse è la stanza di qualcuno del personale. È da maleducati pensarlo, ma molto probabilmente è così. Le persone ricche come la famiglia di Leighton Michaels hanno molti domestici e non offrono loro ambienti di lusso.

Mi accascio sul letto e mi passo il dorso della mano sugli occhi, asciugando le lacrime. Perché sto piangendo? Sapevo che prima o poi sarebbe successo. Ha sempre fatto intendere che non sarebbe stato fedele. Oh, pretende che nemmeno guardi in direzione di un altro ragazzo, ma lui si può scopare chi vuole.

E sembra che finalmente abbia trovato un'altra.

Ricomincio a piangere, coprendomi il viso. Dopo quello che è successo ieri sera. E poco fa. Mi aspettavo di più, il che è sciocco da parte mia, visto che non è successo niente di concreto. Non ci sono state dichiarazioni d'amore e nemmeno d'interesse. Niente di niente, perché per lui non sono importante. Non in quel senso.

Sono un'idiota. Una stupida che credeva di potersi inserire tra queste persone.

Tiro su col naso e lascio cadere le braccia giù. Mi asciugo le lacrime e poi strofino le mani umide sul piumone su cui sono seduta. Mi guardo intorno nella stanza, desiderando di avere il mio telefono per poter mandare un messaggio a Sylvie, o ancora meglio chiamare un Uber e andarmene.

Ma dove potrei andare? Non voglio tornare alla tenuta Lancaster, eppure, non ho scelta.

Vorrei trovare Sylvie. Prima, quando Spencer si è avvicinato, ho visto l'espressione di lei non appena l'ha notato e ho deciso di lasciare loro un po' di privacy. Sono andata a cercare Whit e, cavolo, l'ho trovato.

Con una bellissima donna avvinghiata a lui, pronta a divorarlo in un boccone. Lui non la stava respingendo. La guardava con espressione quasi supplichevole, poi ha alzato lo sguardo e ha incontrato il mio. Vi ho letto lo shock. E il senso di colpa.

Beccato.

È davvero pessimo. Come ho fatto a credere che potesse essere fedele? Non ha motivo di esserlo. Per lui non sono niente, mentre per me lui è diventato tutto.

Mi odio per essermi fatta coinvolgere così tanto da lui. Mi odio davvero.

Mi alzo in piedi con un sospiro e vado verso la porta, la apro lentamente e sbircio fuori per vedere se c'è qualcuno nel corridoio. La via è libera, quindi esco dalla stanza e chiudo piano la porta, guardo alla mia destra e vedo che qualcuno sta uscendo dalla stanza accanto alla mia. Mi fermo di botto, il cuore che scalpita per essere stata scoperta.

È un ragazzo che sembra avere più o meno la mia età, ha un'espressione curiosa sul volto. Capelli lunghi e scuri. Labbra piene. Occhiali neri, alla moda. Indossa dei jeans scuri rigidi e una giacca di tweed su una polo nera. Un look terribile. Solo chi è pieno di soldi, e se ne frega, può indossare qualcosa di così tremendo.

«Oh, come mai sei triste, bellezza?», esclama quando mi vede. «Come ti chiami?».

Faccio un passo indietro, andando a sbattere contro la porta. Vorrei poter scomparire. «Chi sei?»

«Te l'ho chiesto per primo», dice con un sorriso, poi si avvicina.

Lo osservo con diffidenza. Ho bevuto solo uno shot prima, quindi non sono ubriaca. E mi rifiuto di ritrovarmi in una situazione come quella di Halloween. Le mie barriere di difesa sono alzate e nella testa squillano le sirene perché mi trovo da sola con un perfetto sconosciuto.

«Mi sono persa», spiego con un accenno di sorriso. «Credo di essermi sbagliata. Questa casa è grandissima».

«Facile perdersi se non la conosci bene». Si appoggia al muro di fronte a me, lo sguardo mi percorre dalla testa ai piedi. «Non so chi sei, ma di solito conosco tutti quelli che vengono alle feste di merda che organizza mia sorella».

Oh, cazzo. So chi è questo tizio. È il Montgomery Michaels IV. Monty è brillante e frequenta il MIT. Credo sia all'ultimo anno di università. Un po' eccentrico, da quello che ho sentito. Non lo conosco di persona.

«Questa è casa tua?», chiedo, sentendomi un'idiota.

«Ti correggo, questa è casa dei miei genitori. Vivo qui di tanto in tanto». Sorride, ma è amichevole. Non è minaccioso. «Dimmi come ti chiami».

«Summer», rivelo.

«Come l'estate?».

Annuisco e tiro su col naso, mentre un'ondata di emozioni mi investe e indebolisce le mie difese.

«Oh, no, non iniziare a piangere. Non so come comportarmi con le ragazze emotive», dice nel panico.

«Non hai due sorelle?», chiedo, asciugando le lacrime che mi rigano il viso.

«Sì, ce le ho. E le evito a tutti i costi», afferma con serietà, ma io non posso fare a meno di ridere, cosa che lo fa sorridere a sua volta. «Per favore, non piangere. Perché sei triste?».

Mi scappa una risata, ma sembra più un lamento. «Che dire? Un ragazzo».

Si acciglia. «I ragazzi sono pessimi, ma li amo. Tu no?»

«Penso di sì». Un alleato, penso tra me e me, mentre l'osservo e noto la sincerità nei suoi occhi. È concentrato su di me. Come se mi trovasse importante, il che è stupido. Siamo praticamente due estranei. «Perché sei qui e non alla festa?»

«Odio le feste. Preferisco stare per i fatti i miei», ammette.

Il mio sorriso è debole. «Idem».

«Dimmi un po', quale ragazzo ti ha fatto arrabbiare?», chiede con dolcezza.

È genuinamente curioso. Lo si vede dal modo in cui mi osserva, come se volesse risolvere i miei problemi. O forse sto interpretando male questa conversazione, non so.

So solo che è la prima faccia amica che vedo da un po' di tempo e vorrei confessargli tutti i miei più profondi e oscuri segreti.

«Forse non lo conosci…». La mia voce si affievolisce.

«Conosco tutti in questa casa e ora ci sono almeno un centinaio di persone. Anche se non conosco te». Mi guarda con un finto cipiglio. «Dimmi, con chi sei venuta?»

«Sylvie Lancaster», rispondo.

Il suo volto si illumina. «La adoro. C'è anche il suo splendido fratello? Dio, quel ragazzo è *squisito*. Dei lineamenti bellissimi».

Annuisco, il labbro inferiore che tremola.

«Ti prego, non dirmi che è stato lui a spezzarti il cuore». Si acciglia.

Una lacrima sfugge dall'angolo del mio occhio e la scaccio via.

«Non c'è bisogno di rispondere». Sospira. «Whit Lancaster è divino, ma è anche il peggiore in assoluto».

«Terribile», concordo con un piccolo singhiozzo.

«Bellissimo, però. Quegli occhi. Gli zigomi. L'espressione un po' sinistra che ha sempre sul volto, come se stesse architettando la tua morte e tu dovessi sorridere per tutto il tempo mentre ti massacra. Perché mi piacciono quando hanno l'aria da cattivo?», si domanda.

«Ho lo stesso problema», ammetto e ridiamo entrambi.

«Non lasciare che ti tormenti. Non vale le tue lacrime, bambolina». Si ferma proprio davanti a me e allunga una mano per asciugare la lacrima solitaria che scende piano lungo la mia guancia. «Vuoi che ti accompagni al piano di sotto?».

Lo sguardo di speranza sul mio volto la dice lunga, ne sono certa. «Lo faresti per me? Pensavo odiassi le feste».

«Oh, sì, ma ho anche un debole per le damigelle in pericolo». Mi rivolge un'altra occhiata, poi fa un gesto verso la porta da cui è appena uscito. «Prima dobbiamo darti una sistemata, però».

«È la tua stanza?», chiedo quando lui si protende verso la maniglia della porta.

Rovescia la testa all'indietro e ride. «No, tesoro. Questa è l'ala dei domestici. È dove incontro i miei amanti segreti».

Spalanco la bocca. «Hai appena avuto un incontro segreto? Con chi?»

«Se te lo dicessi, non sarebbe più un segreto». Il ghigno sornione di Monty mi fa sorridere a mia volta. «Diciamo che è un atleta imbottito di testosterone con una reputazione da professionista, ma che in segreto ama succhiare il cazzo».

Oh, cielo. Questo sì che è un segreto. Mi vengono in mente un paio di persone della mia scuola che corrispondono a questa descrizione. «Università o liceo?»

«Chi fa la spia… e di certo non bazzico con i liceali», dice sollevando il naso mentre apre la porta. «E poi gli adolescenti vengono troppo in fretta».

Mh. Monty non è mai stato con un adolescente come Whit Lancaster.

Mi porge il braccio e io lo accetto, lasciandomi condurre all'interno.

È bello avere un nuovo amico.

Venti minuti dopo sto scendendo le scale assieme a Monty, le nostre braccia sono intrecciate ed esaminiamo la scena che ci si presenta davanti. Mi ha aiutata a pulirmi e a rimettermi in sesto, facendomi un discorso d'incoraggiamento su come gestire Whit, poi ha insistito affinché andassimo ad accogliere i sudditi.

È così che chiama gli ospiti nella sua casa. I sudditi.

In un certo senso mi sono già innamorata di lui. Ha tanta autostima. Non gliene frega niente di quello che la gente pensa di lui, anche se suppongo che il suo nome e la sua discendenza influiscano su tutto questo. Vorrei avere anche solo un briciolo della sua sicurezza.

Forse se passo abbastanza tempo con lui, mi passerà un po' del suo carattere.

Finite le scale, tutti si accalcano intorno a Monty e molti mi lanciano sguardi curiosi, perché non hanno idea di chi io sia. Quando gli chiedono di me, lui afferma che sono sua ospite e non aggiunge altro.

E questo li spinge a volerne sapere di più. Lui però li zittisce se gli fanno domande e io non dico una parola. Me ne sto lì, con un sorriso misterioso in faccia e lo sguardo che vaga ovunque, alla disperata ricerca di Whit.

Dio, sono proprio una stupida. Perché dovrei volerlo cercare? Mi distruggerà comunque. Forse è con quella ragazza, Leighton, la sorella di Monty. Magari in questo momento stanno scopando, mentre lui mi dice che devo andare in giro per la festa col suo sperma che mi bagna l'interno delle cosce, come se fossi sua.

Lo odio. Davvero.

«Tesoro, stai arricciando il labbro, come se qualcuno si fosse appena cagato addosso», mi avverte Monty con un sussurro, chinandosi e avvicinando la bocca al mio orecchio. La gente intorno a noi parla, alcuni si rivolgono direttamente a lui, che non sembra farci caso. «Mantieni la calma. È arrivato Whit».

Le mie gambe mi tradiscono e quindi guardo le mie ginocchia, aggrappandomi al braccio di Monty e facendo del mio meglio per storcere le labbra in un debole sorriso.

«Ecco fatto, mento in alto», mi incoraggia Monty. Lo guardo di sottecchi e vedo che sta puntando alla sua sinistra, con un'espressione soddisfatta sul volto. «Ah, viene da questa parte. Comportati come una principessa, tesoro. Sei al di sopra di tutto questo. Al di sopra di *lui*».

Raddrizzo il mento e osservo le persone dall'alto, mostrando un gran sorriso. Misterioso. Chino la testa verso Monty, lo guardo con affetto e lui ricambia il sorriso. Come se fossimo vecchi e cari amici.

Siamo bravi, io e Monty. Sento di aver trovato uno spirito affine.

Di colpo l'aria si sposta e diventa elettrica. Sento la sua presenza ancora prima di vederlo. Ogni pelo del mio corpo si drizza, ho la pelle d'oca.

«Montgomery». La sua voce è familiare, oscura.

Devastante.

«Whittaker», dice Monty con tono divertito. «Cos'è che ti agita tanto, tesoro? Sembri pronto a fare fiamme e fuoco».

Whit mostra i denti, poi fa scivolare il suo sguardo di fuoco su di me. «Sei con la mia donna, Monty. E sai che non mi piace condividere».

La folla che ci circonda tace. Schiudo le labbra per la sorpresa, ma non emetto alcun suono.

Whit ha appena dichiarato pubblicamente che sono la sua donna? Davvero?

Monty ride e stringe il braccio attorno al mio. «Sei sempre un egoista, quando si tratta dei tuoi giocattoli, Whit».

«Non sono cambiato. Sono ancora egoista. Ridammi il mio giocattolo», intima Whit, la sua voce profonda mi avvolge e mi fa sentire debole. «La cosa a cui ti stai tenendo stretto, mi appartiene».

«Intendi, la *persona*?», lo rimprovera Monty, che si volta a guardarmi. «Non badare a lui. A volte ha dei modi da cafone, quasi fosse stato allevato dai lupi».

«È così, sono un lupo feroce che può squarciarti la gola con i denti». Whit si allunga verso di me, le sue dita mi afferrano il polso con naturalezza e mi strattonano nella sua direzione. Ma Monty non mi lascia andare. Non ancora. «Lei non è il tuo tipo, Monty».

«Oh, lo so, ma è una tale bellezza». Lo sguardo di Monty mi studia, carico di desiderio. «Sei proprio una ragazza fortunata. Ti divora tutte le notti?».

Non rispondo. Sono certa che lo sguardo che gli riservo sia una risposta sufficiente.

Monty mi lascia andare nello stesso momento e Whit mi attira a lui senza difficoltà. Mi cinge la vita con un braccio, posa una mano sul mio sedere e mi stringe a sé. Un gesto possessivo. Mi sento come se fossi appena stata reclamata.

Non mi dispiace.

«Grazie per esserti preso cura di lei», dice Whit a Monty, con aria sincera.

«Veglierò sul tuo prezioso giocattolo ogni volta che ne avrai bisogno. È una vera bambola». Monty mi saluta con un cenno del capo. «Goditelo stasera, mia piccola e dolce stagione. Sospetto che sarà feroce. Attenta ai denti!».

Whit mi guida lontano da Monty e dal suo gruppo prima che possa ribattere, in pratica mi trascina fuori dall'ampio salone. Ci precipitiamo in un corridoio, dove nessuno dei due parla, e i nostri respiri si fanno sempre più veloci mentre la preoccupazione mi consuma.

È arrabbiato. Ma io non ho fatto niente di male. E se vuole accusarmi di qualcosa, qualsiasi cosa, non ho intenzione di tollerarlo.

Non lo farò.

«Whit», protesto, ma lui mi ignora. Provo a rallentare, ma lui cammina veloce. Il suo passo mi tira in avanti, finché alla fine non inciampo contro di lui e il mio corpo preme contro il suo fianco.

Si gira, mi abbraccia e mi spinge con forza contro il muro. Aspetto che mi baci. Che mi tocchi. Qualsiasi cosa senta il bisogno di fare.

Non fa niente di tutto questo.

Mi porta due dita sotto il mento e mi solleva il viso, non lasciandomi altra scelta se non guardarlo. «Non è come pensi».

Studio la sua espressione, sembra rilassata. Una guerra infuria dentro di me. Potrei insultarlo e accusarlo di cose terribili. Potrei piangere e comportarmi da amante gelosa.

Non faccio niente di tutto questo.

«Cosa è successo, allora?». La mia voce è piatta. Come se non ne fossi minimamente toccata.

«Io e Leighton… abbiamo dei trascorsi», ammette.

Ora sono un'amante gelosa. Odio doverlo essere.

«E quando vuole sa essere molto insistente. Non ero interessato, anche se mi stava addosso. Mi ha persino ricattato». Una tempesta si agita nei suoi occhi. Un momento prima sono oscuri e minacciosi, l'attimo dopo è finita. «Leticia è qui».

Il mio cuore sprofonda al solo sentire quel nome. «La tua futura moglie».

«La mia futura niente», ribadisce a denti stretti. «Nessuno decide al posto mio. Non più».

Lo guardo attonita, sorpresa dalla veemenza nella sua voce.

«Leighton ti sbavava dietro».

«Esatto, Leighton. Non il contrario». Allontana le dita dal mio mento e mi porta una ciocca di capelli dietro l'orecchio. Rabbrividisco al suo tocco gentile, confusa. «Non era niente. Ti sono corso dietro, ma ti ho persa».

«Sono stata veloce, nonostante le scarpe». Faccio un sorriso debole.

«E hai incontrato Monty».

«È meraviglioso», affermo con un ampio sorriso. «Il mio nuovo migliore amico».

«Non dirlo a Sylvie, sarà gelosa». Il sorriso di risposta sul volto di Whit mi spiazza.

«Nessuno può sostituire Sylvie, ma adoro Monty».

«È spietato».

Dischiudo le labbra per la sorpresa. «È dolce».

«Se gli piaci. O ti rispetta», dice Whit. «Abbiamo un rapporto difficile sin da quando eravamo dei bambini. Ho sempre diffidato di lui».

«È innamorato di te. Ti ha definito, e cito testualmente, "squisito"», dico a Whit, poi rido quando vedo il suo cipiglio.

«Dire una cosa del genere è proprio da lui», mormora con espressione tempestosa.

«Non ha torto. Ha anche detto che hai dei bei lineamenti». Sentendomi audace, accarezzo la guancia di Whit. «E ha ragione, è vero». Percorro con le dita il suo viso. La sua bocca. «Un volto aristocratico. Capisco perché i tuoi genitori insistano per un buon matrimonio. Devi preservare le apparenze sfruttando una bella moglie. Voi due farete dei figli altrettanto belli, che avranno l'aspetto giusto».

«Vaffanculo». Mi afferra per il polso, trattenendo le mie dita sulle labbra. «Non mi importa quello che pensano».

Sono tutte bugie. Gli importa eccome. Si tratta del nome della sua famiglia. Della sua eredità. Non vuole deluderli.

Whit dischiude le labbra, allenta la presa intorno al mio polso e attira le mie dita nella sua bocca. «Non mi piace quando scappi da me», ammette.

Lo guardo, completamente rapita. Il guizzo della sua lingua

quando la arriccia attorno alle mie dita, gli occhi puntati su di me. Qualcosa di profondo sboccia dentro di me ed emetto un sospiro tremante, tenendo l'attenzione sul suo viso. Sulla sua bocca.

La sua bellissima, terribile, meravigliosa bocca.

«Vuoi andartene?», chiede, e la sua voce profonda mi avvolge. Sento il petto pesante e il cuore palpitare per la promessa contenuta in quella domanda.

«E Sylvie?»

«Manderò un messaggio a Spencer, gli dico di riportarla a casa». Lascia la mia mano e si china. Le nostre bocche si sfiorano quando dice: «Andiamo, Savage».

Capitolo 38

Summer

Accetto di andarmene, ovviamente. Sono così presa da lui che la parola “no” nemmeno mi passa per la testa. Lo seguo, siamo alla ricerca di una via d’uscita. Ci imbattiamo in Sylvie, accoccolata accanto a Spence su una sedia dall’aspetto sghembo, le gambe appoggiate su quelle di lui, la mano di quest’ultimo sulla sua schiena, quasi sul sedere.

Quando ci vede, sposta la mano verso l’alto.

Whit si irrigidisce e li osserva con attenzione. «Puoi portare mia sorella a casa, per favore?»

«Certo». Spencer annuisce.

Sylvie sorride e si stiracchia come un gatto, poi struscia con sfacciataggine il corpo contro quello di Spencer. «Dove andate voi due?»

«Sto per scoparmi Summer sui sedili posteriori dell’auto, Syl, e speravamo in un po’ di privacy», risponde Whit con voce seria.

Sylvie ride. «Che birbante».

Non dico nulla. Lascio che Whit mi guidi attraverso la casa e fuori. Verso la macchina. Mi trascina sul sedile posteriore con foga, tanto che vado a sbattere contro di lui. Il suo corpo mi blocca e ci troviamo faccia a faccia. «Ti ho già scopata in macchina», mormora, muovendo la bocca lungo il mio collo. «E quello che ho in mente non può succedere qui dentro».

La trepidazione mi scorre nelle vene e mi lascia accaldata, curiosa. «Cosa vuoi farmi?»

«Reclamare l’unico punto che mi manca». Si scansa dal mio collo per potermi baciare, la sua lingua perlustra a fondo la bocca e mi lascia boccheggiante quando ha finito. «O il pensiero che io reclami il tuo culo ti spaventa?».

La mia figa si contrae per il desiderio. Può avermi in tutti i modi che vuole. «Lo voglio».

Sorride con aria soddisfatta. «Oh, lo avrai».

Le sue parole sono una minaccia. Una promessa. Sospiro quando torna a baciarmi. Le labbra sono languide, come se avessimo tutto il tempo del mondo. Affogo nel suo sapore, nel modo in cui mi tiene bloccata sul sedile, io a gambe divaricate e lui con i fianchi annidati tra di esse. Si sposta verso il basso, posa le ginocchia sul tappetino con un morbido tonfo. Le mani si spostano lungo i miei fianchi e con gesti lenti mi sollevano il vestito.

Mi espone.

«Siediti», ordina, quindi io mi sposto per mettermi dritta, la parte inferiore del corpo completamente esposta. Lui non distoglie mai lo sguardo dal mio, mentre abbassa il viso tra le mie gambe e la lingua guizza fuori.

Sento quel colpo fin nell'anima.

Mi tremano le cosce, il culo è sul bordo del sedile, mentre lui mi distrugge con la sua lingua. Lecca e cerca. Prende il clitoride tra le labbra. Mi infila le dita dentro, le muove.

È bello, bellissimo.

Porta la mano sotto il mio sedere, spingendomi verso di sé. «Muoviti contro di me», dice. «So che lo vuoi».

Oh, cazzo.

Lo voglio.

Puntello i piedi sul pavimento, inclino i fianchi e mi strofino contro il suo viso senza vergogna, l'attrito con la sua barba mi manda fuori di testa dal piacere. Mi mangia come se avesse fame, come se non gli bastassi mai, e gli conficco le dita tra i capelli, attirandolo a me.

Lo uso.

Gioco con il suo bellissimo, squisito viso.

Sfila le dita dalla figa e si protende per stuzzicarmi il buco del culo. Mi accarezza lì, con tocchi leggeri che mi fanno gemere. Contrarre. Rilassare. Non si ferma. Bocca e dita mi tormentano, spingendomi oltre il limite. Preme a fondo, il tocco è persistente, gli occhi sono puntati su di me e quando sento il suo dito oltrepassare la barriera, tutto il mio corpo inizia a tremare.

Sussurro il suo nome con respiro affannato, intanto che l'orgasmo mi investe con un'ondata dopo l'altra. È un cliché, ma Dio, mi sento come se fossi appena stata scaraventata in mare aperto e un piacere insopportabile mi stesse annegando. Ancora e ancora. Finché non provo ad allontanarlo.

È troppo, troppo intenso.

Ma lui non mi lascia. La sua bocca si attenua. Rallenta. Il dito è ancora nel culo mentre lecca con delicatezza la mia pelle sensibile. Stuzzica il clitoride, disegna dei cerchi. Di nuovo spinge col dito in profondità, poi inizia a muoversi.

«Cazzo», sbotto, mentre un altro orgasmo mi attraversa, meno intenso, ma comunque travolgente. Getto la testa all'indietro, ho il corpo scosso e sto cavalcando ancora il viso di Whit. Delle lacrime sfuggono agli angoli dei miei occhi quando mi accascio sul sedile e lui si allontana da me.

Mi osserva con attenzione e si strofina il braccio contro la bocca. «Potrei guardarti farlo per tutta la notte».

«Morirò se continui a farmi venire così», ammetto con voce gracchiante.

«Non esiste migliore uscita di scena, no?». Il suo sorriso diabolico mi accende, annuisco.

Ecco cosa mi fa. Lo capisco quando varchiamo gli inquietanti cancelli della tenuta dei Lancaster. Whit mi rende impotente. Esausta. Fremo, in trepidante attesa di ciò che succederà. Non ho paura di fare del sesso anale per la prima volta. Mi spaventa molto di più il giorno in cui lui non sarà più interessato a me.

«Sei tanto dolce con me perché non vedi l'ora di provare il sesso anale?».

Ridacchia, il petto rimbomba contro la mia schiena, e non posso fare a meno di sorridere. «Forse».

Siamo nel suo bagno e condividiamo la gigantesca vasca a immersione, riempita quasi fino all'orlo di acqua calda, con sottili spirali di vapore che si sprigionano dalla superficie. C'è un caminetto vicino, il crepitio del fuoco si diffonde nella stanza silenziosa. L'unico altro suono è quello dell'acqua contro la nostra pelle quando ci muoviamo.

Potrei stare così per sempre. Cullata tra le braccia di Whit, rannicchiata contro di lui, con l'acqua calda che ci abbraccia. Mi sento amata. Apprezzata. Anche se so che è tutta una facciata e che lui non prova queste cose per me.

Non fa niente. Posso fare finta. Almeno per una notte.

«Ti faresti mai toccare lì?». Mi rendo conto che è molto più facile fargli questa domanda, visto che non siamo faccia a faccia.

«Non voglio che mi infili un dildo nel culo, ma non mi dispiacerebbe un dito. Giusto per provare», dice in tono amichevole.

Mi scappa una risatina e lui preme la mano sulla mia bocca per zittirmi. «Dico sul serio, Savage, niente dildo».

«Non ce l'ho nemmeno un dildo», rispondo, la voce attutita dalle sue dita. Me ne infila una in bocca e la lecco.

«A chi serve un dildo quando hai questo?». Spinge i fianchi contro di me, il pene eretto mi urta il fondoschiena.

Stasera Whit è giocherellone. Possessivo. Quasi… dolce? Non capisco il suo atteggiamento. Ma non mi lamento. Vorrei fosse sempre così.

Sentirei la mancanza del Whit corrotto e oscuro, se non mostrasse più quel suo lato. Il tono minaccioso e le parole crudeli. Anche loro mi eccitano.

Tutto quello che fa mi eccita.

Succhio il suo dito come se fosse il suo cazzo. Lo attiro più a fondo nella bocca, ci faccio roteare intorno la lingua e poi lo attiro con foga. Con l'altra mano mi afferra il seno, le dita stuzzicano il capezzolo e il suo respiro accelera.

«Mi consideri davvero un tuo giocattolo?», chiedo quando sfila il dito dalla mia bocca.

Tace per un momento, come a voler riflettere sulle parole da usare. Potrebbe essere crudele o gentile. È questo l'aspetto più eccitante? Il non sapere mai cosa riceverò da lui?

Sì, credo di sì.

«Sei più di questo», dice infine. Entrambe le sue mani sono sui miei seni, ora. Li impasta. Li stringe e passa le dita sui capezzoli, leggere come una piuma. Mi fa desiderare di più.

Chiudo gli occhi e mi rilasso. «E non ti piace condividere?».

Le mani si fermano. «Non condivido niente».

Il tono deciso della sua voce mi fa capire che su quel punto non si discute. Come se potessi farlo…

«Nemmeno con un altro ragazzo?», chiedo solo per provocarlo.
«Decisamente non con un altro ragazzo», risponde, poi riprende a esplorare il mio petto.
«E un'altra ragazza?».
Le mani si fermano. «Ti piacerebbe?».
Faccio spallucce. «Ho guardato video porno con le ragazze. È eccitante, lo ammetto. Una donna è più… delicata».
«So essere delicato».
Rido. Sonoramente. «No, non puoi».
«Prima non sono stato delicato?». Con il viso mi scosta i capelli bagnati dal collo, per accarezzarmi lì. «In macchina?»
«Una delicata tortura», sussurro e getto la testa all'indietro, mentre lui mi bacia sotto la mandibola. «Sei implacabile».
«Ti piace».
«Forse facciamo troppo sesso», affermo con voce flebile.
«Credo sia normale».
Mi sfugge un'altra risata e lui preme le dita sulle mie labbra.
«Normale è la parola sbagliata». Mi lecca il collo, fa scorrere la lingua per tutta la sua lunghezza. «Stiamo bene insieme, Savage. Tu e io».
«Siamo un disastro», mormoro contro la sua mano. Lui serra la presa sulla mia bocca, rendendomi difficile respirare. «Whit».
Fa scivolare le dita verso il basso, finché non sono intorno alla mia gola, e preme con il pollice. Mi ricorda la sua forza. Il potere che esercita su di me, fisico ed emotivo. «È da un po' che non lo faccio».
Il cuore mi batte per la paura. Per la trepidazione. Mi muovo e l'acqua ondeggia contro le pareti della vasca. «Non farmi male».
«Non lo farei mai. Ti faccio male solo quando so che ti piace». La stretta è lieve. Si muove piano. Le dita esercitano una minima pressione, ma so che potrebbe fare molto di più. «E credo che questo ti piaccia».
Tengo gli occhi chiusi, mi concentro sul battito del mio cuore e sulla sensazione del suo corpo dietro al mio, che mi avvolge. L'altra mano lascia il seno e si sposta tra le mie gambe, mi accarezza e fa scivolare le dita tra le mie pieghe. Un tocco ruvido. Emozionante.
Mi rivendica.

«Hai visto come ti guardavano tutti, stasera, quando eri con Monty?».

Annuisco, aprendo gli occhi. Osservo il fuoco, le fiamme danzano intense, il legno si spezza per il calore.

«Sembravi una regina, cazzo», mormora con voce colma di orgoglio. «È per questo che ti ho reclamato, Savage. Non volevo che altri prendessero ciò che è mio. La mia regina. Tu mi appartieni».

Quelle parole possessive mi sprigionano un'ondata di calore nel corpo.

«E Monty?».

La sua risata profonda mi risuona nell'orecchio. «Non è una minaccia, mi fido se lui è con te».

«Perché gli piacciono i ragazzi?»

«Anche fosse etero, non ti toccherebbe. Non una volta scoperto a chi appartieni».

«Non sono un oggetto, Whit. Sono una persona. Non puoi pretendermi come se nulla fosse», dico, decidendo di farmi valere un po'. Anche se la sua possessività è inebriante.

Nessuno mi ha mai reclamata pubblicamente prima d'ora. Nessun ragazzo, almeno. Di solito sono uno scheletro nell'armadio. Persino Whit mi nascondeva, sebbene io stessa volessi tenere segreto ciò che stavamo facendo.

Ora non più. Chiunque fosse in quella stanza, stasera, ora sa che sto con Whit Lancaster. Ancora ho difficoltà a capacitarmene.

«Mh, è qui che ti sbagli». Mi sfiora il viso col naso. Preme il pollice contro il clitoride e serra ancora di più la presa sulla mia gola. «Sei già stata presa. Ti ho posseduta in tutti i modi possibili».

La mano lavora tra le mie gambe, il braccio smuove l'acqua che ondeggia nella vasca, straborda e si riversa sul pavimento. Divarico le gambe, per quanto mi è possibile nella vasca stretta, desiderando di più. Desidero le sue dita dentro di me.

Desidero *lui* dentro di me.

«Mi appartieni da quando hai quattordici anni», sussurra con una voce oscura che risveglia l'oscurità nel mio profondo. «Sei nella mia mente da quella notte, sai. Mi perseguiti. Nessun'altra potrebbe mai essere all'altezza».

Il cuore mi si ferma a quella confessione, il fiato che avevo nei polmoni si esaurisce. «Cosa?», esclamo.

Non esita a confessare. «È così, l'ho capito quella notte. La tua anima combaciava con la mia», ammette e mi lascia la gola. «Va' avanti».

Mi allontano, gli lancio un'occhiata interrogativa da sopra le spalle. «Non capisco».

«Afferra il bordo della vasca». Mi dà una piccola spinta e io mi tuffo in avanti, con le mani mi reggo al bordo di marmo. Gli basta una manovra, si alza e fa scivolare il cazzo dentro di me. La posizione lo agevola nel penetrarmi in profondità. Mi sfugge un gemito nel momento in cui è tutto dentro di me e restiamo così per un momento, con l'acqua che si agita e i nostri corpi connessi, ma immobili. Lui si staglia sopra di me, mi comanda, prende il totale controllo.

Mi abbandonano dei respiri brevi, boccheggianti, e l'eccitazione mi scorre nelle vene mentre aspetto che dica qualcosa, che faccia qualcosa.

«A volte, pensavo che non fossi reale. Non potevi essere così perfetta», dice, poi inizia a fare movimenti lenti, esce quasi del tutto e si spinge di nuovo dentro. «Ma sei reale. È come se fossi stata creata per me».

Provo la stessa cosa, come se lui fosse stato creato apposta per me.

Sento un forte scatto e poi il gorgoglio dello scarico. È riuscito a togliere il tappo e il livello dell'acqua si sta abbassando lentamente. Mi posa le mani sui fianchi, mi mette in posizione con un gesto attento e poi fa scorrere le dita lungo la fessura del mio fondoschiena. Su e giù, un ritmo lento e costante. Indugia sul punto che desidera di più.

«Messa così, sei aperta per me». Mi infila piano un dito nel culo e io trattengo il respiro, i muscoli che si tendono. «Rilassati».

Ci provo, ma non è mai arrivato così lontano da quando ha iniziato a provarci e mi sento carica. Il suo uccello è dentro di me, e ora anche il suo dito. È troppo.

Non è abbastanza.

«La tua pelle brilla in questo momento», dice quasi sovrappensiero. «Bagnata e liscia. Dio, guardati».

Volto la testa e lo studio da sopra le spalle, il suo sguardo incandescente incontra il mio. Ha gli occhi scuri, tempestosi. La bocca è rossa, le guance imporporate. Sorride, spingendo i fianchi verso l'alto.

Colpisce un punto dentro di me che mi fa vedere le stelle.

Torno a guardare dritto davanti a me, mi aggrappo con tutte le forze al bordo della vasca, mentre l'acqua si abbassa pian piano. Lasciandomi esposta. Devo essere uno spettacolo, ma non mi interessa. Riesco solo a concentrarmi sull'attrito dell'uccello di Whit che scivola dentro e fuori. Il dito inizia a seguire lo stesso ritmo. Mi spingo contro di lui, le ginocchia scivolano contro il marmo bagnato e mi fanno male le dita per la forza con cui mi sto tenendo al bordo della vasca.

Whit mi scopa con foga, i suoi ansiti risuonano nella stanza, la nostra pelle umida si scontra a ritmo. A ginocchia divaricate, il suo dito affonda ancora di più e io soffoco un gemito, inarcandomi sotto di lui. Dalla bocca di Whit escono delle imprecazioni, tutte sconce. Il mio corpo è in tensione, i muscoli trepidanti, in attesa di quel delizioso climax che si avvicina.

E poi se ne va. Sfila sia il cazzo sia il dito e io lo guardo scioccata mentre si tira fuori rapidamente dalla vasca e si mette di fronte a me. Da qualche parte lungo la strada, ha trovato un asciugamano e me lo porge. «Forza, esci».

Faccio come dice e quasi inciampo, uscendo dalla vasca, perché il mio corpo è debolissimo. Per fortuna lui mi prende per mano e mi accompagna fuori.

Mi fa male la figa. Il culo mi brucia. E nonostante questo, vado da lui e lascio che mi avvolga nello spesso e gigante asciugamano. Mi accoccola a sé e le sue mani vagano per il mio corpo, percorrendo la pelle per asciugarmi. Preme la bocca sulla mia fronte, in un gesto dolcissimo e inaspettato che quasi mi fa venire da piangere.

Stasera è contraddittorio. Non capisco.

«Andiamo in camera», suggerisce, allontanando l'asciugamano dal mio corpo. Mi limito ad annuire, lottando con la sonnolenza che minaccia di prendere il sopravvento. Lui che si prende cura di me mi ha fatta sentire benissimo. Era proprio quello di cui avevo bisogno.

Whit mi prende per mano, le nostre dita si intrecciano e mi conduce fuori dal bagno, verso il suo enorme letto. Anche qui c'è un caminetto, il fuoco ruggisce, le fiamme scoppiettano in alto e io le osservo. Whit si mette dietro di me e mi cinge la vita con le braccia, facendomi tremare.

«Sali sul letto», dice con voce profonda. Autoritaria. «Mettiti a novanta. Lascia che ti guardi».

Eseguo, come in trance. Persa nel momento. Nella magia della notte. Lui si accosta al comodino e apre il cassetto, tira fuori un flacone di lubrificante.

Con la bocca arida, lo guardo aprire il tappo e spremere delle gocce limpide sulle dita. Le strofina l'una contro l'altra e il liquido appiccicoso si propaga tra le sue dita.

Si muove dietro di me, insinua le dita tra le mie natiche senza esitazione e mi accarezza lì. Il suo tocco è dolorosamente delicato e perciò chiudo gli occhi, cercando di rilassarmi. Mi dico che sarà bellissimo.

Che posso fidarmi di lui.

«Allarga le gambe», mi incoraggia. Quando faccio come dice, gli sfugge un gemito. «Dio, riesco a vedere tutto».

Mi accarezza. Mi stuzzica. Preme con le dita. In profondità. Sempre di più. Poi fa scivolare dentro la punta del dito, lasciandola lì. «Fa male?»

«No», sussurro.

Gioca con il mio culo per quelle che mi sembrano ore. Mi infila un dito dentro. Poi due. A un certo punto, scivola sotto di me e mi lecca la figa, succhia il clitoride e mi procura un orgasmo. A quel punto ha infilato tre dita dentro. Succhia ancora il clitoride, le dita scivolano dentro e fuori e io raggiungo di nuovo l'orgasmo in pochi secondi, il mio buco si contrae attorno alle sue dita mentre vengo sulla sua faccia.

«Ecco cosa voglio sentire intorno al mio cazzo», dice con voce strozzata, poi si sposta per tornare dietro di me. Sento il rumore di un tappo e capisco che sta distribuendo altro lubrificante. Sul cazzo, forse? Sobbalzo quando quel liquido fresco mi lambisce le natiche.

«Dimmi di smettere, se ti fa male», dice. Punta l'uccello contro il mio culo. Sembra impaziente. Eccitato. «Sei già aperta per me».

Mi strofina il cazzo contro e io gemo sommessamente per quella deliziosa sensazione. Dio, è così grande. Più di tre dita. Non so se entrerà. Non so se voglio che ci riesca.

Ma è tenace e insistente. È ciò che vuole, quindi si prenderà il suo tempo. Strofina e stuzzica, spinge la punta dentro e poi la ritrae del tutto. Mi si secca la bocca mentre aspetto l'inevitabile invasione, ma lui lo fa così lentamente che è a metà strada prima che io mi renda conto di quello che sta facendo.

«Caaaaazzo», trascina la parola di almeno cinque sillabe, mentre si spinge dentro di me con gesti misurati. Chino la testa e respiro a fatica, ho mente e corpo in subbuglio.

È dentro. E quando inizia a muoversi?

Fa male. Ma è un bruciore piacevole. All'inizio ha difficoltà nel trovare il ritmo, e posso solo supporre che sia perché è strettissimo. Cerco di restare in posizione, ma le braccia sono stanche e cominciano a tremare. Whit si ferma, si china su di me e dice con voce roca: «Sollevati».

«A-aspetta... cosa?». Mi volto a guardarlo e lui si allunga in avanti, le sue mani trovano le mie e, senza sforzo, mi solleva in posizione eretta.

Pensavo che avrebbe piegato il suo uccello in una strana angolazione, ma invece va più in profondità e allevia un po' il dolore pungente. La mia schiena è incollata al suo petto e le sue dita raggiungono la mia figa, la toccano con movimenti circolari.

«Cavolo, Summer», dice quasi in agonia. Godendo. «Sei bagnatissima. La sensazione è bellissima».

Io riesco a malapena a muovermi. Mi limito a subire quella punizione e a sentirlo spingere dentro di me, ancora e ancora. I suoi grugniti sommessi riempiono la stanza silenziosa e i miei respiri si fanno affannosi. È troppo. E non è abbastanza.

«Che brava ragazza», cantilena giocando con me, usando le dita per strofinare il clitoride così forte da farmi urlare di agonia. L'orgasmo mi investe, mi toglie il fiato, i pensieri, tutto. Il mio corpo si immobilizza e viene consumato dai brividi. Il buco si contrae con forza intorno al suo cazzo, ancora e ancora.

Lui viene con un grido strozzato. Credo che il mio orgasmo l'abbia preso alla sprovvista e abbia innescato il suo. Sento il liquido caldo che mi inonda, è una novità in quella zona, e lui esce subito fuori. Così lo sperma cola fuori e sul letto.

«Cristo, sei uno spettacolo». Mi accarezza. Raccoglie il liquido con le dita e me lo spalma sulle natiche. «Sei un casino. E sei sexy. Cazzo, ce l'ho ancora duro».

Crollo sul materasso, rotolando via dalla macchia umida, con il corpo debole per la stanchezza. «Non ce la faccio più», sussurro e chiudo gli occhi, strofinando il volto contro il materasso. Sento le ossa stanche. La mente vuota.

Lui scende dal letto e capisco che mi sta osservando in silenzio. Non mi muovo. Non dico una parola e nemmeno lui.

Pochi minuti dopo lo sento andare in bagno. Lo scroscio dello sciacquone. Il rumore del rubinetto. Poi torna, il peso del suo corpo esercita una pressione sul materasso quando si mette accanto a me. Porta le mani sul mio bacino e mi stringe.

«Ora ti pulisco», mormora, poi poggia un panno caldo e umido sul mio sedere. Mi lava il corpo, pulisce con delicatezza ogni goccia di sperma e poi friziona con un asciugamano spesso e asciutto. Resto sdraiata e lo accetto senza dire una parola, come una bambina che ha bisogno di coccole e cure.

Si allontana di nuovo dal letto per sbarazzarsi del panno e dell'asciugamano, infine torna. Continuo a non proferire parola, anche quando lui mi sposta e tira le coperte sul mio corpo debole, per poi salire sul letto e unirsi a me.

Trattengo il respiro e aspetto che mi tocchi. O che mi dia la buonanotte. Ora è immobile e mi viene da chiedermi se stia respirando o meno.

«Ti ho fatto male?», chiede dopo un po' con voce roca. Sembra un rantolo nell'aria.

«No».

Whit si gira verso di me. Riesco a distinguere il suo volto grazie alla luce del fuoco. «Non mentirmi, Summer».

Preferisco di gran lunga quando mi chiama per nome. La situazione è più intensa e intima. «Non sto mentendo, mi è piaciuto. Mi hai fatta venire, no?»

«Credo di averti fatto male, però. No, *so* di averti fatto male». Si avvicina e mi attira tra le sue braccia. Ora sono premuta contro il suo corpo solido e assaporo il suono del suo battito costante. «Non l'avevo mai fatto prima».

«Fatto cosa?», chiedo con voce sonnolenta.

«Anale. Sei stata la mia prima volta. L'unica ragazza con cui ho voluto farlo». Serra la presa. «Non volevo rovinare tutto».

La sua ammissione mi fa sentire più leggera dell'aria. Fluttuante. Senza peso. Chino la testa all'indietro, le labbra dischiuse, desiderose di un suo bacio. «Non hai rovinato tutto».

Mi bacia, come se sapesse che ne ho bisogno. Forse perché anche lui ne ha. «Dovremmo dormire».

«Posso...».

«Resta», dice, interrompendomi. «Dormiamo insieme».

È la seconda volta che succede e la cosa mi sconvolge. Lui mi sconvolge. Non so cosa stia succedendo tra noi. Perché si stia comportando in modo così gentile e premuroso. È esilarante.

Fa paura.

Ma ho capito una cosa.

Sono del tutto inerme. Debole, di fronte a lui e ai suoi desideri. Ai suoi bisogni. E lui lo sa. Detiene il totale controllo su di me. Anima e corpo.

Quella in cui mi trovo, è una posizione terrificante.

Capitolo 39

Whit

Mi sveglio con il corpo nudo di Summer appoggiato al mio. Come ogni mattino, ce l'ho duro, ma la sensazione è più intensa, per via della sua presenza nel mio letto. Sopra di me. La sua dolce fessura è premuta contro la mia coscia.

Mi rifiuto di scoparla, adesso. O toccarla in un qualsiasi senso sessuale. Ieri sera l'ho spinta al limite. Ho usato il suo corpo in ogni modo possibile.

In un certo senso, ho superato anche i miei di limiti.

Con gesti cauti, la allontano da me e scendo dal letto. Vado subito in bagno a pisciare. La mia erezione lo rende quasi impossibile, perciò mi sforzo di pensare a qualcos'altro. A cose noiose, come la scuola, il viaggio in macchina, l'infinito disappunto che i miei genitori nutrono nei miei confronti.

Il cazzo si affloscia un po'.

Apro la doccia e mi ci fiondo dentro, l'acqua gelida mi lambisce la pelle. Dopo un po' si scalda e mi lavo in fretta. Esco e mi asciugo. Lavo i denti. Osservo il mio riflesso allo specchio, irritato da me stesso e dal modo in cui ieri sera ho trattato Summer. Lei mi entra dentro. Si insinua lì, fino a consumarmi, e non riesco a mandarla via. No, ho peggiorato le cose dopo ieri sera.

Inseguirla. Combattere per lei con Monty come se fosse un premio al valore che ho vinto. Rivendicarla alla festa, davanti a tutti. Sicuramente avranno sparlato di noi. Di me. Avranno iniziato a chiedersi chi sia lei. Non ci metteranno molto a scoprirlo.

E dovrò soffrire le pene dell'inferno, ne sono certo.

Ora come ora, però, il comportamento di ieri sera ha portato i suoi frutti. Per non si sa quale ragione, non sono riuscito a resisterle. La desideravo in tutti i modi. Volevo scoparla ogni volta che ne avevo l'occasione. Sono venuto tre volte, ieri? O quattro? Lei di più.

È una droga e io ne sono irrimediabilmente dipendente.

Esco dal bagno e la vedo seduta al centro del letto, il piumone stretto a sé e i capelli scuri in disordine. È bellissima, in questa mattinata grigia e fredda. Una macchia di vibrante colore nel buio. Lo è sempre. Spalle in mostra, bocca rosa e gonfia, occhi arrossati dal sonno. Scorgo la stanchezza sul suo viso, è evidente. Eppure, la trovo comunque di una bellezza stupefacente.

Il mio cazzo ha uno spasmo. Abbasso lo sguardo e ricordo che sono nudo.

«Qualcuno è felice di vedermi».

La sua affermazione mi fa scappare un sorriso, poi ricordo che non dovrei ridere e lo tramuto in un cipiglio.

Ma lei quel sorriso l'ha visto e i suoi occhi si sgranano, brillano di gioia. Tende la mano, facendomi un cenno. «Torna a letto».

«I miei mi vorranno di sotto per colazione». So che è una scusa debole. Forse i miei genitori non sono nemmeno seduti a tavola. Sono le nove passate e di solito si alzano all'alba, tutti e due. Sono simili, eppure non vogliono avere niente a che fare l'uno con l'altra.

Fa il broncio. «Dai».

Mi arrendo e la raggiungo. La avvolgo tra le braccia. La bacio come un folle. Cosa diavolo sto facendo? Le ragazze non significano nulla per me. Le persone non significano nulla per me. La sto trattando come un qualcosa di fragile e prezioso, quando di solito la insulto e le chiedo di succhiarmi l'uccello.

Decido di fare un tentativo.

Intreccio le dita sui suoi capelli, all'altezza della nuca, e allontano le labbra dalle sue. «Voglio la tua bocca su di me».

Il suo sorriso è malizioso. «Ce l'hai già».

«Sul mio cazzo», spiego, senza lasciarla andare. Appoggio la schiena contro la testiera del letto, un cuscino infilato dietro le spalle.

Il suo respiro accelera e il petto si alza e si abbassa. «È una normale richiesta mattutina?»

«Quando sono con te...». Serro le labbra, non sapendo come completare la frase. «Fallo».

Il mio tono è severo. Rude. Dopo le ultime due notti di dolci chiacchiere e gesti teneri, devo ricordarle chi sono. Chi è lei. E se lo ricorda. Lo vedo nella sua reazione. Diventa subito disponibile. Si sposta e allento la presa sui suoi capelli, lasciandola libera di muoversi. La sua bocca aleggia sul mio cazzo, i nostri sguardi si incontrano. «Ti sei fatto la doccia?».

Annuisco, passando la lingua sulle labbra. Lei non si è ancora fatta la doccia, anche se l'ho pulita. Ma ieri sera avevo il cazzo nel suo culo, quindi capisco perché me l'abbia chiesto.

Summer china la testa, i capelli le ricadono in avanti e mi bloccano la visuale. Le labbra sfiorano la punta del cazzo. Un bacio fugace. Tira fuori la lingua. Cattura il liquido preseminale.

Mi sfugge un gemito. È un'esperta con quella bocca.

Stringe la base con le sue dita sottili, mi fa una sega lenta, mentre lavora di bocca sulla punta. Mi tendo in avanti, le afferro i capelli e li tiro indietro per poterla guardare. Un vero spettacolo. Il mio cazzo le riempie la bocca per intero, il suo corpo nudo ondeggia sul mio. Potrei iniziare così ogni giornata della mia vita, non mi lamenterei. Ne sarei davvero felice.

Grazie a lei.

Non ci vuole tanto per portarmi al limite. Il familiare irrigidimento inizia nel giro di pochi minuti. Il mio corpo è teso, soprattutto alla base della colonna vertebrale. Dentro le mie palle. «Allarga le gambe», sussurra. Io faccio come dice, curioso. E la guardo.

Summer si sistema tra le mie cosce, con una mano ancora avvolta attorno al cazzo, e china la testa per leccarmi le palle, lasciandomi una scia di calore ardente ovunque la sua lingua mi tocchi. Si sposta più giù, sotto le palle. Lecca un punto proibito e trattengo il fiato per quella mossa audace.

In automatico, inclino il busto in avanti per consentirle un accesso migliore. Lecca intorno al mio culo, quella striscia di pelle tra il buco e le palle che si accende non appena mi sfiora.

Gemo e vorrei chiudere gli occhi, smarrirmi nella sensazione della sua bocca, ma non voglio perdermi lo spettacolo che ha messo in scena per me. Quello che sta facendo è perverso. Sporco.

Fottutamente eccitante.

Mi tocca lì con la mano libera. Preme con decisione contro il buco. Proprio come ho fatto io ieri sera. Le dita si stringono intorno alla mia lunghezza, il mio cazzo è quasi viola per colpa del suo tocco aggressivo. Mi manca il respiro. Il mio corpo si ferma, la trepidazione mi lambisce le vene e nel frattempo la sua bocca si avvicina.

Instaura un contatto diretto e quando la lingua percorre quel punto, vengo con un urlo. Lo sperma schizza in alto come un geyser. Non finisce mai. Si riversa sul letto. Su di me. Lei si scosta, fa un sorriso lieve, le mani ancora strette intorno al cazzo, mentre io faccio del mio meglio per riprendermi da ciò che mi ha appena fatto.

Non era un semplice orgasmo. È stata un'esperienza mistica.

Mi studia con un sorriso arrogante. In questo momento lei è la regina e io il suo umile servo. Vulnerabile. Tremante. «Hai fatto un casino».

Mi rinfaccia le mie stesse parole e io la guardo, incapace di trovare la voce.

«Sei venuto subito». Ride come una sirena. Il suono del mio personale tormento. «A qualcuno piace farsi leccare l'ano».

«Io conosco una sporcacciona che gode nel farlo», ribatto, consapevole che lo prenderà come un complimento.

Le mie parole la rendono raggiante. «Ho bisogno di una doccia».

«Mi unisco».

«Non l'hai appena fatta?». Inarca un sopracciglio.

«Guardami». Allargo le braccia, poi mi sfugge un grugnito quando finalmente lascia la presa sul mio uccello quasi floscio. «Ho fatto un casino, l'hai detto tu».

«Oh, questo è certo. Unisciti a me, allora». Scivola giù dal letto, le sue lunghe ed eleganti gambe mi ricordano un'opera d'arte in movimento. «Io lavo te e tu lavi me».

«Prima io». La seguo in direzione del bagno, avvicino la mano al suo sedere perfetto e le do una sculacciata. Lo schiocco riecheggia sulle piastrelle e lei fa un gridolino.

Io ringhio.

Che cazzo sto facendo?

Capitolo 40

Summer

Quando le cose sono troppo belle per essere vere, di solito significa che non lo sono. E quello che sta succedendo tra me e Whit è una bugia in attesa di essere svelata. Trascorriamo la settimana insieme, nella tenuta dei Lancaster, ci intrufoliamo dove possiamo, giochiamo in ogni stanza e su ogni superficie disponibile. Non è facile. Ci sono tantissime stanze. Tanti posti dove sgattaiolare. Ma lui è tenace. Mi scopa ovunque e in ogni modo possibile. I muscoli delle cosce mi fanno male, perché ho sempre le gambe divaricate. La mia bocca soffre per tutti i baci e i pompini.

Eppure, non mi lamento.

È difficile muoversi di nascosto, visto che la casa è piena di persone. Domestici ovunque. Personale. Assistenti. Genitori. Sylvie. Spencer.

È venuto alla festa dei Michaels, ha portato Sylvie a casa e poi non se n'è più andato. I genitori non hanno battuto ciglio all'arrivo di Spencer. Tutto è stato spiegato con la scusa "Sylvie ha portato un'amica, quindi l'ha fatto anche Whit", che è una vera e propria cazzata.

Se io sono qui è per Whit, e Spencer è rimasto per Sylvie.

Vengo assalita dal senso di colpa ogni volta che penso di aver abbandonato la mia amica, ma lei non mi dà la possibilità di parlarne. Mi evita. Mi ignora quando siamo nella stessa stanza e concentra tutta la sua attenzione su Whit, Spencer o su chiunque altro sia nelle vicinanze.

Mai su di me.

Fino a giovedì mattina, il giorno del Ringraziamento. Trovo Sylvie in un salottino che si affaccia sull'enorme cortile posteriore, sta sorseggiando un caffellatte che qualcuno le ha preparato. Una vera principessa. La futura regina. Ah, essere un Lancaster! Tutto pronto per te, tracciato, così da non dover sollevare nemmeno un dito o anche solo doverci pensare.

«Eccoti», dico allegra, entrando nella stanza. «Ti stavo cercando».

«Oh?». Il suo tono guardingo mi fa desistere. «Credevo stessi cercando mio fratello. O vi siete stancati l'uno dell'altra dopo le mille scopate dell'ultima settimana?».

Le sue parole sono uno schiaffo. Vado da lei e mi siedo sulla poltrona di fronte alla sua. «Sei arrabbiata».

«Certo che sono arrabbiata. Eri la mia prima ospite». Scrolla le spalle. «Ti ho detto che avevo bisogno di te, che non volevo mi lasciassi sola, invece l'hai fatto. Sei venuta qui solo per passare del tempo con Whit».

Il senso di colpa è una coperta umida e pesante. Si posa su di me e mi affatica. «Mi dispiace, non era la mia vera intenzione. Io e Whit ci eravamo lasciati, diciamo...».

«Non mi interessa cosa avete fatto tu e Whit. O cosa non avete fatto. Anche se, dai pettegolezzi dei domestici, presumo che voi due abbiate fatto di tutto». Mi incenerisce con lo sguardo, il labbro superiore arricciato per il disgusto. «Parlano di te, sai. Immagino che cambiare ogni giorno delle lenzuola sporche di sborra susciti del risentimento».

Non le permetto di farmi sentire in imbarazzo. Invece di andare sulla difensiva, resto in silenzio. Lei mi contempla e studia, ricordandomi il fratello, finché alla fine sospira.

«Visto che il tuo repentino abbandono mi ha lasciata del tutto sola, in questo buco infernale, ho dovuto ridefinire la mia strategia. Motivo per cui ho convinto Spence a restare da noi. Non aveva programmi per le vacanze, tanto. Probabilmente, se fosse rimasto in città, avrebbe sniffato troppa coca o scopato con chissà quante aspiranti modelle», dice Sylvie con amarezza.

Continuo a non dire nulla e mi chiedo se abbiano già fatto sesso. Suppongo di no.

«Whit è travolgente, lo capisco. E da quello che ho sentito è *follemente* innamorato di te», afferma Sylvie in tono altezzoso.

Mi acciglio. «Cosa hai sentito?»

«Alla festa di Leighton, il pettegolezzo era sulla bocca di tutti. Hanno assistito a quella strana discussione tra Monty e Whit», spiega Sylvie, fissandomi dall'alto in basso. «Come diavolo hai fatto a portare Monty subito dalla tua parte?»

«Mi ha trovata che piangevo e lui aveva appena avuto un'avventura con un atleta misterioso, uno che si diverte a succhiargli il cazzo», dico in tutta sincerità.

Sylvie scoppia a ridere e mi infonde speranza. «Parole proprio da Monty. Sono sicura che era Ty Peters. È così fissato con la sua mascolinità che non mi sorprenderebbe affatto se gli piacesse avere un cazzo in bocca».

Non ho idea di chi sia e nemmeno mi importa. Penso solo di aver ferito i sentimenti di Sylvie e che ho bisogno del suo perdono. Lei è sempre stata gentile con me. Una delle poche persone al Lancaster Prep a esserlo. «Mi dispiace averti delusa», dico con voce sommessa. «Non volevo farti del male, Sylvie. È solo che…».

«I ragazzi. Esasperanti e meravigliosi allo stesso tempo, vero? E ti prego, non voglio dettagli quando si parla di te e mio fratello», afferma. «Ho già sentito abbastanza».

«Come è andata tra te e Spence, questa settimana? Vi godete la reciproca compagnia?», chiedo per cambiare argomento.

«Vorrei ci divertissimo come voi», dice con aria assente e scorgo un lampo di delusione nel suo sguardo. «È terrorizzato da me».

«Che? In che senso?»

«Ha paura di farmi male. Sono fragile, no?»

«Sei tu che dici sempre che stai per morire», le ricordo.

Le sfugge un sospiro e poi sorseggia il suo caffellatte. «Immagino di non poter vincere».

La guardo osservare la tazza delicata, poi volgo lo sguardo alla finestra. È una mattina soleggiata, ma il vento sferza gli alberi e li fa ondeggiare incontrollati. Vedo due figure maschili in lontananza. Altezza simile, le teste piegate l'una verso l'altra. All'inizio penso che siano Whit e Spence, ma no, sono Whit e suo padre.

Accigliata, distolgo lo sguardo e cerco di ignorare l'improvviso nodo allo stomaco. Sediamo in silenzio, Sylvie naviga in rete con il telefono e sorseggia il caffè. Io mi mangio l'unghia del pollice, osservando Whit che parla con il padre. Non riesco a vedere le loro espressioni, a questa distanza, ma sembrano entrambi tesi. Ho paura.

Non riesco a guardare altrove, sono preoccupata. Suo padre esercita grande influenza su di lui, è ovvio. Augustus Lancaster è un uomo potente e Whit è l'erede della famiglia. Farà tutto ciò che chiede suo padre, senza fare domande.

«Non approva», spiega Sylvie all'improvviso.

Whit arretra di un passo e, anche da questa distanza, capisco che è arrabbiato. Il corpo è rigido, la bocca dischiusa, come se non riuscisse a smettere di parlare. O forse sta urlando. «Chi, non approva?»

«Mio padre. Non ti approva. E di sicuro non approva te e Whit insieme». Guardo Sylvie, mi sta osservando con le labbra serrate e gli occhi sgranati. «Dubito che ti approvi anche come mia amica».

Un senso di disagio mi assale. «Cosa intendi, Sylvie?».

Posa la tazza sul tavolino accanto alla poltrona e mi lancia uno sguardo carico di pietà. «I miei genitori mi hanno fatto una ramanzina, stamattina a colazione».

«Riguardo cosa?», chiedo cauta.

Scrolla le spalle. «Te. E Whit. Del fatto che non ti vogliono qui, che stai rovinando tutto».

«Cosa sto rovinando, di preciso?», chiedo con voce flebile. Aspettavo questo momento, ma con il passare del tempo e l'avanzare della settimana, ho pensato di averla schivata. La loro disapprovazione.

Che sciocca. Mi sbagliavo.

«I piani di Whit. La sua vita. Tu non dovresti farne parte», afferma Sylvie con una semplicità disarmante.

Ma la vita non è semplice. Lei più di tutti dovrebbe saperlo.

«Non sei stanca del fatto che i tuoi genitori ti dicano cosa fare? Controllano ogni tua mossa. Hai sedici anni, Sylvie. Non hai intenzione di lasciare il nido? Di andare all'università? O tua madre ha voce in capitolo anche sui tuoi di progetti futuri?», chiedo sprezzante.

Sylvie assottiglia lo sguardo e mi contempla, in quel momento mi rendo conto di aver commesso un errore.

Ho esagerato.

«Non sai di cosa parli, né di cosa significhi fare parte di questa famiglia. Una delle più importanti del Paese, se non del mondo. Il nostro posto nella società ha radici solide e non possiamo permetterci che venga compromesso da una stupida puttana che ha messo gli occhi su di noi. Tu sei ai margini e resterai sempre in disparte. Sei una triste ragazzina che guarda con occhi bramosi fuori dalla finestra». Sylvie fa un ghigno. «Proprio come tua madre, ho sentito dire».

Resto a bocca aperta. «Sylvie...».

«Basta». Alza una mano. «Non ti importa di me e non credo ti sia mai importato».

«Non è vero. Sei stata l'unica a tendermi la mano al Lancaster», le ricordo. «Nessun altro voleva essermi amico. Whit ha convinto tutti...».

«Giusto, ha fatto in modo che tutti ti odiassero, mentre io pensavo a come diventare tua amica solo per dargli fastidio». Il suo sorriso è crudele e sento che è una bugia. Voleva davvero essere mia amica, no? La guardo afferrare la tazza e bere un altro piccolo sorso. «Credo sia meglio che torni al campus prima di noi. Diciamo... domani mattina sul presto?»

«Perché?», chiedo incredula, agognando la presenza di Whit. Qui con noi, adesso. Mi difenderebbe, giusto? Direbbe a Sylvie di smettere di fare la stronza?

Vero?

Sylvie sbatte la tazza sul tavolino e si china in avanti sulla poltrona, fissandomi. «Ascolta, mi hai usata per passare una settimana da sola con Whit. Per potertelo scopare e convincerti di essere la donna perfetta per lui. Ho sempre ritenuto che Whit fosse più intelligente di così, ma evidentemente tu hai una vagina magica, perché è l'unica cosa a cui riesce a pensare. E ora, in qualche modo, lo hai convinto ad andare contro tutto ciò che la nostra famiglia rappresenta».

Spalanco la bocca, pronta a difendermi, ma lei continua.

«Mia madre ti odia. Ti chiama la figlia della sgualdrina che ha distrutto la nostra famiglia. Quando dice così, proprio mentre vedo quello che stai facendo con Whit, a Whit e a tutti noi...». Serra le labbra, studiandomi con assoluto disprezzo. «Ora sono d'accordo con lei».

Mi alzo in piedi sulle gambe tremanti e prego di non crollare. «Sylvie, ti prego. Sei la mia unica amica. Ti giuro che non ti ho usata per avvicinarmi a Whit».

«Stavi per fregarmi», afferma lei con la voce colma di disgusto. Distoglie lo sguardo e lo volge fuori dalla finestra. «In questo momento stanno tutti complottando per sbarazzarsi di te, spero che tu lo sappia. La mamma non vuole vederti seduta a tavola per la cena, stasera. Sarà un momento in cui dovremo confrontarci su ciò di cui siamo grati. Lo ha vietato».

Lo ha vietato. Immagino di dover accettare le sue condizioni, visto che questa è casa sua.

«Credevi davvero che voi due avreste potuto avere una relazione normale?». Sylvie torna alla carica con sguardo scrutatore. «Oh, ma guardati. Lo credevi. Credi che lui ti scopi di continuo perché per te prova... *amore*».

Sento la minaccia delle lacrime e le scaccio dagli occhi. Non posso. Non posso piangere. Non posso.

E non lo farò.

«Non è così», dice seccamente. «L'ha già fatto in passato. Non sei la prima e di certo non sarai l'ultima».

Ci fissiamo, l'espressione di Sylvie è gelida.

«Sai chi mi ricordi in questo momento?», le dico, con un tono di voce ingannevolmente gentile.

Sylvie inarca le sopracciglia. «Chi?»

«Quella stronza di tua madre. Sei uguale a lei, Sylvie». Giro i tacchi e lascio la stanza, correndo alla cieca lungo il corridoio, con le lacrime a offuscarmi la vista. Non so perché Sylvie si sia comportata in modo così cattivo. Le sue parole mi hanno tagliata come coltelli, lasciandomi distrutta.

Era tutta una messinscena? La sua amicizia, il mio rapporto con Whit. Era tutto finto?

Deve essere così.

Vedo la scala che porta all'ala degli ospiti e mi ci precipito, la percorro di corsa e sto per girare verso la mia camera da letto, quando sento una voce chiamarmi.

«Summer, vorrei parlarti. Hai un momento?».

Un timore glaciale mi scivola lungo la schiena. Girandomi, trovo Sylvia Lancaster dietro di me, impeccabile in un paio di pantaloni neri a gamba larga e un morbido maglione color panna, con una spilla luccicante appuntata sulla spalla destra. Un capo di Chanel, ne sono certa. I capelli biondi, lisci e brillanti, sono infilati dietro le orecchie e ha le labbra tinte di rosso.

Rosso sangue.

«Stavo andando in camera mia...», inizio, ma il suo sorriso mi ferma.

Non è amichevole, affatto.

«Ti ruberò solo pochi minuti, lo prometto. Sarò breve». Inclina la testa. «Ti piacerebbe vedere il mio salotto?»

L'ho visto. Proprio ieri, Whit mi ha fatta sdraiare sull'enorme scrivania, mi ha tirato giù le mutandine con dita avide e mi ha allargato le gambe per leccarmi fino a farmi venire con un sospiro. Un gemito.

«Sì, certo», dico con un sorriso spossato. Solo io posso dire "sì, certo" alla donna che probabilmente tra poco mi distruggerà con un paio di parole. Sylvie ha già fatto un bel danno. E ora mi reggo a stento in piedi.

Sylvia mi guida verso le doppie porte del suo salotto, ne apre una e procede all'interno. La seguo e noto che non si preoccupa di richiudere la porta alle sue spalle. Non abbiamo privacy. Non le interessa se qualcuno sentirà quello che sta per dire.

«Prego, siediti». Indica una sedia finemente lavorata e mi accomodo, poi la guardo mentre si sistema dietro la scrivania, il sorriso amichevole ancora sul volto. «Hai apprezzato il tempo trascorso qui questa settimana?»

«Sì», rispondo con un cenno del capo, insicura su dove voglia andare a parare.

«Meraviglioso. Sono certa che il giro che ti ha fatto fare Whit sia stato molto soddisfacente». Il suo sorriso non vacilla mai.

«Mi ha mostrato parte della tenuta, sì».

«Intendo il piccolo giro speciale. Quello in cui ti scopa ovunque, giusto?». Alza le sottili sopracciglia e indica la scrivania. «Compreso qui, no? Cosa ti ha fatto ieri, eh? Ti ha fatta sdraiare qui? O forse gli hai succhiato il pene?».

L'orrore mi assale, togliendomi il respiro. Resto a bocca aperta, incapace di rispondere.

«Credi che nessuno veda quello che fai? Ci sono persone ovunque, in questa casa, e la maggior parte di loro lavora per me. Credi non mi dicano cosa succede? Cosa vedono? Sentono? Odorano?

Non siamo ciechi, Summer. Ti vediamo. E quello che stai facendo è abbastanza ovvio», afferma Sylvia.

La guardo attonita, con il cervello in fermento. È esattamente quello che mi ha detto Sylvie pochi minuti fa. Ne parlano. Vedono ogni cosa. Come posso giustificare il mio comportamento con questa donna? Ha ragione. Abbiamo fatto sesso in tutta la casa. Ci siamo baciati negli angoli bui. Ci siamo toccati. Abbiamo riso. È stato meraviglioso.

Sapere che la madre di Whit è al corrente di ogni singola cosa che abbiamo fatto è… devastante.

La loro intromissione nei nostri momenti infanga tutto.

«La manipolazione di mio figlio finisce qui». Sylvia si china in avanti, apre un cassetto della scrivania e fruga all'interno. «Ho trovato questo».

Il mio diario atterra con un forte tonfo sulla scrivania. Lo fisso inorridita, poi il mio sguardo torna subito su di lei. «D-dove l'ha preso?»

«Era nella borsa di Whit. È il tuo diario, non disturbarti a negarlo». Lo apre di scatto, sfoglia le pagine e punta dritto alle ultime. La sezione dove si trovano i miei segreti più reconditi. «Piuttosto interessanti, tutti i dettagli che hai condiviso. Ti va di ascoltarli?»

«No», dico, ma lei mi ignora e inizia a leggere.

È colpa mia se sono morti. Lasciando la stanza di Yates, ho rovesciato la candela. L'ho fatto apposta, dopo quello che lui mi ha fatto. Stasera è stato più brutale del solito. Ha detto delle cose orribili. Mi teneva ferma mentre mi scopava. Ho odiato ogni minuto, ma l'ho subito. La rabbia cresceva dentro di me a ogni sua spinta. Ho pianto per la frustrazione quando il mio corpo mi ha tradito e sono venuta. Oh, l'ha adorato. Dio, quanto lo odio.

Una volta finito, l'ho minacciato: avrei detto al padre cosa mi ha fatto e lui ha riso.

Ha riso.

Così sono rimasta sdraiata in silenzio, sapendo che presto si sarebbe addormentato. E così ha fatto. Prevedibile. Quando ha iniziato a russare, sono scivolata giù dal letto. Mi sono messa la biancheria intima, grata di avere ancora la camicia addosso. Ormai non si preoccupa nemmeno di spogliarmi o dei preliminari, si limita a scoparmi. Una volta vestita e raccolti tutti i miei averi, sono uscita dalla stanza. E ho fatto cadere di proposito la candela sulla cassettiera.

Pensavo si sarebbe svegliato sentendo la puzza di fumo. Non ci sarebbe voluto niente per spegnere la fiamma. Aveva una bottiglia d'acqua sul comodino. Avrebbe potuto estinguerla con quella.

Non si è mai svegliato. Le fiamme si sono innalzate mentre tutti dormivamo. Persino io mi sono addormentata, per la rabbia che mi ha lasciato esausta. Spossata. Mi ha svegliato mia madre, scuotendomi con foga. Mi ha presa per mano e mi ha trascinata fuori. Yates e Jonas erano ancora in casa. Li abbiamo lasciati lì. Sono morti tutti e due a causa dell'inalazione del fumo, ha detto la polizia. Molto probabilmente non si sono mai svegliati e non hanno mai saputo cosa stesse succedendo.

Ma io lo sapevo.

Li ho uccisi.

Con una mano, Sylvie chiude di scatto il diario e mi studia con un sorriso minaccioso. «Ero pronta a pagarti, sai. Ti ho firmato un assegno, una somma molto generosa».

«Non l'avrei mai accettato», dico con fermezza.

«Ora non ha più importanza, perché non ho più bisogno di darti soldi. Mi basta questo». Tiene il diario in mano. «Esci subito da questa casa e non rivolgere mai più la parola a mio figlio. Capito?».

Il mio cuore scalpita e faccio fatica a respirare. «E se non faccio quello che mi chiede?»

«Allora consegnerò il diario al dipartimento di polizia. O meglio ancora, all'investigatore di incendi dolosi a cui era stato assegnato il caso. Sono sicura che *adorerebbe* leggerlo».

«Non lo farebbe», la metto alla prova, ma conosco già la risposta.

«Lo farei», ribatte con decisione, poi apre il cassetto e vi lascia cadere il mio diario all'interno. «Tua madre perderebbe tutto. La casa, il denaro che ha ereditato, gli amici, il suo status sociale, tutto ciò che le è rimasto. Tutto. Sarebbe al verde, proprio come prima. E anche tu. Posso distruggere la tua vita con una sola telefonata. Vuoi davvero correre il rischio?».

Non dico nulla. Non ho niente da dire. È tutto vero, quello che ho scritto in quel diario. Come l'ha avuto? E peggio ancora, perché

Whit se l'è portato dietro? Perché l'ha fatto? Era coinvolto in tutto questo sin dal principio? Anche lui tramava per rovinarmi?

«Non poteva durare», canticchia, la voce morbida e lo sguardo severo. «Solo perché ti sei scopata mio figlio, non significa che ti spetti una parte della fortuna dei Lancaster. Non ha funzionato per tua madre e non funzionerà nemmeno per te».

Una lacrima mi riga la guancia e la scaccio con le dita tremanti, arrabbiata con me stessa per averle mostrato le mie emozioni.

«Hai trenta minuti. Ci sarà un'auto ad aspettarti. Voglio che tu te ne vada prima che arrivino gli ospiti di stasera. Prepara la tua roba, subito».

Balzo in piedi e mi precipito verso la doppia porta.

«Non disturbarti a cercare Whit, sa già che te ne vai», dice alle mie spalle.

Quelle parole mi fanno sussultare, ma non mi volto. Non dico nulla. Arrivo sul corridoio e trovo Sylvie a origliare.

«Sarai felice, ora», le dico girando i tacchi, diretta all'ala degli ospiti.

«Non sapevo avesse qualcosa su di te, lo giuro», dice, correndomi dietro.

Mi volto e la costringo a fermarsi di colpo. «Non mentire, siete tutti coinvolti in questa storia. Siete così malati e volete solo distruggere una persona. Che cazzo di problema avete?».

Sylvie schiude la labbra, ma non dice nulla. Credo di averla colpita e affondata.

«Non ti hanno mai fatto notare le tue cazzate prima d'ora, vero? Piccola "oh, sto per morire" in cerca di attenzioni. La figlia di mezzo. La bambina dimenticata. Fai pena», dico, con tutta la rabbia che stavo trattenendo mentre parlavo con sua madre che zampilla fuori. «Spero sarai felice di avere tua madre che ti trascina da un dottore all'altro per il resto della tua miserabile, breve vita».

Mi allontano da lei, dopo aver notato delle inconfondibili lacrime che le rigano il volto. Scorgerle mi fa sentire in colpa, ma non mi interessa. Sto soffrendo troppo. Mi sento usata. Mortificata.

Da tutti loro.

Non ci vuole molto per raccogliere le mie cose, non avevo portato granché. E tutto quello che mi ha comprato Sylvie quando siamo andate a fare shopping – poche cose – lo abbandono in una pila disordinata sul letto. Non voglio nessuno dei suoi cosiddetti regali. Mi lancio la tracolla del borsone sulla spalla e marcio fuori da quella casa stupida, e ridicolmente grande, a testa alta.

Riconosco lo stesso autista che ci ha portate qui, mi aspetta vicino alla berlina. Apre la portiera e io mi infilo dentro e tengo con me il borsone, anche se lui si è offerto di metterlo nel portabagagli.

Non voglio far maneggiare le mie cose. Di certo avrà spifferato tutto a Sylvia Lancaster, riguardo i miei amplessi con Whit sul sedile posteriore dell'auto. Perché non abbiamo usato la macchina di Whit? Siamo stati degli stupidi.

Imprudenti.

Avanziamo lungo il vialetto tortuoso e io osservo il paesaggio. Bellissimo. Perfetto. Freddo. Senza vita.

Mi sento così, morta dentro.

Ci avviciniamo ai cancelli, che si aprono automaticamente, rivelando una macchina che aspetta dall'altra parte. Una Rolls elegante con un bell'uomo alla guida. Una donna bellissima siede dietro di lui. Ci passiamo accanto e scorgo una testa bionda sul sedile posteriore, i nostri sguardi si incrociano per un millesimo di secondo.

Leticia. La sua famiglia è arrivata per la cena del Ringraziamento.

Ovvio.

«Mi scusi», dico all'autista, che alza lo sguardo verso lo specchietto retrovisore. «Mi può portare alla stazione?»

«Ho l'esplicito ordine di portarla al Lancaster Prep», afferma.

«Preferirei andare alla stazione. Devo incontrare mia madre. È a Manhattan», spiego con tono deciso. «La prego».

Guida per un po', le mani correttamente posizionate sul volante, alle nove e quindici. Ho il foglio rosa, ma non ho ancora preso la patente. A che serve, quando vivi in città? Non ne ho mai avuto bisogno.

Ma ora la vorrei.

«La porto alla stazione ferroviaria», dice infine.

Il sollievo mi fa accasciare sul sedile. «Grazie», mormoro, poi tiro fuori il telefono per controllare se ci sono messaggi di Whit.

No, ovviamente.

Capitolo 41

Whit

Entro in casa e vado subito alla ricerca di Summer. La cerco di sotto, in quelli che erano i suoi rifugi. La biblioteca, dove l'ho trovata rannicchiata in una poltrona imbottita a leggere un libro della collezione di famiglia. O nella nostra stanza degli ospiti preferita, al piano di sopra, quella con il letto enorme, dove l'ho scopata un'infinità di volte.

Non è in nessuno di questi posti.

Mi aggiro per l'ala degli ospiti, sbircio oltre ogni porta aperta, pronto a trovarla lì, in attesa. Immagino il sorriso sul suo bel viso, mentre si avvicina a me e sussurra: «Beccato», prima di farmi affondare nel suo bacio voglioso.

Non la trovo da nessuna parte.

La porta della sua camera da letto è chiusa e capisco che se n'è andata prima ancora di averne la conferma. Mi sento di colpo vuoto. È come se il mio cuore smettesse di battere, quando avvolgo le dita intorno alla maniglia della porta e conto fino a tre prima di entrare nella stanza.

Le sue cose sono sparite. C'è una pila di vestiti al centro del letto, disordinato e disfatto. Lo stesso letto in cui ieri sera abbiamo fatto sesso.

Un foglietto di carta è piegato in modo scrupoloso sul comodino e c'è il mio nome scritto sopra, a caratteri cubitali.

WHIT

Accigliato, apro la lettera e vedo che è scritta al computer. Strano.

Devo andare. Stamattina ho realizzato che, in fin dei conti, non voglio stare con te. So che la tua vita è tracciata e non c'è spazio per me. E anche se ho apprezzato il tempo trascorso insieme, so che non durerà. Quindi me ne vado ora, prima di farci troppo del male a vicenda. Devi stare con Leticia. È lei il tuo destino.

Scusa se non ho scritto la lettera a mano, ma mi tremavano troppo le mani e non riuscivo a farlo. Ho trovato una stampante nello studio di tuo padre e ho scritto questa lettera sulle note del telefono.

Abbi cura di te,

Savage

Appallottolo la lettera e la stringo tra le mani, uscendo dalla stanza. Non mi fermo finché non raggiungo il salotto di mia madre, dove sento il suo profumo ancora prima di entrare. Sapevo che sarebbe stata lì dentro. Di certo non l'avrei trovata in cucina a preparare la cena per la famiglia. Non sa cucinare.

Senza disturbarmi a bussare alla doppia porta socchiusa, entro a passo spedito e le lancio contro la carta appallottolata. Lei alza lo sguardo all'ultimo secondo, spalanca la bocca prima che la lettera la colpisca dritta sul naso per poi cadere sulla scrivania.

«Whit». È furiosa.

Bene. Siamo d'accordo: le nostre emozioni coincidono.

«Cosa le hai fatto?», domando.

Mia madre non degna di uno sguardo la lettera accartocciata. «A quale donna ti riferisci?»

«Lo sai bene a chi», dico a denti stretti.

Mamma sospira. Allontana la carta appallottolata, così da poter appoggiare le braccia sulla scrivania. «Tesoro, era destino che accadesse».

«Cosa doveva accadere?»

«Che la tua... come la vuoi chiamare, ti abbandonasse per qualcun altro».

«Di che cazzo parli? Cosa le hai fatto? Che le hai detto?». La mia voce è colma di una rabbia a stento contenuta.

«È venuta lei da me». Osservo mia madre raddrizzare la schiena, elegante come sempre. Perfetta, senza un capello fuori posto. Niente la turba. Nemmeno quando ha scoperto che suo marito l'aveva tradita negli ultimi dieci anni del loro matrimonio, con diverse donne, ha mai perso la testa o alzato la voce. O almeno, non davanti a me.

Quando è così calma, diventa esasperante.

«Summer è venuta qui?»

«Sì. Non volevo dirtelo, ma ha preteso dei soldi da me, altrimenti sarebbe andata alla polizia a dire che l'avevi violentata», sgancia questa bomba con la calma più assoluta.

Io vedo rosso. Summer farebbe una cosa del genere? «Violentata? Mi prendi per il culo? Lasciala andare alla polizia, allora! È sempre stata consenziente».

«Oh, lo so. Fidati, mi hanno informato sulle tue... scappatelle in giro per casa».

Cammino per il salotto, le mani tra i capelli, la mente in balia di tutto ciò che mi ha appena detto mia madre. Faccio fatica a crederci. Solo stamattina io e Summer ci siamo svegliati insieme, accoccolati nel suo letto. Aveva la testa sul mio petto e io le accarezzavo i capelli, morbidi come la seta. Abbiamo parlato delle cose per cui eravamo grati e non abbiamo mai fatto il nostro nome, ma avrei voluto tanto dirle quanto sono grato di averla nella mia vita.

Che idiota.

«Ha davvero minacciato di denunciarmi alla polizia?». Mi fermo e osservo mia madre, affascinante e senza emozioni.

«Sì, certo che l'ha fatto. Mi ha chiesto dei soldi e io glieli ho dati. Poi se n'è andata». Lo sguardo le cade sulla cartaccia vicino al suo gomito. «Suppongo questa sia da parte sua».

Arriva la realizzazione. Non credo che Summer farebbe mai una cosa del genere. Non dopo tutto quello che abbiamo condiviso. «Secondo me l'hai scritta tu».

Mia madre è un'attrice eccezionale, questo glielo concedo. Non si scompone di fronte alle mie accuse. «Perché pensi una cosa del genere?».

Mi avvicino alla scrivania e prendo il foglio, poi lo liscio per poterlo leggere. «"È lei il tuo destino"». Le lancio un'occhiata significativa. «Solo tu potresti dire certe cose».

«A chi si riferisce? A Leticia?», chiede mia madre con calma.

«Oh, risposta esatta, cazzo. Sì, a Leticia. E ha firmato come Savage. Non lo farebbe mai».

«Non è il suo cognome? Non è così che la chiami?».

Non più.

Non così. Lei non si firmerebbe mai con il suo cognome. Mai. È una cosa mia, quando la chiamo così. Lei è Summer. La mia Summer. «L'hai scritta tu».

«No, non è vero».

«Non ha cercato di ricattarti».

«L'ha fatto, le ho dato centomila dollari per lasciarti stare. Tutto qui. È quello che vali per lei», dice mia madre, mantenendo voce ed espressione piatte.

«Non ti credo». Accartoccio la lettera e gliela lancio di nuovo contro, ma stavolta lei la schiva e finisce sul pavimento. «Vado a cercarla».

«Non ci provare».

«Lo faccio. 'Fanculo alla tua cenetta del Ringraziamento. Me ne vado». Mi volto, ma lei è veloce e mi insegue fino alla porta, ci si piazza davanti e la chiude alle sue spalle.

«Spostati».

«No, tu non vai da nessuna parte. La cena è tra un paio d'ore. Leticia e la sua famiglia sono appena arrivati».

«Hai invitato Leticia e la sua famiglia alla cena del Ringraziamento?», chiedo incredulo.

«Certo che l'ho fatto. È stata un'idea di tuo padre, a dirla tutta. Pensava sarebbe stata la dimostrazione perfetta del fatto che voi due siete ancora impegnati», spiega.

«Non ho intenzione di sposarla».

«Lo farai».

«No!». Questa risposta fuoriesce dalla mia gola in un suono rude, tanto che finalmente ottengo una reazione da mia madre, che si preme contro la porta, curvandosi. «Non la sposerò. L'ho detto chiaro e tondo a papà, poco fa. Lui ha detto che va bene. È la mia vita, quindi faccio io le mie scelte».

«Ti stava assecondando, tesoro. Sapeva cosa stava succedendo tra me e la tua puttanella, nel frattempo, e cercava di distrarti così che potessimo farla uscire di casa senza che tu interferissi. Fidati, starai meglio senza di lei nella tua vita».

«Come sapeva che Summer sarebbe venuta da te a ricattarti?», chiedo. Quello che racconta non ha senso. E lo sa. L'ho fregata. L'espressione sul suo volto me lo fa capire.

«L'hai corrotta», dico, intanto nel mio cervello tutti i pezzi tornano al loro posto. «L'hai pagata per farla andare via».

«E lei ha accettato». Mia madre solleva il mento, fiera come sempre. «Non ha nemmeno esitato. Questo cosa ti dice del suo carattere?»

«Levati di mezzo», dico con voce profonda.

Lei mi incenerisce con lo sguardo, ma non vacilla.

«Mamma». La sovrasto e poso le mani sul suo corpo ossuto e di colpo tremante. «Spostati». La spingo da parte e apro le porte. Trovo subito Sylvie che, come al solito, origlia.

«C'entri anche tu con tutto questo?», la sfido, passandole accanto.

Lei sgambetta al mio fianco, tenendo il passo nonostante la sua debolezza. «Non renderti ridicolo per quella ragazza, Whit. Non ne vale la pena».

«Vedo che la mamma ti è già entrata in testa», dico con un ghigno, scendendo le scale.

Sylvie continua a seguirmi. «Mi ha usata per arrivare a te, non lo capisci? Vuole solo i nostri soldi».

«I nostri soldi». Mi fermo a metà scalinata. Sylvie è sul gradino sopra al mio. «Sì, brama così tanto i nostri soldi che non faceva altro che chiedermi regali! Non ho mai speso un centesimo per lei, Sylvie. Neanche uno».

«Non li cercava da te. Perché pensi sia venuta qui con me? E cosa ha realizzato quando l'ha fatto?». Sylvie agita le braccia, indicando l'enorme atrio in cui ci troviamo. «Guarda questo posto con i suoi occhi. Guardalo. È ciò che noi conosciamo, ma è una ricchezza che lei non può nemmeno immaginare. Ne vuole un pezzo, desidera prendersi un pezzo di noi».

«Le spali merda addosso, eh?», chiedo a bassa voce. Un tono minaccioso. Voglio bene a mia sorella, ma so come la pensa. È una Lancaster, dopotutto. «Ti sei ingelosita quando ha scelto me al posto tuo, e ora guardati. Te la sei presa e vuoi restituire il colpo. Non te ne frega un cazzo dei suoi sentimenti. È un essere umano, Sylvie. Tu eri sua amica».

«E tu eri il suo ragazzo?». Sylvie inarca un sopracciglio.

Prendo un respiro profondo, sentendo le narici che si dilatano. «Quello che abbiamo io e Summer non si può definire».

«Ah-ah, comodo così». Mi punta un dito contro. «Ha usato me e ha usato anche te, solo che non vuoi ammetterlo».

La guardo volare giù dalle scale e richiamare Spencer una volta atterrata sul pianerottolo. Sento la voce di lui in risposta, poi delle risate e dei bicchieri che tintinnano, e lei si precipita verso quel rumore. Sono sicuro che stanno tutti socializzando con gli ospiti appena arrivati.

Anche mia madre sceglie quel momento per scendere le scale, lo sguardo assottigliato su di me. «Toccami e lo dirò a tuo padre».

Alzo gli occhi al cielo, ma non dico nulla.

«Unisciti a noi. La cena sarà servita a breve. Devi salutare Leticia e la sua famiglia, prima di mangiare», propone, ma quelle parole suonano come un ordine a cui io dovrei prontamente obbedire.

Arriva all'ultimo gradino e solleva lo sguardo, poi mi scruta con occhi indagatori. «Va' a cambiarti. Così sembra che tu stia per andare a correre».

«Vaffanculo», dico sottovoce, senza farmi sentire.

Salgo le scale, ma non vado in camera mia. Torno nel salotto di mia madre.

Le porte sono chiuse e scuoto le maniglie con frustrazione. Una delle cameriere esce dalla stanza di Summer proprio in quel momento e cammina lungo il corridoio, dritto verso di me. I nostri sguardi si incontrano e lei si ferma, ha gli occhi scuri sgranati.

«Hai le chiavi?», chiedo con un sorriso amichevole. «Devo entrare».

Lei si avvicina con circospezione, come se avesse paura di me. «È lo studio di sua madre».

«Ho dimenticato il portafoglio», dico, poggiandomi contro lo stipite della porta, cerco di avere un'aria spensierata. «Non le darà fastidio. Chiederei a lei di venire ad aprire la porta, ma gli ospiti sono già arrivati».

La cameriera si mordicchia il labbro inferiore, poi porta la mano in tasca e tira fuori un mazzo di chiavi. Lavora nella tenuta da un paio d'anni. Riconosco il suo volto. È simpatica. Tranquilla. Non crea problemi. L'impiegata perfetta, secondo gli standard di mia madre. «Ecco», dice, poi apre la porta.

«Grazie», affermo sincero. «Apprezzo il tuo aiuto».

Entro nella stanza, mi volto e chiudo le doppie porte con gesti misurati e silenziosi. Scruto la stanza e lo sguardo mi cade presto sulla scrivania. Penso a ieri pomeriggio, quando ci ho fatto stendere Summer sopra e i raggi del sole splendevano su di lei, colorando la sua pelle con una luce dorata. Avevo la bocca tra le sue gambe e l'osservavo contorcersi sotto di me.

Dio, se era bella.

E ora è sparita.

Più osservo la scrivania, più capisco che…

Lì c'è qualcosa.

Lo sento.

Mi sistemo sulla sedia e inizio a rovistare nei cassetti. All'inizio non trovo nulla di interessante. Sto quasi per arrendermi, quando apro il cassetto in basso a sinistra e non vedo altro che cartelle.

Qualcosa mi dice che dovrei indagare tra queste. Col dito, le scorro una dopo l'altra e incappo in uno spesso libro nero. Un diario.

È quello di Summer.

Il cuore mi batte a mille, mentre lo tiro fuori e lo apro, riconoscendo la sua scrittura ormai familiare. Le pagine che ho già letto. L'ho portato con me per custodirlo, perché non volevo lasciarlo nella mia camera a scuola e ho pensato fosse più saggio portarlo con me in viaggio.

È stato uno sbaglio. Com'è naturale, mia madre ha frugato tra le mie cose e ovviamente lo ha trovato. Sono sicuro che abbia letto ogni singola parola e l'abbia subito usato contro Summer.

Mia madre è una stronza manipolatrice. Mia sorella si sta esercitando per diventare come lei.

Prendo il diario e rimetto in ordine la scrivania di mia madre. Proprio come l'avevo trovata. Esco dal salotto, chiudo a chiave le porte e mi dirigo alla mia camera, dove nascondo il diario e mi cambio d'abito. Vado in bagno e mi sistemo i capelli. Lavo il viso. Spruzzo qualche goccia di acqua di colonia e sorrido al mio riflesso nello specchio.

Sembra una smorfia, ma me la faccio andar bene. Reciterò a questa specie di cena di famiglia e, non appena finirà, me ne andrò.

Devo trovare Summer.

Sempre se vorrà essere trovata.

Capitolo 42

Summer

In tarda serata arrivo all'appartamento di mia madre, spossata dalle emozioni di oggi, il lungo viaggio in treno, e tutto il resto. Entro nel soggiorno buio, grata di avere con me le chiavi.

Mi rendo subito conto che non sono sola. Delle voci giungono dal fondo del corridoio. Dalla camera da letto. Una maschile e una femminile. Mia madre e… chissà.

È tornata dai Caraibi e nemmeno si è preoccupata di dirmelo.

Neanche mi ha augurato un felice Ringraziamento.

Tipico.

Abbandono il borsone sul pavimento del soggiorno e cammino lungo l'ingresso, lanciando un avvertimento: «Mamma! Sono a casa».

Le voci si zittiscono, poi: «Summer, sei tu?»

«Sì». Mi avvicino alla porta chiusa della mia camera e la apro, accendendo le luci. È proprio come l'ho lasciata, anche se l'aria è stantia. Pare che nessuno ci entri da mesi e sono sicura che sia così. Mi siedo sul bordo del letto e mi mordicchio l'unghia del pollice. Alzo lo sguardo solo quando mia madre compare sulla soglia, ha addosso una vestaglia di seta bianca e nient'altro.

«Che ci fai qui?», chiede senza fiato, scostando i capelli dal volto. Noto le gote arrossate.

Mi acciglio. «Non sei felice di vedermi?»

«Non mi aspettavo una tua visita». Sorride, un sorriso falso. «Sono tanto felice che tu sia tornata a casa, ma non hai lezione lunedì?»

«Non ci torno lì». Ho preso questa decisione durante il viaggio in treno, dopo che il telefono si è scaricato e mi sono accorta di aver dimenticato il caricabatteria nella stanza degli ospiti. Ho avuto molto tempo per riflettere e mi sono resa conto che non riuscirò mai a tornare al campus e affrontare tutto. Sylvie.

Whit. Soprattutto Whit.

«Che significa che non torni lì?». Mamma aggrotta la fronte, con le mani strattona la cintura stretta intorno alla vita. Ha l'aria assente.

«Sono successe tante cose… Vorrei diplomarmi in anticipo. Ho abbastanza crediti, quindi penso di poterlo fare», affermo, lasciandomi cadere sul letto. «Non posso continuare così».

«Così, come?». Sembra confusa.

«Andare a scuola. Fare finta che io sia normale. Non lo sono. Sono messa male. Non riesco a convivere con le conseguenze di ciò che ho fatto, ho bisogno di andare in analisi», dico al soffitto, la mia gola brucia per tutte le lacrime non versate. «Mi sento in colpa per l'incendio, per quello che ho fatto».

Lei si lancia uno sguardo alle spalle, poi entra nella stanza e chiude la porta. «Avevi promesso che non ne avremmo mai più parlato».

«Mi divora da dentro», quasi grido al soffitto, chiudendo gli occhi per arginare i ricordi, ma è inutile. «Non riesco a smettere di pensarci».

In un certo senso ci ero quasi riuscita, ma dall'amabile promemoria di Sylvia Lancaster non ho pensato ad altro. La consapevolezza che lei ne sia al corrente è terrificante. Potrei andare in prigione. E me lo meriterei. Quello che ho fatto è… orribile. Ho tolto la vita a un uomo. Anzi, due. Uno che odiavo e uno che significava tutto per me.

Ho commesso troppi errori e merito di essere punita. Le lacrime sgorgano e mi rigano il volto mentre penso a Jonas e a tutte le cose che ha fatto per me. Non ho mai avuto modo di ringraziarlo per avermi cambiato la vita.

Sebbene l'abbia cambiata anche in peggio, portando Yates nella mia vita.

«Tesoro». Mamma si avvicina al letto e si sistema sul bordo, abbastanza vicino da poter allungare la mano e accarezzarmi la guancia, costringendomi a guardarla. «Tu *non hai fatto* niente».

«L'ho fatto. Ho appiccato il fuoco rovesciando la candela, lo sai», affermo, il viso contorto dalle lacrime che scorrono senza freni.

Mi tiene stretta a sé mentre piango, attirandomi tra le sue braccia. Nascondo il viso nell'incavo del suo collo e faccio uscire tutto. Piango, non solo per quello che ho fatto, ma per tutto ciò che ho perso, soprattutto negli ultimi mesi e persino nelle ultime due ore. Ho avuto Whit nella mia vita e poi l'ho perso a causa del mio passato. Anche se lo amavo.

Lo amo tuttora.

E l'ho perso.

L'incendio e i segreti che nascondo mi condizioneranno per tutta la vita.

Forse è arrivato il momento di confessare.

«Non è stata colpa tua», dice contro i miei capelli, a voce bassissima, quasi non riesco a sentirla. «Non è mai stata colpa tua. La candela che hai fatto cadere non ha mai appiccato l'incendio».

Mi pietrifico tra le sue braccia, poi mi scosto appena per poterla guardare. «Di che parli?».

Toglie delle ciocche di capelli dal mio viso, con un'espressione grave in volto.

«Sai, quella sera ero su tutte le furie. Io e Jonas avevamo avuto l'ennesima discussione. Voleva il divorzio. Aveva chiuso con me. Non riusciva a mettere una pietra sopra a quello che avevo fatto con Augie, anche dopo tutto quello che avevamo passato».

Sentire il nome di Augustus Lancaster in questo momento mi procura i crampi allo stomaco.

«Ti ho vista uscire dalla stanza di Yates», afferma e distoglie lo sguardo, è perso nel nulla, immerso nei ricordi. «Avevo un sospetto su voi due, ma non volevo crederci. In fondo, lo sapevo. Però non sapevo come fermarlo. Temevo che, forse, tu… volessi una relazione con lui».

Le lacrime sgorgano e vorrei urlarle contro. Era l'ultima cosa che volevo. E se aveva dei sospetti, allora perché non ha cercato di fermarlo? Perché non mi ha detto niente? Né a Yates né a Jonas?

Perché è stata egoista. Incosciente.

Troppo presa dalle sue stronzate.

«Quando ti ho vista uscire dalla stanza, sono entrata e l'ho affrontato. Lui dormiva e mi sono accorta che la candela era a terra, con la fiamma che stava morendo nella cera. Non avrebbe mai appiccato un incendio, Summer. Non era possibile».

«Allora com'è successo?», sussurro, spaventata e allo stesso tempo in trepida attesa della sua spiegazione.

«Ho sistemato la candela, l'ho rimessa a posto, ma quella ha urtato quella accanto, facendo un rumore metallico. Abbastanza forte da svegliare Yates, che si è messo sulla difensiva quando ha capito che ero nella sua stanza. Mi ha chiesto dov'eri, che cosa sapevo. Gli ho detto che sapevo *tutto*, anche se non era vero. Mi basavo su delle supposizioni». Assottiglia lo sguardo, rievocando la memoria di quella notte.

«Hai detto così?».

Mia madre annuisce. «Ti ha accusato di essere una troia, che te l'eri cercata e l'avevi implorato. Ha detto che eri bellissima, come poteva resisterti? Come se fosse colpa tua. Gli uomini fanno così a volte. Non vogliono mai assumersi la responsabilità delle loro azioni».

Assimilo le sue parole. È vero, Yates mi avrebbe incolpata e avrebbe detto che me l'ero cercata. Lui, colpevole? Non sia mai.

«Poi se l'è presa con me. Sosteneva che avrebbe detto al padre che mi ero intrufolata nella sua stanza. Come se volessi, non so, *molestarlo*? Per favore. Mi sono messa a ridere e lui si è arrabbiato. Mi ha detto che non ero altro che una sgualdrina che usava il padre per i suoi soldi», spiega, poi serra gli occhi per un brevissimo istante. «È stato allora che ho afferrato il portacandela di ferro e l'ho colpito in testa».

Trattengo il fiato, scioccata dalla sua confessione. «*Cosa?*»

«L'ho ucciso». Annuisce, il suo sguardo è su di me. «O pensavo di averlo fatto. C'era tantissimo sangue, tesoro. Tantissimo. Sono andata nel panico. Non sapevo cosa fare. Mi sono lavata e ho messo dei vestiti puliti. Poi sono tornata in camera sua e ho rovesciato un paio di candele, assicurandomi che incendiassero le tende. È successo tutto in fretta. Troppo in fretta. Le fiamme sono divampate sulla parete, hanno avvolto le tende e le hanno ridotte in cenere. Così l'ho capito. Dovevamo andarcene. Sono scappata dalla stanza, sono venuta a prenderti e il resto della storia lo sai».

La fisso, mentre un turbine di emozioni si agita dentro di me. Assorbo le sue parole, il significato che contengono. Per tutto questo tempo, mi ha fatto credere che ero stata io a ucciderli. Mi ha fatto credere di aver appiccato l'incendio, quando era stata lei sin dall'inizio. Mia madre è la responsabile.

Dell'incendio. Della loro morte.

E finora mi ha fatto portare il peso del senso di colpa e del tormento.

«Perché mi hai lasciato credere di essere l'unica responsabile?», domando.

«Non potevo dirti cosa ho fatto a Yates, avresti dato di matto. Saresti andata dalla polizia. Se l'avessi fatto, ora sarei in prigione. Non potevo rischiare», spiega.

«Ma anche io sarei potuta finire in prigione», sottolineo.

«Dal tuo punto di vista è stato un incidente. Non volevi causarlo. Non saresti mai stata condannata», dice, liquidando la mia protesta. «Grazie a Dio il corpo era carbonizzato, difficile da riconoscere. I risultati dell'autopsia non hanno portato a nulla».

«Hai detto che è morto per le inalazioni di fumo». La mia mente galoppa, in cerca di tutti i dettagli di quella notte e di quelle dopo. Alcune cose le ricordo. Altre immagini sono sbiadite o alterate dallo shock.

Altri momenti preferirei dimenticarli per sempre.

«C'era fumo nei suoi polmoni, il che dimostra che era ancora vivo durante l'incendio. Ma non sarebbe sopravvissuto a quello che gli ho fatto, oppure avrebbe subito danni cerebrali e sarebbe rimasto attaccato a una macchina per il resto della sua vita». La sua espressione si fa amara. «Ho fatto un favore a quello stronzo, che ha osato approfittarsi di te. Si è imposto per troppo tempo». Quelle parole mi confermano che lei sapeva tutto. Sapeva e non ha fatto nulla per impedirlo.

La delusione che mi assale è incontenibile, tanto che mi porto una mano sullo stomaco e prego di non sentirmi male. Non le importava, non abbastanza da fermarlo. Non ha fatto ciò che serviva per proteggermi. Per tantissimi anni sono stata lasciata a me stessa, più a lungo di quanto mi sia mai resa conto.

«Dopo un po', non gli serviva più imporsi», ammetto, abbassando la testa per la vergogna. «Era più semplice… accettarlo e basta».

Lei mi accarezza la schiena. «Il mondo è crudele, tesoro. Gli uomini ci usano. Spero non ti succeda mai più».

La sua speranza suona vuota. Sono stata traumatizzata e molestata dal mio fratellastro e questo è tutto ciò che ha da dirmi?

Incredibile.

Penso a Whit, a come anche lui mi abbia trattata come uno straccio vecchio e io l'abbia lasciato fare. Peggio ancora, mi è piaciuto. Potrei dire a mia madre della nostra relazione, ma ho paura di quello che potrebbe fare.

Non mi fido di lei. Come potrei? È doloroso ammetterlo, soprattutto a me stessa, ma lo so da un po'. Solo che non ero ancora consapevole di dove potesse arrivare per proteggere me… e sé stessa.

Mi acciglio. Sé stessa, più che altro. Non si è mai trattato di me. Può anche dire che l'ha fatto per colpa di Yates, ma io ora so la verità.

Stava per perdere Jonas. Il suo status sociale. I soldi. I viaggi. La sua intera vita. Non riusciva a sopportarne l'idea. Così li ha uccisi entrambi ed è diventata l'unica erede della fortuna di Jonas.

«Perché non vuoi tornare al Lancaster?», chiede.

Il solo nome di quella famiglia mi trafigge il cuore. «Non posso, mamma. Odio quella scuola e tutti quelli che la frequentano».

Tranne uno. Cattivo come tutti gli altri. Lui che mi ha usata. Come ha fatto sua madre. E Sylvie.

Dio, Sylvie. Il veleno nella sua voce. Le parole crudeli. Io l'adoravo, ma lei mi odia.

Mi odiano tutti.

«Non posso tornare», dico con voce ferma. «Non ne ho intenzione. Non puoi costringermi. Andrò in una scuola pubblica qui. Farò i test per lo Sviluppo Educativo Generale. Farò qualsiasi cosa. Per favore… non provare a convincermi. Sprechi il fiato».

«Certo che no», afferma, la mano corre su e giù per la mia schiena. «Sono d'accordo su quello che dicevi prima, hai abbastanza crediti per diplomarti in anticipo. Magari puoi prendere un anno sabbatico prima di iniziare l'università».

«Me lo permetteresti?». Le lancio uno sguardo di speranza e realizzo che, se giocassi bene le mie carte, potrebbe aiutarmi a fuggire.

«Potresti viaggiare», dice, persa nei suoi pensieri. «Girare l'Europa in primavera. Vedere il mondo e le sue meraviglie. L'università è meravigliosa, ma l'esperienza di vita è altrettanto importante, se non di più».

«Lo voglio», affermo, poggiandomi a lei, che mi stringe le braccia intorno, attirandomi a sé. Erano anni che non ci abbracciavamo. Non riesco a ricordarmi l'ultima volta che è successo. E anche se non mi fido ciecamente di lei, ne ho bisogno. Di conforto.

«Lo avrai».

Dal fondo del corridoio proviene una voce ovattata, profonda e maschile. Chiama il nome di mia madre. «Janine? Dove sei?».

Mi scanso da lei, subito diffidente. «Chi è?».

Sorride. «Howard. Siamo andati ai Caraibi insieme. Ma non dire niente, sua moglie è in Florida con i bambini. Crede sia in città a lavorare».

«Oh, mamma». Sono certa si tratti di un ricco stronzo che si è fatto strada nelle sue mutande a suon di soldi. Inizia sempre così. Non può farne a meno. Crede che le relazioni debbano nascere così.

«Stavolta è diverso». Ricordo che lo diceva anche di Jonas. All'inizio, quando ero piccola, mi ha chiesto se volevo un fratello maggiore. Ero emozionatissima all'idea di una famiglia numerosa, quindi avevo prontamente risposto che sì, sarebbe stata la cosa migliore del mondo.

Invece, Yates si è trasformato nel mio incubo.

Bussano alla porta della mia camera. «Janine? Che fai?»

«Arrivo!», esclama. «Dammi un minuto».

Lui si allontana e sento la porta della camera da letto che si chiude.

«Resterà per la notte?», chiedo quando è andato via.

«Certo che resterà, perché non dovrebbe?». Sorride, poi mi abbraccia un'ultima volta prima di alzarsi. «Ne parliamo domattina, okay? Lunedì, per prima cosa, chiamerò la scuola».

«Davvero non mi mandi via?», chiedo speranzosa.

Lei scuote la testa. «Ti darò tutto quello che vuoi, è il minimo che posso fare dopo...».

Abbassa la voce e si zittisce, nemmeno io dico nulla. Me lo deve, e lo sa. Mi deve anche molte altre cose, ma non posso riscuotere ogni debito in questo momento.

Forse non lo farò mai.

Rendersi conto che una madre è umana fa male. Devo accettare che è imperfetta e che ha fatto molti errori, molti dei quali a mie spese. Posso lasciare che questi errori mi frenino e me la facciano odiare, oppure posso liberarmi di tutto e pregare che i danni che mi ha inferto si trasformino in una lezione.

Preferisco liberarmi di tutto.

La guardo attraversare la mia camera da letto e andare verso la porta. Si ferma e si volta per studiarmi. «Quello che ho detto resta tra noi, okay? Non parlarne mai più. Nemmeno con me».

Annuisco, pienamente consapevole del motivo per cui mi ha permesso di abbandonare il Lancaster.

Sta comprando il mio silenzio.

La mia omertà.

E le permetterò di farlo.

Capitolo 43

Summer

Sedici mesi dopo

Scendo dall'Uber e inalo a fondo l'aria fresca e umida del mattino, prima di attraversare la piazza, diretta alla mia destinazione. Sono in Europa, di preciso a Parigi, da un anno. Frequentando una scuola in cui studio Storia dell'arte, mi sono tuffata a capofitto nell'apprendimento dei diversi periodi artistici, dei significati che si celano dietro le opere. Studio la storia e gli artisti. È impegnativo. Affascinante.

Mi sono goduta ogni minuto.

Sono sempre stata circondata da belle persone, che mi ammaliavano con la loro ricchezza e con le loro possibilità. Ora mi circondo di arte e significati. Le persone più belle ti feriscono. È il loro modo di fare. L'arte più bella, invece? Ti permette di studiarla, di assorbirla. Ti fa provare emozioni e raramente ti ferisce.

Attraverso la piazza e osservo i maestosi edifici che mi circondano. I negozi di design sono ancora chiusi. L'hotel in lontananza è discreto. Non si direbbe, ma un monumento famoso si trova solo a pochi metri da qui.

Ovviamente, lui alloggia lì. Ha senso.

Non ho esplorato molto il I arrondissement, a parte una visita al Louvre, e anche in questa occasione non mi avventuro molto più in là del museo e dei giardini che lo circondano. Non sono una che gira per negozi. Non lo sono mai stata. Non sento il bisogno di fare shopping, di comprare l'ultimo capo alla moda o una borsa firmata.

Lascio questo genere di cose a mia madre.

Place Vendôme è tranquilla, al mattino, con i suoi edifici eleganti che ricordano un'altra epoca. Avvisto la massiccia colonna al centro, con la statua di Napoleone in cima. Mi fermo a guardarla, assorbo la storia, l'aria fresca, il chiacchiericcio delle donne francesi che camminano intorno a me.

Lasciarsi tutti alle spalle, abbandonando gli Stati Uniti, è stato il balsamo di cui la mia anima danneggiata aveva bisogno. Ciò che mi hanno fatto i Lancaster mi fa ancora soffrire, anche se è passato tanto tempo. Whit, in particolare, non mi ha mai contattata da quando me ne sono andata. Non ha mai chiamato, mai mandato un messaggio. Da allora non l'ho più visto. Ha creduto alle bugie raccontate da sua madre? Di certo anche Sylvie aveva ideato una storia intricata.

Dopo tutto quello che io e Whit abbiamo passato insieme, mi dà fastidio che abbia creduto a loro e non a me. Ma si trattava della sua famiglia. Io non ero niente. Mi ha scartata senza problemi e non si è mai guardato indietro. Quello che abbiamo condiviso non è stato nient'altro che un nostro piccolo sporco segreto. Che mostro. Che cattiveria.

E io sono stata il suo stupido giocattolo.

Eppure, nonostante tutto, i miei sentimenti non si sono attenuati. Mi manca.

A volte temo che ciò che provo nei suoi confronti si sia addirittura intensificato, il che è terrificante.

Dopo quello che è successo a casa Lancaster, il giorno dopo il Ringraziamento, mia madre mi ha portata in un negozio e mi ha comprato un nuovo telefono, così ho potuto cambiare il mio numero. Ho eliminato tutti i miei social media, non mi sono preoccupata nemmeno di controllare i commenti o i messaggi privati, prima di farlo. Ho aperto un nuovo account Instagram, sul quale però non pubblico mai nulla. Sono su TikTok. Osservo la vita delle persone con cui andavo al liceo. La maggior parte di loro ha un account pubblico, per condividere le loro imprese con tutto il mondo. Studio i loro post, guardo le storie e, a volte, quando mi sento sola, la nostalgia si risveglia. Mi ricorda tutto ciò che ho perso.

Eppure, stando qui, ho ottenuto molto di più.

Ho fatto un sacco di errori in vita mia. Continuerò a farli, ma ora mi sento più padrona di me stessa. Più matura. So che devo ancora crescere, ma negli Stati Uniti avevo imboccato una strada verso il nulla. Al Lancaster. Con mia madre. Se fossi rimasta in città, Dio solo sa cosa mi sarebbe successo. Sono senza dubbio figlia di mia madre, anche se non ho intenzione di seguire le sue orme.

Vedo i suoi sbagli. E come continua a commetterli.

Sfruttare gli uomini, dipendere da loro per sopravvivere... mi rifiuto di farlo. Voglio innamorarmi di un uomo a prescindere dalla sua ricchezza. Non mi importa se avrà i soldi o no, perché so che non comprano la felicità. Voglio costruirmi una carriera, una vita, così da dipendere solo da me stessa.

E da nessun altro.

Ironia della sorte, subito dopo il diploma e prima di partire per l'Europa, mia madre ha ammesso di aver tenuto qualcosa da parte per me. Jonas mi ha lasciato una piccola eredità. Un conto che avrei potuto utilizzare per l'università o qualsiasi cosa desiderassi fare. Penso a quei soldi come a un regalo, una benedizione da parte di Jonas. Mi dispiace averlo perso. So che la mamma era nel panico, temeva che avremmo perso tutto, e probabilmente aveva ragione. Odio che sia morto per questo motivo. Lo amavo come se fosse mio padre, ma non sono sicura dei sentimenti che mia madre nutriva nei suoi confronti, gli ultimi tempi.

Per Yates non ho rimpianti, invece. Spero che stia bruciando all'inferno.

Il mio sguardo si sofferma sul negozio Van Cleef & Arpels lì accanto. Mi avvicino per ammirare le vetrine, indugiando sui gioielli scintillanti. Sono parte di una collezione speciale a tema *Romeo e Giulietta*, che mi ricorda subito il corso di Inglese avanzato con Whit. Gli sfortunati innamorati a cui viene proibito di vedersi, per colpa delle famiglie rivali.

Mi ricordano qualcuno.

I gioielli sfavillano sotto le luci. Van Cleef è uno dei marchi più costosi e ambiti. Jonas ha regalato alla mamma una collana della collezione Alhambra per il suo compleanno, quando io avevo quattordici anni. Per un periodo, lei ha indossato quella collana ogni santo giorno, dimostrando a tutti quelli che incontrava che era abbastanza facoltosa da possederne una.

Mi allontano dalla vetrina e mi dirigo verso il Ritz. Entro nell'albergo e faccio del mio meglio per non sembrare una bifolca che non riesce a smettere di fissare l'opulenza che la circonda. La hall è splendida, come ritrovarsi in un'altra epoca. L'aria è profumata. Le persone sono eleganti. Ovunque, campeggiano delle ricche composizioni floreali primaverili e i lampadari scintillanti pendono sopra la mia testa, proiettando una luce frammentata nell'atrio.

«La mia stagione preferita!».

Mi volto e vedo Monty che si avvicina, scivolando giù da una rampa di scale curva ed elegante. Ha un sorriso amichevole sul volto. Lo raggiungo, lui mi circonda in un abbraccio e mi stringe. Mi aggrappo a lui, ricambiando la stretta, grata del fatto che siamo rimasti amici. Non so come, ma ha trovato il mio nuovo e segreto profilo Instagram e mi ha mandato un messaggio. Da allora siamo rimasti in contatto. Di recente mi ha scritto per dirmi che sarebbe stato a Parigi e che avrebbe voluto incontrarmi. Io ho accettato subito la proposta.

«Che bello vederti», dice staccandosi, con le mani che ancora mi stringono le spalle. Mi studia apertamente da capo a fondo, nel suo solito modo. «Sei meravigliosa. Parigi ti ha fatto bene».

«Anche tu stai benissimo», dico. Che bello vedere un volto amico. «Come mai a Parigi?»

«Oh, tesoro, questo ce lo teniamo per quando ci sediamo. Ora vieni, andiamo a prendere un tè e facciamo due chiacchiere».

Monty mi conduce nel delizioso ristorante che sembra essere uscito da un sogno parigino. Imponenti vetrate con decorazioni dorate; soffitto dipinto col colore del cielo; pareti a pannelli di un bianco latte. L'arredamento è tutto color crema, rosa e oro pallido. Le tovaglie sono abbinate, con sopra vasi di vetro e delicate composizioni di fiori freschi.

Ci accomodiamo su delle graziose poltroncine e io ammiro in silenzio Monty, immerso nel suo elemento. Indossa un completo marrone a scacchi e una camicia giallo pastello, senza cravatta. Ha i capelli lunghi che gli ricadono sulla fronte e gli occhi lampeggianti di malizia, soprattutto quando incontrano i miei. «Sei vestita in modo… impeccabile». Sorride ed esamina il mio abbigliamento.

Indosso un semplice abito a stampa floreale che ho trovato in un negozietto la scorsa estate. Ho i capelli sciolti e gli orecchini di diamanti che Jonas mi ha regalato per il mio sedicesimo compleanno. Porto una delle vecchie borse di mia madre, una Chanel nera, e la metto in mostra solo perché sono al Ritz e voglio essere all'altezza di questo posto.

Ho sempre la solita smania di integrarmi. Un'abitudine difficile da dimenticare.

«Pensavo la stessa cosa di te», dico con un sorriso.

«Questi vecchi stracci?». Si guarda il petto, per poi tornare su di me con lo sguardo. «Volevo un look da dandy».

«Ci sei riuscito».

Il cameriere si avvicina e Monty ordina del tè. «È ancora presto», dice quando il cameriere si allontana. «Ci lasceranno qui per qualche ora a spettegolare, finché non sarà finalmente ora di pranzo e potremo ordinare dal menu. Sempre che tu non abbia altri programmi».

«Ho la giornata libera, sono tutta per te».

Poggia i gomiti sul tavolo e abbassa il mento sui pugni, poi mi guarda sbattendo le ciglia. «Dimmi cosa fai. Quanti bei ragazzi hai conosciuto? Perché non sei ingrassata di quaranta chili a forza di pasticcini e burro? Giuro su Dio, sei più magra di prima, tesoro».

«Prima dimmi cosa ci fai qui». Non ho cambiato idea, quando si tratta di parlare di me.

Ancora non mi piace farlo.

«Oh, un uomo, ovvio», liquida la faccenda con un gesto. «Sono venuto per il cazzo, che purtroppo si è trasformato in un *cazzone*: mi ha buttato fuori dal suo appartamento e dovrò stare al Ritz per la prossima settimana, senza sapere cosa fare. Modificare il volo e tornare prima a casa? O godermi il tempo che mi rimane nella città dell'amore?»

«Devi restare». Mi tendo sul tavolo per accarezzargli il braccio. «Esplora Parigi. Mangia croissant al burro».

«Tutto solo?». Si acciglia. «Preferirei stare in quell'appartamento di merda con quel cazzone. Sempre che *tu* non voglia farmi fare un tour».

«Non sei mai stato qui? Forse dovresti farmi tu da guida, e non il contrario», gli ricordo.

«Vero. Sono certo che dal tuo arrivo hai fatto il tour in autobus e sei salita sulla Torre Eiffel e basta, vero?». Inarca un sopracciglio.

Alzo gli occhi al cielo. «Per forza, sono state le prime cose che ho fatto. È la prima volta che vengo qui. Ma ora basta. Vado al Louvre solo quando ho lezione. Per il resto, odio stare da queste parti. Troppi turisti».

«Ah, tra poco inizi a fumare sigarette seduta in un piccolo bar, piena di disprezzo». Ride e sembra entusiasta. «Parigi ti ha fatto molto, molto bene».

«Mi dispiace se non ha funzionato col tuo ragazzo», dico con dolcezza, quando la sua risata si è smorzata. «Sei triste per la rottura?»

«Tesoro, non sono per niente triste. Non la definirei una rottura. Sono venuto per il sesso, tutto qui. Non era vero amore. Non come quello che hai vissuto tu». Monty fa un verso di disappunto.

È l'unico a cui ho raccontato cosa è successo tra me e Whit. Non sono entrata nei dettagli, ma ne sa abbastanza. E ora, a distanza di un anno, ancora ci ritiene degli amanti sfortunati destinati a stare insieme, finché la famiglia di Whit non si è intromessa e ha rovinato tutto. Agli occhi di Monty, siamo una rivisitazione in chiave moderna di *Romeo e Giulietta*.

Se solo fosse così semplice...

Per l'ora che segue spettegoliamo e ridiamo, e io pendo dalle labbra di Monty mentre racconta le vicende dell'ultimo anno. A dicembre si è laureato al MIT e ora si è preso un anno sabbatico tra il college e la vita reale.

«È una cosa che si fa?», chiedo, corrucciata.

«No, forse no. Ma io lo faccio. Chi vuole mettersi subito al lavoro, a faticare per il resto della vita?». Agita la mano. «Io no».

«Perché, hai bisogno di lavorare?», chiedo e bevo un sorso del mio tè col latte.

«Certo che no. I figli dei miei figli non avranno bisogno di lavorare, non che io abbia intenzione di averne. Ma mi annoierei. Un uomo può viaggiare e saltare da una relazione all'altra fino a un certo punto. Oh, e fare shopping».

«Ti piace fare shopping?», chiedo con aria speranzosa. Di colpo mi è venuta voglia di girovagare per qualche negozio. Magari uno bello, di alta gamma. Piccole opere d'arte commerciali.

«Sono gay e la moda è la mia passione. Certo che mi piace fare shopping», dice distrattamente, alzando gli occhi al cielo. «Pranziamo insieme e ti porto in un posto».

Ordiniamo due insalate e dividiamo un panino, il cibo è delizioso. Come la compagnia. Monty racconta un sacco di storie, riguardano persone di cui ho sentito parlare, ma che non conosco. Sono andata a scuola con i loro fratelli minori. Parla anche di Sylvie.

«È stata ricoverata poco prima di Natale», dice a bassa voce. «È quasi morta».

«Davvero?». Odio quello che mi ha fatto, ma ci tengo a lei, anche se mi disprezza.

«Sì». Annuisce con espressione grave. «La famiglia ha mantenuto il massimo riserbo. Ora è uscita. Credo l'abbiano dimessa a Capodanno, ma ancora non sanno cos'ha. Non è mai tornata al Lancaster Prep. Ho sentito che Spence è fuori di sé».

«È terribile», affermo con lo sguardo fisso sulla tovaglia, la mente piena dei ricordi di Sylvie. Era così buona con me... fino a un certo punto. «E Whit?»

«Whit, cosa?».

La voce di Monty è intrisa di un divertimento appena celato e alzo di scatto gli occhi su di lui, assottigliando lo sguardo. «Cosa sai che io non so?»

«Tante. Cose», scandisce con un sorriso diabolico. «Da dove inizio?»

«Dalla cosa più succosa». Mi chino in avanti, bramosa di qualsiasi notizia.

Buona o cattiva.

«Ha troncato con Leticia».

«*Cosa?*». Trattengo il fiato, la mente rapita da questa informazione. Aveva detto di volerlo fare, ma pensavo non facesse sul serio e che i suoi genitori non gliel'avrebbero mai permesso.

«Ecco come stanno le cose». Monty abbassa la voce fino a renderla un sussurro, come se ci fosse qualcuno nella stanza che potrebbe sentirlo spettegolare. Uno scenario probabile. «Lei è una *vera* cocainomane. E la cosa è degenerata. Sai, il Natale prima della tua partenza? Era messa male. È stata bocciata a scuola, a malapena riusciva ad affrontare le giornate. I suoi genitori l'hanno spedita in riabilitazione all'inizio dell'anno. Whit se n'è uscito con una serie di fesserie, che avevano firmato un contratto e che lei aveva infranto la clausola per l'uso di droghe. Diciamocelo, non posso biasimare il ragazzo. Chi vorrebbe sposarsi una cocainomane per forza?»

«È vero, però?», chiedo, accettando l'idea che avessero davvero stipulato un affare. «C'era un contratto per il loro imminente matrimonio?»

«Una cosa del genere. Ne sono certo. Le famiglie vecchio stampo sono strane. Vogliono tutto per iscritto». Monty fa spallucce. «Comunque, hanno chiuso. Anche lui ha fatto il test come te e si è diplomato in anticipo. Non è andato all'università, con grande orrore e sconforto dei suoi genitori. Ha deciso di fare quello che ogni rispettabile giovane agiato farebbe, cioè viaggiare per il continente».

Mi acciglio. «Per il continente?»

«Soprattutto Europa, tesoro. È stato per un po' alle Isole Vergini, che gli hanno regalato un'intensa abbronzatura. In Australia per un brevissimo periodo. Pare che trovasse la gente di lì troppo gentile».

Mi viene da ridere. E anche da piangere. Sembra proprio una cosa che direbbe Whit, che gli amichevoli australiani sono troppo gentili.

«È stato ovunque. Non lo segui su Instagram?», domanda Monty.

Non ce la farei. L'ho bloccato subito dopo quello che è successo e non l'ho mai più controllato. Nonostante desiderassi farlo. «Adesso dov'è?»

«Non lo so». Monty scrolla le spalle, ma c'è qualcosa nel tono della sua voce, un luccichio negli occhi.

Forse lo sa, ma non vuole dirmelo.

Una volta finito, Monty salda il conto – non mi ha permesso di fare a metà, essendo sua ospite – e usciamo dall'hotel, passando davanti alla vetrina di Van Cleef & Arpels.

«Dio, i loro gioielli sono squisiti», dice, avvicinandosi a una delle vetrine. «Delle piccole opere d'arte».

«Sono bellissimi», concordo, fermandomi accanto a lui.

Li osserva per un po' e qualcosa nella sua espressione cambia, come se all'improvviso gli fosse venuta un'ottima idea. Senza distogliere lo sguardo dalla vetrina, dice: «Se potessi avere un qualsiasi gioiello, come un gigantesco anello di diamante o degli enormi orecchini di smeraldo, cosa sceglieresti? Quale sarebbe il gioiello a cui ambisci di più?»

«Una collana», affermo senza esitazione.

«Una collana?». Si acciglia e i nostri sguardi si incontrano, lui sembra deluso.

«Sì, vorrei fosse piena di diamanti, stretta attorno al collo, come un cappio». La mia mente vaga verso Whit, come è solita fare. Ancora. Dopo tutto questo tempo. «La voglio massiccia, per sentire il peso delle pietre e del metallo sulla mia pelle. Voglio che la persona che me la regala veda la collana come una sorta di rivendicazione, come se mi possedesse». Serro le labbra, subito in imbarazzo.

Per un attimo mi sono persa nella mia fantasia.

«Bene, bene», dice Monty. «Sembra un po' perverso».

«Ti ho già detto che mi piace questo genere di cose».

E lui è l'unico a saperlo, fatta eccezione per Whit.

«Me lo segno. Così, quando un giorno il tuo uomo misterioso verrà a chiedermi consiglio su cosa comprarti, saprò cosa rispondere», dichiara Monty.

«Dubito che il mio uomo misterioso vorrà comprarmi una collana di diamanti», ribatto io.

Monty serra le labbra, offeso. «E perché no?»

«Il mio uomo nemmeno vuole essere visto con me. Probabilmente sarò bandita a vita dalla società newyorkese», spiego. Mia madre è ai margini, si muove ancora nell'ombra con il suo amante, Howard. Sarà sempre l'amante, di rado la sposa.

Sono destinata a quella vita anche io?

No, non permetterò che accada.

«Tesoro», dice Monty. «Con me al tuo fianco, tu sarai la regina della società newyorkese. Non dimenticarlo mai».

Capitolo 44

Summer

Il piccolo foglio, che sembra più una missiva o un biglietto da visita vecchio stile, è incastrato tra la porta e lo stipite. Lo noto quando mi avvicino alla mia stanza, così mi fermo e la curiosità mi assale. Tiro su il pezzo di carta, impressionata dalla sua consistenza. Un cartoncino spesso, color crema, con eleganti caratteri neri in rilievo.

Un invito.

Montgomery Michaels IV
È lieto di invitarVi a cena
Presso il Guy Savoy
Venerdì 22 aprile
Ore 20.00
Si prega di confermare la Vostra partecipazione

Con un sorriso, entro nella stanza, chiudo la porta e mi ci appoggio contro, digitando un breve messaggio a Monty.

Ho ricevuto il tuo invito. Verrò.

Lui risponde subito.

Monty: Perfetto. Sarà di gran lunga il posto più delizioso e costoso in cui tu abbia mai mangiato.
Io: Non ho dubbi. Chi ci sarà?
Monty: Gente.

Si limita a dire così: gente.

Io: Quanta gente?
Monty: Abbastanza da rendere la cosa interessante.
Io: Come mi dovrò vestire?
Monty: Sexy ed elegante. Avrei dovuto scriverlo sull'invito.
Io: Non ci posso credere che hai fatto tutto questo per un invito a cena.
Monty: Non lascio le cose a metà, dovresti saperlo meglio di me.

Gli invio una serie di emoji con la faccina che ride.

Monty: Ti servirà un vestito nuovo.
Io: Sul serio?
Monty: Qualunque cosa tu abbia in quel minuscolo armadio, nel tuo minuscolo appartamento, non sarà adatta.

Ieri ho invitato Monty da me a bere una cosa prima di andare a cena. Ha odiato ogni secondo. Ha detto che il mio appartamento lo faceva soffrire di claustrofobia. Ho riso e ho lasciato che si lamentasse per un po', dopo siamo andati a cena in un ristorante all'aperto sulla Senna. Una serata bellissima in cui eravamo circondati da coppie. Tutti innamorati.

Mi ha fatto sentire la mancanza di un uomo nella mia vita. Anche se non ho idea di cosa comporti avere una relazione normale, qualcosa di duraturo, pieno d'amore. Ma sono giovane, ho quasi vent'anni, ho ancora tempo.

Eppure, lo desidero. Che un uomo mi guardi con sguardo affamato. Che mi accarezzi come se non potesse farne a meno. Voglio essere adorata. Venerata. Amata. Voglio un amore grande, meraviglioso, confuso e travolgente.

Voglio quello che avevo con Whit.

Il telefono si illumina per un altro messaggio del mio amico.

Monty: Lo compriamo domani. Hai lezione?
Io: La mattina.
Monty: Andremo il pomeriggio, allora. Prendo un appuntamento. Sceglieremo dei vestiti, ci daranno dello champagne e avremo a disposizione un camerino gigante per provarli.
Io: Sembra meraviglioso. E costoso.
Monty: I soldi non sono un problema.
Io: Per te.
Monty: Domani a questo negozio? Anche per te. Faremo un affare.

Accigliata, fisso il telefono. Di che parla?

Io: Che tipo di affare?
Monty: Quella tua bella testolina non ci deve pensare. Domani mattina ti darò ulteriori dettagli. Ci vediamo lì. E proverai ogni singola cosa che ti porterò. Senza fiatare. Capito?
Io: Sì, mamma.

Mi manda due righe con l'emoji del dito medio e io mi metto a ridere.

Di cosa parla, a che affare si riferisce? Non capisco.

Ma ora muoio dalla voglia di saperlo.

Arrivo al negozio in Rue Cambon alle due in punto. Dentro mi attendono tre splendide e statuarie donne, rigorosamente vestite di nero, che mi salutano con voce dolcissima: «*Bonjour*».

«*Bonjour*», rispondo, ferma nel bel mezzo del negozio. È elegante, bianco, con pochissimi abiti esposti.

«Lei è mademoiselle Savage?», chiede una di loro.

Annuisco e lancio uno sguardo per il negozio, in cerca di Monty.

«Il signor Michaels è arrivato?»

«Monsieur Michaels sarà qui a momenti. Abbiamo una selezione di vestiti per lei, se vuole iniziare a provarli. L'accompagno nel suo camerino?»

«Grazie», dico e la seguo mentre vira verso il retro del negozio.

Le altre donne annuiscono e sorridono al mio passaggio, e io non posso fare a meno di ritenermi vestita in maniera poco adeguata a questo luogo. Indosso i jeans e un maglione, sono stata a lezione tutta la mattina e non ho avuto la possibilità di cambiarmi con qualcosa, non so, di più appropriato?

Cosa si indossa per fare shopping? Mi sentirei una sciocca a mettermi in tiro per andare a fare compere, anche se in una boutique.

A Parigi prendono lo shopping molto, molto sul serio.

La donna scosta una pesante tenda grigia e scintillante, rivelando un ampio camerino con due sedie e un appendiabiti pieno di vestiti di varie forme e colori. Lunghi e corti. Neri, bianchi, di ogni colore dell'arcobaleno. Mi avvicino agli abiti e li sfioro con una mano, il respiro mi si blocca in gola mentre li osservo tutti.

Nessuno riporta l'etichetta col prezzo. Non posso permettermi di stare in un negozio del genere.

Mi volto verso di lei e domando: «Chi li ha scelti?»

«Io e il mio staff, mademoiselle. Spero siano di suo gradimento».

«Sono bellissimi, *merci*». Esito perché non so come porre la prossima domanda. «Chi... chi ha organizzato tutto questo?».

Si acciglia. «Il suo amico, monsieur Michaels».

«Solo lui?». Non so perché, ma temo che sia coinvolto qualcun altro.

È tutto molto… strano.

Sì, so che Monty adora fare shopping. Mi ha già portata a fare qualche giro, da quando è arrivato a Parigi. Ma non capisco perché farmi scegliere uno splendido abito firmato che vale migliaia di euro, per indossarlo una volta sola. In un ristorante super costoso per… che cosa? Mettermi in mostra?

Non capisco.

«Nessun altro», risponde, ma la sua espressione si illumina. «Gradisce dello champagne?»

«Fantastico, grazie», dico con un lieve sorriso.

La guardo andare via e torno a studiare gli abiti. Sono bellissimi. La maggior parte ha poca stoffa. Sono succinti. Senza spalline. Profonde scollature, sia davanti sia dietro. Sono corti, mettono in mostra le gambe. Penso al vestito che ho indossato per Whit, prima del Ringraziamento, tanto tempo fa. Quando mi ha scopata sui sedili posteriori della berlina. La mia pelle si scalda al solo ricordo.

«Tesoro».

Alzo lo sguardo e vedo Monty che sbircia da dietro la tenda, la mano sugli occhi. «Sei presentabile?».

Rido. «Sono tutta nuda».

Lui toglie la mano, la delusione stampata in faccia. «Cavolo, che bugiarda».

Rido ancora di più. «Vuoi davvero vedermi nuda?»

«Sei una creatura meravigliosa, ovvio che voglio vederti nuda. Ma non voglio portarti a letto, con me sei al sicuro». Stringe già tra le dita un flûte di champagne e si mette al mio fianco per spulciare tra i vestiti appesi. «Vedo che hanno scovato dei pezzi di qualità per te».

«Sono tutti bellissimi. E succinti», affermo.

Lui sorride. «Più pelle si vede, meglio è».

«Per chi? Morirò di freddo». Sarà anche primavera, ma l'aprile parigino è ancora molto rigido.

«Hai una pelle perfetta, devi farla vedere», dice, chinandosi. «Ci sono un sacco di uomini ricchi al Guy Savoy. Potresti trovare un nuovo amante, venerdì sera».

«Non voglio un nuovo amante», mi affretto a ribattere.

«Perché no? Non ti senti sola? Io non riesco a resistere a lungo. Alla fine, mi manca sempre l'uccello». Mette il broncio.

«È da tanto che non ne vedo uno», ammetto.

«Da quanto?»

«Da Whit».

Monty si ferma, la bocca spalancata dall'incredulità per un paio di secondi, poi finisce in un sorso lo champagne. «Stai scherzando».

«Sono seria».

«Dio, non ne hai voglia? Io morirei. Cadrei in mille pezzi», dice con espressione grave.

«Mi sono concentrata su me stessa», spiego.

«Non ti fanno male le dita a forza di masturbarti?». Inarca le sopracciglia.

«Non mi masturbo di continuo», borbotto.

«Bugiarda». Ride di fronte alla mia espressione scioccata. «Sto scherzando. Muoviti, prova qualcosa. Ecco, il primo vestito lo scelgo io».

È lungo e senza spalline. Quando mi sfilo i vestiti, Monty agita le dita verso di me. «Togliti il reggiseno».

«Ma...».

«Non ha le spalline. E poi, venerdì sera non indosserai la biancheria intima, fidati», dice sornione.

Mi acciglio. «Ah, no?»

«I vestiti devono cadere bene, non si può vedere la linea delle mutande o del reggiseno, che schifo». Fa finta di rabbrividire.

Ha ragione, lo so. Mi libero del reggiseno e indosso il vestito. Monty lo scarta all'istante. Scarta tutti gli abiti lunghi e anche la maggior parte di quelli corti, finché non rimangono sull'appendiabiti solo i vestiti più rivelatori.

Ne prendo uno dalla stampella e lo studio. È pesante, fatto di una leggera rete argentata e nera, ed è talmente corto che la mia vagina uscirà fuori. «Ha l'aria pericolosa».

«Direi piuttosto meravigliosa», ribatte lui. «Provalo».

Lo faccio scivolare oltre la mia testa e cade alla perfezione. Un lato del vestito è argentato, l'altro è nero, i due lembi si incrociano sulla coscia destra, completamente scoperta, quasi fino all'osso dell'anca. La scollatura è profonda, supera il seno e arriva quasi fino all'ombelico. È sostenuto da due spalline sottili. Questo è tutto.

Mi sento troppo esposta.

«Girati», ordina Monty e io eseguo, lanciando un'occhiata allo specchio da sopra le mie spalle.

Tutta la schiena è scoperta, il tessuto a rete si raccoglie sul fondoschiena e lascia quasi esposto il sedere. L'orlo del vestito mi lambisce l'inizio delle cosce. È quasi trasparente e lascia intravedere le mutandine nere e, quando torno a voltarmi verso lo specchio, intravedo anche i capezzoli.

«Non posso indossarlo», dico decisa. «Sembro una prostituta».

Monty si posiziona dietro di me e mi posa le mani sulle spalle nude. «Devi indossarlo. Non sembri una prostituta, fidati di me. Lascerai di stucco tutti gli uomini che ti poseranno lo sguardo addosso».

«Non voglio lasciarli di stucco, non voglio che mi guardino». Mi giro di lato, la stoffa scivola contro il mio corpo e mi eccita. Il vestito è sensuale, rivelatore e sexy oltre ogni aspettativa. Non ho mai indossato nulla di simile in vita mia. «E poi quanto costa?»

«Non lo so, direi almeno duemila euro», afferma con nonchalance.

Quasi soffoco con la mia stessa saliva. «Ma che cazzo? Sei serio, Monty? È fatto di… niente». Passo la mano sulla rete, i capezzoli si inturgidiscono. È così sottile che sembra stia toccando la mia pelle nuda.

«È firmato», mi corregge. «E lo trovo perfetto, sei splendida».

«Sì, se fossi una escort», ribatto.

Lui ride, deliziato. «Oh, tesoro, nei tuoi sogni».

«Nei sogni erotici di un uomo, direi». Lo incenerisco con lo sguardo nello specchio e questo lo fa ridere più di prima. Non resisto e scoppio a ridere anche io.

«Servono delle scarpe argentate», dice, ancora ridacchiando. «Tacchi a spillo, così sarai altissima. Come un'amazzone. Cinturini sottili, appena accennati. Non devono essere spessi. Si deve vedere solo il vestito e il tuo corpo, nient'altro».

«Perché?», chiedo con voce ed espressione sincere. «Su chi devo fare impressione?».

Il suo sorriso a stento contenuto è snervante e mi mette sull'attenti. «Solo su uno degli uomini più potenti del mondo».

Capitolo 45

Summer

Arrivo al ristorante alle otto in punto e lascio che il vento mi spinga oltre le pesanti porte. È una serata fredda e indosso una massiccia pelliccia sintetica nera che Monty ha scovato durante la nostra escursione di shopping. È corta, appena sufficiente a coprire il mio mini abito, e lascia le gambe del tutto scoperte. Queste brillano grazie al trattamento esfoliante a cui le ho sottoposte poco fa, sotto la doccia. Ho prestato particolare attenzione a tutto il mio corpo, stasera, su consiglio di Monty. Voleva che mi preparassi come se dovessi fare sesso con un sultano, citazione testuale.

Non so come gli vengano in mente queste idee, ma l'ho assecondato, godendomi un po' di coccole per me stessa. Da quando sono a Parigi, non mi sono concessa molte cure. Sono stata troppo indaffarata, ho cercato di tenere corpo e mente occupati, così da non sprofondare nei ricordi che mi perseguitano.

L'ultima settimana con Monty è stata come pura fantasia. Mi ha regalato un barlume della mia vecchia vita, quando ingenuamente credevo che Whit avrebbe rinunciato a tutto pur di stare con me. La settimana prima del Ringraziamento è uno dei momenti con lui che preferisco. Quando mi ha inseguita per tutta la tenuta Lancaster, mi ha scovata in angoli bui, dove mi avrebbe amata con la sua bellissima bocca o con le sue mani, prendendomi come un premio.

Mi mancano quella bocca e quelle mani. Mi mancano le cose oscure e inquietanti che mi diceva. Nessuno mi ha mai fatta sentire come Whit Lancaster.

Nessuno.

Davanti a me si erge un'imponente scalinata di marmo, rivestita da una moquette rosso sangue. Salgo con cautela, le caviglie instabili per i tacchi a spillo. Sono sottili come un filo, così come i cinturini argentati che mi avvolgono i piedi, e so che basterebbe un nonnulla per farmi cadere faccia a terra.

Allungo la mano e afferro il corrimano, mi ci tengo stretta come se ne andasse della mia vita, e raggiungo la sommità delle scale. Il pavimento è di piastrelle di marmo bianche e nere, i tacchi fanno rumore mentre ci passo sopra, verso l'unica porta aperta con la discreta insegna del ristorante sulla sinistra. La stanza all'interno è invitante, oscura e misteriosa, ma corrugo la fronte, sorpresa di non sentire il chiacchiericcio degli ospiti o il delicato tintinnio dell'argenteria sulla porcellana.

Non sento niente.

Non sono ancora sicura delle intenzioni di Monty, né di cosa abbia in mente per la cena di stasera. Mi sento come se fossi la sua bambola e lui stesse giocando con me, mettendomi dei vestitini. Vuole che abbia un certo aspetto, che sia una bomba sexy per far cadere gli uomini in ginocchio. Gli ho chiesto più volte degli ospiti di stasera, ma lui non ha spiccicato parola ed è stato frustrante e fastidioso. Sono certa lo faccia apposta, vuole essere misterioso. E sta funzionando.

Anche troppo.

Entro nel ristorante troppo caldo, porto le mani sul davanti della pelliccia e desidero liberarmene. Un uomo in un elegante completo grigio si materializza dal nulla e mi viene incontro con un sorriso amichevole, per aiutarmi a togliere il cappotto. Sorrido e mormoro un «*Merci*» quando recupera il mio soprabito.

Lo sguardo resta fisso sul mio viso per tutto il tempo, senza mai posarsi sul mio corpo, e mi chiedo se qualcuno l'abbia avvertito del mio abbigliamento.

Anche se l'idea è ridicola. Perché mai qualcuno dovrebbe farlo?

«Da questa parte, mademoiselle», si offre con un pesante accento francese, tendendo la mano per indicarmi dove andare. Il ristorante è piccolo. Buio. Intimo. Non c'è nessun altro, cosa strana. È venerdì sera. Dovrebbe essere pieno, ogni tavolo occupato da persone che mangiano, bevono e parlano.

Attraversiamo diverse stanze comunicanti, tutte vuote, e ci fermiamo nell'ultima. Al centro compare un unico tavolo rotondo, con due sedie e due coperti. Accigliata, guardo di sbieco l'uomo, ma lui si limita a sorridere e ad annuire, per poi lasciarmi tutta sola.

La cena è per due? Io e Monty? Tutto qui?

La delusione mi assale e mi rallegro di quella sensazione. Speravo di conoscere qualcuno di nuovo. Altri amici di Monty con cui ridere e bere. Invece, siamo solo noi due e per un momento mi concedo di essere triste.

Ma dura solo pochi minuti. Mi sono crogiolata in quella sensazione per quasi tutta la mia vita. È ora di andare avanti ed essere forte.

Passeggio per la saletta, con le dita sfioro i pannelli grigio scuro lungo la parete e mi fermo davanti alla finestra, guardando fisso fuori, nella notte parigina, molto trafficata. Sulla strada sottostante c'è un flusso continuo di auto e di persone sul marciapiede. Gli alberi iniziano a fiorire, belli e speranzosi nel tempo uggioso e ventoso. I fiori si avvinghiano ai rami per salvarsi. Sfioro il vetro freddo con la punta delle dita, i capezzoli si inturgidiscono per l'aria che filtra dall'esterno.

In quel momento sento la presenza di qualcuno che entra nella sala, a cui do le spalle. Il mio corpo è teso. È un uomo. Sento il profumo della colonia, ricca e distinta, che inalo con discrezione, ma che non riconosco. Monty ha cambiato profumo? Ne dubito, visto che ha comprato una tanica da Hermes quando ero con lui, e l'aroma non è quello.

Passano i secondi, si trasformano subito in un minuto, e l'uomo ancora non dice nulla. Volto la testa, pronta a guardare di sottecchi da sopra le mie spalle, quando lui abbaia: «Non muoverti».

Il cuore batte a mille nel petto e faccio come dice, la sua voce mi ricorda qualcuno. È deliberatamente più profonda, come se volesse camuffarla, e mi chiedo chi sia.

Nei recessi più oscuri e profondi della mia anima, lo riconosco. So chi è. Si avvicina, il mio corpo si accende e chiudo gli occhi, intanto che speranze su speranze mi sommergono. Tremo, un misto di paura ed eccitazione vortica dentro di me. L'uomo si ferma proprio alle mie spalle e chino la testa, guardandomi i piedi. Vedo le scarpe scure, l'orlo dei pantaloni neri. Il respiro mi si blocca in gola e aspetto un qualsiasi segno di riconoscimento.

Un respiro tremante mi lascia, quando lo sento. Un singolo dito scivola lungo la mia schiena, leggero come una piuma, va giù, sempre più giù, e la scia mi provoca la pelle d'oca. Sfiora la base della spina dorsale, strattona col dito il tessuto a rete e mi sfiora la pelle con le nocche. Il dito svanisce e io resto delusa, ma pochi secondi dopo mi posa le mani sulle spalle, una stretta ferrea. Tiro un sospiro di sollievo, il mio corpo reagisce subito al suo tocco.

«Whit», respiro.

Serra la presa sulla mia carne, tenendomi ferma. Apro gli occhi e vedo il mio volto riflesso sulla finestra e il suo, proprio dietro di me. Lo assaporo avida. È bello come ricordavo, forse anche più di prima. Sembra più grande. Più uomo. La mandibola è affilata, così come gli zigomi, messi in risalto dalle labbra morbide e deliziose. Osservo con fare sfrontato la sua reazione, rendendomi conto che lui sta facendo lo stesso, anche se il suo sguardo è rivolto altrove.

Viaggia su tutto il mio corpo.

«Come cazzo ti sei vestita?», chiede, la voce profonda colma di stupore. «Monty ha scelto apposta questo vestito per farmi impazzire? Sta funzionando».

Mi irrigidisco sotto il suo tocco e cerco di scostarmi da lui, ma non mi lascia andare. «Hai organizzato tutto questo con Monty?»

«Come pensi ti abbia trovata?». Si avvicina, abbastanza da sentire il suo calore. I suoi vestiti sfregano contro la mia pelle quasi nuda. «Sei felice di vedermi, Savage? È passato tanto tempo».

Vorrei prenderlo a schiaffi e al contempo saltargli addosso. «Perché sei qui, Whit?»

«Abbiamo il ristorante tutto per noi. L'ho affittato per la notte», mi informa con voce compiaciuta.

Aggrotto la fronte. «Monty ha parlato di una cena».

«Per due».

«Pensavo ci sarebbero state altre persone», dico, odiando di sembrare tanto confusa. «Lo stesso Monty ha detto che ci sarebbe stato».

«Il tuo prezioso amico ti ha mentito». Whit mi fa scorrere le dita lungo il braccio e mi suscita un brivido. «Ti sono mancato?».

Credevo che rivedere Whit dopo tutti questi mesi – più di un anno – mi avrebbe resa felice, entusiasta. Ma non lo sono.

Sono arrabbiata. Su tutte le furie. Ingannata e usata.

Niente di nuovo.

«No», dico a denti stretti.

«Dici? Il tuo corpo sostiene il contrario». Audace, mi tocca il seno, il pollice sfiora piano il capezzolo e la rete mi protegge a stento dalle sue dita curiose. Il capezzolo si inturgidisce in un istante e lui torna a stuzzicarlo, facendomi soffrire. «Questo vestito è da galera. Posso vedere tutto».

Mando giù un groppo e combatto la vergogna che vuole travolgermi. Indossare questo abito, e venire qui stasera, è stato un grande errore. Sono caduta in una trappola, come la stupida ragazza che sono sempre stata. Sono uguale a mia madre. «Perché l'hai fatto? Come?»

«Mi mancavi», risponde con semplicità, come se bastasse questo. «Volevo lasciarti del tempo da sola, prima di avvicinarmi di nuovo».

«Mi sembrano tutte stronzate», sbotto.

«È la verità», afferma con decisione. «A dirla tutta, sapevo che eri a Parigi dal primo giorno in cui sei arrivata».

Fumo dalle orecchie. Tra tutti quelli che Whit conosce, Monty è l'unico con cui mi sono tenuta in contatto. In pratica ha fatto la spia sin dall'inizio. Perché?

E perché Whit è qui?

«Eppure, non mi hai scritto». Se mi avesse voluta davvero, avrebbe fatto qualcosa sin da subito. Non mi avrebbe tenuta a distanza per tutto questo tempo.

«Non volevi essere trovata». Lascia la presa sulle spalle e sposta le mani, le posa proprio sul seno e strattona con gesto delicato il tessuto a rete. «Facevi prima a venire nuda».

«Non toccarmi», dico tra i denti.

Lui ride, il suono vibra contro il mio orecchio, poi affonda piano i denti nel mio lobo. «Stai tremando, Savage. Muori dalla voglia. Proprio come me».

Whit spinge i fianchi contro il mio sedere, il suo cazzo mi sfiora. Chiudo gli occhi, impotente davanti a lui, ma non voglio subito dichiararmi sconfitta.

«Prima dobbiamo parlare», affermo, odiando la mia voce flebile. Lui odia la debolezza, lo so. «Dimmi perché sei qui e cosa vuoi da me».

«Voglio questa, prima». Mi libera un seno, con le dita scivola lungo il mio fianco, si insinua sotto l'orlo del vestito. La mano virile si posa a coppa sulla mia figa. «La reclamo».

«Non mi possiedi», sussurro e mi mordo il labbro inferiore quando esercita una lieve pressione sulla mia carne sensibile, appena coperta da un perizoma color carne.

«È mia, lo è sempre stata», afferma con arroganza. «Da quando abbiamo quattordici anni, Savage. Ricordi quella notte?».

Come potrei dimenticarla?

«È impressa a fuoco nel mio cervello», ammette. «Come tutte le altre notti che abbiamo condiviso. Sono tante. Non ne avevamo mai abbastanza l'uno dell'altra». Sposta le dita e preme con forza, poi l'indice scivola tra le mie pieghe.

Abbandono la testa contro il suo petto, mi sfugge un sospiro quando lui inizia a toccarmi. Cosa mi sta facendo? Mi vergogno della mia immediata reazione al suo tocco, di come le ginocchia vacillano e minacciano di cedere. Sento una stretta allo stomaco, vogliosa di avere di più. Al suono della sua voce, la mia testa si riempie di ricordi.

E le mie labbra… reclamano le sue.

«Sono rimasto a guardare, ti ho aspettato mentre mettevo in ordine la mia vita», dice, le dita giocano con me, si muovono sul mio perizoma. Sento che si bagna a ogni suo tocco. «Non appena ho avuto l'opportunità, ho colto l'occasione. E ora eccoci qui. Ancora una volta insieme».

Mi sottraggo alla sua presa e sento subito la mancanza del suo calore. Del suo tocco. Mi volto per affrontarlo e assaporo il suo aspetto, detestando quanto sia bello ed elegante nel completo nero, i capelli tagliati con cura e il volto…

Dio, di una bellezza devastante.

Mi guarda come se al mondo non esistessero altre donne.

Ma solo io.

Solo io.

«Ho una cosa per te», dice, senza mai distogliere lo sguardo e prende qualcosa dal tavolo dietro di lui. «Non mi appartiene».

Tende la mano verso di me e abbasso lo sguardo, scopro che ha il mio diario stretto tra le dita affusolate. Alla sola vista, mi si serra lo stomaco e la bocca si secca. Odio quello stupido diario. È il motivo per cui sono finita nei guai.

Sollevo la testa e il mio sguardo incontra il suo, i gelidi occhi azzurri sembrano penetrarmi nell'anima. «L'ultima volta che ho visto quel diario, ce l'aveva tua madre».

Un lampo di irritazione gli attraversa il volto e poi svanisce. «Ti ha detto e fatto delle cose di cui non vado fiero».

«Mi ha *minacciata*, Whit. Ha detto che avrebbe chiamato la polizia e avrebbe dichiarato che l'incendio era colpa mia, che ho ucciso io il mio patrigno e Yates», esclamo.

Sussulta quando pronuncio il nome di Yates, cosa che mi stupisce. «Minacce vuote. Non devi preoccuparti per lei. Non più».

«Sì, certo». Sbuffo, senza riuscire a trattenermi. «Non mi fido di te. Non mi fido di *nessuno* di voi», affermo e faccio per oltrepassarlo, ma lui mi afferra il braccio, la presa non è ferrea, ma comunque mi impedisce di sfuggirgli. «Lasciami andare».

«Prima ascoltami».

«No».

«Summer». Il suo tono è supplichevole e resto di stucco. «Almeno siediti e cena con me, lascia che ti spieghi».

Storco la bocca in un broncio, le fiamme ancora negli occhi. «Odio te e Monty per avermi ingannata».

«Non odi Monty», afferma con assoluta sicurezza.

«Te, ti odio eccome», ribatto.

Whit sorride e quella vista mi toglie il respiro.

«Ci contavo».

«Non potevi semplicemente chiedermi se volevo vederti?»

«Avresti detto di sì?»

«No», rispondo subito.

«Ecco perché», dice canzonatorio.

Mi lascia andare e le sue parole restano impresse nella mia mente, mentre sposta la sedia per farmi accomodare al tavolo. Nel momento in cui ci sediamo, appare un cameriere. Un signore più anziano in giacca bianca, che ci serve un bicchiere di vino, a cui Whit parla in francese.

Lo guardo, chiedendomi chi sia l'uomo che ho di fronte. Chi è diventato? Non lo riconosco più. È passato un anno e mezzo dall'ultima volta che l'ho visto, e in questo lasso di tempo siamo cambiati moltissimo. Almeno io.

Di certo anche lui.

Il cameriere si allontana e mi chino sul tavolo, lo incenerisco con lo sguardo quando i suoi occhi cadono sulla scollatura rivelatrice. «Inizia a spiegare».

Prende il bicchiere di vino e ne assapora un sorso. Lo fissa mentre fa roteare il liquido pallido all'interno. «Cosa vuoi sapere?»

«Cosa è successo tra te e Leticia?».

Whit sospira e posa il bicchiere sul tavolo. «È la prima cosa che chiedi?»

«Era la tua futura moglie, tutto considerato», affermo severa.

«Ho chiuso con lei, non molto tempo dopo la tua fuga. Ha infranto delle clausole del nostro contratto, per colpa della sua brutta e segretissima dipendenza dalla droga», dice. «È pulita da un anno».

«Buon per lei», dico e sembro una bisbetica gelosa. «Le parli ancora?»

«Sì». Inclina la testa verso di me. «Ti crea problemi?»

«Certo che no», dico altezzosa, poi assaggio il vino. È frizzante, freddo e delizioso. «Bene. Anche alla sua ragazza non dà fastidio se ci sentiamo».

Poso il bicchiere con un tonfo pesante. «È lesbica?».

Inarca un sopracciglio. «Lo dici come se fosse un insulto».

«No, certo che no». Vado sulla difensiva. Leticia sembrava così innamorata di Whit, a quella stupida cena di compleanno…

«È bisessuale, anche se non sta a me raccontare gli affari suoi, ma sono sicuro che non le dispiacerà», afferma. «Questo è uno dei motivi per cui è diventata dipendente dalle droghe. Non poteva essere sé stessa, i suoi non glielo permettevano».

«I tuoi genitori ora ti permettono di essere te stesso?», chiedo diretta.

«Non particolarmente, ma non me ne frega un cazzo di quello che dicono», ribatte e trascina le dita sulla tovaglia bianca. Su e giù, su e giù, osservo come le muove.

Le immagino su di me. Dentro di me.

«Perché sei scappata, Summer?», chiede con fare dolce.

Non so che parole usare. Mi limito a fissarlo, odiando che mi descriva in modo così accurato. Com'ero un tempo: una fuggitiva, una ragazzina impaurita e debole.

Sollevo il mento, rifiutandomi che vecchi ricordi e insicurezze mi mettano un freno. Decido di essere del tutto sincera con Whit. «Non sono scappata. Tua madre mi ha minacciata, Whit. Aveva il diario e me ne ha letto degli spezzoni ad alta voce. Mi ha detto che avevo mezz'ora per fare i bagagli e che mi voleva fuori di casa. Non ho avuto scelta».

Assottiglia le labbra. «Mi ha detto che ha dovuto pagarti».

«Ha mentito», affermo, la rabbia che mi fa alzare la voce. Non sono scappata. Sono stata costretta ad andarmene. Che altro potevo fare? «Credevo le avessi dato tu il diario».

«Non l'avrei mai fatto», ribatte lui.

«Allora perché ce l'aveva?».

Fa un'espressione contrita. «L'avevo portato con me per tenerlo… al sicuro. Immagino abbia frugato tra le mie cose».

«Che colpo di fortuna, ha trovato il mio diario e l'ha usato contro di me». Scuoto piano la testa. «Temevo che tua madre mi avrebbe denunciata alle autorità e che mi avrebbero arrestata per omicidio. Ecco perché non sono tornata al Lancaster Prep. Ho guadagnato un po' di soldi, ho preso un telefono nuovo, ho eliminato tutti i miei social e ho tagliato i ponti praticamente con… tutti».

«Le persone che scappano lo fanno per sfuggire dalle loro azioni». Mi fissa con espressione severa. Non mi disturbo a correggerlo sulla questione della "fuga". «Hai appiccato tu l'incendio?»

«Non hai letto il diario?», chiedo di getto. Lui annuisce. «Lì c'è la mia confessione».

Non menziono mia madre. Non ho intenzione di dire a Whit la verità. Dio solo sa cosa farebbe con quell'informazione.

«L'ho letto», dice a denti stretti. «So anche che tu e Yates eravate… legati».

Faccio una smorfia, odiando che lo sappia. «Diciamo le cose come stanno. Yates mi ha costretta a fare sesso. Più volte. E invece di fare una scenata e far preoccupare i nostri genitori, mi sono arresa a lui e ho lasciato che accadesse».

Ancora e ancora e ancora.

«Eri una bambina» L'espressione di Whit è colma di disgusto.

Nei miei confronti?

«Quando abbiamo scopato eravamo dei bambini anche noi», sottolineo, solo per dargli fastidio.

«Non proprio», dice in tono irritato. «Avevamo quasi diciotto anni. E non ti ho costretta a fare un cazzo».

«Per favore». Sbuffo, afferro il bicchiere e scolo il contenuto. Avrò bisogno di alcol per uscire indenne da questa conversazione.

«Mi stai mettendo sullo stesso piano del tuo disgustoso fratellastro morto che si masturbava in bagno mentre ti guardava fare la doccia? Quello che ti ha presa *con la forza*?». Inarca un sopracciglio. «Se le cose stanno così, tanto vale che me ne vada subito. Non ha senso continuare questa conversazione».

Dio, è irritante.

«Che cosa vuoi da me, Whit?», chiedo e batto piano il pugno sul tavolo, facendo tintinnare tutto. «Sei qui per un altro giro, in memoria dei vecchi tempi? Non so se riuscirei a gestire uno come te. Non più».

«Quindi sei più debole di quando avevi diciassette anni? All'epoca eri fortissima, Savage. Non ti facevi mettere i piedi in testa da me, e da nessun altro», dice con ammirazione.

Non è vero. Mi sono fatta mettere i piedi in testa da lui, eccome. Era sgarbato e degradante. Mi insultava e mi trattava come spazzatura, eppure tornavo sempre da lui. C'è qualcosa nel modo in cui mi guarda. Nelle parole che dice. Nel suo tocco autoritario e nei baci suadenti che mi hanno sempre assoggettata alla sua mercé.

Forse non lo voglio più. Nonostante la corrente di desiderio che mi attraversa proprio in questo momento, suscitata dalla sua vicinanza, sto iniziando a pensare che Whit Lancaster non sia fatto per me.

Per niente.

Il cameriere appare con la prima portata e posa di fronte a noi dei piattini. Non ho idea di cosa sia, ma gli faccio un sorriso e lui annuisce e si inchina prima di lasciare la sala.

«Non voglio farmi attirare di nuovo», dico quando il cameriere va via.

«Attirare in cosa?»

«Nella tua orbita». Abbasso lo sguardo sul piatto. «Cos'è?»

«Foie gras, bifolca», dice in tono allegro, usando la forchetta.

Mangiamo in silenzio finché non puliamo i piatti, il cameriere riappare e versa a entrambi un altro bicchiere di vino. Lo sorseggio, bisognosa di coraggio liquido, e odio la mia agitazione. Non voglio stare qui con Whit.

Ma al contempo lo voglio. Sono contenta che sia nella sala con me, che mi studi col suo sguardo attento, prendendo nota di ogni mio movimento. Mi è mancato. È stato bruscamente strappato dalla mia vita, e ora altrettanto bruscamente vi ha fatto ritorno. Non so cosa pensare.

Non so come sentirmi.

«I tuoi genitori hanno trovato un'altra vacca fattrice… oh, scusami, un'altra *ereditiera* da sposare?», domando.

Whit si appoggia allo schienale della sedia. «La gelosia non ti dona, Summer».

Serro le mani in un pugno. «Non sono gelosa di nessuno. Mi dispiace per Leticia. Il suo scopo era sposarti e darti dei figli per portare avanti il nome dei Lancaster. Non siamo nel Medioevo».

«Non era il suo solo scopo nella vita, anche se dubito di poterti convincere del contrario. Credi a quello che vuoi credere. E no, non ho trovato un'altra ereditiera da sposare. Non ho intenzione di sposarmi, se proprio vuoi saperlo», risponde con insolenza, ricordandomi un principe viziato.

«Viaggerai per il resto della tua vita, spendendo tutti i tuoi soldi?». Inarco un sopracciglio.

«Ci vorrebbero almeno tre generazioni per spenderli tutti», dice con vanto. «E poi che male ci sarebbe? Stasera non sono venuto per litigare, Savage».

«Non puoi tornare nella mia vita come se niente fosse, Lancaster», ribatto, infastidita.

«L'ho appena fatto», afferma, molto soddisfatto di sé stesso.

Torna il cameriere e la serata procede una portata dopo l'altra, ognuna migliore della precedente. Una deliziosa zuppa di carciofi con tartufo nero. Una buonissima selezione di pane al forno con burro fresco. Sempre più vino, finché non mi si annebbia la vista e non ho alcun problema a mangiare una forchettata di agnello, sommersa subito dopo dalla voglia di piangere pensando alla povera creaturina che è stata macellata affinché io mi godessi questo pasto.

«Ti stai comportando come una bambina», mi rimprovera Whit dopo che ho spinto via il piatto, disgustata da me stessa.

«Gli agnelli sono adorabili». Mi tremano le labbra. Sono a tanto così dal piangere.

Whit si limita a scuotere la testa con le labbra arricciate.

Non capisco cosa stia succedendo tra noi, ma non voglio farmi domande. Peggio ancora, non so cosa mi stia succedendo, né perché sia così emotiva. Trovarmi di nuovo in compagnia di Whit mi confonde le idee. Mangiare un pasto stravagante con lui, crogiolarmi nella sua presenza. Dovrei essere arrabbiata a morte nei suoi confronti. Dovrei essere più forte. Farlo tornare nella mia vita sarebbe un errore.

Mi userà e basta. So che lo farà.

Portati via i piatti, Whit si appoggia alla sedia e mi contempla, con un atteggiamento di pura e pigra insolenza. Oh, come fa a essere così condiscendente, padrone di tutto ciò che lo circonda? I soldi gli danno il potere, ma sono sicura che i suoi genitori gli abbiano sempre detto che poteva avere tutto ciò che voleva.

Doveva solo comprarlo.

«Vieni con me in albergo», dice con voce profonda.

Un "sì" mi aleggia sulla punta della lingua, però mi trattengo. «Perché? Per scoparmi?».

Lui sorride. «Ci sto».

«Io no». Getto il tovagliolo sul tavolo e mi alzo in piedi, ignorando le caviglie tremanti.

Stupide scarpe.

Faccio un respiro profondo e mi avvicino alla finestra, dando le spalle a Whit per guardare fuori. Il traffico è diminuito. Non c'è quasi nessuno per strada. Il vento soffia ancora e quando allungo la mano per toccare il vetro, sento che è gelido come il ghiaccio.

Il personale entra nella sala e li sento sparecchiare con i loro bassi mormorii in francese, Whit conversa con loro. Ho imparato qualcosa da quando mi sono trasferita qui, ma non sono fluente come Whit. La sua voce è melodiosa, l'accento è preciso. Perfetto. Sexy.

Ogni cosa in lui è sexy, dannazione, anche quando non dovrebbe esserlo.

Aggrotto la fronte e premo il palmo sul vetro, sperando che il freddo risvegli il mio sistema. L'aria gelida penetra nella mia mano, risvegliandomi dal torpore causato dal cibo e dal vino. Sono stata io a scappare da lui per prima. Non riusciva a tenere testa a sua madre e suo padre. Loro lo controllavano e io ero una distrazione. Dovevano liberarsi di me e sono caduta nella trappola.

Come la stupida e ingenua ragazza che ero.

Camerieri e personale vanno via e sento Whit muoversi. I suoi passi si avvicinano e si porta di nuovo alle mie spalle, il suo calore mi raggiunge, cerca di catturarmi.

Chiudo gli occhi, ricordandomi di essere forte.

«Quando sei andata via di casa...», inizia, ma poi si blocca subito, come se stesse pensando alle parole giuste da dire. «È passato quasi un anno e mezzo e quel giorno è ancora vivido nella mia mente. Quando ho capito cosa aveva fatto mia madre, tu eri già andata via. Ho provato a scriverti. A chiamarti. Non mi hai risposto, non l'hai mai fatto. Era come se fossi scappata e avessi fatto perdere le tue tracce. Ho capito che non volevi essere trovata».

«Non volevo», ammetto con voce flebile.

«E poi la questione di mia sorella». Sospira e sento tutte le sue emozioni in quel verso, il mio cuore soffre per lui. «Anche Leticia è stata un problema. Tutto questo mi ha distratto, avevo bisogno di essere presente per la mia famiglia. Sylvie ancora non sta bene. Accusa nostra madre di averla fatta ammalare di proposito e io non so a cosa credere».

Mi volto di scatto alla sua ultima frase, la bocca spalancata per lo stupore. «Dici sul serio? Riguardo a Sylvie?».

Lui annuisce con espressione sofferente. «Non le credo, però. Nostra madre non lo farebbe mai. Ama Sylvie più di ogni altra cosa. Vuole solo che stia bene».

Ricordo le cose che mi diceva Sylvie. Erano tutti piccoli indizi. E, sentendo l'accusa, ora hanno perfettamente senso. Io le credo. Ma non posso dirlo ora, davanti a Whit.

«All'inizio dell'anno scorso ho provato a cercarti da solo. Quando non ho scovato nulla, ho assunto un investigatore privato che ti ha trovata qui. A Parigi. Qualche settimana dopo ho incontrato Monty e mi ha confessato di essere rimasto in contatto con te», spiega Whit.

«Perché sei venuto solo adesso e non prima?», chiedo, bisognosa di saperlo.

«Il tempo guarisce le ferite?». Il sorriso è debole e si spegne subito quando lo incenerisco con lo sguardo. «Non lo so, Summer. Sapevo che non volevi vedermi».

Il problema è che mi sarebbe piaciuto vederlo, ma non così. Non se cospira con Monty e mi tende una trappola, attirandomi in un ristorante con la scusa di una favolosa cena in compagnia.

«Mi hai spinta con l'inganno a vederti, non è tanto meglio». Incrocio le braccia e il movimento fa cadere lo sguardo di Whit sul mio petto, ha gli occhi fiammeggianti. «Attirarmi qui con la scusa di una cena. Pensavi davvero che non ci sarebbero stati problemi?»

«È stata un'idea di Monty», puntualizza con un sospiro esasperato. «Avrei dovuto saperlo che ti saresti arrabbiata».

«Perché mi hai cercata, Whit?», chiedo con tono sommesso. Devo saperlo.

«Volevo assicurarmi che stessi bene», ammette. «Mi sento… in colpa. Come se fossi responsabile della tua fuga».

«Avevo paura», spiego, posando lo sguardo sul tavolo ora sgombro. Sopra c'è solo il mio diario. Dio, odio quel coso. «Tua madre è una persona a cui non vorrei mai mettere i bastoni tra le ruote».

«Abbaia, ma non morde», dice, anche se non gli credo. Forse è così con lui, di certo non con me. «Non le permetterò di farti del male».

«Non farò ritorno nella sua vita, dandole la possibilità di farlo», affermo.

«Se stai con me, lei farà parte della tua vita», ribatte.

Capitolo 46

Whit

Attendo la risposta di Summer, in preda alla trepidazione. È probabile che mi manderà a quel paese. Me lo meriterei. Dopo tutto quello che le ho fatto passare quando stavamo insieme, e dopo averla ingannata per vederla stasera, dovrebbe mandarmi a 'fanculo una volta per tutte. La cosa finirebbe così.

Me lo meriterei.

Dannato Monty e questo vestito del cazzo. Ha giocato a fare la fata madrina con i miei soldi e ha vestito Summer in un modo super sexy. Ora ho la vista annebbiata, figuriamoci se riesco a pensare in modo razionale. Mi prudono le mani dalla voglia di toccarla, di sfilare quella rete dal suo corpo praticamente nudo e far scorrere la bocca sulla sua pelle morbida. Leccare la sua figa deliziosa. Farla impazzire con la lingua, finché non mi viene in faccia.

Il cazzo sussulta al solo pensiero. Ai ricordi. Il suo profumo sulla mia faccia e sulle dita. Guardarla mentre mi leccava le dita dopo essere venuta. Infilarle il cazzo in bocca. Eravamo malati, nel peggiore dei modi, ma ci capivamo. L'oscurità ci veniva naturale. I pensieri, le parole sbagliate. All'inizio volevo punirla per quello che sua madre ha fatto alla mia famiglia, e invece è successa la cosa più folle di tutte.

Mi sono innamorato di lei.

Non posso pronunciare queste parole. Mi riderebbe in faccia. E forse avrebbe ragione a farlo. Non so cosa sia l'amore. I miei genitori non si sono mai comportati come una coppia di innamorati. Per la maggior parte del loro matrimonio, si sono limitati a tollerarsi. Se mai sono stati liberi, felici e innamorati, è stato in un periodo in cui io ancora non esistevo, o non me lo ricordo.

Summer mi ha fatto impazzire dalla lussuria, ma mi ha anche… intenerito. Mi ha fatto sorridere. Mi ha reso felice, dannazione. Un'emozione che non credevo di riuscire a provare.

Solo lei me l'ha permesso. E non mi sono più sentito così da quando è uscita dalla mia vita. Neanche una volta.

«Non prendiamo il dolce?», chiede Summer dal nulla, ignorando la mia affermazione.

Il suo sguardo è posato sul tavolo vuoto, il diario vi giace sopra e si prende gioco di entrambi. È iniziato tutto per colpa di quello stupido libricino. Se potessi, lo brucerei. Ma forse lei lo vuole ancora. Si sentirebbe più sicura a riaverlo, e vorrei darle questa possibilità. Le darò tutto quello che vuole, purché accetti di continuare a vedermi.

Non deve far altro che chiedere.

«Potresti essere tu il dolce», dico in tono leggero, ma i miei pensieri sono oscuri.

Le si illuminano gli occhi mentre mi studia con espressione diffidente. «In che senso?».

Come se non lo sapesse.

«Lascia che te lo mostri». Faccio un passo verso di lei, la costringo a premere la schiena contro la finestra e a trasalire per il vetro gelido. Sento il vento che soffia da fuori. «Non ti fidi di me?»

«No», risponde senza esitare.

Faccio un altro passo, inalando di nascosto il suo profumo. «Non ti farò del male, a meno che tu non lo voglia».

Le sue pupille si dilatano all'ultima frase e non posso fare a meno di sorridere.

«Lo vuoi?». Mi avvicino e faccio scivolare le dita sul davanti del suo vestito, toccando la sua pelle calda e morbida. «Vuoi che ti faccia venire?»

«Pensi ancora di poterlo fare?», chiede con voce tremante.

«È una sfida?». Inarco un sopracciglio. Lei non risponde. «Lascia che ti mostri cosa posso fare per te».

La allontano dalla finestra e la schiaccio contro il muro con il mio corpo, la sovrasto e la blocco. È più alta con i tacchi, mi arriva all'altezza degli occhi e tengo lo sguardo ancorato nel suo mentre afferro l'orlo del vestito. Lo sollevo piano, oltre i suoi fianchi, finché non arriva alla vita. Ora la parte inferiore del suo corpo è del tutto esposta.

Mi scanso appena per poterla guardare, osservo le sue lunghe gambe lucenti, il perizoma color carne che indossa. È più magra di quanto ricordi, le anche sono sporgenti, la pancia così piatta da essere quasi concava. La tocco lì, sento il brivido che le attraversa la pelle.

«Non mangi? Sei pelle e ossa», mormoro e sposto le dita sul fianco sinistro, accarezzandola.

«Ho da fare», ammette. «Non ho tempo».

«Se stessi con me, mi assicurerei di farti mangiare», le dico, facendo scorrere le dita avanti e indietro sul suo stomaco, toccando l'ombelico. «Ti porterei la colazione a letto. Tutti i croissant freschi e il burro che desideri».

«Ingrasserei».

«Grassa e bella». Avvicino il viso al suo e le nostre labbra quasi si sfiorano. «Farei tutto quello che vuoi, solo per renderti felice».

«Davvero?». Ha la voce piatta. Non mi crede.

«Sì». Le poso un fugace bacio sulle labbra e mi stacco, la sua bocca segue la mia e sorrido. «Vieni con me».

La prendo per mano e la conduco verso il tavolo, prendo il diario e lo lancio sul pavimento. Atterra con un tonfo sordo che fa sobbalzare Summer.

«Mettiti sul tavolo», dico a bassa voce.

Si acciglia. «In che senso?»

«Voglio che ti stenda sul tavolo». Vado da lei e la afferro per la vita, la sollevo e la faccio sedere sul bordo. «Sdraiati».

Lancia un'occhiata alle sue spalle, poi riporta lo sguardo su di me. «Perché?»

«Te l'ho detto perché», rispondo con poca pazienza. «Sei il dolce».

«Whit, non so se…».

«Oh, porca miseria». La afferro per la nuca e avvento la bocca sulla sua, depongo un bacio punitivo sulle sue labbra accoglienti. Lei le dischiude subito, un gemito viene dal profondo della sua gola e le nostre lingue danzano. Lo vuole. Mi vuole. Le proteste e le lamentele sono una facciata. Un espediente.

Può fingere quanto vuole, ma siamo fatti per questo.

Siamo fatti l'uno per l'altra.

Ci baciamo a lungo. Le lingue si intrecciano, i denti mordono, le labbra sono affamate, piene di desiderio. La faccio scivolare sul tavolo, così da farla sedere quasi al centro, le gambe gettate oltre il bordo. Interrompo il bacio, entrambi abbiamo il fiato corto e ci guardiamo, i petti che si alzano e si abbassano all'unisono.

«Sdraiati», ordino con fare brusco e questa volta non esita né discute. Si sdraia sulla schiena, poggiata sui gomiti, lo sguardo ancora incastrato col mio.

«Così?», chiede e divarica le cosce, offrendomi uno stuzzicante scorcio del suo perizoma sotto la rete.

«Proprio così». Mi avvicino ancora una volta all'orlo del vestito, che sollevo verso l'alto, sopra la vita e il seno. «Toglilo».

Lei si alza e si libera del vestito, ora è seduta davanti a me con solo le mutandine addosso. Voglio che si tolga anche quelle, ma ci penserò io tra poco.

«Bellissima», mormoro, poi le tocco il seno, lo soppeso tra i palmi, sfioro i capezzoli turgidi col pollice. Le sfugge un sospiro e spinge il petto verso di me, mentre io accarezzo la sua pelle sensibile. Chino la testa, tiro fuori la lingua e lecco. Un capezzolo. Poi l'altro. Lei trema, le gambe del tavolo vacillano sotto di lei e spero con tutto me stesso di non distruggere il tavolo.

Rovinerebbe l'atmosfera.

I seni e i graziosi capezzoli rosa mi chiamano, splendono per la mia saliva. Ne succhio uno, lo bacio, lo stuzzico con le labbra, bevendo da lei. Mi porta una mano dietro la nuca, mi tiene stretto a sé mentre succhio, lecco e stuzzico. Abbiamo appena iniziato e non ne ho mai abbastanza di lei.

Ne avrò mai abbastanza?

Dedico le stesse attenzioni all'altro seno, poi inizio a viaggiare su tutto il suo corpo. Faccio scorrere la bocca sullo stomaco, sui fianchi. La passo piano sotto l'ombelico. Sento l'odore tra le sue gambe, il profumo ricco e muschiato mi arriva alle narici e mi fa venire l'acquolina in bocca, voglioso di assaggiarla.

Dio, è passato tantissimo tempo dall'ultima volta in cui l'ho presa. Ho il cazzo così duro da farmi male, ma non ho intenzione di fare nulla.

Questo momento è tutto per lei.

«Whit», sussurra, mentre traccio con la lingua l'orlo del perizoma.

Alzo lo sguardo, lei mi osserva. «Sì?»

«Toglilo», ordina con voce tremante.

Sorrido. Passo la lingua sul perizoma bagnato, facendola mugolare. «Non hai tu il controllo della situazione, o sbaglio?».

«Per favore», mormora e io continuo a leccarla. Il tessuto del perizoma è sottilissimo, sto quasi toccando la sua pelle, ma non ancora. La barriera aggiunge magia al momento e non sono pronto a sbarazzarmene.

«Non ti piace?», chiedo e la lambisco, la lingua contro la sua carne pulsante.

Lei sibila un respiro, chiude gli occhi e io continuo a leccarla. Mi ricordo perché volevo proprio questa sala e mi allontano da lei, sollevo lo sguardo e vedo lo specchio appeso sopra di noi. Lei è stesa sul tavolo a gambe divaricate, il bel corpo in mostra. La testa non entra nella cornice. Non posso vedere il suo splendido volto, né l'espressione frustrata che ha, anche se mi piacerebbe farlo.

«Guarda su», sussurro. Lei fa come dico e sgrana gli occhi quando se ne rende conto. «Guardami».

Capitolo 47

Summer

Il mio intero corpo viene percorso dalla pelle d'oca alla vista del nostro riflesso. Whit, tra le mie gambe divaricate, inclina la testa all'indietro e ci osserva a sua volta. Sono tagliata dalle spalle in su, non riesco a vedere il mio viso, ma c'è qualcosa di sexy in questo. Come se potessi distaccarmi dal momento e guardarmi da fuori. Come se non stesse accadendo a me stessa.

Ma è così.

Sento le sue mani su di me. Grandi, calde e possessive. Mi reclamano come se gli appartenessi da sempre.

Suppongo sia così.

Mi libera dalle mutandine, gettandole sul pavimento dopo averle fatte passare oltre le scarpe. «Piega le ginocchia e metti i piedi sul tavolo», ordina.

Con gesti automatici, faccio ciò dice, come se non potessi oppormi. Senza fiato, lo guardo che si avvicina, posa le mani sull'interno coscia e mi apre. Carne rosa e lucente in piena esposizione.

Penso al personale del ristorante. E se entrassero? Se ci beccassero? Ne sarei imbarazzata.

Po ricordo che Whit ha affittato l'intero locale per la notte. Forse ha detto loro che avevamo bisogno di un po' di privacy e di non entrare nella sala.

Posa la bocca su di me e gemo a lungo, da risultare quasi imbarazzante. Mi costringo ad aprire gli occhi, osservo la sua testa che si muove tra le mie cosce e le mani che mi stringono. Gli passo le dita tra i capelli, incapace di distogliere lo sguardo mentre sento la lingua e le labbra intente a succhiarmi, che mi mandano fuori di testa.

Tutto mentre guardo lo specchio. Il mio personale film porno prende vita.

Sollevo i fianchi, premo la figa contro il suo viso e lui fa scivolare le mani sotto di me, tenendomi sollevata mentre lecca e mangia la mia carne fremente. Non si ferma mai, neanche una volta. Chiudo gli occhi per un brevissimo istante, cercando di ricompormi. Quello che sta facendo è una tortura. Squisita, quasi dolorosa, ma so che alla fine ne varrà la pena.

Guardarlo mentre mi divora agevola il mio orgasmo. Sto già per venire. Sento che cresce dentro di me. Di più. Sempre di più. Dei gridolini mi sfuggono dalle labbra mentre lui continua a lambirmi, la punta della lingua si accanisce contro il clitoride. Con la bocca copre del tutto la fessura e vorrei morire quando mi penetra con la lingua. Dentro e fuori. Dentro e fuori. Non riesco a smettere di mugolare. Gemo. Mi dimeno. Lui mi tiene sollevata, le dita stuzzicano tra le mie natiche, sondano a fondo, e arrivano a penetrare il mio buco. Preme un dito contro lo stretto bocciolo, mi accarezza lì, e questo è tutto quel che mi serve.

Vengo con un grido, gli inzuppo la faccia con i miei umori e mi strofino contro di lui senza ritegno. Il corpo ansante, il clitoride in fiamme giacché lui continua a succhiarlo, intanto che le sue dita curiose mi fanno impazzire. Si porta sopra di me, le dita ancora sul culo, le nostre bocche che si trovano. Lo bacio con totale abbandono, assaggiando me stessa sulla sua lingua. Mi spingo verso di lui, le mie dita trovano il suo cazzo, che accarezzo da sopra il tessuto, desiderandolo dentro di me.

«Non posso scoparti qui», afferma, ansimando contro la mia bocca.

Trovo il bottone dei pantaloni e lo apro. «Perché no?»

«Non faceva parte del piano», ammette, premendo la fronte contro la mia.

Abbasso la cerniera e infilo le mani dentro, sposto le dita sotto i boxer e scopro la carne dura e vellutata. Sgocciola sul mio palmo quando inizio ad accarezzarlo. «Ti voglio dentro di me».

Geme e spinge il membro duro contro la mia mano. «Non così».

«Scopami, Whit», esigo, poi lo lascio libero, così riesco ad abbassargli i pantaloni con un movimento goffo, desiderando troppo di averlo dentro di me per preoccuparmi di altro.

Lui schiaffeggia via la mia mano, mi afferra per i fianchi e mi fa scivolare sul tavolo, così da stare in bilico proprio sul bordo. Scosta i vestiti e libera il suo cazzo, poi mi entra dentro, fino alla base, penetrandomi a fondo.

Restiamo immobili, l'unico movimento consiste nel suo membro che pulsa nel mio corpo. Ci studiamo a vicenda con il respiro affannato e io contraggo le pareti, stringendo il più possibile.

Lui geme. «Cazzo».

Getta la testa all'indietro e guarda lo specchio. I nostri corpi connessi. Sollevo anche io lo sguardo e mi mordo il labbro inferiore, lui si ritira con un movimento lento, il cazzo esce quasi del tutto, ricoperto dai miei umori, per poi tornare di nuovo dentro.

È la cosa più sexy che abbia mai visto.

Mi scopa con un ritmo pigro, esce ed entra come se avesse tutto il tempo del mondo. Mi godo quella lentezza, assaporo il modo in cui mi riempie del tutto, il modo in cui mi possiede a ogni spinta. Mi ricorda che gli appartengo.

Ed è così. Gli appartengo, ma non voglio dirlo ad alta voce. Confessarlo significa ammettere anche altre cose, e non sono ancora pronta a farlo. Mi concentro sul modo in cui mi scopa. Quasi con riverenza, come se anche lui volesse godersi il momento. Ha un autocontrollo ammirevole. Tutto questo solo per me?

A volte mi chiedo se le stelle si siano allineate quella sera nell'appartamento dei suoi genitori a Manhattan. Come se fossimo destinati a incontrarci. A baciarci e a toccarci.

Ci siamo baciati. Abbiamo toccato… le nostre anime. Ci siamo marchiati a vicenda. Connessi.

Per sempre.

«Guarda quanto sei bella», sussurra con foga, gli occhi puntati sullo specchio.

Sollevo lo sguardo, ora entro tutta nella cornice. Ci fissiamo a vicenda mentre lui pompa dentro di me. Ho la pelle arrossata, i capezzoli duri, la figa così bagnata che sento ogni sua spinta.

«Mi sei mancata», ammette. «Mi è mancato tutto di te».

Il mio cuore ha un tuffo alle sue parole, all'emozione nella sua voce. «Mi sei mancato anche tu», mormoro.

Distoglie lo sguardo dallo specchio e mi bacia, le nostre bocche sono connesse, le lingue in battaglia. Aumenta il ritmo, mi scopa con foga e la promessa di un altro orgasmo si fa strada dentro di me. Cresce. Sono in una posizione scomoda, la schiena mi fa male perché urta contro il tavolo sotto la forza delle sue spinte, ma non mi importa. Non quando un altro epico orgasmo sta per abbattersi su di me.

Senza preavviso, Whit fa scivolare la mano tra noi e le sue dita trovano il clitoride. Lo strofina con cerchi frenetici, mi toglie il fiato, tutto il mio corpo si ferma per qualche secondo prima che l'orgasmo mi investa, facendomi rabbrividire più e più volte.

La figa si stringe attorno al suo cazzo, si contrae e si rilassa, lui geme e invoca il mio nome. Lo tengo stretto a me, trema e si agita, e il suo seme mi inonda. Finiti i brividi, resta sospeso su di me per qualche istante e io gli accarezzo la schiena, desiderando che sia nudo. Si ritrae senza una parola, estrae il cazzo floscio dal mio corpo, lo sperma fuoriesce e mi sporca l'interno coscia e il sedere. Forse cola anche sulla tovaglia.

«Che ragazza incasinata», dice, ricordandomi il Whit diciassettenne. Il ragazzo di cui mi sono innamorata alla follia. «Guardati».

Allungo una mano tra le mie gambe e intingo le dita nello sperma, poi le porto alle labbra e succhio, senza mai allontanare lo sguardo dal suo.

I suoi occhi si illuminano e rimette il cazzo nei boxer, chiude la cerniera e si aggiusta i pantaloni. «Sporca troietta».

«Ti piace», dico, non mi offendo per i suoi insulti.

Lo dice con affetto. Non sono la sporca troietta di nessuno.

Solo di Whit.

Dopo avermi aiutata a rivestirmi, recupera il soprabito e me lo posa sul corpo, stringendomi al suo fianco mentre usciamo dal locale, con il mio stupido diario stretto in mano. Il vento freddo ci investe e per fortuna la sua auto arriva pochi secondi dopo. Apre la portiera posteriore e io salgo dentro, eccitata, mentre lui mi segue poco dopo, le dita che si tuffano sotto il vestito per toccarmi il sedere.

La macchina si allontana dal marciapiede e lui si fionda su di me, mi attira tra le braccia e mi bacia come se fosse l'ultima volta. Ricambio il bacio con lo stesso fervore entusiasta, bevo dalle sue labbra perfette, le mani vagano sul suo corpo. Lui è altrettanto bramoso e avido, mi tira giù la parte superiore del vestito e sfiora con la bocca un mio capezzolo.

«Vieni in albergo con me», ringhia contro la mia pelle, poi mi morde.

Strillo, desiderando subito che lo faccia di nuovo. «Va bene», dico senza fiato.

«Ti scoperò per tutta la notte». Si allunga tra le mie gambe, le dita si insinuano sotto le mutandine e non trova altro che pelle bagnata. «Ti scoperò fino allo sfinimento, finché non mi implorerai di fermarmi».

Al pensiero, il calore si deposita nel mio ventre e, ancora una volta, porto la bocca sulla sua, lo bacio con tutta l'emozione repressa che ho conservato per lui nell'ultimo anno e mezzo.

«Ti scoperei sul sedile posteriore di questa macchina, ma non manca molto all'hotel e al semaforo», dice con aria divertita, staccandosi dalla mia bocca avida. «Sei ingorda, Savage».

«Ingorda come te, Lancaster», gli rammento, passando la mano sull'inconfondibile curva della sua erezione.

Sorride, e che spettacolo. Il ragazzo che era una volta mi ha sorriso così solo per un breve periodo, quando abbiamo trascorso una settimana nella tenuta della sua famiglia.

Prima che tutto andasse in rovina.

Aggrotto la fronte e tolgo la mano dai suoi pantaloni, i ricordi tornano a galla uno dopo l'altro.

Mi inondano di tristezza.

Di paura.

Il suo sorriso scompare, sostituito da uno sguardo interrogativo. «C'è qualcosa che non va?».

Distolgo gli occhi, osservo fuori dal finestrino le luci della città che ci sfrecciano accanto. «Niente».

Scivola sul sedile e posa le mani sulle mie spalle, leggere come una piuma, quasi avesse paura di toccarmi. «Stai mentendo».

Abbasso la testa e traggo un respiro profondo, mentre sento la sua bocca che mi sfiora la nuca. Delicata. Dolce. E Whit non è mai dolce o delicato. «Sembra una bugia».

Lui resta immobile. «Che cosa?»

«Questo. Tutto quello che c'è tra noi. Il momento di prima, nel ristorante. Come tu e Monty mi avete teso una trappola. E ancora non so cosa vuoi da me».

Le sue mani restano sulle mie spalle, mi tengono ferma. Non che io possa sfuggirgli, visto che siamo in una macchina in movimento. «Voglio… te».

«Per la notte?». Lo guardo di sbieco, sorpresa dalla vicinanza del suo volto al mio. «Un'ultima scopata prima di tornare dalla tua futura moglie?».

Si acciglia. «Non ho una futura moglie. Te l'ho detto, tra me e Leticia è finita. Non c'è nessun'altra».

«Tua madre ne ha sicuramente trovata un'altra». Distolgo lo sguardo, torno a studiare la città notturna. Guardare i suoi occhi glaciali è sconcertante. Dovrei essere arrabbiata con lui e con Monty. Mi hanno ingannata entrambi, e non mi fa piacere. Mi sono fidata ciecamente di Monty e lui ha architettato tutto questo, nonostante sapesse dei miei sentimenti per Whit e della nostra relazione. Sapeva quanto era stato sbagliato.

Quanto sia *ancora* sbagliato. Lo rivedo più di anno dopo, in seguito al suo tradimento, ed eccomi qui, a prendere di nuovo parte attiva nei nostri giochi sessuali.

Sono dipendente da lui e credo di potermi consolare solo sapendo che anche lui è dipendente da me, ma non ci riesco. Tutto ciò non fa altro che confermarmi che siamo un totale disastro. Insieme, non abbiamo senso. Sono tentata di dirlo ad alta voce, ma tengo la bocca chiusa.

«Mia madre non mette il naso nella mia vita privata», afferma Whit, mettendo un freno ai miei pensieri.

«Certo», dico dubbiosa, perché lo sono.

«Sì». Si china, con la bocca sfiora il mio lobo. «Posso stare con chi voglio. Nessuno di loro può dirmi cosa fare».

Il cuore mi martella nel petto, minaccia di strisciare fuori dalla pelle. Vorrei chiedergli se vuole stare con me, ma ho troppa paura. È passato tantissimo tempo dall'ultima volta che l'ho visto e non voglio fare la figura della poveretta che lo implora di riprendermi. Come se l'avessi mai avuto, tra l'altro.

«Non mi chiederai cosa voglio, vero?». Fa scorrere le labbra sul mio orecchio, mi fa il solletico. «Hai paura?»

«Sono arrabbiata con te».

«Sei arrabbiata con me, mh». Sembra non credermi. Trattengo il respiro quando infila una mano nel vestito e mi palpa il seno. «Non mi pare che il tuo corpo ce l'abbia con me».

«Il mio corpo è un bugiardo, proprio come te». Chiudo gli occhi quando col dito disegna dei cerchi intorno al capezzolo. Avanti e indietro.

«Guardami, Summer».

Tengo la testa china, mi concentro per mantenere il respiro regolare, ma è tutto inutile.

«Guardami», ordina.

Mi volto per fronteggiarlo, aspettandomi di vederlo arrabbiato. Pieno d'odio, tutte le sue emozioni furiose riversate su di me.

Ma mi sta guardando e... nei suoi occhi c'è tenerezza. Come se fossi la cosa più bella che abbia mai visto. «Vieni con me, nella mia stanza. Lascia che ti spieghi».

«Spiegare cosa? Cosa c'è da spiegare? Non abbiamo parlato a sufficienza?», grido, la frustrazione mi attraversa e stringo le mani in due pugni, appoggiandole sulle ginocchia.

Whit si avvicina, con un gesto delicato separa le mie dita e le intreccia alle sue. Il suo tocco è un conforto, anche quando non dovrebbe esserlo. «Devo dirtelo in macchina, vero?»

«Per favore, non dire niente», mormoro mentre lo osservo, il sangue che mi pompa nelle orecchie e mi fa girare la testa. Lo sguardo mi cade sulla sua bocca e resto incantata da quanto le sue labbra siano rosse. Gonfie, anche. Per i nostri baci. Per tutto quello che mi fa. Incapace di resistere, mi avvicino a lui e poso la mano sul suo pacco.

Il suo cazzo è enorme. Duro e massiccio. Lo accarezzo e lui sibila un respiro. Spinge i fianchi verso l'alto mentre continuo ad accarezzarlo.

«Vuoi farmi venire nei pantaloni?». Inarca un sopracciglio.

«Sì», mormoro senza esitare.

«Questo completo vale più di quindicimila dollari», mi informa.

Sorrido. Non riesco a resistere. È meglio se comunichiamo a livello sessuale. Non voglio sentire un mucchio di sciocchezze, di promesse senza senso che non ha intenzione di mantenere. Sta mentendo. Cambia subito idea e mi lascia inerme. Senza difese. Non avrei dovuto farlo. Non avrei dovuto permettergli di prendermi al ristorante e non dovrei giocare con lui ora, sul sedile posteriore di questa macchina, ma è come se non riuscissi a farne a meno.

Non è una scusa, ma la verità.

«Una ragione in più per farti venire lì dentro», dico con una leggera risata.

«Dio, sei bellissima», afferma lui, mi studia con uno sguardo di riverenza.

La mia risata si spegne, pura gioia mi scorre nelle vene. Il mio sguardo non si allontana mai dal suo, le dita ancora sul suo cazzo. Siamo persi l'uno nell'altra, l'aria tra noi si fa più pesante a ogni secondo che passa.

La macchina si ferma e l'autista parla in francese, dice che siamo arrivati all'hotel. Whit si allontana piano da me, scosto la mano e l'attimo dopo siamo fuori dall'auto. Whit mi accompagna nella hall dell'albergo, la pelliccia ancora una volta sulle mie spalle, a coprirmi.

L'edificio è splendido, con numerosi lampadari scintillanti che brillano sulle nostre teste, grandi composizioni floreali riempiono lo spazio del loro dolce profumo. Non è elegante come il Ritz, ma è comunque spettacolare, e non mi aspetto niente di meno per un Lancaster.

Entriamo nell'ascensore e Whit preme il pulsante per l'ultimo piano.

«Attico?», chiedo.

«Quasi», dice lui, lo sguardo viaggia su tutta la lunghezza del mio corpo, si sofferma sul cappotto aperto. «Questo vestito è indecente».

«L'ho detto a Monty, ma ha insistito perché lo prendessi», spiego.

«L'ha fatto per me». Il suo sguardo mi consuma. «Gli ho detto di scegliere il vestito che mostrasse al meglio le tue forme».

Lo incenerisco con lo sguardo. «Sono una prostituta?»

«No, volevo vederti. Tutta. Solo per me. Volevo che mi provocassi senza uno sguardo o una parola. Il vestito è un'opera d'arte, ma non è nulla in confronto a te. Il tuo corpo è la perfezione».

Resto a bocca aperta, sbalordita da quei complimenti generosi. Questo non è il Whit che ho conosciuto al Lancaster Prep.

Non ci si avvicina proprio.

L'ascensore si ferma, le porte si aprono con un silenzioso fruscio e Whit posa la mano sulla mia schiena, mi guida lungo il breve corridoio, e si ferma proprio davanti a delle imponenti doppie porte. Estrae una chiave magnetica, apre la porta con un gesto della mano e sento il suono distinto della serratura che scatta.

Pochi secondi dopo siamo dentro la stanza, la calma all'interno è solo apparente. Io non sono per niente calma. Sono un gran casino, dentro e fuori. Il cuore batte a mille. I pensieri turbinano. I respiri sono rapidi, si bloccano in gola e le mani mi tremano in modo evidente.

La porta si chiude con un tonfo, siamo avvolti nell'oscurità e lui afferra una delle mie mani tremanti, conducendomi dall'altra parte della stanza.

«Vieni a vedere il panorama», dice e la sua voce profonda mi inonda. Mi ricorda che sì, sono davvero qui e sì, siamo davvero insieme. In questa stanza d'albergo nel centro di Parigi, in una fredda notte di inizio primavera.

Non è un sogno. Né un incubo.

Mi porta alla finestra e la apre con una semplice spinta della mano, una ventata d'aria fredda mi investe, facendomi dolere i capezzoli già turgidi. Lo seguo, sporgo la testa fuori dalla finestra e osservo il panorama stellare. La città si estende di fronte a noi come una coperta, la Torre Eiffel si staglia in lontananza, con le luci ancora accese. La guardo affascinata, lasciandomi prendere dal romanticismo del momento. Whit è dietro di me e le sue mani si muovono. Viaggiano. Allontana il cappotto dal mio collo, lo fa scivolare lungo le braccia, finché non cade in una soffice pila ai miei piedi. Preme il corpo caldo contro il mio, mi sostiene, e io non riesco a smettere di tremare. Per colpa del freddo.

Per colpa sua.

«Non sembra vero», mormoro.

«È tutto vero», dice contro il mio collo, poi mi avvolge le braccia intorno, posando le mani sullo stomaco. «Finalmente ti ho trovata, Savage. E non ti lascerò andare».

Le sue parole, il modo in cui le dice, non è cambiato. Sono una promessa.

Una minaccia.

Sono felice per entrambe.
Per lui.
Nonostante tutto quello che è successo e quello che mi sta facendo, sono felice.
Tanto felice.

Capitolo 48

Summer

Mi sveglio stordita, con la testa tra le nuvole, e cerco di mettere a fuoco la stanza. Mi scosto i capelli dal viso e strizzo gli occhi nell'oscurità; riesco a distinguere qualcosa con difficoltà, anche se la mia vista si sta adattando. Sento il rumore del traffico che proviene da qualche parte di sotto, continuo e insistente, con qualche sirena frenetica e l'impaziente suono dei clacson.

Un movimento nel letto e il materasso che si abbassa. Una figura rotola verso di me, delle braccia forti mi abbracciano da dietro. Il suo grande corpo è rannicchiato contro di me, le braccia muscolose mi tengono stretta, la bocca calda sul mio collo, le dita che cercano tra le mie gambe.

Gemo quando mi tocca lì, ma non è il gemito in cui lui sperava. «Basta», sussurro in agonia, e lui ride, il sadico bastardo.

«Ti ho distrutta». La sua è un'affermazione, non una domanda.

«Non credo di poter sopportare un altro orgasmo», dico in tutta sincerità. Ho perso il conto di quante volte sono venuta ieri sera. Troppe da contare sulle dita di una mano. Finché non l'ho spinto via con il clitoride in fiamme, il corpo e la mente esausti.

«Ti ho detto che avrei scopato a sangue quella tua bella fighetta». Mi bacia il collo, affamato, e spinge i fianchi. La sua erezione scivola contro il mio culo, e io chiudo gli occhi, tenendomi forte.

Se mi scopa di nuovo lì, non so se riuscirò a sopportarlo.

«Rimettiti a dormire, dolce troietta», cantilena all'orecchio, le dita che scivolano sulla mia guancia. «Riposati, ne hai bisogno».

In pochi minuti cado in un sonno profondo e mi sveglio solo molto tempo dopo.

Nemmeno sogno.

Che beatitudine.

Quando riapro gli occhi, le tende sono state tirate indietro e lasciano entrare in abbondanza una luce calda. Vedo una tavola elegante, apparecchiata ai piedi del letto, due piatti coperti da cupole d'argento. Posate e bicchieri, un cestino con una scelta di pane, un piatto pieno di burro cremoso. C'è una bottiglia nel ghiaccio, su un supporto accanto al tavolo, e posso solo supporre che si tratti di champagne.

Un pasto di festeggiamento? Ho delle alte aspettative. Non c'è nulla da celebrare tra noi, sempre che lui non consideri il ritorno ai nostri vecchi ruoli un motivo per festeggiare.

«Sei sveglia».

Mi volto verso il suono della sua voce e lo vedo in piedi sulla soglia del bagno, appoggiato allo stipite. Ha le mani in tasca, indossa una camicia blu pallido aperta, che rivela il petto liscio e muscoloso. I capelli sono umidi, come se fosse appena uscito dalla doccia e, mio Dio, non credo di averlo mai visto con un aspetto così delizioso e rilassato.

Bello da spezzare il cuore.

«Buongiorno», dico con voce roca.

«Buon pomeriggio, forse». Si allontana dalla porta e viene verso il letto, si ferma al mio fianco e si china per posare un bacio sulla mia bocca sorpresa. «Buongiorno, bellezza».

Lo guardo attonita e stringo al petto il piumino bianco come la neve, senza parole.

«Hai fame?». Lancia uno sguardo verso il tavolo. «Il servizio in camera è arrivato pochi minuti fa».

Oddio, mi hanno vista nuda e distesa sul letto? Mi sono svegliata che ero sotto le coperte, ma con una gamba che usciva fuori. Che imbarazzo.

Whit sembra comprendere il mio imbarazzo, perché sul volto ha un'espressione dolce. «Ho spinto io il tavolo e il supporto vicino al letto. L'avevano lasciato dentro la stanza. Vieni». Mi tende una mano. «Mangiamo».

«Ehm, sono nuda». Mi rimbocco il piumone addosso, stranamente a disagio. Non sono abituata a questo Whit gentile. È... sconcertante.

«Ti porto il cibo, allora». Si avvicina al tavolo e solleva le due cloche d'argento, rivelando un piatto sontuoso a base di uova strapazzate e strisce di bacon, accompagnate da ciotoline di frutta colorata.

Mi brontola lo stomaco e alzo lo sguardo verso di lui. «Bacon?»

«In questo hotel servono la colazione all'americana», spiega. «Vuoi un croissant?»

«Sì, grazie».

Guardarlo mentre svolge delle mansioni domestiche e si prende cura di me mi manda in confusione il cervello.

«Caffè?», chiede, lo sguardo incastrato nel mio.

«Sì, grazie. Con panna».

«Champagne?».

Sono tentata, ma non ho bisogno di alcol in questo momento. «Dopo».

Mi allunga il piatto, carico di così tanto cibo che non lo finirò tutto, insieme al tovagliolo di stoffa e alle posate. Posa una tazza di caffè piena fino all'orlo sul comodino e poi fa la stessa cosa per sé, sistemandosi sul letto, accanto a me, con la schiena sostenuta dai cuscini.

Mangiamo in silenzio, la tensione sempre più fitta man mano che ci avviciniamo alla fine. Non riesco a smettere di gustarmi il croissant, facendolo a pezzettini, e ho già mangiato tutta la frutta, parte delle uova e, nemmeno a dirlo, il bacon è finito da un pezzo.

«Sei nervosa», dice dopo troppi minuti di silenzio. «Lo percepisco».

Poso il piatto sul comodino al mio fianco, mi pulisco le mani e la bocca con il tovagliolo di stoffa e poi mi volto a guardarlo. «Certo che sono nervosa. Non ho ancora capito cosa sta succedendo, né perché sei qui. Eri in combutta con Monty e hai organizzato la cena di ieri sera. Non capisco, Whit».

«Sapevo non avresti mai accettato di vedermi, se te l'avessi semplicemente chiesto. Ho dovuto usare l'elemento sorpresa per trovarci entrambi nella stessa stanza», spiega.

«E ora eccomi qui, da vera idiota, nuda nel tuo letto. La tua troia perfetta». L'ultima frase la pronuncio sottovoce, con la vergogna che mi assale e il rimpianto di aver mangiato tanto.

«Non definirti così».

«Perché no? È vero. Mi hai sempre chiamata così, sin dal nostro primo incontro. È quello che volevi da me fin dall'inizio. Volevi il mio corpo. Volevi distruggere la mia autostima e controllarmi nel modo più assoluto. Mi volevi per ogni tuo capriccio, per giocare, scopare e torturarmi. Non ne hai avuto abbastanza?».

Lascia cadere il piatto sul comodino con un forte tonfo e si avvicina a me, ma io mi allontano, bisognosa di tenere una certa distanza. «Non è così. Fai sembrare tutto ciò che abbiamo condiviso… squallido».

«Perché lo è». Il piumone cade e incrocio le braccia, coprendo i seni, non voglio che lui li veda.

Eppure, li sta guardando. Li fissa. Fissa me, come se non ne avesse mai abbastanza.

«Vuoi la verità? Sono ossessionato da te», sussurra con voce roca, lo sguardo implorante. «All'inizio ti odiavo per ciò che rappresentavi. Poi mi hai attratto, nonostante tutto. Alla fine, ho dovuto prenderti e poi non ne ho più avuto abbastanza».

Lo guardo, il mio corpo trema per un'emozione sconosciuta. Dio, quando è così vicino mi si confonde la mente. È troppo.

«Lo sai quanto sei forte? Quanto cazzo sei bella? Ti aggiravi per il campus come se ne fossi la padrona, nonostante io cercassi in tutti i modi di distruggere la tua reputazione. Ammiravo la tua forza, la rispettavo», ammette.

«La rispettavi? Ma per favore. Ti eccitavi nel degradarmi ogni volta che potevi», ribatto, abbassando le braccia. Che guardi pure. Le mani, la bocca e il suo cazzo erano su tutto il mio corpo ieri sera. Ora che importanza avrebbe?

Lui continua come se non avessi detto nulla. «E poi ti presenti alla cena del mio compleanno, seduta con la mia famiglia come se ne facessi parte, e io arrivo con quella buffonata di ragazza che avrei dovuto sposare. Ti ho scopata in bagno perché morivo dalla voglia di entrarti dentro, non sono riuscito a controllarmi».

«Volevi umiliarmi», lo interrompo.

«Non è così».

«Hai toccato Leticia con… i miei umori ancora sulla mano», gli rammento e chiudo gli occhi al ricordo dell'umiliazione di quel momento.

Si avvicina e sento il calore del suo corpo. Sento il profumo della sua deliziosa e costosa colonia. «Mi hai marchiato. Mi hai ricordato che ero tuo. Non l'hai capito? Ti sei impressa su di me per tutta la settimana a casa mia. Non mi bastavi mai. Sono andato da mio padre e l'ho pregato di annullare l'accordo con Leticia».

Sgrano gli occhi e vedo che siamo faccia a faccia. «Perché? Per stare con me?».

Lui non risponde, ma nemmeno distoglie lo sguardo. Non vuole dirlo, ma vedo la risposta nei suoi occhi.

Sì.

«Tra noi non funzionerà», sussurro.

Mi tocca il viso. Mi afferra con delicatezza il mento tra le dita e inclina la testa all'indietro. «Funzioneremo sempre, Summer. Guardami». Incontro il suo sguardo e noto l'intensità nei suoi occhi azzurri. «Siamo fatti l'uno per l'altra».

La sua bocca si deposita sulla mia prima che possa aggiungere qualcosa e mi schiudo a lui. Certo che lo faccio. Come una cattiva abitudine che non riesco a dimenticare, per quanto ci provi. Mugolo nel momento in cui arriccia la lingua contro la mia, le mie mani viaggiano sulla pelle nuda del suo petto. Lo accarezzo, mi aggrappo a lui, sopraffatta. Bisognosa.

Un gemito risuona nella profondità della sua gola e le sue mani sono dappertutto, ma non è sufficiente. Non è mai abbastanza quando si tratta di lui. E di me. Cado sul letto e lui si abbassa pantaloni e boxer, esponendo il pene eretto. Gli monto sopra, mi metto cavalcioni e afferro la base per aiutarlo a entrare in me.

Gemiamo entrambi in preda all'agonia quando scivolo sulla sua lunghezza. I pantaloni sono intorno alle caviglie, indossa ancora la camicia e comincio a scoparlo, inseguendo la beatitudine che so arriverà tra pochi minuti.

Posa le mani sulla mia vita, controllando il ritmo. È massiccio, mi riempie a fondo ogni volta che lo monto. Lo cavalco, la figa si contrae per il bisogno, si serra su di lui che mi accarezza il petto. Attira un capezzolo tra le labbra e succhia, morde. Succhia ancora.

Lo stringo a me, le ginocchia ai suoi fianchi, e salto su di lui, la faccia sepolta nei suoi capelli morbidi e profumati. L'orgasmo indugia al limite, così vicino da poterlo già assaporare e allora spingo in profondità, più a fondo possibile.

Lui è soffocato dal mio seno e un gemito strozzato lo abbandona, poi viene. Mi riempie con il suo seme e scatena il mio di orgasmo. Ci muoviamo l'uno contro l'altro, stretti, gemiamo e ansimiamo finché non giunge la fine.

Lo stringo al petto, non voglio guardarlo in faccia né sentire altre parole. Non ancora. Voglio solo assaporare questo momento, la vicinanza. Siamo vicinissimi. Non so se qualcuno riuscirà mai a farmi sentire come fa Whit.

Non so se voglio qualcuno che non sia Whit.

Ed è una consapevolezza terrificante.

«Vieni a casa con me», mormora contro la mia pelle, le sue labbra mi fanno il solletico.

«In che senso?». Gli accarezzo i capelli e poso un bacio sulla tempia. Se potessi, lo accarezzerei e lo bacerei per tutto il giorno, senza mai smettere.

«Torna negli Stati Uniti con me, vivi con me, stai con me». Mi lecca l'altro capezzolo, quello che ha ignorato per tutto il nostro ultimo rapporto sessuale, e io chiudo gli occhi, il ventre si contrae a ogni colpo della sua lingua.

«Come la tua amante?». Non posso essere altro, ricordi? La piccola puttanella di Whit.

«Come mia pari. Come mia compagna. Forse… un giorno… come mia moglie».

Le sue parole mi suscitano un brivido di terrore. Questo è lo stesso uomo che ha detto che non si sarebbe mai sposato.

Mai.

Smonto da lui, rotolo sul letto e mi sdraio al suo fianco. Il suo seme mi bagna l'interno coscia e i miei capelli sono un assoluto disastro, li scosto via dal viso. Immagino che spettacolo devo essere.

Lui mi guarda come se fossi la visione più bella del mondo.

«Non dici sul serio».

«Sì, invece».

Scoppio a ridere. «Siamo troppo giovani».

«Siamo connessi da almeno sei anni», dice con voce pacata, logica. «È un periodo piuttosto lungo, Summer».

«Non sai di cosa parli. Tua madre non lo permetterà. E nemmeno tuo padre».

«Vaffanculo ai miei. Sono indipendente e facoltoso. Non possono dirmi cosa fare. Non controllano la mia vita». Getta le gambe giù dal letto, si tira su boxer e pantaloni, poi si alza in piedi, chiude la cerniera e il bottone. «Dovresti fare una doccia».

Come fa a comportarsi in modo così normale, eseguire dei compiti così banali mentre siamo nel bel mezzo di una discussione che potrebbe cambiarci la vita? «Whit...».

I nostri sguardi si incontrano, lui arriccia le labbra in segno di divertimento. «Che c'è?».

«Che stai facendo?». Gesticolo verso di lui.

«Mi vesto e ti suggerisco di fare lo stesso. Ma prima hai bisogno di una doccia». Si avvicina a me, poi si ferma e allunga le mani tra le mie gambe. Ritira le dita sporche di sperma e le porta alla mia bocca. «Sei un casino».

Succhio lo sperma dalle sue dita, come sempre. «E poi?»

«Voglio esplorare Parigi insieme a te».

«Esplorarla in che modo?». Sgrano gli occhi. «Ho lezione».

«'Fanculo le lezioni. Tu vieni con me». Mi prende per mano per attirarmi a sé. «Scoviamo dei posti segreti in città dove posso scoparti. Per lasciare ovunque il nostro segno».

«Non... non dovremmo». Sopprimo l'ondata di eccitazione che mi assale al pensiero di farlo.

«Non mentire, Summer, non ti dona». Mi bacia. Beve dalle mie labbra. Affonda di nuovo le dita tra le mie gambe e raccoglie altro sperma, lo porta ancora una volta verso la mia bocca. Lecco e succhio, i suoi occhi lampeggiano di calore. Infine si scansa, lasciandomi con una sensazione di vuoto.

«Va' a fare la doccia». Si allunga dietro di me e mi dà una pacca sul sedere. Forte. Io lancio uno strillo e balzo via da lui. «O te ne darò altre».

«Lo prometti?», lo stuzzico, battendo le ciglia.

Lui mi colpisce di nuovo, stavolta ancora più forte, ed è come una scossa diretta al mio cuore. «Sì. Lo farò, se lo vorrai, ma ora vai a lavarti. Così potrò sporcarti di nuovo».

Capitolo 49

Summer

Stare di nuovo con Whit sembra quasi uno scherzo. È come se non se ne fosse mai andato. Ed è ancora più strano essere felice con lui, in mezzo ad altre persone, in pubblico. Mi tiene per mano mentre passeggiamo per le vie di Parigi e pare abbia paura di perdermi non appena mi lascia andare.

Forse si sente davvero così, non so. L'attimo prima stavamo insieme, quello dopo ero sparita. E non mi ha più rivista.

Monty mi scrive una serie infinita di messaggi per tutto il pomeriggio, ma li ignoro. Sono arrabbiata con lui. Era in combutta con Whit alle mie spalle, e se da un lato non posso lamentarmi del ritorno di Whit, dall'altro mi sento tradita dall'unico amico del mio vecchio mondo, che mi ha ingannata.

Ha dimostrato di essere come tutti gli altri. Facilmente influenzabile dal denaro e dal potere, ciò che Whit usa come armi.

Per tutto il pomeriggio, Whit mi porta in angoli bui o nascosti dietro i muri. Un fitto boschetto di alberi. Ovunque, dappertutto, mi trascina nell'oscurità, con la bocca che sfiora la mia, le mani che cercano i miei punti doloranti. Tra le mie gambe. I seni. Mi accarezza la schiena, il sedere. Mi scopa contro un muro di mattoni nel cuore di Parigi, nascosto in una piccola alcova che sembra privata, ma privata non lo è affatto. Mi fa inginocchiare in un angolo buio e proibito del Louvre. Mi è sembrato sbagliato, come se stessimo profanando un luogo sacro, ma a lui non importava, anzi insisteva.

Mi ha fatto venire ogni singola volta.

Nel tardo pomeriggio, arriviamo in un bellissimo bar sulla Senna, beviamo e mangiamo uno spuntino leggero mentre il sole tramonta. Fa sempre più freddo e sono grata per il cardigan nero e il vestito che Whit ha recuperato dalla boutique dell'hotel mentre facevo la doccia, insieme a un delicato set intimo in pizzo e seta. Non avevo nulla da indossare, oltre al vestito scandaloso, nemmeno le mutande, e sono colpita che Whit abbia pensato a tutto. Anche al maglione.

Il suo telefono vibra e sorride leggendo un messaggio, poi digita una risposta.

«Stai ignorando Monty e non gli piace. Dice di essere geloso del mio cazzo», afferma Whit. «Visto che gli stai dedicando tutte le tue attenzioni».

«Forse lo vuole tutto per sé», borbotto, meschina. Mi pento subito di quelle parole e sospiro. Non avrei dovuto dirlo. Non lo penso davvero.

«Prima gli ho detto che sei arrabbiata con lui, per questo non gli rispondi», continua Whit.

«È vero, sono arrabbiata». Prendo un sorso di vino, desiderandolo più forte. «Non mi fa piacere che mi abbia ingannato».

«L'ha fatto per te». Whit si allunga sul tavolo e posa la sua grande mano virile sulla mia. «Sapeva che ti mancavo».

«L'ha fatto per te». Lo guardo male da sotto le ciglia. «Non ho mai detto a Monty che mi mancavi».

Whit si porta l'altra mano al petto. «Che offesa».

«Non gli parlavo mai di te». Faccio spallucce e sfilo la mano da sotto la sua. «Il tuo pensiero mi faceva soffrire troppo».

Lui mi osserva, la luce del sole gli sferza il volto, esaltando la sua stupida bellezza maschile. Perché mi sono dovuta innamorare di un ragazzo così bello? Il solo guardarlo mi provoca una fitta al cuore. Sapere di cosa è capace, del potere che esercita su di me, mi rende cauta.

Questo è un qualcosa che non voglio condividere con lui.

«Sono qui. Voglio fare parte della tua vita. Non mi interessa di ciò che hai fatto nel tuo passato o di quello che è successo tra te e il tuo fratellastro». Si china verso di me, ma io non mi muovo. Sono troppo stupita dalla sua dichiarazione. Non abbiamo mai parlato del mio passato, né lui ha mai menzionato ciò che ha letto nel mio maledetto diario, che al momento si trova nella sua camera d'albergo. Se potessi dare fuoco a quel coso, lo farei volentieri. «Voglio che tu venga a casa con me».

Il tono è sincero, l'espressione così schietta e aperta che il mio cuore si spezza. «Non posso».

«Perché no?». In un baleno la sua voce cambia, si fa profonda e autoritaria, come se non volesse accettare una risposta diversa da quella che si aspetta. «Ha senso, Summer. Vieni a casa con me. Vivi con me a New York. Potrai studiare lì Storia dell'arte. Potrai fare tutto quello che vuoi. Non dovrai lavorare. Potrai metterti in ginocchio e succhiarmi il cazzo in continuazione, non mi lamenterò».

Lui ghigna.

Io aggrotto la fronte.

Il suo sorriso si spegne e si china in avanti, mi porta una ciocca di capelli dietro l'orecchio. «Non ho fatto tutta questa strada per farmi dire di no, Savage. Mi aspetto che tu torni a casa con me».

«Non puoi semplicemente piombare in un altro Paese e pretendere che io faccia tutto quello che dici», affermo in tono canzonatorio. «Ho una casa, un contratto d'affitto che non posso disdire. Vado a lezione. Ho un lavoro, degli amici. Faccio delle cose ogni giorno che mi piacciono. Una routine che ho creato. Mi piace stare qui».

«Hai incontrato qualcuno? È così?». La sua espressione diventa feroce e cerca di controllarla, ma è inutile. Vedo la gelosia e la furia combattere nel suo sguardo.

«No», ammetto con delicatezza. «Sono stata troppo occupata. E io… non sapevo se sarei mai riuscita a sostituire te e ciò che abbiamo condiviso».

Chiudo gli occhi nel momento in cui quelle parole mi sfuggono, non sopporto di aver confessato tanto. Troppo. Non dovevo dargli un vantaggio. Lo userà contro di me.

«Che condividiamo», mi corregge, apro gli occhi quando lui fa scorrere la mano sulla mia guancia, mi inclina la testa all'indietro e sono costretta ad accettare il suo dolce bacio. «Lo condividiamo ancora», dice contro le mie labbra. «E farò tutto il possibile per farti dimenticare che qualcun altro ti ha toccato».

Un brivido scivola lungo la schiena al lampo di possessione nei suoi occhi. Si stacca da me, allontana la mano dal mio viso, serra le dita attorno allo stelo del bicchiere e lo porta alle labbra. «È deciso, allora», esclama dopo aver mandato giù un sorso.

«Cosa?», chiedo.

«Torni negli Stati Uniti con me». Ricompare il suo ghigno, trionfante. «Ci sposeremo».

Lo guardo attonita. «Sposarti? Whit, siamo giovani. Non voglio sposarti».

«Perché no, cazzo?», chiede offeso.

«Perché... il matrimonio è un vincolo legale. È solo un pezzo di carta, non lo voglio, né ne ho bisogno».

Mi osserva, poi getta la testa all'indietro e scoppia a ridere. «Qualsiasi altra donna ucciderebbe per sposarmi. Vorrebbero tutte quel vincolo per i miei soldi. E tu sei qui, a definirlo un pezzo di carta di cui non abbiamo bisogno, che non vuoi».

«Non lo voglio», sottolineo. «Il matrimonio non fa per noi, non ancora».

«Non c'è nessun'altra per me», dice, gli occhi azzurri che lampeggiano. «Nessun'altra, solo tu».

Non riesco a trovare le parole per dirlo. Per oppormi. Non c'è modo di convincerlo, quindi faccio la prima cosa che mi viene in mente.

Poso la mano sulla sua coscia e bacio la guancia ispida di barba, respirando il suo profumo unico e familiare. Nonostante tutto, nonostante la diffidenza, voglio credere a Whit. Voglio che faccia parte della mia vita, che si prenda cura di me, mi protegga. Ci proteggeremo a vicenda.

Ma non ha pronunciato le parole che desideravo sentire, non ha dichiarato il suo amore eterno per me. Suppongo che tra noi non si tratti di questo, ma di qualcos'altro, qualcosa di diverso. Al limite. Più oscuro.

L'amore non dovrebbe essere oscuro. È un amore che consuma tutto. Questa è passione.

Ossessione.

E alla fine non ci stancheremo? Non ci stancheremo l'uno dell'altra?

«Devo andare a casa», affermo, mentre mi trascina nella hall del suo hotel dopo una cena in un ristorante costosissimo, ma accogliente. Mi sono sentita fuori luogo con il vestito a fiori e il cardigan, il volto struccato e i capelli in disordine per colpa delle mani di Whit. Ho notato le occhiatacce che ci hanno riservato al nostro arrivo, le persone sedute ai tavoli ci hanno guardato dall'alto in basso.

Non avevano idea che uno degli uomini più ricchi del mondo si trovasse in quel ristorante e, una volta che i camerieri hanno capito chi fosse Whit, il servizio è stato impeccabile. Abbiamo preso posto a un tavolo proprio al centro della sala, poi sono arrivati fiumi di cibo e vino. Tutto delizioso e abbondante, al punto che non riuscivo a mangiare un altro boccone. Alla fine la gente ha capito che Whit era uno importante e quando siamo usciti dal ristorante i paparazzi erano lì per immortalarci.

Trovarli fuori dal locale, ad aspettarci, è stato sorprendente. Nonostante Whit abbia sollevato la mano per bloccare i fotografi e io mi sia coperta la testa con il cardigan, qualcuno mi ha fotografata. Con Whit. Prima o poi capiranno chi sono, e il nostro passato legame familiare.

E i tabloid andranno in delirio.

«No, prima dobbiamo parlare», dice Whit mentre attraversiamo la hall. Tutti i dipendenti dell'hotel fanno un cenno nella sua direzione non appena instaurano il contatto visivo. Un flusso infinito di «*Bonsoir*, monsieur Lancaster», segue ogni suo passo.

La bellezza dell'hotel, dell'uomo al mio fianco, la qualità quasi onirica di tutto questo non può continuare all'infinito. Non per me. Non posso avere tanta fortuna. Ho bisogno di normalità, la bramo. Voglio sedermi nel mio appartamentino, dormire nel mio piccolo letto e andare a lezione la mattina. Voglio la certezza che la mia vita non cambierà solo perché lui vi ha fatto ritorno.

Non durerà. Lo conosco. Conosco me stessa. Ci desideriamo l'un l'altro, ma è troppo. Consumiamo tutto, fino a distruggerci a vicenda. Proprio come l'ultima volta.

«Whit, ti prego». Mi aggrappo al suo braccio mentre mi trascina verso l'ascensore e, nel momento in cui le porte si chiudono, lui mi balza addosso, la bocca si avventa sul mio collo, le mani sotto l'orlo del vestito, le dita calde mi solleticano le cosce.

«Non ti lascerò mai andare, Summer. Non capisci?». Mi spinge contro la parete, grugnisce per lo sforzo e io batto le palpebre, osservo il suo volto e resto scioccata nel vedervi tante emozioni.

Sembrano per sempre impresse nella sua pelle e ricordo il Whit di un tempo. Il ragazzo che mi fissava con occhi vitrei, che mi guardava come se non contassi nulla. E me lo diceva in faccia, che per lui non contavo nulla.

Non c'è più. È stato sostituito da un uomo passionale, che riversa tutte le sue attenzioni su di me e nessun altro.

«Non possiamo parlarne adesso», afferma Whit.

Mi acciglio. «Che intendi?»

«Non sono pronto».

«Whit, non ha senso».

«Allora è tutta colpa tua».

Le porte si aprono e pochi istanti dopo siamo fuori, le dita di Whit sono intrecciate alle mie e mi trascinano verso le doppie porte della suite, rapidamente.

«Non ti perderò mai più di vista», dice una volta entrati nella suite, entrambi ansimanti per lo sforzo. «Togliti il maglione».

Lo sfilo con dita tremanti, come tutto il mio corpo. Mi sta spaventando, è troppo intenso.

«Il vestito», dice quando mi tolgo il cardigan, con voce tagliente. «Tutto, ti voglio nuda».

Faccio come dice, la sua urgenza mi mette i brividi, e poi mi ritrovo di fronte a lui senza un solo vestito. Il riscaldamento dell'hotel sceglie proprio quel momento per accendersi e un getto d'aria calda sulla pelle nuda mi fa venire la pelle d'oca, i capezzoli si inturgidiscono in due punte doloranti. Le ginocchia sono molli e le tengo ferme, trattengo il fiato quando Whit mi sorpassa, inoltrandosi nella stanza.

Faccio per voltarmi, ma la sua voce affilata mi ferma.

«Ferma, guarda la porta».

Inalo e mi concentro sul mio respiro, cercando di tenerlo sotto controllo. Inspira, espira. Inspira, espira.

Inspira.

Espira.

Lui rovista in una valigia o in un cassetto, non riesco a dirlo con esattezza. Non so cosa stia cercando. Una cinghia per colpirmi il sedere? Ai suoi occhi forse me lo merito, per essermi voluta allontanare da lui.

Tira fuori qualcosa da una borsa o da una scatola, non ne sono sicura. Sento i passi leggeri che si avvicinano, il suo profumo ricco e maschile mi aleggia intorno, finché lui non è lì, proprio dietro di me, con il respiro che mi sfiora la spalla nuda.

«Ho un regalo per te», dice, con voce intensa, carica di promesse.

«Cos'è?»

«Aprilo e scoprilo». La sua mano compare davanti a me. Mi porge una scatola di velluto grigio. La guardo, timorosa di aprirla, anche se non so spiegarmi il motivo. «Summer».

Ha un tono teso e mi affretto a prendere la scatola, aprendola con dita tremanti. Sollevo gli strati di velluto e scopro una collana che mi lascia senza fiato.

I diamanti scintillano nonostante la luce fioca. Dei fiori delicati formano una spessa catena di diamanti, fantasiosa, splendida e spaventosamente costosa. Lo so.

«Non posso accettarla», mormoro.

«Puoi e lo farai». Prende la scatola, la sottrae alla mia presa e ne estrae con gesti attenti la collana, aprendo il gancetto. Lo avvolge con cura intorno al mio collo, il peso delle pietre grava sulla mia pelle e chiudo gli occhi quando le sue dita mi sfiorano la nuca, chiudendo il gancio. «È oro bianco, ventiquattro carati in un disegno floreale. L'ho vista e ho subito pensato che fosse perfetta per te».

«Non voglio sapere quanto ti è costata», sussurro, poi sollevo la mano per toccare con un gesto lieve i pesanti diamanti.

«Ne vali ogni centesimo». Mi posa un bacio sull'incavo del collo e il mio sguardo si posa sul nostro riflesso nello specchio di fronte a noi. «Che ne pensi?».

Osservo noi due, i miei occhi vanno ai diamanti intorno al mio collo. È proprio come l'ho descritta a Monty, una collana pesante, come un collare, così da sentirne il peso e sapere che sono stata reclamata, che appartengo a qualcuno. Questa collana non è un semplice regalo.

È una rivendicazione. Whit Lancaster mi possiede.

Gli appartengo.

«Volevo aspettare, volevo darti questa collana e parlarti più avanti. Volevo passare la settimana a riempirti di attenzioni e a portarti in giro per Parigi. Volevo comprarti tutto quello che desideravi, mangiare, bere e scoparti ovunque, ma tu cercavi di allontanarti. E non riesco a lasciarti andare», afferma con voce colma di agonia, la guancia premuta contro la mia. Muove il viso per inalare il profumo dei miei capelli.

L'attesa mi toglie il fiato, ma non dico nulla per paura di rovinare il momento. Capisco che c'è dell'altro e aspetto di sentire le sue prossime parole.

«Sono innamorato di te, Summer», sussurra, la bocca all'altezza del mio orecchio che mi solletica la pelle sensibile. «Lo sono da quando ho posato gli occhi su di te, tanti anni fa».

«Hai uno strano modo di dimostrarlo», dico, le mie labbra si arricciano in un lievissimo sorriso, mentre cerco di contenere la gioia che divampa dentro di me.

Whit mi ama.

È innamorato di me.

«Ero un idiota, lo sono ancora. Ma farò del mio meglio per dimostrarti che ti amo. Ogni singolo giorno, per il resto della nostra vita, finché me lo permetterai». Con delicatezza, posa le mani sulle mie spalle, una dolce stretta, e il mio sguardo torna sul suo nello specchio. «Guardati, sei bellissima. Mi sei mancata tanto. Ti ho cercata ovunque, mentre Monty sapeva che eri qui. Sei mesi fa gli ho chiesto se vi sentivate ancora. Lo sapevi? All'inizio lui non ha voluto dirmi nulla, diceva che non si fidava delle mie intenzioni».

Mi rassicura che Monty non abbia spifferato tutto subito a Whit, alla prima richiesta. «Nemmeno io mi fiderei delle tue intenzioni».

«Abbiamo organizzato tutto questo e, anche se ti senti ingannata e arrabbiata con entrambi perché non siamo stati sinceri, dovevo fare così. Saresti scappata se avessi saputo che ero qui, non avresti mai accettato di vedermi». Fa scivolare le mani lungo le mie braccia, il suo tocco lieve mi fa tremare. «Di' qualcosa. Dimmi che vuoi stare con me. Dimmi che mi perdoni per essere stato uno stronzo. Qualsiasi cosa… Summer, ti prego».

Non credo di aver mai sentito quest'uomo pronunciare un "ti prego" prima d'ora.

E l'ha appena fatto. Per me.

Mi volto per fronteggiarlo, inclinando la testa all'indietro per far incrociare i nostri sguardi. «Ti amo anche io».

Lui fa un respiro profondo, tanto che il petto sfiora la mia pelle nuda, e preme la fronte contro la mia. «Grazie a Dio».

Aggrotto la fronte. «Pensavi che non te l'avrei detto?»

«Non sapevo cosa pensare». Chiude gli occhi, celando la vulnerabilità nel suo sguardo. Troppo tardi, l'ho vista e la conservo nel mio cuore. «Mi ami».

«Ti amo». Mi alzo in punta di piedi e poso la bocca sulla sua. «Sono innamorata di te. Ma non voglio sposarti, Whit. Non ancora. Prima… stiamo insieme. Possiamo pensarci più avanti. O forse mai. Voglio godermi il tempo con te, senza tutte le responsabilità che comporta il nome dei Lancaster».

Tipo eredi e doveri, come se fosse parte della famiglia reale. È ridicolo, ma sul suo capo pendono delle aspettative sin dalla nascita e non potrà fuggire per sempre. Se ci dovessimo sposare, vorrebbero subito dei bambini.

E io non voglio bambini.

Non ora, quantomeno. Siamo troppo giovani. E non ho intenzione di metterlo in trappola.

«E la scuola? So che è importante per te», dice.

«L'ho detto solo perché non mi avevi detto quello che volevo sentire». Quando apre gli occhi e mi fulmina con lo sguardo, continuo: «Hai dichiarato il tuo amore per me. È tutto quello che ho sempre desiderato».

«Sono veri, i miei sentimenti per te. Mi travolgono e non so come comportarmi», sussurra, poi le sue mani mi sfiorano il seno e stringono. «Ti amo da morire, cazzo».

«Mostrami quanto mi ami, Whit». Gli accarezzo il volto. Faccio scorrere la mano sul suo petto. «Mostramelo».

Lui mi porta a letto. Mi ama con la bocca e con le mani. Mi fa venire più volte e quando finalmente mi entra dentro, il suo pene palpitante tocca il mio punto più profondo e i nostri sguardi si incastrano. Traccia con le dita il contorno della collana di diamanti, il suo tocco lieve, eppure possessivo, mi scatena i brividi.

«Mia», sussurra. «Sei mia, Summer».

«Per sempre», dico, mentre lui inizia a spingere.

Capitolo 50

Whit

Un mese dopo

Arrivo nell'ufficio del mio avvocato alle dieci spaccate. Ho lasciato l'appartamento presto, per non correre rischi con il traffico di Manhattan, ma i miei genitori sono riusciti lo stesso a precedermi.

Quando vengo scortato dall'assistente di Madison nel suo ufficio e li vedo tutti seduti dentro, con l'espressione infastidita, sono assalito dalla stessa sensazione. L'avvocato Ben Madison è un ometto magro con l'aria di uno che non farebbe male neanche a una mosca, ma in realtà è spietato come pochi.

È il motivo per cui l'ho assunto. Ho bisogno di uno squalo feroce al mio fianco, se dovrò lottare contro la mia famiglia.

«Signor Lancaster, che piacere vederla». Madison si alza in piedi e mi viene incontro, stringendomi la mano. «Si accomodi pure».

Vado verso l'unica sedia vuota, quella più vicina alla scrivania di Madison, e prima di sedermi mi tolgo la giacca. Stamattina sono concentrato sugli affari, non ho intenzione di permettere ai miei genitori di immischiarsi nei fatti miei. Sono qui per fare la mia mossa.

Sono qui per combattere.

«Non comprendo il perché di questo incontro, stamattina. Ho già espresso le mie preoccupazioni. Mio figlio sta con una donna che non è alla sua altezza. Sperpererà tutti i soldi di famiglia e con tutta probabilità lascerà i miei figli nell'indigenza», dice mia madre all'avvocato, l'espressione gelida che ormai le appartiene. Non le piace essere messa alle strette o essere comandata a bacchetta. Per molto tempo ha esercitato il controllo sulla mia vita, ma ora che sono diventato adulto, l'ho mandata a quel paese.

Con grande soddisfazione.

Da allora combatte con le unghie e con i denti. Cerca di accaparrarsi il fondo fiduciario che ho ottenuto dalla sua famiglia quando ho compiuto diciotto anni, senza successo. Ora sta tentando di limitare l'importo del fondo di cui entrerò in possesso a ventuno anni. Neanche questo accadrà.

Mio padre non si oppone. Al momento presenzia in questo ufficio solo per formalità e, si spera, come mio alleato.

Ma vedremo. Mia madre sa essere persuasiva. E sebbene io voglia bene a mio padre, so che lui è un debole.

Soprattutto quando ci sono di mezzo le donne.

Penso all'unica donna che ha il completo e totale controllo su di me e il mio cuore ha un moto di tenerezza. Forse lei rappresenta una mia debolezza, ma insieme io e Summer siamo forti. È stato difficile abbandonarla nel letto, stamattina. Era nuda, calda, con i capelli in disordine da ieri sera. L'ho baciata e lei mi ha cinto il collo con le braccia, pregandomi di restare.

«Un ultimo incontro, amore», ho detto deciso, pieno di determinazione. «E poi non potranno più controllarmi».

C'è voluta un'opera di convincimento per far tornare Summer in America con me. Era riluttante. Aveva paura. A mia madre lei non piace e Summer ricambia. Forse non andranno mai d'accordo, ma a me va bene così. Preferirei Summer a mia madre ogni giorno.

Ogni giorno.

«Non voglio discutere», dico. «Ma quanto sospetti di Summer è ridicolo, mamma, non le sono mai interessati i miei soldi».

Lei scoppia a ridere. «Faccio fatica a crederci».

«È vero», affermo e mostro i denti in un sorriso forzato.

Mio padre non dice nulla, meglio così. Un passo falso e la mamma ci si aggrapperà.

«È vero», mi dà corda Madison, che apre una cartellina e tira fuori un documento. Lo porge a mia madre. «Questo è l'accordo prematrimoniale che la signorina Savage ha sottoscritto per sposare suo figlio».

Mamma rimane a bocca aperta e prende il documento, senza nemmeno degnarlo di uno sguardo. «Voi due vi *sposate*?»

«Non ancora», dico, odiando che Summer continui a rifiutare le mie proposte, ma devo accettare il suo volere. Anche se sono sicuro che, alla fine, la convincerò. «Ma ha richiesto un accordo prematrimoniale non appena si è trasferita nel mio appartamento. Ha detto che non voleva essere ritenuta un'arrampicatrice sociale».

«Ma è un'arrampicatrice sociale…», inizia mia madre. Io mi chino in avanti e interrompo le sue parole con uno sguardo.

«Attenta a quello che dici», affermo con voce affilata. La taglierò con le parole, senza rimpianti. «È la madre dei miei futuri figli».

«Ti prego, non dirmi che quella ragazza è inci…».

«Sylvia», tuona la voce di mio padre, facendola trasalire. «Taci».

Lei serra le labbra e posa lo sguardo sul documento che ho fatto redigere a Madison all'inizio della settimana. «E con questo?», esclama quando ha finito di leggere e lascia cadere il foglio sulla scrivania dell'avvocato. «Troverà di certo un modo per spendere i tuoi soldi, i nostri soldi».

«I miei soldi sono solo miei», dico con veemenza. «Non avrà accesso ai tuoi. O a quelli di papà, di Sylvie o di Carolina. Abbiamo tutti dei fondi e dei conti personali, lo sai. Hai contribuito ad accrescere la nostra eredità sin da quando eravamo piccoli. Perché ora sei tanto determinata a portarmela via?»

«Per colpa sua!». Balza in piedi, il volto paonazzo e gli occhi che strabuzzano. Sylvia Lancaster non perde mai il controllo. Mantiene una calma inquietante in tutte le situazioni, con una sola eccezione. «Merito tuo», si rivolge a mio padre, che indietreggia di fronte al suo tono veemente. «È tutta colpa tua. Prima ti sei scopato quella sgualdrina per anni e hai distrutto il nostro matrimonio, adesso il sangue del nostro sangue ha una torrida relazione con la figlia di quella sgualdrina. Non posso permetterlo!».

Mio padre si alza, sovrastando l'ex moglie con un leggero ghigno sul volto. «Prendi tutto sul personale, Syl. Ti comporti come se Whit stesse cercando di farti del male, stando con Summer». Mi lancia uno sguardo colmo di intesa. «Non possiamo decidere di chi innamorarci».

Lei volta di scatto la testa nella mia direzione, con gli occhi azzurri che lampeggiano. «So che non sono sempre stata una madre… premurosa nei tuoi confronti, ma…».

«Tu non c'entri nulla», dico con voce fintamente tranquilla. «C'entro io e quello che desidero. Non mi hai mai dato la possibilità di scegliere. Per tutta la mia vita, fino al momento in cui ho compiuto diciotto anni, ho lasciato che decidessi tu al posto mio. Credevo persino che stessi agendo nel rispetto dei miei interessi».

«È così», ribatte. Papà fa un verso di scherno e lei torna a volgere l'attenzione su di lui. «Che c'è? È vero».

«Dimentichi che i miei genitori non ti hanno sempre approvata, soprattutto all'inizio», le ricorda lui.

Fa una risata nervosa. «Per favore, hanno scelto me tra tutte. Tuo padre mi ha *selezionata* tra un mucchio di debuttanti che si contendevano le tue attenzioni».

«E poi ti hanno conosciuta», continua, pungendola nel vivo. Lo capisco dal modo in cui lei abbassa lo sguardo. «Mia madre temeva che tu avessi troppe manie di controllo. Ho sempre desiderato dirle che aveva ragione».

Non dico nulla. Mi preoccupavo di quello che avrebbe potuto dire, ma sembra che mio padre si stia rivelando una valida risorsa, dopotutto.

«Voglio solo il meglio per i miei figli», aggiunge lei, gli occhi che all'improvviso brillano.

Ecco che arrivano le lacrime di coccodrillo.

«A volte, a spese della loro salute». Lui le punta un dito contro. «Evitiamo di parlare di Sylvie».

Le lacrime sgorgano, rigano silenti il suo volto. Distoglie lo sguardo, come se si vergognasse. Mamma e Sylvie non si parlano da un anno. Sylvie è scappata, di recente. Be', lei lo chiama "anno sabbatico". Per quanto ne so, ora è alle Fiji.

«Lascia che nostro figlio viva la sua vita», riprende papà con voce pacata. «È abbastanza grande per fare le sue scelte. Vuole stare con Summer. Non puoi farci niente, Syl. Lascialo stare. Smettila di tormentarlo per il fondo fiduciario. Chiama gli avvocati e facciamola finita».

Il suo sguardo si posa sul mio, io mi limito a osservarla, senza riuscire a sorridere. Non sento nulla. Questa donna è mia madre, ma non ha avuto un grande apporto nella mia crescita. Un merito delle tate e delle scuole private. Non è mai stata materna, perché si è sempre preoccupata troppo delle apparenze e dello status sociale.

Non permetterò che questo accada di nuovo, nel mio futuro. Voglio crescere i miei figli. Amare mia moglie. Non auspico il tradimento. Non voglio manie di controllo.

Be', un po' il controllo mi piace, ma è nella sfera privata che ne ricavo il massimo della gioia.

«D'accordo, blocco il procedimento legale». Solleva il mento, altezzosa come sempre.

Non mi scomodo a ringraziarla. Perché dovrei? È stata lei a iniziare questo casino e dovrebbe essere lei a scusarsi.

«Un giorno capirai che stavo solo cercando di farti un favore». Si avvicina e la guardo da dove sono seduto. Ora incombe su di me, ma sappiamo entrambi chi ha il vero controllo della situazione. «Verrai da me e mi dirai che avevo ragione. Quella ragazza ti sta usando. Tieni a mente le mie parole».

«Credi in quello che vuoi, io conosco la verità», dico serio.

Lei scruta la stanza e capisce subito che non ha nessuno dalla sua parte. Esce dall'ufficio con un sibilo, sbattendosi la porta alle spalle.

«Nel pomeriggio contatterò il suo avvocato». Madison allunga la mano sulla scrivania e prende l'accordo prematrimoniale per cui Summer ha insistito. «Spero si lasci alle spalle la questione».

«Non so nemmeno come abbia fatto a credere di avere un appiglio su cui contare», borbotta mio padre. «Hai qualcosa da bere, Madison?».

Guardo il mio avvocato che versa un bicchiere di scotch a mio padre. Me ne offre uno, ma rifiuto. Non è ancora mezzogiorno. Estraggo il telefono dalla tasca e mando un messaggio veloce.

Io: È fatta.

Lei risponde quasi subito.

Summer: Torna a casa.

Mi metto in piedi, stringo la mano all'avvocato e poi do un rapido abbraccio a mio padre. «Vorrei poter festeggiare con voi, ma devo andare».

«Dove?», domanda mio padre con aria sospettosa.

Gli rivolgo un sorriso fugace. «Il dovere chiama».

La trovo in camera. Ancora a letto. Ancora nuda, spettinata e assonnata. Non appena metto piede nella stanza, inizio a liberarmi dei vestiti e la osservo mentre mi guarda con un lieve sorriso sulle labbra. Mi strappo di dosso la camicia con una tale violenza da far saltare un bottone, che atterra sul parquet con un leggero tintinnio che la fa ridacchiare.

«Pigra», mormoro. Il cazzo si tende contro il cavallo dei pantaloni quando lei si solleva e lascia cadere le coperte, esponendo il seno nudo. Si butta i capelli oltre le spalle, scoprendosi appieno.

«Te ne sei andato e mi sono addormentata di nuovo. Credo di avere ancora il jet lag».

«Sei a New York da più di una settimana, Savage. La scusa sta diventando vecchia», la prendo in giro, intanto mi sfilo le scarpe, poi boxer e pantaloni in un solo colpo, e li calcio sul pavimento. Mancano solo i calzini, quindi mi siedo sul materasso e li tolgo, poi striscio sul letto e mi metto sopra Summer. Lei apre le gambe per accogliere i miei fianchi e io mi sistemo tra le sue cosce. La osservo, senza mai staccare lo sguardo dal suo, e scosto alcune ciocche selvagge di capelli morbidi e setosi dal suo viso.

Che bella. Tutta mia. Da quando l'ho ritrovata, non riesco a non averla sottocchio. È sempre la mia Summer, ma più grande, più matura. Più riflessiva, non impulsiva come un tempo.

Neanche io lo sono più.

«È andato tutto bene?», chiede, aggrottando la fronte per la preoccupazione.

Annuisco, mi tendo verso di lei e le poso un bacio su quelle labbra perfette. «Mamma ha dato di matto».

«Non avevo dubbi».

«Mio padre si è dimostrato di supporto, invece».

«Non male».

«Vero. Credo riveda sé stesso in me. Il fatto che lui non abbia avuto scelta, alla mia età, l'ha influenzato». Le bacio la guancia. La mandibola. L'orecchio e il morbido punto celato dietro.

«E tu che hai scelto?», chiede senza fiato.

«Te». Mi sollevo un po', così da guardarla negli occhi. «Sempre te, Summer».

Il suo sorriso è dolce, ha gli occhi che brillano. «Non voglio i tuoi soldi».
«Sei una stupida a pensarlo, secondo mia madre».
«Non sono avida come lei, anche se un po' mi ci sento...». Si allunga e posa le dita sulle mie labbra. «Di te».
Dischiudo le labbra e la mordicchio, facendola strillare. Allontana la mano e la bacio, poi la mia bocca è ancora sulla sua quando mormoro: «Ti amo».
«Ti amo anche io», dice lei, e il bacio diventa profondo.
Le parole sono belle, ma il più delle volte sono prive di significato. È per questo che le *dimostro* che la amo. Venerando il suo corpo per il resto della giornata.

Capitolo 51

Summer

«Tesoro!».

Mi lancio verso Monty non appena lo vedo e lascio che mi avvolga in un abbraccio. Cerco di trattenermi, ma mi arrendo subito, ricambiando la stretta con tutte le mie forze. Gli poso anche un bacio schioccante sulla guancia, lui si dimena e si scosta.

Non riesco a trattenere una risata malvagia.

«Sei ancora arrabbiata con me, lo capisco», dice nel momento in cui ci sediamo al tavolo, uno davanti all'altro. Ieri sera mi ha mandato un messaggio dove mi informava che era tornato a New York e che voleva vedermi per chiedermi scusa.

«Metti fine alle sofferenze di quel pover'uomo e vai a pranzo con lui», mi ha consigliato Whit quando gli ho fatto leggere il messaggio. «Ti adora».

«Mi ha ferita», ho detto a bassa voce.

«E ti lamenti? Guardaci». Whit ha agitato una mano, indicando la camera da letto. Eravamo già sotto le coperte, anche se era presto. È come se non riuscissimo a fare a meno l'uno dell'altra. «Non ti lamenti quando te lo infilo fino alle palle, ogni maledetta sera».

No, non mi sono mai lamentata. Perché dovrei?

Sto con l'uomo che amo e tutto questo grazie a un complotto organizzato anche con Monty.

«Mi passerà, prima o poi», affermo con un sospiro, scuotendo la testa.

Monty fa il labbruccio. «Ti prego. Ho attraversato il continente tutto da solo, mentre tu ti godevi il tuo trionfale ritorno a Manhattan e ti facevi scopare a sangue da quel tuo fidanzato squisito giorno e notte, non negarlo», aggiunge quando sto per protestare. «Voi piccioncini siete su tutti i siti di gossip. Non la smettono di parlare di voi».

«Solo per colpa di mia madre e suo padre», dico.

I titoli gridano alla storia che si ripete. È decisamente imbarazzante. Per evitare i paparazzi, Monty ha scelto un piccolo bar non lontano da casa sua e io mi sono presentata con un cappello a tesa larga in testa e giganti occhiali da sole che mi coprono la maggior parte del volto. Ha funzionato. Nessuno ci sta prestando attenzione e per fortuna ci siamo incontrati in un momento casuale: la folla del pranzo è scemata da tempo.

«Vero? Che scandalo. Lo adoro. Credo che Sylvia urli con la faccia nel cuscino almeno tre volte al giorno». Monty getta la testa all'indietro e ride.

«Se ne farà una ragione», dico con un sorriso tranquillo, anche se non mi sento così. È arrabbiata con me. Con noi. Whit non si è piegato al suo volere e ne è rimasta delusa, lo so. Che odi me e mia madre non è d'aiuto.

Lui torna subito serio. «Ho sentito Sylvie di recente».

«Davvero?». Ho una fitta al cuore al solo sentire il suo nome. Mi manca. Nonostante tutto quello che è successo tra noi, lei è stata la mia unica amica al Lancaster e c'è ancora un vuoto dentro di me che lei riempiva. Ci siamo dette delle cose orribili, l'ultima volta che abbiamo parlato, e non lo sopporto. Troppe influenze esterne a cospirare contro di noi.

«Sì, sta una meraviglia. Prende il sole, si schiarisce le idee. Sta ritrovando sé stessa, ha detto. Povera piccola riccona smarrita, alla ricerca del senso della vita», spiega.

«Conosco la sensazione, ma io non sono ricca», dico malinconica. Mi manca Parigi, dove ho ritrovato me stessa, ma sono felice della mia vita qui, con Whit. Non mi sono resa conto di quanto avessi bisogno di lui finché non l'ho rivisto. E ora viviamo insieme. Vuole sposarmi.

Continuo a rifiutarlo e questo lo manda su tutte le furie. Gli dico di incanalare tutta quell'energia nella nostra vita sessuale e lui lo fa davvero. Insieme facciamo delle esperienze interessanti, ammettiamolo.

«Ora sei ricca», dice Monty con un ghigno.

«I suoi soldi non mi interessano».

«Metà del fascino di Whit Lancaster è costituito dal suo denaro.

Mi rotolerei nudo in banconote da cento dollari, con quell'uomo, se solo potessi». Monty si fa aria.

Rido, so che sta scherzando. Gli piace dire cose del genere. Non è interessato a Whit, lo rispetta come amico. Ha fatto molto per lui: mi ha trovata, ha fatto in modo che ci vedessimo dopo tanto tempo lontani. Il suo apparente tradimento mi brucia ancora un po', ma capisco che l'ha fatto per entrambi. Soffrivamo senza l'altro. Monty cercava solo di aiutarci.

«Pensi che perdonerai mai Sylvie?», chiede, distogliendomi dai miei pensieri. «Potrebbe diventare tua cognata un giorno, sai?».

Non mi piace pensare al matrimonio con Whit. Non ancora. Siamo giovani e un matrimonio ha senso solo quando si è pronti. Voglio solo stare con lui. Conoscerlo di più. Crescere insieme.

Mi basta questo, per ora.

«Prima o poi la perdonerò. In fin dei conti, ho perdonato te», dico e gli procuro un sorriso.

Si porta una mano al petto e io lo esamino da vicino. È abbronzato e in forma. Si è liberato del suo guardaroba eclettico e indossa una semplice maglietta nera e dei jeans dall'aria costosa. Sembra abbia perso anche un po' di peso. In passato si era lamentato che la vita universitaria l'aveva reso pallido e grassoccio perché stava tutto il giorno davanti al computer. «Davvero?».

Annuisco. «Certo. Sei uno dei miei pochi amici. Vale lo stesso per Sylvie. Spero solo che anche lei possa perdonarmi».

C'è ancora molto lavoro da fare tra me e Sylvie, ma anche tra me e Whit. Nessuno è perfetto, ma stiamo tutti facendo del nostro meglio.

Io e Monty facciamo due chiacchiere e mangiamo, sorseggiando cocktail frizzanti mentre ascolto i suoi pettegolezzi, devo dire affascinanti. Conosce un sacco di persone e, in qualche modo, conosce anche molti dei loro segreti.

Per fortuna non conosce i miei.

Quando il cameriere porta via i piatti vuoti, il telefono di Monty vibra all'impazzata e lui lo controlla con discrezione, spingendolo via ogni volta.

«Chi è?», chiedo con curiosità.

«Nessuno». Fa una smorfia. «Un ragazzo».

«Uno speciale?»
«Uno con un cazzo enorme e un ego ancora più grande». Monty alza gli occhi al cielo. «Scelgo sempre gli uomini peggiori».
«Mi piacciono i cazzi enormi e gli ego ancora più grandi», dico con una risata.
«Ovvio, considerando la persona con cui stai».
«Forse non è così male», lo prendo in giro, gesticolando verso il suo telefono. «Rispondigli».
«Vuole vedermi per bere qualcosa», afferma Monty.
«Vai», lo esorto.
«Ora?». Mi guarda storto. «Non voglio bidonarti per uscire col mio ragazzo, è da maleducati».
«Oh, adesso è il tuo ragazzo?». Inarco un sopracciglio, sorseggiando quel che rimane del mio cocktail.
«Lo chiamo così, non so cosa sia», mi liquida Monty.
«Dovresti andare», suggerisco con tenerezza. «Divertiti, stasera. Vedi dove vuole portarti il tuo ragazzo».
«Non ci rimani male?», chiede preoccupato.
«No». Scuoto la testa. «Non riesco a restare arrabbiata con te a lungo».
Paghiamo la nostra consumazione e usciamo dal ristorante, poi ci stringiamo in un lungo abbraccio, lì davanti, prima di separarci.
«Fatti sentire», dice, proprio mentre la sua berlina si ferma davanti al marciapiede.
Ovvio, ha il servizio auto personale. A dire il vero potrei averlo anche io, se solo lo chiedessi a Whit. Ma mi va bene prendere un Uber.
«Ciao!», saluto con la mano.
Monty apre la portiera, si ferma e si volta verso di me. «Vuoi un passaggio?».
Scuoto la testa. «No, grazie».
Osservo l'auto che parte, poi estraggo il telefono dalla borsa e inizio a digitare sullo schermo.
«Summer?».
Una familiare voce maschile mi pietrifica, così mi giro lentamente per vedere…
Augustus Lancaster è di fronte a me, con una donna bellissima

sottobraccio. Non sembra molto più grande di me, il che è scandaloso.

Ma non sono sorpresa.

«Sapevo fossi tu», dice quando mi vede in volto. «Che ci fai da queste parti?»

«Mi sono vista con un amico per pranzo». Cerco di sorridere, ma è difficile. Ho sempre avuto la sensazione che non gli piacessi granché, anche se Whit mi ha assicurato il contrario. «Come va?»

«Bene, benissimo. Ah, questa è la mia amica, Janna». La donna dai capelli scuri sorride e rivela dei denti di un bianco accecante. È bellissima. Vestita in modo impeccabile, con una borsa rossa di Chanel al braccio.

Mi chiedo subito se gliel'abbia comprata Augustus.

«Piacere di conoscerti», dico a Janna, dopo riporto lo sguardo su Augustus.

«Dov'è Whit?», chiede.

«A casa».

«Digli di rispondere al suo vecchio, ogni tanto. Mi piacerebbe portarvi fuori a cena qualche volta. Dopo che... il rumore si sarà placato, naturalmente», afferma.

Si riferisce ai paparazzi e ai siti di gossip.

«Certo, glielo dirò».

Fanno per allontanarsi e li osservo. Sono davvero una coppia stupenda. Augustus mormora qualcosa a Janna, poi lascia il suo fianco e torna verso di me, con un'espressione speranzosa in volto.

Mi ricorda tantissimo Whit, nel modo in cui si comporta, nella voce e nell'aspetto. Sembra la versione più anziana dell'uomo che amo.

«Voglio ringraziarti, Summer, per aver reso mio figlio felice», dice, e la sua voce è piena di sincerità. «Era arrabbiato, dopo il divorzio. Si è allontanato da tutti noi e non sapevo che fare per aiutarlo. Da quando voi due state insieme, è cambiato. E tutto grazie a te».

Le mie guance si imporporano e abbasso la testa. «Grazie, a-anche lui mi rende felice».

«Lo so». Mi dà una pacca sulla spalla con fare paterno e mi ricordo di quello che mi ha detto Sylvie, di come mi aveva messo in guardia sulle sue intenzioni. Ora non percepisco più quel tipo di vibrazioni da parte sua e quindi alzo la testa, sorridendogli. «Come torni a casa?»

«Oh, stavo per chiamare un Uber…».

«Non ci pensare proprio», mi interrompe. «Ti porto io».

«Cosa? No, non è necessario».

«Sì», afferma. «Vieni, l'auto non è lontana da qui. E poi così mi darai una scusa per guidarla, è nuova di zecca».

Ridacchia come un bambino e io lo seguo per raggiungere Janna, che ci aspetta.

Mh, forse diventare una Lancaster non sarà poi la fine del mondo.

Epilogo

Cinque anni dopo

Sono in piedi su una pedana al centro dell'atelier, a fissare i miei molteplici riflessi nei vari specchi che mi circondano. Con lentezza, mi giro a sinistra, poi a destra, esamino ogni angolazione con sguardo critico, vagamente contrariato. Raccolgo gli strati di tessuto che formano la mia gonna e la lascio cadere pesantemente, batto il piede con un broncio, attenta a non calpestare l'orlo.

«Sono grassa». Mi sto comportando come una bambina, ma odio che abbiano dovuto allargare la vita del vestito un'altra volta. Sono anche molto emotiva e sopraffatta da tutto quello che sta succedendo. Da qui il broncio e l'atteggiamento immaturo.

Sono ridicola, lo so. Ma almeno sono realistica, no? Grazie a Dio mi sposo questo fine settimana, altrimenti non sarei mai più in grado di entrare in questo vestito.

«Non lo sei», dice con indignazione mia madre, appollaiata su una elegante poltrona di velluto rosa, mentre mi osserva. «Sei incinta».

Sorrido a me stessa nello specchio e in automatico la mia mano si posa sulla pancia, l'accarezzo con gesti delicati. «È vero, ma è successo tutto così in fretta».

«Un motivo in più per sbrigarti e sposarti una volta per tutte». La mamma si alza in piedi e si mette di fianco alla pedana, il suo sguardo incrocia il mio nel riflesso. «Sei splendida».

«Grazie». Sorrido.

«Lascia che mettano gli spilli dove serve, poi potrai toglierti il vestito e ti porterò a casa». Controlla il telefono quando vibra e aggrotta la fronte guardando lo schermo. «Non la pianta di mandarmi messaggi».

Il mio sorriso resta al suo posto mentre le sarte fanno un passo avanti, ansiose di completare il lavoro. «Non riesce a starmi lontano, è assillante».

«Non ho mai visto un uomo così innamorato, prima d'ora. E dopo tutti questi anni». Si capisce che è soddisfatta. «Sei una donna molto fortunata, Summer».

Sono davvero fortunata. Lei non se lo immagina nemmeno.

Finita la prova, usciamo dall'atelier e saliamo sui sedili posteriori della berlina che ci aspetta, l'autista mi guarda dallo specchietto retrovisore. Gli rivolgo un lieve cenno con un sorriso e partiamo, sfrecciando per le strade di Manhattan, verso casa. Mia madre vive nel mio stesso quartiere, da quando lei e Howard si sono sposati un anno fa.

Ha una certa reputazione in società, per i matrimoni che ha distrutto, ma a lei non importa nulla. E, per una volta, credo che sia davvero felice. Howard non le impone delle aspettative, apprezza chi è e lascia che sia sé stessa. La sua felicità con Howard, e il deciso incoraggiamento di lui, hanno permesso una ripresa del nostro rapporto. Non siamo mai state così legate.

Abbiamo ancora i nostri segreti, però. Non ho mai detto a Whit cos'è davvero successo la notte dell'incendio. Non sa del confronto tra Yates e mia madre. Porterò quel segreto nella tomba.

Di alcune cose è meglio non parlarne mai più.

Facciamo scendere mia madre al suo palazzo, poi percorriamo i pochi isolati che seguono fino al mio. Nel momento in cui si accosta al marciapiede, l'autista balza fuori dall'auto e si avvicina alla mia portiera, la apre e mi tende la mano. «Si sente bene, signorina?», domanda, gli occhi illuminati dalla preoccupazione.

«Un po' stanca, Reggie», dico con un lieve sorriso. Io e Reggie siamo diventati amici. Mi porta ovunque e ha assistito ai miei momenti migliori e peggiori.

Come la settimana scorsa, quando ho preteso che accostasse per vomitare sul ciglio della strada. Non uno dei miei ricordi più belli. Per fortuna, Reggie non mi giudica.

Pochi minuti dopo entro nel nostro appartamento, che occupa tutto il ventunesimo piano. Più di seimila metri, sembra troppo, ma lo è davvero? Pare che siamo riusciti a occupare ogni centimetro dello spazio.

Apro la porta e una piccola esplosione di energia mi corre incontro, con i suoi capelli dorati e gli occhi azzurro ghiaccio, come quelli di suo padre, che brillano di gioia non appena mi vede.

«Mamma!». August Whittaker Lancaster avvolge le braccine paffute intorno alle mie ginocchia e mi stringe forte, poi posa un bacio sulla gamba coperta dal jeans. «Mi sei mancata».

«Mi sei mancato anche tu». Lo prendo in braccio e soffoco di baci il suo viso delizioso, mentre lui si dimena e ride. È un bambino bellissimo, ha quasi tre anni e sta per diventare il fratello maggiore, visto che porto in grembo un altro figlio.

Siamo lo scandalo dei Lancaster. Figli fuori dal matrimonio. Facciamo sempre quello che vogliamo, viviamo come vogliamo, al diavolo l'establishment. Solo su una cosa, Whit è stato tradizionale: ha voluto tramandare i nomi dei figli Lancaster. L'ho convinto a scendere a un compromesso, abbreviando il nome di nostro figlio in August.

Il mio piccolo Augie, così lo chiama mia madre. Io alzo gli occhi al cielo e la assecondo. È piuttosto possessiva nei confronti del nipote, ma lo sono anche io. Lo amo con tutto il mio cuore.

«Dov'è papà?», chiedo, addentrandomi nell'appartamento. Nel camino scoppietta il fuoco e guardo verso la parete finestrata, ammirando l'impressionante panorama sulla città. Il sole sta per tramontare, risplende sulle finestre dei grattacieli intorno a noi, e io ho uno di quei momenti surreali che vivo ogni pochi mesi o giù di lì. Un momento in cui mi rendo conto che questa è davvero la mia vita e sono così felice che mi viene difficile credere di essermela meritata.

La felicità.

Whit fa del suo meglio per convincermi che merito tutta la felicità del mondo, e lo adoro per questo. Lo adoro per tantissime cose. Quel ragazzo spezzato, all'apparenza squilibrato, che mi spaventava tanto quanto mi incuriosiva. Sono fortunata ad averlo nella mia vita. Mi ha dato tanto. Una casa. Il suo cuore. Il suo amore. I nostri figli.

Ancora non riesco a credere che ne avrò un altro. Suppongo accada questo, quando due persone non riescono a togliersi le mani di dosso e si amano.

Trovo Whit in cucina, sta chiudendo il coperchio di uno dei bicchierini di Augie. «Eccovi», dice quando mi vede, la bocca che si distende in un sorriso. Sostituito da un'espressione accigliata nel giro di pochi secondi. «Non dovresti prenderlo in braccio».

Mi toglie Augie dalle braccia e lo posa sul pavimento, gli porge il bicchierino e nostro figlio sorseggia rumorosamente prima di emettere un forte *aah*. «Delizioso», dice con una pronuncia adorabile.

Guardo di sbieco Whit. «Che gli hai dato?»

«Acqua», risponde con un'alzata di spalle. «Come sono andate le prove?»

«Sono state estenuanti». Mi avvicino a Whit e gli appoggio le mani sul petto, proprio quando lui si china e mi posa un bacio sulle labbra contratte. «Voglio fare un pisolino».

«È quasi ora di cena», afferma.

«Per i vecchi», scherzo. È come se, di recente, fossimo diventati vecchi. O meglio, io lo sono diventata. Mangiamo presto e andiamo a letto presto. La gravidanza mi fa sentire sempre stanca, e ho a stento superato il primo trimestre. «Vieni a fare un pisolino con me».

La tata Mari sceglie proprio quel momento per entrare in cucina e prende Augie per mano. «Vuoi andare nella stanza dei giochi?»

«Sì!», strilla lui ridendo.

«Grazie, Mari», dico, grata di poter stare un po' da sola con il mio uomo.

«Non preoccuparti», ribatte lei con un sorriso. «Cenate insieme stasera?»

«Penso che mangeremo un po' più tardi, stasera», comunica Whit, afferrandomi la mano. «Se non ti dispiace, fai da mangiare ad Augie per la solita ora, lo apprezzeremmo molto».

«Non è un problema», dice Mari.

Nel momento in cui la tata e nostro figlio si defilano, mi volto verso Whit. «Ceniamo più tardi? Mangiamo sempre con Augie».

«Non stasera». Whit mi prende per mano e mi guida fuori dalla cucina, lungo il corridoio. «Hai bisogno di una pausa».

«Prendersi cura di nostro figlio non è un lavoro», protesto, ma lui si limita a ridere.

«Augie è un lavoro a tempo pieno già da solo, e verso la fine dell'anno ne avremo due». Mi sorride da sopra la spalla. «E poi, papà vuole stare da solo con la mamma per un po'».

Solo Whit può rendere sconcia una frase del genere.

Nel momento in cui siamo in camera da letto e chiudiamo a chiave la porta, le nostre bocche si fondono e le mani di Whit vagano dappertutto. Mi spoglia, lascia solo la biancheria intima, e crolliamo insieme sul letto. Whit si sdraia al mio fianco, la mano si muove con delicatezza sulla protuberanza del mio stomaco.

«È femmina», dice con riverenza, le dita che scivolano avanti e indietro sulla mia pelle. «Me lo sento».

«Ti terrà al guinzaglio sin dalla nascita», lo prendo in giro.

«Proprio come sua madre». Gli scintillanti occhi azzurri di Whit incontrano i miei e lui inclina la testa, avvicinando di nuovo le nostre labbra. Il bacio si fa subito passionale, la sua lingua si avventura dentro e mi fa gemere. Ferma il bacio prima che ci lasciamo trasportare troppo. «Ho una cosa per te».

«Whit», protesto quando lui salta giù dal letto e si avvicina al mobile lì accanto, per aprire il primo cassetto. «Fai già troppo per me».

Non smette mai di farmi regali, anche costosi. Non ho bisogno di tutte queste cose. Sono felice con lui e della nostra piccola vita, che non è affatto piccola, considerando chi è e cosa possiede. È un uomo importante che proviene da una famiglia facoltosa e che di recente si è dedicato alla filantropia. Aiuta organizzazioni che gli stanno a cuore nelle raccolte fondi. In questo momento, gli enti di beneficenza che preferisce sono quelli rivolti ai bambini, anche grazie al nostro dolce piccolo.

Whit torna a letto con una piccola scatola di velluto nero stretta in mano. Me la porge. «Aprilo», ordina.

Prendo la scatola e sollevo il coperchio, sospirando quando vedo cosa c'è dentro.

Un anello con uno scintillante diamante giallo, circondato da piccoli diamanti bianchi. Anche la sottile fascia è ricoperta di diamanti che luccicano sotto la luce.

«Che te ne pare?», chiede, sedendosi accanto a me sul letto. Mi abbraccia da dietro e posa il mento sulla mia spalla nuda. «L'ho visto e ti ho pensata».

«Devi smetterla di comprarmi regali», lo rimprovero con dolcezza, poi estraggo l'anello dalla confezione, infilandolo in un dito della mano destra. È perfetto. «Bellissimo».

«Bello quasi quanto te», sussurra e mi posa la bocca sul collo, lasciando baci morbidi e umidi per tutta la lunghezza. «Posso scoparti? O causerò un danno permanente a nostra figlia?».

«Ma che dici? Ora è grande come un acino d'uva», lo prendo in giro, poi mi volto per dargli un bacio.

Lui mi accarezza la guancia, approfondisce il bacio e mi attira a sé. «Ammetto che muoio dalla voglia di trattarti malissimo, di insultarti e sculacciare quel tuo bel culetto».

Rido. La passione che proviamo è forte come sempre, ma Whit non è più crudele come un tempo. A volte mi manca. E a volte torniamo a interpretare quei ruoli solo perché ci piace.

«Puoi sculacciarmi», dico con dolcezza e un leggero sorriso che mi incurva le labbra.

«Se mi dici che posso farlo, si perde il divertimento, lo sai», mi stuzzica e ringhia quando mi chino in avanti e gli mordo il labbro. «Verrai punita per questo».

«Non vedo l'ora». Mi scanso e mi metto a quattro zampe, poi agito il sedere avvolto dal pizzo per provocarlo. «Fa' pure, sculacciami».

Lui non lo fa, ma scansa il pizzo e mi infila la lingua dentro, lambisce le mie pieghe e mi fa andare fuori di testa per il desiderio in pochi secondi. Lecca, succhia e stuzzica, tocca finché non ansimo il suo nome, venendo con un'intensità che non provavo da tempo.

«Sei sempre arrapatissima, quando sei incinta», dice dopo che l'orgasmo è scemato. «Era così anche con Augie».

«Sei tu che ti eccitavi all'infinito anche quando ero all'ottavo mese», gli ricordo, rotolando sulla schiena e sfilando le mutandine. Lui mi studia, poi lo sguardo gli cade sul punto tra le mie gambe. Classico uomo. «Mancano pochi giorni al matrimonio».

Riporta lo sguardo su di me. «Emozionata?».

Annuisco, con i nervi tesi. «Ci saranno tantissime persone al nostro matrimonio, mi fa un po'... paura».

«Sarai bellissima. Finalmente sarai mia moglie». Si avvicina strisciando e porta il volto davanti al mio. «Ti avrei sposata a diciannove anni».

«Ridicolo». Roteo gli occhi.

«No, tu sei ridicola. E sei anche l'unica ragazza che ho conosciuto che non si è lasciata impressionare dai miei soldi», dice, e vedo la sua sincerità. Vedo quanto lo apprezza.

Quando eravamo più piccoli, restava stupito se lo rifiutavo. Non ci era abituato. Non era possibile, per lui, che non nutrissi interesse per il suo patrimonio familiare. Alla fine si è reso conto che per me non contava niente.

Anzi, la fortuna che deriva dal nome della sua famiglia è una vera e propria seccatura. Mi piacciono solo alcuni Lancaster. Io e Sylvie abbiamo ripreso a parlare, ma il nostro rapporto non è tornato come prima del nostro litigio. Il padre di Whit viene spesso a trovarci. È completamente perso di suo nipote.

Io e Sylvia non andiamo per niente d'accordo. A stento le permetto di passare del tempo con Augie. Non mi fido di lei e ho le mie ragioni. Anche Whit la pensa come me.

La nostra enorme fortuna non ha importanza, perché i soldi non fanno l'uomo. Whit è speciale di suo. È il mio amore. Il mio protettore. Il mio guerriero. Il padre dei miei figli. L'uomo che adoro più di chiunque altro al mondo.

Lo dico da una posizione privilegiata, perché mi ritengo fortunata del denaro che possediamo, tanto da non dovermi preoccupare di me e dei miei figli per il resto della loro vita. Ma anche se dovessimo perdere ogni centesimo, so che io e Whit riusciremmo a sopravvivere finché abbiamo l'un l'altro.

«Monty è venuto alle prove di oggi pomeriggio?», chiede Whit.

Scoppio a ridere. «Non gliel'ho permesso, sapevo che mi avrebbe detto che sono grassa».

Il disappunto sul volto di Whit è feroce. «Non sei grassa, sei incinta. Dovrei prenderlo a calci solo per avertelo detto».

«Non l'ha mai detto, ma so come la pensa. E poi, per lui, sarò grassa. E non va bene per il giorno del matrimonio, tesoro», imito la voce di Monty, ma Whit è ancora accigliato.

«Trovo che tu sia bellissima». Mi bacia e stavolta non è passionale, ma dolce, morbido. È inebriante, perché i suoi gesti sono pieni d'amore. So che ha parlato di sculacciate e che vuole essere cattivo con me, ma ultimamente non ci riusciamo.

Siamo diventati dei piccioncini, come dico sempre io, cosa che segretamente fa impazzire anche Whit.

«Che dolce», mormoro contro le sue labbra, passando le dita tra i suoi folti capelli. «Non riesci a resistermi».

«Dovrei ringhiare e pretendere che mi succhi il cazzo», dice con tono severo.

«Fa' pure», rispondo. «Obbedirò».

«Chiamarti...». Fa una smorfia. Preme la fronte contro la mia per un momento, poi gli sfugge una risata sommessa. «Mi viene difficile chiamare la madre dei miei figli "bella troietta"».

«Ma sono la tua bella troietta, Whit», sussurro e faccio scorrere le dita lungo la sua schiena, le poso sul bordo dei suoi jeans e gli afferro il sedere. «Puoi chiamarmi così, non mi offendo».

«Tra pochi giorni diventerai mia moglie».

«E sarò la tua troia per sempre», dico con una risata, che però non sembra affatto alleggerire il suo sguardo pensieroso. «Dai, dimmi cosa vuoi».

«Ti voglio tutta nuda. In ginocchio, la bocca piena del mio cazzo», mormora, lo sguardo incupito dall'immaginazione.

Scivolo giù dal letto e mi tolgo il reggiseno, liberando le tette. Mi inginocchio sul pavimento e adagio le mani sulle ginocchia, come una serva obbediente. «Tutto quello che vuoi».

Lui si toglie in fretta i vestiti, finché non è seduto sul bordo del letto tutto nudo, il membro massiccio curvato verso l'alto, in direzione del suo ventre piatto. Mi allungo su di lui, poso la mano sulla sua coscia, ma lui mi ferma.

Mi acciglio. «Che succede?»

«Niente. È che...». Sorride, ma è un sorriso timido, quasi imbarazzato. «Ti amo da morire, Summer. Come ho fatto a essere così fortunato da trovarti?»

«È come hai sempre detto». Allontana la mano dalla mia e afferro la sua erezione, arriccio le dita intorno alla base della sua lunghezza e stringo forte. «Siamo fatti l'uno per l'altra. Le stelle si sono allineate, quella notte di tanti anni fa, e ci hanno permesso di incontrarci».

«Ci credi davvero?».

Si china all'indietro, con una mano puntata sul materasso dietro di lui, mentre io mi sollevo sulle ginocchia e lo prendo in bocca, succhiando a fondo. Sgocciola sulla mia lingua, il sapore aspro e muschiato aleggia lì, poi lo libero dalle mie labbra, facendo roteare la lingua sulla punta.

«Ci credo con tutto il mio cuore», affermo. «Un cuore che ti appartiene. Io ti appartengo».

Mi passa una mano sul volto e mi accarezza i capelli. Esercita pressione sulla mia nuca finché la mia bocca non inghiotte di nuovo il suo cazzo. «Bello», dice con tono compiaciuto e non riesco a trattenere una risata sommessa. «Ora succhia».

Faccio come chiede e prendo il membro massiccio in bocca. Lo guido verso l'orgasmo in pochi minuti. Sorrido, con la consapevolezza che nessuno capisce quest'uomo come faccio io. Nessuno.

È mio.

E io sono sua.

Ringraziamenti

Ragazzi, che libro! Un mostro. Una bestia. La storia infinita. Il libro senza fine. Il più lungo che abbia mai scritto! Questo è il libro per cui Devney Perry mi ha detto che avrei avuto bisogno di un aiutino se non fossi riuscita a finirlo al più presto. Ah! Non voleva mai finire!

Questa storia avrebbe potuto proseguire all'infinito, come una di quelle lunghe saghe che andavano tanto di moda negli anni Ottanta. Whit si è impossessato di me a dicembre e non mi ha più lasciata andare. Questa storia è fluita dalle mie dita, ma mi ha anche fatto impazzire, perché è… pazzesca. Spero vi sia piaciuta, che abbiate amato Whit e Summer quanto me. Potrei scrivere un libro per Sylvie. La sua storia è rimasta incompiuta, non trovate?

Questo romanzo è più tetro del mio solito, ma di tanto in tanto mi piace passare al lato oscuro…

Come sempre, voglio ringraziare tutti i collaboratori di Valentine PR per tutto quello che hanno fatto, facilitando il mio lavoro. Un grazie a Brittany e Serena per l'epica lettura della bozza. A Hang Le per la fantastica copertina e a Kevin Roldan per la splendida foto del modello Zach Cox. A Rebecca e Sarah per il loro duro lavoro su questo libro.

E, come sempre, un grazie ai lettori, ai blogger, ai recensori e così via: avete letto i miei libri e li avete condivisi ovunque. Apprezzo il pensiero e la cura che mettete nei vostri post e nelle vostre recensioni! Significa molto per me.

Carissimo lettore, se ti è piaciuto questo libro, apprezzerei molto una tua recensione sul sito del rivenditore da cui l'hai comprato o su Goodreads. Grazie di cuore!

Indice